贵州新文学大系

1990—2019

GUIZHOUXINWENXUEDAXI

散文卷

第三卷 2013—2019

贵州省作家协会/编

贵州出版集团
贵州人民出版社

图书在版编目（CIP）数据

贵州新文学大系. 1990—2019. 散文卷. 第三卷, 2013—2019 / 贵州省作家协会编. -- 贵阳 : 贵州人民出版社, 2022.12

ISBN 978-7-221-17570-0

Ⅰ. ①贵… Ⅱ. ①贵… Ⅲ. ①中国文学－当代文学－作品综合集－贵州②散文集－中国－当代 Ⅳ. ①I218.73

中国版本图书馆CIP数据核字(2022)第252422号

书　　名　贵州新文学大系1990—2019·散文卷·第三卷（2013—2019）
丛 书 名　贵州新文学大系1990—2019
编　　者　贵州省作家协会

出 版 人　朱文迅
统　　筹　黄　冰
责任编辑　欧杨雅兰
版式设计　王丹丽
出版发行　贵州出版集团　贵州人民出版社
社　　址　贵州省贵阳市观山湖区中天会展城会展东路SOHO办公区
　　　　　贵州出版集团大楼（邮编：550081）
印　　刷　深圳市新联美术印刷有限公司
开　　本　787 mm × 1092 mm　1/16
字　　数　770千字
印　　张　38.5
版　　次　2022年12月第1版
印　　次　2022年12月第1次印刷
书　　号　ISBN 978-7-221-17570-0
定　　价　78.00元

本书获2019年贵州省出版传媒事业发展专项资金资助

概　述

编纂《贵州新文学大系1990—2019》对于贵州文学而言是一项最系统也最巨大的工程。在这三十年的时间里，贵州作家们创作了大量的优秀作品，散文在其中占据着十分重要的分量。为了客观公正地选择在此期间贵州作家们创作的、能够代表贵州散文水平的作品，充分展示1990—2019年期间贵州散文的发展脉络和大致走势，为研究贵州散文创作和促进贵州散文进一步发展提供文献资料，贵州省作家协会专门组建了《贵州新文学大系1990—2019·散文卷》编委会，并确定以下几条选编原则：一是黔籍作家在全国重点刊物上发表的作品；二是经国家级核心刊物全文转载的作品；三是获得省级以上奖项的作品；四是有成就的老作家创作的有一定影响力的作品，包括在黔工作或在贵州成名之后的作家创作的有关贵州题材的作品。

根据这个选编原则，按时间先后顺序分为三卷：1990—2006年为第一卷，2007—2012年为第二卷，2013—2019年为第三卷。我们深知，任何选本都做不到面面俱到、十全十美。但还是希望通过此书能够全面地反映1990—2019年贵州散文创作的面貌，客观地代表三十年来贵州散文创作的真实水平。

阅读这个时期的散文，总的印象是：作者多，作品多，内容、题材、风格多元化。散文和其他文学体裁一样，一直处在繁荣发展之中。

从选编的作品中不难发现，贵州的散文创作，在20世纪90年代，特别是90年代初期，与全国相比相对沉寂，能够进入大众视线的为数不多的作品，主要还是以何士光、戴明贤、卢惠龙、龙志毅、刘学洙、徐成淼等一批老作家创作的为主。这些老作家们都具有丰富的阅历，又经过时光的沉淀，他们的作品大多融入了自己的人生体验，或在心灵的震颤中体验到人类生存的沉重与悲怆，或力求传达出知识分子精神与情感的存在方式。

进入21世纪，我国散文创作的氛围更加宽松，更加自由。贵州也与全国同步，进入了不拘一格、百花争艳的散文创作新时代。与以往任何时候相比，这一时期的散文创作，在数量和质量上都有了长足的进步，呈现出民族性、多元化和开放态的审美特征。虽然一批老作家陆续离开了创作一线，但仍有不少老作家宝刀不老，笔耕不辍，依然保持着旺盛的创作势头。此时的他们视野更加宽阔，思想更自成熟，笔触更是从容，境界更为悠远。而欧阳黔森、戴冰、唐玉林、喻子涵、完班代摆、孟学祥、刘照进等一大批中青年作家，他们为贵州散文打开了更加宽广的视野，提供了更多更好的新鲜血液，增添了更强更大的创作活力。应该说，这是一股潜在的力量。这股力量经过时间的洗礼、岁月的成长，让许多作品告别了以往散文创作中过于直白的政治功利目标，以新的表现形式和抒写方式，让“人”的意识、自我意识充分觉醒。他们关注人文精神，挖掘民族文化，展示地域风貌，体察社会民情，表达自己的人生感受和对世界的审美观照。他们以笔为旗，发出自己内心的声音，自觉承担起反思历史、审度社会、关切人类命运的使命。他们思考社会与人生，呼唤人文关怀，表达出一种崭新的艺术想象空间，呈现出色彩鲜明的多样性特征。无论是那些有着深厚的人文情怀和终极追问的文化散文，还是那些用自己的生命和情感去记录故土亲情的乡土散文，也无论是那些描绘大美山河与异域风情的游记散文，还是那些审视自我、关注心灵的情感散文，都从不同维度展现了贵州独有的地域特征和民族风情，呈现出一种令人迷恋的多彩贵州景象，重铸了日渐丰盈的多彩贵州精神。

何士光用平和散淡的文字彰显人间况味，梳理、追问、思考中国文化和东方文化，寻找人的来路与归途，探索生命的终极意义。他的《日子》续篇，继续书写了一个个形形色色的个体生命，巧妙地邀请读者进入其特有的思维路径之中，与他共同游历心灵最隐秘的风景，蕴含了许多思辨和理性的色彩。他通过自身的经历，以从容不迫的叙事笔调讲述生命的真谛，表达对生命的深刻感悟和终极关怀，成就了他的长篇新作《今生——经受与寻找》《今生——吾谁与归》。

从贵州走出去的作家叶辛，凭借着对听风看雨的山乡生活的向往，对诙谐调皮的山歌的喜爱，对苗寨风情的感悟，写成了《遥念山乡》。作品表达了一种淳朴的致青春、致乡村的情感，以及对返璞归真、回归自然的渴望。

龙志毅的散文有着较为强烈的文化意识和家国情怀。《聂耳墓前》通过迁移、重建的聂耳墓，不露痕迹地表达出对人民音乐家的敬仰之情。《云烟踪痕》等散文通过对人物、地域、历史、物什的描绘与解读，展现了鲜活多彩的生活画面、社会风貌和历史场景，流露出其内心深处的忧国忧民情怀。他总以平常的心态谈古论今、侃天说地，将叙事、抒情、写景、议论有机融为一体，关注普遍意义上的人性状态和人类命运，感悟生活本真。

戴明贤的文风趋于静穆沉着，目光指向已经久远的岁月。可以说，那些逝去的人物、风物、器物，触动着他的心灵；那些亲情、友情、念想、感恩和生死离别之情，直抒他的胸臆。《一个人的安顺》以近乎白描、不动声色的叙述去刻画生动而丰富的乡土中国的贵州剪影。《物之物语》用平静温和且富有节制的叙述向读者展示，历经特殊年代、经受命运洗礼、走向不同归途的人们的那种心理跌宕和情感沉浮，直击灵魂深处。

卢惠龙的散文以历史观照现实，融入对人性的思考，探询人的生存本质。从《柔韧如水沈从文》到《萧红那孩提般的眼神》，从《忧伤之旅》到《美的毁灭》，作品充满着现代气息，语言干净、简洁、精练，与现代生活节奏合拍，契合现代阅读习惯。

徐成淼用文人笔法，以前倾的姿态和现代意识，自觉地把自己融入生命状态、生存境遇和更为辽阔的现实时空之中。他善于用历史的眼光看待文化的积淀，朝着现代意识、生命意识、宇宙意识和自然情怀、人文情怀、大爱情怀等多种元素的精神维度出发，追求文化的内在品性。在《想起来有意思得很》中，写自己与《山花》的种种情缘，具有沧海桑田之感、抚今追昔之慨。在《向时间的深处进发》中，他在触摸青岩古镇的脉搏时，看到的是历史文化的积淀。《渡口对岸是沈从文》则由沈从文的遭遇来观照一代人的命运。他总是在匠心独运地研磨每一篇作品，通过文本叙述流露出自己的心绪，揭示出或善良、坚韧，或懦弱、冷漠的人性，以此表达对生命的敬仰之情。

既是诗人又是诗评家的张劲，总在思索着对传统散文如何进行现代改造。他常把内心作为圆点，以日常思考为半径，把目光投射到历史长河之中，以丰富的想象力，用诗化的语言， 挖掘表象之下的人文精神和文化内涵，让地域特征明显的黔山贵水充满灵气。他的《浙大那壶湄江茶》，字里行间充盈着现代的气息及世界之变幻风云。他的《苍茫缠在马蹄上》，用形而上的审美来概括形而下的历史事实。他的《风雪洛布惹》则努力呈现人文精神，在形而上和形而下之间自由飞翔。

21世纪以来，既是小说家、诗人又是剧作家的欧阳黔森，其散文作品以弘扬贵州地域文学与文化为己任，守望故乡、关爱故乡，具有浓郁的故乡情结和深厚的人文精神。在《故乡情结》中，他通过自己第十一次登上梵净山红云金顶的感悟，坚信是武陵山脉的灵气滋润着沈从文创作出世界文化的经典。作者貌似被晚辈叫“爷爷”而受刺激开始怀旧，念及回乡，实则是深深敬仰自己所处的地域以及这片地域上所特有的深厚文化，并为之骄傲自豪。《白层古渡》主要是反思人类为满足自身的需求和愿望对大自然进行的改造，并对那些为眼前利益和局部利益不惜牺牲环境所表现的木然感到无奈、惋惜和愤怒。《横断山中的香格里拉》则传达出对民族现状与生态环境的担忧，在他感性睿智的文字中传递出对生命的关注，对保护、建设绿色家园的渴望。《水的眼泪》写的是，他在祖国的最南端——云飞浪卷的南海，一夜之间到了祖国的最西端——黄沙万里的塔克拉玛干大沙漠，从中体会到人类的渺小，表达了对大自然的敬畏。

李裴的《酒文化片羽》，从酒与历史文化、社会经济、日常生活等方面的关联，梳理几千年来中国酒文化的源远流长和博大精深，并赋予酒之生命和灵性，向读者展示了酒文化的礼乐、诗性、性灵、境界，表达出作者对传统文化的理性思考。作品旁征博引，横贯古今，通俗易懂，耐人寻味，是近年来解读酒文化的一部不可多得的优秀文学作品。

小说家戴冰以自身实践探索散文新路子。他的散文取材广泛，涉及思想、宗教、哲学、情感、艺术、人物等，表达出对现实世界、生命形态的思考。他的《不存在的分界》以细节的真实与精彩，让人物、事件清晰、明朗。《声音的密纹》用虚构与纪实的边缘性探索文本，以散章断片的方式和个体的视角，让音乐与摇滚向内，与那个年代的音乐事件、音乐故事、音乐小说、音乐诗歌和音乐人物串联贯穿，盘成一张岁月的唱片，折射出一座具体的城市、一个特定的时代、一个鲜明的个人和一个特殊的群体的生活方式与生存形貌，让读者听到了光阴的流逝，看到了声音的痕迹。

喻子涵的散文创作对大自然有着特别的偏好。他喜欢在自然中寻觅心灵的净化与超脱，体味和谐宁静、古朴淡泊的人生滋味。他的《铜仁八记》（包括《武陵三题》《石潭山记》《白花浪记》），重在观察和体验铜仁景象，在山水中解读主体精神，在纯净的自然中陶冶心性，寻觅安宁、静谧、和谐的理想世界，表达对生命的关注、思考以及对人生的态度。

此外，赵剑平对黔北的山水和人事、对黔北的文学与文化的至爱，苑坪玉和黄冰独具一格的异域风情，王尧礼淡泊名利、柔中蕴刚的叙写风格，罗吉万对顶云的历史回望，安元奎对乌江流域历史文化进行的清点与盘活，孟学祥对家乡味道的独特感受，刘照进对乌江流域土家人的命运史和精神史的审美观照，王鹏翔散文中散发出的强烈的人性关怀和悲悯情怀，李天斌作品中呈现出的强烈历史感、现实感和地域感，陈丹玲充满张力的文字和她独特的女性视角，杨村对环境和生命的反思，以及魏荣钊通过行走贵州三大江河及边远地区创作的散文《独走乌江》等等，都能让读者留下深刻印象，感受到作者的真情实感和生命感怀。

诚然，真正能在全国立得住、传得开、留得下的散文精品之于贵州作家而言或许不多，但作家们一直都在努力。我们选编这本书的目的，旨在建造一道贵州散文走廊，全面展示1990—2019这三十年的散文创作成就，并与读者一起回顾、品味、思考和眺望，找到前行的动力，让贵州散文的路子越走越宽阔。我们共同期待，贵州散文的传世名篇在新的历史征程中不断涌现。

借此机会，我们要感谢全省各基层文联、作协和相关单位的大力支持，感谢作家们积极配合报送作品，感谢热心的社会各界人士从不同渠道寻找作家作品信息。正是得益于大家的理解、支持与包容，《贵州新文学大系1990—2019·散文卷》才得以顺利完成。我们期望，本卷的出版能够集中展示三十年来贵州散文创作的集体风貌和辉煌成就，拓展和丰富贵州乃至中国的当代文学版图。

（执笔人：孙向阳）

目录

2016

2017

2018

李天斌

围炉夜话

残雪

关于雪，我最喜一个“残”字。在我看来，两个部首，一个奇妙的组合，在衰颓的视线里，却有灵动呈现。它静静地立在那里，不轻不重，翩然似梦，像一只栖在瓦片上的蝴蝶，或落在草尖上的蜻蜓，微微颤动。乱山之中，阜木之上，那一点点的白，一点点袅娜，只悄悄一声呼唤，柔情便破羽而出。

残雪之下，是画也是诗。在古人那里，残雪似乎总跟明月、斜阳、箫声还有梅花并肩而立。古人似乎都很幽怨，比如纳兰性德，“残雪凝辉冷画屏，落梅横笛已三更”，不说惆怅，似乎便少了份情致。对他而言，落寞与忧郁是残雪中盛开的花朵，能温暖浊世与心灵。再如明清之际一个不太出名的诗人，因思念董小宛而吟唱：“寻到白堤呼出见，月明残雪映梅花。”一抔香艳之下，哀婉之情冷彻千古。

平素的经验里，残雪所承载的哀怨，已是一件熟视无睹的事情。

我之于残雪，却不喜也不悲。深夜围炉，万籁俱寂。听雪一点点化去，声音隐伏在即将到来的春天里，我能想象一棵小草此刻深埋的欢愉。一个生命消失的时候，另一个生命却蓬勃起来，此消彼长之间，便有了生命的更替和季节流转。对我来说，这便是真实、是存在。不像庄子，只爱做梦，还梦中化蝶，虚幻之中，不经意就忽悠了别人。也不像上面那些诗人，愁心寄予残雪，落个虚名，不朽之下，却让人讥笑一生的痴和傻，似乎那补天遗下的顽石，空留笑柄。

深夜围炉，那残雪，还应系着一个深深庭院。想那庭院，雪落雪化，正如花开花落，见证的是一份倏忽而去的旧时光。一卷古书，一个人，在那时光里一点点下陷，美人迟暮、青灯黄卷的细节却凸显出来。再多年后，人去楼空，只有一院残雪，固执地留在这里，像最后的影子，也像一座香冢，更像一声叹息——我想，这或许就是人世与时间的深了。在那深处，残雪制造的荒芜，彻骨地冷，也彻骨地让人怀想。

我的庭院，不深也不大。约百余平方米，一道矮矮的围墙，围墙上是常青的爬山虎，细细的藤蔓一根根向高处攀爬，绿叶覆墙，四季不消。围墙下有一水池，缺三五座假山和两三条游鱼。水池两边植有美人蕉、冬青、芦荟、万年青，还有一株玫瑰、两棵兰草、三盆仙人掌，它们安静地立在那里，心事隐退，面目沉静。透过一扇小窗，我能窥见残雪铺在它们身上，细薄如莹。天边一片灰白，亦似一层淡淡的雾，看得清它们移动的身影。庭院上下，浮着一层浅浅的光晕，仿佛月光的纹理。但实际上是没有月亮的——雪落之时，月亮与星子，怕是已藏进梦里了。所谓残月映雪的说法，我很疑心是诗人的想象。尘世和心灵的美景，极有可能是被夸大的诗化甚至讹传。

突然就羡慕起古人来了。在这样的残雪之夜，我总是想，要是有一个故人来访，然后敲敲棋子；再或者提一扫帚，喷茶扫雪，再加上一碗读书之灯的照耀，必将古趣盎然了。而这样的古趣，必将让肉体安抚、灵魂飞升。我也终于明白，先前对古人的诘难，是有些不慎了。人在尘世上走，有时确是需要用诗意点缀和装扮的。对心灵而言，诗意是一种遮蔽，也是一种呈现。于是忍不住哑然失笑，及至有些愧疚起来。

残雪掉落，窸窣有声。只可惜看不见它们的身影。也可能，那最后的下坠，定是衣袂飘飘、白衣胜雪的独舞了？下坠的过程，也充满了决绝？终于忍不住就有了些怜悯，也有了几声嘘唏——人生不就这样吗？一捧残雪，早已暗喻了生命的过程和风景。

有鹅子的啼鸣声越过庭院。但仅有一声，只是一声，飘起来时又落了下去，有些凄怆，像一朵玫瑰在雪夜里的独舞。于是就想，灵魂或许都是孤独的——在残雪之夜，所有的内心都在渴望一次生命的圆融与舒伸？这样一想，心也一点点地疼痛起来——怕是那心，也如古人一般惆怅并不可收拾了？

咒语

多年之后，在巴黎，当托马斯和特蕾莎的死讯传来，萨比娜一定再次想起了那声咒语——“把衣服脱了”。它像生活与命运的魔咒，一边是明亮，一边是黑暗，一边通向地狱，一边通向天堂。

这是米兰·昆德拉在《不能承受的生命之轻》试图说出的一个小说细节，一个不能承受的生命之轻。

我始终相信，这是一个时间的陷阱与密谋——它让一个人的灵与肉，接受最后的妥协与和解。它还让我懂得，死亡是最后的神谕，它让萨比娜一刹那间明白了爱情的真相。就像一个临终的圣徒，在最后的时刻听到了教堂深处的赞美诗。

一个不容置疑的事实是，从此，萨比娜跟过去的联系已彻底中断。时间与信仰遭遇最后的背叛，并变得似是而非。回忆再次成为一个忧郁的词——我不知道萨比娜此时是否已泪流满面，但我想，她一定深陷在虚妄中不能自拔。

她一定再次想起了往事。不，确切地说，她一定是想起了一间画室。

那是她自己的画室。画室很宽敞，画室中央有一个方形沙发，高高的，像一个看台。最重要的是，一边做爱一边偷看钟表的托马斯让她终于看清了画布上逐渐呈现的主题——当她赤裸着身子，在画布前站定，她突然就看到了爱情诡谲的面目，这种诡谲甚至充满了牧歌意味——在一种温馨与明媚中，肉体一寸寸陷落，灵魂一寸寸飞升。

就在这间画室，托马斯不断对她说："把衣服脱了。"这一句轻轻的咒语，虽然酷似命令，却是一个不可抗拒的美妙世界。这是一个悖论，萨比娜就活在这悖论之中。而且，很多年后，它还成了一句秘密的暗语，能让萨比娜在任何时刻寻找到灵与肉所处的位置。

跟她一起活在其中的，还有特蕾莎。特蕾莎是托马斯的妻子——不，在我看来，无论是特蕾莎还是萨比娜，在托马斯眼里，她们都只是那个被人放在涂了树脂的篮子里，顺着河水漂来，让他在床榻之岸收留的孩子。他就像那个法老，偶然地抓住那个放了小摩西的摇篮，于是他写出了像《旧约》一样的爱情。但是，托马斯知道，这是一种靠不住的比喻，他并没有法老的圣洁，他充其量仅是顺手玩了个危险的游戏。

只是，萨比娜跟特蕾莎似乎都喜欢这个游戏。她们都支持托马斯，并自愿扮演其中的主角——爱情诡谲的面目，让一切深陷其中的女人，在明与暗、轻与重的对立中显得混沌而又神秘无比。

一间画室，成为灵与肉的另一种隐喻。

多年之后，莎比娜也许一直没有弄明白，就在这间画室，特蕾莎为什么想要为她拍张裸照。她肯定不会知道，在梦中，托马斯曾命令特蕾莎站在她的画室，看他跟自己做爱——这个梦魇，让特蕾莎一直想窥视她的身体，在特蕾莎看来，这是情与欲的另一种发泄，在丈夫情人裸体上游走的目光，美好而快意。而她肯定也不会明白，当她终于对着特蕾莎的镜头敞开浴衣，她是炫耀还是妥协。而在后来，当她对着特蕾莎说，"现在，轮到我为你拍了，把衣服脱了"，尤其是当特蕾莎赤身裸体、手无寸铁并有几分迷醉地站在她面前，她一定也分不清自己是出于报复还是赞美。

不过，萨比娜一定知道，在那一刻，她们同时听到了一句咒语——"把衣服脱了"，像一句轻轻的神谕，从画室的最深处传来，把两个女人的裸体——散发着同一个男人气味的芬芳，灵与肉的花朵，紧紧联系在了一起。她们相互照耀，溢满神光。妥协与和解的过程，从梦境开始，最后接近梦境。

现在，这句咒语显然已飘落在尘世和内心之外。托马斯和特蕾莎死了，有关这句咒语，就像他们出车祸时摔碎的骨头，已然无法吻合。在一堆面目全非的骨头和花朵中，我想，萨比娜一定是彻底地坠落或升华了——在一份遗忘的背后，怀疑与诘问、背叛与遗弃，灵与肉的光焰，充满血污与混沌。

我深信，这就是米兰·昆德拉不能承受的轻了——生命与爱情的本质，最终被时间消解，及至不可言说，它一定程度让我们窥见了某种荒凉——在时间的陷阱与密谋里，一切的诗意与粉饰，都将赤裸地暴露，并且无足轻重。

旧时光

煤气的火光，像一朵硕大的黑心的蓝菊花，细长的花瓣向里蜷曲着。旁边是一个家传的霉绿斑斓的铜香炉，第一炉香熄了，第二炉香也熄了，沉香屑烧完了，火熄了，灰也冷了。

这是民国一个姓张的女子给我们讲故事的过程。

时光在这里显得陈旧而且逼仄。时光里流淌着临水照花的美丽与衰颓。

是的，关于时光，我已经说出了——我喜欢看着时光一点点旧去，像一朵残菊，在风中一点点凋零；像一个人的肉体，在岁月中一点点坍塌。

时光旧去的过程，内心也在一点点接近——欢愉或者悲伤，得到或者失去，均在刹那间抵达。

祖父还活着的时候，祖父身上就流淌着这样的时光。

那时候，我看见祖父坐在幽暗的光里，火炉上冒着一缕缕的茶烟。茶烟漫过祖父的脸庞，袅娜中显出动人的温柔。另一边，祖父用火镰不断擦拭着，一下，两下，再一下……直至那一束火焰最后升腾起来。一杆长长的烟斗，以及烟斗最末端点燃的旱烟，仿佛夜晚盛开的花朵。到最后，花朵熄灭了，祖父的身子，也终于一截截老去——先是双脚，再是双手，紧接着是目光与额头，最后就连胡须也躲不过去，也跟着老了。再最后，时光分明就陈旧起来——时光甚至不见了，一转身，祖父和他的烟斗也不见了。

现在，我分明也老了。从祖父到我，父亲的环节被省去，时光一下子落在我的身上，时光旋转的气息，让我有点颤动。现在，女儿一次次窥视我的面容，并咋呼呼地发现了我额头上的皱纹，发现了时光在我身上奔跑的姿势。现在，我围着一个火炉——火炉分明也老了，残留的一层红漆，一脸斑驳。我在读一本老书，老得不能再老的书，清代的《围炉夜话》。写书的人早已不见，写书的朝代几经更替，时光在这里像一个遗失的逗点，坠入万劫不复的深渊。关于此书，我还想说的是，有一年，在北京故宫的一个小卖店，隔着一层橱柜的玻璃，我亲眼看见了它的线装本，据说那是最早的版本，那个朝代那个人的气息，在那里清晰如初，也陈旧如初。现在想起来，一份旧去的时光，忍不住潮水般再次汹涌。

屋外有成串的鞭炮声，还有烟花在空中开放。快过年了，时光再次走到了门槛上，跨下去，就是新年。这让我再次想起了时光的深处。在那深处，应该有一副对联的位置。对联是："爆竹一声除旧岁，桃符万户送新春。"对联是用红纸写的，贴在大门两边。至于作者是谁，不知道。只是新年开始时，父亲就会请家族中另一个老祖父复制下来，年年如此。对联贴上去，时光就此老去一截。尤其是那个老祖父，很多年，我一直在想，在旧年的时光中，当他凝神运气，悬笔提腕，在大红的纸页上挥毫泼墨，他是否早已看见，时光正在他被风拂起的长须和宽袍里肆虐？很多年来，我一直对此深信不疑，总觉得这一个细节，暗藏了时光所有的秘密。

这样的场景，一定是清凉沉香的——它像一缕箫音，在某扇雕花的木窗下幽怨如水。木窗一定也很老了，只是那个人，那一颗心，分明还在时光的深处徘徊——有点像爱情，一切的怀念或许都近似于爱情罩上的衣衫，随风舞处，是一份真实的痴和傻，是一个永远跟随的影子，不会熄灭的影子。

值得一提的是，N多年之后，我无意间读到博尔赫斯《交叉小径的花园》，里面有这样几句："在某一些里，您存在，而我不存在；在另一些里，我存在，而您不存在；在再一些里，你我都存在。时间是永远交叉着的，直到无可数计的将来。在其中的一个交叉里，我是您的敌人。"我就想，时光最终是一张网，时光在交义的同时，也呈现出无限的可能性。在这样一种终极的意义里，您或者我，都是不小心跌落在其间的一只虫子，一只微不足道的虫子，一只旧年的虫子。

关于故事，所有的恩怨情仇、明月秋花，早已只剩下一句话，在幽幽的炉香中一点点漫漶，一点点呈现又一点点消失。

[原载《民族文学》（维文版）2013年第1期]

孟学祥

四　叔

和四叔见面已经是冬天了，冬天对深山老家的这个小村来说，是一个平淡而又时刻孕育着生机的季节，既不太冷更不是太萧条。村子边的竹林翠绿着，山上没有落叶的松林翠绿着，田埂边、树丛里的芭茅草翠绿着，田里收割过的稻桩上冒出的新芽也翠绿着。加上慵懒阳光的普照，这一切给人的感觉仿佛不是冬天，而是一片生机盎然的春季，是足可以令人憧憬的勃发日子。

一进入冬天，四叔就开始打电话，给那些在外务工的侄儿侄女们打电话，召唤他们早一点回家过年。有些人春节不想回家，他就在电话里劝说，苦口婆心地劝说，力争能把他们劝回家。整个冬天里，四叔都在重复做着打电话这一件事，用一种急切的、甚至是恳求的语气，召唤那些仍滞留在外乡的亲人。为着一个冬天的召唤，一年中很少出门的他总是在春节临近的时候，到镇上交上一笔不菲的电话费，回到家就开始天南地北地拨打电话。电话打过了，四叔就开始忙碌，每天他都会扛一把锄头，拿一把大锤，背一只撮箕，沿着出村的那条公路往外走，看到公路上哪些地方起坑了或者石头冒出来了，就撮泥巴把坑填平，或用大锤把冒出来的石头敲掉。这些事情本来都是他和村上的群众一起做的，后来年轻人外出打工挣钱去了，他就和一些在家的老人们来做。随着老人们逐渐过世，和他一起来做这些事的人已经不多了。我曾劝阻过四叔的这种补路行为，理由是我们寨的路几乎就是一条“断头路”，除了我们在外的人偶尔开车或坐车回家，就很少再有车进去。一条泥土路常年没有车轮的碾压，春夏山洪下来路经常会被冲得坑坑洼洼。四叔不同意我的观点，他说这条路是他当初带人修的，修这条路的目的就是为了方便大家出行，只要他还是组领导，路就一定要畅通，就一定要保证大家走好，保证来家过年的车子都能够开进来。四叔锲而不舍地修路补路，锲而不舍地在春节临近的时候，拨打着一个又一个通往省外的长途电话，锲而不舍地召唤着在外务工的组民们回家过年。

村子里的大部分人在接到四叔的电话后，都能够及时赶回来过春节，但仍有一些人，或是买不到车票，或是找不到钱，或是别的什么原因，没能够在春节赶回家。每每看到一些人没有回来，四叔都会感到很失望，很沮丧。每次和我谈到那些没有回家过年的人，四叔都要唉声叹气，都会一个劲地自责说他这个村民组长没当好，没有能力让大家都过上团圆和谐的日子。

听着四叔的自责，我的心一下子受到了触动，这种触动是温暖的，但也是紧迫的，紧迫得我的喉咙总是发紧，好几次都差点不能呼吸。以至于每年吃年夜饭的时候，我总是不愿意走进四叔家，不愿意去听他的诉说，但是我又不能不走进他家。事实上他一直渴望得到安慰，渴望得到我们这些在外谋生的人回家对他的安慰。

我记事的时候，二十出头的四叔就已经当生产队长了。一直当到生产队改成村民组，他又当了好几年的村民组长。直到有一年他提出来说年纪大了，思想落伍了，不想再干这个村民组长时，大家才发现，四叔已经是奔五十的人了。五十岁的四叔在故乡那片土地上已经做了爷爷，再当村民组长肯定是不太合适，于是村民组长的担子就落到了我一个堂兄的肩膀上。从此村民组长就走马灯似的，在我的几个堂叔和一些堂兄弟间来回调换，调换的目的并不是说没有人能够胜任这个村民组长的职务，而是我的那些比四叔年轻的堂叔和堂兄弟们，他们的心思根本就不放在这片土地上，一心想出去闯世界，打工找钱。无论是谁来担当村民组长，都不好好干，都只干一两年就撂挑子外出打工去了，有的甚至只上任几天就从村子不辞而别了。无奈之下，大家又推举四叔重当了村民组长，直到现在，四叔已经七十二岁了，仍是我们寨的村民组长。

我在出村不远的山坡上找到四叔，看见四叔把他穿着的大衣脱下来丢在一边，正挥着锄头在不远的山坡上挖着泥巴，他的脚边已经堆了一大堆被他挖松下来的泥土。看到我，四叔停了下来，说是不是你四婶又叫你来喊我了。我还没有回答，他又说，就只有这个坑了，把这个坑填好后路就补完了，就可以安安心心过年了。我帮四叔把挖下来的泥巴往路中间的坑里运送，花了近三十分钟终于把这个坑填平了。很久没干体力活的我，停下来时感觉到四肢很酸痛。四叔好像看出了我的疲累，活干完后并没有急于提出回家，而是坐到路边的一块石头上，并示意我也坐到他旁边去。挨着四叔坐下来后，我以为他会对我倾诉点什么，然而他什么也没有说，只是静静地坐着，静静地吞吐着他含在嘴里的叶子烟。

我不知道四叔在想什么，此时也找不到什么话和他说，只好陪他干坐着。就在这时我们听到远处传来了汽车的嗡嗡声，我还没有反应过来，四叔就已经磕掉了烟杆里的烟灰，敏捷地从石头上站了起来，用手挡住耳朵听了一会儿，高兴地说：“是汽车的声音，在山那边，是向我们这边开来的，肯定又有人回家过年来了。走，我们也回家准备过年的东西去。”

（原载《文艺报》2013年2月1日）

李寂荡

清明的故乡（外一篇）

自打我到县城念书，迄今二十余年，说来惭愧，竟然没有回乡扫过墓，算得上是不孝了吧。只是在记忆中还保留着儿时随大人上山扫墓时的情景。其实倒动过很多次回乡的念头，但总是有这样或那样的理由，事到临头又打消了。事实上，那些所谓的理由也可以不称其为理由的。一年又一年，想起遥远的山野间，掩埋在泥土中的祖先，我的不安就会加深。今年，我无论如何也该回去了。

其实有多少祖上的坟墓，它们准确的位置在哪儿，我都不甚清楚。我的家族人多，那天，妇女和老人大多留在家里磨豆腐，做饭；年轻的上山扫墓。"扫墓"是城里人的说法，我们那儿叫作"挂清"，所谓的"清"就是一挂白纸幡。因为要在一天之内完成，要去挂清的我们分成了三组，分别去往不同的三个方向。祖父的坟墓我从未去过，于是我选择了那个方向的一组，那也是祖上坟墓最多的一个方向。下过雨，山路十分地泥泞，加之人走牛踏，泥巴又黏又滑，就像走在一条糍粑铺就的路上。其实与其说是走倒不如说是在跋涉。不一会儿，鞋子就敷上了厚厚的一层泥巴，鞋底被拔开了，一抬脚就张开大嘴。我害怕摔倒，便捡了一根木棍当作拐杖拄着，可谓是步履蹒跚，然而，和我同行的两个堂兄弟，却是行走自如。我不由得感叹自己的退步，想想童年时我也是四季奔跑在这样的山路上，并不感到吃力啊。真是越大越不中用了。费了老大的劲，读了那么多年的书，倒变成了一个衰弱而战战兢兢的人。

墓碑上的字迹清晰可辨，于是我记住了我祖先们的姓名。他们有的我是从未见过的，譬如说我祖父的祖父母和我祖父的父母，因为我还没来到人世，他们早就到了阴间。而像我的伯父和大叔，尽管阴阳相隔，还觉得他们音容宛在。按习俗，有多少兄弟，就要在坟头插上多少枝清。清的多少或许能向世人昭示墓主人的后裔的繁盛与否。挂了清，然后就是焚香烛，烧纸钱，放爆竹。爆竹在山野间鸣放，用老家的话说，叫“应山应水”，说的是声音清脆，传得很远，悠长地在山水间回响。而这声音却将故乡的山野和村子映衬得更为寂静。

那天是雨霁后将晴未晴的天色，像水墨泼染似的，明亮，氤氲，没有阳光。这是乡野春天的一种典型的天色，像小姑娘欲说还休的那种情态，一种给你期望又让你绝望的景象。本是草木葳蕤、生机盎然的四月，可我感觉不到些许热闹的气氛，感到的却是冷清。村舍间，且不说白色的梨花，就是粉红的桃花，也感觉不到它们的热烈，反而感到它们绽放着的是一种悄然的哀愁。而广袤的田野上的油菜花就像汹涌而沉默的黄金。当我俯身在一沟小溪中洗手时，不禁惊讶于这条小溪仍然还在流淌——因为生态问题，好些地方的河水已经干涸断流，便以为它早已不复存在；而且我还惊讶于溪水的清澈，这或许源于我久居城市远离自然的缘故。其实，这条溪水一如我童年见到时一样的清澈，只是那时习以为常，而当我见惯那么多污浊的水再看到它时，反以为异常了。我洗手的这个地方，叫作蚂蟥桥，那时所谓的桥其实就是几根木头搭成的，现在桥已不存在。溪水比之从前，明显浅了许多，踩着水中的石磴就能轻松过去。这条溪水汇入的是蜿蜒穿越田野中的那条河。小时候我以为课本中讲到的河流就是这个样子——它形成了我心底最早的河流概念。后来，我发现这条河小了许多，全然不是我记忆中那样的宽阔。

说到故乡的冷清，还有就是人气的消减。青壮年都外出打工去了，留在村子里的大多是老人和小孩。人口这些年增长了不少，但在村子里却看不到有多少人。村子新建了不少房屋，拥挤，杂乱无章，已没有从前整洁。不少房屋空着，有的年久失修，歪斜着，壁上都长上了青苔。

吃晚饭时，我和伯母、姑母们坐在一桌，所谓的“桌”其实是一根高一点儿的长凳，横跨在火炉上方，“桌”上是几碗炒菜，炉子上是一锅现磨的豆腐——这是城里吃不到的、豆香浓郁的豆腐。伯母姑母们虽然生活拮据，但都能抽烟喝酒。伯母七十多岁了，身体却很硬朗，还能挑水砍柴，下地干活，日子尽管艰辛，心情却很开朗。看着她大碗喝酒、满面红光、笑逐颜开的样子，我不由心生敬意。

晚饭后我们准备回县城。此时村子中央的马路上热闹了许多，遇上了不少乡亲，他们都很热情地挽留我们，邀请我们去他们家做客。还遇见“少小离家老大回”的老人，面容慈祥，喝了酒，显得很兴奋，非常地热情，不停地递烟给你。路边不时看见停放着的轿车——在外做了官或当了老板的村人的车，同时也还看见衣着时尚的女子，他们都是回乡挂清的。也许他们的回乡算得上是衣锦还乡了。不像我这个穷书生，两袖清风，免不了受人嘲笑。轿车和时尚的衣装出现在偏僻的乡野，显得很是突兀，就像两个时代莫名其妙地叠加到了一块。

扫墓就是祭祖，缅怀先人，同时与亲人团聚。现在扫墓的人越来越多，在外无论是混得好的，抑或是混得差的，都不计代价、不辞辛劳地赶回乡。似乎是人性回归、古风恢复了。但我看未必尽然。在这貌似回归的潮流中仍然涌动着物欲的诉求，一些人烧香拜祖为的还是祖先保佑，升官发财。官员希求官运亨通，富人希求财源广进，穷人希求否极泰来。这些人中有的宁愿把大把的钱花给死去的人，却不愿花一个子儿在他还活着的爹妈身上。他们身上体现了商品经济社会下古老风习的现代化——扫墓已转化成为一种谋求利益的活动。

回到故乡，我像游走在梦境之中，一切都很真实，却又很虚幻。那些人与物像从久远的记忆中复活一般。随着我的离开又回复到久远的记忆中去，变得渺茫起来。我知道，故乡只是我心中的桃源，它永远属于另一个世界。

住在城中央

曾经，我似乎说过，我读《桃花源记》，就会联想到我的老家。为什么有这样的联想呢？可能是环境的相似，相似不仅在于田园风光，也在于偏远。我说我是一个乡下人的话，所谓的乡下那可是乡下中的乡下了。而我最早的城市概念则来自父亲工作的县城。一个人如果一直生活在乡村，是不会明确地意识到自己是乡下人的，就像一个中国人只有到了国外才会明确地感觉到自己是一个中国人。当我进县城读书，我才明确自己乡下人的身份。这种明确来自城乡间明确的差异。

在计划经济时期，还未出现民工潮和经商热，城乡之间泾渭分明，乡下人与土地紧密相连，相依为命，乡下人大都生活在乡下。读书是乡下人转变为城里人的重要途径，去的城市越大就证明其越有出息，就越能光耀门庭。

我曾经在两个大城市待过。一个是念大学时的长春，一个是念研究生时的重庆。可是念书的两所学校都不在城里，都在郊区。我读的大学是在长春的二道河子区，校园外是广阔的旷野，有大片的庄稼地，有时还能看见农民耕种的情景；而我读研究生的学校在重庆的北碚，宿舍的窗外是一片茂密的树林，每到暮春时节，子规鸟的啼鸣，时断时续，尤其在夜深人静的时辰，听起来悲伤不已，到了盛夏，则是如雨的蝉鸣。虽然我先后在所谓的都市待了好些年，对于都市——尤其是夜晚的都市还是陌生的。

当我研究生毕业，我来到了现在居住的城市。我上班的单位和居住的地方是在一块的，位于这个城市的中央。我终于来到了都市，而且还是都市的中心，我终于可以体验真正的都市生活了。可是，我却体验到了从未有过的孤独。因为这座城市对于我几乎完全是陌生的，亲人、朋友、同学几乎没有，认识的是同事，下班后都回去了。读了多年的书，从事的又是文字方面的工作，对于文字有一种排斥。尽管有不少藏书，总不愿去接触。又没有电视，所以只有枯坐，或者大街小巷瞎逛，逛累了又回到宿舍，还是枯坐。尤其到了周末，更觉得时光的漫长。那段时日，真可谓百无聊赖。孤独就像一群蚊子围绕着，啮咬着，虽不致命，却像慢性病似的折磨着我。

代表着都市生活的商场、饭店、酒吧、夜总会都不是我愿意去的场所，就连过去我喜欢去的书店我也不爱去了。所以，虽然身处繁华，但这繁华于我却没有什么意义。我住在这样的地方可以说是一种浪费。可是繁华中的喧嚣却给我带来不少烦恼。在我的住宅旁边就是一条数车道的道路，这也是出入这座城市的一条必经之道，车辆川流不息，不舍昼夜，尤其是夜晚，车流声更是刺耳。尤其是心情烦躁的时候，感觉车流像作对似的，变本加厉，发出更为烦躁的声音，就像哪壶不开提哪壶，就像给你念紧箍咒，就像往你伤口上撒盐。不少的载重车，本是十吨的载重量往往装了二十吨，因此走得非常地吃力，发出不堪重负的轰隆隆的声音，像坦克似的，在我的神经上碾轧。有时感觉这些车辆不是在公路上跑，而是在我的身体内狼奔豕突，我的身体像一个跑马场，任其蹂躏和践踏，从而一片狼藉。有时我站在走廊上，注视着如过江之鲫的车辆，满腔怒火，却又无可奈何。目睹的景象，非常适合这样一句话来形容：熙熙攘攘，皆为利往。年复一年，在这样的噪声中待久了，有时到了一个安静的地方，反而觉得异样，觉得无比地岑寂，觉得这世界居然也有这样安静的一面！我想起故乡的河流，因为流淌而发出声响，在午间，将阳光和阳光下的村庄，映衬得无比地安详，甚至连时光你也觉得是安详的。而到了深夜，一切都安然入眠，包括山脉、村庄、树子、鸟群、牲畜，只有河水醒着，还在流淌，整个世界只有河水哗哗的声音，回响在耳畔，在梦境中。在城里，我经常梦见山野，梦见奔流的河水，大约是故乡的山野和河流在我心中复活了吧。

我住的门口，由开始的一家夜总会，很快就衍生出一堆，夜总会或者酒吧，俨然成了一个娱乐中心。每到黄昏，便会出现大量面容姣好，身材窈窕，而衣着极为暴露的女子，她们昼伏夜出，早晨从黄昏开始，目光中充满了丰收的期待，因为她们的劳作即将开始。同时，也有大腹便便的商贾或官吏，油光水滑，目光中也充满了对即将到来的快乐的渴望。打他们身边经过，鼻端便会拂来一阵阵的香水味。此刻，我总会想到鲁迅先生的一句诗：“破帽遮颜过闹市……躲进小楼成一统。”

浑浑噩噩中，我已是人到中年。郁达夫先生曾经写过这样的诗句，“生死中年两不堪，生非容易死非甘”，说的是中年的困境。中年正是生命中的中间点，回头看和向前看，都是一样的距离——当然，这么说的前提必须是你有一个正常人的寿命，两头看似乎都是明了的，该失去的业已失去，没有得到的已不复获取。我想到一个心理学的例子，面对半杯水，有人说，只有半杯水了，也有人说，还有半杯水。前者是一个悲观的态度，而后者呢，不用说，就是一个乐观的态度。而对于我来说呢，我既不是前者，也不是后者，我想说的，就是半杯水。在这生命的中间，我既不耽于回忆，也没有所谓的什么憧憬。想想，我曾经发愤读书，一个缘由不是拼命地想到城里去吗？具有讽刺意味的是，大学毕业后，竟一度被扔到一个偏僻的乡村做教师，连曾经和父亲一起生活的县城也没留成。后来又发愤读书，考取了研究生，终于来到了都市。而这样的都市生活就是我所想要的吗？过去所谓的奋斗，现在想来更多是在证明，在向他人证明自己的能力，或者说是在实现所谓的自我价值。现在是证明了，可是又有多大意义呢？然而不这样，如果我还待在乡村，像我曾经的同事那样，娶一个乡村女子为妻，放学后扛着锄头去锄地，我又会甘心吗？人可能就是一种在悖论中生存的动物。在乡村时向往城市，到了城里又怀念乡村。然而，我毕竟是在城市里待了这么多年，如果有一天我回到乡村生活，可能与过去在乡村生活不是一回事。用一句辩证法的术语来说，是否定之否定后的肯定，已不是过去的肯定。重回乡村，已不是简单的回到原点，这时的回去，应是“物是人非”，乡村还是那个乡村，但人已不是过去的人了——准确地说，心已不是过去的心了，这时的心少有冲动，少有幻想，是可以安顿下来了。

生长于乡村的人与生长于城市的人是不同的，自然风物已内化为他的生命本质，他与自然的关系犹如鱼与水的关系，无论他走到哪儿，他内心深处有着根深蒂固的乡土情结，或者说农耕的情结。自然是其生命出发的地方，也是其生命的依托和归宿。除非他被异化，被都市文明异化。陶渊明先生在他的诗篇《归园田居》就有如此的表达：“少无适俗韵，性本爱丘山。误落尘网中，一去三十年。羁鸟恋旧林，池鱼思故渊。……久在樊笼里，复得返自然。”读这首诗，感觉先生也是为我写的似的。

（原载《天涯》2013年第3期）

2013年

喻莉娟

顶着露水的小草

伟人说过，家庭是社会的细胞。社会状态的很多方面取决于社会每一个家庭的状态。册亨丫他镇巴金村有这样一个普普通通的少数民族家庭，自觉而自发地做着传承民族文化的大事，册亨浓郁的民族文化氛围和环境，就是许许多多这样的家庭和个人所共同营造构建而成。

下午，夕阳在西。初冬的季节在册亨这个有“天然温室”之称的地方，给人的感觉是如春的适宜。一路的甘蔗正如那无边的青纱帐，连绵不断的甘蔗田园和收割甘蔗的人从车窗外闪过，这正是我省主产糖地区的自然景色。

绿色覆盖着两边的山坡，虽是冬日，但车行山路，窗外连绵的景色全是绿色，竟然还有不时闯入眼帘的红花，尤其是那一丛丛的三角梅，红得像火焰又像天边的晚霞。

从册亨出来二十多公里，就到了丫他镇巴金村。此行的目的，就是特意去看一个家庭原生态歌舞艺术团——丫他镇巴金村苗族芦笙歌舞艺术团。团长是家里的女婿，而岳母、女儿、两个外孙，一家祖孙三代是团里的台柱子，其余的团员，也全是自家亲戚，老老少少共二十余人，小的只有六七岁，而老的已有六十多岁。他们活跃在乡镇的街头巷尾，村落的坝子田间，丰富了各族农民百姓的文化生活。县文联黄主席告诉我们，他们正准备为这个团长申报苗族文化传承人的称号。

在天下布依聚册亨的地方，苗族仅有一万人，但他们发展本民族文化的精神却如此高涨，十分难能可贵。因此，尽管我们的时间很紧，也一定要去见识见识。县文联的黄主席在路上就电话通知团长陶永文，说，我们只有半个小时的时间给你们，你们要做好准备，我们一到就开始，把你们的绝活拿出来。

车子刚刚拐进一个胡同，就听到远远的芦笙的吹奏声。我们下了车，直奔目的地。一个空旷的水泥坝子上，一块巨型的喷着彩绘图案的矩形背景布铺在地上，这就是他们给自己框定的舞台，上面还印着艺术团的图文介绍，十分具有创意。

演员们身着苗族盛装，有人介绍，从服饰上看，他们属于红苗，装扮很是漂亮。团长三十来岁，个子不高，眼里闪烁着聪慧。他说，因为我们时间有限，就给我们准备了五个节目，说着递给我们一张手写的节目单。只见上面写着：芦笙历史发展舞、迎宾舞、踩牛桩、口琴调、卷地龙舞。

他们的表演以芦笙歌舞为主，这正是苗族歌舞的特色。男孩子们边吹边跳，女孩子们则跟着节奏与男孩子对跳。他们把这种舞蹈的步伐称为“踩”，芦笙舞就叫“踩芦笙”，称呼十分形象。

在他们的艺术团中，跳得最好的，却是那个六七岁的小外孙。芦笙舞“踩牛桩”，就是他表演的。

“踩牛桩”是苗族芦笙舞的一个传统节目。相传苗族杀牛祭祀，捆牛时，在地上留下一些木桩，一些勇敢的年轻人，兴之所至，就跳到木桩上“踩芦笙”，以后就形成了一种专门的芦笙舞蹈“踩牛桩”。由于“踩芦笙”的人只能在木桩上跳动，又要边吹边舞，要求较高，所以并不是每一个人都可以完成“踩牛桩”的动作的。

只见小外孙跳到两个桩子上顺时针转三圈，逆时针转三圈，其余的人则只能吹着芦笙围着桩子转。小男孩的精彩表演，使整个演出气氛达到高潮。

接下来上“台”表演的是团队里两位最年长的妇女，她们身着盛装站在“布台”上，带着一种神秘的表情，既不唱也不跳，大家一下安静了，我们等待着，不知道她们表演什么。只见她们把手握到口边，突然，一种弦乐的声音慢慢地流淌出来，声音由远及近，由小到大，一会儿又仿佛飘走了。声音低微婉转，如魔幻般的天籁。这就是苗家有名的“口弦”了。报幕的小姑娘称为“口琴调”。

演奏结束后，我们都纷纷上去参观这种神秘的乐器。口琴属于单片弦，薄铜片制成，其构造形状像一把袖珍的剑。铜片约宽二分长三寸，中间分裂一片为簧，吹奏时以簧贴唇，按照曲调从喉咙深处吐出气流，与拨动簧片尖端震动所发出的声音共鸣。口琴是我国最小的民族乐器，汉语通称“口弦”，在我国彝族、苗族、景颇族、哈尼族、纳西族等西南少数民族的音乐生活中，占有重要地位。其历史可以追溯到远古时代的簧。据史籍文献记载，簧是一种用竹或铁制成的横在口中演奏的乐器。自先秦至晋，簧是作为贵族使用的“高雅”乐器，尤为文人雅士所喜爱。苗族口琴自来先秦的簧，是一种历史悠久的乐器了。

团长告诉我，口琴是苗族妇女的乐器，尤其是上点年纪的妇女几乎人手一副口琴，用一个精致的小竹筒盛装，挂在胸前，或纳于杯中、收于绑腿间，闲暇之余便取出吹奏。芦笙是苗族男人的代表，口琴则是苗族女人的“专利”。口琴声低回婉转，只有极亲近的人可以共享，远不可闻，是一种私密音乐。这种高雅的乐器，既是苗族妇女生活的伙伴，更是浪漫的爱情信使。

最年长的口琴演奏者就是团长的老岳母，叫侯志义，她拿出口琴摆在手心里给我观看，非常珍爱地说，我们随时带在身上，想吹就拿出来随时可用。我问她教得有学生没有。她笑着说，有，都是自己家的娃娃些（们），我要求她们必须要学，不要把这个传统弄丢了。

我问团长，艺术团能不能赚钱，他们靠什么养家。他告诉我，他在镇上开了一家芦笙店，生意还不错。两年前组建了这样一个艺术团，目的在于把老一辈的这些艺术传承下来，并不图什么，就在自己快乐，也给大家带来快乐。刚才跳“踩牛桩”的是他的小儿子，孩子学得早，可塑性大，跳得最好。说时，他流露出一种疼爱而自豪的眼光。

我顺着他的目光看过去，说，他很可爱，就像苗山上一棵顶着珍珠的小草！

我们的车开动了，艺术团的一家老老少少们，向我们挥动着手，“踩牛桩”的小儿子把手中的芦笙高高举起，夕阳照着他绿色的衣服，芦笙闪闪发光，远远地望去，真像一匹草叶上闪着一颗露水的光芒……

（原载《散文选刊·原创版》2013年第3期）

喻莉娟

绕山 绕河 绕家歌

车沿着狭窄的乡村公路走，满眼是绿。

弯弯曲曲，上上下下，终于到了！首先迎接我们的，就是绕河，这是绕家人的母亲河。河不大，却清澈见底。岸边稻花飘香，三五个绕家女人在河边石板上捶打着衣服，小孩追着小狗在绕河桥上奔跑。

紧接着，迎接我们的是绕山营上坡、大人山、姊妹崖。绕河在营上坡脚下打了一个弯，就像是想在这美丽如画的地方多留一会。绕河桥头有棵银杏树，桥就得名银杏桥，桥头对面是绕河村的一个寨子，寨子里面住着的绕家人是许姓、杨姓两家大姓。

这是个古老而和睦的民族村寨。

一进寨门，迎接我们的是吊脚楼上传来的绕家歌，浑厚、深沉、苍劲而富于活力，旋律古朴悠长，节奏富于动感。甫进村，我们就感受到了绕歌的魅力无穷。

村支书告诉我们，这里共有绕家人七百二十多户，近三千人口。相传绕家人是明永乐年间从江西迁移来这里的，算来已经十七代人。村支书指了指后面的山顶说，先人刚刚来到这里，安营扎寨就在上面，后来才慢慢搬到现在的坡脚，靠着绕河而居，于是这座坡就叫营上坡了。

我们跟着村支书来到了吊脚楼上，坐定。我请他们把刚才唱的歌再给我们唱唱。陪同我们来的绕河小学的退休老校长用绕家话和村支书说了几句，过来了两个中年农民，四个人凑在一起商量了几分钟，老校长说："我们的歌是'绕家大歌'，我们叫它'呃嘣'，现在，我们给大家唱两首'成长歌'和'迎客歌'。这两首歌，代表我们黔南参加多彩贵州歌唱大赛，赢得了金黔奖。"听到这里，我们意外惊喜，他们也掩盖不住眉宇间的自豪喜悦。

歌声突然响起，他们唱的是多声部无伴奏合唱，四个人是那样地默契，没有指挥，却是那样地和谐协律，低沉的声音让人忘了现实的忧喜欢愁，脑海中只出现着青山绿水，白云悠悠。

忽然，一个男中音骤然而出，歌声又进入到热闹欢快的境界。

听着这美妙动人的歌声，不是亲眼所见，真的难以相信，这竟是眼前这几个地道的农民汉子所唱。

老校长告诉我们，绕歌“呃嘣”是他们自小从老一辈人那里听来的，口口相传。过去，不是每一个人都能够唱得这样好，都能成为歌手，但大家都能够唱。要成为歌手，一要喜欢，二要悟性，要在岁月中不断地吟唱积累体会，才会“唱得出来”。老校长说，现在的年轻人，悟性不差，但已经没有几个人喜爱了。幸好，他们参加了多彩贵州的比赛，获得了金黔奖，这对绕歌的传承是一个巨大的刺激。目前，学校十分配合，已经在学校开设了绕歌音乐课。

绕歌的神奇，在于寨子上大事小情，各家的红白喜事，要用歌来传达。事情如何安排，大家集中，在坝子上唱“呃嘣”，用歌声发表自己的意见。我感到十分好奇，问村支书：“唱去唱来，那到底听从哪个的意见呢？”村支书笑了说，哪一个唱得有理就听从哪一个的。原来，绕歌还是这里保存着的一种原始的民主形式，这古老的大歌里，保存着古老的文明。绕家大歌是一种典型的寓教于乐，寓礼于乐，寓生产活动于乐。

不一会儿，大家围着一个大火锅坐好，火锅上放一个长条木板，锅里煮着鲜汤鱼，木板上放着油炸鲜鱼。鱼，是刚从绕河打上来的，我们来的时候还看着他们正在打整呢。菜，是山上的野菜，一种叫辣柳的菜，“辣柳”是一种草，叶如杨柳，味道辣中约带点苦涩，很清香。酒，是他们自己的家酿米酒。村支书说，他们这里，家家户户都自酿米酒，一户人家，每年要酿一千斤粮食！我们听了，嘴张开半天合不拢来！绕家人，生活中离不开酒，有酒才有情，有情才有歌！

说到这里。村支书激动地而风趣地端着一碗酒说，来来来，大家把碗端起来，尝一下我们的“绕河大曲”！我们这里的酒家家一个味，那就是绕河水的味。

他说着，很自然地唱起了祝酒歌。他的身体随着歌声节奏不停地摇摆，这就是来源于舞蹈的踏歌。忽然，我顿悟了李白的“忽闻岸上踏歌声”，读了四年大学，教了二十多年大学，今天，才领会了汪伦送李白，是怎样的一个场景！

听他一唱，在另外一张桌子的几个汉子，端着酒就过来了，歌声又变成了和声，十分融洽自然。

我们在绕河听的酒歌，和我们在任何一个地方的酒歌都是不同的！无论是亮欢寨还是西江寨还是云舍村，还是我们所有参加过的其他地方的风情酒席，他们的酒歌，是劝酒的姑娘和大嫂唱给客人的，意在劝酒，唱歌的人不喝酒，喝酒的人不唱歌。绕家人的酒歌，是喝酒的人和客人一起唱一起喝，他们不是为了强迫客人喝酒，而是为喝酒助兴，为友情助兴，大家举碗唱歌就好，没有人会在意你喝不喝，在意你喝多少，他们沉浸的，是绕歌一唱的豪情，是蓬勃激发的友情！

我们所有的人，抬着碗，都感动了！大家一起举杯，跟着他们的旋律放声合唱，跟着他们的节奏扭动摇摆。酒歌的最后，是大家一起高喊："呀依——！"在高昂的吆喝声中，男人们干了碗里的酒，女人们则碰碰红唇，也有不善喝酒的男子，只小抿一口，但，大家都觉得，这酒，喝得真尽兴！

这一顿饭，吃了好久好久的时间，一席饭，酒在不断地加，歌在不停地唱，感情不断地增长！

不得不走了，在一阵歌的浪潮里，最后老校长握着我的手，那苍老的眼里含着泪说："我是这里的小学校长，退休了，现在就一心搞我们的绕歌。2010年，我们绕家大歌代表贵州参加了'上海世博会贵州周'的献唱，好多人喝彩，还有好多外国人呢！现在，我们让绕家歌进了校园，让我们的娃娃们把绕歌传承下来，演唱出去，唱到全中国，唱到全世界。我最后的人生，就做好这一件事！"

我们含泪告别，真正地含泪告别！

我们走了，好远好远，绕家的汉子们，还依依不舍地挥着手，还大声地唱着绕家歌！

再见了，绕家的朋友们，绕家歌永远在我心里！

（原载《海外文摘》2013年第3期）

2013年

卢惠龙

忧伤之旅

你走过世界许多地方，你说，现在最想去的是彼得堡。

你还说，忧伤是生命的底色，谁都无可逃遁。

人们公认，彼得堡，是俄罗斯“最欧洲”的城市，她身上兼有沙皇集权的威武和欧洲世界的浮华，可最不可抹去的却是它不可替代的、深不见底的忧伤，还有，普希金、托尔斯泰、陀思妥耶夫斯基、赫尔岑、恰达耶夫……这些雕刻在历史上的不朽名字！

浩荡的涅瓦河，是彼得堡的母亲河，她有太多的经历和记忆。历史曾经在这里蓦然转身，误认为这是最后的斗争。涅瓦河以及河上的三百多座桥梁，不似威尼斯，胜似威尼斯。河面游弋着美丽的绿颈鸭。桥头石狮嘴里伸出的铁索，连缀了开开合合的桥身。到了夜里，大桥拦腰打开，高大的船只一一通过。那桥头的石狮可是中国政府所赠送。

站在涅瓦河桥头，面对沙俄专制制度曾经的盛世和淫威，你会思绪纷纷：赫尔岑说过，历史没有剧本，历史永远不确定。涅瓦河见证了曾经被人称为患精神分裂症的民族，怎样成为罗马帝国和拜占庭帝国的继承人。尼古拉一世认为俄国是人类的希望……可是，俄国在经过了巨大的辉煌之后，又骤然跌入谷底。俄国的成就和他的悲剧一样的强烈。

那被美誉为“北方凡尔赛宫”的冬宫，卓尔不群，奢侈高贵。宫里美妙的雕像，是无与伦比的。记得有一部电影，描写一个从阿芙乐尔巡洋舰上冲进冬宫的水兵，登上金碧辉煌的楼廊，看见那些美妙而逼真的人体雕像，目瞪口呆，挪不动脚步，他一手提着毛瑟枪，另一只手，伸出去，摩挲那雕像，竟然忘了使命。而今，这艘巡洋舰，如饱经风霜的老人，瓦灰色的舰身斑驳沧桑，依然停泊在涅瓦河上，似乎在思索它曾经的轰轰烈烈，曾经的多灾多难。

二月、十月的枪炮，完成了一次历史性转换。普列汉诺夫却看到这场革命的另一种阴郁前景。这时候，德国的共产党领袖罗莎·卢森堡写了《论俄国革命》，说：没有普选，没有不受限制的集会和自由、没有自由意见的交锋，那么一切社会生活都会沉默，都会死寂。苏维埃执政者没有接受她的这个判断，对决了新的集权恐怖。苦果，步步穿越历史的隧道……人们从索尔仁尼琴那里窥见了遍布全国的“古拉格群岛”。当时的救赎，走向了反面。没有外敌入侵、没有自然灾害，铁血士兵放下武器，民众戏剧化地胜利，超级大国的坍塌不期而至。坍塌不仅没有造成灾难，还有人分享了解体的历史红利。啊，我伟大而苦难的邻邦啊！

在彼得堡，还有那十二月党人广场，那彼得大帝的《青铜骑士》，那俯视天下的圣埃撒教堂，那巴洛克式的宫殿，那飘逸的喷泉，哪一项不是一部苦难的诗篇和人民对自由的向往？

1825年12月14日，白雪覆盖了彼得堡。数千名俄国陆海军官兵，一路高呼：“要求宪法！”“要求民主！”在元老院广场，彼得一世铜像旁布成方阵，荷枪实弹，准备战斗。尼古拉一世调动军队，用大炮轰击广场，杀害了聚集在广场周围的群众。元老院广场上弹痕累累，血迹斑斑，尸横遍野。著名领袖被判处绞刑，百余人被流放西伯利亚服苦役。十二月党人废除农奴制，实行君主立宪的主张成为泡影。令我感动的还有许多十二月党人的妻子，自愿抛弃优越富足的贵族生活，跟随丈夫流放……

从十二月党人起始，除了一个耸立不移的彼得堡之外，还有了一个被放逐的彼得堡。苏俄时代的别尔嘉耶夫、布尔加科夫、曼德尔施塔姆，以及普宁、布罗茨基、索尔仁尼琴，这些人都是在彼得堡完成了对俄罗斯思想养分的吸收，并带着这份业已形成的世界观，离开了地理上的彼得堡，将精神上的彼得堡流布到了世界的各个角落。

普希金的《青铜骑士》，写了不可一世的彼得大帝，他骑在腾跃的骏马上，昂首眺望涅瓦河，何等威武？这位俄罗斯民族的圣君，从一座小木屋开始，兴建了这座伟大的城市。这里成了花岗岩建筑和桥梁的城市，也是悲情与风流的城市。这里还成了俄罗斯精神的出海口，连接着东正教传统与欧洲的文明。我读的《青铜骑士》是查良铮的译本，普希金在第一章开篇就写道：“在幽暗的彼得堡的天空，吹着十一月的寒冷的风……”普希金旧居很小巧，出来，有一片小树林，那是普希金决斗的地方，他用生命捍卫荣誉和尊严。

就在普希金去世的前一年，《哲学书简》横空出世。恰达耶夫给他情人的信，由别林斯基译成俄文：我们这个民族没有对人类文明做出贡献。我们的本事就是奴役自己和奴役他人，这是俄罗斯的罪过。尼古拉一世直接干预，恰达耶夫的作品被勒令永远不能出版。他被宣布为疯子，必须接受警察和医生的监护。赫尔岑说，恰达耶夫向俄国漫长黑夜放出了第一枪，拉开对俄国历史命运、道路和前途历史性辩论的序幕……普希金在

《致恰达耶夫》中呼应道："我们正忍受着期待的煎熬，翘望着那神圣的自由的时代，就像一个年轻的恋人，在等着那确定的约会的到来。"

陀思妥耶夫斯基在彼得堡的白夜中，写下了最浪漫的《白夜》。在彼得堡的沉沉黑夜中，他把对民族的思考上升到人生、宗教、救赎情怀的高度。在他身上，更能体现俄罗斯思想中悲天悯人的道德高度。对恰拉耶夫的《哲学书简》，作为斯拉夫派最优秀的分子陀思妥耶夫斯基，最后发现它是对的，认为俄国历史所赋予的伟大神圣的使命，和俄罗斯的现状完全不匹配。

对了，在这个历史关头，五十岁的托尔斯泰则写完了他的《安娜·卡列尼娜》。那个大胆追求爱情的女性，为了摆脱僵死的婚姻，彼得堡习以为常的社交生活、甚至包括孩子谢辽沙都黯然失色，她纵使抛弃一切，也决不回头。她决不蜷缩在别人的阴影中享受忧伤。在彼得堡，仿佛，从任何一扇斑驳的大门里都会走出裙裾曳地，最后卧轨的安娜。安娜的沧桑没有写在脸上，她那双呆滞的眼睛却总是迷茫，好像美的背后是巨大的黑洞，人们禁不住要被吸引进去。安娜曾经的美丽，曾经的优雅，无可避免地成为命运诅咒的牺牲品。而这时，伟大的托尔斯泰内心危机重重，起因是他的良知。认为自己拥有土地、财产、农奴，就是一个罪人，完成《安娜·卡列尼娜》之后，他最大的愿望就是去坐牢。

托尔斯泰以基督徒的身份给亚历山大三世写信。他说，如果你把反对你的五名首犯判处绞刑，那么马上就会有更多的人替补他们的位置，因为仇恨只会繁殖仇恨，如果你这样做的话，你就是在历史的关头选择了恶，放弃了善，俄国就会陷入血泊中。陛下如果以善报恶，你把他们放了，而且你给他们钱，用《圣经》的话来说，爱你的敌人。托尔斯泰说，我不知道其他人怎么想，我托尔斯泰会号啕痛哭，我会俯在地上亲吻你的脚。慈悲和爱会像泉流一样流向俄罗斯。亚历山大三世当然无情地拒绝了托尔斯泰，也封死了托尔斯泰在民意和道德上拯救俄罗斯的可能性。

在彼得堡，不能不说屠格涅夫，一说起他，我就想起他的《初恋》《白净草原》和《木木》。《初恋》中那个神秘、迷人的姬耐达，扯断男孩的一绺头发。"我会把你的头发藏在项链的小盒子里，挂在身上。"她说，眼睛里还蓄满了泪。"这样也许可以稍微安慰你。再见了。"我曾为这细节伤心许久。《白净草原》，那个掉队的旅行者，走入林中一片空地，看见了篝火，篝火边坐着一个汉子，两个素昧平生的人，谈了一晚上。《木木》是反农奴制的。那个高大的哑人和他的小狗木木，让人流了多少眼泪?《猎人笔记》里的故事不也揭露了地主丑恶残暴的本性？不然，当局何以把屠格涅夫拘捕、放逐？而今，屠格涅夫依然还在彼得堡。那里还有"木木餐厅"，餐厅门口还有木木的雕像，对尊贵的客人，餐厅老板还会送上第一版《木木》的复制本。

还有，柴可夫斯基，他创作了《叶甫根尼·奥涅金》《黑桃皇后》《罗密欧与朱丽叶》这类不朽名曲，他与梅克夫人的故事流传最广。音乐的听众应该比小说的读者具有更多一些天赋。依我愚蠢之见，老柴的乐曲中充满了一种深不见底的绝望：“看吧，我的朋友们，生活是沉重的，爱情已经死亡，树叶枯黄了，疾病缠身了，衰老来临了。”这让音乐变得琐碎。他和陀思妥耶夫斯基很相近，都表达了19世纪末的那种深不见底的绝望。他的乐曲，充满了感伤的怀旧，病态的内心。多少人都被他不可遮掩的伤感之光所照亮。

彼得堡的精神就是厚重深沉的俄罗斯精神。两三个世纪过去了，彼得堡也历尽风霜雨雪，满目沧桑陈迹。宫殿固态，雕塑依旧，也透露了忧伤的底色。

彼得堡的土地上，人类最优秀的艺术家普希金、屠格涅夫、柴可夫斯基永远在这里安息。

而今，彼得堡从艺术家的经典中走出来了。广袤的俄罗斯大森林，在电锯中倒下，原木滚滚流向日本海。日常生活变得琐琐碎碎。导游偷走了游客的录音机，四处藏匿。涅瓦河边的一个咖啡馆里，俄罗斯姑娘在陪伴外国水手，国有资源面临流失……俄罗斯的身躯迟重了，辉煌的时日慢慢过去。只是近些年又才显露了一点大国的姿势和强者的风范。

彼得堡毕竟博大，它曾经是王者的，现今是平民的。雪橇，舞蹈，火焰，摔跤，轮盘赌，面包饼，费加罗歌曲……都美。艺术家们当年的忧伤，是因了俄罗斯的种种不幸。这种不幸而今虽有衰减，却没有完全消失。

1998年7月17日，在圣彼得堡彼得保罗人教堂，俄国末代沙皇尼古拉二世全家的葬礼，在庄严的圣歌和肃穆的祈祷式中隆重举行。俄罗斯联邦总统叶利钦在尼古拉二世灵柩前鞠躬。这位昔日的苏共中央政治局委员和莫斯科市委书记强调，必须把历史真相告诉后代，让他们自己去建设一个自由、民主、和平、幸福的世界。

人说，巴黎华丽，伦敦矜持，罗马雍容，巴塞罗那热辣，彼得堡的精魂呢，还是大气。

彼得堡是思想家的熔炉，它的历史是思想的历史，它的魅力是由苦难深重的俄罗斯大地所赋予，这就是彼得堡，这就是俄罗斯。

彼得堡谚语曰：阅读多少遍描述彼得堡的文字，不如亲眼看一下这座城市。

彼得堡一年之中只有两个月的好天气，要么大雪飘飘，要么阴霾连天。彼得堡的暴风雪，普希金有经典的描写：风是白色的，雪是散漫的，风成了雪的力量，雪成了风的形体……

你择日前往吧。

（原载《散文》2013年第4期）

2013年

孟学祥

故　乡

大哥给我打来电话，说侄儿们出去打工几年都没有回家，家中就他和大嫂两个人，长期守着一个空荡荡的房子，感觉心里特别闷得慌，叫我抽空回去陪他坐一晚。到州里来工作后，和故乡那个家就有了一段路的距离，再加上父亲去世，我和大哥都在各自为着自己的家奔忙，虽然常有联系，但见面和交往就少了。大哥的两个儿子高中没有毕业就不愿再读书，并先后外出打工，开始几年还常回家看看，最后各自在外边找到朋友成家后就很少再回到山中的那个家，而今更是发展到连过春节都不回了。

趁着天高气爽的日子，周末就踏上了故乡的土地。走下汽车，猛然间感觉自己仿佛就从未离开过故乡一样，那条通向老屋的小路还是那样的逼仄和尘埃遍地，一成不变地向前延伸着，一直延伸到老屋的院落。从县城延伸过来一直延伸到邻镇的那条公路从老屋的背后经过，顺着老屋前方那道山梁延伸向更远的地方。从公路边走不到十米就可以到达老屋，但我还是选择了从小路上走过去。小路有我太多的记忆，曾经的欢乐，曾经的痛苦都是在小路上产生的；曾经的向往，曾经的期盼，曾经的追求，也是从走在小路上的梦开始的。走在这条小路上，依稀中都还会辨别出曾经留下的模糊脚印。

老屋没有人，门是锁着的，站在空落落的院子里，一股惆怅猛然间袭上心头。儿时无论什么时候回家，门都会一直开着，即使门上挂着锁，锁扣也从来都不会扣上，用手轻轻一拨就可以打开。现在门被锁上了，面对这锁着的门，突然感觉到自己早已经不属于这片土地，故乡的“故”已经在岁月的流逝中和“乡”拉开了长长的距离，即使乡音不变但乡土已与己难认。几只狗在不远的地方用警惕的目光注视着我的一举一动，并时不时发出一两声低沉的吼叫，以此来提醒我这个站在老屋前的人：小心你的行动，你已经不是这片土地的主人了。

沿着熟悉的一条小路去找在坡上干活的哥嫂，几只狗竟远远地跟着我，一直目送着我走出村子。我的脚步敲击地面经过它们的身边时，它们龇着牙恶狠狠地吼了起来，还好它们并没有向我扑过来。在它们的潜意识里，我的陌生让它们不得不警惕，而我的乡音又让它们不得不慎重对待，这也许是它们只想对我吼叫而不会扑上来咬我的原因吧。与大哥结伴从坡上回家的时候，那些狗一看到我们，立即摇着尾巴跑到大哥的面前来献媚，还不时地用鼻子对我嗅来嗅去，一边对我摇尾巴一边抬头看我。我伸出手对这些狗做出友好的表示，狗们竟然伸出红红的舌头向手上舔来。不大的村子里，狗对任何一个人都很熟悉，对任何一个熟悉的人都会示好，自然地，对与它们熟悉的人走在一起的陌生人也就表示出好感来。就是这些狗，刚才还对我凶神恶煞地咆哮，转瞬间它们就抛弃前嫌，仿佛刚才的不快都没有发生过一样。

曾经家中的门一直就都没有上锁，曾经村子里养的狗白天都不想躺在家门前休息，而是四处出击去找吃的东西。如今各家各户的门都上锁了，狗们也养尊处优吃饱后往家门前一躺，半眯着眼睛过起了神仙日子。门锁，看家护院的狗重新构成了故乡一道新的风景，透过这道风景，想找回曾经记忆的我猛然感觉到故乡和自己已经不只是意义上的陌生，而是有了事实上的距离和陌生。陌生的还不止这些，曾经在吃了饭后很热闹的村道，在牛群们归家后就变得沉寂了。夕阳还在山顶上挂着的时候，很多人家就已经关门闭户，把黑暗和冷清关在了屋外。

社会进步给予了山村先进文化的享受，而社会进步也同时让山村丧失了许多原有的景致。天黑出门去散步，在村道上转悠近一个小时，竟一个人都没有碰到，换来的只是一些狗的叫声。大哥介绍说，除了大家只想坐在家中看电视外，还有一个更重要的原因是很多人都出去打工了，留守在家中的都是些老人和孩子，老人和孩子晚上更不敢出门。现在除了年节，一般日子里大家都很少串门，更不会像前些年那样，吃了饭后一大群人跑来寨子中间学校操场上吹牛聊天。

有了电视，山外的信息与山村的距离也就很近了，走在挂有路灯照明的乡道上，新闻联播和电视连续剧的声音一阵阵地灌进耳中，要不是身前身后都耸立着高高的黑黝黝的大山，真就以为这里和城市实际上没多少区别。原以为可以碰上几个儿时的伙伴，大家聚在一起叙叙旧，再忆忆从前的荒唐和顽皮，想不到很多人都走上了打工路，村子里也就留下了很多一幢幢被称为“家”的空房。

（选自《守望》，大众文艺出版社，2013年4月；
《守望》获贵州省首届专业文艺奖）

2013年

丁玉辉

经历死亡

一

人的生命，是多么地奇妙和偶然，要多少机缘才能来到这个世界。生命有时显得很强大，一个人，就能创造历史或改写历史。秦始皇统一了中国；华盛顿使美国独立；希特勒掀起了第二次世界大战；戈尔巴乔夫使强大的苏联解了体。可生命，往往又是那么脆弱，经不起一丁点儿打击。瞬间，就可能像流星一样，消失在永恒的世界，只将那无言的悲痛，永远留在亲人的心间。

在我三十岁那年，我曾经历过一次死亡。那天，我和班上的唐洁在变电站做高压试验。就是对停电的电气设备施以额定运行电压的几倍高电压，来判断是否存在绝缘缺陷。这在电力系统来说，是一项非常危险的工作。每个操作程序都必须严格按照《电力安全规程》要求。胆大心细，注意力要高度集中，稍有疏忽，都有可能酿成设备和人身事故。

灾难和死神的降临，是毫无预感的。我爬上三米多高的高压开关，将试验线接在被试验设备上，便站在安全距离外，叫地面的唐洁升压试验。

当我听到飞机的轰鸣声，便不由仰起头，向那高远深邃的蓝天搜寻。只见银色的飞机像一只轻盈的小鸟，翱翔在纯净的碧空上，摩擦产生的气流形成一股白雾，宛如一条玉带漂浮在辽阔的苍穹，一会儿便化为纤云，融进了湛蓝无垠的碧空。这景致，不禁使我想起张若虚《春江花月夜》中的“江天一色无纤尘”。我读大学时，就很喜欢这首孤篇压全唐的诗。便在心里默咏起来，刚背到“人生代代无穷已……”便听到地面的唐洁喊："好啦！"我从诗境中醒来，没有像往日那样先看试验电源是否断开，便匆忙过去撤线。而此时的电压还是一万伏。我手刚触摸到实验导线，轰然一声便感到灵魂瞬间被强力挤出了躯体。像坟茔上飘荡的灵火，没有视觉，也没有听觉和嗅觉；又像一股蓝色的气流，默然地跟随着我薄如蝉翼的躯壳，轻盈地飘向无极的幽暗……

不知飘飞了多久，我的躯壳终于轻轻地停在了无边的、状如苔藓幽蓝的物体上。在潜意识里，我知道自己已属于了另一个世界。我弄不清这是地狱还是天堂，是冥界还是净界。可我感到我的灵魂，已与这无边的孤寂和幽凉，如迷雾融为了一体，没有感知和思维，也没有恐惧。我死了！

不知过了多久，我的灵魂悄然附上了我透亮风干的躯壳。知觉像水滴一样，慢慢浸进了我的躯体……

我听到一个微弱如游丝般的声音，从那无极的幽暗处传来。我费了很大劲，凝神静听，终于捕捉到了细弱的喊声："玉辉！玉辉！你不能死呀！……"

当我真切地听到来自人间的呼喊时，我一下意识到出事了！我的灵魂游离于阴阳两界。迷迷糊糊出现了幻觉，我已记不清是死还是活。可在我的潜意识里，对人间却充满了无限的眷恋。灵魂欲向呼喊声奔去，可躯壳又被无形的力量拖向幽暗的深处。我多么无助啊，忍顾人间归路！轻飘飘的躯壳，如断线的风筝和一只黑色的蝴蝶，翩飞在无极的世界里。灵魂与躯壳，一会儿分，一会儿合，忽悠着，无助地沉入了黑暗……

我仿佛在逃离死亡的路上奔跑了许久，许久。仅存的一丁点儿力气也释放完了，可始终摆脱不了黑暗的包裹。我浑身乏力、心力衰竭。在静寂中，遥远处又传来了隐隐约约的呼喊声和悲切的哭声。这声音越来越近，越来越清晰，像巨大的磁铁吸引我奔去。我想喊，却发不出一丝声音。

我好像清醒了一点。知道已活不成了，可我还是想再看一眼阳光的世界。我试了几次也没法睁开眼。我挣扎着，费了很大的劲，不知是眼睁开了，还是心灵的感知。只觉得像独个儿行走在悠长的隧道里。开始，只看见针尖一点的亮光，慢慢越来越大。我用尽了平生的力气，终于睁开了一小条缝，可看见的世界却模糊一片。原来我的眼镜破碎了，额头流出的血糊住了眼。我又无力地闭上了双眼。

"玉辉！玉辉！玉辉呀！你不能死啊！……"隔着阴阳两界，我听到唐洁悲怆的呼喊。这喊声，一下唤醒了我在人世间所有的友情和亲情。河南、四川、贵州的亲人们，像电影蒙太奇的镜头，快速闪过我的脑际。我明白，这是回光返照，很快就会像一盏油灯那样熄灭，永别了，留有我许多牵挂和梦想的世界……

此时，我整个的灵魂都充满了对人间的依恋，真是一心挂三省啊！当想到父母、妻子、亲人们将为我的离去而悲痛，尤其想到妻子腹中的孩子将永远失去父爱，顿时，从我即将谢世的体内，激起一股巨大的悲伤。热泪从我紧闭的双眼奔涌而出……

我并非爱流泪的人。我身上仿佛天然就继承着中原英雄的血脉。在我记忆中就没流过眼泪。为这，小时不知挨了父母多少冤枉打。不流泪，就是不知错、没打痛，就是对父母权威的蔑视！该打！

可此时，泪水却传递着我对骨肉和亲人们无限的爱恋。朦胧中，我听到在死亡的大门外，又传来急切的惊呼："快看！他流泪了！还没死！快！快！快送医院！"

在浓烈的药味中，我完全清醒过来了。我变成了另外一副模样，头脸都是伤，缠上了纱带。当我从惊悸的死亡中又回到人间，看见围在病床边朝夕相处的师傅和同事们，如久别的亲人，多想一个个拥抱他们啊！但我还有点不相信这是真实，伸出舌尖狠咬了一下，疼痛使我知道已远离了死亡。此时啊！多想对每个人诉说我内心的惊喜：活着，多么美好啊！

一个戴眼镜的中年医生走过来对我说："等麻醉师来打了麻药再给你清理手上的伤口。"我举起右手，才看见被电击的手已成了黑炭。食指裂开的黑肉带着血丝翻卷着，像小嘴一样无声地喘息。

我对医生说："你做吧，我不怕痛。"他用剪刀和镊子，清除了被电弧烧焦的皮肉。当他用手术刀刮去黑肉，我一眼瞥见白净的骨头，不禁想起一句古诗："白骨纷如雪。一江南北，消磨多少豪杰。……"一下又联想到《三国》七十五回关云长刮骨疗毒的细节描写，顿时平添了几分英雄气。他用酒精清洗着伤口，尽管痛得钻心，牙齿咬得咯咯响，我却没叫一声。

伤口很快包扎好了。站在一边的陈班长见我额头上布满了细密的汗珠，关切地问："痛吧？""比起死，就不算什么了。"我回答完便急切地对他说："这事你不要告诉我家人，免得他们担心。爱人还在省党校学习，刚有身孕。看见我这样子她会很难过的。"见唐洁红着眼，可怜巴巴地站在门边，像一下苍老了许多，又补了一句："这事不怪唐洁，责任在我……"

陈班长手一挥，打断了我的话："这事以后再说，你安心养伤。"他干咳了两声，很难为情地说："我想跟你商量件事，你看行不行噢？"平时很幽默的他，现在却很沉重。他说车间才学了省局安全通报，像我这样类似被电击死的试验人员，不但撤了主任和班长的职，还开除了事故责任人。这事要领导知道了，撤他的职是小，全车间的人一年的奖金都没有了。唯一的办法就是不住医院，回家养伤，定期换药。白天班上派人护理我，事故就能隐瞒下来了。"行！"我立马就答应了。经历了死亡，一下变得豁达豪爽了，好像这天下就没有值得我斤斤计较的事。

也许流血过多体虚的原因，晚上，我睡在被子里就像睡在冰窖里，感到浑身发冷，如寒风中的枯叶，瑟瑟发抖。不禁联想到《钢铁是怎样炼成的》中保尔·柯察金在寒冬里修筑铁路的情景。我感到走近了英雄。我的右手，一直像放在无形的火苗上焚烤一样，痛得钻心。几天几夜，无法入眠。紧咬的牙，在静寂的夜里不时发出撕裂的声响，听起来既恐怖又安慰。黑夜，使我感到离死神很近；声响，使我真实地感到还活着。

十指连心啊。此时的我，真切地体验着《红岩》江姐受竹刑刀割般的疼痛。我在想：如果我这时面对敌人的酷刑，会变成叛徒吗？“不！”我在心里充满豪气没商量地回答。自个儿默默做了一次英雄。奔涌的热血，冲走了不少伤痛。真希望我的生命在这无形的烈火中得到永生。

伤痛煎熬着我。我在困倦中睡去，又在伤痛中醒来，反反复复，度日如年。这样经历了好几个晚上。我多么希望时光飞逝，可它却凝固不动。我只好细细地品味着生活赐予我的痛苦。为打发慢悠悠的时光和排解疼痛感，我常在孤寂的夜里，大声朗诵烈士的诗词：“为人走出的门紧锁着，为狗爬出的洞敞开着！一个声音高喊着：爬出来呀，爬出来，给尔自由……”

有时，我还真不敢睡去，真怕又跌入那幽暗无极的世界。在静夜里，我睁着大大的眼睛，仿佛要看透了这无边的黑暗。我遐想着：要是我真的死去，这时我血肉之躯已化作一把骨灰，装入小盒里，埋进了冰凉的黄土，永别了人世的一切，灵魂安息了……

可我没死！还鲜活地睁着眼，一直看着朝阳驱走黑暗，迎来曙光。当我看见窗前摇曳的依依杨柳，听到小鸟婉转的鸣叫，活着的喜悦使我感到是在享受痛苦。

二

经历了死亡，才深切感悟到人生的可贵和做人的责任。人生无常，谁知道哪天就悄然离去，每天都要珍惜，活出品位，活出爱。想到过去是多么缺乏责任和爱心，精力没用到正事上，痴迷围棋夜不归家。居然把对妻子耍的小心眼，当经验传授给棋友：回家有理无理，先把脸垮起，老婆不但不会责备你，说不定还要给你赔个礼。还夸张地说：在丁玉辉经典格言录二百五十页。想到这些，十分愧疚和自责。

路遥说得好：“生活从苦难开始，只有在苦难中才能诞生灵魂的歌声。”经历了死亡的苦难，我的灵魂，仿佛被锤炼得晶莹透亮。

我把死亡的经历和感悟写在日记里，向过去做了一次庄严的告别。我要在心灵永远唱着一首歌——做个好人！

这事过去了很长时间。一天我下班回家，看妻子做了一桌丰盛的晚餐。我喜滋滋地搓着两手问：“今天是什么好日子啊！”她两眼红红的，怪怪地凝视了我一会儿，一下便紧紧抱住我呜呜恸哭了起来。“我差点就看不见你了！”她没头没脑说完这句话又伤心地哭起来。我惊愕地挣脱双手，抓住她抖动的肩膀急切地追问道：“你说什么！你说什么？！”

她仰起脸，眼泪汪汪，哽咽着：“我看了你的日记，才知道你差点死了。”我心中悬着的石头掉了下来，轻松地说：“我不是还活着吗！”她抽泣着：“你伤得那么重为啥不告诉我？我心好难过！”“你看了日记都这么难过，要你看见我当时的样子不是更难过。我还不是怕你受惊吓影响胎儿发育。”我又逗趣道：“也想保住我在你心目中的光辉形象嘛！”一下就把她逗笑了。

“你要真的有个三长两短，我也不想活了！”妻子很认真地说。是啊，她已失去父母，受了很多打击，不能再失去我！我拭去她的眼泪，动情地把她拥入怀中，甜言蜜语地宽慰道：“放心，我一定好好地活着，成为你和女儿的幸福源泉！”她笑了。

那晚，我们在烛光中，品味着生活的美味和平淡，感到从来未有过的温馨和幸福。妻子关切地说：“今后在工作中你一定要多加小心。”她指着床上熟睡的女儿，“多想想我们的女儿，你就会记住安全了。”

我从妻子的细言软语中，不但感到了浓浓的情爱，也感到了为夫为父沉甸甸的责任。是呀，人其实不光是为自个儿活着，也是为了亲人活着，为爱活着。想想那些没经历过苦难，本该有所作为的人，却因一点夸张的烦恼或失恋就自杀了，是多么地轻生啊！人活着，实际上也是一种责任。

三

从那以后，我对工作非常认真，处处小心，从未出过差错。心思都放在工作上，经常搞点小改小革，写出的技术论文还获得了奖，多次被评为先进工作者。我任高压试验班长后，更重视关心大家的安全，还被评为省电力局优秀班长。我回河南老家，参观南阳避雷器厂看了相关资料，写了篇文章《试论氧化锌避雷在我国电力市场的前景》。局长在电力报上看见后，认为我有经济头脑，便调我去任服务公司经理。后来，有一个铁合金厂欠电费高达600多万，宣布破产，被供电局接管。局里又把我调去当厂长。我倾注了很大精力，忘我工作。从人员的调整，到管理制度的建立。理顺了产、供、销系统。依靠大家，很快就由外行变为了内行。在很短的时间内，就使停产一年多的破产企业恢复了生产，炼出了优质的硅铁。

经历过死亡的我，总是把职工的安全放在第一位。在生产过程中，我要求安全隐患不留死角。严格按程序操作。除了工作上严要求，生活上也关心职工。我常在会上说：“只要你们心里装着家，就会搞好安全。不然，自己受痛苦，家庭企业都受损失。”在我任期内，厂里未发生过一次设备事故和人身事故。人性化的管理，不仅使我为企业创造了效益，也赢得了大家的尊重。在我调回局任办公室主任时，与那些背井离乡的质朴民工握手话别时，他们竟流下了依依不舍的泪水。我被深深地感动着。我懂得了关爱人、尊重人，才能得到别人的关爱和尊重。生活，需要真诚的关爱。

四

在做个好人的美好愿望中，我的心，充满了爱。生活中，只要遇上需要帮助的人，我都会尽力。予人玫瑰，手留余香。这种快乐，只有心怀善良的人才能享受到。

一次，我去医院看望一个职工。见邻床的一位妇女守在双手被打断的丈夫床边悲伤地哭泣。一问才了解到：他们是四川民工。在深圳打工，回家过节，在长途汽车上，她丈夫见驾驶员老与边上一位妖艳的女人说笑，精力不集中，几次差点出事，便去提醒他注意安全。驾驶员觉得很没面子，一气之下，停下车，拿起摇发动机的铁把柄，打断了他的双手。到都匀便被赶下了车。他们到派出所报案，民警以管辖范围不属他们为由相推脱，只好先到医院治疗。

一个多星期，花掉了所带钱物，还欠医院3000多元药费。院方以不是慈善机构为由，欠账是有限度的，没钱只好停药。他们一天只吃一顿饭。还是妻子卖血得点生活费。主床的医生说，停药将加重伤势。天又热，很容易造成骨髓炎，有截肢的危险。听完他们的遭遇，我心里充满了同情和悲愤。我一定要为他们主持公道、伸张正义，帮助他们走出生活的困境。

我先去找院长，要求马上为四川民工恢复用药，并说明药费由我付。院长口气很硬，不容商量，没付清欠费不能用药。我只好回家取钱付清了欠费，并预交了部分药费，又给了他们200元的生活费。然后带着他妻子去找我熟悉的公安局局长报案。局长马上责成刑警大队长要求与四川警方联手，速将逍遥法外的罪犯绳之以法。这事不知怎么被报社的记者知道了。很快就见了报，头版头条，标题醒目：《无故遭打残·卖血维持生计·匀城人民没有坐视不管·杜映河遭打致残之后……》。接着，报上又发表了好几篇关于我的文章：《我们的社会需要这样管闲事的人》《爱的奉献》等等。

其实，我并没有像报上写的那么好，我只是凭着良心做了一件力所能及的事。没想到，却改变了我的生活轨迹。

那天，我在办公室正忙着写全年工作总结。局长打来电话，叫我去他办公室。这个平时很严肃、不苟言笑、爱教训人的湖南局长，一见我就笑眯眯，非常亲切地说："你先坐，我们慢慢谈。"接着他说："报纸上报道你的事迹，我们几个局领导都看了。你做得很好嘛！你向全市人民，展示了我们电力职工美好的精神风貌，也说明我们抓精神文明建设很有实效嘛。我代表全局职工感谢你！"局长拿起杯子喝了一口水，又接着说："我们就是要提倡这种爱心。这次啊，局工会还要对你进行表彰呢。"

我本来是做好被他训的准备，没想到一件小事他会这样把我拔高。顿时脸红到脖子根，很不自在，解释道："这没什么。一件小事，知道了，不去尽力帮助，良心过不去。"

"从一件小事，就能看出一个人的道德品质。"他把茶杯放下，非常亲和地说，"我们在用人上，就是要把那些品质好、作风正的人，放在重要的岗位上。"他加重语气说："特别是人、财、物的部门，一定要选准人！不然啊，既害了他人，又损害了企业。这方面的教训太多了。"他话锋一转，挑明主题："我们想把你放在物资公司经理这个岗位上，你有什么意见啊？"

我没有一点思想准备，干了一年多办公室主任，觉得挺适应，便实话实说："局长，我是学中文的，还是适合在办公室。物资工作我不熟……"

我话尚未说完，便被局长劈头打断："服务公司、铁合金厂你也不熟啊，一干，不就熟了吗？人只要有责任心，干什么都行！"我还想辩解，他脸一变，非常严肃地说："局党委已经定下来了！你去，也得去；不去，也得去。三个月以后，你觉得自己没有能力，可以提出辞职！"局长使我懂得了：生活有时不需要谦虚。他用那种习惯性的、生硬的、命令式的语调很威严地对我说："你去，我要求你：一、必须在半年内完成物资达标工作。二、一年内必须把七百多万的库存资金降到四百万以下。"说完后，用眼盯着我问道："有信心没有啊？"语气稍稍缓和了下来。

我没有像军人那样令他满意地回答："有！"只是淡然而真诚地回答道："局长，我会尽力的。谢谢党委对我的信任！"

"好！"他笑着说："我相信你能干好，去吧！"

五

第三天我就上任了。我找来物资管理方面的书。每天读到深夜，走访了几位老职工，分别找年轻的职工谈心。很快就熟悉了情况，进入了角色。先理顺各种规章制度，然后开达标动员会，进行库容库貌和环境卫生整治。对仓库物资进行盘点归类，对账、卡、物进行认真核实，清理废旧物资。工作量相当大，经过两个多月加班加点，不分白天黑夜，终于完成了省局物资达标验收合格，并以九十八分的好成绩，名列全省电力物资单位达标第一名。还在全省电力物资达标会上介绍先进经验，受到了省局和本局领导的高度赞扬。在全省电力局长工作会议上，省局局长因此表扬我们局："都供之所以成为全省的一面旗帜，就是重视抓基础管理的建设！重视抓干部队伍的建设！这次物资达标又是第一名……"

有一天，早会散后局长把我单独留下，叫我把工作安排好，下周随省局组织的物资考察团到山东电力局考察，叫我把先进的物资管理经验学回来，他拍着我的肩，亲切地笑着说："我说你行你就行嘛！不错！不错！好好地干！"

考察回来，我以更大的热情投入了工作。进行清仓利库，严格计划管理，采取零星物资定点采购和送货上门的服务方式，打破了计划经济下的物资管理模式。按市场规律办事，推行零库存管理，不再订购备品备件，采取赊销方式保证物资供应，避免库存资金积压。一年内，就将库存资金降至三百万以下，达到了局长的要求。并在全省电力物资单位，率先实现了微机管理，免去了手工操作，减轻了劳动强度，数据准确，便于查找，大大提高了工作效率。

在一年一度全局职工体检中，我腿上的包块被怀疑是肿瘤。医生叫我马上去做活检。工作一忙就忘了，直到妻子洗衣从兜里发现通知单才想起。那天回家，妻子对我发火了："这么大的事，你怎么就不当回事？"

我笑嘻嘻地说："没事的，你放心，我一时半会还死不了！"妻子眼里马上涌出了泪水，真像是生离死别。我真切地感受到了妻子的爱，忙宽慰道："好！好！好！忙完这周我就去检查。"

六

尽管我工作很努力，但还是难免被局长批评。有一次，架设一条110kV新线路到广西南丹。施工人员未按操作规定加辅助拉线，在校正水泥杆时，造成倒杆。包工头怕赔偿，叫民工将连接金具砸坏。然后拿着被损的金具到局里反映，说质量有问题，才造成了倒杆。

第二天，局长在生产早会上狠狠训我，没把好质量关，倒杆差点砸死人，后果不堪设想，并要求监察部门对我一查到底，看供货厂家是否按招标程序进来的，是否存在腐败问题。

还有一次，局长要搞一个110kV样板工程的变电站，力争达到全国同样规模变电站三个"最"，即工程造价最低，工期最短，质量最好。要求各部门通力合作，谁拖后腿，打谁的板子，并扣发部门领导半年奖金。他把这个比作打仗。"自古打仗，兵马未动，粮草先行。"再次强调物资部门一定要想方设法保证物资供应，并用《细节决定成败》来提醒我。

有天早上，他在会上问我："丁经理，西安的开关好久到货啊？"我很有底气地回答道："明天就到！"因为我才与运货的驾驶员通了电话，他已过了湖南的雪峰山，很快从怀化进入贵州凯里境内。对重点和急件物资，我除了听采购员汇报外，都自己与厂家直接联系，亲力亲为，做到心中有数，怕被局长在早会上一问三不知。

可过了两天，施工部门反映货还未到。局长在早会上很不客气点我的大名："丁玉辉，你不是说昨天到吗？怎么还没到！嗯？！"他非常尖刻地说："我看你也学会了前任经理的那一套，尽搞'狼来了'，谁还相信你啊！"

昨天我就和运货的驾驶员失去了联系，直到厂家销售员打电话给我，方知驾驶员前晚进入贵州境内，在一个下坡拐弯处，刹车失灵翻车死了。设备已损，没法按期运达。他们正加班加点重新组装，试验完后发运，最少也得一周才能到货。我还沉浸在对那位陕西驾驶员不幸的难过中。前晚睡觉前，我还和他通了一次电话："丁经理，你放心，明天上午我准到！"那开朗、自信、亲切的陕西话还萦绕在我耳际，使我想起了与他的一段友情。

那是个星期天。采购员打电话说他爱人住院，走不开，不能带西开送货的驾驶员去工地，请我安排别人。我想，星期天叫谁都不好，我就去了。在路上，车被交警拦下，说超载。收了执照，要罚五百元。任那位陕西人苦苦哀求也不行。我怕误了时间，便下车对交警说："他们是给我们供电局拉的急件设备，少罚点行不？"

"江泽民来说情也不行！"那位交警一句就回绝了我。这倒提醒了我，我表弟就是交警大队长。拿出手机打了过去："牛儿，我是玉辉哥，给我们局拉急件的外地车被罚了，你给他们说说，能不能少点？"

他叫我把手机拿给交警接。那交警坐在警车上，跷着二郎腿，正陶醉地哼唱着《两只蝴蝶》。见我过来，板起个脸，爱理不理，不耐烦地接过手机。当他听到对方的声音，就像被打了一针清醒剂，脸一下绽放出一朵花。"好！好！好！"然后笑着把手机还我："哥，对不起！对不起！你们走吧！"像错的是他。

一路上，那陕西人非常感激我，说我是个大好人，活雷锋，并向我诉说他的苦。这一路来，爆了三次胎，经历了不少险情，尤其贵州路段，最难开，坑坑洼洼，像弹坑。还说他这个职业是死了还没埋，整天提心吊胆，就为一口饭。像狗一样常遭人白眼，被人凶吼。装货卸货都得低声下气求人，路上还怕交警查。只有进了饭店，才想起自己还是个人，才能大声喊："给我倒杯茶来！端饭来！"……

听了他的诉说，心里充满了同情和理解。卸完货，我请他吃酸汤鱼。见他吃得津津有味，便问道："这可是我们贵州的特色菜，有你们西安的羊肉泡馍好吃没有？"他用浓浓的陕西话回答道："哟！哟！哟！"他把"有"说成"哟"，还不住地点头称好。

我在驾驶室看见一本贾平凹的中篇小说集《商州三录》，便夸他，现在斯文扫地，想不到你还爱看小说。他又用浓浓的陕西话回答我，总把"我"说成"俄"。

"俄没多大文化，只看俄兄弟写的小说。"他很自豪地说。

"你兄弟是谁啊？"我好奇地问。

“贾平凹。”

“你说什么？”

“我兄弟是贾平凹。”他重复道。

“你吹牛！”我笑着说。

“真是俄兄弟呢！”他急红了脸，忙解释，“俄们是一个村的，一块长大的好朋友。那年我和他赶猪进城去卖，俄兄弟一看猪拉屎就哇哇哭。俄问他哭啥？他说又少了几斤，钱就少了几元，气得打猪儿。”陕西人感叹道：“唉！那时真穷啊。后来他考上了西北大学，当了作家，每出一本书，他都送俄一本……”

我怎么也不能把他和贾平凹联系在一起。可是，卑微的确孕育着伟大。这位中国文坛的“独行侠”，使我不禁想起了《儒林外史》开篇的那首诗句：“人生南北多歧路，将相神仙，也要凡人做。”你看：朱元璋、李嘉诚、高尔基、林肯、施瓦辛格等，谁不是被苦难催生出的“神仙”。是啊，只要有梦想，不断努力，不气馁，如登山一样，即便到不了顶点，你却超越了自己。

“丁经理，你喜欢俄兄弟的书吗？”他看我不言语，怕我不相信他，便问道，“下次送货来，俄叫他签名送你一本好不？”

“好啊！”说完便忍不住哈哈大笑了起来，反正这年辰吹牛又不犯死罪！其实我在笑他哩。

他见我高兴，也跟着憨憨地笑了起来。这事我并未放在心上，可过了半年，这陕西人运货来，还真给我带来了一本贾平凹的散文集《人迹》。这是一本关于人生内容的书。我当他是从书店买来的，随手翻了一下目录：《笑口常开》《弈人》《闲人》《太白山记》等。有的我看过。当翻到扉页，那一行独特的字体，便一下跳进了我眼里：“丁玉辉先生惠存。”签名是“贾平凹”。我并未因此而激动。毕竟我不年轻，遇事不受惊。经历“文化大革命”，什么都抱怀疑。何况这年头，处处是假，连人民币都有假。难说他假冒名家来讨我欢心。可我不想伤他自尊，便高兴地说：“你代我谢你兄弟，欢迎他来贵州做客，我一定请他喝茅台酒，陪他游览黄果树瀑布、龙宫和打鸡洞。”那天晚上，为表示谢意，我又请他吃了一餐酸汤鱼。没想到和他是最后的晚餐。

临别时，那陕西人非常诚恳而认真地对我说：“丁经理，你心善，没一点架子，你是俄遇到最好的经理。”“你过奖了！你过奖了！快吃。”我笑着说。他却认真起来：“有机会你到西安，俄一定叫俄兄弟陪你好好喝几盅。”这时，我才相信他说的是真的。我的心，被他的真诚深深地感动着。

可他再也没法叫他兄弟和我喝酒了！他像一粒尘埃永远从地球上消失了。只有他的亲人为他悲痛。人生无常啊！

我正想解释未到货的原因，刚一开口："因为……"就被局长充满怒气地打断："我不听你解释！我只看结果！限你两天把设备组织运到施工现场！"

这岂不是逼公鸡下蛋。最终，局长要创造全国"三个'最'"的愿望因我化成了泡影。我既为死去的驾驶员难过，也为自己没能完成供货任务而难过。虽然后来扣了我半年奖金，但心里还是感到很内疚，对不住局长。生活啊，很多是人所难为的！得学会自我安慰。

那天下班，难过的心使我满脸阴沉。进家，妻子就说："你又犯毛病了，'有理无理把脸垮起'，给谁看呀？"我望着她，难过地说："给我们送货的那个陕西人，前晚翻车死了。"妻子理解地安慰道："毛主席都说死人的事是经常发生的，你也别难过。快吃饭吧！"

七

我一直很忙。被电击后，仿佛生命注入了能量。我身兼数职，既是局主业的物资部主任，又是三产物资供应公司经理，还分管三产的电气门市部、家电门市部和废旧物资公司。每天忙得团团转，来去匆匆，开会不断，都成了开会专业户。我的生活没有节假日。尤其是在全国电力农网改造中，工作更是繁忙。上亿元的资金流量，都是经我签订的合同供货付款。虽然都是按照国家经贸委和省局相关文件规定办理，按招标程序组织实施，把关的部门又多，但还是怕出差错。白天事多会多；晚上，常把文件、合同、协议书带回家看和审理，有时到凌晨，第二天仍精神饱满上班。经历过死亡就不觉得生活得累。好像随时都有可能离开人世，就像美国"9·11事件"遇难的人，谁想得到呢？要把身边每一件事做好，不留遗憾。

尽心地工作，带给我无限的充实和快乐。当我走在城市和乡间，看见伫立的电杆、飞架的导线、运行的电气设备，经我组织供出的电力物资，我都会像见到久别的朋友，感到特别亲切。尤其在夜幕下，站在阳台上看闪烁的万家灯火，就像看见自己所付出的辛劳变成了一朵朵绽放的火花，感到格外欣慰和自豪。是的，那浸透着电力工人汗水的灯的海洋里，也有我的一滴汗珠。

生活像大海的波涛，永远变化着。当你被推上生活的浪尖，你看见了更广阔的天，充满激情和自信。瞬间，你就可能被抛入生活的低谷，眼前一片黑暗，感到郁闷而无助。只能用平常心坦然面对，才会走出生活的低谷。

那年6月8日，是我生活里最黑暗的日子。百年不遇的洪灾淹没了我们的仓库。洪水退后，到处是一片狼藉。库内库外，都是泥浆。正好局里搞内退，我们部门一下退了五位职工，又有两名女工请产假。人手一下不够，又要保障城网、农网及全局生产和工程物资的供应。难啊！我给主管副局长反映，要求增加人手。他说人事他做不了主，叫我直接找局长。

那天，我到局长办公室，刚提出要求就被他一口回绝了。“我们搞内退就是要减人增效。你还来叫我给你增加人啊？”他用眼逼视我，脸上写满了不满，“有困难自己想办法解决！不然我要你这些中层干部来干什么！嗯？！”

我只好失望地离去。尽管我们加班加点忙乎了一个多月，库容库貌还是难以恢复到洪灾前，仅靠现有人员，维持着正常的工作运转，已尽了很大的努力。可船漏偏遇顶头风，又遇上省局达标复查。

那天，省局检查组到物资公司来，对我们的库容库貌及环境卫生很不满意。在检查油库安全时，见门大开，无人看管，一问，说库管员吃早餐去了。在总结会上，说我们的管理从全省的第一名，滑到了倒数第一名。劳动纪律涣散，安全隐患严重，库容环境脏乱。

局长是一个非常看重名誉的人，处处想争第一。我们局一直是省局树的一面旗帜。他的口号是：“今天你不努力工作，明天就叫你努力去找工作。”怎么能容得下我这个给红旗抹黑、倒数第一的经理呢？

头天，他还和颜悦色在生产早会上对全局中层干部说：“你们说，你们在座的哪个有丁经理忙？他身兼多职，还管几个子公司，可我从来就没听他在我面前过叫苦。我们有些干部啊，遇到点困难就叫，总认为‘会叫的娃娃才有奶吃’。”说着说着他就来气了：“你们摸着自己的心口好好想一想，你们到底为都供做了些什么！嗯？！”他用眼扫视了一圈，见大家低头不吭声，又和气地说：“我看你们啊，都应该向丁经理好好学习！”

可第二天，在早会上，局长满脸怒容地向全局中层干部说我责任心不强，不重视达标工作，管理工作没有抓到点子上，一天瞎忙，由全省物资达标第一名一下滑到了倒数第一名，把我由正职降为副职。

当时，我脑袋嗡嗡直响，羞愧难当，局长后面说的话我一句也没听进去。我没有一点思想准备，就像当众被扒光了衣服，感到无地自容。满肚子的委屈和苦水，像狂风呼啸卷过心海，顿时，激起滔天巨浪，翻卷着，不断猛烈地拍打着我的心，感到隐隐生痛……

感谢曾经历死亡，历练了我的心理承受力。我像阿Q一样，木然呆坐在一边，在心里自个儿安慰自己：你又不是为名利活着，要坦然对待生活中的得失。健康地活着，就是对亲人最大的安慰！比起世界上那些挣扎在疾病和战争中的人，你还能安然坐在这里听批评，应该感到幸福得一塌糊涂。还有多少不幸的人，再也看不见明天的太阳……

这样想着，心慢慢平静了下来。如阳光下辽阔的草原，坦荡宽广；又像月光下的湖水平静柔美。现在，我终于理解父亲为什么总是那么和善、满足。厂里几次涨工资他都让，母亲出口总带四川辣味，骂他憨包，他却笑着说：“比起牺牲的战友这算个啥啊！”老家丁口村十六名当兵的伙伴，一场淮海战役，仅他一人身负重伤活到今天，他很知足哩。“文化大革命”被批斗，我们都为他难过，他却乐哈哈：“比起打仗死的人，这算个啥啊！”他剥了皮就将大葱送进嘴，母亲骂他：“你这个河南佬就是不讲卫生！”他也不生气。把我们打重了点，母亲骂他：“你这个土匪！儿子又不是敌人！你打这么狠！”他笑眯眯地解释：“我怕他们将来变坏。”父亲永远都是那么宽容、乐观、开朗、与世无争，缘于经历过血与火的战争，懂得宽容和珍惜。

人啊！在挫折和逆境中，只要用积极的心态去面对，就会坦然走过。快乐的人拥有快乐的人生，忧愁的人则拥有忧愁的人生。正如英国作家史密斯所说：“只要乐观开朗，即使年迈的老人，也会有颗童稚之心。”人太看重自己的得失，就会被痛苦和烦恼所困。要让心灵永远憧憬未来，才会像普希金在《如果生活将你欺骗》中写的那样“欢乐的时刻会来临”，过去的一切都将变成最美好的回忆。

我没有把降职的事放在心上，该干什么，还干什么。可党委书记还是把我叫到办公室谈话。他亲切地、语重心长地对我说：“小丁啊，你一定要正确对待这次组织对你的处理。你是有点受委屈了，但是也要想得通。”他充满感情地说：“我们党委还是对你很信任的嘛！虽然降了你的职，还是把你放在物资这个重要岗位上的嘛！”他喝了一口茶，很亲热地笑着说：“振作起来，好好干！在哪里倒下，就在哪里爬起来！”

我在心里觉得挺搞笑，我好好地活着干吗要爬起来？人生不就是一场经历，不能重复，也没法后悔；就像过河的卒，从娘胎里出来，就奔向死亡的终点，什么也带不走，只有珍惜每一天，过好每一天。带着微笑，欣赏人生一路风景。

听说在处理我的问题上，书记和分管我的刘副局长都提出了建议：考虑到很多客观原因，是否能给我一次整改的机会，或者扣发我一年的奖金。但这位一贯崇尚“严”字当头的湖南局长坚决说“不！”。他总是拿曾国藩和诸葛亮从严治军作比喻。企业管理同样需要“严”，不这样，就出不了效益；不“挥泪斩马谡”，今后各部门和县局都不重视达标工作，都供这面红旗就保不了。

想到老书记平时对我的关心，我还是非常感激。临走，真挚地对书记说：“谢谢书记的关心！我一定好好工作，不辜负你的希望！”

第二天，局领导到我们公司来宣布任免文件，新任经理是我手下的一名计划员。我觉得挺有戏剧性。当初我来当经理时，他还是一个不起眼的采购员。他毕业于华北电力大学，学物资管理，共产党员，脑子灵活很有责任心。我觉得太浪费人才，便把他提为计划员。当初，他还不愿意呢，说能力有限干不了。我批评他：“年轻人要有志气。能力不是天生的，只有在干中才能体现出来，不然你的人生价值怎么体现？”我也拿当初局长对我的办法来对付他。“小江，你就上计划员这个岗，听我的！如果你真的干不了，三个月后你提出来，还当你的采购员。”结果，他很努力，工作认真，很快就熟悉了业务，也显示了他的才能。一转眼，他成了我的领导。真是山不转水转，人生如戏。愿不愿都得登台表演。

任职文件宣布完，我便当着局领导和全科职工的面表态：“我接受局里对我的处理。”然后一脸严肃地说：“今后，我一定摆正自己的位置，服从分派，当好江经理的助手，积极主动地工作。也希望大家像过去支持我一样支持江经理，使我们物资公司在他的领导下各方面都上个新台阶。”真像演戏一样，还正儿八经向大家道了一声“谢谢！”庄重地行了个礼。

“啪啪啪！”一下迎得了大家热烈的掌声。昔日的采购员，如今成了我的领导。他急忙走过来，紧紧握住我的手，非常动情地说：“谢谢老领导！谢谢老领导！”顿时，我深深地感到：生活多么需要真诚！

八

那几天，正好州歌舞团一位作曲的朋友，叫我给他写几首布依族情歌。州庆演出用，要得有点急。我做人的准则就是不使人失望。我沉浸在歌词的创作中，使我又想起了当知青时落户的那个宁静的布依寨，唤起了我许多美好回忆。

在那里，我认识了一位清纯的布依族姑娘。她很不幸，母亲生下她后，大流血，死在产床上。在她九岁那年，父亲在修路开山中被炸死。她成了孤儿。我的到来，改变了她的生活，也改变了我。寂寞的我和孤独的她靠在了一起。我们用真情酿造着生活的蜜。我们常常来到村前的小溪边，水流舒缓，清澈映人。白天看蝶飞，晚上数星星。相依相偎，虽无言语，甜在心里。她把生活的苦，都化成了甜甜的歌唱给我听，像清澈的山泉流进了我心窝，好甜蜜！好快活！好感动我！“哥在河边吹木叶，心泉流进妹心房。苦日子啊变成蜜，天天都想唱歌儿。”唱着唱着，有次她竟伏在我身上高兴地哭了起来。

她母亲是当地很有名的民歌歌手。曾代表贵州少数民族去北京中南海为毛主席演唱过。也许是遗传，她天生一副好嗓子，唱起歌来就像银铃悦耳动听，像带露的木叶那样清新。她唱的《好花红》“好花红哎好花红，好花生在刺藜蓬，好花全靠栽培好，人不栽花花不红，……”参加县里比赛还获得了第一名呢。

我最喜欢听她唱情歌：“月亮出来两头钩，两颗星星挂两边，银星挂在金钩上，哥心挂在妹心头。”还有：“三棵杉树绕山尖，杉叶落在水井边，吹开杉叶喝凉水，抬头见哥好新鲜。”我对着大山像老牛喊崽，拿腔拿调，也编着词儿学着唱：“送妹送到五里坡，双手捧水给妹喝。膝盖着地手捧水，哪个心肠像你哥？”逗得她“咯咯咯！”笑弯了腰。我们相爱了。啊，人世间最美妙的事情莫过于爱情！总使你一心一意想把心儿贴在她的心上。当我第一次拥吻她时，两颗真挚的心都幸福得战栗，忘却了世间的一切。尤其是在朦胧的月光下，看她在小溪里沐浴，便宛如仙女下凡尘，撩拨得我心旌荡漾，神魂颠倒……

那是最美好的时光。后来打倒“四人帮”，恢复了高考，她考上了北京中央民族学院，我进了省城师范大学。四年后，她又回到了我的身边。再后来，她成了我的妻。

我完全沉浸在歌词的创作中。按乔羽老先生的要求：歌词得讲凝练、韵味、意境美。就像他写的《上甘岭》主题歌：“一条大河，波浪宽……”一开始就展现出美的画面。像沐浴这些就不能写进歌词了，只能独个儿永远珍藏在记忆里审美。她叫我“辉哥”，我在歌词里就写成“阿哥”。在那寂寞的日子里，爱，使我心里的快乐溢满了脸。她问我高兴啥。“我啊，好爱你！”这太露，没韵味，不美。歌词我就写成：“阿哥为啥乐哈哈？我呀！我呀！心里开着一朵茨藜花……”尽管我被降职，可我心里却充满了诗意。一句句经过心灵锤炼的歌词，便像晶莹透明的珍珠，从心里跳了出来。

春风吹开了茨藜花，
阿哥阿妹把手拉，
来到村前的小溪边，
青山绿水映蓝天，
木叶摇曳蝴蝶飞，
阿哥阿妹相依偎，
含情默默无言语，
甜甜的滋味在心里
…………

我取名为《心里开着一朵茨藜花》。后来，这些歌词谱成曲，编成歌舞在2005年全省“多彩贵州民族文艺汇演”中，以全省最富特色布依音寨的金海雪山（满坝金灿灿的油菜花，满坡雪白的李花）为背景。在舞台灯光和音响的配合下，显示出了独特的艺术魅力，获得了金奖。

九

我的心，充满甜蜜和诗意。可我脸上却看不见一点诗意，一副木然痴呆、恍惚失魂的神态。不在其位不谋其政，可独善其身。早上开会，只是装模作样坐在那里低头想心事。沉浸在自己创造的意境中，散会都不知。原来，并不引人注目的我，却因降职便无端引来同情和怜悯。好几位平时关系好的部门领导，邀我到郊外农家乐喝米酒，劝慰我：“人生如梦，要想得开些！”我却说不出口。

一天，大家都散会走了，我还低头呆坐在那里，有人拍我肩，猛然回过神来，抬头见是分管副局长：“刘局，啥事？”他也不看我：“你来，到我办公室谈。”他一坐下便说：“我早就想找你谈谈，可是一直很忙。”他从桌子上拿起一包烟，习惯地递给我一支，刚伸到我面前，才想起我不会吸，又缩了回去放在嘴上。点燃烟，马上切入主题：“小丁啊，你不能再这样灰心丧气了啊！”他一下提高了声调：“你给我振作起来！拿出你当经理、厂长和达标的劲头来！”然后，语调又缓和了一下，理解而关切地说：“我知道你受了委屈，这点事算什么嘛！男子汉能伸能屈，给我想开些！”几句话，说得我心里暖乎乎的。好感动！

刘副局长是一个很忠厚平易近人的领导，从不大声斥责人，也很关心部属，在局里很受职工的尊敬。可我不能对他实说，我在创作歌词“心里开着一朵茨藜花”呢。我很高调地说：“刘局，我想得开。谁能平步终生，都要受点挫折委屈。比起刘少奇、彭德怀、贺龙，我就是最幸运的人了。”我没说曾经历过死亡，活着每月还能领工资，我知足得很哩。

我刚一说完，刘副局长非常高兴地连说了三个“好！”他亲切地说：“你这样去想就对了，我就放心了！”

创作分心，没把精力用在工作上，的确不好。想到刘局因我也受到局长的批评，“分管没抓到位”，心里觉得很对不住他，很想对他说点什么。“刘局，我工作没做好，很对不起你，请你原谅。”我真诚地说，“谢谢你多年对我的关心。从今天起，我一定振作起来，好好工作。”

“不要给我说对不起！只要你想得通就行了！”他笑着对我轻轻地挥了挥手，“好了，去忙你的吧！”

走出刘局长的办公室，我感到格外轻快，心里充满了对他的感激。也使我懂得了怎样关心人。

正在这时，我的手机响了。唐洁在电话里说：“玉辉，陈师傅死了。”我一惊，急切地说：“你开什么玩笑！昨天我在街上还看见他好好的。”“真的，他昨晚死的，现已在殡仪馆。”唐洁的回答是肯定的。

挂断电话，我打了个车，急忙赶往殡仪馆。只见陈师傅静静地躺在那里。他昨晚上打麻将，得了个庄上清一色自摸，一激动，脑充血。死前他喊了一声“自抠”，高高地举着麻将像座雕塑，牌桌上的人喊：“打下来看呀！”可他永远也打不下来了。“自抠”，成了他平凡一生的谢幕词。

我在他灵位前烧了一炷香，又烧了不少纸钱。祝他的灵魂在天堂好好安息。我久久伫立在陈师傅的遗像前，多少往事注上心头。学贯中西的林语堂先生说：有智慧的人才有幽默。可只有初中文化的陈师傅却不失幽默。有次他问我："玉辉，你布依妹在你脑壳里打滚没有？"顿时逗得全班大笑。我便说："师傅，那叫萦绕在脑际。"他说："嗯，快超翻孔老二了！"又逗乐了大家。他把我布依妹从北京的来信称为"圣旨"。有一天，他从收发室回来，很认真地说："玉辉快去洗手！"弄得我莫名其妙。"洗手干啥？"我问道。他说先洗手再说。我纳闷地洗完走过来，他一声高喊："接圣旨！"手一举，亮出了信，逗得全班大笑。他批评人也很幽默。我写了几首诗，发表在报上，充满了诗人的梦想。背诵起唐诗宋词，如同自己新作那样得意："天生我材必有用，千金散尽还复来。"神经兮兮。有一天，我在班上朗诵新作《咏梅》："百花开时我未开，我花开时永不衰。任凭风吹霜雪打，只将芳香留人间。"我正在兴头上，他一瓢冷水泼过来："玉辉，工作还是要集中精力，高压实验可不是开玩笑的哦！到时当不成诗人，怕成死人哦！"不想，还真被他不幸言中，那次电击差点丢了性命……

往事，历历在目。想不到陈师傅走得这么快。心里好难过，忍不住泪流。

唐洁走过来，拍着我肩膀感慨地说："玉辉啊，人生难测，凡事要想得开！眼睛一闭，什么都不是你的。"

陈师傅退休后，在麻将声中度过了一春又一春，注定成不了伟人，更不可能改变历史。他的离去，像流星一样引不起轰动，只将无言的悲痛留在亲人的心里。忙了三天，在一片悲哭声和鞭炮声中，我们把陈师傅送上了黄泉路。一个鲜活的生命，就这样永远从世上消失了。

十

我没有把降职的事告诉妻子。经历死亡后，我学会了有事无事，回家先把脸笑起。这个星期天，我第一次主动提出带女儿去公园玩，妻子根本不相信。"哟！你不加班啦？今天怎么有时间，太阳从西边出来啦？！"女儿拍着手，欢天喜地从琴房跑出来，一下扑到我身上："老爸真好！"

这天，我们一家人过得特别开心。看见妻子和女儿坐在旋转的升降飞机上，向我挥手开心的样子，不禁使我想起在报上看到的一篇文章《将身心更多地投入家》。是啊，如果明天你离世而去，你供职的公司可以不用几天就找到人替代你。但是，你撒手抛下的家人，却要用余生感受失去你的悲伤。我还活着就被别人替代了。幸运没死。想想原来一心扑在工作上，从未想过陪家人上公园玩，缺失了对家的关爱，内心感到好内疚。

晚上，我陪着女儿练琴。那位被下岗的油库保管员来到我家。说是来给我赔礼道歉，实来请我为他在江经理面前说情，同意他提前上岗。我因他工作不负责而被降职，又想到他平时吊儿郎当，加油找不到人就来气，本想狠狠说他几句，可我天生心肠软。听他可怜巴巴地说，老婆在麻纺厂下岗在家，孩子上学要花钱，一家人全靠他，这一下岗就没法养家。说着说着，真还掉了几滴泪。不知是不是装的。但《渴望》里说得对：什么都能少，就是钱不能少。我心软了下来，还是忍不住说了他几句："要记住这次教训，工作没有责任心，最终受害的还是自己。你说，哪个领导会用一个没责任心的人？"说着说着又有点来气。"你在修试工区被下岗了，来找我，保证好好干。我想到曾经一个班工作过，才要了你。可你对得起谁？还是经常迟到早退、吊儿郎当。不是这次检查被降职，明年我也要下你的岗！"

"经理，我错了！我错了！对不起你！"说着说着又流下了眼泪。一个大男人，怪可怜的。

"好啦！好啦！你也别难过了。"我又安慰道，"吸取教训改了就好！工作是为了自己的饭碗，要尽职才行。"我给他出了个主意："你先写个请求上岗的报告，认识错误要深刻，再说家庭经济非常困难。到时我给江经理通个气，以公司名义向人事部打报告同意你提前上岗。"

他用手抹了一把眼泪，一下高兴起来，抓住我的手摇着说："经理啊，你是个大好人！谢谢啦！谢谢啦！"

我也笑了起来："你小子少给我来这套。早点回家吧！"临行，想起陈师傅，我又补了一句："不要打麻将噢！"

十一

两年后，局长离任。那天，省局领导来宣布后，怨恨他的职工和曾被他免职的干部，像送瘟神一样，买来鞭炮在局大楼门口燃放；有的叫民工把花圈送到局门口。乌云低垂，阴沉沉；冷雨风寒，天地悲。不知情的人，还真当死了人。这事，一夜就传遍了全省电力系统。有些职工还不解恨，上门去骂，当面吐口水。

这个一向威严刚直的局长，却被职工的蔑视和侮辱击倒在床上，几天都未起。可我，却高兴不起，我心里对老局长充满了同情，也为社会道德沦丧而悲哀。中华民族五千年优秀的东西，在这充满名利和金钱的社会，已丧失了许多。很多人已丢失了仁爱之心。

这天晚上，我怀着真诚和同情的心，第一次登门看望老局长。反正他已离职，也不怕别人说我拍马屁。总不能空手去吧。我知道他也不缺东西。再是名贵的药，也治不了被打击的心。但我还是买了补品和水果去看望，表示我的心意。

一敲门，他夫人从猫眼见是我便打开了门。我笑着说："听说局长病了，我来看望他。"

"你来看就行了，还买这么多东西来干什么嘛！"她客气地说完扭头便朝卧室喊："丁经理来看你来了！"又忙对我说："快坐快坐。"

一会儿，局长便穿着睡衣，病蔫蔫地走了出来，几天不见，他一下苍老了许多，猛然看去，完全是个老头。一个看重权力的人，一旦失去权力是很不习惯的。何况还受了这种打击。我听省委一个朋友说：他们的组织部部长，退下来才半年多时间，好好的人，就郁郁地死了。昔日的局长多有精神哦！走起路来起钢声，风风火火，精神得很；可眼前，就像被霜打的草。我心里一下充满怜悯，忙上前把他扶到沙发上："局长，我来看望你！"

他用无神的眼，扫了一下门边的东西，很亲近地说："小丁，你这么客气干什么嘛！你能来看我，我就很高兴了！"是的，他没想到我会来看他。我从来就没走近过他。被降职后，我总是避免和他照面。有时避不开，便低头装没见，从他身边匆匆走过。

我虽然有点呆气，但毕竟干过一年多的办公室主任。谈不上能说会道，但我了解局长喜欢听恭维话。"局长，你对我们局的贡献，全局职工都是有目共睹的。没有你忘我地工作，我们局哪里能发展得这么快。你看，固定资产才短短几年，就增加了好几个亿。"我安慰道，"电量上来了，职工的奖金也增加了。全局职工都很感谢你呢！"其实，说的也是实情。

我简直就成了职工代表。一席话，说得局长眉开眼笑。"哪里！哪里！都是全局职工努力的结果嘛！"他谦虚地回答。

我看他一脸高兴，又接着说："干工作总是要得罪些人的。那些都是低素质的人，你别放在心上啊，放宽心些！像我，就只记别人好处，滴水之恩，涌泉相报。"我没把话挑明，可都心知肚明。局长没吱声，却不住地点头，像找到了知音。我知道他此时心里开了花，又说："现在都说身体第一，其他的都是零。一在零多才有意义。所以啊，搞好身体才能使人生获得最大利润……"

"哈哈哈！"局长咧开了嘴，一下爽朗地大声笑起来。"想不到这几年你有这么大的长进。"他感慨道，"我们的干部都像你一样能上能下，积极肯干，该多好啊！"

他这一表扬，倒把我弄得像娇羞的姑娘，不好意思。

局长夫人把削好的苹果递到我手里，证实道："是嘛！他经常夸你：人家小丁从来就不斤斤计较，干什么都认认真真。当副职，也能很好地配合，文章也写得好。"她怕我不相信似的，补充道："每次他在报上看了你写的文章都要叫我看。"

局长是个不甘寂寞的人，他接过话："我在电力报看你写的那篇《重视企业文化建设，增强企业竞争活力》很不错！还有那篇《神奇秀美的净土》也不错！还有……"

局长是个爱看报的人。我这个小人物的文章他也能记住，可见记忆过人。难怪他作起报告来，一个问题，三个方面，说得头头是道。

他一时没想起文章名称，便改口道："小丁啊，我看你还是适合在办公室。"然后，用非常和蔼的眼神盯着我："我有时想啊，硬把你调去物资公司当经理，可能是个错误……"

我本来是来安慰他的，没想到会给他增加心理负担，忙把话题岔开："局长，我真的很感谢你给了我那么多锻炼的机会。我写文章不行，其实我真正的业余爱好是烹调……"

"哟！你还有这么一手啊！"他来了兴致，夸张地说，"哪天我去你家尝尝你的手艺，看看你是不是吹牛。"

"好啊！欢迎！欢迎！"我接过话高兴地说，"就怕请不动你呢！"

"哈哈哈！"局长爽朗地笑了起来。"你又没请过我，请我当然去啊！"他笑着说。

真的，这么多年我就从未想过要请局长到家里吃饭。他那么威严、不苟言笑，怕着他哩，躲都躲不快，哪敢近他！人啦！离开权力，才还原成人，变得平易可亲。局长这一说，我便认真起来。"局长，那就说定了，这个星期六，请你两老到我家吃晚饭。"

"好啊！"没想到局长很爽快地答应了，又随和地说道，"菜也不要搞多，就搞三四个你拿手的就行了。"看着局长亲和的样子，我一下想起王蒙的一句话"人们把您当成普通人看，是你的福气"，觉得颇有哲理。

十二

那天，天气很好，春光明媚，如同我喜悦的心情。一早，我就开始忙乎。精心地做着每一道菜。当妻子热情地把局长大妇迎进家时，我系着围兜急忙走出厨房去迎接。见局长提着两瓶茅台酒，忙上前接过，不好意思地说："局长，你来就给了我们一家很大的面子，还提什么酒来嘛！"

"来你家吃饭，是我说的。带酒来算是打平伙嘛！"局长说完便"哈哈哈"笑了起来，很有感染力。

妻子把正在练钢琴的女儿叫了过来问好。

"伯伯、阿姨好！"女儿甜甜地喊道。

"要叫爷爷、奶奶好！"我忙纠正道。

"他们又不老！"女儿脆生生地顶了我一句，弄得我十分尴尬。

“对呀！说明爷爷奶奶年轻嘛！”还是我文化局的妻子会打圆场，一下就解了我的围。

“我就爱听你叫我阿姨！”局长夫人把女儿拉在身边，亲热地附和着说。

“哈哈哈！”局长在一旁大笑起来，气氛一下变得暖融融的。

他低头弯腰、非常慈爱地对女儿说：“弹首曲子给伯伯听好吗？”

女儿高兴地走到钢琴边。随着她手指在琴键上轻快地敲击，贝多芬这首《献给爱丽丝》的钢琴曲，便像淙淙清泉流淌了出来，这舒缓优美的旋律，使我们的家充满了温馨氛围。

菜做好后，我便请大家入座。局长看着满桌的菜，不迭地称赞：“不错！不错！色香味俱全！没想到你还真有这一手！”他扭头问：“小丁，你跟谁学的呀？”

“我从小在四川资阳，外婆是开馆子的，看也看会了。”我王婆卖瓜，又补了一句，“这可是正宗的川味菜哦！”

大家入座，斟满酒，我举起杯：“第一杯，我首先敬你们二老，祝身体健康！”

“我们一起敬！”妻子忙举起杯，也来凑热闹。

局长说了一声“谢谢了！”便一仰脖子喝干了酒。他夹了一筷泡菜鱼，放进嘴里。“嗯！味道真不错！不错！”颇像美食家，认真地品味着。接着，又夹了一筷粉蒸麻辣牛肉：“嗯！这个味道也不错！不错！”局长津津有味地吃着。

我的劳动得到了局长的认可，心里十分欣慰。一高兴，我站起来，又举起了第二杯酒：“来，局长！这杯酒是我单独敬你的！感谢你多年对我的关心和培养！干！”说完，我一下就倒进了嘴里。

“你坐！你坐！”他用筷子点着我，“你不要恨我就行了！”

局长刚把话说完，就遭到身边夫人的指责：“你这个人呀，就是不会说话！所以爱得罪人！”

其实我真的很感谢局长。失之东隅，收之桑榆。降了我的职，却使我找到了两个家（中国电力作家协会，省作家协会）。使我认识了更多有责任、有爱心、学养深厚、谦虚高尚的人。我要让生命在笔下延伸。减少了工作压力，按美国科学家推论比正常人要多活三年。局长做了件大好事还不知。可我又不好说，只能在心里感激他。

“好！好！好！我说错了！罚我酒！”局长说完一仰脖子喝干了。

我把菜夹进局长碗里，忙把话题岔开：“局长，你尝尝我烧的芋头，味道如何？”

未放进嘴他就连声说:“好！好！好！”待放入口中，又肯定地说:“嗯！味道不错！”说完举起杯，扭头对夫人说：“来，我们也敬他们全家一杯！”他笑眯眯地对女儿说：“祝你将来成为钢琴家，好不好呀？”

“谢谢伯伯阿姨！”女儿乐颠颠地回答道。

“没礼貌！要叫爷爷奶奶！”我又忙纠正道。

局长夫人护着女儿：“我不喜欢哪个把我叫老！”她对着女儿说：“我就喜欢你叫我阿姨！”

说得大家都开心地笑了起来。妻子怕冷落了局长，无话找话：“局长，你做的菜肯定好吃吧？”

“我才没那个口福呢！”局长夫人接过话，“他呀，只会做一个伟人菜！”

“什么是伟人菜啊？”女儿在一边天真地问道。

“就是毛主席最爱吃的红——烧——肉。知道不？”她故意把语调拖长说。

女儿似懂非懂，抿嘴想了会儿，挺认真地点点头。那神态又把大家逗乐了。

这种暖融融的气氛，一下使我想起了作家冯骥才写的《酒的魅力》。酒这东西真好啊！它能化解矛盾、增进友情，几杯酒下肚就亲如一家。它还是艺术家灵感的诱发剂，李白斗酒诗百篇。难怪白居易说：“百事尽除去，尚余酒与诗。”酒，真是个好东西啊！

“你这个麻婆豆腐，炒得还真不错，和我上次在成都吃的味道一样。”局长夫人夸奖道。“这青椒鸡炒得好，味道又鲜又香。”她问道，“哎，小丁！你是怎么炒的？”

我忙介绍道：“把姜、蒜、芡粉、盐、糖、花椒面、料酒和鸡一起拌，待油烧辣，倒进去爆炒，然后再把青辣椒倒进去。出锅前，撒些葱花，再放少许酱油和醋炒匀，鲜味就出来了！”

“哟，看不出你还真会弄吃的！”她一眼瞥见局长像在家一样，自斟自饮起来，忙制止道：“你少喝点！”又难为情地向我解释道：“他这个人啊，一高兴就控制不住！”

“没事的！我听茅台酒厂的老总说，茅台酒能喝出健康来。当年周总理在国宴上喝一瓶也没事呢。”说着，我又举起了杯：“来，局长我再敬你！”

局长把我的手拨到一边去，固执地说：“这杯酒该我敬你！一、感谢你来看望我！二、感谢你做这么多好吃的菜！三、感谢你提醒我注意健康！四、……”他像作报告，说着说着就动了感情。

待他的第四个感谢尚未说出，就被我妻子打断：“不行！不行！哪有老的敬小的道理！”

局长夫人在旁边附着我妻子耳朵悄声说：“真的，我好久都没看他这么高兴了。那天小丁来看了他还真管用，第二天一早他就起来锻炼身体了。”

临别时，我送了一幅字画给局长，这是我请省内一位小有名气的书法家朋友专门为他写的。他拿起来展开一看，是柳体写的养生长寿二十字诀：“乐观豁达，勤于动脑，坚持锻炼，合理膳食，家庭和谐。”看完，他连连点头：“好！好！好！”我不知他称赞的是字体还是内容。只要局长高兴就行。

三月的夜色，格外迷人，星光灿灿，春风沉醉。饭后，我一直将局长夫妇送到马路边，正要招手打车，被他谢绝了。“小丁，你说得对，身体第一。我们散步回去。”他沉吟片刻，像是想起了一件很重要的事，非对我说不可。他拍拍我的肩，很动情地说：“小丁啊，你是个好人！”他抓起我的手摇了摇：“谢谢你了！”在路灯下，我看见老局长两眼充盈了泪花。瞬间，我心里好感动，忙说：“没啥！我也谢谢你，局长！……”

“不送了，你回去吧！”局长夫人也在一旁说，“回去吧，小丁！”局长走了一段路，又转身向我挥了挥手。

我也举起了手向他们挥了挥，无言地传递着情意。

我伫立在路灯下，久久地目送他们悠闲地漫步在洒满迷离灯光的马路上。那一刻，我整个的心灵，被一种真挚的情感幸福地充盈着。啊！人与人之间的友善，才是这个世界上最珍贵的东西。使人快乐，自己也快乐。也许，局长那一刻悟出了许多许多的东西。生活中少一些“挥泪斩马谡”，多一些理解和宽容，人人有爱心，我们的社会，才会变得美好和谐。遗憾的是，局长没有机会改正他的过错了。

望着他们远去的背影。我在心里默默为两位老人祝福：祝他们身体健康！晚年幸福！

我真的很感谢曾经历死亡。从惊悸和痛苦中走过，我不但学会了坚强和宽容，也学会了珍爱生活。只要活着，我就要怀着这颗感恩、宽容、理解和悲悯的心，紧紧拥抱这充满阳光的鲜活的世界。

（原载《海外文摘》2013年第4期）

戴明贤

古代的活动画

活动画面始于电影，发展到今天，戴上特制眼镜看三维电影，已有逼真的立体效果了。在早则有一种满布凹凸密纹的塑料片，下衬图画；观者变换角度，画中人物或动物便呈动态。虽简陋得多，却也是包含了若干科学原理的。但在素乏科学观念的中国古人，竟也有关于活动图画的记载，就令人诧异了。

宋人释文莹的《湘山野录》中说：南唐后主李煜有一幅奇异的牛图，是江南一位喜蓄奇玩的徐知谔献给他的；等到他愁似一江春水向东流以后，又拿出来献给宋太宗赵光义。这幅画中的牛，白天在栏外吃草，夜间则归卧栏中。群臣观看称奇，谁也不明白其中奥妙。只有僧官赞宁说，在南倭，海水减退露出滩碛时，倭人拣拾蚌类，有一种贝壳中还余留着几点珠，取出来调和颜料，画出的东西白天看不见，夜里才显现出来。另外，沃焦山在大风呼啸时，偶尔会有石头落在海岸上，得到这种石头滴水磨色，其色白天显现而夜晚隐没。画上的牛，就是用这两种东西分别画在栏内和栏外的。知识渊博的翰林学士们都认为这是无稽之谈。赞宁说，有出处可考，见汉代张骞的《海外异物记》。杜镐检阅三馆书目，果然从六朝旧本查到。于是众人信服。

画中的牛，昼啮草于栏外，夜归卧于栏内，比港澳那种画片，动态更大得多，称之为古代活动画，当之无愧。似乎可作为“古已有之”又一例了。宋人刘辉的《清波杂志》也记载了这个故事。

但想上一想，就会失笑。本来应当追踪的问题是世间到底有没有这么两种调色的异物，而杜镐的调查研究却是查书，忘了另一半即实验，找这两种东西来试试。他只证明了赞宁的话确有出处，而不能证明张骞的记载确有其事。而真正重要的当然是后者。

这个小故事的教益，不在于其事的真伪，而在于它生动地反映了我们民族传统心理的一个侧面。

“诸臣皆以为无稽”，并不是要追究事实本身存不存在，只是问有无出处可以稽考，发现果然有书可据，便都心安理得。这就是今世所谓“本本主义”，一出现新事物就翻本本找理论依据（而不是找事实依据）。本本主义使我们吃过许多苦头，记忆犹新，毋庸赘言。

其次是“好读书不求甚解”的态度，不求甚解的不仅是书，而是生活中的各种问题。如果当时真有这样一幅奇异的画，如果大臣中能有人以“欲究其源”的态度，研究到底，说不定会给后世留传下一项科学技术成就。或者相反，确凿地证实张骞的记载不足为凭。总之不会糊里糊涂。我怀疑这故事是富于想象力的好事之徒，读到张骞那个道听途说的记载后，虚构出来，又在故事中反过来转引张骞的记载作为依据。而文莹和刘辉却把它当作事实，俨乎其然地记下来了。

这又引出了第三种态度：大而化之地把诗和科学搅成一锅糨糊。汗牛充栋的古人笔记，记下许多奇闻“异”事，有不少可以从中窥见古代科学技术的信息。然而却被作者单纯当作谈助，以一个“异”字朦胧掉，甚而着意渲染其中的神异色彩，弄得面目全非。而有的分明是诗，是诗人的想象、哲人的寓言、大言家的牛皮，却又当作了事实，煞有介事地考证、争论，吵得不可开交。科学是不可少的，诗也是不可少的，问题是要分别清楚。混杂不分，危害了我们几千年。

但赞宁和尚（919—1001）却是个出色人物。他是佛学和佛教史研究专家和著作家。撰有《内典集》一百五十二卷、《外学集》四十九卷、《大宋高僧传》三十卷，还有《僧史略》3卷，记述佛教诞生、流变以及三宝住持等的起源，系统表述了宋代以前佛教制度事物的概括，很有学术价值。他不仅博闻强记，并且言辩敏捷。宋太祖赵匡胤到相国寺烧香，问需不需要拜佛，其实是不太想向人下跪，哪怕是佛菩萨，但又有些忌惮。别人都不敢出主意，赞宁却坦然说不用拜。问他原因，他说：“现在佛不拜过去佛。”皇帝既理直气壮免掉屈尊下跪，又得了个“现在佛”的尊号，与“过去佛”平起平坐，当然龙颜大悦，从此成为定例。赞宁的知识也不限于背书，往往能结合实际。柳仲涂请教他，维扬郡堂后菜圃，阴雨天见青色火焰闪烁竟夜，走近就消失，是什么缘故。赞宁说，这是磷火，是战死的将士和牛马的血肉在土里凝成的。柳大惊下拜，说果然那菜园常掘出断枪折镞，证明那是古战场。于是作诗赠赞宁，称他是空门中的博学家张华。

（原载《文艺报》2013年6月5日）

2013年

戴明贤

子午山孩（节选）

纪事：夏尽释母服（居丧结束）。

造木屋于母亲墓侧，名望山堂，居之守墓。

子尹为母丧醵筹的钱，安葬后尚有余资，考虑贫士筹百金大不易，不趁此造一间屋，渐渐也就耗尽于衣食了。于是在母茔附近建了一幢一楼一底的简陋白木房子，七个月后落成，独自住到里面读书作文。坟地背后原有山林，又陆续把老宅的花树移来一些栽上，环境渐渐幽美起来。

子尹《望山堂记》说：子午山旧名望山堂，形状像一个人双臂环抱，右臂垂腕侧掌挡住肚脐。太夫人的墓就在肚脐处。"腕部"圆平如石鼓，离墓不到百步，低于八尺，方圆不到四丈。子尹修的屋子前后各一间，楼上四面有栏杆。在任遵义知府黄仲孝得知此地旧名望山堂，说道："望山正是你的志趣，堂名早就定了！"就为他写了"望山堂"匾额。

恢复作诗，第一题就是哀悼母亲弃世的《系哀四首》：

（序）：禫祭逾月，欲歌先哽。痛念慈踪，触事如昨。我今不述，谁复知之？尧湾此居，地从主人。计吾生不改迁，泯灭者唯数事耳。恃其与哀俱永，各系一章。三年不事吟咏，词之鄙俚不计也。

除服（丧期毕）一个多月了，想开口先哽咽。见到什么都想起母亲，像就在昨天一样。这些往事，我现在不说出来，以后还有谁知道呢？尧湾老屋属于房主人，但想来只要我这辈子不搬迁，随时间而泯灭的东西也不会太多。选择几件，各写一诗，靠它们与我的悲哀长存罢。三年不写诗，生疏了，难免文词粗糙，不能讲究了。

桂之树，树在僦宅前。三株离立各合抱，一株踞右独茂圆。其后大冢京兆阡，其前壁下蒋家田。乐安溪水绕田过，清浅可厉无桥船。年年负担指南走，次次涉此求途便。丁酉以还食于郡，八十里岁八九旋。一回别母一回送，桂之树下坐石弦。度溪越陌两不见，母归入竹儿登箯。此景何时是绝笔？十月初四己亥年。嗟嗟乎，桂之树，吾欲祝尔旦暮死，使我茫无旧迹更可怜。吾不祝尔旦暮死，使我自今抚尔长潸然。桂树止无情，永念对葱芊。（《桂之树》）

这三株桂树，就在我家赁住的屋子前面。三株都合抱粗细，相隔不远，尤其右边那株，又圆又密。后面是曹姓的墓道，前面是蒋姓的田产。乐安溪绕田而过，溪水清浅，可以捞起裤脚涉过，不用桥也不用船。我每次出门往南方走，都是涉溪图近便。丁酉年以后，在本郡启秀书院谋饭碗，离家不过八十里路，一年要回来八九趟。回来一次，母亲送我一次，送到这里，坐在桂花树下的石头边上，望着我过溪、过路，直到她望不见我，我望不见她，她才走回竹林里去，我才登上雇来的滑竿。这个场景结束在什么时候呢？结束在乙亥年的十月初四。唉，桂花树啊，我真愿你死掉，免得我见到你就想起母亲；但是，一点与母亲关联的痕迹都见不着了，我岂不更加可怜吗。不祝你早晚死掉呢，一见你我又会想母亲流眼泪，永无穷尽。桂树无情，永远青葱，就用你承载我永远的怀念罢。

园角一茅亭，亭后双枣树。几年亭破草荒芜，旧为阿娘拜斗处。亭下今居前十年，方如棋局一畦田。一朝割半为池沼，上种绿杨中种莲。池头不满三弓地，斗亭即向其间置。高篱三面裹藤花，花心如蜜终年翠。晚凉朝露午晴天，柳荫藤荫藕香边。有时阿母来小憩，有时阿母还流连。挙挙挽挽撚菅线，续续抽抽纺木棉。紫蕹堆袍帮妇脱，黄瓜作犊与孙牵。一窠鸡乳呼齐至，五色狸奴泥可怜。当时家计诚贫薄，母身虽劳母心乐。似有鬼神旌苦辛，亭西六月舒梅萼。而今陈迹浑不存，空有破亭留枣根。后日悬知改迁尽，冷烟寒圃自晨昏。（《双枣树》）

园子角落有个草亭，亭子后面有两株枣树。这几年亭子破破烂烂，杂草丛生，它原先却是母亲祭拜天地的地方。亭子下面，十年前是一块方方正正的“棋盘田”，后来划出一半做池塘，种上莲花，岸边栽杨柳。塘边一小块空地，就立了这座小亭。三面篱栅爬满藤萝，叶子常青，开出花来甜丝丝的。母亲有时候来坐坐，有时还逗留很久，在这里捻草绳、纺棉线。在这里帮着媳妇做泡菜，衣襟里兜一大堆藠头，剥掉紫皮。在这里用黄瓜做成小牛犊，给孙儿牵着走来走去。一窝小鸡，一听呼叫就争先恐后来了。那只花猫，在母亲身上撒娇，逗人爱怜。那时候，家计诚然贫困，但母亲身体劳累心里乐。有一年，亭子西边的梅树竟在六月里开花，好像是鬼神在奖赏母亲的辛苦。如今，这些陈年旧事一点痕迹也找不到了，只剩个破亭子站在枣树边。再往后，这一切也要完全湮灭了，剩下荒圃冷烟，自荣自枯。

后园黄焦石，厥癞如虾蟆，古柏覆其顶，苍苔布其窊。石脚何所有，纂纂楙木瓜。石缝何所有，黄黄檴香花。初来治兹圃，地瘠不可铧。辛勤我母力，十年拥粪渣。不知鎔几锄，硌确化为畬。秋分摘番椒，夏至区紫茄。小满拔葱蒜，端阳斩头麻。头上覆尺巾，细意毫不差。时来憩石上，汗泚慈色加。指麾小儿女，亦学事作家。观之不如意，复起为补苴。旧时值坐处，尘涴风与爬。尔来三四年，荒翳藏蛇蛙。独拨莽中觅，陨泪至日斜。（《黄焦石》）

后园那块黄焦石，像只大癞蛤蟆，上面柏树覆盖，下面满布青苔。石脚结了成串的木瓜，石缝长出黄黄的茴香。家刚迁来，开辟这个园子的时候，土糙得挖不进去；全靠母亲辛苦，十年里不停壅肥，不知用坏了多少把锄头，才把满地石块的荒土变成熟地：秋分摘番茄，夏至分茄秧，小满拔葱蒜，端午砍头道麻。母亲头上盖着白帕，依节气栽种，分毫不差。有时坐在黄焦石上歇口气，汗津津的，脸色更显得慈祥。有时指挥孙女孙子学干活，做得不对的地方，起身去补好。母亲常坐的那一处，现在积了厚厚的尘土，风一来就吹掉一层。近三四年更是荒草深深，藏蛇隐蛙了。我拨开乱草寻找母亲的遗迹，流泪流到日头落山。

阶西牛所宫，宫南丐所止。其下苦竹林，种自西禅寺。竹沥宜病人，竹叶宜弱子，竹篾宜麻刀，竹皮宜履底。我母道求难，人有不如己。又厌此角空，过者见表里。手植数十科，年年顾而喜。谓笋岁增大，再蓄尽堪恃。今日看成林，吾母长去矣。（《苦竹林》）

屋阶西面是牛栏，牛栏南面是乞丐栖身的地方。这下面有一片苦竹林，是从二郎里的西禅寺分来栽的。竹子是好东西：竹沥、竹叶都是药材，破成竹篾可以做各种器皿，笋壳可以填鞋底。母亲说，万事求人难，人有不如自家有。又讨厌那里有个缺口，过路人一眼就望到了家里。于是亲手栽下几十竿竹，眼见它一年年长大，心里喜欢，说是笋子一年比一年粗，以后家用的笋壳不用愁了。如今竹子真的成林了，母亲却永远地去了。

读这四首诗，好像亲眼见到了一位勤劳、慈祥、刚毅、高洁，平凡而伟大的母亲。同时也亲眼见到了一个好儿子。诗序说“词之鄙俚不计”，实则发乎心底真情，止乎朴直白描，忘却一切学问、典故、技巧，正是最纯粹的好诗，令人一读一掉泪。

秋季，子尹和友芝耗三年多心血的《遵义府志》终于完稿。这本是平翰做知府时的决定，后来他因“温水民变”被降职调走，修志几乎中辍，幸亏接任的黄乐之支持，才得以完功。

这部府志凡四十八卷、三十三目、附目十四，共八十余万字。黄乐之在序文中评价此志：“古今文献，搜罗殆尽，所征引前籍至四百余种。并寻原究委，实事求是，苟旧说不安，虽在《班志》《桑经》，亦力正传本之误，纠作者之实，随事发凡，不袭故习。好古之士，欲考镜南中，争求是书，比之《华阳国志》。”

子尹接受修志之请，虽是责无旁贷，但检阅前人著述后，发现舛错丛杂，又生出顾虑，担心位卑言轻，自己的见解不容易被人认同。所以在《愁苦又一岁赠郘亭》诗中有“终思竟此业，匪望千秋垂。使识汉郡县，不与苗疆侪。自尽后死责，职竟由人讥”的话，思想上有所准备。但书稿完成后，引起的讥评之多，抨击之烈，甚至一时间酿成轩然大波，还是超出了他的预料：

一榻来青阁，三霜古白田。丹铅销削布，文献付山川。服渐为人指，刀应善自全。长怀豆卢杖，搔首意茫然。《有感二首（其一）》

太祝瞎无翳，仲车聋有灵。海澄何日见？世议皱眉听。烽火通龙国，楼船断鲒亭。黄头方选壮，鸡肋愧刘伶。《有感二首（其二）》

三年蜗伏在来青阁中，耕种古人的“白田”（古籍），大量消耗笔纸朱墨，搜寻相关文献。现在引来这种种非议，不敢说是张九龄所谓“美服患人指，高明逼神恶”，只能怪自己不懂得庄子说的“善刀而藏之”的道理。回想自己像唐代豆卢戚纂《丹阳郡志》那样，拄着手杖奔波勘察的情景，只有搔首纳闷，茫茫然不知孰是孰非了。

唐朝张籍（官太常寺太祝）眼睛瞎了，但辨识力并不受影响。宋代徐仲车耳朵聋了，但四方事仍然知道。海水是永远不会风平浪静的，人海也一样，沸沸扬扬的议论，只有皱着眉头忍受。而今海疆多事（鸦片战争），外国楼船驶进了我们的内河（鲒埼亭在绍兴），朝廷黄头军（汉羽林军习水战者）正需壮士，而我这孱弱书生却像刘伶（晋名士）似的，别人挥拳打来，只能说：“鸡肋不足以安尊拳。”惭愧啊！惭愧啊！

这次“逐影吠声”的鼓噪，在莫友芝的《答独山万全心书》中说得比较具体。他说：志稿会招致非议，原是意料中事，只没想到会是这种样子。遵义这样古文献匮缺的地方，我们为找一条有关古人记载，要翻阅好多本书；想记载一件近时的事，要调查好几个月；发现一条线索，必得穷根究源。两个人专心致志，首尾数年，直到智尽力竭，觉得无可增补了，才交给誊录人抄写刻印，期待高明之士指漏摘瑕。但现在种种的指摘，并不在这些方面。一是说：境内有蛮夷（旧时指少数民族），是地方的耻辱，志书写出来，岂不是故意羞侮家乡吗？一是说：民间的祭祀婚丧仪式，很多地方与古礼不符合，各地皆然，为什么不省略隐讳，而非要写出来不可呢？再就是说：某人的传没有写到他的子孙，而另一某人的传却写到他的亲戚，这样分彼此论厚薄公允吗？如此等等，一人说，众人和，以耳代目，举国若狂。甚至恐吓要上门理论，要纠集众人在街上殴打。可叹两个书生的“鸡肋”，值得这么兴师动众吗？

修方志的宗旨，正在于如实记载地方所特有的人、物、事，为后人留下翔实的史料。而那些反对者的指责，恰好背道而驰，对历史和社会，从根本上持一种“瞒和骗”（鲁迅语）的态度。至于第三种喧噪，更是为自己争位置、争名利，等而下之了。这两种人，至今仍大量存在。

一时的鼓噪喧嚣，渐渐烟消云散；而子尹和友芝付出心血的这部府志，经受住了时间的检验，留传至今。毕竟他俩的学养、见识、文笔都是一等一的，态度又如此谨严。百年后还被誉之为“天下府志第一”。正所谓“尔曹身与名俱灭，不废江河万古流”。

当时种种无理取闹的指摘，令莫友芝那样愤怒，子尹看似比较能沉住气，内心肯定同样不快。但他后来从读书中发现了府志中的几处疏漏，自责道：“某昔之辑郡志，阅三年乃成，力亦勤矣。而物产不采《茶经》，祠庙不摭《宾退录》，杨氏事不载《清容集》，则目之未遍也。鼓楼隘之水，误指为渭河，乐安江混叙其源处，则足之未知也。其他舛漏类若是。至于今，在他邦博洽者固无暇勘及此，即本郡人或亦未之详也。然余固深悔之。”遗漏就是遗漏，错失就是错失，坦然正视。这是一个有学术尊严的学者应有的职业品格。与今世一些舛漏百出而死不认账的厚脸皮文化明星大异其趣。人格、文品、襟怀，都有天渊之别。

壬寅七月从府城回乡后，很长时间觉得疲倦，不想出门。自斟自饮，自思自想，有所触动，就和陶渊明的《饮酒》诗。到十月底，二十首都和齐了：

浩然白云去，凉风吹送之。明月一杯酒，青天无已时。渊明何代人，松菊仍在兹。真襟苟会合，自信直不疑。清梦未易求，此语犹谨持。［《和渊明〈饮酒〉二十首（其一）》］

清风吹送白云，冉冉而去。月光下端一杯酒，仰望那无垠的宇宙。陶渊明不是异代之人，他和他的松菊就在我眼前。襟怀相同即同在，我深信这一点。清旷的梦想难以变成事实，但“乐夫天命复奚疑”这句话，应当永远牢记。

种豆不得豆，蒿藜满秋山。生无一日乐，便死何足言。千驷葬何人，真可活百年。堂堂亦有此，明日当谁传。”［《和渊明〈饮酒〉二十首（其二）》］

渊明说他“种豆南山下，草盛豆苗稀”，我更是有种无收，只见蒿藜。生来没有得到一天快乐，立刻死掉也不足为惜。齐景公有四千匹马的财富，死了，老百姓仍然说他无可称道。堂堂帝王尚且如此，我辈者流，今天刚死，明天就没人记得了。

使气路旁粥，何损黔敖情。夷齐止如此，饿死仍无名。人死非一途，人生不更生。古来嗜酒辈，到死得鬼惊。当时谓醉耳，竟乃事事成。［《和渊明〈饮酒〉二十首（其三）》］

《礼记·檀弓》里那个汉子赌气不吃“嗟来之食”，无损于黔敖的情意。伯夷叔齐不食周粟，饿死在首阳山，还不是死了就死了。人有各种不同的死法，相同的是死了就一去不回。倒是爱酒如命的人，死了到阴间，鬼们都惊讶羡慕。都说贪杯不好，我看酒鬼们倒是事事如意，心想事成哩。

《礼记》载：齐国闹饥荒，黔敖置饭食于路边周济灾民，对一个饿者说：喂，来吃吧！那人嫌他说话不客气，宁愿饿死。伯夷、叔齐两弟兄，是孤竹君的儿子，反对武王伐纣，不食周粟，饿死在首阳山。“不食嗟来之食”和“不食周粟”本是赞颂气节风骨的著名典故。子尹在这里却“正话反说”，借题发挥，以抒发胸中郁闷。结尾是李白“古来圣贤皆寂寞，唯有饮者留其名”诗意的发挥，谑而近虐，深含忧愤。简直有点黑色幽默了。

少志横四海，夜梦负天飞；将老气血静，少乐多所悲。相彼白项乌，一朝失其依，萧条空枝上，哀思暮忘归。天寒惨将雪，北风声不衰。命微运复尔，身受那得违。［《和渊明〈饮酒〉二十首（其四）》］

年轻时志在四海，夜里梦见背负着天空飞翔。向老气血平静下来，欢乐少了，悲哀多了。像那白颈项的慈乌，一朝失去母亲，守着没有了老巢的空枝伤心，天黑也不知道回去。天色惨淡，要下雪了，北风吹得呼呼叫。天生命蹇运背，只能默默忍受，躲避不了。

参差五男女，媚爷争酌喧。爷醉颜如花，临风反以偏。念我盖棺时，汝曹扛入山。风雨一堆土，有酒岂得还。今日及舌在，用饮莫用言。［《和渊明〈饮酒〉二十首（其五）》］

大大小小五个儿女，争着斟酒讨好阿爷，把阿爷喝得脸通红，在风地里走得偏偏倒倒。等我死了，你们就扛着棺材，送我上山。以后风也罢雨也罢，总是那个土堆，你们再有好酒，我也回不来了。趁今天舌头还在，用它来喝酒，莫用它讲话罢。

欲哭则不敢，人命真有是。造物谁得争，一成遂不毁。冥心付烂醉，待醒还复尔。羡尔不羁人，玉颜对绿绮。”［《和渊明〈饮酒〉二十首（其六）》］

人生在世，真能活到想哭不敢哭的份上。谁也争不过造物主，它做成什么样就什么样，动它不了。心想大醉一场就解决了，醒来还是老样子。真羡慕你这超脱的“东方一士”，容光焕然，弦琴不辍。

末句：陶诗“东方有一士，被服常不完。辛苦无此比，常有好容颜。知我故来意，取琴为我弹”。

海内宽大极，安攘尽豪英。匹夫不获醉，申韩无是情。谁言止无用，酒故须人倾，一壶未尽酌，已听糟床鸣。此物良足慰，亦复忙一生。［《和渊明〈饮酒〉二十首（其七）》］

天下广袤，自有英雄豪杰安邦定国；匹夫小民喝点酒，连申不害、韩非这样严峻的法家也管不着。酒生来就是倒在杯子里给人喝的，谁也禁不了，一壶还没喝完，新酒又酿成了。酒这东西呀，既能安慰人，又能让你忙活一辈子。

喘喘脱命鹿，自伤五岳姿。回忆向来路，环身戈戟枝。斑雏角茸茸，骨相何清奇。苹蒿不自饱，衔与尚尔为。感之痛人肠，荷担去莫羁。［《和渊明〈饮酒〉二十首（其八）》］

人就是喘吁吁逃命的鹿，自命为纵横三山五岳的资质，回头看看，还是行在刀枪围困之中。我的小鹿儿（指儿子）头角峥嵘、骨相清奇，大可期望。可是我自己连艾蒿都吃不饱，又怎么养育它呢！想起来内心摧伤，赶紧为他们干活去罢。

终昼瞑目坐，此眼不可开。纷纷何为者，薄恶难为怀。邻翁九十余，古性老益乖。提壶就之饮，谓我从雀栖：天留作厌物，众情贱如泥；君何独不弃，毋乃别有谐。幸闻生之初，释我神意迷；更幸作醉语，复叠数十回。［《和渊明〈饮酒〉二十首（其九）》］

一天到晚闭目枯坐，这双眼睛不敢睁开：纷来攘往，为名为利，看了心情恶劣。邻家老人九十多岁了，性情古怪，越老越乖张。我提着酒去陪他喝，他说："饥不从猛虎食，暮不从野雀栖"，你怎么跑到野雀窝来了。老天不让我死，留着做厌物，众人把我当烂泥巴；唯独你不嫌弃我，是不是好恶与别人不同？我说：我想听你讲讲一生的经历见闻，解答我心里的生死之惑。讲点酒醉疯话更好，重三遍四都可以。

常人认为天经地义的种种道理，子尹听来无非追名逐利，不如听酒疯子骂街，其中或有至理。

哀哀入笼鸟，一生逐四隅。人为万物灵，亦复无出途。谁尔牛马哉？自供名利驱。可怜客中死，丝毫无复余。安宅岂不广，直负百年居。［《和渊明〈饮酒〉二十首（其十）》］

可悲呵！笼中之鸟，永远在四面栅栏里碰来碰去。人号称万物之灵，其实与你一样，没有什么出路。谁要把你当牛做马了？是你自己甘愿被名利驱使，做它的仆役。可怜奔波到半路死了，攒在手里的东西还是一件带不走。广厦大屋该气派了吧，可是能做坟墓吗？

生著人路上，谁能出其道。展转无奈何，可怜佛与老：百方会想尽，一朝亦僵槁。枉死究何益，顺生岂不好？眼前一壶酒，是诚无价宝。我请处人中，看君立物表。［《和渊明〈饮酒〉二十首（其十一）》］

踏上人生之路，谁也拗不过它的规则，任你挣扎，无可奈何。可怜佛家与道家，想尽千方百法，求来生、求长生，到头来一样是僵尸枯木。与它对着干终究是无用的，不如顺其自然还好些。眼前这壶酒，就是无价宝，我愿与凡人和光同尘，把你看得高于万物。

杯前此天日，宁非古人时。古人一无见，虚名在文辞。诧我尔何人，把盏忽在兹。快爬复护痛，自认了不疑。形影互赠答，咄咄久相欺。人云口可饮，无偶聊邀之。［《和渊明〈饮酒〉二十首（其十二）》］

酒杯前的今天，还不是与古人的一样？但古人见不着了，只留个虚名在文字里。那么我呢：你又是什么人，端着杯酒坐在这里，又想痛痛快快搔一通痒，又怕把自己抓痛了，只好这样自问自答，自疑自解。所以高人说嘴巴只宜用来喝酒，想找伴就把它邀来解闷。

此诗颇费解，姑且臆说如上。“快爬”句似用黄庭坚诗“诗句唾成珠，笑嘲惬爬痒”。爬即搔。“人云”句用《南史・谢瀹传》：“朏指瀹口曰：此中唯宜饮酒。”

酒道至广大，人各造一境。至哉无量人，何醉复何醒。嗣宗岂无秘，其妙骤难领。我怀古先民，夜犹枕其颖。如何嵇与吕，鸾凤对枭炳。［《和渊明〈饮酒〉二十首（其十三）》］

酒中世界宽广无垠，进入者只能到达其中一个区域。最了不起的是酒量深不可测的人，永远不知道他是醉是醒。比如阮嗣宗（籍），他可以一醉三个月，借以摆脱为难的事。他肯定有秘诀，别人不易领悟。而嵇康呢？古代先民都知道保持警惕，枕着刀睡觉，他那样聪明的人，为什么却不明白鸾凤在枭獍面前，应当自隐纹彩以远祸，公然对吕安那种小人表示轻蔑，以致被他陷害而死呢？

生年三十七，《姤》下一阴至。渐老渐变《剝》，不变者唯醉。世物独酒真，饭食亦其次。好处无可名，日进正尔贵。万想患不得，待得止无味。［《和渊明〈饮酒〉二十首（其十四）》］

活到三十七岁，已走到周易里的《姤》卦阳消阴生的阶段，与世无争了；又渐渐向《剝》卦发展，“不利有攸往”，更无意于什么功名利禄。不曾改变的，只有喝酒。世间万物，唯酒最真，饭食都在其次。酒的好处，无以名之，只盼着大天有它。酒之外的东西，不必患得患失，得了也无滋无味。

举觞望青天，万古此大宅。各人醉一场，既醒无遗迹。杜陵典春衣，萧索铜三百；挥手四十万，君妃扶太白。二子骨在无，我更何叹息。［《和渊明〈饮酒〉二十首（其十五）》］

举杯望天地，天地就是人的永恒住宅。人人在其中，各自醉一场，酒醒了无影无踪。杜甫典当春衣买酒喝，铜钱三百文，寒酸之至；李白散金四十万，喝醉了要贵妃搀扶，豪华之至。到头来又有何区别呢？谁知道他俩的骨头还在不在。我辈者流，更有什么好感叹的呢。

有客挟秘籍，云是《珞琭经》，指示愧茫昧，听久睡欲成。前知究何益，既定岂得更？客言识坎险，可以不出庭。妙术诚可羡，风雨怀鸡鸣。请自用我法，谢君相爱情。［《和渊明〈饮酒〉二十首（其十六）》］

客人来访，出示一本《珞琭经》，说是命相学的秘籍经典。他对我讲授此中玄奥，我听得迷迷糊糊，差点睡过去。我说，命运既不能改变，预知岂不是有害无益？客说，事先知道坎坷危险，就可以躲在家里不出门嘛。我说，你的法术诚然神妙，但我还是喜欢“风雨如晦，鸡鸣不已，既见君子，云胡不喜”这样充满意外、偶然的生活。请容我用我自己的方法过日子罢。不过，还是要感谢你对我的关爱情谊。

命相占卜之类，不仅虚无缥缈，难以稽考，而且制造阴影，破坏情绪。人间万事，无偶然即无乐趣，无悬念即无希望，预知纵确，亦不足取。先知比分，后看球赛，即味同嚼蜡了。

半道逢酒具，恍然三代风。旧谓人我欺，果在所料中。同游数十年，乃有此庞通。赐也徒能辩，更不知仲弓。［《和渊明〈饮酒〉二十首（其十七）》］

居然半路上有人摆了酒具请喝酒，简直是重见了上古纯厚之风。过去我以为这是书上骗人的话，没想到渊明的老朋友中，真有个古风犹存的庞通。无怪他赞道：“赐也徒能辩，乃不见吾心。”是的，雄辩滔滔，不如善解人意。

庞通是陶渊明的老朋友。半路设酒，其实是官员王弘想结识陶渊明，怕径访碰钉子，就让庞通在半路摆酒邀之。陶心里明白，照样欣然共饮。孔门弟子中，子贡（端木赐）能言善辩，而仲弓则有德行，所以陶诗那样说。这是本诗的两个出典。

天寒思地炉，石炭贱难得。此日不读书，虚冻岂非惑。儿子案我侧，家具复逼塞。自笑似周赧，空名不成国。一杯且暖足，清静守元默。［《和渊明〈饮酒〉二十首（其十八）》］

天冷足僵，就想有个地灶烤着，但煤炭难得买到便宜的。这种天气更要读书，不读书岂不是白白受冻，亏上加亏。但儿子挤在我旁边用功，屋里又塞满家具。我像是周赧王姬诞，即了位就被挤到西部，有个空名，不成国家。且来一杯酒暖暖脚，静守玄默罢。

家贫惮远役，县近便求仕。聊谋三径资，倾身已违己。何物督邮儿，折腰甚吾耻。舟飏风吹衣，归去来乡里。公田秫未收，兹固不足纪。有钱送酒家，无即酒可止。含觞语阿舒，懒惰尔何恃！［《和渊明〈饮酒〉二十首（其十九）》］

渊明家穷怕出远门，就近谋个县里差事，本来就是为口违心；而见一个当督邮的乡里小人，居然要弯腰低头，太耻辱了。于是扯起船帆，回家去也。公田里栽来酿酒的高粱还没收割，也不要了，不值一提。有钱就喝酒，无钱就止酒。还端着酒杯逗儿子：阿舒，你懒成这样子，以后靠什么过日子呀？

此首全咏渊明故事，显然引为同调。

此杖何自来？崔翁言语真。八十仁江上，喜我气颇淳。手持指谓我：‘不独形状新。历传四老人，如夏商周秦。年皆八九十，我亦步其尘。恐便旦暮死，赠子存殷勤。’感之日摩弄，当与五老亲。亦似取精多，光泽活以津。我年近四十，老日登头巾。约去五十年，当为觅替人。［《和渊明〈饮酒〉二十首（其二十）》］

这根拐杖来自何处？来自仁怀江边的崔老人。崔老八十岁了，言辞很诚恳。他觉得我气质还淳厚，就把它赠给我，指着它对我说：这支手杖不光形状新颖，而且经历过四位耄耋老人之手，好像夏、商、周、秦四个朝代似的。眼看我也快跟着他们去了。没准说走就走，趁现在把它留给你罢。我感念此语，天天摩弄它，就当是与五位老人亲近。它吸取的精气多了，油津津地发亮。我年近四十，等老了也要头上包白帕、手里拄着它。过上五十来年，又该为它觅一个值得托付的人了。

这是一个动人的小故事，很像一则宋人笔记。如果把五位老人的经历加以发挥想象，就又是一篇唐人传奇或聊斋故事了。可能这根拐杖也让子尹生出一种吉兆祥瑞的感觉，所以结尾显得乐观自信，一改忧郁故态。

可惜，他甚至没有活到拄拐杖行走的年龄，更不用说把它传给第六个人了。

苏东坡也有《和陶饮酒二十首》，都可谓相契于千载之上。但因天性与处境的差异，各有境界。渊明是真平淡，东坡是真旷达，子尹是郁闷中求解脱。

（选自《子午山孩》，人民文学出版社，2013年6月）

喻莉娟

梵净天体浴

“天体浴”，我是在江口梵净山第一次听说，在别的地方叫老式洗澡，自然式洗澡。不过我觉得“天体浴”更具有美感，它有一种意境，那就是人与自然的合一。它是天地为房，山谷为盆，潺潺的河水如那无尽丝带在身体上绕过，那感觉只有，有这样的福分的人才知道。那可是跟在屋里洗澡完全两回事。

贵州现在有的地方还有这种洗澡的形式，特别是在远离城市的地方。一条河上大家是约定俗成，女子在上游，男子在下游，相距几十米，天地为屋，草木为屏，各自为政，没有杂念。人们自然、平静地完成洗澡的事，享受的是大自然恩赐的净洁的山水、清新的空气，完成的是身净、心净。

“天体浴”有文字可考的，应该是孔子《论语·公西华侍坐章》里的记载，孔子与他的学生们谈到理想时，前面三个谈了自己对理想的看法后，孔子问曾点：“点！尔何如？”鼓瑟希，铿尔，舍瑟而作。对曰：“异乎三子者之撰。”子曰：“何伤乎？亦各言其志也。”曰：“莫春者，春服既成。冠者五六人，童子六七人，浴乎沂，风乎舞雩，咏而归。”夫子喟然叹曰：“吾与点也！”

这里的“浴乎沂，风乎舞雩，咏而归”是曾皙的理想。他认为在大地开冻、万物欣欣向荣的时节，安排一个洗涤自己、亲近自然的洗澡仪式，这个仪式看起来没有任何实用的意义，但是它却能给内心一个安顿。这种安顿需要我们与天地合一，去敏锐地感知自然节序的变化，感知四时，感知山水，感知风月。

这次的江口之行，最大的收获就是体会了“浴乎沂，风乎舞雩，咏而归”。在梵净山脚下的太平河洗了一个天体浴，感受了这样一种感知四时、感知山水、感知风月的境界。

一进梵净山，让你应接不暇的是梵净山的一步一景的自然风光，让你感动的是这里的地域文化，让你向往的是这里的佛教文化，总之是说不完的灵山文化，梵净文化。

有人说，江口的梵净人“说起梵净山，三天三夜不下‘山’！”“讲起梵净就‘牛’，嘴巴边边都是油！”在梵净人他们的介绍中，最让我动心的是刚到梵净山脚下，站在太平河的风雨桥上，感受这宽宽的河床，浅浅的水，远处有几个穿着鲜艳衣服的人，在河中的小渚上忙前忙后这一画面。给我们带路的梵净人小杨看到我的兴致，过来说：“这里的天体浴，你们一定要体验体验，这条河它的水质是一级的，也就是可以直接饮用的矿泉水，到太平河去洗一个天体浴，那可是保你五天不用护肤品，皮肤润滑如玉！”“有那么神？”我说。“你去感受一下，我们梵净山户外运动协会的会员经常体验。”他这样一说，我们都有些动心。

吃过晚饭，我们一行七八人，在梵净人小杨的带领下，沿返江口方向的公路而行，约一公里处，我们准备从这里下河。公路下有一个“强盗屋”，躲着呢！屋在玉米地边，被待收的玉米、茂密的树林掩着，要走下公路才能看见它，真是一个“强盗屋”躲着。过了屋，穿过待收的玉米地，沿着扬花的稻谷下到太平河天体浴地段。梵净人小杨说，太平河水好，但不是每一个地段都适合于天体浴。天体浴的地段，河床平，下水的地段干净，河水齐胸。一面是山林，一面是平缓起伏的灌木，恰是一道道优雅的屏风。灌木丛边是一种古老的柳树，梵净人说，这叫麻柳，它树干高而多姿。

这样的地势形成一个天然的“盆”。近暮色，我们沐浴着夕阳，经过稻花香的洗礼，下到水里。男生在离我们女生五六十米远的地段，我们远远能看到他们的身影。我和好友摸着石头下水，石头如玉，干净润滑，水温还很好，正合适人的体温。我们找到一个蝴蝶型的石头，奇妙得很，水从蝴蝶的两个翅膀中间流下，蝴蝶石呈四十五度角立着，成了一个天然的水槽。我躺在上面，水从头流过身体，面对满天星星的天空，有多少年没有见过这样清澈的夜空，星星是那样地明亮宁静。这时候，山厚，水薄，灌木林中总有秋虫歌唱，萤火虫闪亮，风动人爽。“太美了，老天爷，快给我们照张相，留下这美好的时光吧！”“这才叫不能忘记！”我们情不自禁地大叫起来，回应我的只有水声、风声。这是世界上最好的沐浴。女友一点点认真地体会这一切，说是怕时光匆匆跑过，这才是诗情画意，真正的人生。

一切都不存在，天地间，只有我们。这时候下游的男生，身如蝶影，若隐若现，公路上穿行的汽车已开了车灯，那车灯透过树林、苞谷丛，闪烁着，告诉我们存在的现实。

我侧脸面向梵净山，仿佛看到了黑湾河峡谷，这一号称“千溪谷”上的一道道水，从梵净山的一条条沟里流出。山水永相好，山里的秘密，只有这水知道。

身边潺潺的流水悄悄地告诉我，它从松桃县出发，流到这里，黑湾河汇入后，经过铜仁的锦江到湖南的沅江入洞庭，下长江。

身边潺潺的流水悄悄告诉我，山上有多少和尚多少庙，告诉我此山是五大佛教名山，我仿佛看到山上龙泉寺上的弥勒佛，这里是他的道场，来这里的人，经他的教化可以化解心中的烦恼，笑对人生。

其实我觉得来梵净山，最应该做的还是在这秋天的月明星稀的傍晚，来梵净山下的太平河洗个天体浴，那才能感受孔夫子的“吾与点也”“浴乎沂，风乎舞雩，咏而归”的境界，与天地合一，以获内心的一种安顿。

正体会着梵净山的灵气，下游的人在吆喝了，要我们赶快起来，要回去了。说是今天是古历六月十九，观音菩萨的生日，沐浴完赶在午夜正点时，到龙泉寺，拜观音菩萨。我们完成了天体浴。

月亮为灯，星星做伴，我们一行人唱着歌，沐浴着风月，走上去龙泉寺的路。

（原载《散文选刊·原创版》2013年第6期）

2013年

陈丹玲

记忆里鲜活的铁锈味

当对过去的时光抽丝剥茧后，我还能轻易辨别出蝴蝶牌缝纫机、面条机、大铁锤、土武钻等等器具名称，闻见那股从时间深谷里溢出的浓郁铁锈味。确切地说，它们只是一些工具。铁制表皮、手触冰凉、构造简单。在我们村庄，它们是一种家境殷实的象征，也是体察父母劳动艰辛的得力助手，更是生活步伐执着向前的有力见证。成为我记忆支点的那些铁制器具，因沾染人间烟火气而散发出温暖气息，不论是在时间深处被淘汰，或是在繁华今生得到优良改进，都无一例外地阐释着一个亘古的话题——不变的永远是变化。

1988·缝纫机·水粉红记忆

当我试图说出“蝴蝶”这个意象美好的词语时，意识里却事先冒出“蝴蝶牌缝纫机”这个短语。只有我知道，它潜藏了1988年我生活中一抹明明灭灭的叠影，幸福和骄傲一直像那件水粉红衣服一样，光鲜在我记忆的制高点。

蝴蝶牌缝纫机的到来始终安静。被蝴蝶牌缝纫机烘托的那些时光也一直安静，这恰切符合了妈妈谙熟女红的宁静心性。在厢房楼上的一间屋子里，缝纫机静默内敛，阳光照进来时，深黑油漆和金边轮廓泛起华美光泽。除了妈妈，家人中没有谁会去触碰和解读它。木质本色的光滑台板，小巧而构造复杂的机身自然地坐落在台板上，下面是圆鼓鼓的木盒子，不用时可以直接把机身收到里面，台板就成为我得意的课桌。双脚轻放于踏板上，脚尖脚跟前后稍微用力，左手顺时针带动右边透着浅浅凉意的轮子，“笃笃笃”，针尖开始在一块棉质布料上乖巧行走。一切动作轻柔安静，协调默契，能洞察一个女人的稠密心思和纯美灵性。同样是付出劳力，这绝对有别于家中面条机那被目光一眼就识透的简单和粗陋。动作轻柔、心思稠密、行走自如。我曾一直迷恋木楼一角，像薄纱一样覆盖在蝴蝶牌缝纫机上的宁静时光，甚至迷恋润滑机部件的黄油气味，一直主观地认为缝纫机渗透出的气息就是典型的母亲气息，抒情无形，却直抵本质。我在许多个弥散着这种气息的午后或者夜晚得到深厚的滋养和共鸣。

村子又一次散发出陈旧熟悉的气息，以潮湿雨水作为无所不在的基本氛围，混杂着家居生活的平庸单调以及停止劳作后的特殊落寂。这时，妈妈总是在缝缝补补。缝纫机前的她似乎乐此不疲。厢房楼上的房间，屋顶的两块玻璃瓦透进浅灰色天光，房内依然暗淡。于是，木板门窗里漏进来的一丝光线，在妈妈一块一块卸下板子时被推开、扩大，明亮开始扩散。我在周末的这个时候总是快速完成作业，然后趴在床头看妈妈在缝纫机前缝合裂痕或者裁剪布料。她早已把一块水粉红类似绸缎的布料剪裁成型。在光线的参与和衬托下，整个场景和妈妈的姿势接近唯美——歪着头，身子轻轻侧俯在缝纫机上，十指小心翼翼地把线头引进细小的针眼里。偶尔失败，她会把线头在舌尖上抿一抿，然后继续。光线很是体贴地斜过身子，柔柔地擦过妈妈的脸颊，然后在台板那块水粉红布料上渲染。能清晰看见皮肤上那层细微的绒毛，还有被布料颜色映衬出的红润。耐心和平静始终构成画面的基本气息，那一刻，我认为母亲像童话一样美好。“笃笃笃笃”的声音，连贯，有节奏，军队一样整齐的步伐让我油然感到特有的安全和宁静。在妈妈的缝补里，我静静眯缝上疲倦的眼睛。醒来，一件轻柔鲜亮的衣服贴着一张温和的笑脸飞扬在我的面前。圆叶型领子，收边短袖口，荷叶下摆，细密针脚，那是童年衣物中的极品。迫切地穿上，柔滑细腻、清爽微凉的感觉在皮肤上滑行。一直佩服妈妈的心灵手巧，那台木楼上的缝纫机更是体察了她对女儿的至深情感，随着十指的轻巧游弋，针脚的步伐默契到极致。

穿上新衣服，心情明丽。那片水粉红在一个同样明丽的下午跟随我飘进了校园。缝纫机，水粉红衣服。围过来的不仅有同学们赞叹的口气和眼神，更有能体现主角味道满足幼小虚荣的童年游戏——转圈过桥。我们绕着圈跑，衣襟翻飞，笑声清脆，眼前的树影人影徐徐往后退，像带着风的翅膀，沿着欢乐铺陈的轨道旋转。一件水粉红衣服在游戏中挑高童年的快乐、自信和美丽。这是童年时喜欢享受的、幸福的片刻眩晕。

在时间河流里，浓烈的色彩被淘洗得苍白浅淡。妈妈与缝纫机的生疏大致是在我上初中之后。那时，我的审美情趣严重带上个性色彩，对父母指令的背离，对缝纫机的蔑视，构成立体状的叛逆感，投射的阴影足以遮蔽曾经所有美好的日子——我固执地认为衣服一定要在商店里购买才漂亮。我们的衣物越来越花样繁多，款式新颖。我，还有许多人，开始习惯了在花花绿绿的衣物和市场商店的幻化中流连和挑剔。棉质、丝质、毛料、化纤；休闲装、运动装、正装、淑女装、乖巧装……一应俱全，满足平常日子对美的装扮。家里的缝纫机却以无声的姿势，承受时代变迁、岁月更替赐予的沉默落寂。信服，认输。退出舞台。在不可阻挡的时间速度里似乎不需要太大的勇气和来不及留恋，面对那些大型服装车间里先进高效的缝纫机器，木楼上的那架缝纫机始终安静。雨天，妈妈偶尔还会扶着木梯上楼，用“蝴蝶牌缝纫机”缝补生活的边边角角。

1989·面条机·面食的精美

我想，也许再没有人像我那样厌倦一碗面条，以致让我曾一度彻头彻尾憎恨盘踞在家中堂屋一角的面条机。我六岁那年，就在整个房间、院子、过道充塞青涩的麦草味，晃荡面条无骨暧昧身影的1989年。

那天，面条机的到来不在我和弟弟的意料之中，这完全属于父母做生意的初衷。许多人围在我家堂屋里议论纷纷，那份新奇感一直沿着汉语拼音里的阳平调往高处攀升。父亲的得意心理除了在组合部件和搬动挪移中挂上眉梢外，还见缝插针地在人群里吆喝一声“兄弟，帮个忙喽”。而我站在孩子的角度，以游戏的目光打量这个贸然到来的家伙——四根被稍微打磨过的木头勾肩搭背做成底座，两个刻有凹凸螺旋纹的齿轮相互咬合，木板镶成的木槽被四根高低不一的木柱子斜撑住。因为倾斜着，表情似乎一直就那样胆战心惊。挂在右侧的是一大一小的两个轮子，仇恨似的被一条皮带强硬地拽在了一起。握住齿轮的手柄顺时针一摇，面条机就活泛起来了。这确实算不上精美的玩具，甚至有些粗糙的构架让我一直觉得面条机的模样滑稽可笑。

村子里开始沸腾，每天都有人到我家做面条。双手握住摇轮的手柄，顺时针旋转，看丝丝缕缕的面条从齿轮里垂下。笔直、流畅、顺溜，有着强烈的下坠感。内心的兴奋情绪也被面条机嘎吱嘎吱的声响搅拌得越来越浓郁酣畅。看见父亲曾不知苦累地成天乐呵呵地笑。阳光从房顶的东面筛下来，不加思量地加入院子里晒面条的场景。一排又一排用竹竿晾晒的面条，乳白颜色，柔顺身影，有了阳光的抚慰，更显得晶莹白皙，风味独具。穿梭在面条行间，纤细竹竿上那抹未来得及风干的青绿本色星星点点地呈现，内心瞬间生出了一丝怜惜。麦粒掺杂泉水的清香在面条里残留，指尖顺着竹竿滑行，我甚至感觉这是最幸福满足的一刻，能听见风到达和离开时的轻巧脚步声。

在父母没完没了地替别人和替自家生产面条而无暇顾及我和弟弟的劳动场景里，我开始厌倦围着面条机旋转的日子。偶尔我们也帮忙，但完全出于掐断游戏天性的委曲求全——为帮忙打水和面、晾晒面条、传递挑面丝的细木棍……我一次次丢下手里欢跳的石子、脚上飞跃的鸡毛毽、那串还没穿完的指甲花，还有伙伴们沮丧的表情。父母由于繁忙而对我和弟弟的饮食滋生的敷衍情绪加重了一个孩子对面条机几乎不可和解的厌恶。放学回来，揭开锅盖，两碗面条模糊着表情等着我们；喊肚子饿了，父母会随意甩过一句“马上煮面条”；早上面条，晚上面条，梦里都是面条蜷缩在瓷碗里没有骨气的讨好模样。背着书包，眼里荡着泪水，所有情绪却因背负课本里尊重劳动成果的教条主义而委屈到几乎愤怒——不能朝着父母吼叫。把罪过归属于堂屋那架同样无辜委屈的面条机，狠狠踢它一脚。这种简单愚蠢的行为带给自己的是一阵刺骨的疼痛和缠绕心头的沮丧感。拒绝进食，找各种不饿的理由拒绝进食，成了我走出厌恶面条机情绪的唯一出口。饥饿着走过一段课堂生活，而不敢向往如今市场上那些精美面食面点的温暖安慰和甜美口福。家里曾经的面条机，唯一的一件大型生产机器，在时间河流的某一个转弯处，因为我对面条饮食的厌烦和对童年游戏天性的依附，让我曾一度认为自己也像一根面条一样没有了骨气、勇气和意志，一直就那样软弱在自己用情绪烧制的瓷碗里，最终心怀一份阳光般纯净的憎恨———一段时间，我甚至害怕看见女孩垂直顺滑的长发，我会在那种柔顺感里条件反射似的加进对面条的想象。

在嘈杂的街头，我的目光在人群缝隙里毫不费力就找到了那些面点店。橘黄柔和的灯光，干净剔透的玻璃橱柜，摆放色泽光鲜、样式各异的面包、面卷、蛋糕、桃酥等面点。而退隐在生产房间里的烘烤机、搅拌机、包装机，似乎因了橱柜里精美食品的注释而更让人接受它们高科技的装束和设备。我也曾在一些生产面条的作坊邂逅过面条机，早改头换面变了模样。因为电力的参与和人性化的外观设计，与记忆相比，它们看起来有些许的自豪和自信感，减弱了父母曾经挥汗如雨的劳动代价，剔除了简单粗陋模样里的尴尬。深陷时间河流，我家那台老面条机最终松散着骨架蜷缩在厢房一角，亲自看着它被收废铁的大伯慢慢拉着远离院子。

只是如今，喜好面点面食，彻底证明了我对憎恨情感的背叛。

多年后的今天，我突然对所有面食机械有种说不清的感恩情怀。

1995 · 旧铁锤 · 瓷砖平房

在1995年的时光里，那些长了脚的土家木楼，似乎正在离开村子。

淡青色岚气在屋檐瓦檐上轻抚，昏暗厨房里的橘黄灯光依旧亮着，粗糙暗黑的水泥灶台上显得拥挤热闹。金黄油亮的腊肉片已经切好装盘，浸在水里的豆干是用来炖腊猪脚的。妈妈俯着身子继续专心切菜。一排洋芋片上面，晃眼的菜刀急促行走，细丝缤纷呈现。刀刃碰击木质垫板，发出极具韵律感的声响，仿佛兴奋行进的军队，穿着厚重的小皮靴。生姜，葱白，辣椒，蒜瓣，混杂的气味在狭小的厨房里弥散、扩充。腊肉的浓郁香味率先在这些气味里突围，有一缕探进了我的鼻子。透过微微开启的里屋的房门，我只能看见妈妈的侧面，被灯光和蒸汽浸润着的身影有些迷蒙，揭开饭甑，腾起的白气加重了这种视觉感。狭小的厨房内，异乎寻常的喜悦和忙碌在晃荡、蒸腾。这是那天，拆旧建新房时事先让我预知的消息。

父亲在村子里请的劳力开始陆续到来。有鸭客公公、圆子二叔、毛伯伯、三姨叔、三姑爷、弯弯公……高矮参差，胖瘦不一，全都红黑着脸膛，嗓门宏大，笑声爽朗。凌晨时分残留在院子里的那层薄薄的清静，被他们身体里投射出来的热量和话语里聚集起来的热闹撞成碎屑，一朵笑盈盈的玫瑰红喇叭花接住了一部分，在土坝子的边上，静静开放。每个人手里提着一把铁锤。主人围着暗红木桌吃茶抽烟时，铁锤们聚缩在板壁的一角。暗褐色的表面偶尔黏着一两粒锈红斑点，经过长期撞击打磨，也留下了凹凸不平的痕迹。没有金属耀眼的光泽，静默的表情透着内敛厚重的铁性品质。注入手臂的力量，这些铁锤内部行走猩红的火焰，疯狂的、欢腾的、极具摧毁性质的火焰。

高高的云梯搭着屋檐。鸭客公公身手敏捷，他提着铁锤腾跃上了屋顶，然后跟着圆子二叔、弯弯公、三姑爷。条理疏朗的青瓦屋顶有了些微的颤抖。青瓦片单薄拱曲。铁锤别在腰间，暂时用不上。木质手柄因为长期的握捏和手心汗液的浸泡，居然裹紧了一层有着玉石一般温厚的包浆，在阳光下，泛着微微光晕。铁锤的力量依旧收敛。屋顶上，他们开始猿猴一样闪现，双手搜罗起一叠瓦片。碰撞，摩擦。串串流畅滑落的清脆声音形成瀑雨，袭击和淹没了整座木屋。去掉瓦片的木屋，突然地显得空荡和尴尬。阳光趁机占领了曾经无法抵达的角落，无遮无拦地炫耀。相互搀扶支撑，勾肩搭背，咬合穿插的柱、板、梁、檩抱着坚守最后战线的决心。站立。站直。不倒。父亲和鸭客公公沉浸在兴奋里，拆掉木屋建砖房的欣悦和憧憬，在他们的手臂拧成了一股力量，注入铁锤。铁锤憋足了气力，随着肌肉隆起的手臂弹跳，垂直下落，横梁与柱子的接口处腾起一层陈旧的土灰。一锤接着一锤，一步接着一步，咬合的地方开始松动，最后轰然掉下一根横梁。铁锤的力量和人们的吆喝集结在一起，在老木屋的躯体里快乐行进。声音、尘土、木头、阳光、鼓胀的臂肌、黑红的脸膛，一起搅拌晃荡，形成了我家老木屋消失时的厚重背景。喧腾的制造之美。

床脚堆积的凿子、斧子、铁钻子、铁削子……散发的暗哑色泽和渗透出来的体力支付感，构成了父亲苦力生活的厚重底色。新建平房需要铺就强硬的基石，为节省请劳力的花费，父亲开始在村子外边开采石头，带着一把手柄同样泛着细微光晕的铁锤。三四百斤重的石头，长条状，边角锋利凌乱。精美似乎一直依赖打磨。父亲敲打着石头，他一直就在精雕细琢、耐心打磨生活的粗糙表面。稻田的画面被村口黑桃树的枝丫镂空成一幅窗花。目光随便穿过一条缝隙都能看见父亲埋头蹲着敲打石头的姿势——穿着红背心，粗糙坚硬的手骨节，肩膀和手臂以及胸前爆出豆粒般的汗珠，铁锤的用力有些节制，快慢轻重恰到好处。起落间，块块石头片弹跳到外边。铁锤敲打石头的声音单调却粒粒饱满，叮叮咚咚踮着脚尖站立在石头表面。父亲满含憧憬敲打着那些时日的薄雾黎明和炊烟浓暮。

在同样喧腾的劳作场面里，砖块垒砌、钢筋构架、精心构造，一座白墙红窗在老屋的地基上坚定盘踞。进宅那天，村子的人和所有亲戚都来了。高高挑在竹竿上的爆竹，欢腾地挥拳踢脚，把空气踢得砰砰乱响。浓烈的磷硝味像极了廉价调料，努力翻炒加重着院子里的热闹气氛。等到灰白烟雾散尽，平房脆白的瓷砖墙身，大红的木格玻璃窗，在嘈杂的欢喜中浮动奢华的堂皇之光。父亲来往穿梭于亲朋好友中递烟敬酒。稍停顿的一刻，他站在台阶上，满面春风，充满成就感，轻轻舒展了一口气，明朗的表情恰切地陷入房屋的堂皇生辉里，像墙上的一件完美配饰——用铁锤一下一下钉入生活坚硬内部的完美配饰。

划段分节后的时间，短薄得如一张纸，随手翻开堆叠的日历，许多岁月被推陈出新。村子里的人们依旧向往并致力于修房造物。先进的挖掘机、推土机、打砂机随即进入乡村简陋的舞台。摧毁。挖掘。磨砺。灰褐色木屋在一座座消失，只是缺少了凌晨厨房里的忙碌、铁锤击打石头的声响、屋檐下云梯的倾斜，缺少和旧木房之间那份浓厚的、欢喜的、坚强的道别。铁锤隐在床脚幽深的时间里，剥蚀的铁红锈迹，成就了父亲，成为像父亲一样的那个年代的许多农村人艰涩生活中一抹耀眼的浓郁底色。

树荫下，稻田旁，石阶处，错落有致的瓷白楼房或平房浮动着奢华的堂皇之光，村子沉醉在事物更替时所制造出的阵阵幸福晃动中。

（原载《民族文学》2013年第7期）

2013年

何林超

仰望狮山

说实话，狮山就黔东南，或者就贵州而言，应该是有些分量的。这里说的分量，不特指当下的政绩经济，也无关社会的综合指标，而专指一个地方或一个地区，因为一个人，或者一群人的努力，而曾经达到过的历史高度。譬如湖畔的叶芝，温莎的歌德，或者瓦尔登湖的梭罗。

我知道有人见我如是说，心中肯定是早已不耐烦了：“不就一个状元么，值得这样夸张吗？”说得很是。假如跟盛产状元的华东地区相比的话，自然是微不足道的。但诸君且慢：虽然明清以来的华东地区仅山东一省，就有状元三十六名，而山东一省也仅只曲阜一地，就聚集了状元七名；但万事不能单方面看，大树之所以参天，关键在于有足够的肥泥沃土，但假使岩山上也生长了巨木，那么这过程的本身，就已昭示了一种非比寻常的特别，譬如喜马拉雅绝域的灌木，或者华山顶上迎客的松树，虽说不上怎么高大与威猛，但并不影响人们见她时的欢喜和赞扬。为什么？就因为生长过程的艰苦卓绝，以及所处环境的凛冽特异。为此，我以为高枧之所以有分量，被贵州省文物局列为国保单位，划拨专款维护，便是因为这个缘故。

当然也很不易。前面说过，明清以来的科举考试中，西南仅仅上榜文状元四人：其中贵州两人，四川两人。虽然比华北少五人，比中南少十七人，比华东少一百六十一人，但却比西北多出了一人！就是贵州的两人中，贵阳青岩的赵以炯只是挣了一个名分，然后回家教书终老；而麻哈的夏同龢却一直坚持救国救民于水火的抱负，不以学贯古今为回乡夸耀的资本，反以清末状元第一人的身份，出洋求知，回国探索——先倡行法政于广州，次寻救国实业于江西，最后谋求民主政治于京畿，直至终老于异乡，埋骨在北平了，也没有真正回来过，当然也就没有真正地休息过。仅此而言就不仅在贵州，更是在历代的状元榜上，标点了一个罕见的高度。

古人云："山不在高，有仙则名；水不在深，有龙则灵。"如果没有夏同龢，那么狮山应该也是很寻常的。没有灵性的山水，自然也就没有生命的活力，而只是处处可见的俗物，只有其间活跃了智慧与生命，这山这水才焕发出特别的光晕来，譬如王阳明之悟道于龙场，尹氏父子替遵义争名于沙滩，莫有芝独木成林举起了独山一样。假如没有王阳明与尹氏父子，那么龙场驿与沙滩，在云贵的茫茫群山之中，又怎么会忽发光亮，成为万众瞩目的对象？创造历史的人同时也标高着历史，标高了历史的人，同时也将被历史标高为后人尊崇的对象，作为一种规律，似已成了定论。

于是极目黔东千年，我们很庆幸因为夏同龢，历史这才为我们标高了狮山。狮山在哪里？在黔东南州府凯里市西侧，麻哈古城西麓的贤昌布依族乡内。而如果说贵新高速麻江段像一根扁担，一头担着凯里，一头挂着都匀的话，那么狮山就像扁担中间的那个昂首挺胸负重前行的人，时而健步而行，时而疾走如飞。这个人穿行于历史的云烟之外，穿行在故乡的田园之中，但当我们想要凝视他，想要看清他时，他似乎又是模糊的；而当我们于静夜之中默想时，他却又是清楚的。说他模糊，是因为他的事迹已被历史的车轮绞碎，百年之后，当我们试图用这些碎片，再还原一个完整的轮廓时，我们已然无法做到；而说他清楚，是因为我们都还能明白地看到，因他而存在的那条轨迹，以及由他而崛起的这个高度。尽管历史早已物是人非，但狮山犹存，状元第还在。并且，狮山分明还记得他的梦，而状元第，也分明还存留着他的笑。

这个梦，是高枧夏氏一梦六百年的积淀；而这个笑，当然也就是这个家族厚积薄发的当然收获。这一过程，经高枧夏氏的入黔始祖夏永昌筹划了，被此后的夏朝正、夏鸿时和王太夫人们坚持了，于是就有了"耕读自给，诗书传家"的家族历史与尚无明文规定的交友制度，甚至指向定位极为明确的婚嫁选择。明洪武二十二年（1389年），时年二十一岁的夏永昌随军入黔，奉旨民屯，落业高枧狮山之后，历十代而至夏朝正，完成了高枧夏氏由武入文的轨迹转换。此后瓜瓞绵延代有才人，传至十五、十六代之"廷""同"辈时，高枧夏氏人才呈井喷态势出现："廷"字辈的廷燮官至知府，廷源（夏状元之父）则官四川盐运使等职；"同"字辈中，除夏同龢高中状元，曾官江西实业厅长外，胞兄同彝历官户部主事等职，可以算得上是"代有才人，一门尊荣"了。现在探究高枧夏氏，尤其夏同龢脱颖而出为时代翘楚的根由，我们很容易发现，至少四个方面的因素值得借鉴。一是家族的追求接力，二是广泛的交往上位，三是孜孜不倦的自觉学习，四是指向性明确的结纳积淀。除此以外，居所位于通衢冲要，日常生活学习中注重吸纳砥砺等，也应该同时引起我们的注意。

以上提及的几个方面的要素，仅夏同龢一人即能提供有力的证据。夏同龢幼小时就随父游历在云南四川之间，除其父夏源（廷源）的家教熏陶之外，每到一地，夏源都遍访当地贤达，一面切磋学问，一面聘其为同龢师尊。据传夏廷源官四川盐运使期间，获知一告老还乡的京官学问非常，便引领同龢特拜师傅！由此可知其用心之良苦。廷源死后，夏同龢随兄夔（时任广东道员补用）赴广东游历，不仅认识和交结了康有为等饱学大儒，而且与诗书写意，毕生为国鼓呼的丘逢甲成为挚友，为他将来的积极探索垫下了深厚的基石。而这一段经历，同时也为我们预埋了理解与解读夏同龢的伏笔。

于是就高中了。当皇榜第一次传入黔东的时候，我相信不光只皇室重臣、中原大儒们诧异，就是历官云贵的耆老们，一定也是意想不到的。于是，苗乡侗寨欢喜了，瑶乡畲水震荡了！山旮旯里面飞出了金凤凰，从遥远京城一路穿村越岭而来的喜报锣声，都飘落在狮山之下这小小的状元第的板壁上了！这时候，假使夏永昌、夏鸿时、夏朝正们都还健在，并随这一梦六百年的惊喜醒来，不知那些黄袍马褂们，是否会用整体喜极而泣的形式来庆祝？

可惜还是生不逢时。清末的这个状元，虽其含金量早已大不如昔了，但夏同龢似乎也没把这个“身份”当一回事。他谋划好了，以官派留学的身份东渡扶桑，看看是否能借他山之石，来攻自己的玉？去之前，夏同龢仔细分析了大清朝的痼疾，然后针对性地选修了法政，留学时间未满，即编著了《行政法》一书，成了首开我国最早研悟依法行政的学者之一。

然后就回国了。在两广总督岑椿萱的帮助下成立广东法政学堂，为大清及后来的中华民国培养了一大批法政人才；之后北上江西探索实业，在神仙打架百姓遭灾的背景下，以身示范践行法政，主动请辞厅长职务之后，又走上了全力推行法政的“务虚”道路。以状元起，以议员终，为自己的毕生奋斗，画了一个不虚此生的句号。当然，假使只以成败论英雄，凭官阶比高低的话，我们的狮山状元或许也“不咋地”。但如果从获了状元头衔仍不满足，仍孜孜不倦地苦斗缠斗，不为自己谋，只为家国计的话，我以为咱们的狮山状元，应该也是可以放眼天下而自傲，睥睨先祖而无愧的！

然而就这么个特立独行的状元，虽然也只有一个，但长期以来，却被我们忽略了。正如现在的子孙不知祖宗，今天不知昨天，地方不知历史一样，每当往来于狮山，进出于状元第之后，看人们熙熙攘攘地来了，又熙熙攘攘地去，然后依然一问而三不知，再问则迟疑，三问则茫然的时候，我的心便会一阵阵地隐痛。个中的滋味，历史可以装聋作哑，现实可以视而不见，但良知，却一直无法耽于睡眠。

唉，不管你是否承认，今天我来此仰望，不是一个时代与另一个时代的对峙，更不是一个家庭与另一个家庭的较量，而是一种境界与另一种境界的印证。我不得不承认，夏同龢站在一个很低的高度胜出了，而我们，则只能在一个看似很高的平台上，心情复杂地仰望。

（原载《山花》2013年第8期）

戴　冰

箫　记（外一篇）

我学吹箫，最早可以追溯到少年时代，起因还是父亲也吹箫，受了他的影响。父亲吹箫，常在晚饭前一会儿，或者临睡前一会儿，箫声呜咽，冷峭而冲虚，与别的乐器似乎都不同，很喜欢，忍不住也想学，但吹了几个月，始终不得要领，也就放下了。这一放就是十几年。再次想着吹箫，已是二十七八岁的年纪，对吉他的兴趣渐薄渐淡，一时又还没有找到更新鲜的玩意，于是将就着又开始吹起来，虽然仍是不得要领，不过胡乱吹些流行歌曲而已。1998年，贵州省作协安排一批作者到基层挂职体验生活，我是其中之一，被分到清镇市委宣传部，就住在当地一个单身朋友家里，只周末才回家一次。因为情况特殊，宣传部的领导似乎也不好怎么管，所以上了几个月班，渐渐就松懈下来，不怎么去办公室了，整日住在朋友家里，除了读书、聊天，剩下的空闲难以打发，就还是吹箫自遣。如此两个多月，并无一点进境，仍觉音质涣散，轻飘浮滑。有一天，偶尔想到小时候练书法，读包世臣《艺舟双楫》，说到行笔须寸寸"涩进"，突然心有所动，意识到运气与运笔其实相通，不涩进就无以刻画，由此悟到"腹颤"一法，音色顿时改观。回到贵阳后，立即买来张维良编撰的教材，一面自学技法，一面迫不及待跟着碟子开始学古曲。第一首记得是《阳关三叠》，再是《关山月》，再是《梅花三弄》《矣乃》《平沙落雁》……曲子学得越多，兴味越是浓厚，渐渐趋于狂热，每天除了上班，大部分时间只是吹，每吹必至手酸唇麻为止，而心犹不甘……

我那时吹的是一管玉屏箫，与那管玉屏笛同色，但比它朴素，只在吹口下方刻有几行行书，石绿色，内容是李白的《送孟浩然之广陵》。据父亲回忆，那是他20世纪50年代出差，过玉屏时买回来的，算起来比我的年纪还大许多。箫的最后一个按孔裂了发丝粗细的一条缝，被父亲用透明胶纸扎起来，久了，胶纸吸灰而渐渐发黑，不复透明，看起来邋遢不洁，不似箫这样物什应该是的模样，同时音质也极单薄，按父亲的说法，毫无箫韵，只是“竹筒筒的声音”，所以那段时间，我最大的心愿就是想有一管好箫。为此我寻遍了贵阳市的大小乐器店，但寻来寻去，竟没有一管满意，甚至大都还不如原先那管玉屏箫。某日，表弟邹欣告诉我（那时他也在学吹箫），说阳明路花鸟市场新开了一家玉屏箫笛厂的专卖店，货量很大，不知能不能挑到一管好的。于是约了一起去看。果然箫、笛都多，怕不止千数以上，箫皆作黑褐色，比那种油黄的好看。与邹欣各挑了一管蟒箫试过，也还满意，至少比那些乐器店的好得多。从此只要进新货，乐器店的老板就会给我们打电话，而每次去，总不舍得空手而回，所以算起来，我前前后后在那里买的箫不下十管。记得第一次买箫时，和邹欣靠在柜台前合吹《梅花三弄》，因吹得整齐，还有路人误把我们当成了剧团的乐队演员。专卖店老板是个年轻人，圆头大脸，能在竹上刻流畅的行书。某次我买到一管比较满意的箫，他自告奋勇要给我在上面刻一首唐诗，我拒绝了，他很遗憾，说这箫真的好呐，只是光秃秃的不好看，要不把你的名字刻上去吧。我见他技痒难忍，突尔想到张大千有一方闲章，内容是“大千掌握”，貌似直白，实则气派，于是不惮效颦，让他在吹口下刻了“戴冰掌握”四个字。字是请父亲依原大用钢笔写在纸条上的，他贴在需要的位置，然后直接用刀刻纸上的笔画，每个字都一气呵成，果然纯熟得很。

我真正得到几管不错的箫，是在认识了伍华德先生之后。某次和妻子去黔灵山游玩，无意间在入口处发现一间卖箫笛的小店，很意外，立即踅进去，一面挑看陈列的箫笛，一面和主人闲谈。主人就是伍华德先生，当时应该已经过了五十的年纪。刚开始时，以为伍先生也不过是某箫笛厂的代销人，跟阳明路花鸟市场的那个年轻人一样，不想几句闲话说下来，才知道伍先生是铁道文工团的专业箫笛演奏员，曾师从过江南笛艺大师赵松庭，不仅精于吹奏，还精于制作，店中的箫笛，便大都出自他的手艺，甚至我最推崇的当代箫艺大家张维良，也用过他制作的箫……我没想到无意之间还有这样的巧遇，很惊喜，于是趁机讨教一些吹箫的要领，他毫不悭吝，一一指点，又听他吹《春江花月夜》《苏武牧羊》《鹧鸪飞》等曲，盘桓近两小时，这才挑一管箫，尽兴而归，从此不时拜谒求教，多次听他用箫吹《鹧鸪飞》，知道那正是他的老师赵松庭的代表作之一。伍先生其人，天真率直，吹箫制箫，类乎痴迷，好几次打电话预约拜访，都不在，再遇上，才知道是赴外地寻竹材去了。某次见他郁郁不乐，问他，说是张维良向他订了二十余管箫笛，不想北方干燥，一月之内竟裂了大半，白费去他许多心神。另一次，他送我一管带竹根的箫，据说十分难得，因为一根竹子若连根挖出，百步方圆的竹子都会死绝，于是他不得不作好记号，待竹农走远，这才返回去悄悄挖走，不敢停留，当晚便搭班车匆匆离开了当地。这样说的时候，他脸上满是孩童般的狡狯与得意。伍先生近年来致力于九孔箫和十孔箫的制作，据说九孔箫成功了，十孔箫却还在实验阶段。我原本吹六孔箫，后来遇上伍先生，听他的劝，改吹八孔箫了。他说八孔箫比六孔箫，不仅转调方便，音准也可大幅提高，是制作上的进步。记得改吹八孔箫时，才第一次知道自己这么多年，竟都是反手吹箫（左手在下，右手在上），想想，还是因为父亲也是反手。反手吹六孔箫并无障碍，吹八孔却不成，因为小指短，八孔箫的最末一孔常开在右侧，小指更够不着，所以我要吹八孔箫，就只能吹反手的八孔箫（最末一孔开在左下侧），这样的箫买不到，只能定制，于是我所有的八孔箫，便都出自伍先生之手。伍先生教我吹箫，常要求吹细箫，说如此才练得好气息，而他自己吹箫，每管都极粗极大，有一管甚至超过两米，吹奏时只能一头吹，一头杵地，可谓壮观。

表弟邹欣也在伍先生那里买了不少箫，其中一管六孔箫是赵松庭先生用过的，刻有赵先生的题款，原本邹欣觉得"超吹"一关很难过，得了这管箫，再吹《良宵》和《梅花三弄》，轻易就上了高音，很高兴，对我说，终于第一次尝到了吹箫的乐趣。说到六孔箫，想到父亲好几年前曾请一个亲戚在上海乐器厂定做过一管箫，黑褐色，竹节挺拔，质密如玉，吹口下刻着唐王之涣《凉州词》中的两句：羌笛何须怨杨柳，春风不度玉门关。字色作石绿。末节刻有制作者的名字：戚伟康。据说是一位制箫大师，对这管箫也很满意，那位亲戚取箫时，甚至依依有不舍之意，曾反复叮嘱，要她一定呵护好。后来听那位亲戚说，戚伟康先生如今已经移居到国外去了……这管箫的音色温润蕴藉，和而且清，在我看来，远过邹欣手中赵先生用过的那管……

受伍先生的指点，我吹箫的技术比起刚开始那几年，自然是略有些进境的，但毕竟学得太晚，加上初学时只图学新曲子，忽视了基本功的练习，所以许多需要基本功的段落就吹不好，比如《流水》的末尾部分，有与古琴曲《流水》中"七十二滚拂"相仿的段落，很考技术，我就从来不敢碰，每次都有意略去，久了，兴趣也就不如从前那么浓厚，但不时也还吹吹，权当是做的呼吸运动罢。

这么多年来，我邂逅过不少好箫之人，其中有三个，虽都只是一面之缘，却印象最深。一个是诗人廖亦武。某年和妹夫去北京，就住在妹夫的母亲萧艾家（妹夫的母亲很新派，就是妹夫本人亦直呼其名），抵京当晚，正碰上也是刚下飞机的廖亦武来看她，一进门，我就发现诗人的背包里插着几管箫，问他，他说从来都是走哪儿带哪儿的。吃完晚饭，大家就一起到附近一个公园里，听诗人吹箫。曲目至今还有印象的，一是《阳关三叠》，一是陕北民歌改编的《兰花花》。记得萧艾想听古曲，而她的助手，一个成都姑娘，却想再听一遍《兰花花》，萧艾于是有点不高兴，嘀咕，说听箫要听古曲嘛，吹什么兰花花……诗人吹《阳关三叠》时，我觉得跟我水平差不多，很想也表现表现，但蠢蠢欲动，却始终没好意思开口。几年后，读到诗人撰写的《底层访谈录》，想到那天晚上的情景，很觉亲切。

另一个是我结婚不久，和妻子游黔灵山，在距入口不远的小溪旁遇上的一个半秃老头。老头红光满面，笑逐颜开，持一管大箫，边吹，边四处踏步，那种自适其适，怡然自得，配上周围的流水、石山、曲径和树丛，真有点桃花源中人的味道。待他一曲吹完，我上前攀谈，问他能不能吹一曲《梅花三弄》，老头一听，几乎一蹦三尺，抢过身旁石几上厚厚一册手抄谱本，一面乱翻，一面问，《梅花三弄》有十五个版本，你想听哪一种?

第三个是青岩小镇上一条狭巷里的中年男人，长发微须，模样打扮都很像小时候经常可以看到的江湖杂要艺人。据说曾在一家工厂工作，工厂破产后又做了一段时间生意，生意也失败，于是回到老家青岩，住进祖上留下的老宅，靠为游客提供食宿度日，游客不至的时候，就吹箫自娱。那是一幢半破的民居，砖木结构，一楼一底，带一座六七十平米的院子，因地处偏僻，远离游客如织的大道，所以生意清淡，只能勉强维持。但他显然毫不介意，微笑说只要将就过得下去，又还能吹吹箫，也就很满足了。我见到他的时候，他正跟一男一女两个邻居围住一张大方木桌，一面喝茶聊天，一面把玩手里一管短而粗大的箫，不时偷空递到唇边，吹几声，又停下来，再聊几句。我和几个同行的朋友正是被他的箫声吸引过去的。临走时他完整地吹了一首《苏武牧羊》，手法很熟练，但有浓重的市井气。出来之后，几个朋友都感慨，说长发男人有点隐士的味道，我也有同感，还莫名其妙想起苏轼引王巩家柔奴的两句话：心所安处，便是吾乡。说出来，有朋友认为不贴切，说人家本来就住在老家么。我笑，说比起那些“生活在别处”的人又怎样?

那天我们在长发男人的院子里坐了约有一个小时，除了那两个一脸木讷的邻居，我没有看到他的家小，也没好问，想来当然都是有的，就算没有，也无甚关系，箫中自有黄金屋，箫中自有颜如玉……

琴记

2009年8月的一天，五之堂主人舒奇峰约几个朋友喝酒聊天，大谈他穷搜贵州古籍的种种事迹，其中颇多峰回路转的戏剧性情节，在场众人无不听得津津有味。后半场，话题不知怎么突然转到了古琴上。因为妻子黄冰和表弟邹欣都学古琴，我也跟着捣弄过几天，略知一点这方面的情况，于是说贵州弹古琴的老先生我知道三个，关崇煌、刘汉章，还有一个是遵义的卫家理；三人中，卫老先生年纪最长，据说曾师从虞山派大琴家吴景略，几年前在省京剧团一间小礼堂听他弹过一曲《潇湘水云》，可惜距离太远，加上设备不好，没听出个所以然来。舒奇峰听了很高兴，说他女儿的古琴老师正是卫老先生最喜爱的弟子，将来是要承卫先生衣钵的。我问他女儿老师的名字，他说叫吴若杰。我一听就笑起来，说这个人我认识，原来不是弹吉他的吗？于是说了当年王良范带我去见他，他分腿埋头，用大木梳倒着梳一头浓发的情形，大家都笑起来。舒奇峰说小杰多年来都没有固定工作，只每年组织一两次流行乐演唱会，能赚两三万块钱，就靠这钱作一年之计，平时弹吉他弹古琴，过得闲云野鹤似的。我没想到这么多年后，会在这样偶然的场合听到小杰的消息，很有些意外之喜，就和舒奇峰约好，哪天专门去听小杰弹琴。

前面提到的三位弹古琴的老先生，我相对比较熟悉的是关崇煌先生，不仅因为他是妻子和表弟学琴的启蒙老师，还因为他与省花灯剧团的姑妈是同事，在乐队，是专业的琵琶演奏员，年轻时和我父亲母亲都很熟识，比我父亲略小，所以父母数十年来都管他叫“小关”。关先生老家北京，虽然在筑多年，仍旧一口字正腔圆的京片子；其父关仲航，系古琴九嶷派名师，与查阜西、吴景略、管平湖等大家过从甚密，当代古琴名家李祥霆转师查阜西之前，即从他父亲学艺。记得第一次陪妻子携琴去关先生家拜师，在琴房的墙上看到一帧一尺见方的黑白照片，上面有两人隔一木桌面向镜头而坐，一是着长衫马褂的中年华人，微胖，一是西装革履的西洋人，桌上横放一张古琴。关先生介绍，绅士模样的中国人即他的父亲关仲航，洋人则是当年荷兰驻华大使。大使喜好中国文化，欲拜一古琴名家为师，但辗转多人，都不满意，最后才决定拜他父亲为师，理由极有趣：因为他父亲弹古琴，经得起西洋节拍器的考验——原来大使每见一人，即求一曲复弹三遍，同时掏出一架节拍器置于一旁，验证节奏是否一致……

关先生近年来致力于古琴推广，授徒多人，还结了琴社，请父亲书匾，正以“九嶷”为名。开社雅集，我和妻子、表弟都去了，其间听关先生的幼徒，一个十三四岁的小女孩弹《渔樵问答》，老练得叫人吃惊，以至于妻子怅然若失，说这琴还如何弹得下去？

刘汉章先生我见得不多，也就数面之缘，一次是初闻他的名声，和妻子专程拜访，得闻一曲《梅花三弄》。第二次是带春秋茶业的牟小秋和彭康去听刘先生弹琴，闲谈之间，他听说我无事时喜欢吹吹箫，就让我与他合《梅花三弄》，但我只熟箫曲，不熟琴曲，合了一半合不下去，只得作罢。第三次是“九嶷琴社”开社，又见到刘先生，再听了一次《梅花三弄》。某次在张建建家，与良范谈到古琴，他说他母亲有个干儿子，能弹古琴，就住在离我家不远的一个小区。我问姓名，他说叫刘汉章。我听了惊诧，说贵阳真是小。

刘先生的琴技据说为贵州先贤桂百铸所授。桂百铸诗、书、琴、曲、棋、画无一不通，是只有那个时代才涵养得出的文人。《贵州历史人物丛书·文化教育卷》对他有这样的记述："他（桂百铸）在精通书画、诗词的同时，对中国的古琴亦有研究，是国内为数不多的古琴家。桂百铸早年在京曾向古琴家黄勉之学琴法，秘传其《水仙》一操。1956年曾与北京古琴研究会及北京音乐学院研究所的专家研讨古琴的源流及技法，中国古琴学会将其所弹《水仙》及自谱的《归去来辞》《平沙落雁》录制保存。1960年，捷克斯洛伐克音乐家代表团访问贵阳，桂百铸与洞箫专家谢根梅琴箫合奏《归去来辞》《平沙落雁》等曲，得到中外专家的好评。"文中提到的洞箫专家谢根梅，与我的祖父是同事，其子谢虎生又是父亲的学弟，两家有世交之谊，父亲有一篇短文，提到过这位吹箫的谢老先生："谢虎生……其尊翁根梅先生与先父同事，是竹城（贵阳旧名。编注）有名的箫王。有一段时间他上班的地方与我家同院，我每天听他吹箫。除了吹古曲，还吹自度曲，听过的有《坝桥观瀑》《布拉格之春》等。大女儿是一位国际大画家的原配夫人，居住在法国；二女儿在泰国经商。他因此成了替国家挣外汇的统战人士。不料'文化大革命'之前的'四清运动'里，这身份就一变而成可疑分子，被通知去与'管制分子'（地富反坏右）们同堂听训话，他悲愤交加，眼压剧升，散会走到门口就双目失明了，从此在黑暗中生活了十多年。我去探望，见老人很乐观，正编撰韵书自娱，问起吹箫，说是会引起眼压上升，被医生禁止了。"

问父亲那个"国际大画家"是谁，父亲说就是赵无极。关于谢根梅老先生，记得父亲多年前给我说过一件事，说是谢老先生曾在峨眉山顶住过一月，整日不及余事，只吹箫，以腐乳佐饭。我觉得这事很有意思，不知父亲为何没写进去。问他，他说忘了。

补记：某次和父母吃中饭，聊到卫家理先生，父亲突然说，是住遵义吗？那我听过他弹琴。我吃一惊，说我怎么不知道？父亲说，那是一年前，有位同学从海外回来，请去黔灵山听他父亲的一位学生弹古琴。因为是临时起意，又正值上班时间，所以没告诉我。我听了很遗憾。问父亲那天卫先生弹的什么曲子，父亲说只记得《阳关三叠》和《梅花三弄》，别的不记得了。又问认识卫先生的那个同学是谁。父亲说就是谢虎生。那之后十来天，接到邹欣的电话，说卫先生任会长的"播州古琴研究会"要在贵阳设分会，9月26日晚八点在省博物馆举行揭牌仪式，卫先生、关先生和刘先生及他们的众多弟子都要到场操琴，约我一起去。我很高兴，猜小杰也应该在场。果然，当天晚上第一个出场演奏的就是他，弹《梅花三弄》。与初次见面相比，他的相貌已是大变，头发短了，却蓄起浓密的胡须，人也胖了，不复当年瘦且高的模样。那天晚上，三个老先生轮番登台，先是卫先生，弹《流水》，最后是关先生，弹《渔樵问答》，刘先生居中，弹的正是其师桂百铸的自度曲《归去来辞》。

《流水》后半部，有用"滚拂"手法弹奏的长长段落，模拟水势的跌宕回旋，差不多算是这首名曲的一个标志，但据说最早却是没有的，直到清末《天闻阁琴谱》所载川派琴家张孔山的《流水》，才是如今这个模样，所以又叫《七十二滚拂流水》或《大流水》。诗人兼散文家车前子对此深恶痛绝，认为画蛇添足，大违古琴的意旨，曾在一篇文章里大骂，说就像画一堆牛粪还嫌不够，还要加上一只苍蝇（大意）。听卫先生弹《流水》的“滚拂”段落时，突然想起车前子的话，忍不住好笑，就对邹欣说了，邹欣也笑，说车前子刻薄，不过古琴曲里微言大义的太多，有一首淋漓尽致的也不错。这话似乎有理，所以在这里把它记下来。

（选自《声音的密纹》，贵州人民出版社，2013年9月；
《声音的密纹》获第六届贵州省文艺奖、第四届乌江文学奖。）

2013年

喻莉娟

白河悠悠

南阳白河，宽阔平静。从卧龙桥走到沿河的湿地公园，是那样地宁静迷人。三九天，平静的河面上凝结着冰，冰上不时有鸟儿行走，一双小脚灵动而飞快地在冰面上跳动，像装着强力的弹簧，走着走着，忽一下飞到河边草丛中。

我这才发现这冬天里那么多不知名的小鸟，有的曳着长长的尾巴，在枝头跳跃，有的翘着尖尖的长喙，在草丛中觅食，有的是胸襟上带着一块耀眼的颜色，有的是飞起来的时候才闪露一下斑斓的花彩。它们的身躯都是玲珑饱满的，细瘦而不干瘪，丰腴而不臃肿，真是“增之一分则太肥，减之一分则太瘦”。

一只翠鸟突然跃到步行道边走走跳跳，跳荡得那样轻灵，尖尖的嘴迅速地到处啄动，看来在这数九寒冬的时节它也饿不着。一个跑步的老人带着一只漂亮的狗过来，鸟一下跃起，高踞枝头，临风顾盼，我的心头激起一阵好“锐利”的喜悦。随即又不知是什么惊动它了，是远处一群时尚老人的手风琴伴着的歌声吧？它倏地振翅飞去，像虹似的就消逝了，留下的是没有尽头的结冰的河面。

远远地可见河中间的小岛边伫立着两只大鸟，一只蜷着一条腿，缩着颈子，另一只双脚站着，伸长脖子警惕地往远处看，我寻找着，希望出现“一行白鹭上青天”的情景，看见的只是前面淯阳大桥上的一米阳光，在结冰的河面上。

白水河宽阔，岸边有游艇静静地等待着严冬的过去，春天的来临。远处有一只游艇响着马达声从河的这一面驶过去，又从对面驶过来，来回往返着，不知在干什么。等到那船过来的时候，我上前看看，船上是什么都没有，就一个开船的小伙子。我奇怪了，上前问他：你这是在忙乎什么？听我这么问，他笑着说：破冰呗！整理出一条通道，好停船，再过些天白河冰化了，要早做准备。天这么冷，你们到我们南阳的“万家渔火”船店上坐坐嘛。我们谢过，这么美的白河，还要慢慢感受呢！

白河的桥，就够你慢慢地欣赏。白河上每隔一公里左右就有一座桥，从这一座桥能清楚看到另一座桥。单是穿过南阳城的这一段，白河上就有七座各有特色美丽的桥，还有几个规划桥，我们贵州的都匀市号称“桥城”，但南阳穿城的桥比都匀还多呢。白河的桥以各种方式展示着风姿，而入夜，那桥上的霓虹灯更是流光溢彩，梦幻般的七彩，不断变化着流动的颜色。河上的大桥，叠着水面的倒影，这面的桥，叠着那面的桥，南阳城，白河水，七彩桥，组成斑斓的彩画。我不禁感叹，南阳人真是有福之人，能享受着如斯美景！

彩桥为白河增添了美丽，白河为南阳展示着光彩。

千年白河，静静悠悠，千百年来，变的是历史，不变的是山河。山川河流见证了历史。在这白河上，两千年前的汉朝，那是千舟万舶，穿行不息，商贸繁荣，人声鼎沸。有多少条船通过长江、汉水把丝绸茶叶运到白河之滨，从这里转运上丝绸之路。有专家考证，认为这里是丝绸之路的起点，我觉得，此言不虚。

有水运，就有码头，有码头，就有天妃庙，天妃庙，就是沿海地区和港澳台的妈祖庙。就在淯阳桥头，街口边不远处，在一个老人的指点下，我们寻找到了天妃庙。

天妃庙的规模不大，而破旧当中却透出些修葺的讲究来。庙的屋檐翘角透出沧桑，可见它的悠久。虽有些破败，不过也能看到历朝历代这里的繁华和兴盛。走进天妃庙，安静肃穆，不见一人，也许是我们来得太早，敬香人还没到。但看得出来还是香火不断。我们在院子里转着，细细地看，这个当年丝绸之路起点上的妈祖庙，寻找那悠悠历史里的传说故事。这时候，一个道姑出来了，见我们不像上香的人，便问道，你们有什么事吗？我笑笑，没有，我们没事，我们只不过是来这里感受，千百年走过的白河边上的繁华。道姑肃然。

走出天妃庙，驱车直奔卧龙岗。在元、明、清历朝的《南阳府志》中称：“卧龙冈在南阳府西七里，起自嵩山之南，绵亘数百里，至此截然而止，回旋如巢，然草庐在其内……其下平如掌，即武侯躬耕处。”这段文字引导我们去感受卧龙岗的地理形势，它绵亘数百里，宛若一条回旋的巨龙。显然，这里是风水宝地，诸葛亮选择于此躬耕陇亩，并因地而“藏修发迹”，人称“伏龙”或“卧龙”。明《地理志》曰：“时人喻孔明为卧龙，因号其冈云。”明代将领俞大猷在《重建诸葛亭记》称：“昔诸葛亮先生躬耕南阳时，人以‘伏龙’称之，故名曰其所居之冈曰卧龙冈，是山因先生而得名也。”

我仿佛看见当年躬耕南阳的诸葛亮，正吟诵着他出师表里“臣本布衣，躬耕南阳”缓缓走来。他当年在白河边的卧龙岗上读书耕种，十几年的光景，吃南阳粟，饮白河水，中国的智慧之神在这里成长，他多少次来到白河边，遥望长江，感叹天下之不平，百姓之苦难。多少次出行于白河之上，最后在刘备三顾茅庐之后从这里走出，跨进历史。

离开卧龙岗，又拜医圣祠。医圣张仲景，东汉末年，出生在南阳，那是中国历史上一个极为动荡的时代，疫病流行，成千上万的人被病魔吞噬，以致造成了十室九空的空前劫难。南阳地区当时也接连发生瘟疫大流行，许多人因此丧生。从建安初年以来，不到十年，有三分之二的人因患疫症而死亡，其中死于伤寒者竟占十分之七。面对瘟疫的肆虐，张仲景痛下决心，潜心研究伤寒病的诊治，制服伤寒症这个瘟神。

医圣张仲景当年在这白河边采药看病。为百姓治病，他多少次穿行于白河边，白河上的一叶小舟载着他，去往一个又一个的患者之家。经过数十年含辛茹苦的努力，终于写成了一部名为《伤寒杂病论》的不朽之作，开创中医学辩证论的先河。被后世尊为中医的“金科玉律”，这是继《黄帝内经》之后，又一部最有影响的光辉医学典籍。后世尊他为医圣，把他奉为医药之神，健康之神。

走进医圣祠，圣洁而安详。冬日的太阳温暖而明亮，阳光洒在张仲景的铜像上，格外醒目。千古医圣，功盖人寰。一个年轻人虔诚地在那里做着他复杂而虔诚的祈祷仪式，他大声地背诵着拟写好的祭词，三叩九拜，仿佛他的身后是广大的人群。我在远处静静地看着他的一招一式，为他的虔诚之心所感动。

走出医圣祠，踏上张衡路。宽阔的路面上徜徉着两千多年前的南阳人张衡的一个又一个的画面。距这里二十里处有科圣张衡的墓园和博物馆。张衡是东汉时期伟大的天文学家、数学家、发明家、地理学家、制图学家、文学家、学者，在汉朝官至尚书，为我国天文学、机械技术、地震学的发展做出了不可磨灭的贡献。由于他的贡献突出，联合国天文组织曾将太阳系中的1802号小行星命名为“张衡星”。眼前出现的是张衡发明的地震仪、浑天仪和候风地动仪，这是在中学历史课本上见过的图文。而今天在白河边亲身感受这位科学家精神，更为之感动激动。从古至今，世界上地震频繁，但真正能用仪器来观测地震，在国外，那是19世纪以后的事。张衡发明的候风地动仪乃是世界上的地震仪之祖，它超越了世界科技的发展约一千八百年之久!

认识张衡，自然还有他的文学，这位大文学家，他的《二京赋》花了十年的创作功夫而成，在我们今天这个浮躁时代的人，应该学习他这样一种严谨的文学创作的态度。这篇赋不但文辞优美，脍炙人口，而且其中讽刺批评了当时统治集团的奢侈生活，具有较高的思想性。他的《四愁诗》，文学史家郑振铎先生称之为“不易得见的杰作”。他的《思玄赋》中有大段文字描述自己升上了天空，遨游于众星之间，可说是一篇优雅的科学幻想诗。如果真有穿越，在这白河边上一定能拜见这位两千多年前的文学大师。

走下张衡路，来到范蠡庙，商圣祖庙。范蠡，春秋楚国宛人，南阳人。著名的政治家、谋士和实业家，后人尊称“商圣”。他出身贫贱，博学多才。面对当时的楚国黑暗政治，不满当时非贵族不得入仕而投奔越国，辅佐越国勾践。帮助勾践兴越国，灭吴国，范蠡功成名就之后急流勇退，变官服为一袭白衣与西施西出姑苏。其后三次经商成巨富，三散家财，自号陶朱公，中国儒商之鼻祖。世人誉之："忠以为国，智以保身；商以致富，成名天下。"这位智慧之大师，商界之圣人，两千多年前他在这白河边喝白河水长大，白河可算智慧之河。

商圣祖庙参拜的人多。走进大门，在院子里立着两块他经商法则的碑文，上面写着"陶朱公经商十八法""陶朱公经商十二则"。《经商十二则》在两千多年前就明确提出经商要讲诚信之道："价格要证明，含糊争执多。期限要约定，马虎失信用。买卖要随时，拖延失良机。"商圣的告诫，正是我们今天的中国企业家们最需要学习的法则呀！

离开商圣庙，驱车回到卧龙桥，瞭望白河与南阳城，我深深赞叹：

南阳古城，众圣云集，白河悠悠，星光璀璨！

（原载《散文选刊·原创版》2013年第10期）

2013年

喻莉娟

涅槃的麦秸

听潮涨了，
听潮涨了，
死了的光明更生了。
春潮涨了，
春潮涨了，
死了的宇宙更生了。
生潮涨了，
生潮涨了，
死了的凤凰更生了。

——郭沫若《凤凰涅槃》

去山东高唐，那里有个泉林集团。

在高唐土地上，我们看到那似海如山的麦秸。

麦秸，这些普通的麦秸，这些在北方遍地可见的麦秸，它们在泉林集团的秸秆综合利用中得到重生，就像那凤凰涅槃。

立夏的日子，到高唐，坐的大巴却是一个过路车，只到高唐高速路匝道服务中心，离县城还有几十里地。幸好，坐上了一个当地农民的小面包车，驾驶员平时忙农活，有乘客就放来跑两趟的那种车。年轻的驾驶员很热情也很健谈，一路，我们聊着。车在进城的国道上跑，两边都是无边的庄稼地。正是麦收时季。平原地区，都是机械化收割，场面很是壮观。割麦机一过，一排麦秸整齐地倒在地里，收割机轰轰地开过，不断倒下的一排排黄透的麦秸如一浪浪的金波翻滚。

我感慨地说，这一地的麦秸能做什么，只能是让它烂掉做肥料吧，也很麻烦吧。

驾驶员笑笑说，你说的有一点点对，但在我们高唐，你说的也不全对。这些麦秆，最终有一部分是要回来做肥料的，不过它不是过去那种简单的沤肥，而是制作成了一种高级的有机肥料，施入土壤中不用经过二次分解，可直接被作物吸收。乍一说起来，你们远方来的客人也许奇怪，这个肥料产品，确是我们高唐的泉林纸业集团做的。他们研发的喷浆造粒生产有机肥技术，实现了废液的资源化综合利用，生产的有机肥料一部分用于造纸纤维原料的生长，一部分外售增加经济效益。这种肥料来源就是你现在看到的这些麦秸，还有玉米秆，总之，天然作物秸秆，以前废弃的东西，现在派上大用场了。

他指着前面一辆拖拉机说，你看那面地头上，不就有人在收购麦秸？麦秸派上用场，我们一亩地也可以增收一百多元呢，也可以用麦秸换肥料，都是增收，说着，他嘿嘿地笑了一声。

听这小伙子一介绍，我觉得这次坐错车，倒就成为一件幸运的事了，也许，我是这次来高唐的人中最早了解泉林的人了？

“一个造纸厂污染一条河”，似乎是一个普遍的现象，草浆造纸，真的是白纸黑水。但我们在泉林集团看到的，却是草浆“黑液”变成了有机肥料，增加了农作物的产量也肥了耕地。泉林纸业集团的一个造纸厂，却美化了一方土地，保持了河流的清澈靓丽。有意思的是，泉林的纸品有意保持了它的原始生态美，保存了麦秸的黄色。当我端详着麦黄色的泉林纸，我的脑海中，就自然而然地浮起了那个激动人心的美丽动词——涅槃，这不就是麦秸的涅槃吗！

当我们来到泉林造纸基地，只见长龙似的麦秸车把麦秸送到车间前，广场上，麦秸堆积如山，放眼望去，那可真是一座座金山。秸秆打捆机，那长长举起的抓手，把一捆捆的麦秸高高举起。

近年来，泉林纸业依靠技术创新，构建了一个基于农作物秸秆深度利用的循环经济发展模式。十年时间，投入研发资金三十六亿元，获得了一百六十七项专利技术，突破了草浆造纸的瓶颈，攻克了世界级难题。泉林纸业纸张生产进入“无害化”生产流程，所生产的纸张达到“可食用”标准。泉林集团开发出本色文化纸、本色生活用纸和本色食品医疗包装盒。这些生活用纸、餐盒、餐盘，通体淡黄“本色”，生产过程不漂白、不增白，避免了“二噁英”对人体的危害。“泉林本色”生活用纸以天然、环保、健康的特性，在环保上优于欧盟、美国标准。这就是一场革命，改变了我国造纸行业木浆进口的被动局面，更为这一行业的可持续发展开辟了一条新路。

在这里，泉林集团每年要处理一百五十万吨秸秆。草浆顺着一根粗大管道，进入两层楼高的蒸煮机，经过蒸煮、沉淀、氧化、分离，黑液被输送到另一个车间，制成有机肥料，过滤的清水再被循环利用。

我们在泉林纸业总排口，看到了在那神奇的人工湿地池塘里，鱼儿欢快地畅游，清水流进马郏河，二十公里自然降解。只见这片湿地，水草丛生，一派莺飞草长、锦鳞游泳的迷人生态景观。徜徉在这片湿地公园，我最喜欢那里的芦苇，喜欢芦苇边上的睡莲，平静安详。

我仰望着湿地包围着的泉林广场上如山似海的麦秸，如那澧水旁边的浴火凤凰，它们虽然在那里默默无语，却用一种生命形式的美好终结，取得了另一种生命形式的美好重生，它们用它们的涅槃，诉说着生命的永恒意义……

我耳边仿佛响起了那充满激情的诗句：

生潮涨了，
生潮涨了，
死了的凤凰更生了。

（原载《海外文摘》2013年第10期）

戴明贤

金庸三题

武侠小说和侦探小说，为高雅人士所不屑。我却小时候大读还珠楼主、柯南道尔，中年以后大读金庸、阿加莎，所以不能成器。金庸小说吸引我的是它的世故人情，那些匪夷所思的武功倒在其次。近日偶然忆得读金庸时写下的三则短文，找将出来，炒一回冷饭。

《笑傲江湖》

《红楼梦》中，秦可卿的上房内间挂一副对联："世事洞明皆学问，人情练达即文章。"这两句话正好用来概括金庸小说的好处。《笑傲江湖》尤其是人生感悟很深的一部。

此书主角，其实既非令狐冲，也不是东方不败、任我行或岳不群。真正的主角从未出场亮相，却笼罩全书、主宰人物、支配情节。它叫权势症，即对权势的占有欲。《辟邪剑谱》和《葵花宝典》是它的物化，岳不群诸人是替它搬演活剧的偶人。学者说：巴尔扎克几部名著的主角，各为人类的一种臻于极端而成病态的情欲。如《欧也妮·葛朗台》的主角是财欲，《贝姨》的主角是色欲，《高老头》的主角是权术欲，等等。巴尔扎克本人在《人间喜剧·导言》中就说自己是"法国社会"这个"历史家"的书记员。在这一点（仅这一点）上，可以说金庸做的也是相似工作。当然，一位取材于现实社会，一位取材于虚幻世界，两枚果实大异其味。郑重声明：这么说只是"攻其一点"，不涉及评价范畴。

权势是分等级分层次的。一派掌门人，权势已经很大；五岳并派的掌门是更大的权势。最高的权势，则是“一统武林”的霸主，赌场用语就是“通吃”。其实掌门人的子女、大弟子、舵主、香主、左使右使，也都是层次纷繁的小权势。不同层次的权势，诱发不同层次的占有欲，不择手段，志在必得。占有权势的欲望又是水涨船高、永无餍足的，不可能出现“各安其位，和平共处”的局面。左冷禅、岳不群、任我行、东方不败这几位顶尖的人物，怀着对最高权势的刻骨相思，明枪暗箭，无所不用其极。争夺的权势越大，使用的谋略诡计越见不得人，一旦败露就越臭不可闻。

但《笑傲江湖》的笔触，不停止在揭示这种泥沼般的灵魂世界。左、岳诸人想的和做的完全一致，因此他们只有胜利时的得意或失败时的认输，而不会有心灵的煎熬。唯师命是从的芸芸门徒们，也谈不上深沉的忧乐。独有那些亲身体验了武林权势争夺的血腥丑剧，深感江湖险恶，矢志脱身而不能的人，是最痛苦的。所以全书以刘正风决心金盆洗手退出江湖而引发惨剧开篇，以令狐冲虽终于退出江湖但已心力交瘁作为全书结尾，显出了深邃的构思。“人在江湖，身不由己”这句话，许多人挂在嘴上，随时“戏说”。金庸此作的力量，就是用惨烈的故事写透了这八个字。

真能“笑傲江湖”的人，一种是始终远离江湖的局外人；一种是既洞悉江湖而又有力量捍卫信念的绝世高人，如风清扬。而那些有省悟而无力脱身者，只有郁闷，何能笑傲。真有资格笑而傲之者，甚至不是金庸本人，而是他写书时的那支“笔”。

人间就是个“大江湖”。

《鹿鼎记》

据介绍，《鹿鼎记》最初在报上连载时，许多香港“金迷”认为是他人的赝作；而后来却又出现这样的评价：《鹿鼎记》是金庸武侠小说中最成功的压卷之作。

我因为这两种各趋极端的评价，重读了一遍。我的结论是：《鹿鼎记》是金著中最能满足金钱世界市民心理的投合之作。这里“投合”二字无贬义，通俗文艺自然要尽量满足读者好尚，无可非议。好莱坞大片就是范本。投合而不失品位，戛戛乎其难，而金庸做得游刃有余。

小说主角韦小宝其人，可下二字考语：惫赖。一不识字，二不习武，三无做人原则，四从不为任何目标努力。然而，天下便宜却被他占尽：贵至封公，富可敌国；功业至于平叛开边；艳福享到妻妾七美，其中包括公主郡主，外搭情人洋公主。而且最后全身而退，颐养天年。这种匪夷所思的平白无故的大发迹，与《聊斋志异》里那些自动投怀的狐鬼美女，同出一源。人生多艰，不如意事常八九，失意人穷极无聊，以“精神会餐”聊慰饥肠，情有可悯；富于想象的作家为他们编织一些成人童话，让他们过屠门而大嚼，在幻想世界奢侈一番，也是一种功德。好莱坞所以号称造梦工厂。

《鹿鼎记》刻画韦小宝，从妓院小厮到封爵拜将，始终出之以揶揄调侃笔调，居高临下视角，似正写似反讽，处处透露出洞察世情的智慧；又对其他俨乎其然的大人物，顺手揭开神圣面具，亮出泥草胎子，任读者见仁见智。所谓和光和尘，亦庄亦谐，这是金庸的高明处。

此作虽篇幅浩繁，情节上层出不穷，其实是一个线性结构：韦小宝做了一事，又做一事。所有事件的完成，都是靠的“福至心灵，歪打正着”八个字。如此一再重复，使人久读疲乏，反应迟钝。至神龙岛一节已觉意兴阑珊，罗刹国以后更如强弩之末。全仗妙语趣事，维持终卷。

《天龙八部》

这是金庸笔下最惨烈的故事。那么多名门正派的好汉尸横遍野，其中包括德高望重、领袖武林的少林方丈玄慈大师，以及作者最心爱的人物萧峰。一大群玉貌花颜的好女子互相摧残，手段毒辣，无所不用其极。一些才智超群的人物恣意践踏爱情、友谊和生命。更多更多的善良百姓，无辜遭受着没完没了的抢掠杀戮。

金庸用这些异常惨烈的情节，抒写了悲天悯人的情怀。悲悯什么？悲悯芸芸众生沉溺于种种观念之中：种族、权力、宗法、门派、血缘、恩仇、爱恨等等，换成今天的词汇，就是陷入“极端主义”。他把形形色色的极端主义，亦即佛家所说的执着之苦，写到了十二分的深处险处。以佛家观念看，他们只见色相，执着于色相，得不到无边解脱。据介绍，金庸为写此书，曾深研佛典。但他也不是用纯粹的佛家“色空”观点来点孽化痴，而是参之以现代人的理知，具体地加以分析判断。比如侵略与反侵略，暴政与反暴政，正义惩罚与私欲逞暴，等等。金庸对一些原属谬误的观念，如宋与辽的种族歧视、互为异类，如慕容博的权力狂热，如四大恶人以他人生命为儿戏，等等，笔锋的批判严正而犀利。而对段王爷的到处留情、武林世家的骄矜自大、非“白（侠道）”即“黑（邪道）”的机械观点等等，持取的则是原其情理、哀其褊狭、恕其鲁莽、责其极端的通达态度，且常出之以宽厚的幽默调侃笔调，见出作家的睿智和超越。论人物之众多、情节之曲折、结构之繁复、气势之恣肆，在金作中似也首屈一指。书名《天龙八部》，指的正是这一特点。乔峰以新帮主身份在丐帮大会上亮相，猝然遭遇不测的哗变，这一大段文字实在是精彩。变故层出，愈出愈奇，险境迭生，极尽波诡云谲之能事。以此将乔峰的神勇大智、胆略过人，刻画得跃然纸上。明知是武侠小说，照样令你怦然心动。笔力真达到纵横恣肆、辟易三军的境界。

此书前部，各色人物接踵而出，各自演出了自己的一段人生活剧；书的后部，这些人大半死去，有的死于情，有的死于气，有的死于权，更多的是死于飞来横祸。慕容复没有死，却比死掉更恐怖，可见作者对权势欲的态度最为严厉。萧峰也死了，用死换来宋辽两国百姓的一段太平年月，从一个侠士升华为一个国士。这是作者笔下萧峰历尽艰险困惑，终于得到的最高认知和最终选择。金庸的人物谱中，萧峰是“侠之大者”的首席，远远超过郭靖。

（原载《文艺报》2013年11月4日）

李寂荡

绵延的山脉

转眼间，我到贵阳已十年有余。杜牧诗云，十年一觉扬州梦，十年一梦，百年又未尝不是一梦。我之所以来到贵阳，缘于一个人，而这个人却在不久前离开了，离开了他曾经生活的这座名叫贵阳的城市，这个称作人间的世界。

这个人就是我始终称之为老师的王鸿儒先生。

一次偶然，我看到一份关于家乡福泉的知识竞赛题，题目有关家乡的历史、文化、社会、经济方方面面，譬如一道题问的是福泉最高的楼是什么楼，有多少层？紧接着一道，福泉籍历史小说作家王鸿儒的主要作品是什么？等等。对于自幼执迷于文学的我来说，不觉眼前一亮，家乡还出了一个作家？当时觉得作家是一个遥远的概念，只存在于书本上，怎么会与我家乡小城联系上呢。那时我正在重庆读文学专业的研究生，手机、网络远未流行，传统的书信还是一种主要的联络交流方式。当时除了读书做作业，总有大把的时间是闲置的，因此，写信成了学生生活的一个重要方面。就在那时，我给王鸿儒先生写了一封信，写这封信正如我给众多文学杂志编辑的投稿信一样，一方面是满腔热忱，一方面也知道可能泥牛入海，有去无回。可想不到的是，先生竟给我回信了，信写得谦逊、热忱，且多鼓励。从此，我开始了与先生的交往。

放暑假后，我便按着先生写给我的地址前去拜访。其时，我脚蹬一双崭新的皮鞋，脸上带着崭新的伤痕——一次意外，在校园里和我一起行走的女生被一群酒鬼调戏，我为了尊严一人独斗群氓，遍体鳞伤——诚如我母亲所言，好打的牯牛没有一张好皮。后来校方给予了我一笔“见义勇为”奖金，我便用这钱买了平生最昂贵的一双皮鞋。乘了一夜的火车，到了贵阳，正是清晨，重庆的燠热一下抛诸脑后，好像从炼狱脱身出来。迎面而来的是如水的阳光，天青云白，清新的天气和景物。我搭乘中巴前往花溪，在车上，我见着一个美貌娴静的女子，我不由多看了她几眼。在我的遐想中，她小家碧玉一般，似乎成了山清水秀、云遮雾罩而有几分神秘的花溪的化身。这让我觉得，花溪是美丽的，值得向往。下车前行，越过花溪河上的石拱桥，往左转，进清华中学，在靠山一栋简朴的教师宿舍楼的三楼，我敲开了先生的家门，门打开，迎面而来的是两张盈盈笑脸，先生和他的夫人正站在门边。先生个子不高，相貌端正，言谈举止温文尔雅，平和之中饱含激情。而其夫人，非常地勤劳，贤惠。后来听说，她年轻时非常地美丽。在她身上，秉承着中国传统女性的诸多美德，相夫教子，任劳任怨。先生用电脑前，大多手稿都是她誊写的，而且她带的三个孩子个个都有出息。先生的家坐落在清澈的花溪河畔，依山傍水，一个远离尘嚣的所在，若是盛夏，凉风习习；窗外是峻峭的山脉，山上林木葱郁，偶有白鹭飞越，若是夕光映照，便罩上一层淡淡的黄金。这里自然是一个读书写作的清静之地，虽适于隐逸，但先生于此并不是过闲适的日子，他在这里著书立说，从不消停。

正值假期，我请先生帮我找一份事做。先生欣然应允，他托朋友安排我到了一家文学杂志社做编辑。编辑部堆放着凌乱的书籍和稿件，桌椅也很陈旧。尽管如此，我却怡然自得——这就是我投稿要投的地方啊，这就是决定稿件是否刊发，决定一个人是否成为作家的地方啊。下班了，我还是久久不愿离去，尽情体味着近似于红军经过二万五千里长征到达陕北的那种喜悦。

先生安排我住在他的朋友家，他的朋友也是这家杂志的编辑，一位诗人。诗人有万丈豪情，夜晚拿出他的长诗朗诵给我听，开始我出于礼貌，做出一副洗耳恭听的样子，后来撑不住，便有些昏昏欲睡了。诗人知道我喜欢喝酒，见状便取出他收藏多年的老酒，给我斟上一杯，好像是给我的奖励，喝上一杯，我又精神一会儿，而后随着诗人催眠般的朗诵，我又昏昏欲睡，这时他又让我喝一杯，当他声情并茂地朗诵完，一瓶酒喝去了大半，我已酩酊大醉。我是被酒灌醉了，还是被诗歌陶醉了？有时诗人会打开一口陈旧的木箱，翻找出曾经名不见经传而今已赫赫有名的诗人的书信和照片，向我展示和阅读，其中便有顾城和北岛的。此后他似乎忘了给我看过，又一次翻找出来，于是我又一次装作没见过似的兴致盎然地观看和倾听。但不管怎样，我要感谢这位可爱的诗人，是他不嫌麻烦收留了我，让我在一个陌生的城市有了一个容身之处。

我在编辑部里没什么稿件可看，主编就叫我编读者来信，我说，没有读者来信怎么编啊！主编说，没有你就自己编吧，于是我就编了一堆“读者来信”，“读者”来自四面八方，不同职业，对杂志刊登的作品有着各种各样的评论。这些“读者来信”刊出后，好多人还以为是真的读者来信。杜撰这些来信，近乎于创作，为此我还得了一笔稿费，得意了好一阵。这就是我最早的编辑生涯。

暑假结束后，我又回到了学校，研究生三年级已没什么课了，主要是写毕业论文，待在校园，犹如困兽，时光更显荒芜，而且得开始找工作了。于是，我给先生打电话，他说刚好贵州另一家有名的文学杂志需要进人，你不妨来一试。这样，我又到了贵阳。先生在甲秀楼等我，见了面，他将一份准备好的礼物交给我，说你见了主编就说是你买的，一点心意。先生想得真周到，还为我准备礼物。后来，我就到了这家杂志实习，并且毕业后分到了这家杂志，一直到现在，而且，从一个编辑变作了主编。

刚到贵阳，几乎是举目无亲，下了班我便待在宿舍里。没有电视机，看不了电视；白天看了那么多的文字，晚上便不想看书，而且读了几年的研究生，对于书籍有些厌倦，只想融入鲜活的现实，而现实的大门紧闭。尤其到了周末，更觉百无聊赖。于是，那几年，我常常往花溪跑，去先生家。先生于我，是师长，也是朋友，我对他几乎是无话不说，推心置腹。我的抑郁，我的愿望通通向他倾诉，先生对我多是开导、安慰和鼓励。先生夫人许阿姨饭菜做得很好，每到先生家，总要做上一顿丰盛的晚餐。她说，平时他们吃饭都很简单。他们对我的盛情，以及我无端的打扰，很让我感到不安。若是冬天，围着铁炉子，吃着热气腾腾的火锅，喝着陈年老酒，更觉惬意。因为先生不爱饮酒，所以家里存有好些年的酒，不少都被我喝掉了。

饭后，往往已是暮色四合。先生总要送我到车站，即便是寒冬腊月也是如此。直到车开动了，他还站在原地。从河谷吹来的风拂动着他前额有些卷曲的头发，车站昏黄的灯光映照着他的微笑，这情景至今历历在目。回贵阳市区的中巴车，如离弦之箭，开得飞快。车上充斥着烟味、酒味，酒后亢奋的喧哗和粗鲁的话。我觉得城乡接合部的人有些是不让人喜欢的，不伦不类，既失去了乡下人的质朴，又没有城里人的文明，同时秉承了乡下人的粗鄙和城里人的狡黠。但我必须要和他们同行，这就是怨憎会。

时间久了，我对于这座城市慢慢地熟悉起来，慢慢有了一些朋友，逐步营造起自己的生活，交往了女友，以致最终结婚。常去打扰先生，我也觉得不好意思。而且，先生的三个子女都在沿海城市，每到冬天，他和夫人都要飞到那边去，以回避贵州冬天的阴霾寒冷，直到春暖花开才回到贵阳，这无疑是一种候鸟似的生活——利用空间的跨越避开了季节更替带来的苦楚。我去往花溪的次数是越来越少了，再后来更少与先生见面，因为打他家电话，要么没人接，要么是一个陌生女孩的声音，告知先生不在。原来他生病了，辗转南北住院治疗——这个情况是后来才清楚的，他怕给别人带来麻烦，一直没说。当我到花溪再见到病后的先生时，不禁吓了一跳，他可谓是形销骨立，瘦得皮包骨头了，但先生精神还好，有说有笑，心态平和，乐观。见面依旧聊聊生活和文学方面的事情。但交谈已无过去的激烈，像拉家常似的平淡。走时他再没有像以往那样送我到车站了。又一次见到先生时，是在中医附院的病房，先生比以前更瘦削了，手臂上吊着液水，他说，你不要耽误工作啊，快回吧。病房里还有其他的病人和家属，我们不便多聊，匆匆作别。而最后一次见着先生时，他已躺在重症监护室，鼻孔插着呼吸管，手上吊着液水，脸庞灰暗浮肿。他睡着了，发出被阻滞的粗重的呼吸声。我没有唤醒先生，甚至没有去握他的手，我默默地伫立着，心底知道，这或许就是与先生的永别。而这样的永别，竟无任何的言语。此后，每天我的心总是忐忑的，害怕那在预料中的消息传来。但那消息在一周后还是传来了。

那一周，我父亲因高血压也住进了中医附院。从父亲病房窗户便可看见对面大楼一楼的重症监护室，那里面就躺着先生。我站到窗户边，心里颇为感慨，对面的一楼躺着的是弥留之际的老师，而我的身后躺着的是我耄耋之年的父亲。傍晚，我给父亲送饭后，总要走到重症监护室的窗外。窗前一丛夹竹桃正在盛开，如火如荼。因过了探视时间，监护室门户紧闭，我只有敲门询问医生了解先生的状况。在窗外伫立良久，我不知先生是否感知，我现在就在他身边，相隔很近，但我又感到我们相隔很远，甚至是越来越远，以致迢遥无边的距离。一墙之隔，咫尺之遥，可能就是阴阳两界。室内死神盘桓，先生随时都有可能随着死神远游。我默默祈祷，希冀奇迹发生，先生康复，从病榻上起身，笑盈盈地走出来。

当我赶到景云山殡仪馆，先生已静静地安躺在玻璃棺里，脸上扑了很不自然的红白的粉，身子显得那样地瘦小。我感到死神的凶残，是不达目的誓不罢休，生命终将在其面前妥协。厅堂过于阔大，躺着的先生显得形单影只。遗体告别式上，不少人失声痛哭，而我，不知为何始终未流一滴眼泪，或许我内心里已接受冰冷的现实。

先生安葬的陵园靠近一个叫红枫湖的湖畔，很大，放眼望去，满山遍野的墓碑，层层叠叠，密密麻麻的。这是另一座城。先生墓地周围的陵墓，我仔细地阅读碑上的文字，以及逝者的照片，觉得都与先生不是同路人，有的笑容可掬，和蔼可亲，就像邻里大妈，喜欢打麻将，我不知道先生会不会和他们合得来，如果合不来，仍热衷于著书立说，在这荒郊野外，夜夜听着湖水拍岸，该是很寂寞吧。

先生享年六十九，虽算不上英年早逝，但现在的老人一般都是要活到八十多岁，与之相比，先生还是走得过早了。我觉得先生的早逝与其生命的透支有关。生活中他没多少嗜好，不打麻将，不抽烟喝酒，虽有几个好友，但相聚甚少，长年累月就待在书房里，看书写作，现实生活相对单一（而其沉浸其间的精神世界无疑是绚烂的）。对于时间，他容不得半点浪费，争分夺秒。写作消耗了他太多的精力，这种消耗成就了一部部小说和史学的著作，于社会有益，于他自己和他的家人却有损，甚至是伤害，巨大的伤害。

先生大学毕业，本来是要留省城的，但遭逢“运动”，下放到黔南的一个叫茂兰的小镇中学教书。那里森林茂密，溪流纵横，是一个风光秀丽的地方——现已成为著名的风景区。要知道，那个时代的大学生凤毛麟角，乃天之骄子，况且先生在大学时代已崭露头角，在一个文学处于社会意识形态核心地位的时代，先生无疑是骄中之骄，有着很大的抱负，正想大展宏图之际却被“发配”到偏远的地方，可想其心中是有很大的怨愤的，然而这样的际遇也不是一无是处。正是在那里，先生邂逅了后来成为他夫人的许女士，许女士美丽贤淑，给予先生无尽的幸福和襄助。这样的遭遇，对于他来说，有所耽误，但也更激发他进取的意志。正是在那儿，他考取了贵州社科院的研究生。也正是这种遭际，使他深深体味了一介书生、一个知识分子在历史潮流中对自个儿命运无力的抗争，而这种体认深深融入了他的历史小说。

据说，先生祖上是清代被贬入黔的一位高官，入黔后耕读传家。或许先生身上便因流淌着“士大夫”的血液，博览群书，勤于笔耕，张扬“士”的精神。先生年轻时很早就发表了文学作品，后来或许是读研究生而且在社科院工作的缘故，转向了研究，撰写了大量文学研究方面的文章与著作。再后来，可能是不甘于仅限于文学的评说，或者是看不惯那些毫无才情而又洋洋自得、自诩为作家的写作者的无知无畏，于是便想证明给他们看看，搞学术的我一样也能创作，而且可能写得更好，当然也是他长期压抑的创作激情和梦想的迸发。他转向了小说的创作，而且成绩斐然，可谓是从学者转变为作家；而到了晚年他又转向了研究，不过，这时他的研究已不是文学的研究，而是文化的研究，准确地说，是地域文化的研究，结果同样令人称赞——先生晚年可以说是从作家又转变为学者了。像这样既在学术研究领域又在文学创作领域双向修远、著述丰厚者是不多见的。

与先生相比，我很惭愧。我曾经也是非常地勤奋，读书到深夜，天未明即起。可后来我可能是失望了，变得散漫起来。日复一日地酗酒，中午喝，晚上喝，仿佛不是我在喝酒，而是酒在喝我，不知不觉就喝掉了我一大截光阴。是不是想以酒精驱逐那幽灵般如影随形的虚无呢？先生曾委婉地批评过我，要我少喝酒，多读书多写东西，不要浪费自己的才情。现在，我很少喝酒了，我过得异常忙碌，忙于做好一本文学杂志。在这点上，我可能没有辜负先生的期许：来贵州吧，为家乡做点事，为文学做点事。但在写作上，我还是辜负了先生，甚为歉疚。

每次我去拜访先生，在从花溪返回市区的车上，我总凝视着窗外，黑黢黢的山峦默默地向后移动。黑暗中的山脉仿佛生命，亘古千年，而又绵延无尽，历尽沧桑，却从无言语，该有着怎样深邃博大的内心世界？在高原，山脉就是天，就是大地，就是沧海，就是桑田。坚硬，屹立，不崩毁。宛如先生的灵魂。

（原载《北京文学》2013年第12期）

李天斌

梵净山记

共去过两次梵净山，一次在夏天，一次在秋日，时隔三年。夏天遇着一群蜂蝶，秋日遇着一场雾。同一座山，不同的风景；同一个身子，不同的心境。恍惚间，时间与尘世，似乎就有些迥异了，就像风吹水动的瞬间。

还有不同的人。跟我一起去的，在那里遇着的，都已经不同。在同一个地点，时间与尘世已不知拐了多少个弯。拐弯，再拐弯，这或许就是路了？而通往一座山，是不是就是通往一条路呢？

遇着蜂蝶时，还遇着一个女孩，约十七八岁，青春明媚，笑靥如花。她在蜂蝶中上下翻飞，尘世对她而言仅是一片浅浅的云。蜂蝶绕着她旋转，她绕着蜂蝶旋转，微步轻盈，长发如风，一如画中。后来下山时，又遇着她婉立河边，河水清亮，她的眸子同样清亮，看见我时，她终于盈盈一笑，然后各自走过，各自消失于茫茫尘世。

雾起的时候，我则是一个人坐在承恩寺的门前，看到一个中年女子自庙里而出，脚步匆匆，一脸疲倦。一边急速而去，一边给一个人打电话。她说："我正遇着那个大师开光，就给你要了个平安符，你会好起来的。"电话那边大约是个身患重疾的人，是个需要抚慰的人，但我更愿意那是她的爱人，或是她的红尘知己，在那里，尘世尤其动人，也尤其温暖，尽管温暖有时候近似于苍凉。

三千米高度上的蜂蝶，让人疑似梦境。它们在寺庙里飞出飞进，仿佛一些旧时精魂，前来寻找自己的前生后世。尤其是三年后的秋日，当我在相同的地点不再看见它们的踪影时，我就更相信它们在这里已经历了无数的轮回。

这让我想起半山上的那座石塔。两次我都去看了，在塔前站站，身后是万里空山，浩浩长风，一片幽寂。用不着知道塔里埋骨的是谁，也用不着知道一座坟墓起于何时，历经几世几劫，重要的是我相信尘世在这里一定是有些不同。比如梦，在这里，蜂蝶似梦，石塔似梦，你自己似梦，时光似梦；比如轮回，我相信一座山与一个人，在一份等待里，或许就是彼此的前生抑或后世？

三千米高度上的雾，凝重，密不透风，万木退去，神祇隐约登场。那时候，我一个人痴痴地仰望金顶，季节和时间均有些清凉，黄昏像黏稠的墨点，泼泻下来，依然有几个游客，拾级往金顶攀爬，向佛的心风吹不改。在他们身后，一切都跌入某种禅意，似悟非悟。我两次去都没爬金顶，倒不是恐高，而是觉得梵净山真正的神祇，一定就居住在那里，在那最高处——而神祇与凡俗如我是需要保持一定距离的；当然，也有可能是我每次都故意留点遗憾，因为遗憾有时也是诱惑，真正的风景，或许就藏在那里。

一个信佛的朋友曾经在金顶过夜，他把自己想成若干年前的某个高僧，企图在此印证菩提。但后来他很快下山，很快又重入尘世。他只是一时兴起，他终究只是个俗人。我比他还俗，因为我知道在天黑之前，我就必须下山，必须回到人间烟火里去。但我相信，在一份故意留下的诱惑里，我一定程度上会在那里暂时宁静，暂时获得一份心的出世。

这是否就是我们常说的殊途同归？

两次去梵净山，我都去看了蘑菇石。两块石头，不知从何处飞来，合为一体，生死不离。两块石头，在这里地老天荒，就像一段传奇，诱惑世人。但在我看来，石头是不幸的，甚至是决绝的，它们在这里，一定是情的不堪——那么多世人，那么多镜头，纷乱如潮；那么多各自不同的心事，有谁真会懂得石头的秘密？

还有万卷经书，据说就散落在那层层叠叠的岩石里。多么美好的传说，经书无言，神祇自澄明如水——在那里，风吹梵净，如山风在耳，如清泉滴胸，眼睛是清静的，耳根是清静的，鼻子是清静的，舌头是清静的，一切都是清静的，尘世的沟壑，似乎被抹平于瞬间。

再次想起尘世。无疑，尘世是个很俗也很重的词。但在梵净山，可不可以把心稍稍放下？把身体的重放下？不能承受之重，是针对尘世而言，在梵净山，如果按照我的想法，你完全可以将其忘记，给自己腾出点空间。

两次在承恩寺，我都看见一个中年和尚。想来他们应该是同一个人。但他们却不是我想的那个人。他们虽然一身素衣，却光鲜照人，并且满脸欢喜，而且还打手机，在手机里春光明媚——他们与尘世还隔得很近，近得只有一层纸的距离；我甚至想，以他们如此的轻薄，一定还会跟某只月亮下的白狐在传说中勾搭成奸，辱没佛门。我想的那个人，应该是芒鞋破钵，无人识，无人问；他应该是满脸的荒芜，尘世在他那里，深藏不露；他应该在那里了无踪迹，只需拈花一笑，尘世就纷纷退在身后。

我甚至觉得有点假。现在的僧人，恐怕都是假的。素衣素食是假的，披肩袈裟是假的，尘世更是假的——我突然就有了几分凄清的感觉，想想多年来自己身陷疾病与人事纷争的泥潭时，也曾萌生过出家为僧的念头，设若我要真来这里，我会是我所想象的那个人吗？我似乎有些后怕。

还需说的是，以前在更多的寺庙，我跟着很多人磕头，烧香，花钱，许愿。到后来，我发现这无疑是一种沦陷，寺庙的沦陷和众生的沦陷。其实，心若在，你自己就在，佛说："一念心清净，莲花处处开。"我现在更相信，自己就是自己所渴望的那一朵莲花——多么好的感觉，就像艳阳高照，满心生辉。

还要说到草木。在梵净山，那种绿是蓬勃的，却也是寂灭的。

绵延几百里的原始森林，像一群汹涌的绿，越天际而来，越天际而去。万山空茫，没有人影，即使有阵阵鸟声，也只让人想起一双被尘世遗弃的操琴的手，在那里空自花开花落。一切都是幽静的，它们隔着尘世，在尘世之外。

尤其是，我竟然牢牢地记住了一棵树，一棵枯树。

树身已经完全枯萎，你早已分辨不出它究竟是何树种，就像一个老去的人，那些消失的气味与记忆已经让你不可能知道他是谁，他究竟都经历了什么？他从哪里来？还要往哪里去？一切都已坠入暗黑，时光就像一团模糊的黑点。

两次我都看见了那棵树。万木葱绿中，它独自在那里枯萎，但它并没有消失，就像死而不倒，倒而不朽的胡杨，它在那里，让人想起某种内心的坚持——在尘世的路上，一棵枯树再次接近佛身，宛如奇遇。

当然，由这棵树开始，我还看见众多枯去的草木，它们就夹在那茫茫的一片青绿里，没有遭到斧削，也没遇上火焚，它们只是在那里独自荣枯——如果要真正领会春秋更替、自生自灭的生命嬗变，我想，在梵净山，也许你会找到一个确切的答案。

去梵净山，有人乘坐索道，有人徒步而上。

乘坐索道的，轻便，路短，而且舒适，而且还有一种错觉：仿佛置身于众草之上，有点像检阅——我想更多的世人或许都喜欢这种姿态，就像某个王者，置身众生之巅——这是另一种世俗，超越寻常，超越柴米油盐，根深蒂固，不可救药；徒步而行的，像个苦行僧，也像朝圣路上的等身长头，拥抱尘埃的同时，也拥抱佛祖，虽然路远，虽然艰难，但心似乎近了。

两种不同的风景，两种不同的心念。

不过我想，这些都仅是一种虚拟，无关真实。

真实的情形是，你上梵净山，然后又从梵净山下来，一上一下，你很快就会没入尘世，除了眼前层层叠叠晃动的绿，生与死的思考早已抛在身后，一切都只剩下一个影子，恍若前尘旧梦，虚渺无痕。

这是一种真实，生活的真实与肉体的真实。

梵净山有一块小木牌，上面写着：一花一净土，一土一如来。智慧，直指尘世与人心。

小木牌放得很低，也很随意，就在道旁，就在草木之间，低得让你不会去注意，随意得让你随时都可以忽略，就像这些轻而贱的生命。

两次去我却都注意到了它，都在它前面的石阶上坐了下来。我固执地相信那里有我想要寻觅的东西，就像众多的世人，他们纷纷爬到山的最高处，然后大声呼叫一样，他们想要的是站在某个最高处，喊出自己心中的块垒；我则是想要在某个最低处，去寻找我自己的菩提。不同的高度，不同的指向，但我想我们的出发点都一样，都是向着自己的内心走，尽管有时南辕北辙，但我们毕竟都是惬意的，或许还是从容的。

一花一土，均可立地成佛。茫茫尘世，我们不一定要成佛，但各自的佛，在某个念想开始时，就已经悄然现身了。

值得一提的是，两次去梵净山都拍了一些照片，但都随意，有时还是别人强迫的，内心并没有想要留下什么——我想，留与不留，对尘世而言并不重要，重要的在于心念升起的刹那，所以事后也就忘了，就连照片也弄丢了，也不知丢到了什么地方。

倒是前些时日，突然遇到某女子。她是第一次跟我一起去梵净山的人，她说起跟我在那里留过影，并问我是否写过有关文字，我摇摇头。于是她就说是否因为跟她一起没有灵感，故而迟迟不作？她很认真，显然还有几分怅惘，以及真心的期待。我突然就觉得，是应该写下些文字了。只是，时隔几年，冉冉光阴之下，斑驳世事之间，她与我，斯时斯景，恐怕早已面目全非，并不可记忆了？

好在我还是记下了梵净山。只不知，我心中的梵净山，会是她想看的梵净山吗？我的梵净山，是佛，是通往红尘又远离红尘的一段距离；她的梵净山，或许仅是一段俗世的情缘？不知道。当然也不好意思去问她。

有些事还是不弄清楚更好。

（原载《人民文学》2013年增刊）

2013年

赵剑平

赤水河高粱

我对高粱的认知是从青纱帐开始的。而青纱帐也不是实景的青纱帐，而是小说里描写的青纱帐。大约十来岁光景，我就读了《平原枪声》《烈火金刚》一类小说，青纱帐在我的记忆里是鬼子汉奸的坟墓，却是八路军游击队的庇护神。青纱帐激发了我最初的爱国热情。但青纱帐到底是什么东西，我却很懵懂。上了高中，我才从语文老师那里搞清楚青纱帐只是一种修辞，它实际上指的是北方一望无际的高粱地或者苞谷地。稍后，我读了郭小川的《甘蔗林——青纱帐》，便知道世间很多美好的事物其实都有一种内在的关联。再后来，我看到王统照的《青纱帐》，发现幽幽的、沉沉的、如烟如雾的青纱帐，竟也不失为一种生命的境界。

有好几次，因为青纱帐的诱惑，我特意从大娄山坐火车到北京，走华北大平原，却不知道是错过季节，还是别的什么原因，我并没有看见那郁郁苍苍的青纱帐。但我记忆深处，青纱帐却时常摇曳，舞动夏日明朗的阳光，咆哮六月爽快的风涛。那些亦真亦幻的高粱或者苞谷，精灵一样藏在我的身体里，守护着我的生命，也伴着我的成长与成熟。

这一天，我们在大娄山北坡赤水河流域茅台河谷看见满山遍野的红高粱时，青纱帐便从我的灵魂里跳出来，由虚而实，生动地展开在眼前，令人惊异，却又无欺无惘。地方上一位姓王的副书记站在高地上，多少有些夸张地挥着手臂给我们介绍——

瞧一瞧，茅台高粱高又高，山前高粱米，山后米高粱，左边一片沉甸甸，右边一片红艳艳，小康农家源头活水，中国酒乡第一功臣……

也许从这一刻起，我那一份朴素的爱国情怀，便从遥远的青纱帐转移到了眼前的茅台高粱，而有了实实在在的依附。

茅台高粱不是简单的地理指向。尽管这种在北方大平原上再也平凡不过的农作物在茅台河谷有着独特的风采，但它实际的情形却已经跨界超越，成了大娄山北端几个县、市共同的风景。茅台只是一种辐射，或者一个源头，最终影响一方水土，给这片遥远而偏僻的山地带来神奇的魅力。

茅台高粱这种蓬蓬勃勃的阵势说到底还是因为茅台酒这些年蓬蓬勃勃的发展。进入新千年，茅台酒从两千吨生产到一万吨，又到两万吨、三万吨。茅台酒对原材料的需求，促成了茅台高粱的大面积种植。当然，改革开放后，往日里高高在上的茅台酒走进寻常百姓家，尤其逢年过节，餐桌上没有一瓶茅台酒，总也有一种缺憾——人民生活水平提高，这是茅台酒生产迅速发展的一个重要因素。茅台酒家喻户晓，茅台高粱也大有取代人娄山传统农作物苞谷之势，成为黔北农村普遍种植的农作物。这之间，经济杠杆起了作用，一斤高粱的售价相当于四斤苞谷的售价，种植高粱成了大娄山农民脱贫致富的一条重要途径。

茅台高粱学名“红缨子”，是大娄山土生土长的糯高粱。叫茅台高粱，一方面因为它产自茅台；而另一方面却因为只有它才能够酿造茅台酒，是茅台酒生产的“专供”“特供”。相对茅台酒的生产，“红缨子”高粱实在不是普通的北方高粱所能够比拟的。北方高粱颗粒大，饱满，但由于茅台酒生产“九次蒸煮、八次发酵、七次取酒”的特殊工艺，漂亮的北方高粱蒸煮到三次便成了一锅粥，也就注定不能够成为生产茅台酒的原料。而茅台高粱“红缨子”则非同小可，尽管颗粒小，却淀粉含量高、糯性好，还有厚实而坚韧的皮，尤其耐蒸煮。甚至提取原浆后，这些“红缨子”并没有一塌糊涂，它们还会被输送到产业链的下游，进一步发酵，第十次、第十一次、第十二次蒸馏，直到分离穷尽最后一个酒分子。没有了一点形状，这些烂泥一样的糟糠也不会浪费，茅台最后一个车间会按照相关标准，将它们加工成有机肥料，返回原料生产基地，催苗壮秧，促进新一茬“红缨子”茅台高粱的生长。

我实在不知道还有哪一种植物像茅台高粱这样经历一次又一次折腾而依然初衷不改一次又一次精彩地呈现，真正九死而无悔，直到回归泥土，用最后的力量营养新一轮生命延续。生命的存在离不开粮食；而粮食的奇迹却离不开它的转化；只有转化成了酒，物质上升到了精神，可与神通，亦可与鬼交，这才有一种超越。从这里出发，高粱作为白酒生产的主要原料，便自然氤氲一层精神的光亮。事实上，大娄山人少有拿高粱当主食的，偶尔做一顿高粱米饭，都赶祭神祭鬼的日子，作为供品送到神龛上。高粱高，它的生长高度比水稻比玉米都高，因此更接近苍冥。高粱在大娄山落地生根，仿佛就跟神物圣品连在一起，具有了一种精神指向。也许因为这个缘故，有机茅台打造的第一个环节——原料基地建设，那么多标准，大娄山人都能够不厌其烦，做起来尽心尽力、一丝不苟。从地理高差，到土壤品质、环境测评，只有达到要求，才能够作为原料基地种植茅台高粱。种植户一旦签订合同，作出承诺，即意味从播种育苗到成熟收割，都要规范化种植，禁止使用所有化学合成的农药、肥料及除草剂。通过专业技术人员抽检，进行有机认证，在九九重阳节这一天举行隆重的祭祀大典，茅台高粱“下沙”蒸煮，这才算从原料基地进入车间生产新环节。

茅台高粱高，这种大娄山漫天漫地的“红缨子”，它虽然不像当年北方的青纱帐那样大气，面对强敌，壁垒森严，给华夏儿女一种正义的卫护；但高原山地秉赋，它不仅坚韧，同时也具有一种非凡的定力；这样的材料成就玉液琼浆，当然自信满满，一次又一次在世界上夺冠，成为民族与国家光耀百年的品牌；它用一种信念支持一种骄傲，用一种牺牲诠释一种命运，其实也跟青纱帐殊途同归，一样彰显对民族对国家至死不渝的爱。只是在大娄山中，森林覆盖，苍翠欲滴，茅台高粱只有在成熟的季节才特别抢眼，大片沉甸甸的红在绿与蓝的背景上展开，热烈而壮观，山风拂来，血光闪烁，带着几分炫耀、几分冲击。而树大招风，出色、出彩的事物总也难免招致攻击与讦难，就像有人要把青纱帐跟汉奸跟土匪连在一起一样，也有人会往“红缨子”泼几盆脏水……

青纱帐是一种见证，“红缨子”也是一种见证。

茅台高粱高又高，进入新千年，2003年10月16日，有关方面为进一步优选优育茅台高粱，又特地把“红缨子”的种子送上“神舟五号”，搭载飞船，巡游太空，对神奇的“红缨子”进行二十四小时照射，通过基因突变创造奇迹，强化并稳定品种优势。高科技支撑，茅台高粱“红缨子”一定会在大娄山中焕发更加迷人的风采。

从青纱帐到茅台高粱“红缨子”，我算完成了一种时空穿越。

（原载《人民文学》2013年第12期）

李祥霓

雷祖庙·胡士公

南明桥往南，有一条名叫新华路的街道，1949年以前，此路名为马棚街，是昔日贵阳的南米市。民国时期这儿比较正规的米店就有三十家之多，更别提那些摆个簸箕，专供穷家小户买升升米、碗碗米吃的米摊子了，几乎所有门面都卖米。那时送大米进城不是马驮就是人背，马棚街又是南门入城的必经之道；为了人能歇歇脚、马能喘口气，街上就陆陆续续地开起一些马栈、客栈以及卖马鞍、马笼头和钉马掌、医马疾的店铺。因而得名马棚街。后来嫌马棚街名儿太糙，就易名为马房街，1949年后定名为新华路。

旧时的新华路不长，但却喧嚣繁华，闹热非常。从北端的箭道街起，至南面的大庙街止，不足五百米的街道两旁，一水溜的骑楼，齐整规范，让人不禁驻足流连；且不论暑天或雨天，骑楼总给人以遮阳避雨的呵护。新华路最令人叫绝的是中段的“大庙街”，竟坐落着一连串庄重肃穆的中、西式建筑，它们相依并存、相安无事，悄没声息地传播着各自的思想理念。街东面的中段，是贵阳四大名阁之一的“玉皇阁”，供奉着以玉皇大帝至尊的各路神仙；玉皇阁往南走十米，肃穆威严的雷祖庙坐镇着以雷祖为首的诸方天庭神祇；雷祖庙正对面，是华丽静谧的哥德式建筑“天主堂”。

20世纪50年代中期，新成立的“贵阳市第七幼儿园”就设在雷祖庙里。我妈妈是七幼的第一任园长，因此，我们家得以住进了雷祖庙。

那时的雷祖庙是一座宏大高阔、四面白墙灰瓦围着、有些凋残的退台式三进大院，进入大门前院，两边是红漆斑驳的木板平房，左为幼儿园厨房，右为工友们住房。两栋红房簇拥着一青石板大院，几十道白生生的石坎子居中嵌置；上得坎来，就是黑黝黝的走廊了。走廊两边都是我家，同样是黑黝黝、高大空阔的两大个连房梁、椽皮都看得见的房间。工友杨妈妈说，我家住的地方原来是八大神祇“雾、雨、雷、电，门神、火神、财神、禄神”的金身供奉地儿。穿过走廊，好多棵大槐树连成的一开阔半圆圈大院做了幼儿园的操场，半圆的直线处有九道坎子，坎子上原是雷祖的供奉大殿，我们搬去时，已经变成了一排平房，横亘在院子与围墙间；平房旮旯处是山门，山门外是一大片山坡，此处即是雷祖庙的大后院了。后院山坡上到处长满了乔木、灌木、杂草、野花。最喜人的是两大排粗壮的槐树和一溜高高的梧桐树；可惜后来因为修建二操场，槐树被砍掉了好几棵，好在梧桐树还留存着。在这些“杂物什”背后，就是静谧悠长的“杨家大河”了。

杨家大河是南明河流经石岭街段的称谓。南明河水穿过甲秀楼两旁的浮玉桥，流经东岸贵州省委所在地南明堂与西岸石岭街之河段，称为“杨家大河”。“杨家大河”之名，来源于明万历二十四年（1596年）生于南明河畔石岭精舍，中举后移居南京，诗、书、画三绝，与董其昌、王时敏等大家齐名，合称“金陵九子”之一的杨龙友（1596—1646）家宅居地。故这一段河流得名为“杨家大河”。如今虽然都统称为“南明河”了，但当地老街坊仍然称之为“杨家大河”。

杨家大河东岸的南明堂即今天的贵州省委驻地。深掩在白杨梧桐深处的南明堂，黄墙绿瓦的建筑群高贵肃穆、楼台深锁；西岸则是尚节堂、玉皇阁、雷祖庙等庙堂的后山，且都各有山门通往杨家大河。

西岸通衢兴隆东巷、新华路，该路上的第七幼儿园、新华路小学、九中均为我的母校；岸边的喇叭花狗尾草、乱坟岗古墓塔、苞谷秆胡豆心皆是我故事的源泉、解馋的美食；我的乔木灌木、木犀科蔷薇属等植物知识，也是在这儿首度领知……

生长在雷祖庙内年幼的我，时不时地会看见一位高高的，好像只有胡须，没有眼睛鼻子嘴巴，身穿灰色袍子的男人。工友杨妈妈说，他叫胡士公，是雷祖庙里的道长。“道长是古人吗？你看他穿的衣服、梳的头发，跟我们不一样。”“哪来的古人哟。看小画书看多了嘞！”我家保姆陈孃孃用指头点了一下我的脑门说。不过我喜欢看胡士公衣袂飘飘、临风而立的样子，就像小人书中的神仙。胡士公总爱在几棵槐树、梧桐树间或伫立、或漫步地念念有词。每当此时，我和我大哥总是会竭力地屏住呼吸，轻轻地靠拢他偷听。

有一天，我们终于听清楚胡士公念的是：“落日斜，秋风冷。今夜故人来不来，教人立尽梧桐影。”这是我学（听）会的第一首诗。

渐渐地，我们一伙小孩都不怕胡士公了，因为他和蔼可亲，还有他会拿水盐菜和花生米给我们吃。

一天傍晚，我竟看到胡士公与我大哥商讨，究竟是“桐子落，童子乐；童子打桐子”，还是“童子乐，桐子落；桐子打童子”来着。那一刻，我仿佛看见长毛嘴尖的胡士公脸上时隐时现闪亮着的眼睛，真的很好看。

与胡士公熟悉以后，我与大哥去过他的住处门口。雷祖庙通往杨家大河的山门内犄角有一个小院，是道长专门的住处。那个狭长的天井里没有什么花草，只是墙边一大蓬紫红色的胭脂花，如火如荼地烂漫着。可惜胡士公不让我们进去，只让我们站在门口。我们只能在门缝窥视。

一天傍晚，好多穿蓝衣服的警察冲进雷祖庙，齐笃笃地围在后院的大楼下。一会儿，几个警察从上院右拐角周老师家专用的楼梯上押着一个伯伯下来，那个伯伯的脸色与他的衣服一样灰扑扑的，周老师在后面哭着，用她的外省腔调嘟嘟囔囔地重复着："饶了他吧！饶了他吧！是我让他躲进衣柜里的呀！他是不要躲的呀！"一个警察给另一个警察敬礼报告说："我们是从大衣柜里把他搜出来的。"

我们站在警察圈的外面，看着那个伯伯一步步走下楼梯，我好害怕，浑身哆嗦起来。我听到一个惊诧的轻微声音："……余长官？"回头一看，是胡士公。胡士公睁大眼睛张着嘴，眼睛一眨不眨地盯着那个伯伯。警察与那个伯伯快要走到我们面前了，胡士公突然蹲下来对着我说："不怕，不怕！我带你回家。"我想回家，但是胡士公没有动。警察带着那个伯伯走了过去，大家都散了。我站在胡士公面前，胡士公还蹲在地上，一动不动。陈孃孃走过来拉着我也走了，我回头看胡士公还是蹲在地上。他怎么不走呢？我觉得好奇怪。

"以后离那个道士远点，臭烘烘的。"陈孃孃大声呵斥我。

我没有听陈孃孃的话，依然故我地喜欢胡士公。只是，我很少看清楚他真正的脸，因为他的胡须遮住了他的大半张脸，况且每次看见他时，基本上都是在擦黑时分。

说来也怪，每当我妈妈到教育局开会，或是与老师们春游、看电影什么的，反正只要是妈妈不在家，胡士公总会送一些食品到我家。陈孃孃都是鼓着脖子嘟着嘴接受，连个谢字都没有，背后却笑眯眯的一样一样地仔细翻看，还叨叨着："哟，都是些稀罕物呢。看，花生米、核桃，还有皂角、干茄子、干豇豆……"

好几次，我看见妈妈责怪陈孃孃，好像斥责她不该收受胡士公的礼物。陈孃孃每次都犟嘴，过后照收不误，还轻轻地细念细念："一个人的工资，这么多张嘴，自己人帮一帮，有什么稀奇的。您不要我要。""我的工钱好久都没有了，我能忍，娃娃些的肚子不能忍。"陈孃孃说着，还委屈得哭了。陈孃孃真是掏心剖肺地对我们好。

自己人？胡士公是我家的谁？后来我发现，陈孃孃时不时地会给胡士公洗衣服，缝补衣服来着。但陈孃孃坚决不准胡士公挨近我们。有时候妈妈不在，陈孃孃也会给胡士公送碗面条、汤圆等一些吃的。这些现象我从来没有给妈妈说过，我喜欢他们俩你帮我、我帮你地做事。

有一件事让我相信胡士公真的是"自己人"了。

每个礼拜二下午，是幼儿园老师们到教育局学习的日子。

又是一个礼拜二，工友杨妈妈在下院坝晒了一簸箕大头菜，太阳晒着大头菜的香味弥漫在整座雷祖庙里，酸酸香香地吸引着前后院的娃娃们。娃娃们总是趁杨妈妈看不见时拣一两条塞进嘴里就跑。一向最霸道的贺老四却贴在簸箕旁，一把又一把地抓了放进衣袋。我觉得好惊奇，就盯着他看，他回头看见我，对着我伸出了中指，还威胁着鼓睁着眼，挥着手，让我走开。我羞愤得哭了起来。突然，胡士公不知从哪儿蹿了出来，一大耳光抽在贺老四脸上，又将他的中指往后一撇，贺老四顿时惨叫着哭喊起来。贺老四的哭声惊动了厨房里的人们，大家蜂拥而出。

杨妈妈看见自家的大头菜被抓得七零八落的，随即大声呼喊："造孽哦，是哪个有娘生无娘教的小厮儿……挨刀砍脑壳的，吃就吃点喽嘛，还这么狠心噢！"

我不识时务地指着贺老四的衣袋，杨妈妈一个箭步冲到双手捂紧口袋的贺老四身边，从贺老四衣袋里陆陆续续地抓出了好多大头菜。突然，贺老四睁大眼睛看着大门又哭闹起来，杨妈妈尴尬地站在贺老四身旁，眼睛也看着大门口。

大门口出现了妈妈与老师们，贺老四的妈妈也在。

老四妈扑上前搂着贺老四，指着杨妈妈破口大骂："小厮儿？哪个是小厮儿……你才挨刀砍脑壳嘞，我怕没得王法喽。乡巴佬！"说着，一脚踢翻了杨妈妈家的大头菜，拖着贺老四，扭头就走。

妈妈上前，拦住老四妈，指着一地的大头菜说："捡起来。"老四妈说："她骂我儿子你没看到？""捡起来！"妈妈又说。贺老四适时地又哭了起来。

妈妈蹲在地上，一条一条地捡拾着大头菜，老四妈走也不是，不走也不是。老师们与杨妈妈也蹲下小心地捡拾着。最后，老四妈拽着老四蹲了下来，慢慢地捡着大头菜。我边捡大头菜边埋下头歪着看胡士公，可胡士公不知什么时候不见了。

后来我问陈孃孃："胡士公是我家什么亲戚？"陈孃孃赶紧蒙住我的嘴，威胁我说："不要乱说，要被派出所抓去的噢。""那他为什么对我们家比对别家好？""叫你别问你就核实（方言，"不停"之意。编注）问。""哦！"我不是答应了陈孃孃，我是想起了那天警察抓走周老师家伯伯的情境，我可不愿意胡士公被抓走。

怕什么来什么。胡士公真的被警察抓走了。我是后来从大人们躲躲闪闪的悄悄话中听出的端倪。

胡士公被抓走的那天，我们大班正在上图画课，大操场突然响起了一阵阵的皮鞋声，老师将教室的门关得牢牢的，还用背抵住教室门，不准我们出去。我不知道是胡士公的事，要不，我会不顾一切地翻窗子也要出去的。

我想念胡士公，又不敢问妈妈。终于趁妈妈不在家时，陈孃孃还是告诉我了。陈孃孃说，胡士公是旧军官，公家不许他再住在幼儿园，说是对新中国的小朋友教育不利。

胡士公又没有教我们什么坏的，有什么不利呢？我不明白。我还是想念胡士公。

后来还是杨妈妈与陈孃孃说话被我听见了，原来是老四妈去派出所告的。我恨老四妈，自己做了错事还暗害别人。

20世纪60年代初，因为要建教师托儿所，七幼迁出了雷祖庙。小小年纪的我，为搬离夏天有槐花吃，冬天有腊梅花泡茶的雷祖庙而惋惜，也为再也见不到胡士公而忧伤。

还好，我们只是搬到了离雷祖庙三十米处兴隆东巷四十五号内的“尚节堂”。

有一天我跟着陈孃孃上街买菜，突然看见了胡士公，陈孃孃嘟着她本来已经很嘟的嘴，脸转朝一边，可我很高兴。我喊了一声“胡士公！”他对我微微笑，牙齿好白，好像很年轻的样子。

的确，胡士公不老。1962年我爸爸回来的时候，一位高大英俊，身着干干净净灰色正装的男人来到我家，进门就给我爸爸敬礼，嘴里还喊了一声“参谋长”什么的，我爸爸惊恐不已地一腿扫过去，立即阻止了他。他一屁股跌坐在地上，与我一般高矮了。我觉得来人似曾相识，那双眼睛在哪儿见过？我盯着他看，他狡黠地冲我笑了笑。我正想问，妈妈一把将我掳出了门。

那男人就是胡士公。晚上我躺在隔壁床上，听见爸爸感叹：“没想到他竟当了道士！”

原来，胡士公曾经是爸爸的副官，也是爸爸的姑舅表弟。胡士公曾与爸爸一同上战场，我爸爸还救过他的命。那已经是1941年至1945年抗日战争时期的事了。胡士公与爸爸都是浙江人，我爸爸随学校西迁到青岩，后考上黄埔军校十九期毕业后，与胡士公前后参加国民革命军，上前线打日本鬼子。抗战胜利后，大家就各奔前程了。

我上小学了，是新华路小学。新华路小学的校址原是雷祖庙街对面天主堂神父们讲习、办公、住宿的地方。天主堂在左边，我们学校在右边。天主堂是一座塔尖高耸、拱门尖形、大窗户及绘有圣经故事、花窗玻璃的哥特式建筑。那些镶着彩色玻璃的长窗，从街面上一直透迤延伸至我们学校的教室。整座天主教堂除了白底蓝边的房子和干净洁白的石板与红红的地板，以及黑黑的椅子，连一棵树都没有，难怪耶稣和圣母都斜低着头，让人觉得胸好闷。天主堂一种浓浓的阴森感让我常常望而却步。

我进校时，教学楼是一大幢三方都有楼梯的一大排反7字形两层西式楼房，教室的窗框都是尖尖的，彩色玻璃镶嵌在窗户上，好看极了。后来因为学生们太调皮，玻璃逐一破损，渐渐地，都换成了透明的玻璃。只是窗户仍然是细长细长的，但没有了尖顶。

有一天我们老师正在教“左手举起来，右手举起来；吃饭拿碗，写字拿笔……”我因为是左撇子，做的总与同学们相反，老师一次次地纠正我。我正害羞着呢，大哥的脸突然出现在我们班门口。大哥神秘兮兮地向我招手，要我出去。我不知道怎么办，觉得很丢人。正巧，放学的钟声响了。大哥冲进我们教室拉上我就走，说带我去一个地方玩。我们三绕两绕地来到离新华路小学几步路的余家坝“王公祠”后院，在一间矮小破旧的房门口，大哥敲了敲歪斜着的一扇破门，出来开门的竟然是胡士公！大哥肯定不是第一次来了，自顾自地一步跨进了胡士公的家里，还大声地叫了声“胡叔叔好！”我怯怯地嗫嚅着不敢进去。胡士公笑盈盈地帮我把书包解下来，边牵着我的手边跨进门说：“呵，小夔都上学了，学习肯定是最好的了。”我还在为同学们举左手我举右手而难过呢，没有理他。还胡叔叔呢，我压根儿就没有把眼前的“胡叔叔”与“胡士公”关联起来。我愿意叫他胡士公。

读小学五年级的大哥与胡士公津津有味地谈着什么罗成、秦叔宝的，大哥还背诵了原来胡士公教的“草铺横野六七里/笛弄晚风三四声/归来饱饭黄昏后/不脱蓑衣卧月明”。我坐在一张破桌子旁做着作业。胡士公对大哥说：“我要走了。”大哥问：“到哪儿去？”胡士公说：“你爸爸回来了，你们几兄妹也长大了，我可以走了。”说着拿出一大包花生米给我们吃。

我们长大了关胡士公什么事呢？我迷糊地望着窗外仲夏的树荫想着。

好久了，胡士公都没有来我们家了，连大哥也不知道他去了哪儿。

暑假的一天中午，我与大哥正吃饭，小哥回来说雷祖庙山门坡上有一个人躺在那儿，好像是被人从那棵最大的古柏树上解下来的。是个穿长衫子的男人。我激灵了一下，筷子掉落在地上。“我要去后山坡。”我说。大哥看了我一眼，背起我就往最近的玉皇阁山门跑，小哥紧紧地跟在后面。

我们仨跟斗扑爬地跑到河边，已经有几个警察围在那儿了。警察的脚边躺着一个人，头上盖着一块说不出颜色的布，一动不动的。旁边围了一些人，还有我们巷子里居民委员会的刘委员。刘委员说着什么“雷祖庙里的道士……”“外面穿的是道袍，里面是军装”。我听得心咚咚地跳，不敢上前，只是看着大哥的脸，大哥的脸色突然好白。小哥猫下腰，爬到那位躺着的人身旁不远的地儿，用一根干树枝挑起了那人头上的布，我刚看到那人的脸，就什么也不知道了。

我醒了。妈妈说我睡了两天，是得了猩红热，还出了痘子。我睁开眼睛四处看，没有看见大哥。我喊大哥，没有人答应。我想问问大哥，胡士公死了吗，但是大哥没有在。后来，妈妈把我送到了喷水池西侧文庙的外婆家。喷水池离我家太远了，我不认得回家的路。

我一直一直还记着梧桐树下那个穿着长衫，念“落日斜，秋风冷”的胡士公，只是再也无从说起了。

（原载《山花》B版2013年第12期）

戴明贤

戏台人生：法门寺猫玩老鼠

《法门寺》又叫《双姣缘》，说的是一桩曲折复杂的杀人案，剧情抄录《京剧小戏考》文字如下：

“书生傅朋偶遇孙玉姣，互生爱慕，傅将玉镯置于地，使玉姣拾去。事被刘媒婆看见，允为撮合。其子刘彪知此事后讹诈傅朋，地保刘公道劝解，刘彪怀恨在心，遂夜入至姣家杀人，又将人头投入地保家朱砂井内。公道畏惧，打死长工宋兴灭口。此事告至县衙，郿坞县令赵廉竟将傅朋屈打成招入狱。宋兴之姐巧姣曾与傅朋订有婚约，乘刘瑾陪同皇太后至法门寺降香时鸣冤告状。刘瑾命赵廉复审，终于查出实情，斩刘彪与刘公道，并按太后旨意，将宋巧姣、孙玉姣均配与傅朋。”

全剧有三段重头戏。一是拾玉镯，少女少男一见倾心，玉镯定情，花旦为主的做工戏；二是庙堂，大太监刘瑾奉太后御旨，受理宋巧姣的诉状，花脸与小丑的念白戏；三是朱砂井，县令赵廉复勘命案，老生的唱工戏。三折都很有名，论好看当数庙堂一折。

在这件命案里，错勘贤愚，造成冤狱的是“自劝儿在窗前攻读孔圣，一心想做清官高升一品”的县令赵廉；而明断是非、平反冤案的倒是史家称“肆恶无忌，变乱成法”的大奸臣刘瑾。因此有人说，刘瑾一生就干过这一件好事。但此剧妙处不在于写刘瑾“做了”这件好事，而在于写刘瑾是“怎样”做了这件好事的。

刘瑾出场，自报家门：“自幼净身，侍奉老王爷。老王爷体宾天之后，扶保幼主正德皇帝登基；明是君臣，暗是手足的一般。太后老佛爷十分地宠爱，将咱家收为螟蛉义子三殿下，封为九千岁之职。”正如他贴身小太监贾桂说的：“这字号够瞧老半天的了。”

宋巧姣为了救未婚夫，冒死犯上，硬闯太后降香的法门寺，状告父母官。她父亲说："儿啊，你看銮驾前呼后拥，这状不告也罢。"惊了銮驾，刘瑾立刻吩咐："这不是诚心搅吗？绑出去撕了！"（请注意不是杀了砍了，而是"撕"了。）九千岁一言九鼎，立刻就要执行，幸亏万岁爷的干妈听到了。老太后难得出宫，心情和畅，又是去寺庙进香，慈悲在怀，说道："大佛宝殿岂是杀人之所，看看女子身旁有状无状。"金口一启，局面顿时改观。刘瑾立刻斥责贾桂："这大佛宝殿岂是杀人的所在吗？这是谁的主意！"待到宋巧姣带状上场，刘瑾安慰她："上头坐的是太后老佛爷，有什么话尽管说，不要害怕，有咱家在这儿哩！"刽子手变成了保护神。太后听了诉状，命令刘瑾审理："我儿将此案审明，胜似为娘降香。"刘瑾很觉扫兴："只说出得京来，开开眼福，谁知遇到这么档子事，可叫我怎么办呢？"贾桂说："旨意，不办不行呀！"两人一合计，决定把办理此案的郿坞县令赵廉叫来"逗他一逗"；鼓励宋巧姣有话大胆说，都有咱家哩。两人就这样连审带玩，玩中审案，先把赵廉奚落个够，这才言归正传："你做得好父母官，百姓子民无恩可报，一张纸头可就把你告下来啦。"三言两语问了大概，限令赵廉三日破案。对宋巧姣呢，看出太后对她印象好，又摸准了审明此案胜似降香的指导思想，不仅官司算她赢，还给银子一锭，命她等候结案，随传随到，来一次给一次。打官司还发财了。发落完毕，伸个懒腰："今天可把咱家累坏了。咱家在宫里哪问过什么官司呀！"后来官司问明，判决更是随意。两个"姣"得到太后召见的殊荣，一起断给傅朋做老婆。赵廉还升了官。杀手的妈妈刘媒婆因刘瑾见了讨厌，差点儿给撕了喂鹰，赵廉大着胆说了句公道话"儿大不由娘"，刘瑾一听，也就无罪释放。谁说人命关天，其实系于一线。看这场戏，活脱脱一场猫玩老鼠，想抓就抓，想放就放，抓了又放，放了再抓，直到奄奄一息，毙于爪下。宋巧姣和刘媒婆，不过是侥幸逃脱的两只。

封建时代以人治代法治，一代几千年，形成根深蒂固的思维定式。所以只盼出青天大老爷，不知要求依法办事。《铡美案》百演不厌，就反映了这种思想，直至今日不衰，也未可厚非，因为健全完备的法制建立，需要艰苦漫长的过程，不可能一蹴而就；而再严密的法律，也靠活人来执行，而人就是良莠不齐、千差万别的。在揭示人治的荒谬和危险上，像《法门寺》这样尖锐深刻、妙趣横生、富于艺术魅力的戏，是屈指可数的。它借刘瑾无意间做的一件好事来刻画这个权奸，比声色俱厉地描绘他残害黎庶更立体化，更犀利，更叫人毛骨悚然。这个戏的无名作者，真可佩服。当然，他也可能没想得这么深，只是营造喜剧效果，歪打而正着了。这就是"形象大于思想"的一例。

此剧对正生扮演的赵廉也毫不客气，对科举制度以文取士做了生动的讽刺。书读得好不一定有吏治之才。这在今日也有意义。

刘瑾施了一回仁政。可这仁政后面的戏能瘆死人！

（原载《文艺报》2014年1月）

李　裴

酒文化片羽（节选）

弁言

酒是一种奇特而美妙的饮料，世界上可以说没有不会喝酒的民族。“会喝水就会喝酒”，此语来自贵州民族地区流行的三句话之一，叫作“会走路就会跳舞、会说话就会唱歌、会喝水就会喝酒”。“走路、说话、喝水”这三件事，都属于人的生存的基本需要；“跳舞、唱歌”这两件事，和直接的物质生产生活的关系并不是很直接。例如“跳舞”，一般来说，和祭祀有关吧？很可能是娱神，唱歌实际上也和娱神有关系并与喝酒相对应。“走路、说话、喝水”是一个层面，“跳舞、唱歌、喝酒”又是一个层面。由此来看，“酒”似乎是很了不起的东西，渗透到人们的基本生活中，同喝水一样常见，这就很有意思了，与“舞、歌”一道进入了人的精神层面！

无意中，“酒”就成为了一种文化的东西，其魅力“就在于摆脱实用，摆脱功利，走向仪式”(余秋雨《何谓文化》)。或许，当下唯“物质”是崇的人，会认为这有点“矫情”和“无聊”之嫌。这看你怎么理解了，陈寅恪先生云：不为无聊之事，何以遣有生之涯。陈先生有“中国三百年学问第一人”之誉，授课“四不讲”：“前人讲过的，我不讲；近人讲过的，我不讲；外国人讲过的，我不讲；我自己过去讲的，也不讲。”力倡“独立之精神，自由之思想”，认为研究学术最重要的是具有自由的意志和独立的精神。没有自由思想、没有独立精神，即不能发扬真理；不能发扬真理，即不能研究学术。何等之人！

中国谚语，开门七件事：柴、米、油、盐、酱、醋、茶。这排序大有讲究，与中国历史悠久的饮食文化有关，甚至涉及人类发展的历史。比如，排序第一为“柴”，人类正是使用了“柴”——“火”才真正开始走向文明。“酒”没有在“开门七件事”里面，“茶”排在最后一位。相对来说，七件事里面的“茶”看似可有可无，却被认为是“扭转乾坤”之物，认为这个“茶”在七件事里除了与饮食有些关系，比如帮助消化的功能之外，更多的是它还有一种清谈、娱悦的功效。至今，“柴”已被石油气、天然气、煤气、电热等燃料所取代，“米、油、盐、酱、醋”仍是中国饮食文化的主要组成部分，至于“茶”则成为独当一面的茶文化而闻名于世。实际上，七件事里把“茶”放在最后，从“柴、米、油、盐、酱、醋”这样的生活必需品到“茶”，是一个转折。再看生活中，人们常讲“烟、酒、茶”三开，通过“茶”，把“烟”和“酒”也联系起来。又说“烟酒不分家”，大约二者并不是生活必需品，但都有一种精神娱悦特性，是和精神有关的东西。从历史发展看，“烟”进入人们的生活是较晚的，而“酒”的历史非常地悠久，其特殊意义自然是非同一般。

中国是酒的故乡，酿酒的传统源远流长。在数千年历史长河中，酒和酒文化一直有着重要地位，渗透到了社会生活中的几乎每个领域。酒是属于物质的，但又因其致醉功能可使人进入一种独特的感觉世界，而融于人们的精神生活之中，形成了华夏（人类）文明长河中的一道绚丽风景——酒文化。

天下何人不识君

——史说酒文化

酒的知名度，可谓“天下何人不识君”。唐代诗人高适的七绝：“千里黄云白日曛，北风吹雁雪纷纷。莫愁前路无知己，天下何人不识君。”以“天下何人不识君”设开篇小题，也是好酒之徒的态度。随便问一个人，不论黄种人白种人黑种人，还是其他什么人，我想没有不知道酒的；而谈论起酒来，恐怕都有话可说。

香自何处飘

《神农本草》《世本》等古籍明确记载，酒起源于远古。传说，杜康“有饭不尽，委之空桑，郁结成味，久蓄气芳，本出于此，不由奇方”。作为黄帝手下的大臣，杜康管理生产粮食，装在树洞里的粮食，经过风吹、日晒、雨淋，慢慢地发酵了，渗出水来，清香、辛辣而醇美。仓颉道：“此水味香而醇，饮而得神。”造了一个“酒”字。

果实花木可酿酒，在陆祚蕃著的《粤西偶记》中记载：（广西）平乐等府深山中，猿猴极多，善采百花酿酒。樵子入山，得其巢穴者，其酒多至数石，饮之香美异常，名猿酒。

谷类酿酒约始于殷代，其时，农产物既盛，用之做酒。我们知道的黄酒，被认为是世界上最古老的酒类之一，约在三千多年前，商周时代，中国人独创酒曲复式发酵法，就开始了大量酿制黄酒。

因此我们可以大概地说，人类早初接触到的酒，当是果酒和米酒。随着历史的进程，酿酒日兴，供给日盛，酒也就逐渐进入人们的日常生活，酒事活动也随之宽泛。

历史越空数千年。

我国第一部诗歌总集《诗经》，收入自西周初年至春秋中叶五百多年的诗歌三百零五篇，又称《诗三百》，其中有“十月获稻，为此春酒”“为此春酒，以介眉寿”等诗句，说是用酒来帮助人们长寿。

而《诗经》写到酒，说明我国酒之兴起至少已有五千多年历史，同时表明在我国数千年文明发展史中，酒与文化的发展应是“同频共振”。

需于酒食

《易经》中涉酒篇章不少，《易经》六十四卦中，至少有十几卦直接涉及饮食问题，其中酒是其重要内容，代表着古代在饮酒问题上的基本观点，用文字记载的酒文化，即是在《易经》中初步形成的。

合度者有德

“酒德”这一概念，最早见于《尚书》和《诗经》，其含义是说饮酒者要有德行，饮酒讲究“度”的把握。酒有礼的功能。酒在使人自由放松乃至肆意放纵的同时，作为一种物质化的物品，它必然也具有其属于社会的理性属性。不管任何时代，人作为社会动物，都要有一种约束和规范，古今中外皆然。

学问之事

饮酒可不是简单的吃喝，在古人心目中，可是关系以德治国、人民安居乐业的事情。在孔夫子的那套学问、思想体系里，无论什么都应与“德”有所关联，酒文化是孔子思想的一个重要组成部分，“酒”当然也不例外，表现为“酒德”。从西周开始，酒就首先用在祭祀礼仪中，几乎“无酒不成礼”。

贵在适量

饮酒不在多少，贵在适量。要正确估量自己的饮酒能力，不作力不从心之饮。过量饮酒或嗜酒成癖，都将导致严重后果。《饮膳正要》指出：“少饮为佳，多饮伤神损寿，易人本性，其毒甚也。醉饮过度，丧生之源。”

庄严之事

酒是祀神供祖的仪式的必须祭品，被视为神圣之物，主要是用来和神对话，祈求上天给予人类帮助。祭祀活动中，酒作为美好奇妙的东西，首先要奉献给上天、神明和祖先享用。因而，酒的使用，也成为庄严之事，非祀天地、祭宗庙、奉佳宾而不用。

狗猛酒酸

先秦诸子中的法家，主张“以法治国”，并提出了一整套“法治”的理论和方法，其主要代表人物之一韩非子讲了个故事：宋人有酤酒者，升概甚平，遇客甚谨，为酒甚美，县帜甚高，著然不售，酒酸，怪其故，问其所知。问长者杨倩，倩曰：“汝狗猛耶。”曰：“狗猛则酒何故而不售？”曰：“人畏焉。或令孺子怀钱挈壶瓮而往酤，而狗迓而龁之，此酒所以酸而不售也。”接着说：夫国亦有狗，有道之士怀其术而欲以明万乘之主，大臣为猛狗，迎而龁之，此人主之所以蔽胁，而有道之士所以不用也。（《韩非子·外储说右上》）

醉者神全

道家是先秦时期的一个思想派别，以老子、庄子为主要代表，崇尚自然，思想核心是“道”——宇宙的本源和宇宙运动的法则。老子说：“人法地、地法天、天法道、道法自然。”核心内容就是说让世界按照它本身的内在规律自主运行，不要强加干涉。到庄子时便已发展成率性而为，逍遥自在。庄子在《达生》篇中对酒的神效作了论辩，“夫醉者之坠车，虽疾不死。骨节与人同而犯害与人异，其神全也。乘亦不知也，坠亦不知也，死生惊惧不入乎其胸中，是故遻（遌）物而不慴（慑）”。这可以说是一个“醉者神全”的命题：人饮酒致醉而“其神全也”。醉酒后人的精神越发高涨，思路越发狂放，以至于“死生惊惧不入乎其胸中”。其至境是忘却自我，生活与生命在于意念之间，看待世界与生命的态度，决定我们的生活是刻意的思索与痛苦，还是不经意的放纵与兴奋。

神龙见首不见尾
——礼乐酒文化

酒在古代总体上被视为神圣之物。酒之行藏，无法一言蔽之，可以形容为“神龙见首不见尾”。一如赵执信《谈龙录》形容“诗如神龙，见其首不见其尾，或云中露一爪一鳞而已”。翻阅数千年历史，汗牛充栋的典籍，一杯酒却是多大的世界啊！不由想到，当年孔子曾专程赴洛邑拜见老子。回来后，孔子三天不讲话，弟子们问他见老子时说了些什么，孔子感叹道：我竟然见到了龙！龙，“合而成体，散而成章，乘云气而翔乎阴阳”，我“口张而不能合，舌举而不能讯”，又怎么能规谏人家呢！面对酒，我们如果想去全面深入地掌握的话，那么更多的就只能是像孔子一样慨叹！

通神之物

中国古代，人们信仰天、地、神明和祖先，认为酒有通天、通地、通神、通祖之作用，因此决定了酒之社会功用的超然起点——首推祭祀，是为“饮必祭，祭必酒”。中国的酒文化里面，实际上也包含了中华民族的传统文化里对于自然、社会、历史的一种看法，即“天人合一”的思想。

饮食态度

其实“无酒不成席”已是中国人的一种饮食态度，深深地烙印在国人的生活中。中华民族本是礼仪之邦，国人好客，“有朋自远方来，不亦乐乎”，酒在这人际交往之中成为一种很好的润滑剂。在某种程度上，酒似乎已经变成了生活中的必需品，柴米油盐酱醋茶开门七件事应该变成八件事，即柴米油盐酱醋茶酒。

祭祀祖先

对普通人来说，逢年过节最为重要的活动恐怕非祭祀祖先莫属。祖先崇拜是中国人的信仰之一，这种祭祀一般是离不开酒的。其中的奥妙是以酒为媒介来“通祖”。祖先崇拜意味着人们相信，自己的生命是从遥远的祖先那里传承下来的，又将向着未来传承。曾子的一句话对此做了很好的概括：“慎终追远，民德归厚矣。”

酒后真言

酒后吐真言，也表现真性情。

避席

酒席上，喝酒的人从坐的位置站起来，到另一个人的那个地方去敬酒。一个是礼节上表示尊重，另外是两个人好进行比较私密的交谈，实际上它的社会交往功能很明显，这是很重要的。

酒极则乱

在《史记·滑稽列传》中，司马迁告诫："酒极则乱，乐极则悲。"遗憾的是，许多现代人对太史公的话不以为然，在宴饮中常常要"酒极""乐极"，不到"极点"，便不罢休。其结果常被太史公不幸言中：喜剧变成悲剧。从历史文化的角度探究，"酒极则乱"还有其更深刻的含义。

酒之德行在礼乐

中国酒文化的两大基石，应是"酒以成礼"和"酒以为乐"。

社会意义

在中华民族几千年的文明史中，在社会生活中的各个领域都可闻到酒香。中国在历史发展中，长期是以农立国，一切政治、经济活动都以农业发展为立足点。酒业兴衰与粮食生产的丰歉密切相关，酒业的繁荣，对一些地区的社会经济活动所起的作用关系密切。

激发创造力

因醉酒而获得艺术的自由状态，这是古老中国的艺术家们解脱束缚获得艺术创造力的重要途径。酒醉而成传世诗作的例子，在中国诗史中俯拾皆是。"醉里从为客，诗成觉有神。"（杜甫《独酌成诗》）"俯仰各有态，得酒诗自成。"（苏轼《和陶渊明〈饮酒〉》）"一杯未尽诗已成，诵诗向天天亦惊。"（杨万里《重九后二月登万花川谷月下传觞》）"雨后飞花知底数，醉来赢得自由身。"（南宋政治诗人张元干）

文化的象征

中华民族五千年历史长河中，酒和酒类文化一直占据着重要地位。自从酒出现之后，作为一种物质文化，酒的形态多种多样，其发展历程与经济发展史同步，而酒又不仅仅是一种食物，它还具有精神文化价值。在这个意义上讲，饮酒不是就饮酒而饮酒，也可以说是在饮文化。

精神性象征

在《酒国》中，酒在其社会生活中起着决定性的作用。不过，这种社会功能是悖论式的，正如莫言给李一斗的信中所讲的："人类与酒的关系中，几乎包括了人类生存发展过程中的一切矛盾及其矛盾方面。"《红高粱家族》里，酒展示的是"解放"功能，酒成为打破社会枷锁或反抗侵略者的勇气的源泉，被用作"最有效"和"最有趣的转换痛苦的方法……作用于我们的机能上（弗洛伊德语）"。

酒神的狂欢

人在酒的世界里获取超能力，更多的是一种超能力感，实际上是一种极端的自我感觉和感受创造的一种东西，是一种精神的东西，一种想象的东西，当然也是可以在一定条件下转化为现实力的东西。

天下任君游

人与人之间的感情交流，常常因为宴饮而加深，因为美酒而得以滋润。酒对于营造宴饮的融洽氛围的作用是显而易见的，但需要注意的是，必须把握"度"，在饮酒这件事情上，最能体现"过犹不及"。

翩翩起舞的精灵

——诗性酒文化

古人感叹："酒之为用也大矣。"在文学艺术的想象王国空间，喝那么几杯酒，放松身体，放松思想，从而进入艺术创作的自由状态，是艺术家挣脱精神束缚获得艺术创造力的重要途径。在古代诗人笔下，酒何其神妙。《诗经·周南·卷耳》有句：

陟彼崔嵬，
我马虺隤。
我姑酌彼金罍，
维以不永怀。
陟彼高冈，
我马玄黄。
我姑酌彼兕觥，
维以不永伤。

说的是："攀那高高土石山，马儿足疲神颓丧。且先斟满金壶酒，消除离思与忧伤。登上高高山脊梁，马儿腿软已迷茫。且先斟满大杯酒，免我心中长悲伤。"陶潜直言"悠悠迷所留，酒中有真味"；杜甫叹曰"宽心应是酒，遣兴莫过诗。此意陶潜解，吾生后汝期"。饮酒致醉，在文人这里的确可以放松，更多是把精神和情感放到相对自由的空间里畅游，还不时会有意想不到的灵光闪现。

酒行于文

中国文化根柢属农耕文化，用粮食酿造醇酒历史悠久，源远流长。在甲骨文中便有了"酉"（酉：古"酒"字）的记载。酒所具有的致醉功能使人进入一种独特的感觉世界，并由此而在历史的思想精神发展长河中形成了独具特色的文化现象——酒文化。由于与文学创作最重要的心境之一"迷狂"和想象、激情等因素相吻合、相联系，是以酒与文学结下不解之缘，也为文学创作提供精神动力。

诗酒之缘

诗酒缘多有精妙闪烁，刘扬忠《诗与酒》对此有独到的研究。其深含的睿智和人生博大的胸怀，读之令人解颐。酒与诗被放到了独特的精神文化现象层面上加以考察，并以此作为阐述研讨的视角，表现出了独特的理论眼光和厚实的学识功底。

雅致红楼

具有史诗性质的巨著《红楼梦》，对酒的表现是一种"雅"的形态，在贾、史、王、薛四大家族贵族生活的兴衰演变过程中有着极强的艺术表现力。书中写酒宴七十多处，凡饮酒，必作诗，对对子，可谓千姿百态，千娇百媚，风情万种。

乐极生悲

《红楼梦》的饮酒全在一"乐"字，表现出一种情调、雅趣，尤其是饮酒过程中多有花样百出的"酒令"，更增其雅趣之韵致。酒令是中国人在筵宴上助兴取乐的雅致游戏，诞生于西周，完备于隋唐。《红楼梦》中的酒令最有特色的是以语言文字为游戏的酒令，或射覆，或联句，或命题赋诗，或即兴笑话，不一而足，将文化娱乐及才情睿智融于聚饮的食文化之中，很好地表达了《礼记·乐记》所谓"酒食者，所以合欢"的认识。

谋略三国

在《三国演义》里，酒表现为一种"谋"的形态。其"醉翁之意不在酒"，乃严酷的政治斗争和军事斗争环境所使然。书中写到宴饮近三百次，其中直接的“以酒谋事”的就有二十八次之多，占饮酒总次数的百分之十，处处散发着浓浓的谋略之气。

杯里春秋

凡说到酒的地方，都含有谋略，这是《三国演义》的特色，充分体现“醉翁之意不在酒”，而在酒作用后往往收到奇效的表达。杯酒成谋略，盅盅是陷阱，在《三国演义》里随处可见。

青梅煮酒

曹操利用酒的致醉功能以窥探对手刘备的霸业心向，《三国演义》中描写为“青梅煮酒论英雄”。曹操和刘备两个英雄人物，一个长歌当啸，豪气冲天，指点群雄，激扬文字；一个寄人篱下，忍气吞声，装孬卖傻，委曲求全。这场酒局，远不是那种你好我好大家都好的欢聚，分明是一场充满杀机的政治试探和政治表态的会面。如果把这一酒局看着一场政治交心活动的话，应该说双方都是赢家。

温酒斩华雄

曹操利用酒的陶醉功能笼络人心、收罗人才，在第五回“温酒斩华雄”一节中有精彩的描写。当时的关羽地位卑微，请求出战名声显赫的大将华雄，诸将皆表怀疑且不以为然。曹公力排众议，“教酾热酒一杯，与关公饮了上马”，表现出一个知人善任、惜才爱才，同时善耍铁腕的伯乐人物的敏锐眼力。饮了上马的酒，是恩宠的表达，目的在于收买人才据为己用。然关公避开“吃人嘴软”，并不买这个账，冷冷一句“酒且斟下，某去便来”。二人于酒，实际上在进行无声的谈判，心态互察却心照不宣，以醒抗醉。

醉甲入瓮

东吴重臣周瑜，也是个“用”酒高手。蒋干去游说周瑜，想着建一番功业。没想到周瑜却大摆筵席，盛情款待，席间装醉大笑道：“想周瑜与子翼同学业时，不曾望有今日。”这话刺激得蒋干心里一派尴尬而又不知从何道来。

义勇水浒

在《水浒传》中，酒表现为一种“勇”的形态。作为英雄传奇的典范之作，其题材即已决定与酒有不解之缘。书中可谓酒店林立，有关酒的描写两百七十七处，一百二十回中有一百零四回涉酒，占总章节的百分之八十七。好汉们似乎总离不开一“酒”字，如武松景阳冈打虎、醉打蒋门神，鲁智深醉打山门、倒拔垂柳等等，可谓耳熟能详。

殒命醉卧

张飞一生好酒，可谓无酒不欢，可是他也因酒而送了命。

酒壮英雄胆

宋江竟在望江楼上题写反诗，要不是酒后发飙，借他十个胆也不敢，正所谓“酒壮英雄胆”。

拼命酒

古人有语：“放胆文章拼命酒。”因义勇而假以“拼命酒”，在《水浒》中形式多样。如“永别酒”“分例酒”“接风酒”“饯行酒”“结义酒”“庆寿酒”等等。这各色饮酒场面，都免不了“拼命”饮酒，而于看似不经意中，刻画人物形象，烘托情感气氛，表达义勇之情。

淫媒金瓶

在《金瓶梅》这部小说里，酒表现为一种“淫”的形态。酒之“淫媒”功能，在很多时候推动着“金瓶梅”故事情节的发展。有人研究统计（《金瓶梅饮食谱》邵万宽、章国超著），兰陵笑笑生笔下涉及的饮食行业有二十余种，列举食品达两百多种，其中，酒二十四种，酒字出现两千零二十五个，大小饮酒场面两百四十七次。

酒潋觞滟

《金瓶梅》描写的以明代为背景的经济社会生活各方面，对世情的悲喜乖戾、社会的意识形态进行了具有相当深度的表现和透视，其描写的生活场景的核心，大多与酒有着密切关系。

乐而中夭

在《金瓶梅》里体现的“纵乐”思想，其归宿，显然只能是乐而中夭。古语有云：“酒是穿肠毒药，色是刮骨利刀。”酒与色一旦合为一体，更加速了生命的枯竭，促成早夭。

清谈儒林

在《儒林外史》里，酒表现为一种“清谈”形态。《儒林外史》说酒，实际上是只要饮酒就清谈。

乐中藏悲

《儒林外史》饮酒清谈对于文化来说，更多是一种浅淡的自嘲，对社会历史未必有什么直接的重大作用，却于文化陶冶、社会思潮形成诸方面显示出不容忽视的力量。

辩说西游

在《西游记》里的“酒”，表现为一种“辩”的形态。《西游记》写一帮和尚，却也饮酒，就算饮素酒，也有致醉的功能。甚至只要有机会，几个和尚徒弟的心里似有点趋之若鹜。全书写了一百零三次饮酒场面，仅涉及孙悟空师徒场面的，就达三十六次之多。

饮酒的理由

出家人饮酒，在《西游记》中列举了各种理由。有时是“不敢不受”，有时是“持斋不曾断酒”，有时是“排宴谢功”，有时是“盛情难却”，有时是“掩人耳目”，有时是“用酒谋事”，有时却是“着实饮酒”。

各色宴饮

《西游记》中的宴饮也是很讲究的。序尊卑、排大小，宫廷筵宴、仙道饮酒、民间酒席都是讲究礼节、座次分明。

酒以为乐

“酒以为乐”是一种文化现象，也是一个哲学命题。对《金瓶梅》《红楼梦》和《儒林外史》中饮酒的艺术表现，在“酒以为乐”的酒文化层面上，三者都有相当充分的艺术描述，其中含借的酒之文化哲学的思考，揭示了中国人在酒的文化哲学在文学中的某些特有表现形态。

生命体味

《红楼梦》欲超越于“在生”之“生”，将“生”与“死”扭结于环回状结构之中，出之于“混沌”而归于“混沌”，其哲学意味多“形而上”质素，具有某种非实在性、虚幻性和极强的思辨色彩。《金瓶梅》从“在生”中观察和体验“生”的生命流程，将“生”的体验处处落于实在之地，给人以强烈的感官刺激，其饮酒多以直接的身体生理体验为主，是以哲学意味上有较重的“形而下”质素。《儒林外史》在始生终死的问题上并不太注重开端与结束，而更多地看重过程，注重生命流程的曲折前进和螺旋式回环上升的变化。《儒林外史》比《金瓶梅》和《红楼梦》更具生命的现世触动力，与社会政治、法律法规、经济文化等形态联系得更为紧密，使其成为了中国文学宝库里最好的一部“现世”讽喻之作。

花看半开意朦胧

——性灵酒文化

在精神的自由和行为的约束之间形成一种平衡，是酒之功用的一个至高境界。正如民间所云“花看半开，酒喝微醺”，或者叫作“打脚不打头”。“酒以成礼”要求讲究规范，是一个社会属性的范畴；“花看半开”则是强调饮酒要有情趣、情调，特别是强调饮酒的书卷气。南宋费衮的“欲醉未醉”说法，正是“花看半开”之情趣：“饮酒之乐，常在欲醉未醉时，酣畅美适，如在春风和气中，乃为真趣，若一饮径醉，酩酊无所知，则其乐安何在也！”

书与酒

古人说：“一生勤苦书千卷，万事销磨酒百分。”书与酒正好与《易》之曰“一阴一阳之谓道”相对应，勤苦于书，消磨于酒，二者相反相成，融合成一生之万事。书与酒、酒与书，读之、品之，二者相辅，把诗意与雅性，把眼福、口福乃至心福勾连起来，将书就酒，佐酒读书，不亦一大快事、一种至妙境界乎？

饮酒与读书

读书学习是极其重要的，而诗人们又常用酒来照映和衬托。读书如果能够读出酿造美酒的秘境，那是再奇妙不过的事——人必得其精，粮必得其实，水必得其甘，酒必得其明，器必得其洁，缸必得其湿，火必得其暖。

饮酒五好

喝酒要有“五好”：好酒、好友、好菜、好气氛、好老婆。

劝酒

如果心怀诚意，真心待客，必是真诚劝酒。从文化角度看，劝酒是一种艺术，甚至是一种智慧。苗族同胞好客闻名遐迩，姑娘们劝酒、敬酒，皆热情自然，大方得体，纯然是“与生俱来”，模仿者、刻意追求者，再怎么逼真，始终是隔了一层，不免“东施效颦”。

酒兴

酒兴是指喝酒的兴致，亦指酒后精神兴奋。白居易写的诗《咏怀》中有句：“白发满头归得也，诗情酒兴渐阑珊。”在《二刻拍案惊奇》卷九中有描写：“（凤来仪）不觉地趁着酒兴，敲台拍凳，气得泪点如珠地下来。”沙汀在《催粮》中写道：“而凭着酒兴，大家也就忘记了约束。”

酒趣

酒趣是指饮酒给人带来的乐趣及与酒有关的趣事。有的人一口酒下去，便因酒之辛辣而皱眉呵气，此时可能会有老到之人告诫：“喝酒可是快乐的事情啊，叹什么气！”确实，在生活中，对于有些人来说，酒的乐趣妙不可言。

酒气

饮酒免不了酒气。这酒气当是指酒的气味，在古人的文学作品中，多有表述。比如，唐沈佺期《奉和春日幸望春宫应制》有句：“林香酒气元相入，鸟啭歌声各自成。”前蜀贯休《送胡处士》写道：“头巾多酒气，竹杖有苔文。”由酒的气味的延伸，也可以是“借酒使气”。比如，李白《白马篇》的诗句：“归来使酒气，未肯拜萧曹。”柳宗元《唐故万年令裴府君墓碣》：“谣舞击缶，纤屑促密，皆曲中节度，而终身不以酒气加人。”这里说的，就是借酒撒气，李白说的是“老子不高兴”；而柳宗元所表达的是“淡定，与人为善”。

酒量

古代文献资料中，对酒量大的人和事多有记叙。冯梦龙《太平广记》就说到唐代裴宏泰的好生了得的酒量。裴宏泰是裴均的侄儿，因宴会迟到而“甘愿受罚”，惩罚的方法是将场上所有银酒器斟满酒由其全部饮干，并请叔父将酒器相赐，宴会结束，一共得了二百两。

酒胆

酒胆指饮酒时的胆量。一般情况是，酒后胆量大。酒后胆大不免有的人借酒装疯，喝了酒乱搞一气，过后说声“Sorry”。有时是有些平时不好说的话，也有借着酒劲而“斗胆”进言的，却也不乏成功之例。

酒骨

酒骨在于饮酒者的风骨、度量。对于精神高岸者，酒又成了甘饴，成了一种风骨，一种度量，一种寻找知遇的导源。

酒令

酒令乃是一种独特的酒文化内容，富于诗意和情趣，是酒文化中的文化精粹。早在两千多年前的春秋战国时代，酒令就在黄河流域的宴席上出现了。酒令分俗令和雅令。猜拳是俗令的代表，雅令即文字令。

筹令

行酒令而用到筹子，是为筹令。说起筹令先要弄明白什么是筹。筹一般用竹木削制而成，古人来进行运算，可以说是古代的算具，因此筹也被引申为筹谋、筹划。

酒令大如军令

饮酒行令花样不少，在远古时代就有了射礼，为宴饮而设的称为“燕射”，即通过射箭，决定胜负，负者饮酒。古人还有一种投壶的饮酒习俗，源于西周时期的射礼：酒宴上设一壶，宾客依次将箭向壶内投去，以投入壶内多者为胜，负者受罚饮酒。在开始时可能是为了维持酒席上的秩序而设立“监”，在汉代时更有“觞政”，就是在酒宴上执行觞令，对不饮尽杯中酒的人实行某种处罚。

贵妃醉酒

唐玄宗与杨贵妃相约，到百花亭品酒赏花，却爽约了。良辰美景奈何天，虽景色撩人欲醉，贵妃也只好在花前月下闷闷独饮，一会不觉沉醉，边饮边舞，嘴里念叨：“李二郎你枉为人君，说话不算数……”酒入愁肠，一时春情萌动不能自持，竟至忘乎所以，频频做出种种求欢猥亵状，倦极才怏怏回宫。这即是有名的“贵妃醉酒”。

酒壮怂人胆

古代有一个因酒而与家庭暴力相关的著名故事叫“醉打金枝”，故事讲的是唐朝名将郭子仪的儿子郭暧，这个平时胆子不大的男人在家宴后，借酒壮胆而痛打老婆升平公主的故事，这也应了“打是亲，骂是爱”的老话，其推波助澜的媒介，却是宴饮中的醇酒，倒也十分有趣。

酒过三巡

席上饮酒，一面是生理的反应，另一面则是心理的反应，而两者又是联系在一起的，情绪的高涨则是肯定的。办席最怕不热闹，能把酒喝起来，就不愁了。一旦“酒过三巡”，局面一般就会活泛起来。

在乡村吃酒

千禧年金秋时节，出差到县里，体验了一把村庄摆酒席的热闹。由此想到苏东坡“正月二十日往岐亭，郡人潘、古、郭三人送予女王城东禅庄院”所赋的诗：

十日春寒不出门，不知江柳已摇村。
稍闻决决流冰谷，尽放青青没烧痕。
数亩荒园留我住，半瓶浊酒待君温。
去年今日关山路，细雨梅花正断魂。

把酒作为了友情的媒介和载体，寓情于酒，情在酒中，恰如俗话所说“一切都在杯杯头”。如是没有酒，情感之表达未免大打折扣。

酒中情态

饮酒畅叙是中华文化中的一项浓墨重彩的传统，人与人的感情交流往往因得到美酒的滋润而升华，对饮者较容易敞开心扉，表现出真诚、坦率、豪爽的一面，进入一种推心置腹的境界。

精彩离奇

以“精彩离奇”来形容酒，人们可以在对“酒是什么？”的回答中窥见一斑。古人有很好的经验总结：“酒，少饮则和血行气，壮神御寒，遣兴消愁，辟邪逐秽，暖水藏，行药势”（李时珍《本草纲目》）；“酒乃百药之长”（《前汉书·食货志》）。可是有人说：酒是穿肠毒药；酒是燃身硝焰；酒是生命之水；酒是美女，初见她时，她情窦初开，再见，她欲拒还迎，爱上她时，她放荡不羁，许多人就在这种挑逗下，无力自拔。可谓是酒中人生道理大，引无数英雄竞折腰、凡夫俗子叹千古。

开心辞典

《开心辞典》的主持人王小丫每次在录制节目前半小时，送上啤酒给选手：“希望他们兴奋，录节目时保持轻松。”酒精把参与者的人生化开融解了，难以遏制地喷发而出。似也有极而言之者——天下喜酒、愁酒、苦酒、毒酒、假酒，古今烟云事，都在一壶中。

酒品人品

不同社会层次的人，饮酒各有表现，酒品可见人品。酒品非人品，但酒品有时即人品，通过酒品，我们能够看到一个人性格中的本来面目。

酒神曲

酒乃天地之间的尤物，进入肚腹而不能充饥、不能解渴，却冲击于人的心神。人类自有了酒，生活便有了丰富多彩，历史便有了斑斓多姿，茫茫尘寰便增添了许多有趣的风景，短短人生便增添了许多悠长的滋味。

一种悟性

酒一头连着人，一头连着神，一个是世间的人所说的饮食，一个是神吃的饮食——祭品。酒通了神，豪饮之，则可导致情感的放松、思想的活跃甚至迷狂的出现。因此，酒所具有的水的外表、火的内核，对人类来说可以产生一种悟性，其当下的意义便是对生活或是生存方式的抉择。

品酒

对于放在桌子上的酒，可以“喝”，更可以“品”。有人说：“品酒与喝酒的区别在于思考。”在西方，品酒被视为一种高雅而细致的情趣，鉴赏红葡萄酒更是有闲阶层的风雅之举。

幕天席地

刘伶为“竹林七贤”之一，他留下的唯一一篇文字就是谈酒的，是有“意气所寄”之誉的《酒德颂》，宣扬老庄思想和纵酒放诞之情趣。

饮中八仙

曾经有过这么一次潇洒快活的神仙酒局，杜甫用诗把这种场面记录下来并传于后世，把“饮中八仙”描绘得姿态各异，活灵活现。

曲水流觞

通常而言，曲水流觞也称之为曲水宴，说的是被邀请的人士列坐溪边，由书僮将盛满酒的羽觞放入溪中，随流而动，羽觞停在谁的位置，此人就得赋诗一首，倘若作不出来，可就要罚酒三觥了。最让人难忘的是永和九年兰亭里的曲水流觞。

抒怀寄意

善饮的文人将喝酒作为抒怀寄意的独特方式。李白谪仙人的醉态，傲气，飘逸出尘的性格，令世人惊奇。

秀色

酒通人气，尤其茅台、五粮液，大米、糯米、小麦、玉米、高粱五谷积杂成醇，恰似生活酸甜苦辣咸五味提取精华，浓缩出的多情人生，也谓秀色可餐。秀色慰伤怀，鸟鸣洗倦心，朝夕风露，托物寄怀，乃舒心达性的良策。

且说无酒不风流

——境界酒文化

“琴棋书画酒，无酒不风流。”琴达、棋智、书情、画韵，唯酒风流。这风流不与“下流”为伍，实在是高雅、雄放、鼎立时代潮流的风流，也就是“数风流人物，还看今朝”之风流。毛泽东提到的风流人物都是些什么人啊——秦皇汉武、唐宗宋祖、成吉思汗者流，且还“俱往矣”。何等风流气派。

数风流人物，还看今朝。

此句出自毛泽东写于1936年2月的《沁园春·雪》：

北国风光，千里冰封，万里雪飘。
望长城内外，惟余莽莽；
大河上下，顿失滔滔。
山舞银蛇，原驰蜡象，欲与天公试比高。
须晴日，看红装素裹，分外妖娆。

江山如此多娇，引无数英雄竞折腰。
惜秦皇汉武，略输文采；
唐宗宋祖，稍逊风骚。
一代天骄，成吉思汗，只识弯弓射大雕。

俱往矣，数风流人物，还看今朝。

这首词一气呵成，环环相扣，何等气势、何等胸怀！尤其“数风流人物，还看今朝”，何等豪迈！

把酒酹滔滔

风流人物心情如何？与酒粘连在一起的时候不少，有些特有的情形，还非酒不足以表达！且看毛泽东所写《菩萨蛮·黄鹤楼》：

茫茫九派流中国，
沉沉一线穿南北。
烟雨莽苍苍，
龟蛇锁大江。
黄鹤知何去？
剩有游人处。
把酒酹滔滔，
心潮逐浪高！

这首词最早发表在《诗刊》1957年1月号上，“把酒酹滔滔”，酹是古代用酒浇在地上祭奠鬼神或对自然界事物设誓的一种习俗。这里是面对着滚滚东去的江水，一腔难以抑制的革命激情，就像是汹涌的波涛那样翻腾起伏，追逐着浪潮一浪高过一浪！何等心情！

谈笑把盏

毛泽东一生雄才大略，诗文惊世，也不乏与酒沾边的故事。

不喜欢酒的人永远不会有出息。

共产党人称马克思为“老祖宗”，他有句话说得很厉害，叫作“不喜欢酒的人永远不会有出息”。酒与马克思确有很深的关系。

饮中豪杰

许世友是解放军高级将领，是一位战场英雄、饮中豪杰，喜欢整几盅的人都应该耳熟能详。辣椒、烈酒和野味是其所爱。从“八岁就开始喝酒”一直到去世，酒与将军结下了一生不解之缘。

“醉眼”中的朦胧

鲁迅先生有“中国的脊梁”之誉，鲁迅也多有饮酒之事。酒，还清晰地折射出鲁迅“荷戟独彷徨”的影子。在那个风雨飘摇、寒凝大地的年代，一个清醒的灵魂必然是痛苦的。鲁迅从未忘记一个战士的使命，为了国人的觉醒，为了民族的自强，他没有逃避，而是向着几千年来的黑暗阵营，毅然决然地举起了投枪。

漏船载酒泛中流

鲁迅先生有《自嘲》诗一首：

运交华盖欲何求，未敢翻身已碰头。
破帽遮颜过闹市，漏船载酒泛中流。
横眉冷对千夫指，俯首甘为孺子牛。
躲进小楼成一统，管他冬夏与春秋。

这首诗，鲁迅以自我戏嘲为题，写自己的危险处境和在这种处境中的心态，以“自嘲”表现自己义无反顾的信念，也显示出鲁迅“作为一个成熟了的思想战士的特点”（《琐忆》）。另有意趣的是，鲁迅“漏船载酒泛中流”，其船中不载其他东西，而载酒。同时，在“漏船载酒泛中流”时，仍坚持“横眉冷对千夫指”的抗争，尽管看起来有些孤独，而这种民族历史的责任，却也真是高风亮节，令人感佩。

貂裘换酒也堪豪

秋瑾被誉为“不爱红装爱武装”的巾帼英雄，对酒有一种意气风发的独到见地，有人以“酒・剑・火焰”来刻画秋瑾的形象：

不惜千金买宝刀，
貂裘换酒也堪豪。
一腔热血勤珍重，
洒去犹能化碧涛。

表现了一位革命女侠轻视金钱的豪侠性格和杀身成仁的革命精神，以酒抒发为正义事业赴汤蹈火的激越情怀和英雄气概！

大气

余秋雨在《何谓文化》中写道，谢晋为了表现精力充沛，只要他拿起酒杯，便立即显得大气磅礴，说什么都难以反驳。这是酒品中人品的最好诠释，是为谢晋一身之正义大气之一证。

向往醉一次

舒婷是现代朦胧派代表诗人，她对酒的态度很有意思："我也常常向往醉一次，至少醉到外公的程度。"舒婷这一些有关酒的自叙文字，可看出她对酒神的幻想，对酒和以酒及情、以情蕴酒的深切体验。

其道深远

喝酒并不难，量大量小实可自在而为。要说其难，就是在于对酒的品味，领悟其内在精髓。

酒中人生

诗人艾青有一首著名的《酒》诗：

她是可爱的 / 具有火的性格 / 水的外形 / 她是欢乐的精灵 / 哪儿有喜庆 / 就有她光临 / 她真是会逗 / 能让你说真话 / 掏出你的心 / 她会使你 / 忘掉痛苦 / 喜气盈盈 / 喝吧：为了胜利 / 喝吧：为了友谊 / 喝吧：为了爱情 / 你可要当心 / 在你高兴的时候 / 她会偷走你的理性/不要以为她是水/能扑灭你的忧烦/她是倒在火上的油/会使聪明的更聪明/会使愚蠢的更愚蠢

艾青是独到的，把酒的多样性的性格很形象地作了描摹，并与一个人生存于社会中的人生体验浓缩于诗作之中，以艾青之性格与经历，以艾青的声名与才情，这首诗的确值得玩味。

金樽对月

赏析李白咏酒诗篇的代表作《将进酒》，其豪气风流，直逼肺腑。

境界

饮酒要讲境界。高雅之士讲"酒逢知已饮，诗向会人吟"，这是一种通过酒来增进感情的社交手段。也是一种很高的品酒层次。对普罗大众而言，便是"相逢不饮空归去，洞口桃花也笑人"，感情就非常质朴了，又有"白酒酿成缘好客，酒中不语真君子"的说法。

懂酒善饮

酒在我国有着悠久的历史，至少不下三千年了。殷人以嗜酒而闻名。这么长的时间，懂酒者、善饮者当然多如牛毛。今人对懂酒者、善饮者的做派，真正知之的不多。

酒肉穿肠过

“酒肉穿肠过，佛祖心中留”说的是明朝张献忠攻打渝城，强迫和尚吃肉。当时有个叫破山的和尚为了数千百姓的生命，说只要不屠城就吃肉。破山和尚一边吃，一边说出了这句话。对和尚而言，道理是佛菩萨应化在六道里，特殊状况之下也可采取特殊方式去教人开悟。

赘语

畅游酒文化之海洋，各种涉及酒文化的文献汗牛充栋，撷其片言只语，已足令人解颐。笔者的一点私心倒是在于，让当今浸淫于物质之中而几乎物质化的芸芸众生，“对物质、金钱、财富的敏感度远远超过文化”（洪晃语）的各色人等，能够有一点时间，哪怕很少，对物质功利说声“放下”，荡起一种积极的人生态度，能有一种乐观向上而不是怨天尤人的心情，已足矣。

事实也似乎在支持我的想法，大凡欣赏到好的作品，大家很容易与酒挂钩。《人民文学》推出的《银鱼来》，贵州作家冉正万的作品，中国作协在北京开研讨会，被评为一部高质量的长篇小说，有读者的评论与酒联系在一起，说《银鱼来》“就像是一瓶陈年老窖，虽不烈，但摄人魂魄；虽不艳，但醉人心神”。《人民日报》高级编辑孔晓宁予以高度评价，也用了“酒”来喻说，似乎不用“酒”则难达意：“他的文章如同浓酽的贵州土酒，不仅带有鲜明的贵州风，而且细腻醇香，飘洒俊逸，释放出浓浓情意。”对此说，尤其是里面透出的飘洒俊逸，浓浓情意，真诚乐观，释放出贵州土酒的正能量，我是敬佩的。其间甘苦，真是只有自知，恰如《红楼梦》作者曹雪芹所言：“满纸荒唐言，一把辛酸泪。都云作者痴，谁解其中味？”虽大小不一、年代不同、影响有别，但其理一也。且读一首诗：

月是故乡明，酒数贵州好。
世间多佳酿，黔中醇独妙。
稻粱炼精华，烈火熔脂膏。
竹海氲仙气，赤水酝灵药。

山魂聚精神，水魄和人道。
玉液显神功，琼浆赖天造。
满河尽美酒，两岸皆春醪。
造化上千年，问史追汉朝。
山高我为峰，一览众山小。
茅台醉天下，美名贯九霄。
古今多少事，与酒多神交。
酒是国人魂，把盏论天骄：
孟德醺横槊，怀素醉挥毫。
东坡问明月，屈子赋离骚。
羲之书兰亭，稼轩剑出鞘。
陶令采东篱，清照昂瘦腰。
温酒斩华雄，关公意气豪。
三碗降猛虎，武松威名高。
醉拳镇凶顽，提辖讨公道。
李白诗百篇，天子呼不到。
曹刘论英雄，煮酒梅正夭。
周公频举杯，国门友如潮。
润之指江山，把酒酹滔滔。
国共“胡连会”，琼浆倾同胞。
英雄爱美酒，美酒助英豪。
英雄与美酒，千古同其道。
贵州多美酒，环球竞楚翘。
莫言黔道险，深山藏国宝。
昔时王谢珍，今日百姓肴。
诚招天下客，一举千杯少。
群贤各路至，豪情干云霄。
酒长英雄胆，山挺壮士腰。
扫除拦路虎，架起致富桥。
美酒汩汩流，黎民富腰包。
长我黔人志，还我苗岭娇。
驱贫送瘟神，明烛照天烧。
乌蒙多巍巍，雄鹰任扶摇。

夜郎何灿灿，翘首看今朝。

美文写美酒，气度自不凡。这是李报德先生的大作《美酒赋》，此赋气势磅礴，文气豪情可堪上品。值得引起深思的是，作者强大的正能量和乐观向上的人生态度，诚如《贵州日报》发表的一篇评论所言——作者保持着一种“惬意的心灵牧歌”的精神和心理状态，这在物质化甚嚣尘上的当下，真是难能可贵。

最后，我愿将我的导师——百岁老人徐中玉先生最钟爱的一句话放在这里作结，与大家分享：“世事洞明皆学问，人情练达即文章！”

（选自《酒文化片羽》，贵州人民出版社，2014年1月；
《酒文化片羽》获第六届贵州省文艺奖）

2014年

欧阳克俭

生命有限，梦想无疆

一

人类基因的潜意识里，自始存在着一个了无终止的梦想情节——“自由飞翔”。

婴儿自蹒跚学步向往奔跑，少年于自由奔跑梦想飞翔。力之不足，助以驴马；速之不达，借以鸢鸟；羽之不至，凭以航器；意之不逮，资以梦想……人类飞翔的梦想，最初始于行走和奔跑。因为各种原因，我经常获得各种行走和奔跑的机会。其实，说“行走”和“奔跑”未免矫情，无如说是一次又一次梦想的“飞翔”。

譬如说，我曾经无数次徒步于祖国名山大川或通都大邑，乃至山乡村野，或依赖脚踏车汽车走马路走高速，或借助火车动车走铁路走轻轨，抑或凭借轮船飞机航行于水上空中，一次次在地上地下空中江海里“飞翔”……身形穿越于祖国大版图纵横交错的经经纬纬之间，穿行于广大风霜雨雪和电光石火的风云际会里，精神飞翔于时光长河张翕吐哺的梦想中。也正是有了这一次次的行走和奔跑，筚路蓝缕，使我的生命旅程遭遇到了许许多多异常奇妙和难以忘怀的世事物景，生命有限，梦想无疆，一路飞升壮大了飞翔的翅膀。

二

想起四十年前在乡间的一次次行走和奔跑。

十三四岁的年纪，肩上挑着三四十斤“芒根”，一路艰难地行走、奔跑，“飞翔”

在乡间一眼望不到头的“高坡”山道上。

少时挖“芒粑”的日子，是我人生最早放飞梦想的舞台。芒根，是一种蕨类植物的地下茎，多生长在距离村庄数十里之遥和杳无人烟的山坡生土之下。掘土求根（茎），捣烂过滤于桶，取其淀粉，或煮或煎，熟而食之，聊以充饥。挖掘蕨根的劳作，简称“挖蕨粑”，俗名“挖芒粑”。二三十乃至三四十里的羊肠小道，翻坡越岭，茅草和荆棘高过人头。缘茅求径，戴月披霜。及至高坡，挥锄劚草，庤镈开荒。鸡鸣即动，夜晦始休。一人两日所得，不过数斤之饶。调于鼎鼐，难果枵腹……饥馑岁月，粮食紧缺，瓜菜无多，唯有早出晚归，对遥远的“高坡”讨食吃。执着地用双脚来证明和拷问“行走”的意义，用全身心的“奔跑”去亲近与撼动远山生土之下的植茎草根所喂养的一个个梦想。

太阳偏西了，收拾好锄头刀子，捆扎好蕨根，以做返程的准备。将盛着“晌午饭”的篾篓从树杈上摘下来（先就近寻好一株枞树，将盛饭的竹篾篓挂于枝丫之上，在连接主干一端削皮使其渗出胶状液体，以防虫蚁）揭开盖子，就近掰来巴芒秆撅断做成一双简陋的筷子，三下五除二地将午饭扒进肚里，以储备返程路途的能量。说是“晌午饭”，其实“饭少芒粑多”，又缺少油水，吃了不坐肚，容易饥饿，发不了力。父亲自有解决半道饥饿乏力的法子，并私下传授与我：“动口三分力，咀嚼几片树叶，或啃噬几截草根，立见效果，人的肚皮也就能哄过一阵子。”这法子，后来我便拿来派用场，的确灵验得很。

于是，环视两捆用藤索绑扎好的蕨根，一担横穿，两端平束，虬曲二三尺，茎肥根壮，身黧头白，好不心红。继而荷担于肩，归心似箭，踏上归途，疾走如飞。渐渐地，日头快落坡了，村庄还远在九十九拐的山那边；待走过了这山那山，村庄又还远在九十九重的山脚下……路遥力乏，饥肠辘辘，便越觉得肩头的担子沉重，汗如雨下，体力难支。于是，父亲所教的“法子”再次派上了用场。这种本能的于生命机体消耗补充的重要性，不是亲身经历过的人是绝难体会得到的。

这每每让我想起几个比父亲年龄稍长的爷辈们，常说的一句颇有些“反党言论”之嫌的话：“只要得吃一餐饱饭，就是死也愿意！”在那个“十个工分”只能折合一角钱，但凡生活必需品都得“凭票供应”的年代，为了节省每一寸布票，常年只穿着裤脚以盖住膝盖为限的“半拉儿裤子”的吴家二爷，是说过这话最多的一个。几十年后，见市井男女所穿的“超短下装”逐渐流行起来，我在心里暗嘲，我家乡的吴家二爷才堪称发明这种“九分裤 ”“七分裤” 乃至“三分裤”的祖师爷哩！遗憾的是，在20世纪80年代初的一年春节，我返家省亲时，才得知吴家二爷早已过世多年，至死也未能吃上一餐饱饭，穿不上一条满脚的像样裤子，便带着自己的梦想撒手西去了。得悉这迟来的噩耗，我在背地里兀自唏嘘甚久。

这又让人想起，自己吃“大食堂”三钱米定量的年龄。无知的幺儿，每从母亲三两米定量的饭碗里“口中夺食”，却苦了自己的娘亲单薄的身子日渐浮肿起来，并就此闹下病根。而年近半百的父亲，为了给家人多找一些可以充饥的食物，趁着“风高月黑”之夜，偷偷在已被收归社里的“自留地”边（四周筑有土墙）挖刨葛根，被人打了小报告，背上“挖社会主义墙脚”的罪名，遭受批斗了好几天……

自后，“夸父追日”和“嫦娥奔月”的故事便适时进入了少年生活的记忆里。其时，我想，那夸父追赶太阳和嫦娥奔袭月宫与我等乡里百姓追逐“温饱”的情势，那道理一定没有什么两异。小小年纪，并不真的认为那只是人类的一个神话，而实实在在是人类希望能够在“饥饿”的大地向“温饱”奔跑和飞翔的一个伟大梦想。

于是，奔行者开始陶醉了，陶醉在祖先博大的梦境里，“飞翔”的梦想载着自己追赶着日月，追赶在村庄饥饿的山道上。

面朝黄土的挖芒人，龇牙咧嘴，相同的表情下怀揣着不尽相同的梦想，义无反顾，毅然地将镢镐和锄头植入贫瘠而富有的高坡荒土。追撵日月的赶路人，一路狂奔，不同的节律里升腾起殊途同归的希望，匆匆忙忙，执着地把肉体与精神放飞窅茫而逼仄的路窄途长……最后，是夸父倒下了，追梦的荷担者却没有倒下。嫦娥孤守了，奔跑的梦想少年却不曾懈怠和失望。少年奔向的月宫，嫦娥的玉兔和吴刚的娑罗正送来桂酒的浓酽芳香，少年追赶的梦想，夸父的手杖及躯体所化成的桃林正花繁似锦无限春光……

就这样，在那一个个风凉九月，一段段漫长的岁月里，少年带着自己的梦想从饥肠辘辘的村庄出发，又去追赶同样饥肠辘辘的心情和生活的梦想。挖芒人曲曲折折的小路，让少年穿越时空，感受到其他更多存在的道路和可以企及的更多梦想，以及“奔行”和“飞翔”的不同方式，以及抵达梦想的不同主张。

自后，山里的“挖芒”少年，便步履蹒跚，从山里的茅草荆棘小径，走向公社的泥巴山道，进入县城的马路及其水泥、柏油大道，继而踏上都市彩石地砖铺就的通衢大街……一步一个天涯。粮食的供给，也从最初的十八斤半谷子变成了二十七斤大米，继而上升到三十斤，最后是取消了供给制，粮食市场全部放开。如今，谁也无从料到，当年赖以果腹度命的“芒粑”竟然成了餐桌上招待客人的佐酒好菜，当年只能靠肩挑背驮、步步流汗沥血的山间小景小路倒过来成了日渐膨胀和喧嚣的城市所向往的常态常景。

三

还有另外一些行走，同样让人刻骨铭心。从家乡到州府凯里念书，不过二百多公里，一律黄泥巴公路，中途得歇上两三晚，耗时三四天；及至工作后交通稍有改善，从所在单位返回故里探亲，也还得耗费两天时光。尽管这时的“行走”有了汽车的代步，但仍需中途住宿、转车，总归让人产生不了“奔跑”的感觉，更是不敢升腾起“飞翔”的梦想。

而21世纪后的一些行走，就突然有了一种“腾云驾雾”的感觉。随着凯麻高速、三凯高速、贵新高速、厦蓉高速的先后开通，特别是随着沪昆高铁的建成，从凯里回老家，时间上由以前的三四天缩短到了现在的三四个小时。从铁路南下北上，抑或东出西进，抵达一二线中心城市，皆可在半天内完成。从黎平或黄平机场起飞，三十分钟即可抵达省城贵阳；而从高速取道贵阳龙洞堡一个半小时转机，无须半日则可直抵中国版图上的任何一座省会城市……从此，黔人南下广州、北上京城、西入重庆、东出上海，皆可寅发卯至。这不再是山里人于温饱、于时空追求的梦想，而是真真切切地在梦想的岁月里实现了速度的真正“飞翔”。

汽车、火车和飞机，载着我如脱缰的野马，风驰电掣般挣脱出云贵高原，呼啸着驶过一座座隧道、一座座桥梁、一道道峰谷、一道道壑涧。高巅的山峰是绿的，深窅的谷涧是绿的。长桥下流淌的不再是流水，而是从绿峰注入大地怀抱比翡翠还要金贵的“西电东送”的电能绿液。汽车、火车和飞机，载着我们如古代的夸父嫦娥，日行八万里，奔向九天之外。我们骄傲地跨越一座座城市、一座座工厂、一座座平原。黔人出山不再依靠驿路骡马，而靠“飞翔的翅膀”。由于道路的改变，航线的开通，我们行驶的速度迅疾提升，大大拉近了地处西部既不沿边、也不沿海的黔东南乃至整个贵州与先进发达地区的距离。这不仅是缩短了喂养温饱的距离，拉近了时空和经济发展的距离，更是在赶超着飞翔速度的梦想。

还有另外一些日子，我得以行走在从北京到山海关的铁路线上。此刻，我仿佛摩挲到了光绪初年清政府修建的我国第一条自建铁路——“唐胥铁路”粗糙而冰冷的肌肤。而有趣的是，当年这条铁路，为了避免机车驶动“震动帝陵”，开始是用骡马在钢轨上拖曳车厢的，故而被戏称为“马车铁道”。火车和铁轨，在这个曾驾驭骏马横跨欧亚大陆重新编排过世界格局的“马背民族”面前，竟然遭遇到了世所罕见的嘲笑，让西人的铁轨长龙乃至后来四个轮子的汽车陷入“棒打鸳鸯”的无尽尴尬。直到次年6月，因为开平煤矿的全面投产，也由于清政府刚刚建成的北洋舰队急需煤炭作为燃料，而马拉火车实在牵引力太小、速度太慢，已远远不能满足运输的需求，清廷才万不得已，被迫终止“马拉火车”的荒唐之举，而接受了蒸汽机车的轰鸣声一路狂奔，呼啸驶过东陵……俱往矣，这一荒唐往事，随着岁月的远去早已成为历史的笑柄。如今的中国，不仅铁路早已成为运输的大动脉，而且高速铁路飞速发展，磁悬浮列车也风驰电掣地在祖国的大江南北疾驰飞过。

四

我亦曾先后于北京和上海坐高铁分别取道天津和南京，倏忽间，前者不过二十来分钟，后者不过两个小时。高铁的时速接近四百公里，身边的景物飞速地向后奔去、逝去，那种感觉相对当年乘坐汽车或火车追赶太阳和月亮来说，才可谓真正的“飞翔”。即或乘坐飞机，但由于失去身边景物的参照，而只剩飘忽的况味。

于是就想，昔日李太白借水行舟，“千里江陵”也需“朝发夕至”。而今天，坐车涉行，旋发旋达；乘机航天，须臾可至。在坚实的大地上享受奔跑的梦想，在无垠的河汉里享受飞翔的梦想，其感觉何其美哉！何其妙哉！

日落了，周遭一片黑暗，再也不能尽享赏心悦目的山水风光和绮丽的诱惑，未免有点淡淡的遗憾。正在这么想着，车轮驶出隧道，飞机冲出云层，一切奇妙的景象忽又再现眼前。并非日落，一轮刚沉落下去的太阳再度升腾，日在中天，梦在飞翔，梦想无疆！

从此，我不敢再有追赶太阳月亮的懈怠，愿永远与其分享竞逐的艰辛与愉悦，奔向无疆的梦想。于是，我的思绪再度沉浸于古老的苗乡侗寨里，飞进泛黄的典籍册页中，缭绕在夸父与嫦娥的身边，远处又已是一片葳蕤花繁的桃林，又已是一阵浓酽桂酒的芳香。

一个个日子，半载人生。是行脚、汽车、火车、轮船和飞机先后乘载着我无数次越过崇山峻岭、长桥隧道、浩瀚烟波，追逐着头上中天如焰的太阳和清辉入水的月亮，一次次和夸父嫦娥分享着与日月竞相奔走及其快乐飞翔的成果。

于是，这些年来，我怀揣梦想，永远欢快地行走与奔跑，不断飞升壮大梦想飞翔的翅膀。与我先祖、与我同族、与我国人、与我祖国一起，筚路蓝缕，栉风沐雨，前行的脚步从来未曾停歇。当脚步跃上山冈，汽车驶出隧道，火车驰过平原，轮船犁过海浪，飞机穿透云层，那轮夸父所追赶的太阳和嫦娥奔袭的月亮，又已高高地悬挂在崇山峻岭之间，出没于沧海云天之表，奔驰在江河大地之上。

（原载《时代文学》2014年第1期；获贵州省第二届专业文艺奖优秀奖）

喻莉娟

天籁之音

到凯里侗家寨，感受侗族大歌，洗礼心灵，享受人生。

那是农历八月十五，中秋。

八月十五的月亮，是那样皎洁，它早早地就在天边等着，是等待我们，还是侗族大歌？

依山的鼓楼带着它的神秘，屹立寨边，我们一行人在鼓楼下，推究它的没有一颗钉子的构建形式，感叹侗家人的聪慧。傍水的花桥上流连着侗族大歌的余音，萦绕在小溪上。袅袅的乐声使人似乎感受到丰硕的金秋，更感受到了诉说爱情的心声。

月光如水。缓行于小溪之岸，我体味着鼓楼上的对联，“天高云远琵琶古琴合奏天籁之音缠楼宇，歌海舞韵侗乡故俗重演南北亲朋醉花桥”。

侗寨、鼓楼、小溪、花桥，我深深地感慨侗家人居住的地方，依山傍水，风光秀绝。

侗族是一个极富创造性的民族。我静静地走，感受他们的创造性财富，那就是侗人文化三样宝——鼓楼、花桥和大歌。鼓楼和花桥，就在眼前，就在脚下，在月光下，够你细细地端详揣摩。

大歌呢？悠悠的大歌，要用心去捕捉。它需要欣赏人有美的心灵，有审美的耳朵，才能够享受这人与山水的和声，这亘古的天籁之音。

天翁知人意，今天用得上秋高气爽这个洁净的词，行走在小溪边，格外惬意。田里的稻谷已经收完，一个个稻草垛立在田里，在月光下，是那样地闲适安详。波光粼粼，映照着几个就着月光洗布纺线的侗家妇女，她们正收拾着活路，直起腰来，准备回家了。两个小孩在田坎上小跑，边跑边说着什么，两条小狗跟在后面跑跳。这边山头上，还抹着夕辉的粉红，而那边的天空，月亮已悬挂在山尖。

大家早早就到鼓楼找一个恰当的地方坐着，那是怕漏掉侗族大歌的哪怕一个音符。伙伴们给我留着位子呢，向我挥手，要我过去。我也挥了挥手，还在沿小溪走，这感觉，绝胜过“杨柳岸晓风残月”。我不想过去，我觉得听侗族大歌，保持着这样的距离，走在这样的地方，更能够欣赏到它的美。“天籁之音”，就要在大自然中去听，在一个有心情的地方去听，才能真正感受到它那高山流水的自然之美。

月光，流水，是如此这般，我走在鼓楼下，鼓楼下响起了歌声，一人领、众人和的歌声。我第一次亲身体会这养心的歌，似秋蝉震颤翼翅，像春鸟婉转歌喉。这歌声如清泉般闪烁浸体，似柔丝样不绝于耳。这是心灵与山水的和声。啊，这是著名的《蝉之歌》，曾在维也纳金色大厅里唱响，赢得了经久不息的掌声。

走进山间闻不到鸟儿鸣，
只有蝉儿在哭娘亲，蝉儿哭娘在那秋天的枫树尖，
枫尖蝉哭叹我青春老，得不到情郎真叫我伤心，
静静听我模仿蝉儿鸣，还望大家来和声。
我的声音虽不比蝉儿的声音好，生活却让我充满激情。
歌唱我们的青春，歌唱我们的爱情。

这歌唱爱情的经典，是那样真诚，那样动人。但其实在维也纳金色大厅，歌词美妙，无人能去考究，赢得那一次又一次掌声的，是那无界的音乐，无论听者为谁，属于哪个国家，哪个民族，被深深打动的是那天籁之音。

侗家素来有歌养心的说法。他们一辈辈，通过歌唱来叙事传情，教化养心。直到今天，他们还完整地保留着这艺术的形式，有人说，“这是人类疲惫心灵的最后家园”。

侗族大歌有鼓楼大歌、男声大歌、女声大歌、叙事大歌、童声大歌、混声大歌、戏曲大歌多种形式，它的曲调悠扬，旋律优雅，多声部和谐独特，演唱技巧高超，享誉国内外。在国际上，专家们称之为“天籁之音”。

1986年，在法国巴黎金秋艺术节上，侗族大歌一亮相，艺惊四座，填补了东方民间复调音乐的空白，被誉为是“清泉般闪光的音乐，掠过古梦边缘的旋律”。当年法国巴黎金秋艺术节执行主席约瑟芬·玛尔格维茨听了后激动地说：“在亚洲的东方一个仅百余万人口的少数民族，能够创造和保存这样古老而纯正的，如此闪光的民间合唱艺术，这在世界上实为少见。”

这里村村寨寨无处不歌，无人不唱，老人教歌，年轻人唱歌，小人学歌。侗家人视歌为宝，认为歌就是知识，就是文化，谁掌握的歌多，谁就是有知识的人。他们的歌师，是公认的最有知识的人，最懂道理的人，最受侗人尊重的人。

据传侗族是古代越人的后裔，侗族大歌起源于春秋战国时期，至今已有两千五百多年的历史，它是一种“众低独高”的音乐，必须由三人以上来进行演唱，它多声部、无指挥、无伴奏。模拟鸟叫虫鸣、高山流水等大自然之音，大自然是产生大歌的根源。歌唱自然、歌唱劳动、歌唱爱情、歌唱人间友谊，是人与自然、人与人的一种和谐之音。大歌的演唱场地讲究，除平时训练，一般都要在侗族村寨的标志性建筑鼓楼里演唱。重大节日、集体交往、接待远方尊贵的客人时，鼓楼里就会响起大歌，所以侗族大歌又被称为“鼓楼大歌”。

这养心的清泉般闪光的音乐，让世人认识了中国，让现代人找到了心灵的憩息之地。

2011年9月30日，在国际上有“天籁之音”美誉的侗族大歌，被选入“联合国人类非物质文化遗产代表作名录”。

侗家文化三样宝——鼓楼、花桥和大歌。鼓楼和花桥，是凝固的音乐，大歌是行走的音乐。

我从小溪边走回来，鼓楼下的侗族大歌已唱到悠长的尾声。

这时，天上的月亮已经挂到鼓楼的顶上……

（原载《散文选刊·原创版》2014年第1期）

刘燕成

月照江夏韵（节选）

观风山的冬

刚入冬，观风山就变得蜡黄蜡黄的了。抬起头，透过办公室那宽亮的玻璃门窗，就可看见它那黄色的肌肤，转变得亮亮的，润润的，从山脚一直到山顶，渐次铺陈开来。偶尔也可以遇得几只体肥的山鸟，乌黑的羽翼，电一样闪过窗外，待得抬眼细看，便只见那细黑的影儿，次第粘贴在了观风山岭的光枝丫里，默不作声了。

冬日里，我特别地懒，妻常常骂我像一坨磁铁，黏着板凳儿，黏着书本儿，或黏着电视电脑，一黏就是一整日。然而，观风山是一定要去攀登的。再大的风，再大的雪，都改变不了我的这个习惯。我至今也说不清这个中的缘由。不知道是观风山距离单位和距离家都很近之故，还是山上习习的冬风带来的刺骨的激情，抑或是那白雪皑皑的山景之诱惑。似乎是在于这些，又似乎都不是的。然而有一点是肯定的：我是从大山里走出来的山里娃，我打骨子里喜欢大山。

观风山当然是算不得大山的。这山亦本是无名的，皆因后来的雅士们，依了山貌，或是个人兴趣爱好，给山取了名儿，让后人记之。观风山虽名字柔媚好记，但山貌不得想象的美，也非险峻危峡那般的教人惊心动魄，至多算作丘陵一座而已，矮矮的，圆墩墩的，屈身挤在繁华的城南高楼之间，想不知道它都难。后来，我于无事之时翻看闲书，在《贵阳府志》里惊喜地读到前贤毕三才的《观风台碑记》，方才知道这山名，真是雅士们随性泼墨而写下来的。置身这矮圆的山岭之巅，向东望去，看见的是一岭细瘦的栖霞山和满岭儿裸露着灰白色喀斯特巨岩的铜鼓山诸山岭，在干冷的北风里，默默地站着；往西望去，便见得西岩高耸，俨然一座危崖绝壁。俯身下望，便可见得这山岭脚下，一条漭漭奔腾的长河，撕裂了两岸瘦薄的冰面，蜿蜒远去。这就是贵阳市民称之为母亲河的南明河了。此正是“山势皆从北来，折而东；两江磅礴而来，大汇于城南之渔矶”的写照。河畔上，是黔地最高党组织机构中共贵州省委，以及散落排列的各类产业厅局单位，包括我现今供职的水利厅在内。冬日一到，河岸上的杨柳，早早就褪掉了秀长的绿发，余得一身瘦弱的柳条儿，倒映在水里，风一过，便惊起满江水波来，随着河心的浪涛，奔涌而去了。冬日的骄阳暖暖地照在南明河上，爬上了窗台里来，我一日的工作便就开始了。大多时候，因琐碎的公务裹身，便忘了河畔那端的观风山，这样的次数多了，便会情不自禁地想，那山那树那风景，怕是更清冷更寂寞的吧。

冬日的风，是最不讲情面的。山岭上，先前还略带绿意的林间野草，几日不见，便就被冬风蹂躏得不成样子，枯黄的，软趴趴的，东倒西歪的，吹得遍地都是。先前那还挂有几片鲜红的秋叶的古枫，现在却只剩得光秃秃的冷枝条儿，硬挺挺地撑在头顶。老树身上披着的横七竖八的枯藤，更是扰乱了这一冬寂冷的山景，倒是岩缝里阴悄悄露出半边脸的山鼠，在心里添增着一阵又一阵暖意来。我想，这观风山的语言，这大山里的情和爱，怕就是这些细微的、不起眼的物事组成的。如若那开山的先贤，他们之于斯山斯地，一定是心怀敬意的。

假若，时光倒转到明万历年三才先生的那个时代去，这冬日里的观风山，一定是如同今日一样的瘦小，谁叫它的脚下是渺渺荡荡远去的南明河呢，又是谁叫它置身于繁花似锦的城南闹市中央的呢。自小，我就听得老人们讲，再高的山梁，在水的心里，在江河的眼里，都只是一个小小的倒影而已。这样想，这山便是再普通不过的了。好在三才先生之流的父母官和雅士们，并非因这山的娇小而有半点嫌弃之意，反而，邀朋约友，屡屡登山细访细看，硬是在这瘦矮的山尖，竖起了一房小小的亭台来，且满怀激情地，立碑撰文记之。遥想一下，那时那景那情形，该是一种怎样的欢乐。有时候我会傻傻地想，倘若没有先贤对这山岭的无限钟爱和无数次的歌吟，这山就一定是一座世俗之山，一座文盲山，一座没有生命的山。我倒是要为这一岭淳朴简约的冬景，感到庆幸起来了。细细地屈指一算，这灰飞烟灭的四百多个冬，水一样流走了。三才先生再也不会知道，四百多年后的今冬，我一次又一次寂寂地踏着前人的足迹，一个人来到山下，一回回仰头望山，发现这山并非若心里想象的那般娇弱到心痛。映入眼帘的，是苍茫挺拔的古木，是蜿蜒而上的林间山径，是一岭蜡黄静寂的山城冬景。在幽静的山道两边，古柏的翠叶成为这一岭冬景的点睛之笔，唯独那舶来的梧桐，邀约似的，裸着身子站在半山腰里，似乎是在静静地等候着它的谁，或是，等待它那绿意盎然的春吧。“是日也，云蒸霞蔚，日丽风怡。登空中楼阁，芙蓉四面，环带三溪。”这般大美的景象，怕是要等到来年春天方才再呈现了。

冬日的夜里，那山湾河面上的古楼，灯光摇曳，笙音清亮，茶香阵阵。红袍女子的影儿，悠长地停驻在楼宇之下的青石古道里，妖艳，羡人。浮玉桥上，夜游的人儿络绎不绝，日日如此，月月这般，年年繁华。我藏身在山脚之下的西湖巷内一套窄窄的旧居里，靠在寒冷的孤枕上，切切地怀想起河边的观风山，以及山下的子民们。倘若，那高居庙堂之人，善于观风，那处江湖之远的人，懂得观风，那么这世风兴起之大美愿景，便是指日可待的了。这样想，这样看，这观风山下满城温暖的幸福，就不远了。

杜鹃湖

这湖原本是不叫杜鹃湖的，这里原先也不是湖，而是一条细瘦的名为猛坑河的山野小溪，因筑坝修库，以满足小河下游十余万民众的饮水安全和数万亩的农田灌溉任务，方才得了这湖。起始，当地的老百姓一直都以猛坑河的名儿称湖为猛坑水库，但没有多久，那环湖七十余平方公里的喀斯特典型地貌的幽谷和山梁，竟然漫山遍野长起了杜鹃来，每年三月初至六月上旬，杜鹃花怒放似火，染得满山红艳艳的。那美丽的花儿倒映在一湖绿幽幽的碧波里，实在是漂亮极了。

尤其在湖区的入口处，竟然满坡都是杜鹃，很少有别的杂树和草木，且，单在这一个山坡上，竟然就有二十余种花色各异的杜鹃。在这一坡庞大的杜鹃家族里，以马缨杜鹃、炮仗杜鹃、映山红、吊钟杜鹃、照山白杜鹃最为妖艳美丽。花朵的颜色或为大红，或为粉红、紫红、淡红，甚至还有淡黄色、小白色、白红色混合的，杜鹃树亦是长得比别的地方粗壮、高大。人们便给这山坡取了一个非常柔媚的名字——花山。在猛坑河还没有筑坝成湖之前，花山上便已零星地长着少数杜鹃，只是这里的土壤实在太干燥，土层实在太薄，杜鹃长势一点儿都不好，固然花朵开得少。然而，湖建成后，这杜鹃，便是一年一个模样，慢慢地茂盛了起来，繁华了起来。每年春暖花开之际，湖区周边的各族青年男女们，是要汇聚到花山上来游玩的，他们除开观赏这遍山的杜鹃花朵，最主要的，是到这山上来对歌。他们对歌时，歌声接不上来的，当是要受到惩罚的。不过，惩罚的方式各式各样，或是回去给胜利的男人们洗一次衣服或做一次饭，或是给战败的妹儿们的屋里挑一担水，送一挑柴，如此种种。姑娘们还在花山上丢花包，她们纷纷将手心里的花包向男人们那边抛过去，任凭男人们去争去抢，抢到花包的男人，方才有资格与妹子们搭讪、聊天、套近乎。反正，不管对歌还是丢花包，目的是只有一个的，那便是寻找自个儿心中的意中人。

每年春天，杜鹃湖的花山便就成了青年男女们的恋爱岛，成了他们对歌的歌场。他们那飘荡在花瓣里的歌声、笑声、打情骂俏声，与杜鹃花下山鸟们的歌声一样，是动听的，悦耳的，清纯的。花山下就有一个叫“罗温”的布依古寨，寨里的女人们天生丽质，丰满漂亮。我猜想，她们的美丽一定是与杜鹃湖的水密不可分的。一方水土养一方人，古人的话一点儿也没有错。更奇怪的是，布依语的“罗温”，汉语翻译则为“唱歌”之意，这与杜鹃湖的花山太相吻合了，难道是上天注定的巧合吗。

郁郁葱葱的杜鹃湖库区里，长达十四里的水路两侧，分布着百余个观光景点。从杜鹃湖坝口四十余米高的人工瀑布往里数，便有明清战地遗址营盘坡，有建文皇帝结草为庐的和尚坡与望云楼，有龙头山百亩水上森林，有望龙塘的夜月美景，有卧龙山与龙王庙的仙气，有小石山上的清朝官员但家坟等。这些看点不一的景致，统统倒映在了杜鹃湖八十八万平方米的湖面上。杜鹃湖就像一面硕大的镜子，每一日，每一季，每一年，都照着杜鹃湖的一切变化。一切的变化（或者说是变故）都是含有阵痛在其中的。位于杜鹃湖水中央的和尚坡孤岛上，便就有着一段教人难忘的历史故事。

距杜鹃湖东北岸不远处，有一座叫白云山的大山，《明史纪事本末》和民国《贵州通志》记载，明朝建文皇帝朱允炆在1402年的“靖难之役”中，从南京地道中逃出，后由滇入黔，望此山白云而止，在此山结草为庐，削发为僧四十余年。建文皇帝到白云山不久，闻得梦坑河畔有和尚坡美景，便常常到这座坡上来游玩，并于坡顶修建了寺庙，供人们打坐和诵念经书。和尚坡的名字，是因此而来的。但我总是觉得，这位远远不及其祖父朱元璋那般喋血疆场的皇室后人，他的脾性到底是其父亲朱标遗传下来的，是那般的文弱，那般忧郁和胆小，他的骨子里有太多的儒家精脉，而缺少了统领江山的君王之气。当这个生性柔弱的皇帝的二十三个皇叔（史料记载他有二十五个皇叔，第九和第二十六叔早逝）金戈铁马向他杀来时，他大抵只有狼狈出逃削发为僧而苟全性命。好在杜鹃湖的和尚坡没有嫌弃他，接纳了他，也好在这坡下的信男善女们没有对这个流亡的皇帝产生半点歧视或仇恨，而是给予了他皇帝的尊严。

如今的和尚坡，坡顶上依然是庙宇高耸，建文皇帝的巨幅雕像依然静静地安坐在庙里，他手心里的念珠，一颗一颗地滑过手背，他脸上的慈颜，早已看不见往日的悲伤。我想，除开和尚坡山下的子民们，恐怕再也没有别的人能够读懂往日那流浪在荒岭里的皇帝了。“牢落西南四十秋，萧萧白发已盈头。乾坤有恨家何在，江汉无情水自流。长乐宫中云气散，朝元阁上雨声收。新蒲细柳年年绿，野老吞声哭未休。”每当后人想起他写下的这些诗句，一种悲怆的酸楚和淡淡的愁绪不禁涌上心来。这些，倒是教我无比地怜惜起我们的建文皇帝来，不，我是哀念起了一个王朝流逝的背影。

杜鹃湖的帝王之气，就是这样子来的。虽然这股气息，总是使我忧郁的心结愈发纷乱。不过这倒也好，毕竟这静美的一片湖，到底是要让人横生出这股纠缠的心结方才更为合适的。我甚至猜想，和尚坡上，往日的建文皇帝，他一定是料想到了猛坑河的大美，就是今日杜鹃湖那盛开在水上的繁华景象罢。

在杜鹃湖库区的尾部，小石山上遍野怒放的杜鹃花，也是让人流连忘返的。那一丛丛鲜花掩映的山梁深处，便是远近闻名的清官墓地但家坟。这里葬着的是清朝时期的翰林但钟良、中宪大夫但淑行、但彬，以及几代但氏夫人。这些清朝的官员们，都是杜鹃湖北岸夜郎古镇广顺镇的前贤，他们一样是往日那猛坑河畔的孩子，他们一定是对这条河有着切肤的眷恋的，不然，就不会将杜鹃湖内的小石山当作生命最后的归属地。小石山上，杜鹃花开了又谢，谢了又开。我宁愿相信这些美丽的花下，一定有前贤古人踏浪猛坑河远去的影子，这些花，一定是被前人赏识过了的，它们一定是前人留派下来的美丽使者。

安龙荷堤

透过一坝子壮美的枯荷，我实在不难想象，八月的安龙荷堤，该是怎样地美丽和繁华。赤褐的叶片大朵大朵地跌落在泥上，层层叠叠地铺进去，十余里的堤，只见立满了坚硬的荷茎，若一个举剑备战的疆场，百万兵马大概还少了一点。一枝荷，她历经了夏日的荣华后，便就站立成了现在这般勇猛的哨兵的模样，在晚秋的寒风里，干练地摘掉那戴了整整一个夏日的绿帽子，赤身守候这一道荒美的荷堤。

在入堤的路口，我下了车，遇得一群学童，手里提着火钵，可爱的脸庞包裹在高耸的花格子棉衣领里，一串串卷曲的白气从领内哈出。堤上柳，瘦瘦的枝条垂吊在风里。树梢上稀稀拉拉站着一些鸟。

除开那一片赤褐色的枯荷，很远，看不到别的杂物或人影。寂静的十里荷堤上，我像一个多余的人。但是就在那突然间，一声哀啼跟随一个白色的影子跌落下来，像一道光划过。我努力向远天张望，一只落队的白鹭缓慢地向我迎来。天那么低，但远处那么远，一只白鹭在迷蒙的晚秋中迷失，这大概是很容易发生的意外。这只孤独的鹭，它到底是疲惫了，在荷堤那端的木廊上，它把先前飞翔的那一串串影子收集成一个孤身的小白点，寂寂地，很久了，一直不再起飞。

堤外，有一抹细瘦的溪流从远处寻来，撞撞跌跌的步幅，洗亮了这晚秋的天空。蓝天，白云，青山，在这个季节都是溪流不可或缺的心事。我只好轻轻地徒步漫游，缓缓地穿过水畔的瘦柳脚下，沿着那一路洁净的长堤，探望那些枯瘦的荷。

在荷堤那端的村庄，不知是从谁家，传来一阵阵愉悦的歌唱。那高亢的歌声颤悠悠的，是酒后的歌语，抑或又是戏场上难辨输赢的对唱罢，一句接着一句，一个韵接着一个韵，声声入耳，字字耐听。这晚秋的荷堤，因了这喜乐的歌，到底是让我感觉到了彻骨的温暖。

当我走进枯荷深处，发现了那一群群采藕的女人，弓着腰，挖拣那满地肥白的藕。这些埋在地里的藕，便是荷的骨血，是荷酝酿了整整一个夏日的亲骨肉。女人们熟练地捡拾着这满地的荷骨，在莹亮的汗水里，我很容易就读出了她们心间的欢喜，这是收获带来的欢乐。

不过，我所看到的荷堤，她一直都是寂静着的。她的欢歌是暗藏在心灵内部的，就包括堤间内采藕女人的乐，亦是极其收敛地盛放着收获的心花，使我读到的尽是发自内心的真实静景，那深层处的淳明，完全是从一个人纯洁的心灵内流淌出来的。

我轻轻走上往日的望荷楼，放眼回望，看见那满地的枯荷，红得若同一地的野火，以燃烧的姿态迅猛挺进。而眼下那一抹悠长的荷堤之上，风间的细柳若同丝发，将原本凝固结板的晚秋瘦景梳理得千姿百态，飘摇不定。在荷堤的两侧，一半是火一般红艳的深秋荷色，一半是滴翠油亮的农家田园，偶尔擦过天空的鸟群，便是这荷景田园之间的红线。我所看见的飞鸟，除了那只被遗落的鹭，神态总是那么地快活，在荷堤的丛林之间，一定有它们温暖的家。

我走下望荷楼时，已是暮色苍茫的时候了。我只得偷偷离开了荷堤，因为，这本身是不需要声张的一次心灵的洗尘，一切还是这般寂然一点的好。我这样想着，便就觉得那些错失了的夏日荷堤，以及荷堤夏日里的荷，是原本就不属于自己的风景。这晚秋里的安龙荷堤，实际上已经深深地印在了我心里。

（选自《月照江夏韵》，九州出版社，2014年1月；《月照江夏韵》获贵州省第十二届“新长征”职工文艺创作散文类一等奖、孙犁散文奖散文集类优秀奖）

陇忠丽

花开的声音（节选）

结构梁子

一曲《云上结构》，唱醒了沉睡中的彝乡……

结构，我的家乡，侧居于夜郎古都之旁，彝语为风景优美适宜玩耍的地方，海拔仅次于贵州屋脊韭菜坪。

春天，在冬的臂弯里睡醒的结构梁子在雪、雨、风的滋润下展开笑容开始迎接花枝招展的春姑娘。站在高高的结构梁子极目远眺，群山起伏，阳光明媚，天空湛蓝，偶尔从远方飘来几朵白云，也会匆匆躲进山那边。满山遍野的山茶花（又名“红军花”）最先迎着初春的凉爽次第绽开。不远处是百合花、格桑花。俯瞰山下，结构乡如一头雄狮卧伏于山脚，街道上整齐的房屋悄然而立，干净整洁的马路上汽车川流不息，修整平坦的地里农人栽种繁忙。四周的村庄桃红梨白，樱花浪漫，杜鹃花俏然而立，春意盎然地将整个结构梁子点缀成花的世界绿的海洋。身穿美丽服饰的彝家姑娘和小伙在那片肥沃的土地上唱着山歌犁地播种。山清水秀的清江村栽种着初冒新芽的果树、中药材。结构梁子是结构乡的标志。在蜿蜒起伏的远山间，连接着外界的柏油路从山那边逶迤而来，承载着结构人的希望和梦想。沿着山坡而行，走不多远，一片花海顿入眼帘，紫色的薰衣草铺天盖地顺山而来，相隔老远，花香味就在山风的轻送下钻入鼻孔，让人忍不住想深吸几口。

炎炎夏日，站在高高的结构梁子上，有风吹来，闷热的空气顿时舒展开来，原本汗濡的身体毛孔悉数打开，肆意接收着习习凉风的挑逗与抚慰。结构的夏天是最具有生命力的季节，到处一片翠绿，万亩草场上牛羊成群，低头啃食着青草的牛羊不时发出几声叫声，调皮的牛儿羊儿不时在妈妈的身边旋转奔跑撒娇，放牧的老者身上的披毡早已丢弃，宽大的裙裤拖扫过草地，手中的口琴胡乱地吹奏着不成曲调却婉转动听的天之歌、云之歌、花之歌。路边放牧的少年，憨厚而羞涩地打量着风尘仆仆的游客。如果来了兴致，你可以脱了鞋，赤着脚在厚实的草地上肆意奔跑嬉戏，或者躺在青草地上打个滚。不经意间叫天子云雀会呼啸着跌落在身旁，捧着摔晕乎了的小鸟，你会困惑于生命的抉择。在草地尽头，成片的荞花开得极为热闹，夏天里的蜜蜂最喜欢采的就是荞花蜜了。

结构梁子最为闹热的当是五月初五端午节。四面八方的人们涌到结构梁子赶花场。有骑马的、吹芦笙的、跳舞的、斗鸡的，到处是人的山，人的海。喜欢闹热的人们可以挤到花场中间去看每年由结构乡政府组织的文化艺术节活动，那档次水平不亚于“乡村大舞台”。不喜欢闹热又来赶花场的，可以三五成群去爬山游百病，一山紧接一山的结构大梁子群山连绵，让你爬得汗流浃背之后扎扎实实地享受一回“会当凌绝顶，一览众山小”的滋味。当然，下山时打着颤的双脚会叫你酸痛几天。特别是吃完几百人的羊汤锅长桌宴，一茬又一茬的彝家酒歌唱起来，熊熊篝火燃起来，姑娘小伙们又唱又跳时，你便只能望火兴叹了。

时光一晃，秋便明目张胆地席卷了结构梁子，用冷风细雨把山中的绿色收割。从朱明茶山上来一直到可乐清明梁子上，到处呈现出冷寂的景象。然这个时节的结构却是富裕满足的。地里的荞麦收割了，三三两两的农人正在地里抢收着洋芋和苞谷，成片的中药材地里，头戴围巾的女人一字排开，正吟唱着丰收的喜悦。各种果树上悬挂着成熟的果实，路过，轻轻抬手就能将一个水汪汪的梨或苹果抓在手里，来不及找刀来削皮，一口咬去，果汁四溅，顿时从口里甜到心里，待闻狗吠，嘻嘻哈哈一溜小跑。其实狗只是尽自己的职责叫唤两声而已，如果主人在家，定会又拉又劝把你请进屋，用簸箕端出家里挑选出来的又大又圆的苹果梨子拼命往你手里怀里塞。

在结构，许是海拔高的缘故，秋天似过客，轻轻巧巧地一晃就过去了。时节才进入九、十月，狂欢的彝族火把节刚过，冷冽的空气，厚重的深雾，树枝上沾着的霜花，便都提示着人们，冬正披盔戴甲地降临到了这块温婉的土地上。此时，放下锄头的青壮年汉子们望着光秃秃的土地开始在思谋着做点什么来补贴家用了。以前每年冬天，结构人都会到山上去挖煤，满山是宝的结构梁子，黑色的金子到处都是，上得山去，有经验的矿工只要随便寻一个相宜的地方，几天工夫就能挖出黑黝黝的煤，装车运出去，一家人的过年盘缠和来年孩子的学费便无忧了。随着政策改变，不能到处乱挖乱砍后，人们开始着手喂猪养鸡养牛。那些覆盖在冰雪下的树林就如同一道天然屏障，在林间空地盖上一排排圈舍，把猪牛购买回来喂养上，既打发了冬的漫长，来年又是一笔不小的收入。真正到了冬季，冰天雪地的结构梁子更是一道靓丽的风景。到处一片白茫茫的冰雪世界，树上的冰花似舞动的精灵，早已枯萎的草地上铺着厚厚的一层雪，踩上去发出咯吱咯吱的响声。喜欢玩耍的年轻人会约上一群朋友跑到宽敞点的空地上铲开一块雪凝，架起柴火来一场别开生面的冬季烧烤，滋滋冒油的羊腿，焦嫩金黄的鸡翅，还有柴火里焐着的洋芋，隔着几个山头就能闻到香味儿。每到冬天，披着一身冷气回到老家，母亲早已将炉火烧得旺旺的，火上还熬着喷香的土鸡汤。一家人围炉而坐，盛一碗苞谷饭，在鸡汤里丢几棵从雪地里刨出来洗净的白菜苜蓿和蒜苗，喉咙里似乎顿时长出了几只手拼命拉扯着美味佳肴往嘴里送。这样的吃法，不喝完锅里的最后一口汤是不会放碗的。

我心安处是故乡。结构梁子与我居住的小城纵然相隔不远，只要不能每日轻抚家与父母的容颜，便是游子。再漂亮的修辞再唯美的句子再涌现的激情亦只能略表心中对家对那一片群山的爱恋与相思。其余的，是时间沉淀后的祝福与期盼……

一树梨花

许是居住的这座小院太过安静，原本以为梦醒来还早，不承想春天却已悄悄来临。那年坐在窗前看北国的风吹拂着窗外还未发出新芽的枯枝，心中陡然想起结构梁子下老屋前那一树洁白粉嫩的梨花。

每到春天，乡村老屋周围的梨花总是最先惹春怒放，由最初的浅浅淡淡到最后的繁茂铺张，点点滴滴的翠绿衬托着白色花朵的张扬与柔性，在百花中张扬着自己的与众不同。

窗前的这棵梨树是一棵苍老的梨树。粗壮而遒劲的枝丫，粉白的花朵，香甜的果实，从记事以来，我就对它充满了感情。

每每冬的脚步才挪移开，花枝招展的春便顾盼含情地来了。每当看到梨花盛开，总让人想到秋天梨树上的梨，大大的个儿甜甜的味儿，咬一口下去，四肢百骸皆通透皆舒服，于是忍不住又伸手拿起一个。在乡村，梨树当是一种极为容易生长的植物，简单、枝繁叶茂，让人在不经意间就能品尝到它的甜美。

喜欢这棵梨树，也许更是源于喜欢梨树结的那种葫芦娃式的梨。亲切，乖巧。握于掌心，让人不舍，难以下口。

去年秋天，某日，和三百六十五天中的任何一天一样，落日从阿西里西草原的万峰林上轻轻巧巧地跳进了薄雾里，只留下淡淡的余晖和草原上的羊群安静而驯服的背影。

我曾经最为挚爱的友人默默，一个像梨花一样高雅贤淑而善良的女子，在经历了爱与恨的伤痛后，如秋天的落叶远离而去。每当夜深人静立于窗前看着满天的繁星，我便会想起默默，那个诗一般的倔强女子。

那一年，她生病了，于是她用一个很好的理由请了很久很久的病假，就只是为了在大草原上看春风吹动野花，看牛羊低头啃草，默默也觉得是一种感动一种幸福。阳光灿烂的日子，仰躺在草原上，白云和蓝天，时尚和流行，繁华和喧嚣，都是默默的相思。

默默曾在微信上给我发信息，她说繁华城市是疗伤的会所。可在现代气息太浓的都市里，默默却总找不到自己的位置。那是一种无与伦比的辛苦和茫然不知所措。可是真正需要疗伤时，默默还是舍弃了微信与网络，来到阿西里西大草原，来到韭菜坪，来到万峰林。回家的感觉真好啊，空气好，饭菜香，瞌睡也好睡，即使只是替老人放牛，也让默默很舒畅。

默默如花似玉的大学时代，除了拿回一张大学毕业证书，还寻找到一个知心爱人。那是怎样一种幸福的生活啊。上班同行下班同归，女儿的乖巧与懂事，让夫妻两人在生活与工作中都充满了激情。然而，一次偶然的相遇一次偶然的轨外交集，让默默的生活有了很大的转变。原本一心不言弃的她，开始失落开始反思开始动摇。

生活从此不一样。

秋天了，清冷而萧条的空气中到处弥漫着绝望的气息，走在街头，偶尔有一缕雨丝飘落下来，默默抬眸而笑，脸上洋溢着雅致女人的温柔与情怀。任谁也看不出受伤的表情。也许，有些伤痛，只适合一个人在夜深人静时慢慢疗养。

时光总在反反复复中流走。

寻常之人在经历后，总会回到正常的轨道，然后一成不变。可默默不寻常，她在第二年梨花恣意绽放时，特意回到老家，满满拾掇了一篮梨花回来，酿了一壶香醇的梨花酒，并邀约上三五个好友一起品尝。

这是我喝过的最美味的鲜花酒。甘醇、清淡，却不失酒香，现在回想起，默默何不曾像这梨花酒啊，让人回味无穷却又不忍狂饮。那是一个让人难以忘怀的夜晚，站在窗前，看着繁星璀璨的天空，默默一头长发随风而舞，眉宇间的忧伤在黑夜里弥漫，相聚的友人早已醉倒，横七竖八，在酒香中斜倚沙发而眠。我俩相对而坐，微笑，饮酒。那也是我们相聚的最后一晚。后来没多久不辞而别的默默就消失了，她从所有相识的人群中彻底不见踪影。

今年的春天，梨花开得更为茂盛，洁白如雪，高雅别致。相隔老远，便有一股清香扑鼻而来，让人忍不住想深深多吸几口。借着周末的晴朗，特意回到老家，看望年迈的父母，也看看伴我成长的乡村。天空，房屋，农人，土地，似乎都驻足于岁月时光中

了，一切依然那么亲切与难舍。东走西看，所有的怀念与渴盼涌于胸中，

临行，采摘了一袋梨花，我想效仿默默酿花成酒，浅醉慰心，只可惜我缺了那份拈花入佛的境界，折腾了许久，总是不成功，白白浪费了无数的花儿和梨儿。

于是，默默和默默的梨花酒，又从内心深处浮现。

秋天，行走在九月

九月，有点冰冷有点重复啰嗦，于我，应该算是数着天数过日子。整个九月，我的生活里充满了疼痛与不适，痛，并不快乐。

许多年前，非常喜欢听齐秦唱歌，对他的那首《痛并快乐》却是一直不理解，痛了还会快乐吗？其实不是那时不理解，即使是人到中年了，我依然不理解。也许歌手并没有要我们来理解一首歌的歌名或者歌词，特别是在那个曾以流行歌曲离奇为疯狂的时代，有的东西仅仅是因为想要标新立异，而绝无他意，如果凡事皆要找个理由，就显得累而难受了。

我不体弱，却一直多病。

在十五岁那年，左腿莫名地扯着腰扯着脚疼痛不堪。整整在家里睡了一个学期后，我只好瘸着腿到学校上课，因为脚趾头肿胀得厉害，所以无法正常穿鞋，没有办法，只好把鞋剪开，才能勉强把脚套进去，一瘸一拐地走路。为了鼓励我战胜病痛坚持读书，母亲给我买了一双当时小姑娘们非常喜欢的白球鞋，可由于脚痛反复塞了几次也无法穿进去，只好忍痛把崭新的鞋子用剪刀剪开把脚趾头拉出来才勉强穿进去。现在对当时的记忆就是一个字，痛。那种深刻的疼痛到很多医院去检查都没有得到正确的诊断结果，没有办法，略懂医术的父亲只好按照自己理解的病情上山到处找草药给我治疗，然后又请了我们村一个姓王的医生给我打封闭针，中药西药更是一把一把地吃一碗一碗地喝。而母亲因为虔诚地信奉着基督教就带着我找牧师祷告，请村里的老妇人给我揉肚子顺筋，几乎所有能想的办法都想尽了。现在想想，我除了承受病痛，什么事也不干，而我的父母却一直担心我会成为一个瘸子或者半边身体瘫痪，常常是整夜整夜地睡不着觉。白天母亲最喜欢带着我到处走动，春天给我摘红果，夏天给我捡杨梅，秋天就向邻居要家里没有的水果给我吃，虽然我每走几步就要停下来喘气，缓解疼痛，但看到母亲眼里深切的疼爱，我只好强力忍着疼痛，装出一副无所谓的样子。其实我的内心也很害怕，常常一个人在深夜哭醒，由于每翻一次身就要痛醒过来，所以常常是整夜难以成眠，而白天却全身发软，四肢无力，一走动就全身冒冷汗。为了带我到县城里找医生针灸，大

哥把我抱在怀里，怕当时唯一的交通运输工具斗篷车的抖动会加深我的疼痛。就这样，在全家人的努力和关怀下，也不知道是哪一种治疗起了效果，总之慢慢地疼痛减轻，身体康复了。后来在高中和大学里为了远离病痛，我成为了说运动健将有点夸张但说体育积极分子却毫不为过的快乐女生。成家后由于身体素质一直不是太好，所以家务活多数被孩子的爹承包了。从而把我养成了一个懒女人，不修边幅，慵懒随性，有时甚至是蓬头垢面而行，好在随意惯了，自己见怪不怪，别人也就不足为奇了。

今年，不知是缘于那份难舍的情感，还是总想健康快乐地活在爱与幸福中，闰九月让我非常在意，每天计算着一个特殊的日子而行。我不是一个迷信的人，却在听说如果穿红色就一定会健康快乐后，在一次出差中毫不吝啬地买了一件价格偏贵却红得热烈而灿烂的红衣服穿上，可能病痛并不在意这抹小小的红，照样如期侵袭。感冒、扁桃体发炎、咽炎等一系列的病让我天天跑医院药店看医生。更可怕的是在一次下乡参加笔会回来后，又是一次莫名地，腰椎间盘突出的疼痛引发了我二十多年前患过的病，无边无际地发作后再次让我困扰而难受。一夜一夜地躺在床上睁着双眼到天亮。迫于无奈只好住院治疗。办理了相关手续后，白天到医院针灸、输液、喝中药，晚上就像热锅里的蚂蚁，站不得坐不得睡不得，满屋子乱转，实在痛得受不了就吃几片止痛药，整整两个周就这样在疼痛中数着分钟过。平时总感觉生活太忙太累，总想有机会能静静地多睡一会儿，读读自己喜欢的书，看看自己喜欢的电视剧，或者什么也不想，什么也不做，就是静静地坐或睡也是一种幸福，可是一旦真躺下来休息了，才发现一种恐慌一种迷茫一种让你不知所措的无助。于是在还没有完全痊愈时就急匆匆地赶去单位上班，想让工作来充实内心因病痛而导致的空虚难受。

今年的天气冷得快，十月还没有来到，但冷冷的空气里便夹杂着细雨，让街上的行人不由自主地裹紧自己身上的衣服匆匆而行。原本以为惊蛰只是一个季节物语，却在冬的华丽转身中优雅了寒冷。以前不喜欢夏天，因为炎热的夏天常常让人汗流浃背。非常喜欢春天，不但气候适宜，春暖花开，还能感受播种的希望，孕育秋的期待。所以在面对春天时，能放纵自己的情思，因为春天会包容一切，走过春天，感受到的都是温暖和爱恋，从而一直难舍春天，一年又一年，尽管时间流逝，却总是在四季的轮回更替中时时念着春天，时时怀念憧憬着春天在我身心中的存在与愉悦。而冬，从秋一路走来，冰冷而阴暗，让人蜷缩在厚重的衣服中，伸展不开，无形中就变得呆滞而粗笨。特别是像我这种动不动就与医生打交道的人，更是惧怕冬天寒冷气候的无情，明明前一天还健康快乐，可能一夜之后就是感冒发烧了。但在面对一地白雪时，却又总是忍不住想要去疯一回。秋原本在我的生活中当属比较平和而自然的季节，可在今年的闰九月中，让我感悟颇深。有朋友笑我说，我的不真诚才让我的红衣服没有发挥作用；还有朋友说，自己买来穿的不起作用，要别人买来穿才会起作用。其实，明知是没有科学道理的东西，明知是假的迷信的东西，一切只因太不想疼痛，太渴慕健康，所以但凡听说一点可以避免病痛的法子皆想试一下，不管有用无用，只求心安理得。特别是看着老父亲从乡下急急赶来探望病中的自己时关切的眼神，再大的伤痛也会化为展颜笑容，所以，纵然一样作用没起，至少曾抱有过希望。

在冷秋中的九月，有时阳光也会灿烂地照射下来。暖暖的，有一种初春的感觉。可是一到夜晚，仿佛善于变脸的孩子，白天的温暖瞬间就会变得冰冷冰冷的，特别是无眠的时候，披衣起床站在窗前看着雾霭中的远山近树，朦胧着视野的天际，一不小心吹来一股冷风，身子便会忍不住一哆嗦，只好缩回被窝，睁着双眼数羊到天亮。原本喜欢胡思乱想的心，在这个九月，因了许多难解的事而淡泊宁静了许多。一份思绪也好一份感情也罢，人与人之间如果连最起码的相交诚信与尊重都没有，其实又何必在意失去与得到呢？时间可以证明一个人的对错，时间也可以彰显一个人的人格。一直恪守做人做事都当以宁伤自己不伤别人为原则，可面对世间纷繁复杂的一切，真诚待人后的误解与背弃却总给我一种无能为力的感觉。十年时间不长也不短，却在三言两语中一文不值，而这并非我所想所为所愿。人有时真活得累，在乎的东西多了，顾虑的东西也就多，许多可以不珍惜的东西在真要放手时往往便会有刻骨铭心的不舍。而有的事，在平时是无法想到的，只有在一个人静静地独处时，思绪才会清晰而明确，想要什么，在乎什么，珍惜什么，能得到什么而不能得到什么。

有时，也在想，小小的成绩或者说小小的收获也许缘于自己努力的结果，是应该的，对于有的人来说却是一份羡慕嫉妒恨，让我苦恼于那些又浅又淡的光环是物不所值。想想，感觉是一种悲伤，一份相守一份真诚一份执着一份追求换回的却是深深的无奈。总以为时间是最好的东西，能沉淀包容与关爱，然而面对的虚假东西太多了，就会在不自觉中逐渐迷失生活的方向与激情。

感伤九月，除了身体的病痛，更多的是心情的落寞与苦楚。灰沉沉的雾霾中不要说一抹浅浅的红，即使是一片红色的天空，亦挡不住心中的悲凉。看着那些远去的灰色头像，即使阳光灿烂也温暖不了。好在有风吹过，十月依然在不紧不慢中到来，开心不开心都要度过每一天，就算强迫也想过得随性而充实。弯不下腰不见得低不下头，平凡的日子只有自己才能给生活绘上色彩，只有自己才能给自己快乐与幸福，而自己，又有什么理由不善待自己？

（选自《花开的声音》，中国言实出版社，2014年2月；
《花开的声音》获贵州省第二届专业文艺奖优秀奖）

吴治由

按摩师老莫

一

我沿着环东中路走，过东山坡脚去老吴的盲人按摩店。

每天的这个时候，老吴总会在自己的店里转悠，用厚厚的眼镜片后边的那双眼睛这里瞅瞅、那里看看，在电脑前坐下来。我向来佩服他，玩计算机竟然痴迷到能够把整个脑袋完完整整地抵到显屏上，右手握着鼠标打滑似的点击着桌面，每次总是在经过无数次偏离目标后才把网页打开。当然，我还佩服他的是，每次他都像只正饕餮着美食的狗熊，猫着个身子玩计算机，然后说话。有时候是跟顾客开一两句玩笑，有时候是说一两句在店里吵闹的孩子。

老远，我就看见身材高大的老莫在按摩店门口摸摸索索。老莫来老吴的按摩店还不到半年的时间，我也只与他接触过五六次，但都混熟了。我喜欢老莫那双宽大的手掌和充满力道的十指，当它们在我的肌肤和经络上游走时，我总会清晰地感觉到有一股饱满的气息穿过，飘散开来，铺满我的每一寸骨肉。

走近了，我张口就喊：老莫，掉东西了？

没有。老莫听出了我的声音，立马作答。

那你找什么？

没找什么。

迷路了吧。

没有！

老莫的回答总是干净利落，没有回旋。

踱进店里，在一张按摩床上躺下。这时，老莫也跟了进来，他睁着的眼睛没有光明，看不到方向，整个人看上去摸摸索索的。可他终究还是进店里来了，轻车熟路地从座椅旁边的桌台上取下一条白色的毛巾，准确无误地放到枕头上。

我问，老莫，前段时间回家找媳妇去了？

我的话还没有说完，凑在计算机前的老吴便笑出声来，抢了老莫的话。老莫回家吃转转饭去了，你看他红光满面的样子，不用说就知道成事了。

老莫一听，矢口否认。瞎讲，瞎讲嘛，哪里有这回事，老吴乱说。

在场的人都笑了。可惜的是，在躺下去前我摘掉了眼镜，如果不摘，我想我可以看到老莫被晒黑了的脸上闪出来的明亮笑容。从当时的情景看，老吴取笑老莫也纯属玩笑，笑过了就都回到了按摩的事上。

这时候，老莫的手落在我的头上。他开始发功了，从头到眼眶，从眼眶到耳廓，从耳廓到后颈，然后向肩膀和整个身体蔓延。不多久，我就被老莫宽大的双手透出来的饱满气息给彻底地罩住了。

我的臆想里，老莫不应该是睁眼瞎的。他高大、魁梧之外还有几分帅气。他要是个能够看得见的男人，在农村不知是多少女青年争相暗恋的对象。当然，人不能只看外表。在与他接触的几个月时间里，与他交谈，慢慢地发现他是在中国广大农村里含憨厚、淳朴、本真于一身的那一类青年男子，既易于交往又易于深交。可是，他却是一个睁眼瞎。这，让人心里不是滋味。以至于在老莫回平塘乡下鸡喝老家的前段日子，我暗地里向老吴问起了老莫的眼睛。老吴说老莫跟他说过，多年前老莫骑摩托，出了车祸，撞到了脑袋，去了医院，然后出来就这样了。话听起来简单，但个中滋味却耐人寻味。难道，这真是应了那句古训：天有不测风云？

一切就像在梦中的场景，我被老莫的命令给惊醒了。

他说，吴，把屁股翻过来。

我睁开眼睛，一抹嘴角就要流出来的涎水，翻身趴在按摩床上，像个活木偶，任由他的十指在我的肩背、腰部、腿上按、摩、推、叩、揉、捏、颤、打、捶、拍个没完。

二

我一瘸一拐，沿着街边被楼房拉出来的阴凉走，直走到单位，发了邮件，然后又沿着背阴的街边走回来。我想，是该去下按摩店了，昨天午休时腿突然抽筋，至今仍痛着，得去让老莫给按摩按摩，疏通疏通血脉经络。

走进店里，老吴在给客人按摩，两片厚厚的眼镜片朝着门口。他看见了我，跟我打招呼。吴，今天是按摩还是泡脚？

我没有明确回答，转过去跟坐在座椅上闲着的老莫说话。今天老莫一改往日的穿着风格，穿了件亮色的T恤，浅灰的裤子，可脚上仍旧是我初次见到他时穿的那双黑皮鞋，一眼看上去，显然是很旧了，都有了破损，但却有刚刚被胡乱擦过的痕迹。看来，老莫还是个穷讲究的人。

听到我的声音，老莫迅速侧过头来，傻笑着重复老吴问我的话。

吴，按摩还是泡脚？

我与他那双明亮的眼睛对视着，很快就看出了问题，那双依旧轱辘转着的眼睛神采暗淡，一片空白。

老吴的妻子也在给客人按摩，她已经是两个小学生的妈妈，依旧年轻、漂亮。她示意我找地方坐，先歇口气。我径直走到了小店深处，在泡脚椅上坐了下来。这个小店，泡脚是老吴妻子的专长，谁都插不上手，而现在却只有老莫一个人闲着。所以，坐了一两分钟后我便起身走到老莫跟前的按摩床，脱掉了鞋子坐上去。

来吧，老莫，开工了。我喊着。

老莫缓缓地站起来，摸索着从旁边的桌台上取下一条毛巾，嘿嘿——开心地笑了两下，开了口。

他说，开工就开工，吴，今天包你满意。

我立马问他，老莫，今天怎么个包我满意？我盯着他，老莫嗫嚅半天却又不知怎么答才恰当，看他有些窘迫的样子，我就笑他，原来老莫也会吹大牛，往天从来就没想过要包我满意！

旁边的老吴和客人都笑了。老吴说，吴，这是老莫的“行话”，他拜师学来的。说着，抬起头来问老莫，老莫，你说是吧？

原本满脸笑意的老莫有些急了。哪里？我才不学呢，我也不知道从哪里学。说着，让我作证，吴，你说是吧？

我不理会他俩。老吴和老莫整天就这样一边在客人面前耍嘴皮了，一边干着活。就像河南人四海里打拳，耍着玩儿。他们之间，话说过就过去了，没有谁去计较。氛围融洽，轻松。即便是我这样的客人，也乐于接受和参与进来。

按着按着，我回头往外边看，发现门外的天色已缺少了金色的阳光，街道的色彩一下子暗了下来。只有街边的法国梧桐满树的绿依旧闪烁着，可以照射出整个夏天的燠热，并在恣意的风中抖动着蓬松阔大的身形，发出足以淹没这条在这个巴掌大的山城里不怎么繁华，相反还有些许冷清的街道的，由人声、音乐和车声交混而成的市声。

突然，我想考一下老莫。我说，老莫，现在几点了？

老莫脱口就答，这个时候应该快六点钟了。

我附和他，说我想应该也是这个时候了。听到我这样说，老莫就有些小小的得意，两只手在我的肩头随即也变得抒情起来。

他说，吴，你听，门口的知了叫得有气无力的，它们吼了一天，累了。旁边打麻将的，也都散了伙。每天的这个时候傍晚就快要来了，你说，现在是不是应该快六点钟了？

我陶醉于一个盲人缜密的逻辑思维和他对周边环境细致入微的“观察”，自己都有些反应不过来，最后还是结着巴吐了个“对”字。

老莫这时候恣情地笑。我不知道他在满意于自己对时间的逻辑推理，还是满意于我给了他肯定的回答。忽然，我发现身旁这个汉子居然还掖着一份如孩子般的情愫，暗藏着几分无邪。

接下来，我们的对话还在继续，一如老莫的十指仍在我的肌肤和经络上穿梭一样，每个话题的转换都让人思维跳跃。

…………

我说，老莫，我喜欢你这双宽大饱满的手。

其实，我想把饱满说成饱含感情的手，可我觉得那样太煽情。

老莫笑，喜欢就常来按呗。

老莫的话听起来有些江湖气，深得无缝插针且不留痕迹的生意之道。

我说，就像两只熊掌，你说是吧。

老莫不语。

我把藏着的后半句话抖了出来：值钱得很哪！

这下，老莫讪讪地笑了。

我说，老莫，我的腿肚子疼，昨天抽筋抽的。对，就是你按的那……多按下，慢点、轻点、慢——点——他妈的，老莫，疼死我了！

抽筋哪有不疼之理？老莫说，如果不疼不痛就不是抽筋了。你看，这里都还硬着一块！不过，按过之后就会松散，不疼了。

我疼得龇牙咧嘴，想用另一只脚踹一下老莫或者墙壁什么的，我扭动着上身，又把手压在按摩床上。可我仍旧不忘表扬似的询问老莫，老莫，你的熊掌真有妙手回春之功效？你能不能温柔点！……

老莫不理会我，避此言彼道，吴，你是农村的吗？

我说，老莫，老子脚疼啊！你什么意思？

老莫就像头犟驴，才不管我，自个儿说着。吴，我以为你是城里人呢！

顾不了脚上的疼，我否定了老莫。我说，老莫，你还真他妈幽默。我是农村人，从头到脚，从里到外，从骨头到血液，是真正的农村人，和你一样——但这与抽筋和按摩有什么关系吗？

哪里，你们这样的农村人跟我们这样的农村人不一样。老莫继续避此言彼。

哪里不一样？我问老莫，难道农村人还有区别不成？

他解释道，你顶多算个在农村长大的人，而且是读书长大；我们是地道的农村人，除了干活还是干活，干活长大。这就不一样。

我有些敬佩老莫能够说出这么一番歪理。我说，老莫，都一样，小时候我可挑过粪土，砍过柴火，拉过马车，犁过田地，种过庄稼，挖过荒地……一样的修过地球。

老莫听了，深表怀疑。吹牛吧！吴，你知道犁田怎么犁吗？

对方明显在试探和考证我。我直截了当地告诉他，劈劈啪啪，一口气说了一大堆，不让他有半点插话的余地。

我说，在马脖子上套个“项圈”，把牵着两条皮绳的“马夹”套上、捆牢，右手扶犁，左手牵缰的同时举着根竹子或树条，把犁尖轻点入泥，起步时让犁与泥之间有一个绝佳的切入角度，缰绳一抖、鞭子一挥，吆喝一声“走”，马儿迈开步伐，就开始起犁了。然后，你就会看到那干净、明亮的泥土大块大块地翻扑在田里，并在太阳光的照射下像书里看到的太阳能发电的吸光片子，满田排开，好不痛快。如果犁的是收割后的田，得先在田中犁出一条线，让一块田远远地看去因有了这条线而变成一个大大的“日”字，当然也可以变成“曰”字，然后再围绕这条线，两边开犁，一点点一圈圈犁下去，直到这个“日”字或“曰”字消失……

这时，老莫嘿嘿一笑，继续追问，那水田呢？

我也劈劈啪啪说了一通。水田嘛，要稍微费点功夫，要会画小圆和大圆，再由大圆画成小圆，圆要套着圆……

老莫笑了，有些认输的样子。吴，想不到你还真搞过农活，还有些在行。你多大了？

我也得意一把，答道，三十有余。

嘿！老莫的话头又转了，吴，你有个健康的肾。

我立刻纠正他，又偏题了老莫！

对方不管不顾，只顾着强调，吴，我说真的。

没办法，我就只好顺着他。我说，老莫，别以为中国人个个都像广告上说的那样，都肾虚？！

三

人身心的疲惫就像堆积木，从早晨起床出门满世界走动的那一刻开始，直堆到夜里回家躺回床上。这个时候，轰然倒下的身躯轻得既像天空中的流云，又像积木四处凋零的碎片，被棉絮一一托举。

这天，在夜幕从四面八方涌入小山城时，我拖着一张在路灯下忽前忽后跳动着的影子奔向老吴的按摩店。近段时间，我喜欢上了用按摩来消解满身的疲惫，也于恍然间发现了按摩的妙处。

我迈着快步径直走进按摩店。老吴坐在靠近门边的一张按摩床上，两手捧着个手机缩成一团，两块厚厚的镜片几乎抵到了手机屏上。

我明知故问，老吴，看什么兵器那么用心？

老吴头也不抬，答，能有什么兵器？玩兵器那是犯法的，所以只好玩手机了。

新手机？

老吴不答，嘴角动了一下又把仰起的脸庞沉了下去。

这样的情形，不是老吴表示了默认，是他对新买的手机充满了新鲜感，像个大小孩，正玩得欢，懒得搭理我。

我用目光在店里搜寻老莫，一般情况下，老莫不是在给客人按摩就是坐在桌台旁边的长椅上，交叉着两手放在两膝之间，侧着头露出半边脸，似听非听地侧着耳去听桌台另一侧的音箱里流淌出来的音乐，一副若有所思的样子。可是，长椅却空着，音箱也静着。偌大的按摩店不见老莫的一丁点影子，只有老吴的老婆在给一个穿着浅红色齐臀短裙，裸露着两条白雪大腿、身材姣好的女子按摩。那女子正无比享受地趴在按摩床上，任由满头油亮光滑的头发零零落落从床上垂落下来，在电风扇吹起的阵阵凉风中丝丝缕缕地游动。

看不到老莫，我难免有些失望，转身就去问手机正玩得欢的老吴，我说，老吴，老莫又回家相亲去了？

头也不抬的老吴递过来一句话。对啦，老莫今天下午又回老家相亲去了。

我正要说话，老莫的声音从按摩店被隔起来的小里间里飘了出来。老吴！你又在瞎编嘛！吴，不要听老吴瞎扯淡。

老吴一边玩着手中的新手机，一边去响应老莫。去了就去了，有什么不好意思的？

老莫手抚着墙壁和门框，脚下踏着试探性的小步子，摸摸索索晃晃悠悠小心翼翼地从小里间洞开的门里走了出来。

吴，别听老吴瞎讲，我刚在里边吃饭。老莫边走边避开老吴的话，与我说话。吴，好几天没见，干什么去了？

忙啊，一天忙这忙那，都快忙得找不到北了。我回答。

老莫呵呵一笑，有那么忙吗？

我不回答，把背包和眼镜取下来，放进按摩床下的暗柜，然后坐到按摩床上。老莫给枕头铺了张新毛巾，挪了挪，感觉好了便停下。

吴，试试，高不高，合不合适。老莫示意我躺下。

我躺下去，头靠在他两手一直扶着的枕头上。

不高，恰好。我动了动身体，把两条腿伸直，身体放舒坦了后叫道，老莫，开始吧！并有史以来第一次向他提了要求，力道稍微重点，但不要太重了。

好！话音刚落，老莫两只熊掌似的手就落到了我的头上。他一边按一边问我，这力道可以不？当得到我的肯定，之前他那还犹犹豫豫的两只手就变得有的放矢起来。

每次按摩，刚开始我们都在说着话，你一句我一句地说，可每次说着说着就停了。这大多数都是因为我疲惫的身体在老莫轻重自然缓急得当的熊掌下慢慢地舒展开来，舒展开来，并渐渐地萌生了睡意。也就在我整个人即将被睡意淹没掉的一霎，似乎又看到了身体的每一个毛细血孔张开了一张张小嘴，在大口大口畅快无比地呼吸。这，像匿着一种神奇的功效，又像是遁入了一种神秘的境界。给人以惑，却从来不解惑；或是解惑，却从来不曾彻底过。

没有任何的铺垫，也无需委婉，我开口问起了老莫的眼睛。

我说，老莫，你的眼睛是怎么回事？

我问得有些突然，老莫显然防不胜防，也像是没听清楚，他啊了一声。

我又把刚问过的话重复了一遍。老莫，你的眼睛到底是怎么回事？

哦！老莫破气一笑，说，我还以为你讲什么，原来是问这个。

在我看来，老莫会因为我问得突然，且问的又是他的眼睛，而支支吾吾，或者避而不答。顿时，我发现了自己的多虑，老莫并没有回避，也没有支支吾吾，而是娓娓地向我讲述起了他的不幸遭遇。

老莫说，我这眼睛是后来遭的。十多年前，应该是2002年那年，我骑摩托车，从县城回鸡喝，那天下了点雨，路面有点滑，怕路上雨越下越大，怕被雨淋湿，我开快了点，在一个拐弯的地方我就飞下坎去了。

飞下坎去了就这样了？我打断老莫，插了话。那坎到底有多高，居然能把人给摔失明了？

那坎其实并不高，就是从路上摔下不到一米高的田里。摔结束了，我才发现是自己的速度太快了，摩托都被摔烂了，我伤到了脑壳。刚开始也没觉得什么，就是头流了点血而已，可到医院一检查，问题就严重了——医生说淤血，得手术，开颅……

说到这里，老莫顿了顿。像是记忆到这里有所中断，需要静下来理一理似的。

我问他，医生说手术就手术，说开颅你就开颅吗？当时你没问……

哎呀！老莫叹了口气，那医生说不开颅淤血在脑壳里就排不出来。

我问，医生告诉你有危险吗？

他答，好像是说了。

我问，那你后来就开颅了？

他答，那时候摔倒了，伤着。你知道的，我们农村人，一看到伤到了流血了就都慌了手脚，医生说什么就什么，也来不及顾虑那么多，先保住命再说，开颅就开颅……

我问，当时你们就没有问医生开颅的后果，医生也没告诉你们开颅后会是一个什么样的情况？

这下，老莫没有正面回答我，他叹了口气，说，开颅出来后我就成了现在这样——

我没有再问，那一刻突然觉得好像费尽了所有的力气，心里的问都被捣尽了。其实，事已至此，再多追问又有何用？终究，我还是觉得庆幸，毕竟老莫曾经也看到过这个五颜六色丰富多姿色香味俱全的世界。我也相信在那些未来的日子，他依旧能通过自己的努力和尝试，去感知和触摸这个世界。在这个世界上，阳光依旧会照在他的身上，花香依旧会被他嗅到，鸟鸣依旧会让他听见。

四

老莫的年龄一直是个不曾探知的秘密。说到年龄是秘密，不由让我想起读初中英语课上的内容，在地球另一边的“米国”或者“鹰国”，年龄是不能问的，是secret。现在这个问题出在了中国，而且还是出在老莫的身上。简直让人不可思议。

老莫，你今年多大年龄了？

老莫不答。

老莫，看你的样子，好像刚满十八岁哟。

老莫龇牙咧嘴笑了。没，十八岁多一点。有时候他也说，哪里啊，我才十七岁半，黄花少年。

这时候，老吴就跳出来一本正经地问老莫。老莫，你到底多少岁了？

听声识意，先前还龇牙笑着的老莫立马收住，也变得一本正经起来。我啊，也就二十五六岁。

他的话听起来明显不可信，因为话刚刚说完他原本红润的脸庞泛起了一丝不易察觉的潮，声音也有些飘。

然后我们大家都笑。

老吴不依不饶起来，提高了半分嗓门。日！老莫乱说，你这话骗十八岁以下未成年女孩还差不多。现在最起码你也应该三十老几了。

说完，大家又是一阵笑声。

老莫这下可不认账，急了，一急了他就要跟老吴争辩。三十老几？你乱讲，三十老几的人有几个像我这样没结婚的？

说完，整个按摩店安静了几秒钟，这几秒钟里面只有电风扇呜呜吹动发出的声响，在这几秒钟的安静之后接踵而至的是大伙无比欢欣的鼓掌哄笑。谁都知道，老莫偷换了概念，把老吴的话题巧妙地转移了。这是老莫的聪明之处。虽然这聪明如掩耳盗铃，但没有谁去揭穿。对老莫年龄的讨论往往也到此为止，不了了之。

过了段时间，再去按摩，我瞅准了一个老吴带孩子上街买冰棍的空当，换了语气，把弯子兜得远远的，旧话重提。

我说，老莫，你伤到眼睛那会是初中毕业之后的事情？

老莫毫无防备，答，那时候初中都毕业三四年了。

哦！我说，那也就是说是你二十来岁的样子啰。为了不让老莫有所警觉，我继续把自己的话说开了。当时是不是看到路上有年轻女孩子恰好路过，故意加速度了，然后才一不小心连人带车插上了翅膀？

老莫笑着否认我。哪里，那时候要是真有个把女孩还好点，可惜没有，只是我自己搞快了，不计后果。

按老莫的话，难免有些宁愿花下死的意味。如此，老莫的话是难以透彻分析了。可事实是，那时候并没有什么女孩子路过，只有天空飘着雨，地面有点滑，又遇上路拐弯，然后他和摩托学会了飞翔。

我接着问他，老莫，你是什么时候学会按摩的呢，是伤好后就开始的吗？

老莫回答说，那时候受伤了，出了院待在家里，什么也看不见，看不见了什么农活也都做不成了，做不成了不能这样在家里待下去。顿了顿，他又说。一个大活人，不能要家人照顾一辈子，得自己照顾自己，农活是干不成了，按摩是唯一的出路。后来，经熟人介绍，我就学按摩了。

老莫的话是实话，像在跟一个信得过的朋友聊天，毫不忌讳地说给我听。既平淡又令人感慨。人的成长和觉醒总被这样或那样的事伴随，只不过这些事有时候给的是间接的感悟，有时候是直接的打击，但更多的时候都是代价。

到此，老莫的年龄已经不再是我所想要去探索的问题，他的年龄我只要稍微加减乘除一番即可得知，但这已经没有必要了。事实上，很多事情就是这样，你会满怀兴趣地去探寻，同时也会在过程中放弃。

然后，我的话头自然而然地转向了老莫的情感状态。起因源于一次从老吴那里听来的一件事情。

老吴说老莫回老家鸡喝的那段时间，有一个年轻女子常到按摩店里来找老莫。那是一个看起来健全无比而且还有几分姿色的女孩。惯常里，老吴对女孩的姿色判断大多是这样，身高至少比他一米六零的个头高，身材苗条，五官端正，或沉静或口齿伶俐。刚开始是这样的，有一天中午，那女孩来到店里，说自己想学按摩，当时只有老莫一个人在店里，然后两个人就聊开了。也不知道当时他们达成了什么协议，后来老莫回了老家，那女孩就天天来店里面。

这是件极有意思的事情。

我问，老吴，那女的来找老莫干什么？

老吴神秘兮兮地答，这个只有老莫才清楚。接着他又说，当时我问那个女的有什么事，那女孩张口闭口都说是来找莫哥，学按摩，是莫哥叫她过来的。这时候我就觉得奇怪了，心想这其中一定有什么玄机吧，就耐着性子跟这女孩多聊了几句，我的妈呀，说着说着我就发现了问题。刚开始，女孩子的思路还算清晰，说话也还在点子上，可时间一长我就不知道她在说什么了。我的心里咯噔了一下，这女孩子脑筋是不是有问题？后来，我找了个借口打发这个女孩子走了，可第二天我一开门她又出现了。我耐着性子又跟她聊天，聊着聊着，又离题十万八千里了。

后来，老莫从鸡喝回来了。老吴就用这个事来取笑老莫。

老吴说，老莫，那女孩子在你回老家期间天天来找你，开口闭口，一口一个莫哥莫哥地甜滋滋地叫着。

老莫说，哪里哪里，老吴，你又乱讲嘛。

老吴就乐呵呵地笑，躺在按摩床上的我和其他顾客也笑。老莫自己也忍俊不禁跟着我们笑了起来。这一笑，泄露了天机。

老吴质问老莫，老莫，是不是你那天趁我不在勾引了人家良家妇女？

老莫迅即无比肯定地回答，没有，别乱讲。

是不是你背后打电话给人家了？

没有，我连人家的电话号码都没留，怎么打？

那为什么人家天天来找你，还莫哥莫哥……

按摩店里人人都乐成了一团。

老吴说，后来那女孩子接连几天来找老莫都不见人影，渐渐地来的次数少了，最后干脆不来了，即便是穿得花枝招展像个正常人一样，偶尔路过门口，也懒得回头看一眼这个按摩店了。

我不拿这件事情来问老莫，这件事情在我看来简直是老莫的大忌讳。既然是忌讳又何必再说呢，换点别的。

我问老莫，老莫，你谈过恋爱不？

老莫马上说，像我这样的人，有谁愿意跟我谈恋爱？

我否定老莫，说，话不能这样讲。我也不相信你到现在都没有谈过恋爱。

没有。他很肯定地回答。

我不相信。我说，之前你一定谈过。

之前？老莫有些犹豫，说了句，那个不算的，都读书时候的事情。

我叫了起来，老莫，谈过就谈过，有什么算与不算的？那你说，什么叫算，什么又叫不算。

老莫说，都是同学，连手都没牵过，最多是见面时多说几句话而已，这也叫恋爱？！

我还没有来得及回答，旁边的老吴抢着先答了。

人家老莫要牵过手，亲过小嘴，捏过软柿子，还要睡过觉，那才叫谈恋爱。说着，老吴笑嘻嘻地转向老莫，老莫，是这样的吧。

老莫呵呵一笑，不否认也不肯定，有些不好意思了。

我借势问道，老莫，你这么大年纪了，你家里一定为你着急吧。

急有个屁用！

那你说，怎么才有用？

什么都没有用了，像我这样的人，谁会看得上？

这样的话要是从别人的嘴里说出来一定会让气氛紧张，但是从老莫的嘴里说出来却有一种调侃和轻松。十多年过去了，他已经变得平淡了从容了。我们的谈话也没有因此而结束，仍旧继续着。

我说，老莫，你这么帅气，如果老吴是个大姑娘，我想我一定做媒，牵线搭桥让她嫁给你，给你生一大串土豆地瓜什么的。

听我这么一说，扑在电脑前的老吴仰起头来，右手推了把厚厚的镜片。

吴，人家老莫高大威猛，才不会看上身材矮小的我哩。老吴咽了口唾沫，接着说，人家老莫在老家鸡喝那边，父母已经给他说好了亲事，要不人家前段时间回家干什么去？老莫早打好小算盘了，只等一个电话通知我们吃喜糖啦！

老莫一听，正色道，吴，别听老吴瞎扯淡，没有这回事。我以为老莫的话到此为止了，却不承想，他留了一手，道，吴，老吴的意思是想让你给他介绍个把小三小四的，不好意思直说，拐弯抹角呢。

老吴知道，老莫这是在故意挑灯拨火，把皮球踢给老吴和我，老吴才不上他的道呢。

这时，老吴转而道，老莫，叫吴给你介绍个把吧。现在是夏天，天气热无所谓，过段时间到了冬天，天气一冷，晚上一个人睡觉是个难事哦……

我不言，当没听见。

老吴转向我，吴，你就给老莫介绍个把吧。

我正要回答老吴，老莫就笑开了。他道，吴都自身难保，哪里还腾得出手来帮助别人？然后转向我，吴，你说是吧？

听到这话，刚开始我还不置可否，可我转念一想，妈的，这老莫的话里藏有大玄机。我立马便答应了老吴的请求。我说，老莫，你果真没谈过恋爱？话刚说完，我便立即纠正道，老莫，你果真没结过婚？如果你敢说是真的，我一定帮你介绍。

老莫便认真起来，答，没有，真的没有——我敢打包票。

我说，谁信？

老莫显得无奈，急了，嗫嚅了一阵，然后灵光乍现般的亮声答道：我如果不是处男，如假包换！且——假一罚十！

（原载《民族文学》2014年第5期；《散文选刊》2014 年第 8 期转载）

甘典江

米的恩典

在所有的汉字当中，我最敬重的一颗字，是“米”字。

从甲骨文的字形看去，“米”字像琐碎纵横的米粒，典型的一个象形字。《说文解字》说：“米，粟实也。象禾实之形。”意思是，米是谷物和其他植物去壳后的籽实。

断奶之后，我们开始要吃饭了。民以食为天，说明吃饭是天大的事。多少年以来，中国人见面都要问候一句：“吃了吗？”难怪，古代的圣人早就明察：仓廪实而知礼节。

吃饭要靠天，更要靠地。没有谁能够管得了天，但是，地，却是被人牢牢控制住了。在中国的传统中，土地是万有之源，万物都从中孕育化生。《易经》云：“安土敦乎仁，故能爱。”这意味着，安土便能乐业，就会诞生故乡，同时，还象征着淳朴的道德选择与坚守的精神意志。某种意义上，中国的历史，就是土地的历史；中国的政治，就是土地的控制与反控制。而其中的媒介与命脉，即是白花花香喷喷的米。一切财富与权力，最终，都可以通过米来衡量与转化，通常的计量单位，就是“石”。

广义上的“米”，包括稻米、高粱、玉米（苞谷）、小米、黄米等等，一般而言，主要是指稻米，即是大米。在南方，稻田随处可见，甚至，在陡斜的山坡上，也被开垦出一圈一圈的梯田。在雾气中，在月光下，那些成片的梯田，像大地的行为艺术，在视觉上极为震撼，完美地彰显了人的力量和创意。

20世纪80年代，母亲带我去粮店买米，揣着一册购粮本。我注意到，每个人的粮食，都是一个定数，有钱也多买不到一两。而那些卖米的工作人员，在我看来，差不多是世界上最傲慢的人了。在他们居高临下的目光下，我们像是等待赈济的灾民一样，需要他们来拯救。我突然恐惧：要是哪天他们关门不卖米了，我们又怎么办？

幸好，某一天，人们又做起了交易，在农贸市场，大米开始自由流通，只要有钱，想买多少是多少。望着那些被解放了的大米，我觉得生活才真正开始，而一直遭禁锢的日子，正被释放，带着烟火回归民间。

吃饱饭后，人性苏醒了。接着，我们各式各样的欲望，日益膨胀。不知不觉之间，人们见面，不再问候吃饭，而是关心挣钱发财。很快，米的命运也发生了变迁，它们被包装进入超市。在某种意义上，这时候的米，面目全非，与土地紧密的关系已经断裂。顾客从一袋米中，看不到四季的替换，闻不着泥巴、雨水和阳光的气味，也无视农夫的喘息与农妇的忧伤。可怜的米，被抽象成了一种消费符号。

每次不得不去超市，面对此起彼伏的商品，我都在猜想：假如苏格拉底看到这荒诞的一切，不知还会发出怎样的感叹。在两千多年前，他就对物质消费不屑一顾："我们的需要越少，就越接近神。别人为食而生，我为生而食。"也就是，对于这位伟大的哲学家来说，他只需要粮食即可生存，生活更要指向精神与理性。

有了苏格拉底的提醒，从此，我尽量少去超市，实在要去，也要扪心自问一番：是不是因为听从了大米的召唤？我越来越相信：过度的物质消费，是一种恶习，甚至，是对高贵精神的冒犯。人类最恐惧的，其实是自我与世界永久地割裂了联系，失去了安顿的栖居地，从而使灵魂无法被呼召。

中国人吃饭用筷子，我发现，印度人吃饭用手抓。这是否也是一种隐喻：手抓比筷子更能亲近粮食？粮食需要亲手抚摸才配享用？一粒大米，无论是干瘪的还是饱满的，一起经历了四季的轮回，演绎了生命的涅槃，见证过土地的馈赠，追逐过阳光雨露，都领受了人的安抚和神的祝福。在此意义上，它们都是平等的，都有权利进入人的胃，化为人的血肉与精气。

于某种意义上，麦子比大米更具神性，因为麦子经过施洗已经脱胎换骨，变成了有信仰的面包，荣升为基督的圣餐。基督徒进餐都要祈祷："感谢主，是他赐我们食物，使我们活着。阿门！"如果麦子有灵性，一定会充满着喜悦，幸福地蒙受着神的恩典。当然，上帝具有可以传递的属性：良善与恩惠，圣洁与公义。它们可以启示麦子，同样也能感染大米。

拣选一粒麦子或大米，具有普遍启示的价值：传播了福音，实现了诸般的义。

粮食是至善至美的象征，敬畏粮食，就是遵守律法，可以凭此找回自我，梳结人与大地的伦理，并抵达感恩的故乡，甚至，还能够间接地赎罪，是得救的确据。

从一粒大米的恩典之约中，我领受了永恒的秩序与安息。

（原载《人民日报》2014年6月4日）

魏荣钊

尹珍随想

正安在桐梓县的东北面，道真县的西北面，北邻重庆南川，属贵州遵义市。

我曾从正安县乡村路过，但没有到过县城，谈不上对正安了解。这次来正安，也算是蓄谋已久。

那天从桐梓赶到正安是下午晚些时间，于我来说，时间早晚对我这个在路上的人来说并不重要，重要的是能碰到个好玩的地方，不管这个地方在城镇还是乡村，当然，乡村更好。来到正安，对这个县城有个初步感觉：贵州高原上凸起的一片楼群，坚硬、厚重，但也有点闷骚。

我在客车站门口吃了碗粉，有些心神不定，因为不知道正安哪里好玩，去哪里“蹲点”。我不喜欢打扰别人，要知道，但凡到一个地方，一旦联系别人，不是人家为难就是自己为难。因为，你联系人家，人家即使再忙也要礼貌招呼你一下，这样一来难免打乱了人家的时间，影响人家正常工作或生活，而你，也得赔着笑脸向人家表示万般感谢。想想，这是多么费劲的事。然而现在的情况是，我不知到底去哪里，这是个问题。于是我给多年未见面的大学同学打电话，可不凑巧，同学出差外省，我就在电话里说“那就下次见”。没想到挂了电话，接到一个陌生电话，对方说，他是我同学的下属，上级指示他无论如何也要召集几个人陪我喝杯酒，并不由分说就电话把我给“安排”了。后来我才得知，我那个一向不多言不多语的同学如今已是该县某局的一把手，真是士别三日当刮目相看啊。

虽然是初次相识，但晚上还是和同学的下属们喝高了，回到旅馆，我想起了一个人，这个人是贵州城乡杰和房地产公司的老总林农先生。

我和林农先生相识于2009年夏天的贵州北盘江边，一年多后我们在贵阳有过几次饭局。林农老家正安，曾任过某县副县长，后来弃官从商，当了老板。几次见面，他都希望我策划沿尹珍在一千八百年前从正安北上中原求学的路线行走方案，探索古人跋山涉水尚学的艰辛。遗憾的是，我一直未能做成这事。不过，从那时起，我开始对东汉时期的贵州学人尹珍有所关注。此前，我孤陋寡闻，只听说贵州历史上有这样一个老厉害的文化人，但具体情况却不甚了解。

这次正安之行，之前胸中无数，但此刻我却突然想起了贵州文化先驱尹珍。

次日早上，我随林农先生在正安工作的下属驾车前往尹珍故里新州镇。正安县版图为扁长形，南北两头的角伸得很远，南角伸到了凤冈县，北角新州伸到了重庆的合溪镇。县城距新州估计六七十公里，出发就一直爬坡北上。新州镇坐落在宽敞的山坳里，快到新州时，汽车才从山顶向山下行驶，至山脚，行一二公里，便到了新州。新州新街是一条公路，就是那条奔往重庆南川的公路，同时也当街市用。街两边的房子崭新，千篇一律的白墙，平行地向公路两侧排开而去；街头人影寥寥，虽然各种门面洞开，但少有人问津，其冷清一目了然。那条有点味道的老街，房子还保持着老式模样，但拥挤在一块，少了许多气韵和格局。

我们在老街一角找到新州的“务本堂”。据说，尹珍就安葬在务本堂一角的千秋树下，可我们在务本堂既没有见到尹珍墓葬，也没有看到那棵神圣的千秋树，只有那高耸肃穆的牌坊和尹珍塑像给人一种历史时空感。资料记载，务本堂原为尹珍“手建草堂三楹”之地，为纪念尹珍，明万历四十年（1612年）遵义知府孙敏政兴建此祠，命名为“务本堂”。清初，地方官吏多次加以修葺，但不幸毁于清同治匪乱，清光绪十二年（1886年）由民间集资复建。如今的务本堂也是多次修缮后的务本堂，和当初修建的务本堂肯定不是一个样子。

近年来，文化被拔升为社会发展的软实力。在这样的背景下，正安兴起了一股尹珍研究热，当地政府意欲借“老古董”打造旅游文化，以便招商引资，发展地方经济。这没有错。可惜的是，有关尹珍的历史资料，尤其是权威资料少之又少。史家们探讨尹珍主要是根据《华阳国志》所记：“（东汉）明、章之世，毋敛人尹珍，字道真，以生遐裔，未渐（见）庠序，乃远从汝南许叔重受五经。又师事应世叔学图纬，通三才，还以教授，于是南域始有学焉。珍以经术选用，历尚书丞郎，荆州刺史。”

短短几行字，加上标点也不足一百字，要研究尹珍真是苦了众学者。所以有关尹珍这位“贵州巨儒、教育家、书法家”的研究成果十分有限，而且众说纷纭，各执一理。按说，研究成果只要言之有据，言之有理，就不失学术探讨之原则，遗憾的是，看了有关人士的一些研究成果，实在觉得牵强，有的文字既不符历史事实，更不符事理人情。

当然，历史的真实性本身就值得怀疑，更不要说，少有史料佐证，研究尹珍无疑困难重重。我们甚至可以怀疑，尹珍到底是不是毋敛人？也就是说，他是不是今天正安县新州镇人？当然，我们可以用排除法进行证伪，如果有充分的依据排除尹珍不是新州人，自然尹珍肯定就是新州人。尽管有争议，但没有谁敢斩钉截铁说，尹珍不是新州人。

中国人最乐于做的事就是，倒霉的时候就使劲把人往外推，并声明跟自己八竿子打不着，当人家得势后又拼命拉关系，哪怕绕几个圈圈，都可以绕到沾亲带故上面来。我和大家一样没有任何依据推理尹珍不是毋敛人，不是正安人。只是假设。

《华阳国志》载："毋敛人尹珍"，《綦江县志》列綦江为汉毋敛；《四川省志》列南川为毋敛；《贵州图经》将毋敛入正安、思南、石阡一带；乾隆《一统志》列为清代平越；嘉庆《一统志》列为清代曲靖，可见争议不小，但不乏理由。

今天我们判定尹珍为正安新州人也只是根据现在的行政区划为依据。

尹珍身世确实有很多疑点，比如他是先做官后教学还是先教学后做官？比如他有没有家室、儿女？既然被尊称为"南中国孔夫子"，为什么史料涉及微乎其微？这些都是我们无从探究的。那就只能凭推测或想象。

虽然有研究者结论：尹珍，字道真，东汉牂牁毋敛人（今正安县新州镇古毋敛坝）。生于章帝建初四年（79年），和帝永元十一年（99年），珍二十岁时，自以生于荒蛮之地，不知礼仪，乃远至中原，从汝南著名经学家许慎受五经，学成以后，于永初元年（107年）还乡手建三楹草堂，开馆教授乡民，一洗牂牁之陋，遂有"南域始有学焉"。永兴元年（153年），学者应奉任武陵郡太守，尹珍慕名师事，习图纬，通贯天地人三才，声名远播，被汉廷录用。历尚书丞郎，官至荆州刺史。尹珍功成名就，但是诚报效桑梓，遂辞官还乡于西南各地设馆教学，凡牂牁旧县无地不称先师。桓帝延熹五年（162年），先生因病逝世，葬于"务本堂"后千秋树下，卒年八十四岁。

这个论断值得商榷。首先"牂牁"大多认为是指北盘江流域，而正安却在贵州的北部，和贵州西部的北盘江相去甚远，"牂牁"为"正安"怕是有些牵强；其次，"尹珍功成名就，但是诚报效桑梓，遂辞官还乡于西南各地设馆教学"。既然辞官不做，哪来的刺史？这是说不过去的。这大抵是根据《华阳国志》不足一百字的记载推断而来，但推断必须符合逻辑和情理，否则就是胡言乱语。

遵义禹明先先生的文章较有见地，当然也只是一家之言。他著述认为，汉武帝时兴办太学，培养五经博士生，学有所成后，经对策考试，成绩优异者可步入仕途，官至郎中。而郡县一级学校培养出来的学生，称为"诸生"，大多只能先做郡县的属吏。到东汉顺帝时，尚书令左雄向汉顺帝建议："诸生试家法"（传自经师名家学业的学生），经考核优秀的，均应该给他们授以较高的官职。同时汉顺帝还采纳左雄的建议："年四十以上才能察举孝廉步入仕途。"

禹明先的观点也就是说，尹珍应该是在四十岁以后才做的官。他认为，从《华阳国志》的记载获知，尹珍是许慎私人授业培养出来的学生，这种学生在汉顺帝以前是没有条件和机会步入仕途的，汉顺帝改革科举制度后，才给尹珍这样的郡县一级学校培养的诸生创造了传学深造和步入仕途的机会。据此推断：尹珍获得汉顺帝的科举制度改革信息应是在阳嘉二年（133年）左右。假设尹珍当时的年龄在三十五岁左右，随许慎深造几年满四十岁后便可步入仕途，由此上推三十五年是汉和帝永元十年（98年），便是尹珍出生之年。

这就和考证尹珍生于公元79年的结论大大不符。那么到底哪个结论更接近合理?

禹明先认为，尹珍师从应郴学习图纬应是在他从许慎处结业后，未入仕途之前，这时正是他求知欲兴旺之时。因为汉代许多人都是到五六十岁饱学经纶后才步入仕途的。左雄向汉顺帝的科举改革建议中说："练以观异能……若有茂才异行，自可不拘年龄"，就是可破格使用的意思。两汉时期官员的任职时间没有期限，如身体允许，可以干到七十岁。从尹珍北上向许慎学习五经一事来看，他是个有抱负的人，因此在他未步入官场以前是不会"还以教授"的，尹珍回乡办学应该是七十岁从荆州刺史退下来后的事。

像尹珍这样做了经年刺史的文化官吏，回乡后不出门学生也会争相上门求学，不可能闲着没事到外地去办学，推销自已。从年岁上说也不太允许，何况到目前为止，其他地方没有发现唐、宋以前尹珍的行迹和遗址。因此，有论述说尹珍"到处去办学"不能成立。

据《后汉书·应奉传》记载：应奉出生于官宦世家，其曾祖父应顺，东汉和帝时为河南尹。应奉的父亲应郴曾任武陵郡太守。汉代规定郡太守以上官员任职满三年，才可保举其子弟一人做官，因此汉桓帝永兴元年（153年），应奉年满 四十岁时，便由其父应郴保举出任武陵郡太守。而尹珍却没有这个先天条件，因此尹珍步入仕途的年龄必定比应奉大，应在四十五至五十岁之间，时间应是汉桓帝建和元年（147年）前后。由于常璩《华阳国志》对尹珍生活的年代记述超前，范晔著《后汉书》时发现了这一失误，于是把尹珍改定为"桓帝时人"。这个结论应该是以尹珍任荆州刺史的开始时间为依据的，相对来讲，比常璩《华阳国志》的认定可靠。因为尹珍出任荆州刺史后，随着政绩和名声的扩大，史料对他的记述相对明确，因此范晔采取了这个结论。常璩著《华阳国志》时，收集史料的范围重点在西南地区，而忽略了中南地区关于尹珍生平的记载，因此出现失误。

禹明先先生的论据充分，逻辑思维缜密，结论相对靠谱，可谓言之有理，但对尹珍身世仍然没作破解，或许根本就无从破解。

顺着这样的思路出发，我以为，尹珍千里迢迢师从许慎，学毕，未得官府启用，无奈只得回乡一边自学，一边教授乡村学子等待时机，做官前已在当地及周围乡村有了一定声望，求学者渐多，口碑甚广。应奉任武陵郡太守后，他抓住机会乘势而上，当了荆州刺史。至于那个尚书丞郎的官位，我想，就像今天的中央政治局委员任某省书记一样，政治局委员是一个级别，实际是两个头衔，一个职位，刺史为实职。

尹珍为什么给后人留下这么多谜？其实，如果我们不去追溯，谜也就不存在了，一切都是自然状态。世上本无事，庸人自扰之。后人对历史往往喜欢牵强附会，虽然发掘历史文化是一件崇高的事儿，可是，没有史料依据，众说纷纭也是对古人的大不敬啊。当然我们历来就有炒作的传统，这或许能达到某种目的，但我想，这一定不是先人们所乐意的。就尹珍先师而言，他也不希望后人把他拿出来说三道四。也许，因他出身蛮夷，家业也并非显赫，加上前途颇受波折，到了做官时或许有了家室孩子，或许还是单身一人，总而言之，长期的心智磨砺，已使他练就了一身正气，不苟世俗，虽官至刺史，但脾气倔强，和当时著书立说者们不相往来，其事迹功名难免被著者简略，甚至遗忘、故意不予记述。而尹珍先生却不当回事，直至回到故土，年事已高，虽能教诲乡人，但也不再强求自己，淡泊明志，深居简出，如此而已。这未免不是鲜有史料记述之因。

我并非史学研究者，纵观纭纭论述，生发一点小感想，当属抛砖引玉。

只是尹珍万万没有想到，斗转星移，草木更替，无数英雄人物在日月轮回里灰飞烟灭，而他竟会由官家牵头，率众学人对他进行规模性研讨、挖掘，要是尹珍地下有知，不知是高兴还是不高兴。

离开务本堂时，天空飘着细雨，冷意袭来，看门的年轻人瑟瑟地抱着自己钻进了里屋，他的背影突然让我联想到，蛮荒时代的尹珍和当下这个年轻人在毋敛的生活有何不同？我不得而知。

（选自《遇见——我的黔边行》，贵州人民出版社，2014年7月；
《遇见——我的黔边行》获第二届贵州少数民族文学创作金贵奖）

龙道炽

父亲的六个梦

从父亲离世到现在，已有二十多年了。二十多年来，父亲，作为一个年代的记忆，作为一个符号，渐走渐远，直至被岁月深埋。也一直被我深埋在心底，不会轻易抖搂出来，酿成似酸若咸的文字。

我想，农民一辈子的父亲，在千千万万的中国农民里，只不过是一张脸谱而已，普通得就像一粒沙子，就像一滴汗水。活在巴掌大的天空下一个小小圈子里的父亲，一个寡言少语只知种地的农民，知道他的人，本就不多，随着三亲六戚同代人一个个地离世，会偶尔想起父亲的人，是越来越少了；作为子辈的我们，虽然还知道父亲的一些事，但随着岁月之笔的不停涂抹，父亲仅有的影像终将会消失在时空的暗角里，直至无影无踪。

然而，作为父亲的儿子，作为农民的儿子并沿着父亲的脚印农民了半辈子的我，觉得还是有必要写一点关于我农民父亲的文字，以祭奠那些陪伴父亲走过的岁月。

因为，我深爱我的父亲，更不会忘记父亲的梦想。是父亲，把梦的种子播撒在我的身上，并穿透现实的藩篱，悄悄发芽，夜夜拔节。

我发现，父亲是最善于做梦的，父亲这辈子做了好多好多的梦，有噩梦，有美梦。只可惜，当噩梦过去，当美梦成真时，父亲却早已离开这人世，看不到了。好在我还时常能在梦中，与我的父亲相遇，并告诉父亲他的梦想在他离开后的这二十多年，已经成为现实。

梦之一：得吃一餐饱饭

记得最饿的一年，父亲曾跟母亲说，这辈子不知还能不能得吃一餐饱饭。如能吃上一餐饱饭，叫我干什么我都愿干。能吃上一餐饱饭，对于那个年代的父亲来说，就是一个真实可感的梦。现实很饿，梦很饱。

是的，父亲这辈子，农村的各种苦活累活脏活不知做了多少，却很少吃过饱饭。父亲一出生，“鬼子”就打进中国，打跑“鬼子”后，又打内战，那些年的日子都不是人过的日子。1949年后，没过几年好日子，又瞎折腾什么“大跃进”和人民公社，入大食堂吃大锅饭，还有严重的自然灾害，再加上后来的“文化大革命”天天搞阶级斗争，田地种不出粮食，在一年只有半年粮的日子里，家庭成员多、负担重的父亲一年两头饿，真的很少吃过饱饭，吃过硬饭。

父亲曾经给我讲过这样一个故事：

我们寨上有个叫刘就毛的，家里常年饿饭，穷得让整个寨子都发愁。搞单干那年，吃了半年杂粮野菜的刘就毛一家好不容易捱到了秋熟时节，田里的谷子已有半穗是黄的了，再等十天半月就可以进仓，生产队长就说，等不得了，先去打几斤来救命。结果因就毛家的两丘大田向阳早熟且水也干了，于是就决定先拿就毛家种的两丘大田来试刀。生产队长让大家拣那些相对熟点的谷穗用剪刀或镰刀把它剪割了拿来大家分，先过这危险的几天再说，等大家的熟了，再收来还就毛家。结果半天工夫每人分到五斤生谷子。一回到家，就毛就叫儿子宗财架起锅子，在火炉上把谷了的水分炒干了，再拿去石碓里捣，经筛子簸箕一阵忙碌后变成米。这时，全家人的心里像开了花。就毛就说，我们今晚要煮一餐最硬的饭来吃，大家只管放开肚子吃。说完就烧火煮起饭来，全家六口人，平常最多能煮三四斤米的鼎罐一下子煮了六斤米。那鼎罐，除了装米，几乎没有多少地方装水了。煮不一会儿，水就干了，就毛用两根长筷子把那饭搅了几下，就把鼎罐端下来，盖上鼎罐盖，放在火边用文火把那鼎罐慢慢地，边煸边转。那鼎罐有四个耳，等四个耳都转过了，那饭就算是熟了。不一会儿，鼎罐里的米饭发胀，把鼎罐盖掀翻落地，就毛赶紧把它盖上，不几分钟，又被掀下来，就毛就对宗财说：“宗财，你去外面拿一块石头来。”“拿石头做什么？”“你拿来再说。”宗财果真去拿了一块五六斤重的石块进来，刘就毛二话不说，就把它放在鼎罐盖上。“我看你还掀得下来不？”就毛说。这一招果然见效，那鼎罐盖再也掀不下来了。接着，就毛又把一些很苦的野菜掺了差不多一斤米煮了一锅炖菜，那炖菜是一点油都没有的。接着又把放在碗柜里层好久不用了的油罐找来，用调羹刮了点黑黑的油星放在锅里，炒了一碗当天田里捉的蚂蚱。宗财把几只捉来的黄蛤蟆用剪刀剪破了肚子，把内脏取出来，又把几颗黄豆般大小的石盐用碾石在碗里碾碎，再加些水等它溶好了，就用手舀来抹在黄蛤蟆的身上，然后放在火上烤。

紧接着，摆碗摆筷，全家人像过年一样围在了火塘边。由于没钱买香，那神龛是好久没烧香了，就毛就从香炉上拔下半根以前没烧完的冷香重新在火炉里点了插上，又从堂屋放香炉的一个小壁柜里找得了三张皱巴巴的纸钱，展平了并在一起，对折一下，点火烧了，作了三个揖，然后开饭。要在平常，一般都是宗财的母亲装饭，这回可不同，就毛要亲自给全家人装饭。就毛左手拿饭桡，右手拿一张抹桌布，把那鼎罐盖及边沿擦了三遍，然后慢慢掀开盖子，一股臭糊的味道马上弥漫了整栋房子。也许是很久没有闻到臭糊的味道了，全家人都说香、香。打开盖子后，只见那饭粒和米粒差不多大小，紧紧粘在一起，就毛就拿饭桡去舀因臭糊而有点泛黄的也不知道熟了没有的米饭，没想到那饭太硬，那饭桡是木块做的，边沿有点厚，竟然舀不动。就毛对宗财说："拿锅铲来。"宗财拿来了锅铲，就毛拿锅铲往饭里整，哪想那锅铲也许是用久了快要朽坏，没几下就给整断了。这一来，如何舀饭倒成了问题。宗财说："去砍根竹子来再削一个饭桡吧，竹子硬些。""见得生见不得熟，等不得了。"就毛说。宗财就说："拿菜刀吧""干脆拿斧子来。"就毛说。说做就做，宗财真的拿了斧子过来："把那斧子洗下，擦干净。"宗财又把那斧子在盆里洗了擦干净，递给他父亲。就毛接过斧子，真的砍起饭来，当然，只能是轻轻地砍，要不然，鼎罐就要被砍破了。鼎罐是破不得的，那是全家的宝贝。听说前几年石引寨上有几家失火，有一家人慌忙中，就只抱了一只鼎罐出来，其余的全都被烧了，可见鼎罐在一家人心中的地位，重要到什么程度。这也是湖南来的那些补锅匠为什么特别受欢迎的原因所在。不用说，这一餐，全家人吃得特别香。也许是饿久了，也许是没有油的原因，那饭是越吃越想吃，明明那肚子都装不下了，胀得快要炸了，但那嘴里就是还想吃，结果，全家人把那一罐饭还有那一锅炖菜包括那一碗蚂蚱连同那几只黄蛤蟆全部一扫而光。

接下来的故事是：当天晚上，那硬饭在肚子里慢慢泡胀，越来越胀，胀得真的要炸了，结果全家人躺在床上一点动不得，痛得哭了一夜。后来还是我父亲出的高招，把蛆虫放在鼎罐盖上，拿到火上烤香烤脆了，研成粉末，放进碗里，做成"阴阳水"，然后一一灌进他们的嘴里。就毛一家把那"阴阳水"喝下去，想到那蛆虫在粪桶里爬行的样子，一阵恶心，禁不住吐了出来。这一吐，还真好，把全家都吐活了。

父亲讲完这故事，当时我只觉得很好笑，我笑那一家人太傻。接着父亲长长叹了一口气："唉，就毛宗财是死了，但他们还是得吃过一餐饱饭的，死也值了，不知道我还有没有这样的命。"

也许是久不吃饱饭的原因吧，就毛宗财一家吃饱饭的情景，常常出现在父亲的梦中。所不同的是，梦中的主人，换成了父亲。

当终于赶上有饭吃的年代时，经常在梦中吃饱饭的父亲，却病倒了。当终于有了自己可以自由耕种的田地时，父亲却扶不动犁耙抡不起锄头了。积劳成疾的父亲，把他的梦想留给我们，终于离开这让他饥饿了大半辈子的人世。

如今，吃饭，哪怕是在我们那最偏僻落后的贵州山区的侗家村寨，也早已不是问题。成问题的是许多人家不知如何处理因劳力外出打工挣钱而省下来的陈年谷子，成问题的是不知如何拒绝各种浪费时间的人情饭局。每当年节里，兄弟几个一大家子围着热气腾腾的饭桌，欢聚一堂酒饱菜足后，面对着剩下大碗饭菜不吃的孩子，当哥的就对着孩子们说："要是你公活到现在，你们几个糟蹋粮食的，不被你公饿饭才怪。"

梦之二：有猪杀来过年

戮羊屠狗，杀猪宰牛，在高度文明的今天看来，都是再平常不过的事情。在这充斥着呻吟与嚎叫的世界里，到处是鲜血干尸，到处是肉林酒池，没有人会去非议杀一头猪宰一头牛会有什么不对，没有人去可怜那些牲畜的呻吟，没有人会在乎动物的眼泪。

然而，有些时候，却不全是这样。比如小时候生产队那些年，就是严禁屠宰耕牛的，猪的身上也是有"上调"任务的，不能随便杀来吃的。想吃肉？等过节吧。过节没有，就等过年吧。

对于一般日子闻不到肉味的那些年头来说，有猪过年的年，是稀有之年。

记得我五六岁的时候，我们有一头猪十分幸运，居然能养到过年，便盼望着到过年时杀猪吃肉。当我哭闹时，父母亲也说别哭了到时我们杀猪过年。谁知到过年时，父亲说：今年我们不杀猪了，这猪还小，还不到五六十斤，正是长的时候，现在杀了可惜，等翻年喂大点了再杀；今年这个年就先跟人家分几斤来吃吧，翻年来把猪杀了再还人家。还对我说，等到翻年来，天气和暖了，野地里猪菜也多，那猪长得快，能长到八百斤呢，那时别说吃肉，你想吃什么都有。我便一直相信着父亲这话，盼望着来年。

时间大约到了农历的四月间，我们家的那头猪，比过年时大了将近一倍。一天，两个陌生人到我们家来，父亲说，他们是来杀猪的，我们的猪都长这么大了也没有东西来喂了，人吃的都没有了。我心里一阵高兴，一心想着吃猪肉，也不再有耐心去等它长到八百斤了。

那两人和我们寨上的几个人，一起忙活着，不一会工夫，就把我们家的那头猪杀死并修理完了，并很快吃完了猪刨汤。奇怪的是，父母亲这回没有喊那些房族亲邻来吃猪刨汤。我想他们也一定一直在盼望着，说不定还饿坏了。

吃完猪刨汤略略休息后，众人拿来寨上唯一的一杆长杆秤把猪肉称了，在本子上记一下。接着那两个陌生人跟父母亲说了一通话，用木杠把猪肉一穿，全挑走了，只留下一串大肠和一小块猪板油。奇怪的是，那两人并不付钱给父母亲。他们走后，我问父亲，他们怎么不付钱？父亲就说，这头猪是拿来上调的，今年轮到我们家了。我说，

"上吊"是什么？是不是就是把猪吊死呀，可我明明看见你们是杀死的而不是吊死的。父亲说，不是吊死的吊，是调动的调，就是把猪调到上面去。接着父亲又跟我解释了一通，但我还是听不明白父亲的意思，更不理解他说的"上面"是什么意思。最后父亲说，猪上调是轮流的，是记工分的，等到打谷子了，我们可以用猪上调换来的工分多分些谷子。接下来父母亲争论了几句，还小吵了一架，又商量着到哪里去找个小猪崽来养，说无论如何今年一定要杀猪过年，不怕它只长三十斤。

父母亲正在商量猪崽的事情，寨上来了几个人，跟父亲说快要栽秧了，来量我家有好多猪粪，然后挑去生产队的田里准备犁田栽秧。接着，我看见差不多七十岁了的一个叔公和另外一个人，抬了一个没底的像打谷桶一样四四方方的量粪桶，来到我们喂猪的一楼，把地上积存了一年的和圈里的猪粪草粪用钉耙和锄头拉到量粪桶里，用脚踩紧踩实，量了三大桶，猪圈里和地上都被锄头刮了又刮，刮个干干净净，然后喊人用粪箕全部挑走。

等挑粪的人全部撤走后，母亲估摸着这些人不会再回来了，因为地上和圈里都刮干净了，没什么可刮的了，于是找来一把锄头，又在人们刮过的地上和圈里轻轻地挖刮起来。功夫不负苦心人，约一个小时后，母亲还是刮得了约一小筐粪箕夹杂着泥土的细碎猪粪，把它堆在圈边。我问母亲，要这些猪粪干什么，母亲说，可拿去种几蔸白瓜和冬瓜，还可以种几蔸青菜和萝卜。

正当母亲在做着瓜瓞绵绵和菜花飞扬的丰收白日梦时，不知是谁走漏了消息，还是其他什么原因，挑粪的人又回到我们楼下，看见了母亲刮堆起来的那一小堆夹杂着泥土的猪粪，硬说母亲私藏家肥，要扣工分，然后又到处仔细搜查了一遍，把那一小堆夹杂着泥土的细碎猪粪挑走了。

挑粪人走后，母亲顿时像散了架似的，一下跌坐在猪圈边，细声低哭，十分伤心。

那些年，过年吃肉，可是我们这些孩子最盼望的一件事情。记得寨上的一个大人，过年时好不容易分到了十斤肉，大年三十开年夜饭时，那人对他的五个孩子说："孩子们，老天饿不死我们，今晚大家放开肚皮吃，十二个月后，我们又过年。"后来，"十二个月后又过年"成了乡间流传的经典话语。

然而，对于大人来说，逢年过节却是一件发愁的事情。发愁的是，不知如何去筹备这一餐年夜饭，特别是对于圈无一头猪笼无一只鸡的家庭来讲，更是一件发愁的事情。因此每当快要过年时，父亲都会在火塘边发出感叹："不讲天天有肉，年年有猪过年就好了。"

有一回快过年时，父亲突然半夜惊醒，对母亲说："我梦见杀猪了，我们家的大肥猪，杀来过年。"母亲说："今年要真有猪杀来过年就好了。梦见杀猪，很不吉利。猪就是输，我们得小心点，免得破财。”

父亲去世后，每次吃饭，特别是有酒有肉的日子，母亲都要交代我们，吃饭时要先把筷子插在碗里，放在桌上，喊一下父亲来吃饭，然后才能吃。

现在，不要说逢年过节，就是平常日子，平常百姓家，吃肉，早成了家常便饭。倒是当年充饥救命的野菜，反成了桌上不可多得的奢侈品。很多人头疼的，是营养过剩导致体重严重超标，整天寻医问药，想的是如何减肥。

梦之三：住上滴雨不漏的房子

老屋是老爸老妈留下的房子，起于20世纪70年代。

70年代，还是大集体时代，因收的谷子很少，一年还没有半年粮，剩下的半年多时间里，要靠杂粮、野菜及芒粑来充饥。在我们南方贵州地区，主粮就是大米，剩下都叫杂粮，包括小米、苞谷、大麦、小麦、荞麦、高粱、红薯、土豆等足以整餐充饥的粮食。那时，生产队把大片大片的杉树林砍倒，然后烧荒炼地，用来种杂粮。趁这机会，经生产队同意后，父亲带着我母亲和我大哥，在集体劳动收工之后，尽管饿得头昏眼花，还是把丢在山上的木头一根根扛回家来，终于起了一栋三进三层的新房。新房是有了，但由于盖的是木皮，木皮经不得日晒雨淋，很容易朽烂，一般两三年要翻盖一次，翻盖一次要准备很多木皮。进入80年代，山上的树几乎都砍光了，于是盖房的木皮就成了大问题。为盖房子，父亲与大哥农闲时随人家到二三十里外的清水江边还有杉树未砍完的地方帮人家砍树，报酬就是剥下的树皮。等木皮半干后，从二三十里外的山里，把百来斤重的成捆的木皮，或斜披在肩上，或拿一根树杠用两个木丫连捆起来，然后把木皮捆在上面扛回家来。其中一半以上的路程都是爬坡，艰辛可想而知。父亲也因伐运木材等过度劳累落下了一身的毛病，终至不治。父亲病后，家里的境况日渐惨淡，更没有木皮来翻盖房子了。于是房子漏雨成了常态。每当大风扫地，乌云翻滚，家里就开始发愁。愁归愁，躲是躲不过的，屋漏偏遭连夜雨，雨终究要来。雨来了，全家也就慌忙起来，先是把被窝挪到没有漏雨的地方，然后哪里有一块塑料都拿来遮盖谷子，其次是搬弄各种盆桶器具来接雨水，连吃饭的碗都搬来了。卧病在床的父亲，还要起来，带着我爬到屋顶上面，看哪处雨漏得最大，找几块备用的木皮往漏雨处补塞进去。最怕是半夜，睡得正香时，突然下起雨来，等被窝被淋湿了才发现，于是翻身起来，又一阵慌张。如果是秋冬或倒春寒时节下雨，那情况更糟，全家只能瑟瑟缩缩围在火塘边烧火过夜，一边烘烤衣物，一边等待天明。由于木皮少，漏雨的情况持续多年。有时因久不翻盖了，雨又下得大，风也狂暴，屋内无一干处，甚至在屋内都要戴上斗笠才不致被雨淋湿。

每当这个时候，父亲总是自言自语：“唉，哪时才能住上滴雨不漏的房子呢？”

能住上滴雨不漏的房子，成了父亲的一个梦想。1990年，父亲因病去世，最终没能住上滴雨不漏的房子。

1993年，我参加工作成了一名中学教师，圆了父亲吃公粮的梦想。这时，我大哥早已搬出老屋另起炉灶，我家的这栋房子，我用木皮又翻盖了两三回。但木皮毕竟朽烂得快，房子还是经常漏雨。2003年，公路修到了我家房子的背后，我们小村终于实现了通车梦。通车后的小村，漏雨的木皮房子都换上了新瓦，好多家都盖起了新房，有的还起了十分洋气的砖房。通车后，我请车子拉来砖瓦，也把我家这栋受尽漏雨之苦的房子，从头到脚，重新装扮了一番。

母亲去世后，2007年，我搬进了县城里的商品房，再也不用为没有树木起房而担心，更不用为漏雨而忧愁。住进新房后，每当看饱电视读倦闲书之时，横靠在沙发上，胡思乱想，又想到我家这栋空悬在大山深处的受尽漏雨之苦的房子，以及曾经活在房子里的我过世的父母。

梦之四：舔吃泼到地上的酒液

那些年，粮食紧张，从生产队分到的粮食，过个年，也就差不多了，距离下一次丰收至少还有半年。在这整天发愁的下半年里，每天如何度过，得精打细算，稍不小心，家里的锅子就得长草了。

那些年上面有很多规定，其中一条，就是不准酿酒。想想也对：能喝上一碗稀粥都不错了，还酿什么酒？酿酒是最浪费粮食的一件事，是十分可耻的。在当时看来，谁酿酒，那是十恶不赦的一件事，如同缺乏畜力还屠宰耕牛一样，不可饶恕。

自从清明时节祭奠先人时喝过几杯坟头的小酒后，半年未喝酒的父亲，熬过肠子发青的六月和流火遍地的七月后，漫漫等待中迎来了第一餐新米饭。没过几天，家里终于分得了几挑新谷。吃过几餐饱饭后，父亲又开动心思，打起了歪主意，琢磨着如何酿一锅酒。父亲想，白天酿酒那是不行的，左邻右舍到处是人，哪有大白天酿酒没人知道的理。而晚上，也会有睡不着的人闻香而起，终究要被发现的。父亲费尽心思，终于想出了一个办法，充分发挥他木桶匠的特长，在晚上制作了一整套袖珍型的酿酒器具，每次只能酿烧三斤米酒。这样，出酒的时间快，别人不易发现，就是有人看见了，也想不到那是在烧酒。而且酒一烧出来后，也才两三斤，悄悄喝一两次也就没了，即使有人来搜查，也一无所获。一切准备就绪后，父亲等到左邻右舍都睡得差不多了，便一人在火塘边烧火架锅，烧起酒来。约两三袋烟工夫，鸡还未叫，便烧完撤锅了。酒烧完后，父亲便用烟锅朝着板壁敲了两下，隔壁的叔公闻声而起，知道父亲大功告成，便悄悄下楼，又悄悄从我家楼下的暗梯爬上来，也是用烟锅敲了两下楼梯门板，父亲便打开暗门，让叔公从楼梯爬上来。叔公上来后，父亲先是给叔公点一袋叶烟让他等着，然后父亲便把晚上已炒好了的一只在火塘上方炕干了的老鼠肉和白天从田里捉来的几十只蝗虫摆出来，又烧了几颗辣子，两人便话不多说，细嚼慢饮起来。第一次，两人一人喝了一斤，说是留一斤过两天再喝。过两天后，又是半夜时分，叔公听见暗号后，又从隔壁过来了，并带来了他上好的一把叶烟。叔公到后，两人很快又摆开了酒局，这回只有一斤酒了，倒下来一人刚好有一碗。也许是生怕一口下去就没了，因而叔公和父亲两个反而吃得慢了，一次仅喝一小口。喝到半碗时，父亲起身去水桶边喝水，不想脚尖钩住了一根正在燃烧的柴火，那根柴火横过来把父亲和叔公两个的酒碗扫倒在地，那酒液在木地板上沿着缝隙流淌，在柴火的映照下反射出一丝青幽的亮光，好像落水人下沉时投来的目光，在呼唤着父亲和叔公快去拉扯一把似的。父亲和叔公被这意想不到的一幕给惊呆了。很快，两人便缓过神来，竟趴着用舌尖去舔那泼到地上的酒液。但那酒液很快就渗透到地板下面去了。两人抬起头来，重坐在火塘边直摇头叹气，又闷抽了一袋叶烟。随后，父亲把酒糟拿来，一人盛了一碗，便喝稀饭般就着剩下的菜喝起酒糟来，到后来，竟把那本就不多的酒糟吃了个干净。

此后，父亲说，与叔公半夜舔吃地上酒液的情景就经常出现在他的梦中。

喝酒与抽烟，在现代人看来，是有损健康的恶习。我父亲也知道抽烟与喝酒的害处，并常以此告诫我们子辈，但父亲还是想抽几口想喝一碗。喜欢喝一碗的父亲，常常没有酒喝，更多只是喜欢而已。在那缺粮的年代，一家老小，张口以待，哪有粮食来酿酒？因此喝酒无疑是一种浪费，在当时是被禁止和遭到谴责的。然而，喝酒的渴望是无法遏止的，只要手头稍有余粮，父亲便要想办法让谷子变成酒来。

如今，父亲的年代早已随他而去，父亲烧酒的那些器具，也早已残坏或变成火灰了。现在的人们，只要四体常勤，想吃就吃，想喝就喝。在大大小小的人情往来各种饭局酒局中，不善拒绝的我，宁伤身体，不伤感情，有时想不喝酒都不行，深受酒的宠爱，也深受酒的毒害。有时想，老天为何没能多借父亲一些寿数以颐养天年，若父亲还在，那该多好，他想什么时候喝酒、想喝多少都可以，而用不着再去半夜烧酒。

梦之五：病了能住院

作为一个农民，父亲这辈子是够苦够累的，犁田栽秧、挑粪打谷、割草砍柴、起房造屋、伐木拖木……凡是乡间所能想到的农活，父亲没有不做的。

父亲本来是很健壮的，是生产队里少有的大劳力之一，挑担子都是拣重的挑，抬木头也是抬重的那头。

因家里老老少少，一张张嘴在张开等着，父亲不干不行。尽管身体一度健壮，但再健壮也经不得熬，再多的灯油也经不得点，父亲还是累垮了。父亲最初的毛病是到外乡伐木时落下的，起初是伐木时因拉木不小心碰伤了胸口，当时以为没什么大碍，以为过一段时间会自然好的，也就不怎么用心去医治，终于，小病变成了大病，并引发了肺水肿。有时父亲的一双脚，蚯蚓样肿得紧梆梆，看着直难受。父亲要我们为他准备热水烫脚，然后慢慢擦拭退肿。我们劝他去医院看看，他总说不要紧，住院要很多钱，我们出不起，去医院买些退肿的药来自己医治就得了。于是我们去帮他买一些药物和针具来，边吃药边打针。请不起人打针，父亲就要我和小弟拿他来练习学打针。我和小弟就是那时学会打针的。我和小弟不在家时，他就自己给自己打，因操作不便，找不准血管，一只手腕经常被扎得通红。

这样时好时坏，过了将近一年，也就是1989年，我高二下学期，大约是农历的四月间，突然有一天中午，我大哥到锦屏中学来找我，说是我父亲的双脚肿得都快要炸了，呼吸都十分困难，不得已，只好贱卖了家里要用来耕田的老黄牛，然后把父亲背到公路，坐班车下锦屏来住院。大哥说，父亲现正在打针，你下课后去照料他，现在我带你去医院看一下，我还要回家安排活路。

我和大哥来到医院，看到父亲躺在病床上，正在吊针。我和父亲说了几句话后，我哥说要回家，趁这几天刚下雨，本来刚好抢水犁田的，但牛也卖了，还要去跟人家商量，找牛来犁田。父亲说，你去吧，我现在好多了，没事的，这里有老三（我下面有一个弟，上面本来有一个姐和四个哥的，在那困难的20世纪60年代，夭折了三个哥，我因此排行第三，称老三）。大哥对我说，我这就回去，住院的钱我交到医院了，出院时再结账，还剩几十块钱，交给你，你早晚放学后去街上买饭来给父亲吃，晚上就在医院陪父亲过夜，早上要起早点，给他买了早餐再去学校。我先去几天再下来。说完大哥就走了。

大哥走后，我跟父亲聊了一些事，担心家里的田没人耕种，特别是牛也卖了，家里没有劳力，全靠母亲一人。父亲说我大哥也没有牛了，又都是干田，家里孩子多，都在等着吃饭。现在吃都没得吃了，前天卖了几根木头，才到场上买得一袋米来，他也顾得头顾不得脚，帮不得我们，大家都得靠自己，要各自努力。我说还有母亲，她会安排家里活路的。父亲说母亲劳累过多，本来就单弱的身体也不比往年了。我问小弟去学校不，父亲说，小弟虽也还去学校，但看到家里困难，心思也不在学校里。早上吃碗头晚剩下的冷饭后去上学，中午就在学校里饿着，晚上回家都还不知道有没有饭吃。我知道，父亲对小弟是非常宠爱的，在他心里，最放心不下的就是小弟。父亲又问了我的一些生活和学习情况，要我注意身体，说是学校里饭菜差点不要紧，要吃饱。他说，一定要争气，我是不行了，也不知还能活多久，现在全家就指望你了。

从学校到医院，有三四里的路程，在父亲住院的十天里，我就这样往返在医院和学校的路上：到上课时间了，就奔学校；下课了，就奔医院；晚上则陪父亲在医院过夜。在这十天里，父亲跟我说了许多话，比从前跟我说的加起来还要多。也是在这十天，我懂得了做父亲的难，做父亲的不容易，做父亲的许多无奈与苦痛。

到第十天，父亲的肿基本退完了，两只蚯蚓样的腿成了两只细长的筷子。父亲显然还很弱，走路也不稳，肿是消了，但引发水肿的病根还在，起码还要住上十天半月才能康复。但医院说，钱估计不够了，要补交钱方可继续住院。父亲听后，神色有些黯淡，想了一下，对我说，今天就出院。我说，你还没好，既然住院了就要治好，就要治个彻底。父亲说，不要紧，现在肿退了，我也走得了，拿点药回家去吃，会慢慢好起来的，在这里多待一天就多要好多钱，家里是饭都没得吃了，再说明天就要交钱了，哪里找钱去？我说回家卖木头去。父亲说，山上也没几根木头了，大点的都卖完了，小的没人要，再说都砍光了你两弟兄还怎么读书？我说，那回家卖房子吧，然后我们先起个木棚来住，等山上的木头长大了，我们再重新起房子。父亲说，房子不能卖，房子一卖，我们全家都得垮，再说我们高坡九寨那么冷，没房子，冬天怎么过？不要紧，我这病死不了，医院也不一定能完全治好，还是买些药回家去，慢慢治。

那时的我，也真无法可想。父亲说出院的事就这样定了，并催我去结账，然后用剩下的十块钱买些药，要我扶他去车站，我们一起坐车回家。

回家后，父亲的病情果然如他所说，继续服些药后，竟然慢慢好起来了。但这回却轮到我生病了。我的病是因一个星期天去跟人家打谷子挣几块学校的伙食费引起的，不承想一病就是几个月，我终于知道什么叫祸不单行了。整个高三上学期，我到校的时间还不到两个月。书是基本上读不成了。班主任托人带话跟我说，老师和同学们都很关心你的病情，希望你能重回学校，大家都为你捐了一些款表示心意，你好好在家养病，期末到学校参加考试就行了。

快期末考试时，我的病终于好了，我父亲也很好。

高三下学期，时候到了四月间，一个星期六的下午，我又徒步五十多里的路程回到了家里。母亲说，父亲的腿又肿了，这几天都是他自己给自己打消肿的针，还有买药的钱也没有了。我就知道，父亲那病其实还没治好，只要那病根还在，总免不了要发作的。我说，父亲治病要紧，我不去学校了，出门跟人家到外面造林打工挣钱去，或到金厂溪跟人家淘金去。母亲不说话。父亲说，不行，我这病我知道，没事。这么难都过来了，再过两三个月就高考了，你要坚持住，只要考上了，我们家就有希望，现在全家就只靠你了。

在父亲的坚持下，我又回到学校。

有一天，父亲告诉我最近他做了很多梦，什么都梦到。其中之一，是我家养了两头大母猪，母亲每年卖猪仔都能赚不少钱，父亲的病，因有钱住院，也早已治好了。

一个月后的一天晚上，不知为何，我整晚都睡不着觉。第二天，大哥托人传来消息，说父亲去世了，并要我安心读书迎接高考，丧事由他办理，到登山的那天再回家看看。

回家那天，在母亲细长的低泣声中，我打开棺材盖，看了父亲最后一眼。父亲的眼睛虽然闭上了，但我分明感觉到他正在看着我，好像在对我说："儿子，一定要坚持住，我们一家就全靠你了。"

三个月后，我终于领到了一纸通知书。虽没考上理想中的大学，但无论如何，还是坚持到最后，考取了一个学校，可以告慰父亲的在天之灵了。

上学前几天，我跑到父亲的坟前，想给他的坟再培些土。蓝天白云下，传来几只画眉的歌唱，一排排苍翠挺立的杉树，还有远处炊烟袅袅的村庄，以及迎风摇曳的竹林，是那么地美好，安详而宁静。

如今，父亲去世二十多年了。二十多年来，无钱为父亲治病，未能为父亲尽过一天为人子的孝心，一直是我的一块心结。我常想，要是那时家境稍稍好些，或者，那时也有农村合作医疗，我那命苦的父亲，或许能多活些日子，至少能活到我大学毕业。

梦之六：儿孙吃公粮

日本人打进中国那年，不相信中国会亡的父亲从娘胎来到了这片充满苦难的土地。

父亲读过一点私学，也读过一点公学。后来因一连串家庭和社会的变故，父亲终究上不起中学，十二三岁便跟在牛屁股后面到田里学犁田过日子了，因个子不高，犁田时裤裆都泡在田水里。

那时大队小学缺教师，公办教师没有，民办也少。因大队补助的钱米常常不能兑现，人们都不愿做民办教师。不知是看中我父亲的高小文化，还是看中父亲的老实巴交，大队主任居然屈尊登门，来请求父亲到小学去当民办教师，议定可算工分，到年末补些钱米。经不得劝的父亲拗不过大队主任的面子，终于走马上任民办去了，很是在太阳底下光荣了几年。

从我们小寨子到大队小学，要走三四里的山道，来回很不方便。作为老师，为不耽误教学，父亲只能住校。然而，当时家里只有一床被窝，夏天还好，随便在长板凳或硬板床上躺一躺，本就不长的夜晚，在蚊虫的叮咬中，很快就过去了。到冬天时，一家老小就只能挤在一张床里了。因此父亲要住校，被窝就成了大问题。后来父亲把家里的垫被分了出去，家里的垫被就用稻草来代替。稻草上面铺上一张竹席和盖被，床底再放上一盆从火塘里撮来的柴炭火，就是温暖安乐的窝了。而父亲到学校，盖和垫都是那副被子，铺在冷硬的木板床上。

父亲说，几年民办下来，除了吃饭，本来钱也要有六十多元的，但他和寨上一起民办的堂叔一分都没到手，饭也没有吃饱。实在坚持不下去后，父亲为不使全家受冻，便丢下他的学生，卷着半床从家里分出去的不知睡了好多年的硬铺盖，跑回家来，好在寒冬里给全家增添一份温暖的力量。

因算盘打得好，人又老实得没有哪个不放心，于是大家都一致要求父亲当生产队里的会计兼文书。

那时生产队每天都要开会，要派活路，计工分，分粮食，而这些，都离不开笔墨和算盘。我喜欢看父亲打算盘的样子，特别是他那副特认真的模样，还有那熟练的指法。

父亲说，他本来有过几次吃公粮的机会，但都因为会打算盘，而一次次错过了。以致后来贫病交加时，眼看着我们弟兄穿着单衣光着脚板踩着板栗球和杉木叶去上学，比自己小时更苦却无法可想，每每提及，只是在火塘边用烟锅敲着用来挡火的石块叹气。当过几年民办教师的父亲深有体会地说那时的公粮也不是那么好吃的。更难得的是大队支书知才惜才，为了生产队能有一个能写会算又让大家放心的人，于是把上面调任父亲去公社其他单位当财会的通知书悄悄藏起来了，过后跟父亲说，到哪里做事都是吃那几碗饭，都是为人民服务，生产队里离不开你，你就留在生产队里打算盘吧，还可以在家照顾老婆和孩子。

脑门光亮有些干部模样的父亲终没能吃上公粮。我想，这可能是能掐会算、干活也是一把好手的父亲及全家后来经常忍饥挨饿的原因之一。民办过几年又在生产队里会计了半辈子的父亲，算来算去总是把自己算出去的父亲，便把吃公粮的希望寄托在子辈身上，于是要他的儿女帮他把他这辈子没读完的书读下去。从此，儿孙能吃公粮，成了父亲的一个梦想。他第一个寄予希望的是我大姐，因为我大姐那时对学习还是很有点悟性的，这从她后来善于编唱侗歌就可看得出来。可是，由于生活所迫，大姐在20世纪60年代末小学还没毕业就离开了学校，十二三岁就跟着民兵团修公路去了。父亲第二个寄予希望的是我大哥，可是，还是由于生活所迫，在70年代中，上初中的大哥正是长身体的时候，终于经不得饥饿的考验，还是卷起半床破棉絮回家了，回家后，马上加入寨上的伐木队，到处去伐运木头。一再失望的父亲终于等来了包产到户的好政策，田地自己种，起早贪黑地干，干多得多，日子比以前算是好过多了，一年之中，也就只差两三个月的粮食了。于是父亲又把读书的希望，像押宝一样，押在了我和小弟的身上。父亲常常对我说他这么健壮，样样农活会做，都还饿饭养不起家人，我这个身体这么单薄瘦弱，干活是不得行的，只有攒劲读书去吃公粮才活得下去。我知道读书是件苦事，但考虑到从阎王那里只借得一副瘦弱的身子，虽也干过不少苦活累活，可终究不是干活的料，同时也是为了完成父亲的心愿，所以在最困难的日子，我也在一堆破书本里咬牙坚持着。

也许是父亲当那几年民办教师留下的种子和带来的福气，长大后我和我小弟也相继当了老师。与父亲不同的是，我们这回是公办，而不是民办了。只可惜这些都是后来的事，父亲都看不到了。但我相信，九泉之下，父亲一定会很欣慰，因为父亲抱憾黄泉的梦，终于在他儿子的身上实现了。

我想，父亲的梦，其实很朴实，很近，又很远。父亲的很多梦，在他那个时代，是多么地遥不可及；而在今天，却早已成为现实，时代的车轮，早已超越父亲的梦想。在今天看来，父亲的那些梦，根本不算什么。但在父亲那一辈，要梦想成真，又何其虚幻，梦想终究只是梦想。我不知道，我们这一代，能不能完全实现父辈的梦想；但我知道，我们这一代人，正在逐步实现父辈的梦想。

（获贵州省第二届专业文艺奖优秀奖）

李晓妮

蚩尤之光

一

丹寨，梦中的丹寨。我对丹寨的朦胧情感可以追溯到上大学时，我们班长罗亮是诗人，他的诗歌有浓浓的月亮味道，我们都喜欢他的诗歌，常常追着他讨教月亮的秘密和诗歌的诀窍。罗亮说，我的故乡丹寨有一种树叫月亮树，远远地看去，每片树叶都闪烁着月光，可以说，我的故乡的原野上到处都是诗歌。

呵，好美丽的丹寨，从那时起，我常在梦里看到神奇的月亮树。我和月亮树悄悄说话。我喜欢月亮，月亮在我眼睛里是梦幻天使。月光用一种洁白的虔诚过滤着我的日子，将银亮的梦幻悬挂在树上，蕴含着一种美丽，用超自然的宁静来蕴蓄生命的丰富多姿。

月光是美丽的。上善若水，满天的月光就是天空之水，月光就是善，就是美，在我的感觉里，月光就是一首诗。月光载着我在梦中飞。因为爱月光，我常想丹寨的月亮树，长期积累，偶尔得之。我终于从三十岁的时候开始写诗，其中《梦中月亮树》发表在都匀本地的报刊。大学同学毕业十年聚会时，我朗诵了这首诗歌，同学们像是触电一般，喧闹戛然静止，同学们用自己的呼吸感受梦的飞翔，感受美丽的月亮树。

我喜欢夜晚，憧憬丹寨的月亮树，感知到一个有月亮树的地方，一定有历史悠久的故事…….夜晚是我思考的天地。我想，月亮树的每枚树叶为何都会发光？每个夜晚，我的梦在田野上行走，有的时候会游走到北方的故乡——河北定州，有的时候就游到了从未去过的黔东南的丹寨，我不知道自己为什么会对这两个地方情有独钟。

二

去年年底，已经在丹寨县当了乡长的同学罗亮给我寄来他写的散文《蚩尤魂》。大学时代的才子诗人，人到中年不写诗了，开始写散文，从他的散文里我第一次知道了丹寨不仅有月亮树，还是蚩尤后人生活的落脚地。他在散文里写："蚩尤是苗族的祖先，也是一位失败的英雄，蚩尤的长相是被神话了的，但黄帝战胜炎帝后，与蚩尤部落进行了一场决战——涿鹿之战，是史书所记载的。蚩尤战死，九位部落首领一路向西迁徙，来到了贵州丹寨一带扎根，就成了这一代苗人祭拜的对象。至于迁徙的艰难，我们是可以想象的。至今苗族流传着迁徙歌谣，'叔婶成群走，男女集队行，走到河旁边，到达沙滩上，住在大河边，栖在河两岸'。"啊，蚩尤的后人经历了迁徙的艰难，经历了到新的栖息地，开荒种田……原来先祖蚩尤也喜欢美丽的丹寨啊？说实在的，受到宣传资料的负面影响，原来我头脑里的蚩尤好像是邪恶的化身，面目就显得狰狞。而从阅读《蚩尤魂》这一刻，我脑海里原来的蚩尤形象消退了，逐渐变得温文尔雅……可是，耳听为虚，眼见为实，蚩尤这样喜欢美丽的丹寨，我想，他一定有一颗爱美的心啊，我立即给罗亮打电话，让他给我寄一些关于蚩尤的资料，我要为蚩尤写诗！罗亮在电话的那边笑了，说：晓妮，你的老家不是在北方嘛，你回北方探亲时顺便到张家口的涿鹿看看，就知道了。

我老家在北方，可是我从小在黔南生活。我在诗梦文学网认识了张家口的雪儿。我给雪儿发信息：姐春节去北方，可有时间陪姐去涿鹿一游？雪儿给我回信息：姐是要拜访蚩尤神吗？哦，蚩尤在雪儿心目里是神，这是我想不到的。炎帝、黄帝温文尔雅而且显得正统，只有同时代的蚩尤头上长着牛角，行走如风，更有神的气质一些。诗人雪儿把他形容为神，也不为过。

放寒假了，我去北方，先回故乡定州给养父母上坟，拜访瞻仰定州塔，而后打电话和雪儿相约，过了"破五"就去瞻仰蚩尤祠。我特地用了"瞻仰"这个词，因为这些日子我再三还原蚩尤形象，蚩尤的形象由低处高大了起来。我所在的都匀，是黔南布依族苗族自治州州府，各县有不少苗族的村寨，苗族兄弟姐妹住在木质的吊脚楼上，他们还利用小溪流的流动势能，用水车把低处的水提高到高一些的稻田。梯田喝饱了水，生长出香甜的稻米和苞谷，养育了一代又一代的苗家儿女。因为苗族的祖先蚩尤是长角的，为了纪念祖先，苗人的建筑也好，服装也好，牛角的图像居多。在蜡染、挑花、织锦等民族工艺服饰上，牛和牛角的形象也无处不在。

在我原来的审美里，如果一个人头上长角，就会显得凶。丹寨是美丽的，经过丹寨山水的熏陶，头上长角的蚩尤反而显得浪漫。北魏时期有大将兰陵王，因为长得英俊，故意戴凶悍的面具打仗。我想，蚩尤本人一定是一位俊美的青年，只是为了打仗和战争的需要而戴上了头顶有角的脸谱。在我的脑海里，蚩尤住在一座鸟语花香的岛屿，岛上有僧侣，有泉水，有月光，还有美人披着轻纱在风里游走，武士们把白骨埋在了大地深处，在坡地和墙头上栽培了蔷薇，岛屿的四周有许多木船，船舱里有灵巧的羊皮筏，生锈的弓箭……一切被美丽的事物包围，世界显得和谐而安宁。

由此，月光成了永恒的水，水成了永恒的月光。月光和水是寻找生命的个体和大千世界的关系点。

三

经过一番奔波，我终于到河北的涿鹿县了，先到了县城东南三十公里的矾山镇。陪我来的不是雪儿，是她的一个文友小赵。雪儿要去婆婆家探亲，在电话里向我道歉。

矾山镇一带是炎黄二帝进行阪泉之战的古战场，也是号称“中华第一战”的古战场。战场虽然是战场，毕竟是五千年前的事情了，现在的古战场遗址，到处都是庄稼地，还有果树林。小赵在县招待所上班，他父母住在矾山镇，因此对这一带非常熟悉。小赵把我先领到上七旗村，介绍上七旗村是进行阪泉之战之古战场，当时是炎帝的军队驻扎地，而对面的下七旗村，则是黄帝的军队所在地。当时，炎帝姓姜，炎帝的资格比较老，已经传位到第八代榆罔，而黄帝是新起的部落之星，黄帝名字叫轩辕，姓姬。阪泉之战的结果，当然是炎帝失败。失败后的炎帝向黄帝称臣，黄帝就没有再进行杀戮，而是组成了炎黄联盟，可见黄帝是一个通过战争手段夺取和平的政治家。

小赵听雪儿说我是业余诗人，喜欢月光和水。他憨厚地说，我不懂诗歌，我们这里的黄帝泉在冬天，即使是下雪，也很少见月光，但有水，冬天也不会结冰。信步走到黄帝泉边，果然是一池清澈的碧水！这一池水，从古代流淌到了现代，这是怎样强有力的生命流淌啊。我迫不及待地想看看炎黄二帝和蚩尤进行战争的古战场。小赵很理解我，就把我带到了黄帝泉东南三公里的蚩尤三寨，我们眼前出现的“三寨”，其实是三座土包。北寨最高，还有中寨、南寨，三个土寨之间有一百多米深的沟壑。三个寨既可以相互支援，又可以独立作战。高高的土山寨，立黄立黄的黄土，我无法想象这里就是“涿鹿之战”的古战场，喊杀声已经不在，我实在无法想象蚩尤和蚩尤的军队在这里被炎黄二帝打败。小赵先向我介绍了蚩尤的来历，在炎黄二帝对峙战争的时候，东部的九黎部落已经发达起来了，九黎部落是由九个亲族、八十一个氏族联合组织起来的，建都在如今山东的曲阜，首领就是蚩尤。蚩尤的九黎部落生机勃勃，作战勇敢，纪律严明，向西发展，遇到了炎帝的抵抗。炎帝的军势弱，作战能力差，就无法和蚩尤对峙，于是一直往西退，退到了黄帝所在的涿鹿，炎黄联手准备与蚩尤进行生死决战。

我想，当年大战即将开战前，“三寨”古战场上的时间一定是凝固的。当时，炎黄二帝的军队驻扎在东灵泉一带按兵不动，并不急于进攻。善于用脑的黄帝，打出的第一张牌是水攻。黄帝派大将应龙去西灵山顶蓄水，等待大雨。蚩尤发现了黄帝的企图，就派“神龟”去破坏，不料被雷公劈死。大雨如注，山顶蓄满了水，陡然，向蚩尤三寨放水，激流喷涌，把蚩尤大军冲得东倒西歪，但在战场处于劣势的九黎军队并没有慌乱，在首领蚩尤的带领下，向炎黄的军队发起了进攻。

尽管蚩尤的将士作战英勇，最终还是被炎黄联军所击败，后世的许多典籍都记录了中华民族尚无文字时的这场大战。

那晚，没有月光，我心中的月亮不忍看两军厮杀，躲在云彩的后面。

四

涿鹿之战是难以忘怀的，我无法穿越历史抵达战争现场，但我知道蚩尤是勇敢的，面对炎黄的水攻，并没有气馁，激励他的士兵向炎黄联军冲锋！一波又一波的军队向炎黄大军掩杀过去！炎黄的军队也发动了反冲锋，两支军队冲撞，撕咬，你中有我，我中有你，鲜血，人头，惨乱的躯体……杀得天昏地暗。这个时候，陡然发生大雾，能见度很低，大雾使蚩尤的军队感到迷茫，但是炎黄的军队却是清醒的，不会迷失方向，因为炎黄二帝有指南车，军队的主攻方向不变，可见，当时的老天是帮助炎黄二帝的。

蚩尤看着身边自己的兵士一个个地躺倒牺牲，怒不可遏，以一己之勇向炎黄大军杀去，他的战斧沾满了对方军士的鲜血，然而孤掌难鸣，他终于被对方击中，鲜血淋漓，但他没有倒下，他的两位大将掩护他向着东南方向退去，炎黄兵士紧追不舍，而重伤的蚩尤终于不甘地闭上了眼。蚩尤的马是神马，见主人去世，高声嘶鸣，倒地而死（这个地方后代命名为立马关）。危急时刻，蚩尤的一位大将穿上蚩尤的战袍，骑马飞奔，引走了炎黄的军队。另一位大将背着蚩尤的遗体消失在原野里。

天苍苍，野茫茫，一代部落首领蚩尤就这样走了吗？说实在的，就是时光过去了五千年，我依然不太相信战神蚩尤会被轻易打败。蚩尤走了，蚩尤的精神没有走，涿鹿大战以后，黄帝在涿鹿建起了黄帝城，经过釜山祭坛，会盟天下各部落首领，建立了中华民族的国家雏形。然而，各部落不会轻易折服于黄帝，各个部落时而会有反叛，于是，黄帝让人画了蚩尤的画像，假传蚩尤不死，用战神的威力平定天下。黄帝的这个措施是及时的，也是英明的，他顺应历史方向，统一了部落。在釜山祭坛（被后人称为“合符釜山”），乱中求治，告别野蛮，迎来文明，建起了黄帝城，代神农氏发号施令，使得涿鹿成为中华民族第一个政治文化中心。成为君王的黄帝并没有贪图享受，而是游走于各个部落，不辞辛苦地进行教化，进行历法推算以不误农时，在黄河中下游建立起了令世人瞩目的华夏农业文明。黄帝死后，葬于桥山，蚩尤早就在战场上死去，葬在哪里了？

人皆有一死，但伟大人物的精神不灭。成功可以成就辉煌，失败也可以积累财富，对于中华民族来说，这个宽厚为怀的民族，没有因为蚩尤在战场失败而消解蚩尤的历史贡献。蚩尤的子民们也没有因为蚩尤的失败而消解对他的敬仰。蚩尤死了，但东海一带的九黎部落还在，仁义的黄帝只是让兵士在战场上厮杀，对兵败后的九黎部落采取了怀柔共处的方针。

蚩尤被杀之后，他的氏族溃散：一部分继续留在东部地区，大略在山东、河南、河北三省交会之处；一部分被黄帝部族俘获、同化，成为中原的顺民，古代把九黎的百姓称为“黎民”或者“黎元”等，大致和“涿鹿之战”这场战争有关。九黎部族另外一些强硬的抗战部落，一部分向西北方向撤退，后来在今山西壶关县一带建立起黎国；另一部分则向西南方向迁徙……当时中国的西南不像现在山清水秀，而是一片荒蛮，但迁徙的九黎部族有信仰，有韧力，逢山开路，逢水搭桥，在中国的西南定居下来，演化为后来的苗族、壮族、侗族、畲族、瑶族……五十六个民族是五十六朵花，其中不少朵花就是蚩尤九黎部落的后人。

苗族是一个懂得感恩的少数民族，他们的祖先迁徙到了西南，这里虽然山多土地少，但水源充足，生存能力极强的苗人就在山区开出了一块块梯田，种植水稻、苞谷，养鸡养鸭养鱼，一代代的后人在这里繁衍生息。

五

不到现场，无法体会历史的风云变幻。春节期间的北方之行，使得我对中华民族始祖之一蚩尤有了更丰富的感受。原来我以为现代中国人是笼统的炎黄子孙，而现在我知道了，我们也是蚩尤帝的子孙。中华民族的始祖不仅仅是炎帝黄帝两人，还有蚩尤帝。有了这样的认识，我就给老同学罗亮打电话，说，我很想去丹寨采风，了解蚩尤精神对苗族的影响。他说，你不忙的时候就来吧，我带你到扬颂村看蚩尤庙。

今年的“五一节”，杜鹃花开遍丹寨，我终于来到丹寨。罗亮果不负约，带我去扬颂村看蚩尤庙。扬颂行政村仅辖扬颂和小排甲两个苗寨，全村不过一百六十多户人家。祖先蚩尤以制造武器见长，扬颂人继承了祖先的手工，不过，不是制造兵器，而是制作犁具“牛轭”“牛辕”和担具“扁担”。扬颂村的“三大件”远近闻名。进村后，被老同学带到扬颂寨正西面，这里祭祀蚩尤的“蚩尤宫”建在一个名叫“波离颂”（苗语，坳口上那个有田的山坡）的地方。祭坛土筑石砌，呈正方形，四围均用方整的石块镶边，长、宽约七尺，高约三尺，面积二丈见方。令人感到惊奇的是，祭坛北端有一奇石，以象征“尤公”真身。整座祭坛建成南北朝向，自南端设有五级石阶，以便登坛祭祀。

我是一个习惯走路的人，利用寒暑假，去了中国的许多地方，发现现代化可以消解传统，而交通不便可以保留传统。丹寨位于黔东南之西境，地处苗岭山系雷公山脉西南麓，境内山路崎岖，沟谷交错，造成了外界的浸染受阻，古老的民风民俗保留了不少，像记录祖先万里迁徙历史过程的古歌古谣以及“百鸟衣”等民族服饰，都在这里保存良好。丹寨县是苗族多个支系迁徙线路中重要的途经地和居留地，被称为“方尤”，即“尤人居住的地方”，是全国唯一仍在传承祭尤节以祭奠蚩尤的苗族地区。这里的苗人是这样形容祖先的：很久以前，扬颂、腊尧等地的苗族先祖“告尤”居住在“河水黄泱泱”的河岸上，天生怪异，勇猛异常，曾率领九位部落首领一起与炎帝、黄帝在中原一带交战。“告尤”被诱杀后，那九位部落首领便率领部族沿河向西一路不停地迁徙，他们有的来到了丹寨扬颂和腊尧，经过世代繁衍生息，成为今天的“告尤”后裔——传说总是有神话的元素，但苗人的祖先是从黄河流域以及长江流域迁徙而来，却是不争的事实。

丹寨扬颂和腊尧过蚩尤节的时间为每年农历十月的第二个牛场天（丑日），相传尤公（蚩尤）在这一天遇害，这个日子成为了“祭尤节”，三年一次公祭，每年村民都会在自己家中祭奠先祖蚩尤。“祭尤节”是扬颂保留下来的传统节日，1949年后，曾经被认为“迷信”被取消过，现在又自发地“复活”了。扬颂村祭尤坛曾经坍塌，但是现在新的祭尤坛已经建好，尤公像也已塑好。这里上了年纪的苗族老人，都说他们的祖先是自北而来的，所以，整座祭坛就建成南北朝向。祭祀时，祭祀供品一律北向摆设，面北而祭，整个仪式非常虔诚、恭敬，规程也十分细致、慎密。这是一个热烈虔诚的人神共娱的交会场面，在祭尤期间，扬颂村民家家备上九碗酒、九块糯米粑、九条鲤鱼、九张构树叶、九张青菜叶，以此祭祀蚩尤。为何为“九”？即是与史书记载“九黎共有九个部落，其酋长是蚩尤，他有兄弟八十一人，即八十一个民族酋长”相呼应。

在丹寨扬颂和腊尧，公祭活动会搞得轰轰烈烈，家祭也别有深情。每逢农历十月的第二个牛场天，村民会在家中做好菜肴，等待祭师前来。村里的祭尤坛进行的是公祭，开祭时，打火镰取圣火，祭师佩带祖传宝刀，分别念九段相应的祭词，一祭一奠，每段供上九碗酒，以示祭奠九位远祖。祭祀开始，先是打火镰取圣火、鸣铁炮、鸣大号，然后在神龛下安祭桌、摆祭品。摆好后，即请祭师念诵祭词。村民聚集于祭尤坛上，备上供品，由祭师念祭词，宰杀祭牛，击鼓吹笙，烧香焚纸进行祭祀。祭词念毕，助手操刀将放在祭坛上的粘子粑“杀”成小块，连同供品树叶、菜叶、鲤鱼一起分发给在场人同食。为何祭尤节祭祀仪式用的供品不是鸡、鸭、猪肉等美味佳肴，而是用树叶、菜叶、鱼这些古朴的食品？罗亮介绍说，这些食物是他们的祖辈在黄河边居住时所食用的食物，这是一个已从事农耕生产的族群，转向对渔猎肉食历史的追忆。

过去过“蚩尤节”祭祀祖先时，是要宰牛祭奠的。宰牛前，由八个苗族汉子相助，牵牛者拉着牛逆时针在宰牛场上转三圈，然后将牛头朝祭坛站定。杀牛者用大马刀在牛脖子上一抹，就立马走向祭坛。牛倒下时，如肚子朝着寨子方向，则是吉祥之兆……祭祀后苗族兄弟姐妹身着盛装，吹着芦笙、芒筒跳舞欢度祭尤节。现在不宰牛了，改成制作五十厘米大的“牯子粑”，但斗牛还是有的，当观众看见两只斗牛无所畏惧地冲向对方的时候，就会想到历史上改变了蚩尤和九黎部落命运的那场涿鹿大战……扬颂村里的这些习俗并不是所有的苗族村落都有，目前，丹寨附近有五个村落被学者推测为蚩尤嫡系后裔的居住地。丹寨的苗人每年祭奠“尤公”祖先，希望祖先保佑他们五谷丰登，风调雨顺。

尽管微风习习，但因为此时并非过蚩尤节，并看不到袅袅升腾的烛烟，也看不到焚飞飘翻的纸钱，只有无边无沿的安静，使我触摸到苗族先人顽强腾越的生命，呼吸到了苗族祖先的古拙沉静之气，整个山坡上弥漫着生命的永恒。

六

从扬颂村出来，罗亮带我们去拜访县文联主席，可惜没有见到。我欲返都匀，罗亮说，既然来了，何不到蚩尤文化园看看？

于是我们来到了蚩尤文化园所在的龙泉山，只见植被青青，泉水潺潺，云雾如龙，天现祥光。丹寨的苗人认为龙泉山就是祖先蚩尤的化身，祖先蚩尤虽然身体蒙难，但灵魂不灭，蚩尤的灵魂由北而南，周游了洞庭湖、武陵山区，最后抵达云贵高原，来到不受水患涝灾侵害的龙泉山，就决定在这里安家，一直繁衍至今…….传说归传说，无法考证，但眼前的龙泉山确实气势不凡，大约山体聚集着苗人的精气神吧。

回首历史，毫无疑问，蚩尤是五千年前的那场涿鹿大战中的失败者，对于一个民族来说，成功当然可贵，失败了呢？失败就不是英雄了吗？我们国家有许多成语，有的令人奋进，有的却不敢恭维，比如“成者英雄败者贼”这句话，掩盖了多少历史真实啊。一座山可以寄托一种精神，是常见的；但龙泉山却蕴含着“物哀”精神，这是少见的。胜利者可以敲锣打鼓庆贺胜利，并且以正统自居，失败者难道彻底失败了吗？否，精神不败！在龙泉山，一草一木就蕴含着这样的物哀精神。尤其是满山遍野的红杜鹃，开得红艳，血脉偾张！这是失败者的鲜血，更是失败者不屈的信念。蚩尤虽然是战争的失败者，但依然是苗人心中的大英雄。

在丹寨另外一个苗寨，我又一次进了苗人的吊脚楼。吊脚楼是木质的，包括柱子、墙体、走廊、门、栏杆全是木头的。木头的门上会有一些烙铁烫出的画或者是用油漆画出的画，画里除了树木就是动物。我进的这个吊脚楼显然是用桐油刚刚刷过的，主人没有用油漆，而是用大山上的桐树直接产生的分泌物——桐油来刷，就保持了木质的本来面目。木质的楼，离土地最近，这些木头就是树木的集合体，树是山里长出来的，是有生命的，人在有生命的房子里居住，会产生另一个生命，甚至产生信仰。相信木头是世界上最好的建筑材料，人和木头在一起，会产生诗意，并且长寿，这是不是“天人合一”的意境呢？

登龙泉山是需要体力的，罗亮不愧是大山的儿子，他登山速度很快。今年的天气暖和，龙泉山的杜鹃花开得早，到了“五一节”差不多开败了。苗人说，祖先蚩尤的灵魂就聚在山上，聚在山顶的月亮树里，我是相信的。我环顾四周，杜鹃花大部分凋谢了，它们并不遗憾，盛开是美丽，凋谢也是美丽。一如苗人的祖先蚩尤，在当年的大战之初节节胜利是辉煌；涿鹿大战失败，也是辉煌——对于我们这个民族来说，胜利诚可贵，失败价也高，为了中华梦，两者均不抛！

七

回到都匀的第三天，张家口的雪儿打来电话，说，涿鹿县的塔寺村山坡上，有蚩尤的坟墓，还有龙纹无字碑——这座坟一直被一户周姓人家世世代代守护，即使在“文化大革命”的非常时期，周家也把蚩尤的墓碑悄悄运到自己家猪圈里，深埋，保护了起来——我听了很感动，这就是血液相融的力量！百姓对蚩尤的尊崇纪念和祭奠，是发自内心的。人们自发地怀念蚩尤，祭奠蚩尤，就是怀念和祭奠民族的历史。我们在感到人生朦胧的时候，常常会不由自主地问自己是从哪里来的，这样的追问就是在寻找身份的认同，寻找文明产生的历程。

我终于明白了丹寨的月亮树，为何每枚树叶都在发光。我想它是蚩尤之光，是文明之光，如同炎黄之光一样，使得中华文明得到了健康成长。当年在涿鹿大战胜利后的炎黄二帝，并没有忽略蚩尤，我想，我们今天的人们更没有理由忽略蚩尤，不仅西南地区的少数民族在纪念蚩尤，中原地区的人们在祭奠炎黄二帝的时候，也不要忘记祭奠蚩尤，蚩尤对中华民族的贡献有：水稻种植、金属冶炼、制造兵器、开创文化。他们共同构成了中华文明的完整性。蚩尤不仅是祖先，也是能力的象征。北方涿鹿县的小赵曾告诉我，秦皇汉武是有雄才大略的两位皇帝，此两人都曾经去涿鹿的蚩尤祠祭奠蚩尤。蚩尤文化是中华文化的重要组成部分，蚩尤不仅是全世界苗族认同的祖先，也应该是包括汉族在内的多民族认同的祖先。大江南北，无论古今，都有皎洁的月光和潺潺泉水，世界因为有光而神圣，人类因为有光而幸福。蚩尤之光之于千万颗星辰中，是熠熠生辉的一颗——这就是我寻找的月亮树，它立在我心魂之央。

从丹寨回都匀，我满脑子都是大写的蚩尤形象，满脑子都是月亮树。我是一个爱做梦的女子，梦中我轻轻地触摸月亮树的树叶，树叶的骨节蠕动，恍惚之间，月光携着蚩尤的灵魂，从几千年前穿梭而至……

（获贵州省第二届专业文艺奖优秀奖）

2014年

卢惠龙

柔韧如水沈从文

水的德性为兼容并包，从不排斥拒绝不同方式浸入生命的任何离奇不经事物！却也从不受它的玷污影响。水的性格似乎特别脆弱，且极容易就范。其实则柔弱中有强韧，如集中一点，即涓涓细流，滴水穿石，却无坚不摧。

——沈从文《一个传奇的本事》

沈从文在现代文学史上留下的是一个孤独的背影，因为他怀有另一种梦。

“由南而北的横断山脉长岭脚下，有一些为人类所疏忽历史所遗忘的残余种族聚集的山寨。他们用另一种言语，用另一种习惯，用另一种梦，生活到这个世界一隅，已经有了许多年。”

他在《月下小景》中的这段文字，我以为是对他笔下所有乡土民风，对他那些晶莹饱满、温润剔透的文字，乃至他自己一生的点题。

这位从湘西凤凰，从千里沅水，从沱江走来的乡下人，对他的乡土饱含深情，充满眷恋。他用他的作品为我们展现了另一个世界，另一种梦。《月下小景》《边城》《柏子》《萧萧》《丈夫》……一首首婉约而又悲伤的曲子，伤感，却不绝望；茫然，却不痛绝。他的湘西系列，描摹乡村生命形态的美丽，人与自然和谐共存，本于自然，回归自然。“湘西”代表健康、完善的人性，这是他的全部创作所要负载的内容。

中国的文学，“五四”以后走着同一性的路。乡村，被定义为灰暗，滞闷，野蛮，阴冷，甚至残忍，被接受进化论和西方现代性的知识分子纳入他们的话语体系，成为启蒙、革新的对象，列入改造的日程。于是，文学上出现了或者恣睢、麻木的典型，或者愚昧、绝望的形象，而启蒙知识分子在民众疾苦面前又是这般无奈、孤独与虚无，客观上显现了先驱者悲凉的心灵史。这条主线，一直延续了半个多世纪。

面目和善、羞羞答答的沈从文，很儒雅，可他内心却有湘西苗民的野性，倔犟，执拗，他顽强地捍卫内心的领地。他没有顾及别的人，孤独地走着自己的路。他似乎一厢情愿地以为，那无量的苦难、无赦的罪愆，永远不能阻止婴儿的诞生。冥冥之中，有一种专属人的精神贯通，即使在山呼海啸、一无凭藉时，也能依稀辨认出那条道路，那个方向，那个彼岸。他始终这么深爱着他的乡村，视乡村是他生命的来源和归宿。他用乡村的眼光审视现代文明，把他的反叛和情感，幻化为平和淡雅的文字。他清楚，完全真实的乡村可能永远无法还原，他对乡村写实，建筑人性的神庙。湘西的乡村，是他记忆中最活跃、最拥挤的区域。乡村是一口深井，所有景致、人物都在这口深井之中，并且不确定地闪烁。正是个体生命和乡村的交融，才有闪烁记忆的文章。他守望这口深井，于是，乡村持了生命的护照，成规模地进入他的文本，他自己也从其中获得创造力的舒张和生命力的释放，从而有了慰藉和愉悦。

《边城》，是一幅描绘人生的风俗画，一首讴歌人生的赞美诗，倾注了他无尽的幽思与情怀，其中的文字朴素无伪，犹如摘一根草茎放到嘴里咀嚼，总有山野泥土的味儿，清香的，也涩涩的。他似乎不刻意反映什么，似乎并无什么寓意，保持生活中那些未被人为分解的画面，兼得清浊之音，共有浓淡之韵。更重要的是他为我们留下了翠翠这样一个健康、善良、朝气、呼之欲出的女性形象，让我们看到湘西淳朴自然的人性美。沈从文并不回避苦难，《月下小景——新十日谈之序曲》中，一对恋人四方逃离，也无法摆脱古老的传统的约束，只得选择死，对这样一个悲伤的结局，沈从文也把它描写为，找到幸福的心相拥着安详地死去。他的侧重点，是表现了人性“真”的一面。

在《湘行书简》中，沈从文说：“一个中国人对他们发生特别兴味，我以为我可以算第一位！”这话很真，很准，而非妄语。

匪夷所思，1948年以后，可爱的沈从文“封笔”了。这让人惊愕，惊愕之后，归于明白。

1923年，受新文学运动余波影响的沈从文只身来到北京。在北京的底层漂泊，观察，寻找他的出路和归宿。

从1925年至1929年五年间，沈从文发表作品两百余篇，出版集子二十多个，有长篇小说《旧梦》与《阿丽思中国游记》一卷、二卷问世。他因而赢得了“多产作家”“短篇小说之王”和“中国的大仲马”的称誉。鲁迅认定他是“自新文学运动开始以来”，“所出现的最好的作家”之一。

那么，他究竟为什么“封笔”呢？

1948年11月7日夜晚，北京大学“方向社”在蔡孑民先生纪念堂召开一个叫“今日文学的方向”的座谈会。辽沈战役已经结束，平津战役迫在眉睫，在历史大转折的前夕讨论文学的“方向”，自然不会只是一个单纯的文学议题。果然就谈到了政治，沈从文把文学的前景比喻成“红绿灯”。

沈从文说：驾车者须受警察指导，他能不顾红绿灯吗？冯至说：红绿灯是好东西，不顾红绿灯是不对的。沈从文说：如有人要操纵红绿灯，又如何呢？冯至说：既然要在路上走，就得看红绿灯。沈从文说：文学自然受政治的限制，但是否能保留一点批评、修正的权利呢？废名说：第一次大战以来，中外都无好作品。文学变了。欧战以前的文学家确能推动社会，如俄国的小说家们。现在不同了，看见红灯，不让你走，就不走了！沈从文说：我的意思是文学是否在接受政治的影响以外，还可以修正政治，是否只是单方面地守规矩而已？

这在自视“聪明”者看来，实在是书生气十足，迂腐得很。

沈从文曾经说过：“一面是千万人在为争取一点原则而死亡，一面是万万人为这个变而彷徨忧惧，这些文章存在有什么意义？”

不用讨论，很快，11月8日沈从文所编的天津《益世报·文学周刊》停刊；跟着，他和周定一合编的《平明日报·星期艺文》停刊。

更大的灾难在等着沈从文。

1949年1月上旬，北京大学贴出一批声讨沈从文的大标语和壁报，壁报转抄了郭沫若《斥反动文艺》全文。

郭沫若，还有邵荃麟，认定沈从文是“大地主大资产阶级的帮凶和帮闲”，“直接作为反动统治的代言人”。郭沫若说，地主阶级的弄臣沈从文，为了慰娱他没落的主子，也为了以缅怀过去来欺慰自己，才写出这样的作品来，然而这正是今天中国典型地主阶级的文艺，也是最反动的文艺。沈从文是“桃红色”的代表，“作文字上的裸体画，甚至写文字上的春宫”……

沈从文不怕文学论争，他怕的是文学批判和思想批判背后的政治力量。

1949年1月初，沈从文在旧作《绿魇》末尾写了这么一段话：“我应当休息了，神经已发展到一个我能适应的最高点上。我不毁也会疯去。”“最高点”，也即是说，再下去，就要出问题，毁或者疯。

林徽因看沈从文精神紧张，夜里睡得不多，她给他换了一种安眠药，交金岳霖三粒，每晚代发一粒给沈从文。临睡前还让沈从文喝热牛奶一杯。

最为绝望时，沈从文“精神错乱”，选择了自杀。他用剃刀把自己颈子划破，两腕脉管也割伤，又喝了一些煤油。是张兆和的堂弟发现，送去医院急救。

遇救后，他在精神病院住院，他的反应不像以前激烈，张力松弛下来，悲剧转入谧静。

能够接受命运，不是想通了，而是梦醒了。沈从文用了《红楼梦》的比喻：“这才真是一个传奇，即顽石明白自己曾经由顽石成为宝玉，而又由宝玉变成顽石，过程竟极其清楚。石和玉还是同一个人！”

然而，也有许多往事值得他留恋，难以释怀。

他记得在私塾念书时常常逃学，他曾经写道：我的心总得为一种新鲜声音，新鲜颜色，新鲜气味而跳，为人生远景而凝眸。我的智慧不需从一本好书一句好话上学来。

那年，农历七月十五，中元节，因家境衰落，母亲让他辍学参加一支土著军队。沈从文随这支部队路过泸溪县城，他在一家绒线铺见到一个女孩，印象极深，她的明慧温柔后来融化成《边城》中的翠翠。

在西南联大，他不知从哪里买了那么多少数民族的挑花布。沏了几杯茶，大家就跟着他，对着挑花布赞叹一晚上。有一阵，一上街，他就到处搜罗缅漆盒子。

他曾以小学学历被胡适破格聘任为大学讲师，进而成为胡家的座上客。他在吴淞中国公学，开设“新文学研究”“小说习作”和“中国小说史”。对中国公学外国语文学系二年级女生张兆和，产生一发不可收的恋情。

他不辍地给张兆和写信，一直是泥牛入海，他去请教胡适，可胡适的话他听不进去。他急了，又写，字有平时的九倍大！斗胆称了“兆和小姐”。张兆和叹道：唉，这一场孽债！也去向胡适讨教怎么办。

1933年9月，他与心仪的张兆和在北平的中央公园水榭举行婚礼。北平达子营新房那里，院子里有一枣一槐。树荫下，婚后的沈从文静静写作《边城》和《记丁玲女士》。

第二年11月20日，他的长子沈龙朱出生。“龙朱”，这是他的一篇小说的标题。22日，他致信胡适报喜：“兆和已于廿日上午四时零五分得了一个男孩子，住妇婴医院中，母子均平安无恙，足释系念。”

那年，周作人在《人间世》第十九期发表的《一九三四年我所爱读的书籍》中，列举自己爱读的三本书为：一、希本著《木匠的家伙箱》；二、蔼理斯著《我的告白》；三、《从文自传》。

那年，闻一多带领长沙临时大学师生向昆明转移，路过沅陵，暴风雨后又下起雪来，还夹着冰雹，无法行走，只好住下。沈从文与老友相会在穷乡僻壤，自有一番热闹。他请闻一多吃狗肉，闻一多高兴得了不得，直呼：“好吃！好吃！”一条毯子围住双腿，大家吃酒暖身。

沈从文路过贵阳时，拜访了不久前才从北平回到贵州的老友蹇先艾，并同游阳明洞。蹇先艾，是他在北大当旁听生时结识的朋友。

那年3月，中华全国文艺界抗敌协会在武汉成立，沈从文缺席当选理事。4月3日他给张兆和的信中写道：“今天星期（日），这时节刚吃过饭。我坐在写字桌边，收音机中正播送最好听音乐，一个女子的独唱。声音清而婉。单纯中见出生命洋溢。如一湾溪水，极明莹透澈，涓涓而流，流过草地，绿草上开遍白花。且有杏花李花，压枝欲折。”

…………

这是一个硕大无比的人生磁场！足以让人产生生之留恋。

精神一点点地从崩溃中恢复。

他对张兆和说：这是一种新的开始，让我们把生命好好追究一下，来重新安排，一定要把这爱和人格扩大到工作中去。

我要新生，在一切毁谤和侮辱打击与斗争中，得回我应得的新生。

我看到了沈从文一幅照片，是内山嘉吉1959年拍摄的，他做了中国历史博物馆的解说员。依然是那副黑边的眼镜，依然是孩提般的微笑。他开始把陶瓷史、漆工艺史、丝织物、家具一样样做下去……

作为中国边缘部落的纯粹后裔，沈从文拥有山野溪涧孕育的底气，又被现代文明穿透。官道上马项铃清亮细碎的声音，平田一隅新收的稻草，吊脚楼的支柱，河滩上的妓船，还有他善良的翠翠、勤劳的天保、让花狗把心窍唱开的萧萧、被沉潭的巧秀娘……让他不离不弃。他真诚地写道：“人实在值得活下去，因为一切那么有意思。”

此后，沈从文爱哭的习惯，有增无减。沈从文是感情纤细敏锐的人，流泪是感情表达的一种自然方式；同时他也是个隐忍的人，他会用其他的方式来压抑、分散或者表达感情。但是随着厄运到来，流泪渐渐变得多了起来，或者，流泪所表达的东西也多了起来。

“文化大革命”中期，孙女沈红在学校因成绩好、守纪律而受厌学顽童欺负，沈从文闻之落泪。1977年，穆旦五十九岁不幸去世，他听到消息时，不禁老泪纵横！自他病倒之后，行动不能自如，说话也越来越少，流泪越来越多。1982年，他回乡听傩堂戏而流泪，偶然听到“傩堂”两个字，本来很平静的他，眼泪顺着眼角无声地落出。一次母亲见他独坐在藤椅上垂泪，忙问怎么回事，他指指收音机——正播放一首二胡曲：“怎么会……拉得那么好……”泪水又涌出，他讲不下去了。1985年，一个杂志社几个人来采访，问起“文化大革命”的事，沈从文说，在“文化大革命”里我最大的功劳是扫厕所，特别是女厕所，我打扫得可干净了。来访者中有一个女孩子，走过去拥着老人的肩膀说了句：“沈老，您真是受苦受委屈了！”没想到的是，沈从文抱着这位女记者的胳膊，号啕大哭。什么话都不说，就是不停地哭，张兆和就像哄小孩子一样，又是摩挲又是安慰，才让他安静下来。1987年，黄永玉得到一张碑文拓片，碑是熊希龄一个部属所立，落款处刻着："谭阳邓其鉴撰文，渭阳沈从文书丹，渭阳沈岳焕篆额。"渭阳即凤凰，沈岳焕是沈从文的原名。立碑时间是1921年。黄苗子看了沈从文的字体，说："这真不可思议，要说天才，这就是天才，这才叫作书法！"沈从文注视了好一会儿，静静地哭了。黄永玉妻子说："表叔，不要哭。你十九岁就写得那么好，多了不得！是不是，你好神气！永玉六十多岁也写不出。"

1987年7月，瑞典作家汉森（Stig Hansén）和汉学家倪尔思（Nils Olof Ericsson）对沈从文进行了连续四天的访谈。汉森带给他一份复印件，是1949年瑞典杂志上的《萧萧》，这是最早译成瑞典文的沈从文作品；还给他看最新的瑞典杂志，上面有马悦然翻译、斯德哥尔摩Norstedt出版社出版的《边城》广告。他们的谈话围绕沈从文的生平和文学展开，汉森说："我昨天看了英文的《贵生》，这是写的……"沈从文接话道："对被压迫的人的同情。"——就在这时，他的眼泪落了下来。

…………

正是知我者为我心忧，不知我者谓我何求。

沈从文早年的文学成就能永远屏蔽吗？

沙汀说他喜欢《顾问官》，聂绀弩喜欢《丈夫》，曹禺说《丈夫》是了不起的作品，李准喜欢《萧萧》，还有人喜欢那些据佛经故事改成的小说，更多的人喜欢《边城》……

1980年10月27日，沈从文应美国一些大学的邀请，偕夫人离京赴美讲学。讲学历时三个月，从美国东部到西部，最后到檀香山。先后在耶鲁大学、哥伦比业大学、圣约翰大学、哈佛大学、乔治华盛顿大学、普林斯顿大学、芝加哥大学、斯坦福大学、伯克利大学加州分校、旧金山州立大学、夏威夷大学等十五所大学讲学二十三次，与当地学界人士多次进行交谈、聚谈。讲学内容有中国的新文学、中国古代的服饰，以及自己从文学写作转到物质文化史的研究情况等。

11月7日，沈从文正在哥伦比亚大学演讲，由夏志清主持，傅汉思担任翻译。同日，《光明日报》刊登了一篇文章："正当沈从文在国内被冷落的时候，国际上却掀起了一股'沈从文热'，……在香港，沈从文的选集出了一百多种；美国大学里，已经有四个人因为研究沈从文的作品而得了博士学位，有三十多个青年研究沈从文的作品获得硕士学位；在香港、日本，正出版或翻译沈从文的全集或选集。"

这几乎无法遏止！

跟随，国内，各种沈从文作品大量出版。

就在这时，瑞典的那个马悦然已经翻译了不少沈从文的作品，他是瑞典皇家学院的中国通。

沈从文一生都为住房困扰，他每天去小羊宜宾胡同与家人吃午饭，并带回另外一顿饭食、两片消炎片，去东堂子胡同。文艺界普遍戏称是“东家食而西家宿”的“沈从文飞地”。

1986年，在中央领导的关心下，沈从文在崇文门东大街22号楼分到了一套新居，初夏搬入。

这时候，沈从文已是行迈靡靡。

1987年8月24日，沈从文的二儿子沈虎雏把誊抄好的《抽象的抒情》拿给沈从文看。他看完后说：“这才写得好呐。”沈从文已经不记得这是他自己写的文章。犹如，晚年的马尔克斯，不知道《百年孤独》为何物。

1988年，5月10日下午，沈从文会见黄庐隐女儿时心脏病发作。张兆和扶着他躺下。他对他们说：“心脏痛，我好冷！”六点左右，他对张兆和说：“我不行了。”

在神志模糊之前，沈从文握着张兆和的手，说：“三姐，我对不起你。”这是他最后的话。

马悦然通过大使馆确认沈从文去世的消息后，肯定而惋惜地说，如果沈先生在，他10月份就领诺贝尔文学奖了。

1992年5月，张兆和率领全家，送沈从文回归凤凰。沈从文的骨灰一半撒入绕城而过的沱江清流，另一半，直接埋入墓地泥土。

墓地简朴、宁静，墓碑是一块大石头，天然五彩石，正面是沈从文的手迹，分行镌刻《抽象的抒情》题记的话：

照我思索
能理解“我”
照我思索
可认识“人”

至今，沈从文似乎没有走。

“我很会写结尾。”沈从文笑起来，颇有几分自得，自得里透着孩子似的天真。

“您和老舍熟不熟？”“老舍见人就熟。这样，反倒不熟了。”

在荆州战国楚地出土的丝绸瑰宝前，八十岁的沈从文下跪了。

北京小羊宜宾胡同的花园里，有一盆虎耳草，来自湘西，种在一个椭圆形的小小钧窑盆里，这是沈从文喜欢的草，也是《边城》里翠翠梦里采摘的草……

（原载《散文》2014年第10期）

赵剑平

酒泉二题

往返与穿越

很多年前，我应邀到黔东南天柱县，还写了一些文字。除了这些后来发表的文字，我记忆深处的那个遥远的地方已经模糊起来。但我没有想到我往河西走廊走时，这个渐行渐远的地方却在酒泉等着，一下跳出来，让我又一次回到了它的身边。

他叫吴基伟，我一到宾馆就听到了他的贵州腔。他脸子圆圆的，眼睛清澈而明亮，唇齿间透着敦厚与朴实，总是随和地笑着，让人感觉又真挚又热情；这是典型的侗家汉子。自报家门，我一听他是天柱人，玉带一样的清水江，清水江边古老的侗寨、雄奇的鼓楼、瑰丽的风雨桥，江水里一刻不停地浣衣的侗家女子，还有那些精致漂亮的宗族祠堂、船帮会馆，从历史深处走来，甚至我在清水江边捡的两块石头，全都在脑子里浮现出来，晃荡在我眼前，滚动在我们的话题中。吴基伟原来在贵州一个航天航空单位工作，前两年调北京，今年被派到酒泉，挂职市委常委、副市长。介绍酒泉市情的同志在介绍民族情况时，常常按老口径说有二十六个民族，而因为吴基伟的到来，这时候，他总会纠正，不，现在是二十七个民族，新增加了侗族，一个人的侗族。因为吴基伟，我对酒泉少了几分陌生，而多了几分亲近。我们就像两只从贵州放出去的风筝，一样的出发，一样的天空，时不时还要凑在一起，用纯粹的家乡话说一说遵义、说一说黔东南、说一说贵阳……

这种时空的往返给我们造成了一种错觉，仿佛“梦里不知身是客”，酒泉跟贵州并没有多大差别，贵州跟酒泉也并不遥远，竟然莫名地生出来一种牢不可破的关联。古人尚且有“海内存知己，天涯若比邻”的感慨，何况今人高度发达的地球村，地区与地区之间，甚至国与国之间，也不过隔壁隔座而已。但酒泉，对于一个贵州人，尤其一个遵义人来说，却又格外多出来一种关联。

我没有想到在酒泉除了遇兄吴基伟有一种横向空间的转换，还会在时间上与这座文化名城有一种历史的纵向穿越。

普天之下，有几个以酒冠名的城市？除了酒泉，华夏大地可能找不到第二家。酒，作为中国传统文化事物，走遍神州，无处不在。但凡饮者，没有不知道茅台的。遵义作为“贵州茅台”的故乡，当然跟酒泉有一种掰不开的缘。不管酒如泉，还是泉如酒，尽管没有确凿的说法，但“酒泉”一出，天地间便多了一种豪气、一种仙气、一种神力。难怪诗仙李白要特别吟两句：“天若不爱酒，酒星不在天；地若不爱酒，地应无酒泉；天地既爱酒，爱酒不愧天。”而事实上，我听我的乡友吴基伟说，酒泉这个名字的来历，并不是简单的比拟，还真有一个典故。据《汉书·武帝本纪》载：元狩二年（公元前121年）夏，骠骑将军霍去病自居延南征，大败匈奴于小月氏。武帝大悦，赐美酒一坛。而骠骑将军不敢独饮，遂将酒倒入泉中，与众将士及其战马同饮，军威大振，一鼓作气驱逐匈奴。伫立在一眼清澈明净的古井旁，我听基伟兄讲完这个故事，忽地眼前一亮，关于汉武帝与酒的另一个故事从脑子里又一下跳了出来——

《史记·西南夷列传》载：建元六年（公元前135年），大行王恢遣番阳令唐蒙出使西南夷，联合夜郎王多同征讨南越，并从鳛部带回来一种名“枸酱”的美酒。鳛部乃今赤水河流域仁怀、习水一带；而枸酱，则是今酱香型白酒的代表茅台的起源。当时，汉武帝尝枸酱而大赞“甘美之”，“乃拜蒙为中郎将，将千人，食重万余人”，再度出使夜郎，说服夜郎王多同归汉。夜郎归汉，是文归，还是武归，鲜有文字佐证，而坊间却流行“夜郎因枸酱而亡”一说，认为酷爱美酒的大汉天子因枸酱而吞夜郎，真正成了有眉有眼的一种戏说。

清人陈熙晋用诗为这戏说留了一点痕迹——

尤物移入付酒杯，
荔枝滩上瘴烟开，
汉家枸酱知何物，
赚得唐蒙鳛部来。

从秦李冰聚薪焚石开五尺道，到汉统合夜郎置犍为郡派唐蒙首任都尉辟僰道，直达南亚诸国，古西南丝绸之路与古西域丝绸之路几乎同时开发。可以想见，有如胡桃、胡萝卜、胡琴、琵琶等许多美好的东西通过古西域丝绸之路到达长安，又从长安通过古西南丝绸之路传播到西南各地，而一理同然，今之茅台古之枸酱也通过唐蒙贡献给汉武帝。天子大赞一番“甘美之”后，自然而然地也会将古之枸酱今之茅台这种玉液琼浆赏赐给功勋卓著的骠骑将军，这便成就了酒泉这座英雄的城市。

人生际遇，能够像我这样经历一座陌生的城市，而有接连不断的美妙的邂逅，实在是一种幸运。戏说，抑或传说，有时候与现实并没有太大的区别。世界纷繁，我们从来没有停止对它的追问。世界混乱，我们也从来没有停止对它的整理。哲人赫拉克利特说：人不可能两次踏入同一条河流。世界一刻不停地变化，我们也从来没有对它进行真正的掌握。我们所能够做的，就是把一地的碎片不停地拼接起来。尽管很多时候，我们已经很难找到这些碎片的逻辑联系，但大同与和谐的指引，却使我们的作品自始至终有一种精神贯穿，即便可能存在一些荒诞，也会发出非同寻常的回响，昭示这个世界的另一种存在。

另一种站立

我们看见日头当顶，这爿中国最有名的戈壁滩实际上已经下午一点过。酒泉卫星发射中心，这个世界瞩目的地方是我们要去的第一站。从一座军用机场接上十几位同行，面包车便载着我们向这个神秘而神圣的目标进发。大约十来分钟，过了两道岗，我们住进了航天员公寓。放下行李，参观了几位航天功臣出发前住的房间，大家又上车，迷头迷脑往前赶。还远远的，看见一幢高耸耸的建筑矗立在荒原上，我有一种似曾相识的感觉，便凑到了跟前。到了里面，看见一个高高的平台，部队的朋友说这是最后一道工序，火箭、卫星的散件运到这里，就在这个平台上组装，直到完全垂直地立起来……

这一瞬间，我眼前出现了一种幻觉，远处、高地，云里、雾中，擎天一柱，似人非人，似物非物，倔倔地竖了起来，指向又蓝又亮的苍穹。我很想走近去摸一下，可有一个声音在头顶上说那里太远、太高，便止住这个念头，只好跟着人流，从另一侧大门走了出来。我们生命的历程中，不知道有多少次感受“站立”这个概念，然而只有在这里，这幢神秘而神奇的建筑、这片处处闪烁耀眼的大戈壁，才让我真正领悟“站立”的内涵。站立不只是一种风姿，还是一种力量、一种态势。这个世界有各种各样的站立。我们对很多站立已经习以为常，比如养一只小狗、种一棵花卉。而这里的站立却不可小觑，它震惊整个世界，让敌人胆怯发抖，让朋友昂扬振奋。

站在蓝天之下，我看见前方几百米的地方，一座铁塔矗立在戈壁上，不，应该是戈壁的尽头，一眼望去，并不见荒死寂灭的砂石，只有天蓝地绿，厚实而绵密，恬淡而安稳。与我刚刚走过的建筑比起来，前者如一只魔盒，所有的变化都隐藏在肚子里，而后者则仿佛握紧拳头准备出击的斗士，铁胳膊钢臂的，透着使不完的力气，毫无一点掩饰。这时候，我终于明悟，这不是曾经出现在我们家电视机里那个让我们因为揪心而屏住呼吸的怪物吗？它那时候把我们的画面切割成了三个长方形的格子，燃烧的火焰在它的旁边冲天而起，拽着我们的目光、我们的思绪、我们的情感、我们整个的世界一起往上冲锋，穿云劈天，直贯霄汉。踩在一条黑乎乎的轨道上，我总算弄清楚两个异形之间的关联。前者正朝铁塔的一面，其实是一道门墙，墙即是门，门即是墙，而这条轨道正好从这道门墙里伸出来，将组装完成的火箭、卫星缓缓送给前者，整个移动，沿着铁轨，始终固定一种站立的姿势，直到被前方的铁塔稳稳地搂住。

当然，我们没有在这个世界上少有的现场看见站立并且出发的情景，但我们每一个人都深信不疑，这样的情景其实从遥远的古代开始，从嫦娥奔月，从飞天，从孔明灯等很多美妙的事物开始，已经映在我们的血液里，并化成了我们数不清的骄傲与自豪。只是为了更多地温习一下这种情感，我们后来去参观发射基地纪念馆。作为见证与记录，那里保存着一件火箭残骸，我禁不住仔细地摸了摸，一种通电的感觉随之而来，又真正找到了那种激荡与回响。而为了探究这种站立的代价与意义，我们走进了旁边的烈士陵园，通过对一块一块墓碑铭文的研读，感受到了聂荣臻元帅等成千上万英灵的强大气场，真正明白站立其实是需要巨大的付出的。而正是这种前赴后继的牺牲，才使我们的站立成为坚实而巍峨的屹立。也为了进一步走近这片充满魅力的戈壁滩，我又特地看了看大沙漠、大戈壁特有的胡杨树，它那生时千年不死、死后千年不倒、倒下千年不朽的生命传奇，正好成了酒泉卫星发射基地成千上万名官兵的对应和写照。

（原载《民族文学》2014年第10期）

卢惠龙

萧红那孩提般的眼神

我给朋友念了这样一段话：

“花开了，就像花睡醒了似的。鸟飞了，就像鸟上天似的。虫子叫了，就像虫子在说话似的。一切都活了。”

朋友立即说：“这就是萧红体。还有，比如，走吧！还是走。若生了流水一般的命运，为何又希求着安息。萧红体就这样。”

清乾隆年间，萧红祖上是从山东闯关东而来，几经迁徙，她爷爷来到距离哈尔滨三十公里的呼兰小城。谁曾料到，当年，一副挑担便是全部家当的张家，几代之后，在这异乡建立起一个庞大的家族，爷爷有了四十多垧土地、三十多间房屋，还有油坊。谁曾料到，张氏家族的第六代传人中出现了天才作家萧红，1987年世界天文联合会给金星上的一座环形山冠名萧红。这是萧红和呼兰的殊荣。

萧红不属于庙堂、山林、经院、书斋、闺阁，她的文学是荒野的、泥土的，也是底层的、弱者的。

她笔下，呼兰河水是清的，小城是有生命、会呼吸的，三月的原野已经绿了，像地衣那样绿，透出在这里，那里。郊原上的草，必须转折了好几个弯才能钻出地面，荒蛮的东北土地，幼时的后花园，充沛的日光，愚昧而质朴的家乡人，寒冬能把大地冻裂口子，火烧云在天上千变万化，人们在房顶上采蘑菇，下雨时木槽子和铁犁头都会哭，蝴蝶在后花园自由地飞，飞上天也没人管……

呼兰河蜿蜒曲折，清清冽冽，像流动的诗。它是一种地理存在，也是一种情感状态。萧红的传奇，和呼兰河编织在一起。

茅盾称《呼兰河传》为“一幅多彩的风景画，一首凄婉的歌谣”。

她的《生死场》，到了鲁迅先生的案头上，这部被鲁迅赞誉“力透纸背”的作品，既描写蚁子一样的愚夫愚妇们的生存状况，也充满抗日的灵与肉、血与火的搏击。

荒凉的麦场，苍茫的山，老妇，农夫，牲畜，生产的女人，浸润罪恶与血污的黑土地，婆婆把席子卷起来，土炕上扬起灰尘。光着身子的女人，一条鱼似的趴在炕上。在乡村，人和动物一起忙着生，忙着死，大片的村庄生死轮回着，屋顶的麻雀仍然是那样繁多，太阳也照样暖和。

底层体验所产生的痛感，使萧红的作品具有一种博大而深沉的意蕴。《生死场》笔墨集中于乡村女性身上，她的描写，完成了对于苦难的超越，这当然有着她自己亲历的凄苦人生经验作底子。

鲁迅的序言说，《生死场》主题是“北方人民对于生的坚强，对于死的挣扎”。

胡风在读后记中这样写道：“这是一种女性的纤细的感觉与非女性的雄迈的胸襟的结合，在女性作家中是独创的。”

真实率性的萧红，本来就是一片广袤、葳蕤、肥沃的原野，只要有一点儿风，就可以把她蕴含的清香吹拂出来。

她的文字都是从内心喷发出来的，热烈而抒情，潇洒而干净。这些文字又如散落的珍珠，四处零落，散发着各自炫目的光泽，串在一起，就是一条璀璨的珠链。她毫无心计，随手写来，不顾什么小说技法、规矩，没有严格意义上的逻辑关系，甚至没有什么精巧的布局，如悬崖上的花自在地开，如山涧的泉水恣意地流。

胡风让梅志读《生死场》，梅志读了，十分疑惑：“怎么这样写呀？忽然这样，一下子又那样，一点不连贯，也不完整，简直把人搞糊涂了，不像小说。”胡风说：“你呀，你呀，你看她的感觉多敏锐，写人物、自然风景不受旧的形式束缚，这正是她独特的风格。”

把握生命最细弱微妙的呼吸，文学才能显现其无量的伟大与仁慈。以心性的文字写出本真的血肉之躯，以自我的感受描摹眼中的世界，这就是萧红文学的DNA。

萧红充其量算个高中生，没有精读中西方的经典名著，没有受过系统的文字的训练，可文字天然灵秀，带着原野和丛林幽谧的青草味，似熹微般柔和的光线，晕染着灰暗的晨昏；既有史诗般的辽阔旷远，又有低微心绪弱弱的“悄吟”。木心说生命的剧情在于弱。萧红说：“女性的天空是低的，羽翼是稀薄的，而身边的累赘又是笨重的”。木心还说，弱出生命来就是强。木心这话原是在《Key West》里献给硬汉海明威的。萧红在低低的天空下，敏感脆弱却又不乏男子英气，叛逆地书写，把现实低矮压抑窒息的空间，用文学的力量撑得很高。这就是强。

萧红这个东北姑娘，绝不是不学而能，她爱读《红楼梦》，也读巴尔扎克、契诃夫，可她没有在欧洲作家那里取得灵感，她以她孩提般纯净的目光打量眼前这人世，她的写作，不自觉地走近欧洲人文结构方式，这是一种默契，一种暗合，一种文学本质意义上的相通。《呼兰河传》是散文化和碎片式的写作，用故事还原生活，把空间还给时间，开创类似现代主义的写作，蕴含存在主义哲学元素。尤其是后期的小说，出入于现时与闪回、现实与梦幻、成年与童年，微小与博大，混乱与恒定，生与死，动与静，时空的变与不变，在小说与非小说自由游移，构成她独自的文体——女性的、纯净的、诗化的结晶。她对人的生存本质的探询，显示了一种灵魂的深。总之，她有属于她的人物，她的小说学。

《生死场》开篇第一句话是“一只山羊在大道边啮嚼榆树的根端”，犹如欧洲的艺术电影画面。

萧红写作是以自身为原点，像烈日之下，东北广袤的野地里，大豆不停地乱蹦乱跳，接二连三地蹦出豆荚，颗颗都是绿色的、纯净的。她独来独往，柔嫩而坚强，敏感而大气，细腻而豪迈，忧郁着更热情着，用最宽阔的心灵包纳人世，把最深痛的体验诉诸文字，带着她青春的热情，铺展开她内心最为澄静的一片海域。她的原生态叙事，竟然与西方现代文学共鸣，血脉也几乎相通，这是罕见的、巨大的成功，是她不自觉或不经意间抵达的巅峰。

萧红出生在辛亥革命那年，这个节点，似乎契合她生命暗含的叛逆、哗变。她从来不是细草幽花般的婉娈佳人，她的文字没有时尚华丽的成分，也没有感伤沉沦的色彩。萧红不同于张爱玲。张爱玲即便是一袭最鲜亮的袍，也爬满虱子，透着最苍凉的冷。她的《小团圆》，有她的质地，也有她的苍凉，延续着她惯有的末世凄凉感叹。萧红比张爱玲大九岁，萧红的写作背景比张爱玲宽阔。萧红无论多么凄怆的冷，都有遮掩不住的暖。萧红在哈尔滨一间破烂的仓库里，在她遭遇困厄最惨痛的时候，仍在纸片上边写边画：这边树叶绿了，那边清溪唱着。姑娘啊，春天来了，春天到了。萧红写苦难、写情殇，却不病态。在生命力的伸展方面，萧红包容的丰富性和深刻性，不在张爱玲之下。

不管经历怎样的凄风苦雨，萧红一双孩提般的眼睛，乌黑闪亮。

人生如此匆促。1942年1月，那凄凉的冬日，三十一岁的萧红在医院里呼出了生命的最后气息。十年漂泊，北国的呼兰小城是她的起点，中国南端的香江竟然成了她的终点，她想回去也回不去了——

萧红最喜欢爷爷，爷爷喜欢拿着手杖，嘴里含着旱烟管，总是笑盈盈的，没有一点恶意。她能走会跑了，每天跟祖父在一起，她走不动了，祖父就抱着她，一天到晚，门里门外，寸步不离。多半时间是她跟祖父在后园里玩。后园满院子是蒿草，蒿草上飞着许多蜻蜓，那蜻蜓是为着红蓼花而来的。可是她偏偏喜欢捉它，捉累了就躺在蒿草边。蒿草里边长着一丛一丛的天星星，好像山葡萄似的，很好吃。她在蒿草里摸索着吃，吃困了，就睡在天星星秧子的旁边。蒿草是很厚的，她躺在上边好像是她的褥子，蒿草很高，它给她遮着荫凉。

祖母死了后，她搬到祖父的屋里去住，祖父早晚给她念《千家诗》，讲《回乡偶书》。每每在大雪中的黄昏里，围着暖炉，听爷爷读着诗篇，看着爷爷读诗篇时微红的嘴唇。爷爷说，我像你这么大的时候离开家，回来的时候乡音没有改变，胡子却都白了。小孩子见了他说：你这个白胡老头，是从哪里来的？萧红听得恐惧，不断地问：我也要离家吗？等我胡子白了回来，爷爷你也不认识我了吗？爷爷哈哈大笑。

萧红在《永久的憧憬与追求》中写道：从祖父那里，知道了人生除了冰冷与憎恶而外，还有温暖和爱。所以我就向这“温暖”和“爱”的方面，怀着永久的憧憬与追求。

是萧红爷爷原初的爱，让她在叙述呼兰河的时候，笔下那些和动物一般生和死的人们才有了笑容和柔和的话语，笔下那些底层的人们哪怕被压迫到几乎窒息，也有了粗重的呼吸，沉沦的时候有了上升的勇气。是萧红爷爷，孕育了一个作家健全的胸襟和怜悯之心，这是作家最基本的“根”。

萧红说她一生有两个男性给她温暖，一是她童年时的祖父，一是晚年时的鲁迅。

记得第一次到鲁迅先生家中做客，黄昏时来到北四川路施高塔路大陆新村。晚上十一点过后开始下雨了，雨点淅淅沥沥地打在窗玻璃上，她不免着急，几次欲起身告辞，鲁迅和许广平都一再挽留说：“再坐一会儿，十二点钟以前终归有车子可搭的。”这样，将近十二点才起身告辞。临别，鲁迅、许广平一定要送到弄堂的铁门外。先生家隔壁有一家日本人开设的吃茶店，弄堂门口镶在电灯外边的一大块毛玻璃上，写着一个大大的“茶”字，那是一块灯箱招牌。鲁迅指着那个“茶”字，说下次来记住这个“茶”字，就是这个“茶”的隔壁，又伸手指了指门牌的“9”字，进一步强调说：“下次来记住‘茶’的旁边‘9’号。”先生的神态似在叮嘱可能迷路的孩子，这一幕成了她终生难以消蚀的记忆。

还有，她和聂绀弩谈《红楼梦》，她说：我是《红楼梦》里的人，不是《镜花缘》里的人。聂绀弩问，你是《红楼梦》里的谁？我像《红楼梦》里的香菱学诗，在梦里也作诗一样，我也是在梦里写文章来的，不过没有向人说过，人家也不知道罢了。

香江河畔，炸弹袭击了思豪酒店后，香港沦陷。萧红辗转了玛丽医院、养和医院、法国医院和圣士提反女校临时设立的救护站，她说：“我本来还想写些东西，可我知道我就要离开你们了……”

萧红临终，喉部安上呼吸管，平静地躺着，盖了白羊毛毯，已经不能说话。她给骆宾基做了要笔的手势，在拍纸簿上写道：“我将与蓝天碧海永处，留下那半部《红楼》给别人写了。”

萧红喉管开刀处涌出泡沫……

三十一岁的她，一张近于圆形的苍白的脸幅嵌在头发中间，永远闭上了纯净的孩提般的眼睛。

一切都会过去，一切都不会过去。

戴望舒这样悼念萧红："走六小时寂寞的长途，/到你头边放一束红山茶，/我等待着，长夜漫漫，/你却卧听着海涛闲话。"

萧红如是沉吟：从异乡又奔向异乡/这愿望多么渺茫/而况且送着我的是海上的波浪/迎接我的是乡村的风霜……

我仿佛看见，在广袤葳蕤的原野，大风吹散云朵，月光下，有人烧起野火，牛羊悲壮歌唱，萧红低着头，细数那些落叶和秋声；我还仿佛听见那泥土里的心跳：都来都走，谁不是一次次地在这里来来往往……

（原载《散文》2014年第12期）

2014年

蒋德明

花椒又红了

花椒又红了。父亲栽的花椒树，今年结的花椒没有往年好。今年的没人照理，花椒树枝叶杂乱，又加上今年雨水过多，椒籽不但结得稀而且还小。

花椒树就在家的花园内，有成人的手臂粗。三十多平方米的花园，曾在春、夏、秋季花香袭人，也因几年没人照理，荒芜不堪。记得妹妹在我们送走母亲回来的饭桌上说：妈，走了，家，不能散。几兄妹都点了头的，但是，在送走母亲过完头七后，分别都要为生活和各自的家东奔西走了，就是立意坚守的父亲，也被我们强行带离。一个家，父母的家，因母亲的去世，就成其空巢了。

花椒红了。母亲去世的第一年，有邻居来电话，说花椒可以收了。几兄妹都知道，去收花椒，就是去面对新痛中的隐痛。

在我们的记忆里，母亲没有什么让人称绝的菜艺，唯有她调味的花椒油，让左邻右舍称绝。在超市买的花椒油，做法是：生姜去皮拍破；大蒜切成指甲片；葱白拍破；炒锅置火上，放入色拉油烧至五六成热，投入生姜、大蒜、葱白炸香，再下入花椒、八角炒出味，锅离火，晾凉后打去料渣，便可。母亲说，这不是纯正的花椒油。纯正的花椒油材料只有生菜油和新花椒。花椒要刚从树上摘下的暗青红的花椒，炒锅温热后倒入菜油，生菜油加热至熟离开炉火，等油温降到一定温度，放入花椒，菜油与花椒的比例全由母亲的经验，在闻得出油里散发出花椒的香味后，花椒不滤出来，就在油里泡着，乘有余温时，装瓶。这样几天后，椒油纯正味浓，做素菜辣椒蘸水，爽口送饭。这是母亲从外婆那里学来的一绝。当年，外婆家开有马店，人来人往，住店的人常点的饭菜，就是水豆花饭，吃水豆花饭。最关键的吃味就在辣椒蘸水里，而辣椒蘸水里取味的主料就是花椒油。

母亲不似外婆那样懂得嘴紧，她说外婆不肯将花椒油的做法告诉别人，那是外公做裁缝的收入不够家用，外婆就得为生计为生意守口。现在她不做生意，我父亲一人的工资能养一家六口人，只要左邻右舍向她寻求做花椒油的方法，她就找不出理由回绝别人。

外婆传授给我母亲的还有另一让人称绝的“神针”。外婆就靠此“神针”医疗过多困难的日子。在我眼里，所谓的“神针”只是缝衣的针，用其在酒精灯上消毒后，往小孩子的食指上一扎，便有水珠一粒冒出，据说，这就是导致小孩子吃什么都脸面青瘦身子不壮的“石肝”。说也奇，母亲只是轻柔地顺着孩子的身子做了一些梳理动作，一针下去，出来的就不是鲜血而是水珠似的一粒。一小包草药，是母亲亲自上山里采的，让人回去杀只鸡取出肝，用鸡肝与药一起蒸三炷香的时间，小孩子吃后，从此病祛。等我有了儿子后，见母亲还是这样为人辛苦，便说她：现今都是一家一个独生子女，不是你们那个年月，孩子多了，可以抱来让你试试，一出问题，可是好心没好报的事情。母亲说了，她也想过我说的问题，只是来人都是那样地心诚相求，不好回绝。

其实，任何回绝都是可以找到理由的，母亲只是不去找理由。另外，母亲也相信家传的秘方和她多年的实践。有人对她说：你就开个价，我们也好麻烦你，人家摆摊子卖药要四处叫卖，你在家里，方圆几十里有人找上门来，是可仅靠一根针一味药发财的呀。母亲还是明白事理的人，知道自己字都不认得几个，不能在家像医生那样为人看病，但，对于来家请她的人，她又忘了在我们面前说过的不能，特别是一些独生宝贝从大医院抱出，经人介绍来她这里，她就有一种被人抬举的感觉，看成是别人对她的看得起，是对本家祖传秘方的认可。

在整个矿区很少有人不知道母亲的名字的，不只是因她为许多人家的宝贝医过病，还因在别人的红白喜事中，她每每不是活动中的主角，但她的热情不比主角低。她帮忙得尽心尽力，不仅让主人家感动，也让身边的人感动。正如父亲说她的：十处打锣九处在。由此，众多居民选她为居委会委员。

原以为母亲是可以入党的，不想在关键时刻她对一次困难户补助金提出了与领导不同的意见，她提出增补的一户人家，委员们都清楚是真正的困难户，如果增补他上去，就得拿下一户人家。比较中，要拿下的人家就是矿里某领导的亲戚，没人说话，母亲说了话，结果是有一人开口提议就有众人顺水推舟的。真正困难的这户人家非要请母亲吃饭，母亲当然谢绝了。母亲以为正直站立就不怕身影斜，不想这位有些政治理论水平的领导还是找出了母亲不够党员标准的几条意见，尽管这几条标准是先进党员也要努力才能做到的标准。一直善者吉祥的母亲，第一次在精神上受到重创病了。邻居见我们收树上的花椒，不见母亲，以往母亲是要在一旁张罗的，有知内情者讲了母亲入党的过程，于是，便出现了，你一言我一语地为母亲抱不平，这样一来，将有迂回的路也给堵死了。这位领导说了：为入党而入党的人，只要他在一天，就休想进组织的大门。

母亲也是脆弱，相信这位副矿级领导的话就是圣旨，将自己放逐到离党的大门远远的地方，这地方，就是佛门。母亲信佛后，临终胸前还挂着佛门求来的佛纸。

母亲走了，在2007年7月28日12时48分。母亲在最后的时刻已不能言语了，七十年的光阴转眼即逝。记得母亲安慰过别人：如果逝世已有大限，走者定会坦然，送者不必太悲。可是，在佛法已经做完送她离开这个世界去向天堂的那个清晨，这座城市的路灯都还没有熄灭，在阴郁的云雨下，每一盏路灯都与我们一起丧痛红肿着眼。由十七辆车子组成的为母亲送行的车队在雨中慢慢行着，雨太大了，一米远的车距便让视野模糊，模糊得满世界都是雨。在当时，满世界的雨都是泪，也表达不了我们对母亲的不舍。母亲最终信佛，她在世时对佛的二十二年的虔诚一定感动了上苍，要不，天不会这样地动情大哭！

母亲一生没有见过大人物，记得有一年矿长为五好家庭送春联，矿长进家，她不知是让坐椅子好还是坐床好。母亲以为第二年只要再得五好家庭，矿长还会来送春联的，这是很有面子的事，母亲很好面子。我们家真也连续地得了五好家庭，但是，母亲没有等得矿长的春联，她不能理解领导的作为是要紧跟形势走的。但母亲最终还是颇有面子地离开了这个世界。贵州省妇女界最大的妇女干部在知道她去世时，正在一个偏远的山区做调研，那里没有手机信号，她是从网上看见的信息，即电话告知在我身边的一位副主席，除妇联组织表示外，替她送份礼。随后在有手机信号的地方又发来短信：德明，在得知令堂仙逝的不幸消息后，因故没能前往吊唁。现以此方式表示沉重哀悼。也望你节哀！——吴坤凤。这位曾做过副州长的女干部，做了这些，就已足够感动我与家人的了。新闻界的朋友说，他们见着的几乎都是让办公室的人去做相关慰问，就算上级领导关心了下属。吴坤凤主席在那么远的地方，还过问得如此地细，还要亲自做表示，礼数到位，太有人情味了。接下来让我与家人和这些朋友更感动的是，吴坤凤主席从乡下返回省妇联，要去一个地区参加一个大活动，我原不知细情，请办公室和工会的同志帮我请送了礼的同事喝杯白酒，以答谢分我悲痛的情义。办公室有同志告诉我，根据工作安排，怕是要改期才行。我想，这时退些酒水就是了，等这部分同事活动回来再安排。一小时后，办公室的同志又来电话，转达了吴坤凤主席的话，说喝完蒋德明为母亲办的白酒席后，连夜出发。有人告诉我：人家接待单位，规格可是比你的高得多，而且是副处以上的干部全部前往。于是建议我提前开席，我也给酒楼经理打招呼了，主席听说后，叫住我：客没来齐，你要单独这样，我就走人，我坐下了，就按原定请别人的时间开席。母亲，你听听，这是你儿子的领导讲的话语，你那个没有级别的副矿长没法与她相比，不能相比的不仅是级别，而且还有做领导的风范。

望着伸手摘下几粒花椒的父亲，七十五岁的老人，自己栽的花椒树让他想起几多过往，过往里那些没有表露的念记，那些无人知晓的情感犹如他抚摸的花椒树：春天，桃红李白时，只为应对春光的期望，稀疏地滋生出零星的细碎叶瓣；秋天，这才想起开花的事宜，绽放出如同米兰一样柔软洁白的花瓣。同一季节花开，同一季节挂果成熟的花椒树，让父亲找出些许理由回来看看，回来看看就不舍离去，他要留下来……为他，也是为我们，留住生命里不能丢失的过往。

（原载《海外文摘》2014年第12期）

2015年

卢惠龙

夜深深（外两篇）

深秋。月亮圆了一半，大抵是初七、初八了。

这个竹林四合的，傍了县城的寨子，薄暮笼罩之后，月光便洒下了清辉。蜿蜒的石板路上，也飘零了梧桐树的落叶，踩上去，有窸窣的细响。那片用青石嵌平的晒坝，那蓬叶子扶疏的竹林，各家瓦屋青黛的飞檐，还有，新收的谷草个子，白木做成的搭斗，手摇的风车和卷了起来立在阶沿前的晒席，全被月光勾勒出明明朗朗的轮廓。

月色里，隐隐约约的人语，吸烟筒发出的咕噜咕噜的轻响，刺笼里雀鸟的叫声，都听得真切。唔，还有生人路过时的犬吠。微风摇荡的大气中，谷草的温馨，熟透了的山果的清香，甲虫特有的气味，也扑面而来。谷米进了家，水牯添了膘，寨子里，像有一种成熟、温暖、香甜，存乎其间。

夜归的货车，沿着寨子坎下的公路向前方驶去，车灯射出长长的、亮亮的光柱，一辆过去了，接着又是一辆，一辆一辆渐次地远去，就像汩汩流水，竟日潺潺……

夜深深，晒坝上又细碎又缠绵的人语，越更清晰。

“坎下的那蓬刺藜，好甜，退了涩的……”说话的人，喉音浓重。

“明天让娃儿讨一背，城头人稀奇。”这是让人感到苍迈的声音。

烟筒在响，烟筒上明明灭灭的红光，一闪一闪。

“这一冬，不出去找点活路？”苍迈的声音。

“要去的，岔江底下，修公路，要人。”

“有活路做，不说几百上千的进项，总比去桥头蹲茶馆、赌钱强。”

“正月间，老二娶媳妇，三五万块钱少不下来。”

“凑齐了吗？”

烟筒递到另一双手上。

“还差六七千，开春，卖洋芋种，少说收两三千。再去岔江三个月，也差不多。”

“岔江底下，要的人多吗？”

“想必不少。”

“你不去约老贵一起去？他家去年背账。”

“倒是。”

犬吠。竹林的蕭墙边，有人游荡，还唱着从城里学来的歌：你是光，你是电……

不用说，寨子里会唱这种歌的，准是老贵。晒坝上的人招呼他过去，问他去不去岔江做活路。

肩背圆浑的老贵，直愣愣地瞅着前面的人。他说，他家今年够吃够穿，又不背账，哪里也不去。

晒坝上的人相当地不自在了。他们暗暗地嗤笑了老贵一回。优游的日子，为乡居的人所不取。

浓重的喉音，忍俊不禁，诉说起正月间将要施行的礼数。话语，那样浓烈，那样舒适，又那样相宜……

这时候，雾岚漫上了屋前的石阶。

谷底人家

从城里出发，不过六七十公里，眼前就呈现连绵的山谷。

这是一条好生僻远的山壑。站在谷底，只见蛮荒的山峦俨如威仪棣棣的屏障，乳白色瘴雾在山腰静静低回，蓝天呢，长长的，窄窄的，深邃又缥缈。那条窄狭的，由一级一级青石缀成的山路，像一条带子，从长岭上飘忽而下，这便是谷底同外部世界联络的唯一纽带。公鸡在土墙上啼鸣，山雀在树尖啁啾，幽深的谷底在岑寂中才有了一分活气。

正当嘭嘭的搭谷声应山应谷的时候，长岭上忽地撑起了一排排绿色的帐篷，从谷底抬眼望去，就像太阳雨过后，山上生出的一朵朵菌子。

黄昏，太阳刚刚搭山，星星还没跳出山脊，山风就会把长岭那边悦耳的歌声传来，有时悠悠像流水，有时沉沉像滚石，有时簌簌像落雨。

山妹，这个从不枯着眉毛过日子的女子，后生们爱跟她打堆，她走到哪里，就把山歌带到哪里。她那脆脆的、甜甜的嗓音，像鸽哨、银笛，能把栖息在林子里的鹧鸪惊得扑扑飞腾，也能把缠绕在后生心中的忧怨驱散……

这些年，山寨的后生好多出门打工去了，到东莞，到宁波……没了嘻哈打笑的同伴，没了呵嗬连天的山歌，山妹真有说不出的孤寂。做了地里那份营生，就整日陪着三爸，枯守空荡荡的瓦屋。秋夜的山凹，溽暑难挨，吃了晚饭，山妹只得陪三爸坐在门槛边，三爸手里摇着蒲扇，驱逐嗡嗡嗤嗤的长脚蚊。山妹呢，听他说些古话消磨长夜。

终于，长岭新搭的帐篷里，飘来一阵阵歌声，带着来自远方的气息，让山妹入迷了。她觉着，帐篷飘出的歌声，比民校老师唱的好听，比呜呜啦啦的唢呐引人悬想。她从歌声中，想象得出好多东西。歌声闷闷的，她猜想，一定是唱歌的人在山里住不惯，想那个远远的家了。歌声怅怅的，她想起那次牛不见了，她带了黄狗，满山去找。

山妹不情愿坐在三爸身边：在她心中，三爸的那些话太细碎了，太缠绵了，太没味了。她抬了一张板凳，坐在门前的水杨柳下，翘望着长岭上的那片红云变成淡紫，静静地听着长岭上飘来的歌，脚边嗡嗡的长脚蚊，也被她忽略了。空谷传音，那游丝一样的歌轻轻地飘来，她就觉得玄奥又酣畅，炽热又淡远，仿佛有了一点依托，得到一点昭示。她在那歌声中沉醉，觉得无处不变得一片明亮。于是，白日长长，她盼太阳快点落山；山风萧萧，她诅咒风把歌声刮跑。渐渐地，山妹听熟了，也情不自禁地学着哼起来：

亲爱的，你慢慢飞，
小心前面带刺的玫瑰……

“山妹，咋不唱自家的山歌呢？”

坐在屋里的三爸，摩挲着老眼，那口气，愤愤的。

“爸，我三岁就会唱山歌呢。”

山妹的回答，让三爸失意得受不住，像是受人轻慢、捉弄一样。

楼枕上吊着的那盏灯，摇曳地吐出苍黄，屋里昏昏暗暗。

山妹知道三爸不悦了，就轻轻地唱起来：

吃了晚饭把碗收，
钥匙丢在碗里头，
…………

山歌并没有解脱三爸心里的纷纭，在他听来，山妹唱得并不情愿，听了反而难受。

于是，走上楼，早早地睡了。

第二天，晨光熹微之中，山妹上山打猪草去了。走在雾罩沉重的田坎上，心中却有一阕韵律在悄悄展开，它轻快，跳跃，委婉，深沉，怎么也挥不去，驱不散……

她抬起头来，凝望着长岭上那排绿色的帐篷，踌躇着……

牛王

斗牛，古已有之。秦汉时，中原有头戴牛角而相抵的蚩尤戏，唐末戴嵩、五代厉归真的斗牛图也甚有名。我们复兴镇的斗牛节，或许就是一种遗风?

又是入冬以后的第一个“亥”日，天现曙色，三声铁炮响过，锣鼓齐鸣，各寨寨老带了斗牛向牛场坡进发。斗牛头上照例绑有两根遒劲的野鸡毛，背上，都有刻着“二龙抢宝”图案的旗座，旗座上插有五面三角形彩旗。斗牛颈项那里还系了九颗响铃，一路走来，叮当作响。这自然是相当风光了。

杨家二叔枯坐在火塘边，发红的两眼，盯着幽微的火光，一动不动。铁炮声和锣鼓声震动了窗棂，让他浑身悚惧。

北风拂过门前的梧桐，枝干似铁。

牛槛那边，铁角水牯哞哞吼叫，声音激越，完全是一种临战前的呼叫。片时，那对铁角铿铿地撞击着青冈栅栏。

牛场坡的斗牛场上，杨家二叔和他的铁角也曾风光过。铁角蝉联过三年冠军，当之无愧地成为复兴镇方圆十八寨的牛王。

叫杨家二叔刻骨而铭心的是去年那一仗。在成百上千的寨邻面前，铁角遭遇了王家寨买进的“撞山倒”。两牛贸然相遇，角逐相抵，铁角一上去就败下阵来。坐在坡上观战的寨邻，一律站起来，为“撞山倒”叫好。两年夺魁的铁角头一回丢人现眼了。震天动地的欢呼声似乎激怒了铁角，它四蹄翻飞，回头再战，百倍地勇猛。四只牛角撞击的铿锵之声，证明了双方都有千钧之力。对峙之中，铁角虽然吁吁喘气，而“撞山倒”却嘴溅白沫，终于轰然倒地。最后一个回合，铁角几乎把“撞山倒”抵死在岩石上，幸亏杨家二叔用绳索套住铁角的后腿，才让“撞山倒”免于一死。

铁角赢得了至高无上的荣誉，十八寨都由衷地为它披红挂彩，鞭炮声应山应谷，其壮观千载难逢。杨家二叔也按惯例接受了每个寨子赠送的一只大公鸡。

去年斗牛节后，十八寨的寨老坐拢来，反反复复相商，因为铁角无敌天下，斗牛节也少了悬念，少了乐趣，不如给它永久性荣誉，拜为十八寨牛王。寨老们还立下这样一条规矩：以后，一年一度的斗牛节，铁角不必上阵，反正最高荣誉都属于它了。这也不是只对铁角，以后，只要得了三次第一，也都不参加第四次斗牛节，也可以封王。

依了规矩，今天，铁角失去了上场拼斗的机会，只得困在牛槛里了。

雾罩早已消遁，天发蓝，阳光在博大的山野蔓延开来。

牛场坡那边的人声传来，虽说细微，却又真切。

杨家二叔走出门来，门前那棵梧桐树上，麻雀从这枝头跳到那枝头，追逐，扭打，不一会又儿扑扑飞了。几只小鸡，窥测了一下，大摇大摆地走进菜畦，东一下西一下地觅食。阶沿上，黄狗懒洋洋蜷缩着，不一会儿，缓缓地站起，前后地伸起懒腰来。

鞭炮声大作，牛场坡那边，斗牛进入了高潮。

杨家二叔的目光越发黯淡，心里空空荡荡。他下意识走到牛栏边，只见铁角眼神痴痴的，眼角含着浑浊的泪，它的两角因碰击栅栏而发亮。杨家二叔把铁角牵出来，在土院里转了几圈。往年出征的时候，他都要给铁角灌二两酒，让它运气鼓劲。今天呢，不用了，不用了。他后悔不迭，这铁角，去年，为什么不输给“撞山倒”呢？第一回合失利后，为什么还要斗下去呢？为什么没有制止它呢？而今，没有对手，不也就没了自己？

不知怎的，杨家二叔心中一阵惶恐，他把牛拴在梧桐树上，转回屋去。

就在他跨进门的一刹那，他决定重新喂一头斗牛，绝不亚于这铁角。不过，以后，最多只能让它赢两回。

他六神无主。

他迷迷糊糊，想到这铁角老去以后，他要从它印田穴上拔下一撮毛，沾着它的血，贴在神龛的牌位下边。他觉得对不起铁角，要永远记得它，永远记得它的这段光荣和孤独。

（原载《散文》2015年第2期）

王子豪

普纳山札记

“一切人物或动或静，都有自得之趣。”我想，自然之美尤佳，人之脉动更妙了。

——题记

一

一觉醒来，只觉窗外树叶滴嗒滴嗒地响，山城晴隆春潮荡漾，春雨淅淅沥沥，看来是久违的一夜透雨了，比之初上普纳山时那阵救命的微雨大得多，我的心也陶陶然不已。

开灯时看时间已是凌晨两点了。回想昨夜的劲酒，真有劲。酒并不是名酒，简直是劣酒，一并喝酒的几个人，并不是佳人，都是些俗人（熟人），可喝酒的时间却是佳期，也有些气氛，因此恍兮惚兮醉了，惚兮恍兮回到家，惟惚惟恍地倒在床上，窈兮漫兮地入梦，脑子一片空白。这次是真醉了，真正应了诗人们说“我醉了，只有风知道，路知道，鬼知道，只有我知道”的鸟话。我说的醉，并不是《醉翁亭》里讲的“醉翁之意不在酒，在乎山水之间也”的弦外之音，而是真醉。起床时床头捞烟点了，翘在嘴角，烟瘾是解了，但直觉喉头干燥，只想喝茶，便烧了一壶水，照例泡了一杯茶，这也是我酒醒后的习惯了，泡的正是普纳山的新茶，名唤“贡峰绿茶”。

在陆羽的茶经里，据说同样的好茶，不同的杯子，不同的泡法，不同的时间，茶之香、色、味俱不同。正如同样的美人，在阔人、俗人、诗人的眼里，在不同的年龄段，气韵之美迥然不同。其实我并不懂茶道。茶具呢，家中有一套，但却没有动用过，只是一种摆设和装饰罢了。我饮茶只为饮茶，重在自然、重在情趣、重在韵味。我完全赞同散文大师周作人在他的《喝茶》一文中所阐述之茶道。他说：“喝茶，茶道的意思，用平凡的话来说，可以称作忙里偷闲，苦中作乐，在不完全的现世享乐一点美与和谐，在刹那间体会永久。”我温习了一遍，真是对极了。我端起茶杯，嘬了一口，啊，真香！惚惚恍恍中，从一茗淡远的幽香里，我蓦然想起了游过的普纳山，想起那山那水那人，可以说是历历在目。

癸巳年三月三十日，清明前夕，正是“沾衣欲湿杏花雨，吹面不寒杨柳风”的烟花三月，是踏青的最佳时节。我们一行文友十人驱车前往花贡与普安龙吟交界的普纳山开展“普纳山之春笔会”。

汽车在十万大山蜿蜒的山路上颠簸，我的心思也如波涛在胸口跳跃，视觉不断变换，思绪也在跟着飘升。山一程，水一程，沿途的上上下下，似乎没完没了。身处开门见山的贵州，说来有些沮丧，我至今仍然没有见过海。也许海是神秘莫测的，也是遥远的。

作为一个文学路上的盲人，我知道海是神圣的，我虽然没有看见过海，但我相信，山的那边就是海。我明白了，苍天有所安排，必给予启迪。这个海可以是自然的，也可以是生活的，可以是刻板的，也可以是灵动的，可以是甜美的，也可以是咸苦的，可以是宁静的，也可以是狂暴的，可以是开朗的，也可以是阴郁的……“海”无处不在，我看到“海”了！这“海”啊，在一瞬间照亮了我的眼睛，点燃了我空灵的如水情怀。

正当我天马行空逞空遥想时，秋夫又晕了几次车。车子走走停停，喘着粗气爬上了花贡镇境杉树坡，我眼前一亮，看见了纳坝的移民新村河塘村。

原来的河塘村，已淹没在筑高坝拦截北盘江而成的碧波万顷的光照湖底。如今这光照湖声名鹊起，已申报列入国家湿地公园。然而有谁知道？这个淹没的河塘村，在20世纪因贵州“一山分四季，十里不同天”这句谚语就有名了。少年时，听中学老师说：在一个深秋的时节，人民日报记者×××到晴隆采景，他早晨到南部的三望坪，唯见秋雨绵绵，沿途人人身穿厚棉袄，草上结着秋霜，而下午到花贡河塘村时，那里的阳光温暖如春，人们皆穿对襟衬衫，后来人民日报副刊发表了《贵州：一山分四季，十里不同天》的文章，这是贵州物候丰厚的一个样本。“愿得长如此，年年物候新。”我不由又想起这句诗。

车过竹塘河，前往普纳山的道路显得狭窄而坑洼不平。沿途多是一些叫不出名字来的山坞，山坞的茂林深处，不时有稀稀落落的几户人家。越往里走，流水淙淙，生态越好。汽车在狭窄、曲折的山路上迂回，行了数里，才到一个山坳，抬头望窗外，只见陡峭的崖壁，倾斜的岩石，都耸在万仞绝壁之上，让人有些惊怵。在竹塘上车的年逾古稀的老支书说："这是下未记山，上面还有上未记山哩！在这里看不到。"又走了一程，我见远处巨壁之上一角山嘴唯见树林遮天蔽日，就似这山的头发，也许就是老支书所说的上未记山了。上未记山之右侧的山峰，便是普纳山。

所谓"树有根而水有源"。普纳山名之考，我是颇费了一番心血的。大凡世间之山、水、万物乃至人名，虽冥冥中自有天定，但有自然造化、历史渊源、地理因素、人为左右等影响，都是有来历的，这也许是解开普纳山之名的一把钥匙了。我想，普纳山之名是明朝一场战争而流传下来的，也许与明代有些瓜葛。

至明代以后，贵州的县（市）名都有些蹊跷。远的不说，从贵阳至晴隆一线，有平坝、清镇、镇宁、安顺、普定、威宁、纳雍及黔西南之安龙，普安、晴隆（古名为安南），都带有平定，安定之意。有人计算过，贵州县市之名，多有此意。普纳山位于普安之东，是晴隆与普安两县分水岭之一，北为花贡（古名花纳）、纳坝，东为大田乡境内的纳屯，"普纳"单从意思上说，就有包罗万象之意。由此推断，普纳山之名深蕴大明王朝统治者之用意。普纳山之战历时两年，此战在明军平云南之后，明王朝将军胡源结束此战，便屯军安南卫，至今晴隆北门之窑上，还有胡公坟佐证。古云："普天之下，莫非王土。"揣测其意，是言此战结束，大明王朝已将西南诸地纳入其疆域版图矣。普纳山海拔一千八百米，高于诸峰，而四周的山峰各逞奇特之状，有上、下未记山，还有蛮子山，尚有许多唤不出名字的山，可说是峰峦如聚。观普纳山之形，犹如诸峰之祖，这山峦山峰，都是普纳山之山子山孙，皆为普纳山脉族系。山、水、人孕育了古老的山，普纳山之名是现成的。

二

我们从山脚仰视普纳山，只瞥见古战场的一个山嘴露在那里。但你绝对想不到，那山嘴上，有层层叠叠的数千亩肥沃茶田呢！

来到普纳山茶场，大家习惯地抖了抖春尘，一边喝茶，一边听胡州巨介绍，从他那简明扼要、干净利索的话语里，我只觉得这茶场已过了严冬的光景，正透出春天的气息了。

喝完茶，胡总（胡顺许，原黔西南日报总编室主任）便带我们上山去踏青，寻访古战场了。

暮春的天气，乍暖还寒。山野的风吹到脸上，感到凉爽怡人。山野中，新绿已上满枝头，知名和不知名的野花一簇簇、一团团地从草棵里冒出来，散发着芳香。近看，那鲜亮的颜色直逼人的眼球，让人想起"花团锦簇"这个词。

看着水库蓄满的清亮的水和四周的喀斯特地形的陡坡，我疑是望天水。胡州巨说：“这是泉水，是山泉呢，我们刚才泡茶的泉水就是这水库的水。”多年来，我习惯地认为，泉水，总是有井的地方，或是漫流在石板上，树林间有淙淙的声音。记得中学时候读的柳宗元《小石潭记》云：“隔篁竹，闻水声，如鸣佩环，心乐之。伐竹取道，下见小潭，水尤清冽，全石以为底。”可也是这样说的，眼前的山泉明显是潴蓄在山顶上，有如一个“四”字形的“牛打滚塘”里，水清冽甘甜，这我刚刚从喝过的茶中感受到了。

水库的一侧，约三米远便是悬崖，群峦尽收眼底，大家看了一回，便跟着胡总，沿山壁侧下，说是去看当年办炼银厂的周氏之古墓。

从新植的茶园里下，沿途但见当年炼银厂所弃的煤灰矿渣堆成小山似的，已变成了肥土。我打听普纳山并不产煤，距离最近的要到中营镇，少说也有二十余里山路。遥想当年炼银之壮举，令人有些钦敬了。

站在普纳山一处高地，俯视山下的未记山，只见山岩崩了一角，老支书兴奋地说：“这未记山，是毛泽东主席逝世的那天崩的，真是地动山摇呢！”我听他把“主席”两个字尾音拖得特别重，有地动山摇的感觉，心里不由“咯噔”了一下。山川显灵，江河有魂，古书里有。或许，这仅仅是一种巧合，或许，未记山并不是这一天崩的，只是老一辈乡民们对伟人怀念的另一种方式罢了。也许，现在的年轻人，都是“唯物主义”者，他们听了，就像听个荒诞不经的故事，念及此，我不觉黯然。

我们来到周姓富商墓前，从碑文中斑驳的字迹可以辨认这墓主人原是湖南人，是奉朝廷之命率四十八名银匠在此建炼银厂，后来遭当地土匪围攻，死后葬于此地。墓主兄弟之中，有一人逃脱，回家乡报讯。这墓是他的族人后来立的碑文。这墓身的四周，仍有六七座坟茔，看来都是后来的事了。这周商墓的墓门前，就是和尚庙。和尚庙中尽是纵横芜杂的草木和废垣残墙。遥想当年的青灯古佛已远寂，是和尚庙在前还是炼银厂久远，抑或两者都是同时的，从现有的资料，是无法稽考的了。

从和尚庙南转，去访尼姑庵。在路上，大家揣测和争论和尚庙和尼姑庵相隔如此之近，是如何交流的。我竟不能插嘴！我只背了外国的一句名言：“修道院的围墙并不是那么高。”逗来的是让大家无拘地笑。路上我见草丛里有一个干枯的斑点，胡州巨说这是以前尼姑庵的古井。此时，江华说这是以前尼姑洗澡的地方，衣服就挂在旁边的茶树上，大家忍不住地笑了。笑了一会儿，又觉无聊了，便说去看古茶树。

走近尼姑庵，但见荒凉之景与和尚庙并无二致，唯一不同的是，尼姑庵四周的山上多了十多株古茶树，但从废垣残墙中可以看出这庵当年约有十余间，其中一间有一株古茶树，大家估摸有四百年的树龄。这尼姑庵后临山，唯见山空石瘦。远处，重峦叠嶂，云涛万顷，可说风水极佳。

大家在尼姑庵前后寻找古茶树的时候，我在想，为什么有和尚庙的地方，多有尼姑庵。大概是孤阴不生，独阳不长，佛境讲究的阴阳协调，功德圆满之因果了。秋夫以方志学者的经验肯定地说："这株幸存的古茶树的位置，正是房屋之中的天井。"我也赞同。这株幸存的古茶树已向世人昭示：普纳山，古已有种茶的历史了。

尼姑庵北转不远处，就是普纳山古战场。据地方文献记载，明洪武十四年（1381年），明朝初开，朱元璋派颍川侯傅友德为征南大将军，永昌侯蓝玉和西平侯沐英为左、右副将军入黔，先后在安顺、普定、纳雍、镇宁、清镇等地转战。年底，傅友德、蓝玉和沐英旋即取道云南，留蓝玉及沐英之部将胡源（字源清，与左将军蓝玉为同乡）任尾洒（今晴隆）紧驿卫指挥将军，率部清扫盘江残余势力。时因元朝残部怂恿当地土著人红苗仡佬在晴隆北部顽抗，败退于普安与晴隆交界的普纳山据守。胡源兵困二载未成，后得指挥将军黄迁世合兵夹击，半载攻克普纳。观这普纳山，东西南面俱是悬崖绝壁，惟北面是千余米的陡坡，可见当年胡源公所率领的明军与当地土著民族相持两年之久战争的惨烈了。关于古战场，中云、长流一带古老相传的有一首歌："前头陡陡岩，后头大路来，听得上山有号叫，攘起笆折打上来。"从这首歌可以想象当年悲壮的场景，也可想象喇叭（攘笆）苗族先民的机智与胆略。这北面之山上传说古老以前种的是老虎刺，是占据普纳山的土著民族抵挡官军进攻的重要屏障。胡公率部用笆折抵挡巨木滚石，确实是最好的攻山武器。

站在古战场之巅，南面可俯瞰普安龙吟的人家烟树，北面可俯视花贡镇竹塘村落，隐约可见谷底有一条竹塘河穿谷入海。向西越过蛮了山的山嘴，绵延而去的是一层层高低不一的青峦，遥遥可见中云镇新红村背后的"天门洞"。说起天门洞，那也是当年的古战场之一。我曾与江华去探险过的。

胡州巨的茶园就隐在普纳山古战场右侧的山腰和对面蛮子山坳里。从古战场俯视，你会发现，眼前的片片山坡叠青泻翠，一片片映山红在春光浓浓的微风中盛开着，逶迤的山脉在湛蓝湛蓝的天空中纤毫毕见。凝眸所及，层云迭起，万壑云卷云舒，真让人有脱尘世之感。

我们贪念古战场的风景，不由多留恋了一些，采风团便以这远山近树为背景，拍下了第一张合影。

三

从古战场下来的时候，天已经黑了。此时的普纳山就像孤悬在大海中的钓鱼岛，而周围的黑暗就像波涛汹涌的海水。我想，如果我自己作为一个将军，该怎样运筹帷幄，决胜制敌，拿下"钓鱼岛"？想了多时，自己忍不住怄气：想这些乱七八糟的东西干什么，真是有些杞人忧天了！一边忍不住想，一边又克制不想。就这样怄气，当年悲壮的普纳山之历史，在我心里渐渐地，渐渐地只剩下一点轮廓了。

吃晚饭时，饱餐了苗家人自己养殖的山羊肉，喝了苗家人自己酿的米酒，只觉得有浅浅的醉意，丝丝的满足。也许这是电视上报刊上说的“幸福指数”了。

吃完晚饭，胡总邀我和江华斗棋，我与他和江华各斗了几局象棋，有点像“三国演义”，自己成了里面指挥车、马、炮的将军了，便又想起普纳山之战，钓鱼岛事件，又伤感了一回。这时，天空中扯起了丝丝的雨，雨虽不大，但空气却格外清新。胡州巨笑着说，这是普纳山久旱以来的一场大雨，是你们带来了及时雨啊！大家听了确实高兴，这主人嘴巴太甜了！

我与毓彬跟着扛着摄像机的江华到制茶车间看制茶流程，我不时给制茶工人添乱，问这问那，打着具有“幸福指数”的酒嗝，装作一个很内行的茶叶专家模样与制茶工人交谈，胡乱聊了一回，走出厂房时，看侧边的楼上，灯亮了。有人在楼上吆喝，品茶开始了！我一听“品茶”两字，心中着实喜欢，心想：“这回真要品他胡州巨一回。”便信步走上楼去。

品茶就在胡州巨茶厂的会议室里，走进去时，秋夫、钝翁、福荣、毓彬一脸的满足，称已品过了。福荣说他已喝了二十多杯茶水，算起来以公斤计算了，我有些惊讶，这些可是上千元的名茶，真是吃“大户”呢。胡州巨见我进去，又将泡茶之“流程”上演了一回。我见他像上演连续剧一样地精彩，不时插些“广告”吊人胃口，我不由用纸巾擦亮眼镜，揩净了眦垢，细细地看他熟练地表演“茶道”。茶座上，茶具虽只有一套，茶叶却有十数种，有都匀毛尖，有湄潭毛峰，有西湖龙井，有福建铁观音，都是名茶，大概是用来与普纳山的贡峰比较的。

品了多种茶，委实感觉各种名茶之色、香、味迥异。我心想：普纳山之贡峰系列，虽才出道，却也打入首都了，成了稀世贡品。目前它虽还不如武夷山茶，西湖龙井、黄山毛峰、都匀毛尖、福建铁观音等久负盛名，但自有一番韵味，亦如小家碧玉，玲珑剔透胜似大家闺秀一般。我相信，贡峰绿茶会与20世纪花贡红碎茶品牌一样，将成为人间珍品，茶江湖之翘楚。

品茶出来，春雨仍未停，雨似乎更大更密了些，我侧眼瞥见胡州巨凝视这场春雨，就像天空下了“银子”似的，一脸的兴奋，一脸的欢欣，我也替他高兴。请来相陪的客人已经陆续散去，采风团与胡总就留宿在山上。茶喝多了，人清醒了，但肚子却有些胀，我们冒着小雨到茶地里撒了一泡夜尿，大家嬉笑了一会儿，说是“喝有机茶，屙生态尿”。胡州巨说这句话是一位领导上普纳山说的。我觉得说得对极了。做客山中的妙处，便在于此了。笑了一会儿，见雨还是不停地下，便回宿舍休息了。

说来也奇怪，以前我晚上喝了茶睡不着，但今天贪杯饮了十数种茶水，倒下去便睡着了，进入了梦乡。

四

毕竟是不惑之年，第一次饮了这么多名茶，早过量了，简直有些奢侈。睡梦中听见了一声咳嗽，便惊醒了，醒来时，已是凌晨三点多钟。朦胧中，我见秋夫正在抽烟，烟头的火光一明一暗地跳动，有如跳东方踢踏舞的彝家少女曼妙的身姿。他见我醒了，丢了一支烟过来，我把它点了，眯着眼，看看窗外，灯光有些晕。雨虽未停，但小多了。秋夫说茶喝多了，横竖睡不着觉，便在听雨，寻找些感觉。我蓦然有些领悟，也许，夜雨中的普纳山是何样子？念及此，心中有些迫切了。

我穿着裤衩，说要去夜探普纳山。华老说带把雨伞去，还有雨，穿好衣服，有些凉。但他忘记提醒我拿电筒。我说用不着，我要先光着身子，雨中夜访普纳山。说完，我出门了，身后只传来华老委婉的叹息声。

走过门口的水门汀，水门汀上积满了雨水。借着挂在场部一角的灯光，便径直来到厂房侧边的茶地里，便给身子“减负”，又屙了一泡晨尿，感觉全身爽极了。这时的晚上，正是淡云微月，正在沙沙作雨的时候，回头看看那漂亮的客栈，灯光是浑的，而天上的夜色是清的。清得可以看见茶叶舒展的倩影，又仿佛听到昨夜毓彬，江华的嬉笑声还在茶园里飘荡。

许是金宵良夜。撒了很长时间的 泡晨尿，尿水径往茶树里面钻。也算是糟蹋了主人的好茶，该为茶地提供一些肥料，而且是真正的有机肥。我在茶田里看了一回，又摸了摸茶叶，仿佛听见茶叶拔节生长的声音。闻闻湿润润的空气，掐几枚茶尖嚼在嘴里，真是有些醉了。这时的普纳山就像座仙山，没有凡人的喧哗，静极了，适宜慢慢地看，静静地品，就像昨夜品茶一样。灯光照见的地方，看得明姿一些，月光照见的地方，看去朦胧一些。我心中有一种强烈的愿望，就是夜访古战场。于是借着朦胧的月色，淡淡的疏星，向山上走去。走一程，想一程，来到客房背后的茶林边，抬头向山下不远处的普安龙吟方向眺望，只隐隐看得见几多散乱的灯光，鸡鸣狗吠的声音由远及近，消失在对面的蛮子山岩草深处，细微的如同平静的海水里发出的声音，此外便是万籁静寂了。

普纳山的腰间，夜间的景色让人琢磨不透，心中却感到“有象”“有物”，有脉动。

自从在县城蜗居以来，就从来没有好好地在山上居住过。回想起来，只有少年时在大田读初中住校的日子，学生宿舍楼背后的山包上是茶园，天蒙蒙亮，我便到茶山上看书，但那时日子过得是那样窘迫且忙碌，哪有闲情雅致接“地气”，怀着“正能量”的心情，感受这静夜中的风光？何况此时吸入鼻中的全是茶香。近几年，也曾在长江三峡的船上，重庆万州的茶山上，山西五台山的名山上度过夜，景色虽美，但想象中自己只是一个过客似的。何况眼前的景色是如此幽静，凝而不散，整而不乱，却非那时旅居的名山大川所能比拟的，也难怪四百年前，有人在这里聚居炼银，也难怪和尚和尼姑在这修身。心中更羡慕胡州巨了，他选准了在这里育茶。倘使有生之年，我能在这里结屋读书，看山、看水、看萤火虫。摘一把野花，食几道野菜，喝一杯烈酒，累了，做一些浩无边际的梦幻，那是多么地美好。

想一阵，走一程，路越来越陡，路上暗极了。此时起风了，从山嘴吹来的夜风，阴飕飕的，透着几分凉意。我虽是个唯物主义者，但心里确有些害怕，我担心在这荒山野岭里跳出一个身穿血淋淋铠甲，全身是刀伤的如同切开了西瓜一样的在普纳山战死的鬼魂出来。脚一打颤怎么办？路边可是百尺悬崖呢！心中越想越害怕。为了安全起见，便决心原路返回。先回客房找钝翁借把电筒，约江华或者福荣，甚至约略年轻点的陈钢出来，壮壮胆，再访古战场不迟。

回来的路上，直觉先前寻访古战场的意境，消失了，兴趣没有了。心想看了又何妨，不看又何妨，留一点悬念在心里多好。

回到客房，同室的钝翁、福荣还在沉睡，呼吸还是那么地均匀。秋夫仍在抽烟，黑暗中听他“喀喀”咳声，显然他被自己的烟味沉醉了。这真应了“自得其乐”这句老话。

不知何时，雨已尽停了。湿润润的空气和微风不时殷勤地从窗外递进来一丝丝茶的甜香。倒头睡去，将一幕南国烟雨，水墨金州画图抛在了身后。

五

我是被山间叽叽雀吵醒的。醒来时，晨曦已经轻叩窗棂，阳光布满山间，看来又是一个明媚的天气。秋夫、钝翁、福荣已早起了，我披衣起来，见他们几个三五成群地在门口踱步，一边漫谈，一边饮茶，享受春晨温暖的阳光和清新空气。我心里有些羡慕。胡乱抹了一把脸，想到独处的妙处，便又一人到古战场去溜达了一回，回想昨夜之行径，如梦似幻。

吃了早饭，端着茶。听胡州巨说：“临近清明了，今天采茶的苗家女特别多，会唱山歌的，可以与她们对上一阵。没有娶媳妇的，说不定找得到一个意中人。”

我早已知道苗家女不但织绣独具一绝，她们织出的鸟儿、花朵栩栩如生、惟妙惟肖，而且，歌喉圆润、婉转，兼之眉目生情，扣人心扉。更让人感动的是苗家女做了女人之后，对丈夫恭敬如宾，对客人待如主人，从不占主席，对父母孝顺，对儿女更多操心。我切切地盼着，便坐不住了，便与陈钢、江华先到普纳山与蛮子山的岔路口闲逛，等着。

蛮子山是当年明军胡源将军行兵布阵攻打普纳山的大本营。蛮子山虽稍矮些，但可觅窥得见普纳山之大致风貌。普纳山与蛮子山脚的谷口，就是两军对决的“楚河汉界”。在谷口，远远可望见茶田边缘的半山上立有一块普纳山茶园的牌子。陈钢说，至此牌以西，就是普安龙吟的地界了，分水岭的山上开满了映山红。他说他从小放牛割草打柴，便在普纳山上玩耍了。我知道陈钢是县委机关的大忙人，平时很少有闲暇，但听说文联要组织到普纳山走、转、改，便欣然应允，原来他家就是龙吟的！就住在普纳山脚下。我有些妒忌了！他见对面山腰有几树映山红开得茂盛，邀我去拍杜鹃花，我赌气不去，就说映山红有什么看头！但嘴上说了，心里空空的，虚虚的。便在普纳山的山脚找，眼光搜寻了半天，普纳山山腰的杜鹃花都有些“小气”，没有一丛比那边的开得多，开得茂。我又看这边的蛮子山，满坡的横成行竖成排的全是茶树，心想山顶未种茶的旷地里肯定有比这更茂的，但目不能及，也就算了。

我瞧这茶园，昨夜的春雨已洗去了她们的尘垢，茶的绒叶容光焕发如碧玉一般，我掐了几枚茶峰放在口里，一种浓浓的清香沁人心脾。心中的酸味渐渐淡了，消失了。我想，这就是芳春的馈赠吗！这就是芳春的眷顾吗！

过了一会儿，陈钢拍杜鹃花回来了，拿相机给我瞧，我瞧了，确实很美，这相机里的花虽没有浓郁的香气，但看去还有潮湿的草丛的气息和泥土的滋味。

我与陈钢、江华沿着茶田间的山道闲逛了一回，正在草稞里找野菜时，突然听见山下有歌声飘来。抬眼望去，有五六个苗家妇女从龙吟方向的山下朝普纳山走来，陈钢与江华像顽皮的少年，兴奋得吹口哨。歌声一荡，只觉得这平静的山里顿时有了生气，侧耳细听她们唱什么时，那边一首已唱完了。我催陈钢一同接唱：“唱首山歌把妹逗，看妹抬头不抬头，牛不抬头是吃草（嘛），妹不抬头怕害羞。”

陈钢声气还好，我扯着叶子烟声气唱完，只听那边又回唱了：“声气不好要吃药，要吃胡椒与八角，胡椒八角治不好（嘛），要吃雷管和炸药。”一曲刚罢，只听山下传来苗家妇女的谑笑声，这谑笑声虽无恶意，但我竟不敢开“金口”了，只在旁边听江华、陈钢他们唱。唱了几首，那几个妇女朝场部上去了，她们是去拿采茶工具。人家都意犹未尽，笑说陈钢唱的“待哥回去请媒来”一句唱得好，唱出了心声。我瞥见秋夫、钝翁二老言笑晏晏，却有些“老夫聊发少年狂”之意味了。

临近中午时分，采茶开始了。从花贡竹塘村、中营镇龙相村、普安龙吟来的三十多个苗家女穿着苗家绣装，娉娉婷婷地走进茶田。有十七八岁的少女，也有四五十岁的妇女，这些苗家女举止端方，透着几分素雅和古典。这时的普纳山，经过一夜雨水的滋润，空气是明净的，近谷内不生烟，远山上不起霭，沁人心脾的是一股股清淡的幽香，还连着一息滋润的水汽，我竟分不清是茶香还是苗家女婀娜的体香了。

不知何时，是谁开起头唱起了山歌，我侧耳聆听，这是一段青年男女的“劝学歌”。

直觉歌声和美，曲调悠扬，通融达意，男唱："哥进大学难安心，好像孤雁离了群。心中挂念小情妹，思念情妹到如今。"女唱："二月挂郎是春分，劝郎读书要专心，莫恋天边云和彩，明灯高照读五更。"男："三月采茶正清明，校园柳絮已成荫，不负情妹恩和义，一寸光阴一寸金。"女："郎读大学妹心欢，劝郎读书莫贪玩，何用凭栏苦相望，故乡二十四道弯。"……这哪是山歌，简直是苗家男女心中流淌的"天然去雕饰"的诗，这歌声有如高山流水，风起云飞。有来自"天籁地籁人籁"和谐之音。郎对妹情意绵绵，妹对郎深情款款，歌咏的是两情相悦的纯洁爱情，这些歌是最自然的、最原生态的，身临其境，让人不由怦然心动。

福荣呢，站在山路边做沉思状，显然，他触景生情，已沉浸在"草色迷三径，风光动四邻"的诗情画意里了。听见茶田里飘出歌声来，我着实高兴，先前的拘束感烟消云散。江华呢，忙着摄像，他要将苗家风情之经典摄入镜头，摄像家的工作不是自己独享，而是将美丽的镜头通过电视与他人分享。毓彬呢，忙着抢拍照片，他要将那美妙的瞬间定格。秋夫的激情也被眼前的场景点燃了，他即景即兴赋诗一首。最激动的还是陈钢，他是土生土长的当地人，仿佛又回到了少年时情窦初开的年代，他上蹿下跳，与几个采茶女一边采茶，一边抢镜头。至今毓彬仁兄相机里的照片数他最多也最美。我呢，哼了一首自己编的山歌，歌词云："三月里来采茶忙，十里茶园百里香，茶篮挂在茶树上，掐把茶叶掐把郎。"

这哼呢，只是在心里哼，这叶子烟味声气是上不了台盘的。那种又想唱，又不敢唱的感觉，有一股酸甜咸香的味道，心中弥漫的是一种淡淡的惆怅了。

"一切人物或动或静，都有自得之趣。"我想，自然之美尤佳，人之脉动更妙了。

六

至今，我的电脑上仍珍藏有几张照片，那是采风结束时，我们与普纳山胡州巨和苗家采茶女的合影照，那美景全部已摄入了画片中的镜头，每当闲暇时浏览一番，鉴赏一回，虽已年过"不惑之年"的我，心仍忍不住跳动，脸颊不时会闪过绯红。

河塘被淹没，普纳山凸起。"一山分四季，十里不同天。"这句贵州谚语用来形容普纳山之物候气象，贴切极了。

身处山间，神游物外。清晨，清雾缭绕，春光乍泄，耳盈鸟语，红绿相衬，乍寒还暖如春。正午，阳光温和，绝不过暖，山川风物，泾渭分明，脱下夹袄换单衣，微风习习，温热带凉似夏。傍晚，夕阳西下，千峰落照，山色寒尚映，淡如秋。夜间，山雨欲来，风乍起，冷风吹庭院，有彻骨之寒，"更深月色半人家，北斗阑干南斗斜"，提醒你小心着凉，该穿皮袄了，真有些彻骨冰心的感觉，像进入了冬天。普纳山四时之丰厚，皆聚于一天矣！

最妙的是，至于某个时辰，“普纳山巅雷轰鸣，龙吟寨前雨纷纷，中云龙相雾茫茫，花贡纳坝艳阳天”。出现这样的景致，古人之“东边日出西边雨，道是无晴却有晴”，早诠释过了，你不必大惊小怪。

普纳山是座人文丰厚之山，是座自然神奇之山。游普纳山，左者可揣知天气时令须臾之变数，右者饮普纳山茶，可遍赏四季富有之风光。故普纳山之游，虽无佳人在侧，心必陶陶然洋洋焉。

下山后，胡州巨在县城建一个“贡峰茶室”，他盛情邀我与秋夫，钝翁为之装帧润色，添点雅气。弥想今后普纳山贡系茶室之盛况，又漫思普纳山上所见之一二，欣然提笔赋诗一首，诗云：“将军拓土六百年，商贾冶银传世间。寺宇木鱼沉月古，庵堂钟磬化云烟。老枝巴露三朝久，贡系新茗演桑田。普纳云蒸蕴佳品，与君畅饮叙茶缘。”

（原载《贵州作家》2015年第2期；《中国作家》2015年第11期刊载）

2015年

丁玉辉

老坟嘴

温暖的冬阳，照耀着黔中腹地翠绿的山峦，虽然已近深冬季节，可这里却看不到一点苍凉的景象，处处显得充满了生机。放眼望去，莽莽群山，如绿色的海浪，涌向湛蓝的天际。这里的气候，可以说是得天独厚，冬无严寒，夏无酷暑，不仅适合农作物生长，也是一个宜居的好地方。老坟嘴，就安然坐落在这宁静的山谷中。

老坟嘴，因山谷口有一座老坟而得名，其后人曾考取过进士。据说，这是一块风水宝地，苍山叠翠，流水淙淙，便有人来此安居，岁月的流逝，慢慢繁衍生息，就聚起了人气。如今，这里成了瓮安县永和镇一个乡政府所在地。这地名虽然不怎么好听，总将活人引向生死；但这里的自然环境却十分洁净优美，依山傍水，空气清新，交通便利，南方电网和移动通信网络覆盖了全乡。这里，不仅有丰富的物产资源，而且，还有丰富的自然资源并储量着丰富的钼、镍、钒等矿藏和待开发的地热温泉。

纵横交错的山泉溪流，在这里交汇成了一条长约十一公里的清澈河流，被称为老坟嘴河。因这条河是从山涧流出，没有任何污染，水质特别的好，可直接饮用。河里还生长着一种远近闻名叫“软骨鱼”的鱼种，其肉质特别鲜香可口，令人回味无穷，传说历史上曾是清廷的专供贡品。这里还盛产有众口皆碑的农家绿色食品“石磨豆腐”。在文友的盛邀之下，我们从县城驱车三十七公里，去老坟嘴品尝农家原生态美食。当夕阳亲吻山巅的时候，我们便抵达了老坟嘴。

一条五百余米长的小街，是县城通往黔东南州黄平县的必经之路。在来老坟嘴的路上，文友并不知道我少言的原因，其实，正是这个不阳光的地名，让我的心，无端生起一丝丝阴郁的情绪，心中特别怀念去了天堂的亲人。人生无常，生死两茫茫。

一下车，便听到从街边的手机店里传来歌手祁隆深情而柔美的歌声：“等你我等了那么久，花开花落不见你回头……”这缠绵动听的旋律，一下便拂去了我心际的阴郁，从心底的柔软处，突然生出一种莫名的感动，仿佛老坟嘴处处充满了一种惦记与温情，让人就像回到了久别的故乡，感到格外的亲近，没有一点陌生感。

在临河的小酒店，老板将自家做的石磨豆腐与软骨鱼用红辣酸煮了一大锅，热气腾腾，香飘满店，令人馋涎欲滴。店老板是一个中年人，外出打过工，也算是见过世面的人，看上去精明能干。他十分健谈，不仅给我们介绍了老坟嘴非常看好的地热温泉开发项目，还说了当年红军经过此地，他爷爷就是这样做给红军的领导吃的，领导曾夸赞不已，说是从离开长沙，渡过湘江，一路走来，还是在老坟嘴吃到的最好的一顿晚餐。这当然无从考证，但却能使人产生无限的遐想和好奇，其好处更能增大人们的食欲，也将为他获得更多的收入。文友们听后，更是兴致盎然，大家喝着香甜的米酒，品尝着热辣可口、细嫩柔滑的豆腐鱼，畅谈着文学与人生。从普希金到巴尔扎克，从泰戈尔到莫言；从珍珠港到钓鱼岛，从房地产到反腐，从马航失联到人的生死……天南地北，一直谈到月儿爬上了山头。

柔和的月光，勾勒出老坟嘴美丽的夜景，显得格外的空灵和宁静，宛如梦境中的一幅画，让人感到特别的温馨而富有诗意。此时，夜空中稀疏的星星，显得异常明亮，正用她那晶莹的眼睛，深情地俯视着这美丽的家园。哗哗流水，仿佛在无言地告诉人们，人生匆匆，当好好珍惜，好好享受每一天。

老坟嘴，其实并非死者的安息之地，而是一个集生态休闲旅游为一体的好去处。

（原载《运河》2015年第3期；《散文选刊·原创版》2015年第5期刊发）

2015年

杨秀廷

草不飘摇草快黄

在山地民族的精神谱系中，民歌是最鲜活的记忆呈现。

——题记

一

民歌是尘世的天籁。

欢悦、高昂、沉郁、悲隐的歌唱，流淌着朴拙、世俗、苦欢的骨血，勾画出山村渐行渐远的背影。

与民歌相遇，竟是这样清新，婉约，自然。

大山砍柴不用刀，
大河挑水不用瓢。
一棵树上一窝雀，
一滴露水一匹草。

一支山歌在丛林间唱起，伴随初夏乡野雨后初晴的山岚，浸润了刚刚栽插过秧苗的层层梯田，也漫过我们张开耳朵的心间。

青草绿山野，新树绽黄花。乡间的美，无处不在。就像这歌声，来得格外峭拔，惊艳，匆匆的脚步被轻轻地拽住了。

我们一行人正攀爬在通往清水江右岸高原台地青山界歌场的山道上，那是百里苗乡一年一度的“土王节”歌会。苗家人自元末明初躲避战乱入驻这片青山肇始，就从先辈那里习得了每年有几天要让土地休息的乡土智慧。苗乡这种原初的“休养生息”，体现了乡民们把土地当成亲人般款待的生命信仰。不事稼穑的日子里，农具和耕牛也就有了别样的闲适，民歌自然繁衍为这方乡土上滋润心灵的物象，缤纷了乡村山野的时空。

山道上，呼朋引伴的是一拨一拨“赶歌场”的人。

行者歌于途，憩者歌于树。这道乡村里高贵而柔软的风景，就在日常的风俗中壮阔成动人心魂的记忆。

来唱五支奶，
来唱六支祖。
歌唱远祖先，
经历万般苦。
迁徙来此地，
寻找好生活……

反映苗族祖先艰难迁徙的《跋山涉水歌》一开场，“花苗”的芦笙曲、歌声和着轻缓的舞步，便在云彩与草场相恋的天池边流动起来。

画眉啼山杜鹃应。青山界上，山花竞放，山风里浸润着歌声荡漾开来的甜蜜气息，直扑人的心间。

一朵朵流云裹挟着粗犷雄奇又隐伏绵绵情意的歌声，盘旋在我们的头顶，忽而又潮水般从山野泛滥开来，震醒了山野，也推高了山地民族仰望苍穹的记忆海拔。

一方水土养一方人，那一片起伏的山峦在歌声中深邃而辽阔。

二

一场歌会，承载着一个族群的爱情故事和人生梦想。

歌声唱落了太阳，又邀来了月亮和星星。“日之夕矣，牛羊下山”，人们吆喝着牛羊，收捡快乐的心情，往村寨里赶。

一缕缕炊烟被暮色稀释、漂洗过后，歌唱活动也从山顶上的天池边转移到大山腰上一个叫做苗吼的古老苗寨里。

白天赛芦笙、唱古歌、斗牛、斗鸟，是村寨与村寨之间关于土地、劳作、爱情、传说的一次精神对话，人们珍藏在心里已整整一年的祝福和牵挂，在这个日子里，得到了酣畅淋漓的释放。

晚上的对歌是每年歌会上最动人心怀的快乐时光，“见子打子”的即兴对唱展现的是歌手的灵便机巧。歌手的才情高下往往让这个保留节目出新又出彩，让盛满歌声的山寨兴奋得彻夜难眠。

夜幕轻轻拉上，山对面那个名叫木蓊的侗寨里，人们已早早地拿着小木凳相约来到村边的古树下，隔着深深的夜色，听苗吼赛歌台上高音喇叭传来的歌声。

青山界上，星空高远，夜色被歌声掀起一角，古树下人们一年一度相约听歌的聚会，让人有了恍若隔世的遐想。黑夜阻隔了眼睛的探寻，心灵的触角在倾听中就变得更加柔曼、纤细、绵长。

人们倾情守望这个日子，是因为心灵的感应与乡村里不老的故事一样，从来不吝啬对生命情怀的礼赞。

天空高高养鸟群，
谷线黄黄米养身。
口含米饭把歌唱，
三天不唱病了人。

歌声在夜空中飞扬，高亢处若疾风骤雨撼动山野，低回时像云依岚恋暖润心间。

民歌醒着的夜晚，引发了乡村淡淡的忧伤，大山的失眠也变得有些招摇。

夜已深深，一对对歌手轮番登台演唱，待三轮过后，抽签结果一出，人堆里就荡开了笑声。原来是一名王姓女歌师和一名姜姓男歌手搭成一对。这对男女歌手年龄相当，女歌手却是男歌手的婶娘。整个晚上的对歌只唱情歌，实行单淘汰制。这也是流传了几百年的行道。乡村本来就是一个熟人社会，谁家的俏媳妇，哪户的俊后生，只要亮出嗓子，大家不用看面目就认得。每年的歌会，那些出彩的歌手，他们的名声会在一夜之间传遍百里苗乡。有一年，一对三十年前的恋人在歌台上重逢，他们两人年轻时本来就是山乡数得上名头的“歌篓子”，在歌唱的年华中把心许给了对方，只因时势不济，女方家族不同意本家姑娘嫁到周边的小寨子，硬生生斩断了一桩好姻缘。却不想，歌会悄悄牵动起他们心底的那根弦，于是，他们私下里哼着歌儿盼着，掐着指头等着，年年相约到歌会上见一面。

每年的歌会，让这些曾经的恋人找到了倾诉的机会。山里人早就留下了规矩：歌会期间，人们唱着怎样浓艳的歌都不会引来纠缠和敌意。自然，这一年一度的歌会，就像青山界万亩草地上那些热情灿烂的满山香一样，盛开在人们的心里，酝酿成人们向往事回望自己身影的心灵牧场。

一个家族里不同辈分的一对男女要在众人面前唱起恩恩爱爱、情意绵绵的情歌，那真是一出让人期待的“好戏”。大家以为这两人唱不下去了，就想看看是谁主动退出来，把胜出的名额留给对方。有人打起了唿哨，开始起哄。却不想，女歌手在笑嚷声中开了腔：

可惜姣，
可惜我妹命不招。
大丘大田容易得，
合心的人难得找……

歌声扑棱飞扬，明亮得像浓黑山野间一束游移的火把，突然照暖了人的心窝。又像无数的鸟雀一边欢鸣着，一边抖动翅膀，划着一道道飘逸的银色弧线，飞向夜的深处。

那一群鸟雀，就在听众突然奔袭而来的掌声中冲上了云霄，在村庄上空久久盘旋着。

像是得到了鼓舞，男歌手也走上歌台。他在歌声里劝女歌手不要叹息，“人生三节草，不知哪节好”，如果有来生的话，他们的相遇会比蜂蜜还甜。

歌声流淌着爱怜和温馨，这一场对唱不仅赢得了阵阵喝彩，还获得了破例双双进入下一轮比赛的褒奖。此时，歌唱的魅力冲决了乡村自囿的道德戒律，那些欢声笑语像无数的星星撒满了村寨的夜空。

那个初夏的夜晚，月色朦胧，歌声朦胧。听歌的人，直到鸡叫两遍后，看着获胜的歌手们高高兴兴地领了奖，才悄悄收敛起被歌声牵扯出来的甜蜜或忧伤，燃起火把，拧亮马灯，散去。

曲终人散。歌者，听众，又开始憧憬在明年的歌会上，重逢那种无法闪躲的期待和陶醉。

三

民歌的潮汐沿着农事的经纬在年轮里涨落。歌会退潮后，民歌的碎片，散落在大树脚，小溪边，山梁上，心坎里，响亮在一个个晴朗的路口，又被一拨又一拨人带去了远方。在陌生的城市里让汗水浸泡的日子，民歌清醒着，寂寞着，也痛苦着。

这些碎片，构成了乡村的精神谜链和情感空间，沉淀生活的甘美和苦涩。伴随着生命的诞生，直至生命消逝。

一个小生命呱呱坠地，人们唱起生命的礼赞，感谢自然赐福，祈祷土地吉祥。一个生命在经历了宠辱悲欢，不得不向尘世告别的时候，人们唱起了挽歌，送别一枚熟透的果子落地，回到大地的怀抱。

向歌而生，向歌而死。人们说，一滴露水一棵草，那只是泥疙瘩样的人早就修来的尘缘。生死来去一道坎，迈过去了的，带走还未唱够的歌，远远地走了，不再回来。留下来的，任由日子追撵着，在老去的乡村里，继续歌唱。

生命的呈现方式各有不同，即如所有的歌喉各自发声。人们喜欢民歌，自有不同的秘密。有的人天生就是一个“歌篓子”，不唱歌就焦心，唱着唱着，日子自然舒坦起来，滋润起来。有的人，是因为歌声里的念想触碰到内心的某种情怀，就跟着歌声一路走去，走了很远很远，才发现自己想要找回来的东西，好像就在眼前，可是就在你迈出一大步或探出手去时，却又怎么也够不上。于是，又跟随歌声走上记忆的小径，走进花开花落年复年的故事里。

在时光泛滥后湮没了一座座村庄的乡土上，也只有民歌，让乡土在葆有梦想的同时，还生长着淡淡的忧伤，给村庄提醒思念和疼痛。

那一次，我作为向导带着一个摄制组走进清水江畔一个名叫蕃奢的苗寨。正逢村寨里一年一度的“枫树粑节”，祭树坪前，斗牛场上，踩歌堂中，祭树、斗牛、唱古歌、跳芦笙等活动，一场接一场，整个山寨像一座上足了发条的钟摆，热闹、喜庆中生息着一种淡定与庄严，使这个古老的村寨焕发出鲜润的神秘色泽。

我们去拍一场青年男女在古枫树下的对歌。

一个年轻姑娘依依惜别去远方务工的男歌伴：

别人结伴哥莫想，
他人成双哥莫忙。
年年都有飞龙雨，
总有一朵分落郎。
哥去三年留花等，
哥去十年花等郎……

女孩深情款款，千叮万嘱，直抵心间的抚慰让旁边听的人也眼热肠暖。

正在缠绵唱着，女孩突然来了一句道白：“鬼崽，莫等花谢你才来！”

这勇毅率真的心灵倾诉，如一道闪电，一下子击中了在场的人。

久积心中的忧伤和自失，终于催动这个乡村女孩抛开少女的羞涩向心上人击发出爱恋的箭镞。

那一瞬间，古枫下的歌声和喧嚷声仿佛被一种神奇的力量吸走了，时间凝固在真实得有些虚幻的斜阳中，只听见泪水扑嗒扑嗒摔落在脚下的枫叶上。

四

民歌的美，除了抒情达意寄兴遣怀，让人品咂生活的美好或无奈，还在于用简单的语言生动地传达出自然与身心物我一体的心绪，经由歌唱中的乡俗体验，不断丰盈人们对日常物事的想象。

人们也许不会去追问，明天要去哪里？明天的明天又在哪里？但他们从歌声里知道祖先从哪里来，知道“歌根”安放在哪里，知道歌的“花朵”在哪些日子里盛开。

劳作累了，就亮开嗓子，日子淡了，就添些酒，唱起歌。山寨热闹起来，心也通透起来。歌声带着阳光透进那些被繁复的日常情节遮蔽了的窗子。

歌声起处，山泉叮咚，草木生香，炊烟袅袅。

民歌停留在山村平淡的日子里，在凡俗中守候着天籁，哪怕只有那么几次少得可怜的歌唱，对于乡村，对于土地和作物，那都是一个个盛大的节日。在这里，民歌不只是用来滋润岁月，那是复活记忆，回望族群精神星空的心灵舞台。

当强势文化袭向山村，造致乡村传统生活方式的式微和疏离，许多日常的细节被遗忘甚至被颠覆了，只有民歌，还在乡村的沃土上盘根错节，斩不断，拔不走。

民歌是乡村的胎记，即使时间被碎化，华年已黯淡，这些山地民族“诗经”的黏性还在，那些浪漫情怀还在，这就足够拉长一个民族对未来的期许，足够葱茏乡村对歌唱的憧憬。

山里人常说，过哪样山就唱哪样歌。二十多年前，在青山界上那个名叫“晚娄”的苗族村寨，我听到了一首古歌：

晚娄地势陡，
路陡没人走。
萝卜大了没人扯，
姑娘老了嫁不出去……

那种寂寞沉潜到骨头里的痛，擦亮了一段搁浅的旧时光。

被民歌浸泡过的人，心里多多少少都会缠着期待和牵挂的藤蔓。年轻的时候，任由那藤蔓疯长，然后在以后的岁月中慢慢去梳理，在枯藤老树昏鸦中细数曾经鲜润了日子的小桥流水人家。

他们托付歌声带走不快乐的日子，而在歌唱的季节，庄稼一茬接着一茬，抽穗，拔节，扬花，灌浆，成熟。

山里的日子，就在时间的拨弄中有了朴素的传说，有了美得让人心痛的故事，也有了让心尖战栗的醉意。

人类有时找不到回家的路，但民歌不会。民歌天生就有眷顾的才情，每一曲民歌都熟悉天人相通的心脉，从一颗心灵出发，很快找到另一颗也在寻找的心灵。被找到了的心灵又成了下一段寻找的出发地，一个个饱吸民歌乳汁的生命，从民歌的乡土出发，又开始新的生命之旅。

五

民歌喂养了乡村的记忆，构成了山村超越日常生活、自然人性的精神世界。

民歌拔节的日子，时光从容地翻阅一页页乡村日历，梳理着一个个从民歌中萌芽、青葱及至凋零的故事，也窥见了民歌迷恋着的尘世烟火。

一卖一了，
父卖子丢。
如花落地，
永不归枝。
高山滚石，
永不回头。

在我游走于八百里清江苗村侗寨的日子里，不止一次听到这首“誓愿歌”。一曲乡谣，见微知著，诠释的是山地民族秉持的文化传统和生存哲学。

当民歌从乡村日常的事体中被调拨出来，成为化育乡风民俗载体的时候，歌唱就具有了超越自身的意义。民族民间智慧的发现与承载，族群知识的建构与弘扬，人们除了借助神话、传说、谚语等表现形式外，更重要的是用民歌独特的记忆传承模式给时空和心灵提供了丰富、便捷而又熨帖人心的可能。

在青山界百里苗乡流传了四百多年的生产劳动歌《家织布的来历》，长达两百多句，从开垦荒地，选种子，采摘棉花，一直唱到纺纱，织布，染布，裁缝，许多生动的细节早已让一辈辈歌喉抚摸得圆融发亮，珠玉般流动的工序依然有序地安守在农人的掌纹中。长长短短的句子，铺排出山地文明经天纬地的象势。

十多年前的一个秋日，我听一位既是“活路头”又是歌师的老人唱过这首古歌。已是古稀高龄的老人，把唱古歌看得非常庄重，他特意换上只有在村寨里主持“下种”“开秧门”“收谷”等农事仪式时才穿的衣服，来到村寨中的古门楼前，行了礼，才慢慢唱起。

老人的记忆力很好，一边唱一边比画着。唱着唱着，聚拢来的几个上了年纪的村民也跟着唱起来。大家围坐在门楼的长凳上，把这首本来就很长的古歌唱得老长老长。他们的歌喉已经嘶哑、干涩，不再圆润，但用心用情歌唱的情景，很快就在村寨里聚集起一个特有的气场。当唱到某个地方“卡”住了时，他们就停下来，相互交流一下，或者抽一袋烟，然后再接着唱下去。这首古歌曾是山里人走亲访友、集会时“比肚才”的曲目之一。几位老人的深情演唱，声调平缓，如叙如诉，尾音轻柔平和，而又有一些向上的起伏，有大山中风拂草叶的柔美，又黏附着苗族先人筚路蓝缕的悲壮雄沉情愫；句与句之间的起承转合，自然亲切，尤其是每一小段后的余韵，如一线阳光挤进漏缝的窗子，而后窗子突然被打开，给人一种豁然开朗的惊喜。

歌声中张扬着劳动的快乐和山里人旷达的情怀，甜熟、晴暖的情绪，温润了乡村空寂的日子，不经意间消减着时光流走带来的心灵的磨损。

我被山寨里天籁般的歌声迷醉了。

六

生命的河流，在民歌的恣意汪洋淘洗后，宽了，深了，也安静了。

歌唱的日子，生与死，爱与恨，蹚过了岁月，超越了命运。

在那些山寨里，人们世世代代学歌、唱歌、传歌，山寨就成了“歌窝”。人生的礼仪习俗，大山的神话传说，帝王将相，凡夫俗子，还有节气里的农事，都被歌师编进山歌里，远远近近地传开去，方圆百里的年轻人便一拨一拨地，背着米袋和草鞋来学歌。而村寨附近古木森森的山坳，就成了大山里一代代唱歌人寄托梦想的“花园”。

两千多年前的《夜郎君法规》规定：“四方民众，所有臣民，男女婚姻事，不准许硬逼。男女相爱慕，歌场定终身。”遗风浸润，风淳俗化。山歌的质感与色泽，让大山里一个个凡俗的日子经过抒情的杂糅而变得厚重，日子的宽度和深幽在民歌里得到了重新度量。

歌唱这种心灵保育方式，催生了人们对乡土和生命的依恋。

生也要连死要连，
不怕你姣变神仙。
姣变神仙郎变鬼，
神仙也怕鬼来缠。

人生易老，歌声却不会老去。岁月的回声，总是伴着歌声荡开尘世纷扰的尘埃，过滤时间和生命。

心头的人影，往事的响晴或暮光，被歌声里淡淡的怅惘和伤感牵扯着，像一条倒淌河，漫过大山里的季节和人心。

山寨里有一个普通的农家妇女，生活清贫，她那一肚子的歌却让她活得尊严而精神矍铄。她虽然没有进过学堂，但是，家族传承和乡村社会这所学校的浸润熏陶，让她那山泉一样清亮的歌喉，唱暖了日子，也唱出了一个歌师的气度和名声。一个个夜晚，她家的木楼里飘荡出迷人的歌声。秋冬山寨的寒意，在柴火毕毕剥剥的火塘里，被歌声挤出了窗外。

“初来初，初来歌堂拜师傅。”歌声浸在炒油茶的醇香里，漫溢开来。“初相会”“重逢”“相约”“讨把凭”“架桥”“定情”“相思”“苦情”……大山里平凡人生的智慧和情感，从歌声里一路流淌。

人在世间人吃土，
死去阴间土吃人。
人吃土来土还在，
土吃人来不留情。

歌师留给后人的几百首民歌中，这一首被广为传唱，质朴的语言和通俗的比拟，打动了许许多多人。“玉在山而草木润”，歌师辞世后，人们把这句话刻在她的墓碑上，表达了一个族群对一代歌师的仰望和怀念。

那是隔了岁月的承载，是生命的另一种追寻与铭记。

七

民歌是朴素的，即如乡野农家无人应守的柴门，安然、岑寂，却总有一股温热的力量潜伏在油盐炊烟的盟约里。

最简朴的日子里，往往有着最丰饶的细节。

当民歌把柴米油盐酱醋茶的温暖气息和忧欢苦乐的心灵体悟揉进生命的故事里，赋予它们超越了凡俗日子的情意，歌唱就成了乡村与生俱来的倾诉和暗示。

昨夜约郎登花台，
烧了几多冤枉柴。
搬块石头放柴上，
石头成灰郎不来。

这乡村女子的一咏三叹，让我忽然想起《诗经》里“抱布贸丝”的“氓”，他憨厚的外表下裹藏着精明和狡黠，“匪来贸丝，来即我谋”，直叫为情所困的女子“烧了几多冤枉柴”，直到“石头成灰郎不来”。柴本无心，却已成为恋爱的移情对象，“红消香断有谁怜”，燃烧的青春年华真的要化成灰烬，那样的痴情守候该是怎样的动人心旌。情到深处，木石自然也有了爱恨，于是，就有了经年翘盼中挥之不去的叹息，有了泣诉如歌的顾影自怜。

曾经美好的承诺终敌不过时光之手的攀折，转眼就如流水落花。深情、挚恋、赧赧、憔悴却又溢满失望的诉说，激荡起山洪暴涨般的幽怨，摔打出“于嗟女兮，无与士耽。士之耽兮，犹可说也；女之耽兮，不可说也”的灵魂呐喊。

因火成烟，缘爱生恨，既是尘世无可回避的一种现实，也是造化旁逸斜出的枝蔓。急景流年，无论是路边随手可捋的柴草，还是曾经“其叶沃若”的桑葚，甚或高贵的名木奇花，都逃不过枯萎、湮没的命运。

人生一世，草木一秋。尘世的冷暖和苍茫终会毫无理由地遮蔽风花雪月的韶光华年，或许，当恩怨宠辱像那些草木一样成为燃料，我们才会警醒自己，去呵护手心里托举着的每一个日子。

八

德国诗人荷尔德林说：“世界充满劳碌，人却诗意地栖居在大地上。”民歌就是诗意地拔节于乡土的精神作物。

有一个关于民间音乐的故事一直诗意着我对民歌的向往。澳大利亚墨尔本大学音乐学博士英倩蕾，对中国民间传统音乐有着迷狂般的专注和热爱，她走进大山深处的贵州黎平三龙侗寨，住在农户家，与侗族村民同生产劳动、同娱乐。一年半的侗乡生活，她学会了三十多首侗族民歌，还掌握了基本的侗族生活交流语言。她痴迷于对侗家人日常生活特别是对节庆婚嫁习俗的记录，来展现歌唱与心灵相通、生活与艺术相互丰腴的生命传奇。土著民族与外国人不同的眼光、生活经验和价值判断，真实反映出深山侗寨艺术与人生、艺术与生活相生相惜的关系。

英倩蕾辞别侗乡回国时，全村老少送她上车，她唱起侗歌，侗寨的歌师们也唱起了英倩蕾教的那首澳大利亚民谣。

每个人都有一套安顿自己心灵的办法，一个民族也如此。英倩蕾离开侗寨的那个场景，一个深山侗寨的送别仪式，被赋予了博大的历史回声，主体与客体已经融为一体，心与心交融的是善和美，是质朴的爱和质朴人生共通的心灵和声。

三龙侗寨，英倩蕾，侗歌，澳大利亚民歌，那是怎样一幅色彩斑斓而气息平静的图画，有一种感动直抵我的心间。那山，那水，那寨，那人，那歌，那情，呈现的是山地民族“美其服、甘其食、安其居、乐其俗”的宁静之美、和谐之美。因为，无论是用心灵度量，还是以山水情意承载，歌唱着的民族，都具有无以匹敌的美和风姿。

九

爱有多深，民歌中积郁的思念和痛苦就有多深。

当时空阻隔了乡土亲情，民歌便系起游子与故乡的精神脐带。

草养露珠水养鱼，
饭养身体歌养心。
山中阳雀年年叫，
山歌难唱妹苦情。

有的歌，只宜泣诉。幽咽泉流，浸润一个个空落的日子。时光的飞镰奔袭而至，割断了游子与故土心脉相通的脐带，四顾茫然的路途，乡情休克，歌魂失语，自然造致心灵洼地无以抵御的另一种漫漶。

没有歌唱的日子，乡村的心事是空落和焦灼的，山村的歌喉容易被贫乏的空洞填塞，曾经生动的乡村俚语迅速被抽离，变得干燥、喑哑。这样的日子，山村的心情被寂寞挤压得有些低落，但失声的歌喉依旧保持着歌唱的姿势。

一首首民歌的欢愉与落寞，照见了尘世的悲欢。

乡村在渐行渐远的歌声中老去。守候在乡土上的民间歌者，他们要做的，也许是在族群中重建文化秩序和自信，继而守候民族精神领域与心灵空间的人本文化。

我曾多次拜访守望侗歌半个多世纪的王朝根老人。他以照相谋生，拖着残疾之躯，走村串寨，收集民歌。那些山里人，从总角少年，到华发满头，就在山寨里、歌场上，等着他的到来。每一次在歌声中相逢，人们只要唱一曲山歌，就算付给了王朝根照相的费用。这样的相约和守望，也许只有一个原因，那就是人们需要民歌滋养心灵。五十多年的跋涉，他收集整理了四千多首侗语和汉语对照的民歌。在他那间栖身于侗寨的小小摄影工作室里，工作台上堆满泛黄的手稿和簇新的歌碟。

那些歌本和歌碟，是一个民歌信徒对生命和乡村的虔诚拥抱与追怀。

就在王朝根无数次寻访的侗家山寨，有一个迷恋歌声的女孩迷失在了比思念更遥远的远方。

每年农历的七月二十，她都要向着家乡的方向长跪。

那天是她家乡的“赶歌节”，她就是在那个民歌遍地的日子里，结识了让她在后来的岁月里放也放不下的那个人。歌声盛放了她灿烂的笑颜，也在她的心里灌满了牵念。那个人去了远方谋生，一年一年，她就在歌场上等。直等到歌场冷落了，心上人也不回来。

她辞别山寨，怀揣着被歌声浸泡的苦欢和甜愁，走进他曾经栖身的那个沿海小镇。然而，人海茫茫，他们依然杳如隔世。

她把自己丢失在了举目无亲的异乡。

每年的这一天，她就一个人，唱着曾经在山寨歌场上唱起的歌，面向遥远的山寨，跪下。

一个侗家女儿在皈依民歌中的痛苦坚守，定格成生命里的另一种深景。

十

无论时光如何老去，民歌这壶烈性酒，总会点燃乡村的梦想。

在这片乡土上，恋爱自由、婚姻不自主的传统风俗，曾附生了大山里一代又一代侗族男女青年的心灵苦难，也教会了他们述说痛楚的方式——相思歌、苦情歌、分散歌、私奔歌。人们知道生活的道路上存在着太多的不可能，便用歌唱来舒缓内心的痛苦。用歌声送走一个又一个日子，送走一个又一个唱歌的人，仿佛踏过了民歌的灰烬后，人们就忘了曾经的挚恋和伤痛。

高山上的一个侗寨里，早已两情相悦的一对年轻人面临人生的重大抉择。

那是心上人出嫁的日子，在通宵达旦唱“嘎花”的伴嫁歌席上，男歌伴中的“歌头”是来为心爱的姑娘送行的，他心里盛满了苦楚。按照当地习俗，新娘邀请曾在“花园”玩山唱歌交往多年、相互间有了深情厚谊的男歌伴来“伴嫁”。与新娘最相知的那名男歌伴即以“头夫”的名分组织歌伴挑着贺礼到新嫁娘家中，参加隆重典雅的唱“嘎花”。

歌宴从赞美新嫁娘丰盛的嫁妆唱起，唱着唱着，年轻人开始倾诉衷肠，他们的内心都掀起了波澜，歌声带着他们回到相识、相恋、相思的那些美好日子。一同来唱“嘎花”的男歌伴唱起了“苦情歌”，感叹家穷命苦，用心良苦却掉进了姑娘们挖好的陷阱，新嫁娘丢下情郎只顾自己的前程：

山中苦李又开花，
亏了我郎好了他。
姣得成双姣得好，
害郎溪边望水鸭……

夜色深深，歌声缠绵。执手相望，泪眼蒙眬。在歌声的引领下，他们艰难地蹚过了青春岁月的那段情感沼泽地。

天快亮了，歌声也渐渐低了下去：

水牛生角弯又尖，
要留情妹坐几年。
几多恩爱留不住，
唢呐迎亲到门前……

歌声中苦涩的诉说击中了人们的泪腺。

新嫁娘哭了，“头夫”也哭了。

“头夫”拿出一双银手镯，在众人的见证和祝福的歌声中，庄重地送给新嫁娘，这场婚礼的盛宴就要随着新娘出嫁而转到新郎的家里。

歌声里就有了叹息，人们感叹再动人的甜言蜜语，都留不住光阴的脚步，感叹再孝顺的姑娘，长大后总要离开父母。叹息过后，男歌伴唱起祝福新娘的歌。

高坡高埆好丘田，
姣种一边郎一边。
愿姣收得好谷米，
郎吃黄连心也甜。

这含泪的歌唱，这揪心的仪式，一代又一代，一年又一年，一代代山里人，就是在歌声的牵引中环环相扣走到如今。

待新嫁娘让迎亲队伍吹吹打打地接走后，日子很快就会安静下来。但是，这一次，谁也不会料到，正是这场歌宴，把两个痛苦地深爱着的年轻人心里的那把火嘭地点燃了。他们再也压不住内心炽烈的感情，于是在众目睽睽之下，在你来我往的对歌环节里，在惆怅而甜蜜的歌唱中，巧妙地暗示着，应和着，谋划着。

歌声还在深秋的夜里盘旋，“头夫”悄悄走进夜色中，而已经妆扮一新的新娘也不知道在什么时候离开了热闹的歌席。

迎亲的唢呐伴随着鸡鸣声一同撩开山寨夜晚幕帘的时候，人们才发现，新嫁娘不见了。

那一对年轻人，像两枚石子，沉落进山寨里那口深深的池塘，带着在歌声中燃烧的故事，悄无声息地走了。

人，远去了，歌声却在迷离泪眼中浓烈起来。

谁也说不清楚山寨的那场暴风雨是怎样突然就到来，又如何在疼痛中慢慢地消弭。三十多年过去了，当年激荡在山里人心底的那道涟漪，沉响犹在。

每个人都陷落在生活里，而每个人又都是生活的导演。当歌唱里传情达意的碰撞推演出另一种义无反顾，一场沿袭了千年的婚俗链条突然崩断了一环。山寨的故事在这一天裂了缝，蓄积着爱与哀愁的泪水忽然找到了遁逃的路径，慢慢隐去，平静的日子下面露出了另一种漩涡。

大山里，歌山花海的曼妙梦境遭遇了一次猝不及防的崩塌，而新的歌唱里，悄悄埋伏着飞翔的惊羡与渴望。

这场歌宴卷起的心灵风暴，来得这样真实和温婉，来得这样逼近世俗又像远离天地人心。人们不得不惊叹，是歌声借给了这对年轻人情愿背井离乡的胆气和力量。

十一

时间的沙漏不紧不慢地过滤山里的岁月，也细数着山风卷过的惆怅。

乡村记忆在时光的堆积中不断被覆盖，而关于民间歌谣的那一页却无法湮没。

漂泊的人，在民歌中找到了归宿。因为那生命的容器里，储存有苍茫往事，叠印一段段乡心离愁，舒展出生命里最温暖和最广阔的思绪。

人不唱歌人快老，
草不飘摇草快黄。
年年唱歌年年嫩，
不知哪年老心肠……

歌声起起落落，乡村里的日子也起起落落。
一曲曲民歌，飘远了岁月，也飘远了思念。
一个个背影，远去，又归来。
一缕缕炊烟，淡了，又浓了。
乡村，就在这往复回环中，青葱着，也衰老着。
只有那世俗的天籁，那日渐苍老的歌喉，还在为乡土招魂。

（原载《民族文学》2015年第6期）

蒋德明

何家大院（外一篇）

儿时，外公经常借一座大院完成他对我的教训。这座大院此时就在我的面前：何应钦故居。

泥凼街上的何应钦故居坐落于山腰，由前厅、两厢及正厅构成四合大院，均一楼一底。院中天井用石板镶嵌。站在大院的门前远眺，云烟深处，便是广西的十万大山。何应钦出走的年月，除了牛马走出的山道，真正意义上的路，是没有的。1945年，他代表国民政府接受日本人投降后，回故乡，才有人在峰峦中凿开一条毛坯路，够一辆小车进来。

外公姓何，祖籍在四川绵阳，我坚信他的祖宗与泥凼何家大院何应钦的祖辈没有血缘关系，可是，外公的口头禅是：我们何家，如何如何。

外公是黔西街面上有名的裁缝师傅，只要经他眼睛一量，便能量体裁衣。那些年月，裁缝师是很受人尊敬的，有一架缝纫机的人家绝对地让人高看，就是街上人的高看，成就了他动不动就教训我的理由。他经常用他那藏在镜片后面的大眼睛瞪我：娃娃，要想出人头地，就得像何应钦那样，做什么事，都做得让人眼睛放亮。从外公嘴里出来的何应钦很是传奇，何应钦1908年以第一名的成绩获得公费到日本留学，在什么学校，后又到什么学校，外公好像书童般记得一清二楚。

外公是读过私塾的人，喜欢用一些古人的故事，诠释眼前发生的事件。记得他与我母亲商量，将县里某领导的女儿说给我做媳妇，母亲说：您，不是常说，不与权贵相交，不显自己的低贱吗？外公眼睛一瞪：懂什么？当年何应钦的父亲是贩牛的，他的儿子若不是与当时黔系军阀王文华家联姻，他家的牛卖齐天价，也卖不出他后来的仕途。

人家姑娘大我一岁，好办，人家一句话，就把我的出生年月改为同龄。我以工作忙为由，称请不了假，不能回故乡，对方就离乡来贵阳。外公笑着说：你不会因公出差吧？见面是要见的，不见，说不过去。见面不到半小时，我就借口买水果跑了。多年过后，外公还为这事恨我。

坐在何应钦卧室门前的木椅上，兴义报副刊编辑（诗人）牧之为我照相，他说：你的背景是“好丈夫”。他要我笑，我笑不出来。我在相亲中逃跑，是为初恋的女子，而初恋的女子嫁了他人。而立之年，娶了本校最靓的校花，让外公摇头，说我是一个俗人，只识姿色，不知江山之重，说何应钦在我这个年龄，早已是旅长、军参谋长等要职了。我告诉外公：鳝鱼与泥鳅是不能拿来相比的，泥鳅撑死了，终也没有鳝鱼长的。外公给了我一句：什么叫恨铁不成钢？

记得我十六岁那年，我不想读书，想工作。外公大老远地从黔西来到贵阳郊区的矿山，又说何应钦在我这个年龄，可是独自跑进兴义城上学。对于是继续读书，还是先工作再读书，我与父亲英雄所见略同。

十六岁那年，外公离开矿山我们家的那天，我没有送他，我在体检。过后，我能对他说的，便是我不能走他设想的路，是客观原因的不许。何应钦的父亲私藏枪支让他成为将军，我的父亲只是一个矿工，没有点滴私藏，在最黑暗的矿井里光明磊落地做人。听亲戚说，外公同样是摇着头不停地叹息读完我的信的。

慢慢地移动步子，细细地看看外公一生最崇敬的地方，外公没有来过这里，我有一种为他阅览的心情。院内石雕、木刻、书画上百，窗下石裙板上的“鱼跃鸢飞”四字最为引人注目，其书为行书阴镌，每字约六十厘米见方，书法游刃如龙，刻艺深浅得宜，堪称书法佳作。

外公赞扬过我的书法，我写的信他大多要拿给左邻右舍去看，不是信里内容可以让他脸上有光，而是我的字，他从心里喜欢。他让人家读我写的字。初中时，我最不喜欢上政治课，政治课是由校长上，校长每一次都只给我及格。有同学就举手说：校长，你怎么给答非所问的人及格呢？校长举起我的本子说：只要他的字，字字工工整整，我就给他及格。工作后，车间要人抄写大字报，我就被车间书记看中做这工作。单位下乡给农家写春联，这事又摊派在我头上。外公在世时，我对他说过：何应钦的字没有蒋中正的字写得刚正。外公看着我，半天才点头。

外公走了多年了，想想他总拿何家大院的人物教育我的那些片段，我有那么一次就让他背过气去。我说：谈到姓氏，何应钦再如何地能耐，也不过是蒋家的管家。外公没有话对我说了，他对母亲说：这娃娃翅膀长硬了，要飞了。

我还用一些历史资料让他趾高气扬的彰显似骨牌那样倾覆。他说：日本人投降，是何应钦接受的。我就找出一张照片来，说何应钦的腰要是不前倾就好了。据说，受降仪式之前，何应钦很有些忐忑，生怕让冈村宁次学长过于难堪。而冈村宁次得知友人何应钦主持受降，心中却松弛了许多，明白不会受到太多的刁难。在何应钦坐飞机在南京降落时，得知冈村宁次在候机室等待，他终止了新闻发布会，冲开记者的围追堵截，前去候机室拜望。这样的做法，是国人不能不略有微词的，至今，许多人都在感叹他那没有挺直的腰板。

事实上， 当时小林身子前面有个麦克风，要是弯腰太厉害就会把麦克风碰倒，所以手伸不过来。何应钦总司令也是一时着急，就自个儿站起来伸手去够了。这纯粹是经验不足、组织混乱造成的。后来，有人用油画笔将何应钦的身子修直了，但是，作为历史事件的那照片已定格在各国的大报上。

对于历史事实，只有历史学家明白，而我们，有一个粗线条的模糊走远的人影便就可以了，所有的认真都是给自己找麻烦，一张照片的风波，我以为诠释为以德报怨的说法几近历史事实，武侠里的真英雄，个个都是不将腰背挺直的，只有假英雄才挺立腰背为自己壮胆。

我与诗人牧之、家洋在何家大院的留影，在家洋的微博传播了出去，就有文友摘了我的诗句送我：“历史，往往就是这样，将真英雄藏匿，让假英雄招摇，鲜活在真英雄面前。”

离开何应钦的故居，阳光在雕刻路边青麦的味道；树林枝头的花瓣剥落，一层一层随着浮云散飞；鸟用声音撞击山峰，肉眼看见的是鸟声碎裂，而只有心能感受石峰暗伤的呻吟......

老屋

父亲在矿山工作了一辈子，得到的产权房就是一套四个房间加一条楼道的老屋。1958年的建筑，红砖红瓦两层楼的房子，父亲最初得到的是一个房间，经多年努力，总算得到四个房间加一条走道的四门居室，已算是有成就与亲朋好友谈天的了。

老屋离我现在居住的家有二十多公里，在市西郊，坐落在一处用石头垒起来的寨子的北面，寨子里有我中学时的同学，他们常对我戏说：白云深处有人家。那些年里，没有自来水，人们取水都上寨子里，挑水要在天没大亮的时候，才能得到清亮的井水，许多时候，我便是在白雾里挑回水来才去学校。

坐落在群山中的矿山，有上千人的职工，挖煤这工作特不安全，我同学的父亲就有六个是在没把儿女盘大时，在井下离开了人世。左邻右舍教育孩子常挂在嘴边的话便是：你老子是死了没埋的人，你不好好读书，对得起你老子这条命吗？我们读书的年月正赶上“文化大革命”，四处停课了，我们的老师自己用毛泽东的诗词、语录，编成教学课程。当我们班有同学在恢复高考的第一年考上重点大学，向老师表达谢意时，有了醉意的老师说：我们并没有你们想象的高尚，我们怕没有学生上课了，矿里会让我们下井。我们的矿山，依山而建的平房多，坟头也多，老师不想从平房到坟头呀！

挖煤的人结婚都早，矿工的女人懂得：下井去，出来才是自己的男人！出了井回家不喝酒的矿工几乎没见过，每一户矿工的家都有酒气，女人在没有嫁给他们时，就听说了井下的危险与累，汗味都让酒味淹没了，同时淹没的还有那些不能告诉自家女人和儿女的惊险。

老屋在矿山冲地处，这是整个矿山唯一的一块几十亩的冲地，在这里坐落有学校、医院，青砖青瓦的八栋平房，号称老八栋，是整座矿山最好的家属房，这八栋平房拥着一栋红砖红瓦的楼房，那就是矿区医院大楼，虽然只有两层，在当时，可是矿山最亮眼的标志建筑。我第一次跟着父亲走进这红楼看望在井下受伤的一位叔叔时，就心想，要是能住在这楼里该多好。为这事，受伤的叔叔说我：住院部里的人都是在井里受重伤的人，你好好读书离开矿山。

当我与母亲真的住进红楼的时候，却是另一番滋味。父亲在井下受伤了，听医生说，腿是断了，看骨头能不能接上。为了方便家属照顾伤者，矿里要医院腾出了一间房子，就这样，我们住在了红楼。又因矿务局要建大医院，将下属矿医拆并，矿里保留卫生室，局医院能用的人员全上调。红楼空出房子，一下解决了不少矿工的住房问题。我们家隔壁住进了一个副矿长，人家四口人得了四间住房，我们家也是四口人，就挤那么一间。这样的分配不公，父亲没有埋怨他人，他认为是自己没有念过书造成的，只要我的作业本上一有差错，他手中的竹片就像剑舞出影子。我知道我必须努力，不是为了将来有宽大的房子，是为了眼下皮肉不受伤。

随着矿区发展，矿里给有职称有实职的干部修了新楼，邻居这位副矿长也升为矿长，走的时候就给相关人员发了话，将他家住的房子调给我父亲。房屋除了四个房间加一楼道，还有围着房屋的一个花园，有五六十平方米，里面有鱼池，有花，有后来父亲与我们种上的花椒树。

回到旧屋，似乎什么都在，只是尘埃落了一层又一层。我拭去电话上的尘埃，电话早已是空号了。母亲离开我们已经七个年头了。电话边放着几页诗行，那是几家报刊发过的《空号》，留在这里的是我亲笔抄写的诗：

拨一个熟悉的号码半天，有人回复，你拨的号码是空号。明知是空号，这些年，想您的时候，我就拨出那个数字，那个您用来呼我的数字。明知我在千里之外，也要问，周末可回家来？冷暖自知，您却要守在电视机旁，为我看天气预报。天热，叮嘱我注意别中暑了；天冷，提醒我注意添衣。我站在长城上问：要什么，我给您带回来？您问北京到底有多大，是不是大到什么都有？说了一大堆想要的，但又一一否定，怕儿路上劳累。我就在佛的指引下，在一座受人敬仰的大雄宝殿，求了一尊菩萨回来，您笑呵呵说：知母莫如儿！从此，母亲拨响我的手机，就多了一个烧香的话题。母亲每烧一炷香都是为儿求平安！我问：为何不求做官？您说：吾儿性情柔弱，是一盆种花的泥土，种不了松柏。我笑：菩萨慈悲母亲慈善，梵土三生三世也成不了花岗岩，只有心似花岗岩的人才能做官。您说：吾儿还是莲花根下的那捧土吧。也许是您信佛的虔诚感天动地，菩萨心肠的您被召唤去了天堂。您走的日子，风雨清洗了一整夜路上的尘土，整个世间都与您的儿女一道哭着送您，三界河水漫过高速公路，车行船步我们也留不住您。您走后，旧屋像一具掏空的人体，邻居一次次来电话问我们，你家旧屋的电话时不时会响，你母亲走的事不会有亲朋没通知？我无言，没有通知的是自己，习以为常地拨弄。天上人间没有驿站，也没有电讯信息服务。母亲，旧屋的电话不再响了，您留下的这部电话已是空号，想您的时候，我就拨这个空号，空号不空的阴阳两界，今天，儿用泪酿一杯酒，就放在您擦拭过无数遍的桌子上。

在我用过的书桌抽屉里，有母亲收藏的我小学五年级的一个作文本，这是母亲留在这个世上的最珍贵文物，上面有一篇我的作文，一个班里的同学都在写母亲，我是唯一得到老师表扬的人。

母亲不识字，也不会讲故事，邻居孩子的母亲，都把过去的事情讲成了云朵，让晚风一吹，就与萤火虫满天飞。母亲总爱守着向南的窗口，长大一点的时候，我明白了，母亲守着窗口，是在等我的父亲，他在山外的矿井里挖煤。我不知道井下是什么样的世界，母亲对我说，不就是白天黑了，看东西不方便，走路不自然。后来才明白，父亲怕她担忧，她怕我们担忧。

母亲走了，父亲是一个经受不得寂寞的人，不几年也随一条路寻她去了。父亲是在三年前的冬至那天早上走的。冬至，是一个节日，只是一个节日。父亲一直把冬至当成了酒壶，一到冬天就举着酒杯，念叨这节日的到来。冬至，左邻右舍都吃狗肉，母亲不吃。父亲笑她迷信，让我们一道陪他吃。母亲是信佛的人，冬至是狗的落难日，我们吃狗肉，母亲心痛。在一个冬至，父亲醉酒的日子，父亲说，我们的母亲不吃狗肉，不是因为佛，而是因为他属相是狗。父亲走了，走在三年前冬至的那天早上……冬至，仍然是一个节日，是一个儿子一年到头，最难过的节日。

岁月真的无情，木门上开启过多少次的锁，也会在岁月里剥落情感的厚度，把我拒之门外，这可是我曾经住过二十来年的屋子。我工作在外，父母也为我锁着，家里来客也不打开。自从有条件为我弄一间屋子起，我就习惯了一个人关在屋里读书写东西，父亲说，就是这习惯让我有了出息。不就因为写作让我考进了一家报社吗？老师对我父亲说：当初你因为眼前困难，要让儿子不再读书，在家照顾弟弟妹妹，要不是我那两瓶酒，把你劝醉，答应让孩子继续读书，会有今日吗？

为了不让我辍学而买酒的人也离开了矿山，只是没有将自己葬在矿山里，去了故土，我每一次回矿山，父亲都会讲两瓶酒的情感。

老屋里我居住的房间终于打开了，有霉味，有尘埃。曾经我因工作一年半载才回来一次，屋里是没有纤尘的，更不要说尘埃。床的墙上有父亲为我买的风衣，那是我回来时因天凉要披在身上看书的“袈裟”，父亲就是这样说他的儿子，说我没有好好地穿过他买的风衣，背影看上去，着实一个读经书的人的样子。

父亲，您为我买的风衣已成壁画，挂成了您的影子。您不在我身边的日子，我仍然听您的话，夜里早早地把身子放平。我去过许多医院，看过不少医生，没人能医治我的失眠，我心里明白，医我病的药，他们研制不出。如果挂在墙上的影子，是您专为我的孤独存在，我望眼欲穿的来日，怎会没有您行走的步履声？黑暗中，我明白了您为什么总是无言酌酒，一个两岁半就失去了父亲的孤儿，需要酒来壮胆，要不，十岁时您不会离家，跟着师傅走南闯北。后因养活妻儿老小，进了矿山。只有我们的母亲懂，您用酒沸腾的不是岁月，是沸腾渐凉的血液，沸腾那个在您两岁半时丢下您走了的影子。那是一个颇有名气的儒商，他死后留下的财产，够一个女人在孤独中吸大烟，吸到八十八岁离世。您的母亲总给孩子讲狼图腾的故事，您恨自己没让她看见儿子的衣锦还乡，理解她将祖屋兑换了烟土，怨自己身处的是煤矿，而不是金矿。您常说：父母给儿女的只是一块毛坯，成型要靠自己打磨。您的孙子九岁那年，儿子告诉您考进了一家报社，您举着酒杯说：虚名不如实利，不过，虚实如佛珠，都在一念之间。那一夜，我第一次见您喝醉。

白天，小弟已与拆迁办的人签完了相关手续，他下岗多年了，是我做主将老屋置换的所得归他。他的女儿在读初中，学习成绩不错，希望老屋置换所得能解决他的后顾之忧。弟弟妹妹是日落的时候离开矿山的，我本来与他们同来，准备一同离开，但是，遇见缘来缘去中人，就让他们先走了。

她是我初恋了六年的女子，六年里矿山子弟学校的老师和同学都将我们特定为要成家的一对。却不想，我们因一个误会便各奔东西了。

她将每一间屋子都看了，说还是她记得的老样子。所有屋里的家具没变，她请她家一位亲戚书写好送我的书法作品也还在墙上挂着，她感叹道：二十年前的字了，纸有了变化，而字体依然。人呢？人是都变了。

我没有接她的话，我知道她话中有话，接不得。有那么一段日子，我们几乎天天在一起，她来我们家似乎就为了看电视。当年，整个矿山有电视的人家不多，我们家的电视是整个矿山唯一的松下电视，是父亲的徒弟通过她新加坡的亲戚给了二十张侨汇才买得的进口电视。九寸的黑白电视，左邻右舍看出了另一种缤纷，与母亲玩笑：是媳妇好看，还是电视好看？母亲只笑不言。

有一个夜晚，父母、弟弟妹妹都睡了，就我们俩在守着九寸黑白电视机，电视里是苏联故事片《乡村女教师》。在看到男女主人翁接吻时，两人会同时低下头去，却又知道人家接吻完了抬起头来。两人对望着，彼此的脸就有了热度，我感到她脸的热度让唇香流出，我真的是第一次闻到一个女子的唇香，很想咀嚼一朵花的芬芳。她脸烫烫地小声说：你亲嘛，你要是敢亲我，以后我就不来你这里了。她的这句话，让我发热的脸一下清冷下来，是的，我坐离她太近了，我几乎要将她拥入怀。后来我坐离她远了，彼此沉默了很久……望着她无声地离去。这以后，好久好久她都不来找我了。很长一段日子，我都在自责，干吗那么冲动？虽然两人往来已久，但从未挑明关系，这些年里手都没有牵过一次，就想一步到位吻人家。一年多没有往来，后来，听说她有了男朋友，是一家军工企业的政工人员。我呢？在听说她有男朋友后不久也找了女朋友。她结婚的时候告诉了我，但不让我参加她的婚礼。婚后不久便调去先生那里的子弟学校教书。我结婚时通知了她，她送的贺礼是她母亲带来的。多年后，她最好的闺蜜问我：一个女子主动要她的男朋友吻她，然而那男的没吻，结果会是什么？她骂我笨，听不出女人的话，要反过来理解。对于那事，我们都不再追究好吗？是她女儿的电话让她回到现实。她女儿与男朋友开车来接走了她。

老屋里就我一个人了。是我不舍老屋还是老屋不舍我？身上的器官有上次车祸手术的痛。我将老屋里剩下的香烛点燃，再将余下的纸钱一张一张撕开，三张三张地点燃放在火盆里。纸钱受潮了，总要在一阵烟雾后才能点燃，我被纸钱冒出的浓烟弄出泪来。我的父亲母亲，这是儿在老屋最后一次烧纸钱给两老了。老屋将不复存在，但血脉相通的情感是会像一个人的影子，要背着地老天荒的。

（原载《山花》B版2015年第6期）

2015年

戴明贤

记忆中的抗战

我在抗日战争中度过童年，但家乡安顺只是西南大后方的一座小城，没有听见过日寇的枪声，没有挨过日本飞机的轰炸；有关抗战的记忆，与沦陷区同胞相比，非常非常之“小儿科”。主要内容不过是：蜂拥而来的难民、悲怆动地的歌声和沉默过境的军队。

“下江人”蜂拥而至，在大街两侧摆开地摊的长龙，变卖随身衣物度日。“下江人”是小城对难民的总称。他们来自江南江北、东北华南的沦陷区，然而都被叫作“下江人”。这名称应当是重庆首创，因为难民中数量最多的江浙人，正处于重庆的长江下游。丁西林的著名喜剧《三块钱国币》，就写了四川人管所有难民叫“下江人”。“下江人”成了一个有特殊含义的历史名词，“下江人”就是流亡者，浸透浓烈的沦落、苍凉和同仇敌忾。

剧宣四队文艺兵悄然而至，在大府公园演戏唱歌。

第七临时教养院的“荣誉军人”汹汹而至，不时惹是生非。

内迁院校的师生络绎而至，在各种集会场合文静列队。

严峻渊默的军队无声而来，无声而去……

几百年自足自乐的安静小城，忽然间喧嚣热闹起来，好像天天赶大场。几股不请自来的劲风，不由分说破门而入，带进众多的新事物，全方位地冲击了小城的传统生活方式。但也就是这三位“不速之客”合力出掌，让这座宗法色彩很浓、关起门自足自乐的边远小城，一跤跌进了现代社会的门槛。

真正的“下江人”（江南难民）奇装异服、特殊口味犹在其次，最碍眼的是一男一女挽臂而行，而且女的还是“鸡窝头”、红嘴皮，化了浓妆！小城人见了就要公然做侧目而视状，或互相挤眼努嘴；小孩们则尾随其后，拍手嘘哨。但下江人们视而不见听而不闻，依然故我，渐渐也就见惯不惊了。

我对“下江人”大有好感，因为他们给平淡乏味的生活带来了绝对陌生的新鲜活泼。话剧，音乐会，画展，魔术。五光十色，全是新玩意，我无不喜闻乐见，大惬于心。后来，我大姐的班主任张惠老师患产后寒去世，我母亲应大姐之请，将两个多月的婴儿毛毛接到我家哺养，直到八岁才回到镇江他外婆家；我父亲腾出卧室和起坐间给国立兽医学校附属医院张院长夫妇借寓，直至胜利复员；父亲与毛毛的爸爸祝寿庭先生和张院长成了好友。我大姐也接纳了两位难民女同学在我家住了很久。后来，张院长夫妇在返乡途中被土匪抢劫杀害；两个女生再无联系；毛毛（学名祝世安）暌别数十年，前年忽然打来电话，说是儿子从网络中发现了我的电话号码。一时如在梦境；此后就恢复了联系。我家与“下江人”有缘分。

在我记忆中，抗日战争与歌声交织一起。甚至两者就是一回事。我没有亲见抗日战场，只饱听了抗日歌曲。是抗日歌曲使我这个混沌小孩有了家国、民族、战争、灾难这些人生的至要观念。

第一次受歌声震撼，是进入黔中附小一年级，在师生同乐会上，一个女生独唱《松花江上》。她是随家长逃难来的外省人，也就是三四年级的年龄罢。开始唱得很动听，随即喉咙哽咽，后来就号啕大哭起来，牵动了许多师生，全场一片哭声。黔江中学是江苏镇江师范的校长曹刍先生受中英庚款管理委员会之托，内迁创办的，师生员工很多是下江难民。附小设在“川主庙”。

这支《松花江上》，当时唱遍大江南北。我最喜欢的歌是《救国军歌》：“为我中华民族，永做自由人！”至今哼唱还不禁动容。还有：“大刀向——鬼子们的头上砍去！全国武装的弟兄们，抗战的一天来到了，抗战的一天来到了！前面有英雄的义勇军，后面有全国的老百姓。”

一群军衣军帽的职业歌手进入石城，把零散的抗日歌曲汇成了一条河，河不大，却是活泼泼地汹涌流动。这是由舒模率领的剧宣四队，隶属周恩来、郭沫若领导的政治部第三厅，中国共产党的文艺工作团。来后借住于女子中学的一间大教室。我大姐明端是女中学生，本来就喜欢唱歌演戏，立即成了剧宣四队的追星族。每天放学，就在饭桌上絮絮地讲那些兵怎么出操，怎么排练，怎么打篮球，怎么洗衣裳晾被单。不久她与这些文艺兵交上朋友，得了许多照片带回家来；后来还请他们到我家做客。我也就见识了这些前所未闻的唱歌跳舞不打仗的兵。据方志介绍，在四队到来之前，安顺已成立“抗战戏剧歌咏团”，举行过大型演出；后来又有以国立兽医学校学生为主的“珠江音乐社”的建立。四队是专业，演唱的全是解放区歌曲，影响最大。

剧宣四队来了不久就在京戏园上演老舍的话剧《国家至上》，我跟着大人们去看。剧情是褊狭的民族主义情绪如何化为同仇敌忾的爱国主义力量。我过去只看过唱念做打的京戏，第一次看写实手法的话剧，非常刺激。特别那位回民领袖马大哥，白胡须、红脸膛，目光炯炯，声如洪钟。有一场结束前他大吼一声，怒视周围，一跺脚，大踏步下场，那神采令我心醉神驰。随即来了高博、杜雷等人的“新中国剧社”。加上几所中学和国立军医学校、兽医学校，一时之间，小城的抗日演出活动真有点如火如荼。我看过的话剧有曹禺的《雷雨》《日出》《家》；老舍与宋之的合作的《国家至上》；与赵清阁合作的《桃李春风》；吴祖光的《风雪夜归人》；李健吾的《狂欢之夜》；张道藩的《蓝蝴蝶》、陈铨的《密电码》等，总有十多部罢。从《狂欢之夜》中看到酒吧之类的现代都市生活，印象很深。

光唱不表演的音乐会也是全新玩意。一个夏夜，我与姐姐和店员大哥哥去豫章中学听音乐会。舞台是就着旗台搭的，演员站在煤气灯照亮的小台上，观众站在月光下的操场里。我们到得晚，站得远，我又矮，只能从晃来晃去的背影缝隙中，飞快地对台上瞄一眼。歌却是听得很清晰。有一个男声唱《太行山的太阳》，特别叫我感动。就是意大利民歌《我的太阳》，但填了新词：“遥远的北方，本是我的故乡。小小的村庄，在黄河岸旁。三间破茅房，四面围着土墙。我母亲在那远方，长相望。流水的时光，流浪在他乡，流浪在他乡。怎不惆怅！何日能见我母亲，和太行山的太阳！”那天音乐会结束后，我们踏着如水的月光回城，我心里一直流动着这支陌生而又无比亲切的歌。至今我哼唱这支歌，还是唱这个词，觉得比现用的译词更浑成。四队的歌咏演出，人都选择各类广场。演出过《黄河大合唱》《生产大合唱》（带简单表演），配上各种短小的歌曲。像舒模自己的《大家唱》，在石城很流行，到处能听得见小孩吼：“来来来来来来来你来我来他来她来来唱歌，来唱歌。一个人唱歌多寂寞，一群人唱歌多快活。唱歌使我们勇敢向前进，唱歌使我们年轻又活泼……”

当时脍炙人口的救亡歌曲，除了《义勇军进行曲》《救国军歌》《大刀进行曲》以及“黄河”这一类雄壮威武的歌曲外，还有一类较为软性的抒情歌曲。以怀乡为主题，词曲都很柔美，最受青年学生的喜爱。我从大姐明端那儿，听会了一堆，至今经常用来吹箫、拉二胡。我写《一个人的安顺》，列举了若干首，引起与我年龄相近的一些读者的回忆，有人还为此写信给我。现在歌坛翻唱许多老歌，及于此类极少，真是憾事。

其中最著名的有《嘉陵江上》（端木蕻良词、贺绿汀曲）、《长城谣》（刘雪庵词曲）、《故乡》（陆华柏词曲）等。有一首贵州人作词的《夜夜梦江南》：

昨夜我梦江南，满地花如雪。小楼上的人影，正遥望点点归帆。丛林里的歌声，飘拂在傍晚晴天。今夜我梦江南，白骨盈荒野，山在崩陷，地在沸腾，人在呼号，马在悲鸣。侵略者的铁蹄，卷起了漫天的烟尘滚滚。去吧，去吧，祖国受难的孩子啊！我们要把复仇的种子，播散在祖国的地下，在今天发芽，在明天开花，开花，开遍了中华。”

词作者杨友群据知是毕节人，时为贵阳中学教师。作曲者汪秋逸是江南人，胜利后回乡了。听音乐界朋友说，汪先生去世后，家乡出版他的歌曲集以为纪念。杨先生的情况，我曾多方打听，无知情者。

对抗击日寇侵略主力的军队，我所知更少。眼见的只是肃穆过街的队伍、捆绑成串的“壮丁”和“第七临时教养的伤兵（前线撤回的伤病员）”。据乡人回忆文字，1938年，贵州军队一二一师、一〇三师参加台儿庄战役。云南龙云、卢汉亦派出滇军六十军、五十八军参加抗日，由昆明出发，入黔首站即安顺。安顺民众在大十字钟鼓楼东面搭建木台，举行迎送过境云南抗日将士大会，向滇军战士赠送毛巾、草鞋、肥皂、电筒等慰劳品。乡绅韩云波先生代表民众致词。他扬声道：将士们，我是个普通老百姓，我是个工人出身，今天我谨代表安顺人民向你们敬礼！随即向台下毕恭毕敬三鞠躬。台下军民热烈鼓掌。接着说：我见到你们的英姿真高兴，希望你们英勇杀敌，你们一定能够把小日本赶出去！举双臂高呼：还我河山！台下军民振臂同呼。接着说：小日本膏药旗就像辣太阳，我们国家好像绿油油的禾苗，正当要出穗时候，烈日把田水都晒干了。将士们，你们从云南来，云南、云南，把你们的云层推上去，拦（南）住烈日，普降甘雨，我们一定要赢得一个好收成，打败小日本！此时掌声雷动，街巷共鸣，小城同仇敌忾，激情激荡。

但我亲眼见过抗日名将戴安澜将军。他率领的陆军第五军二〇〇师当时驻扎安顺。安顺人提起戴师长，无不肃然起敬。据有关文字，戴师长是安徽芜湖人，他的队伍是当时中国罕有的机械化陆军师。在桂南大会战、昆仑关战役建有殊功。1940年奉调贵州整训待命。到安顺后，司令部驻华严洞，官兵散住于南关乡一带。这支队伍纪律严明，与地方相处融洽，为地方建设做了许多贡献，如疏通贯城河、修路、为乡民办学校、挖井找水、免费治病、宣传卫生知识等等。我上学下学经过南街，多次见到戴将军。灰棉军装，棉军帽，背着手慢慢走，神态十分厚重稳健，还时不时与路人交谈，非常之平易近人。后来二〇〇师入缅参战，戴将军于1942年5月26日在缅甸茅邦村殉国。灵柩从昆明方向运往省城，途经安顺，万民空巷，站在大路两侧送葬，从西门外到东门外，夹道迤逦陈设着路祭的香案瓜果。我们学校的师生列队于东门外公路边，站了几个小时，望着灵车远远而来，缓缓而去，一时间青烟袅袅，哭声此起彼伏。这个悲愤壮烈的场面，我毕生最难淡忘。大前年去腾冲，在抗战纪念馆见到戴将军遗像，肃立致敬，摄影留念。

与安顺相距很近的贵阳，因为是省会，遭受日寇的多次轰炸，尤以“二四”轰炸最为惨重，市中心大十字周围炸成废墟，同胞死难无数。文联同仁孟昭恺兄是亲历灾难者，写了详细生动的回忆，读来惊心动魄。我曾介绍媒体向他采访这段历史。我们安顺虽近在咫尺，也跑过几次警报，但都有惊无险，多是预行警报后就解除了。只有一回发布了紧急警报，全校师生去到郊外一个山洞，结果也是一次虚惊。大约因贵阳遭受“二四”轰炸，我母亲曾带着子女到近郊华严洞住了一段时间。与其说是躲警报，不如说是休闲度假。华严洞是个大溶洞，约定俗成的端午节游憩之地。但这时候洞里存放了北平故宫博物院内迁的部分藏品，有军人和专职机构守护，不让游洞。洞外庙宇则不受影响。1944年，省主席吴鼎昌商请北平故宫博物院院长马衡同意，选出二百来件顶级字画在省城展出。省方陈恒安先生和院方庄严先生是具体执行人。这是贵州文化史上一件空前绝后的盛事。前些年台北故宫博物院一位负责人见到这份展览目录非常惊诧，说是这么多一级藏品一次集中展出，是独一无二的记录。华严洞外是大片环山带水的田畴。山都是小巧玲珑型，葱茏苍翠。水是一条小山溪，从岩洞石峡中流来，极清澈，鱼虾成群。清乾嘉时期著名学者洪亮吉在贵州做过学官，喜欢华严洞的景致，作诗说：“我欲磨崖易旧名，读书山畔藏书穴。”但这个山名没有叫开。从北平护宝南下，在华严洞住了八年的文物专家庄慕陵先生，在又一个八年后想念华严洞那段生活，作了一幅《安顺华严洞读书山图》，遍征友好题咏。此时的庄先生已远在海陬，是台北故宫博物院的副院长。读台静农先生记庄严（慕陵）先生的文字，知道这是一位非常可爱的至情至性的文人。他的哲嗣庄灵先生，出生在贵阳医院，在安顺生活八年，曾多次重踏尊人足迹，还自称安顺人。这也是抗战带给贵州的一段佳话。

太平洋战争爆发，盟军抢修中缅公路，给安顺带来了美国大兵。小城原也有外国人，那是天主堂的修女、神父，以及基督教的牧师。小时候生病，要是两副汤药不见效，或一日就会被母亲带着上街，也不告诉去哪儿。走到水洞街附近，隔着石桥两边的柳树隐约望见福音医院的灰房子，就明白是送来给外国人掀起衣裳听胸口，立刻紧张起来。其实他们都文质彬彬，轻言细语。美国兵大不一样。他们蜂拥而来，小城立即热闹了许多。他们带来了大量的新鲜玩意：吉普车、皮夹克、口香糖、冲锋枪、奶粉炼乳、骆驼牌香烟、各种战地食品、大拇指加“顶好！”等等又等等。老百姓管他们叫“美军”，或者文一点叫“盟军”。

驻小城的大队美军驻扎北门飞机场，指挥部门借住我们三一小学的校舍，学校搬到县参议会后园的几幢旧木房上课。没有操场，上不成体育课，荒芜残败的大园子并不比整洁的校园少乐趣。中国兵则驻在与飞机场相距不远的北校场。美军驻扎国外，常有胡作非为的事发生，至今犹然。相距不过百里的省城，就时有美国兵酗酒闹事的新闻传来，有的还上了小报。外省大城市，更有汉口舞会集体施暴、北京女大学生沈崇受辱等震惊全国的案件。但驻扎安顺的美军，没有太为非作歹的传闻。不知是因为小城太小，驻军不多，相对单纯一些呢，还是发生过这类事件，只是没有传入我们混沌小孩耳中。在我印象中，美国兵多是些活泼轻浮的小伙子，经常三五成群地找机会出来闲逛、猎奇，领略异域风情。虽然还是红毛绿眼睛，见惯也就不惊了，所到之处，每每引起小孩围观。胆大乖巧地伸出大拇指嚷一声“顶好！”说不准能得一片口香糖作为回敬。同德店员谷受璋兄告诉我，不时有美国大兵在夜里走进店堂，比画几下，解开夹克衫，从腋下取出一条骆驼牌香烟，就着钞票讨价还价，成交后揣起钱立即离去。有一次，夹克里竟藏了三条烟。那时卖走私货成风，满街都是骆驼牌，还有“红吉士”“白吉士”，最好的据说是“红双狮”，杆很长。陶行知先生得到友人赠的一盒骆驼烟，还写了“行知体”的诗发感慨。香烟之外，各种生活用品应有尽有。贵阳正新街更形成走私洋货的专卖街，市民称为“烟筒巷”。我曾得过一只战地食品包，剪开密封的厚皮（里子是锡箔），内装一人一餐所需：饼干、黄油、果酱、方糖、薄匣香烟和纸火柴。一片鲜黄色的东西，不认识，舔一下酸得脑袋打摆摆。后来知道是调饮料的柠檬膏。我还从地摊上买到过一小包日本兵的“梅干精”（真是怪事），味道略似醋与酱油混合，外加一股怪味，立刻扔了。

洋人来了，西餐馆应运而生。就在我家下隔壁，狭而深的小店堂，招牌却叫“国际饭店”。后进才是主餐厅，门面只是卖西点咖啡。我每次路过都忍不住看看。两行小桌，铺着雪白的台布，立着瓶花，纤细的高背椅。跑堂的（应该叫Boy吧）一身白衣，头戴高顶白帽。比小城的土饭店是要讲究些，但经常冷清清的。有一次印象深刻，是多辆普通吉普中间，夹着一辆白色小吉普，停在国际餐厅门口，车上人入内用餐。几辆车都伸出颤巍巍的细杆，顶上有风车叶似的薄片，后来听说是扫雷器。那辆白车特别打眼，从未见过，车主的身份肯定很高。

随着滇缅公路的进展，小城经常有美军车队过街，从东门进城，经东大街、钟鼓楼、西大街，出西门过两可间、花牌坊一带逶迤而去，直奔云南。每次经过，必引起行人伫观。如碰着赶场，万众夹道，只空出够汽车前进的一条人胡同。小的叫小吉普，带拖兜的叫中吉普，最大的先叫大吉普，后来才叫军用大卡车。都一个模样，不带车门，以便上下。有的卡车，车轮比我们小孩还高，拖着各种大型武器。市民们大声点数，互相纠正，自命见多识广的就讲解这是高射机关枪，那是什么什么炮。大兵都挎冲锋枪，当时叫卡宾枪。最壮观的一次，足足有七八十辆大小越野车，从东门到西门，整条大街上车轮滚滚，像一条百尺长虫，踽踽而来，迤逦而去。不知是不是在准备一次会战。

安顺人真正感受到战争的威慑，是1944年冬。日寇一支部队由广西北上，攻入贵州南端的独山县，史称“黔南事变”。这消息对一向以“福地”自诩的安顺，不啻一场地震。城民们发现，那些常受怜悯的“下江人”（即难民）的悲惨命运，一夜之间罩在了自己头上。传闻蜂起，人心惶惶。我上学下学，也能感到街上异样的氛围。忽然一天，母亲宣布要带着我们去乡下住些日子，父亲留守观察。去的是远郊郭家屯吴家。两家本无戚谊，也无交往；是范姓亲戚介绍去的，范家二女儿新近嫁到吴家作儿媳妇。安顺人重亲情，喜欢盘根错节认亲戚。我母亲也姓吴，就与他家按姨表称呼。那个冬天特别冷。母亲率领我们过钟鼓楼，经北街，出北门，一路有干河、精怪塘、跳蹬场等地名。母亲坐轿，两个妹妹和两个表妹分乘两架滑竿，两两相背而坐。我和两个姐姐步行。加上挑水工刘大哥、厨工小冬姐和挑炊具杂物的挑夫，还有抬轿抬滑竿的，颇有点浩荡了。途中刘大哥背了我两段路，但我还是很妒忌妹妹能坐滑竿。不想到了地方，四个妹妹鼻红眼肿，竟是在滑竿上冻得手足疼痛，一路哭着来的。抵达郭家屯已快入夜。我们投奔的吴家，已腾出两间厢房带一个小厨房供我们暂住，晚饭也准备好了。

我们借住吴家，原不知会住多久，锅瓢碗盏米油豆类准备了一大堆。但新鲜劲还没淡，刘大哥忽然出现，说是日本兵已退出贵州境，来接我们回家了。于是我们又恢复了老秩序：假期结束，开学报到，每天经过“下江人”的地摊长蛇阵上学放学，回家吃饭睡觉做作业。其间只一件事让我振奋：年节期间剧宣四队演出《新年大合唱》，“我们一齐欢唱三十四年新年歌，恭祝大家健康多！有气有力多生产，不怕肚子吃不饱……”；锣鼓喧天，耍狮、舞龙、秧歌、腰鼓，最后放大红色的蚂蚱炮，气氛非常热烈。我兴奋得透不过气。但热闹一番，复归平淡。暑假过了又开学。

那天在家里看书，忽然听见街上喧声潮涌，飞奔出去，只见满街人头攒动。店员罗哥抓住我，说了句惊天动地的话：日本人无条件投降！

平时大人们交谈，都是害怕日本兵越逼越近，不知哪天大祸临头。忽然之间说是战争从此结束，真不敢置信。接连许多天，小城四条大街人流汹涌，爆仗声此起彼伏，连只有过年才上市的黄烟、嘘花也赶制出来放，挤不动的人群也不躲闪。接着，连暌别多年的“烟火架”，也隆重燃放于小十字川戏园，一连呈现了几出老戏场景。驻扎在北门飞机场的美国大兵也开着十轮大卡车来参加狂欢，高耸耸地浮动着草绿色的船形帽。谷哥扎了一只很大的彩灯：中美英苏（当时所谓“四强”）国旗并列在一个代表胜利的“V”字上。这盏灯挂在一商号二楼窗外，晚上灯里的“轻磅电灯”（110伏）一亮，把四周照得通明，引来越集越多的市民聚观，加上美军卡车，堵断了大半条街。店里怕人多出事，把闸拉了，黑暗中更是一片骚动喧嚷，吓得又把灯开亮，直至观众看够了，逐渐散去，才关灯睡觉。

涕泗汍澜的狂欢之后，急流勇退。“下江人”蜂拥而来，蜂拥而去。我的小城像一只饱满的气球被锥了个口，急速干瘪下来。上学放学，石街上消失了那份喧声和活力，格外冷清。令我格外想念带来那份热闹的“下江人”。《新年大合唱》的锣鼓狮子记忆犹新，舒模和他的唱歌兵们也不在了。走了。消失了。我那份惆怅啊！

剧宣四队作曲家草田赠给我大姐几本书作别，有《普式庚诗选》《我的心呀在高原》和《茶花女》。都是草纸的抗战版，扉页上题了“明端同学留念，草田赠”字样。转眼五十余年过去，明端不在了。舒模不在了。草田不知近况。唯有那册《我的心呀在高原》立在我的书架上。和我一起经历了抗战岁月的，只剩下它了。

（原载《文汇报》2015年7月2日）

2015年

丁玉辉

三桥镇

晨雾，像柔曼的轻纱，静静笼罩着黔北高原延绵起伏的山峦，使这片神奇的土地，显得格外的秀美而富有诗意。在大山的怀抱中，有一处地势平坦的河谷地带，远远看去，蓝天下的田畴阡陌，与白墙灰瓦的屋舍，构成了一幅清新素雅的图画。河水清澈，良田肥美，其生产出的杠村米因米质优良而成为贡米。这里，就是被誉为黔北粮仓的三桥镇。

三桥镇，距离道真县城四十五公里，交通十分便利。这里，聚居着一个古老的民族叫仡佬族，其历史非常悠久，可追溯到商周时期。他们是大西南最早的开拓者，自称夜郎竹王之后。其传说，早在东晋时编撰的《华阳国志·南中志》及《后汉书·西南夷列传》等典籍中就有记载。他们是夜郎古国的创造者和建设者。“仡佬仡佬，开荒劈草。”可见，这是一个勤劳勇敢的民族。在这片神奇土地上，他们繁衍生息，创造出了灿烂的仡佬文化，不仅有极具观赏价值的仡佬傩戏，还有令人回味悠长的仡山大晏——“三幺台”。

初夏时节，一大早，我们从县城乘车来到三桥镇采风。这里不仅环境优美，而且民族民间文化底蕴深厚。走进独具仡佬建筑风格的王家大院，只见天井里青石墁地，石级两侧和左右两侧的井沿壁上，均有花、草、鸟、兽的浮雕图案，其刀工流畅细腻，造型栩栩如生。在这里，热情的仡佬同胞，用最高规格的“三幺台”宴请了我们。这是仡佬最具特色的传统食俗，主要用于祭祖、节庆、敬客以及重要的民间礼仪活动。多以农产品和野生植物为原料制作而成，风味独特，堪称中国饮食文化中的奇葩，2008年被列为省级非物质文化遗产名录。方言中的“幺台”意为结束，即一次宴席分茶、酒、饭三台

（次）吃完。当我饮着颇具仡佬风味的油茶，喝着醉人香甜的米酒，品着满桌原生态农家美食，远望大娄山脉像雄兵战马，由北向南滚滚延伸进天际时，从我的心底，顿然感受到仡佬先民那种原始的粗旷和豪放，思绪一下穿越时空，飞向了那遥远而神秘的夜郎古国……

其实，仡佬族并不是一个尚武的民族，却是一个非常智慧而重教的民族。也许，受东汉大儒、西南教育鼻祖尹珍在此开堂设馆教化的影响，由此造就了“秉承汉学、务本修身、尊贤厉学”的尹珍精神。早在封建帝制年代，三桥镇仡佬祖先就广设私塾，在这偏僻大山深处，培养出了众多秀才和进士。1949年后，这里也出了许多人才。不但有民间艺人，还有将军、学者。写出我国第一部司法教材《司法学》《司法制度》等专著的法学名家熊先觉；现代著名书法家、戎马倥偬的老将军童印合；中科院院士、博士生导师、苗药研发专家杨小生教授；中国中医药研究协会常务理事长、北京中医大学著名教授黄世进；《桥溪庄》《天上没有云朵》的乡土作家及骏马奖获得者王华等，都是三桥镇的名片，仡佬人的骄傲。如今的三桥镇，已成为西南农业大学的教学实验基地。

午饭后，我们观赏了独具仡佬艺术的傩戏和高台舞狮。傩，源于原始社会驱鬼逐疫的一种祭祀仪式，通过祭神祀鬼以祈福。傩戏，就是从傩祭发展而来的，是娱人娱神的戏剧化表演，被誉为中国戏剧的活化石。在仡佬民俗中称为“跳大牙巴”，据说是从元明时期传入的。最具民间艺术魅力的是高台舞狮。因狮子被誉为百兽之王，给人以威严、勇猛之感。仡佬人把狮子视为威勇与吉祥的象征，希望用狮子的威猛驱魔赶邪，以祈望生活吉祥如意。一般在春节或重大喜庆的日子才舞狮助兴。主要道具有巴三（孙猴子）一个、大头和尚（笑眯和尚面具）一个、金狮子一头（二人组合）。用九张八仙桌一张张叠起来，最上面一张桌子翻转平放，四脚朝天。先由巴三一层层向上攀桌玩耍，再由大头和尚逗引狮子爬上桌子去表演。耍狮人围绕搭好的桌子从下至上，从上至下地表演“摘桃”和“捞月”等传统节目。最精彩是踩斗表演，就是舞狮二人在最高层的四支桌子脚上，轮换着向四方表演狮子搔痒、抖毛、舔毛等一系列亲昵的动作。在蓝天白云无任何防护之下表演，真让人看得畅快而心跳。在阵阵喝彩和掌声中，更是惊险迭出。令我没想到的是，在这大山深处，还有这样精湛的民间表演绝技，尤其是舞狮者最令我钦佩，他一手舞狮，仅凭一只手上下攀爬。表演结束，我忙起身前去向他道贺，只见他满头是汗。更令我没想到的是，竟是一位六十五岁的老者。他灿然的笑容不仅深深印在了我的脑海里，我还从他那硬朗的身上，看见了仡佬人的勇敢和自信。

三桥镇不仅仡佬文化浓郁深厚，而且还有得天独厚的生态资源。这里四面环山，空气清新，如同一个大氧吧，令人神清气爽，赏心悦目。清澈的海洋溪像一条柔软的绸带，在这没有被污染的土地上，流出了一幅美丽的太极图案，使这宁静的田园村寨，更增添几分秀丽。隔河远望，有一座绿黛尽染的大山，被当地人称为华山，海拔有一千七百多米，显得雄奇险峻，巍峨绵亘；兼有西岳之险，峨眉之秀，是一个休闲度假的好去处。陪同的镇领导告诉我：三桥镇还是一个宜居的养生天堂，百岁老人多得很。从我心底，便悄然生出将来一定要来此地养老的念头。

在去雷家坝仡佬民族村寨的路上，听镇长介绍，根据国家旅游局《旅游资源分类、调查与评价》标准，三桥镇是梅江及其支流为数不多的优良级旅游资源之一，极具开发价值。这里，距离重庆市仅九十公里。2016年南道高速公路建成后，将极大缩减交通时间，可开发成渝黔交界处重要的休闲避暑旅游目的地。现已有一家大公司来此开发，总体规划范围为四十五平方公里，预算投资八十多个亿，毗邻大沙河自然保护区，将打造成集仡佬文化、度假养生、观光游玩等多功能于一体的综合旅游区，成为重庆休闲度假的后花园和西南地区最大的高原江南水乡。

伫立于缓缓流淌的海河溪畔，环望四周如盆景似翠绿的山峦和秀美如画的田园风光，我的心海，漾起了舒畅的涟漪；一幅三桥镇未来美好的锦绣蓝图，便在我脑际里延展开来。我相信，不久的将来，这个承载着仡佬人梦想的黔北小镇，不仅会成为贵州高原的旅游名镇，还将成为中国的旅游名镇；她将像气势磅礴的黄果树瀑布那样，成为世界度假旅游者的向往之地。

（原载《作家报》2015年7月16日；《散文选刊·原创版》2015年第11期刊发）

陈丹玲

连　接

那一天，前行的队伍经过东门桥时，大家似乎都不能停留，包括我自己。

黄烟弥漫，蠕动前行的队伍前面走着刚满五岁的小女孩。这一刻，镜框中的她那么轻飘，那么单薄，被小女孩轻轻抱在胸前。其实，大家都记得她是臃肿的。松弛的面颊，松弛的胸脯，松弛的肚腹，这副保存了五十年的身体被三个女儿和日子给掏空了，成了虚晃的袋子，看似完好，实则漏洞百出，寒风填塞。不知什么时候，心脏那里开始被一股寒风搅动，劲吹。现在，她用昨天留下的笑容，最后一次看这个世界，以不在场的方式。

那一天，她在镜框里，被小女孩抱着走过东门桥。有人唤她娘，有人唤她舅娘，都与生命的根脉有关。唢呐以声音的形式强调情绪，迎来，送往，喜与丧，都借它们传达。过东门桥时，这些乐器是凄伤的，麻衣白幡，棺木飞鹤，即使酷暑，桥上依旧回荡阴凉。桥那边就是火葬场了。桥是连接天堂的路。黎明时分，我们在师傅的引导下，直面熊熊烈火。人的灵魂有多重？经过火焰的瞬间，在世间粘带的寒露、风霜、雨雪、尘土包括哀伤，统统还给了这人世。那么，我们祈祷留给灵魂的全部是欢喜，但都要轻才行，要轻到忽略，轻到云淡，轻到微风都能捎带去，灵魂才可以来到天堂的门口。

在小城，桥是一种呼唤和应答。彼岸此岸，桥有一种缝合意念。东门桥，南门桥，西环桥，北环桥……一条河流的乳汁哺育着这座小城。母亲河，我曾一度讨厌这个平庸又俗烂的叫法。可事实上，没有一个人感受不到这条河流的宽怀、喂养和坚韧，大概，被俗常遮蔽的幸福并不耀眼吧，这便是母性的特质。河流袒露，汁液丰沛，两岸建筑密集的城区是河流胸前敞开的衣襟，我们是那些滚落的纽扣，在每一个恰切的时段，通过这些桥梁找到家的扣眼，紧合，相扣，拥抱，这是抵达生的彼岸，也是存在的美好意义。之前，走上小城的每一座桥，我都十分愿意放慢脚步，感受得到双脚被高高托举，感受得到桥的善念和好意。一生允许积存的欢喜能有多少？很多人经过后，东门桥成为代名词。常常听见上了年纪的人说，伙计，可能要去走走东门桥了。这让人忧伤。

气味，是一道桥，通往看不见的灵魂。

气味之桥途经鼻息。还有桥梁途经目光吗？东门桥头的花圈铺，两个孩子在竹篾和纸张折合、粘连后虚拟出的富裕景象里追逐打闹。现代化的家电、家具、轿车还有银行储蓄卡，被纸张折叠得样样齐全。生活不能给予的幸福和优裕，被人们寄往天堂。看着，该是满足了。女人埋头编扎一个冥房，大门上要挂着“福”字，看来，她很用心，不用剪子随便剪一个了事，而是用红丝线一点点地绣。这“豪宅”是用白布缝制的而非白纸糊成，在世的人应该不惜高价买给那一边的某个亲人，或许生前还受尽过贫苦和冷眼。她埋头绣着笔画，繁复的字样，让人觉得不管是“富贵”还是“平安”，都那么千针万线地难以抵达。

女儿还小，见着棺木稳稳当当搁放在土坑里，她说，我们把舅婆种在地里，就会长出更多舅婆。我特别喜欢这种诗意的说法。小孩道破天机，让一些轻得不能无法承接的事情有了沉实的力量。确实也如此，这个家族中，每个人都静静怀着关于亡者的一份念想，从不同的角度，不同的入口，不同的场景，不同的时段。表姐在翻炒一道她之前最拿手的菜时，情不自禁说出，这才是妈妈的味道。我们静默不语。青烟直上，人们用竹棍拨了拨残余的花圈、冥币、冥房的一角，让这边的物品尽量燃烧，随那缭绕的青烟邮寄到那边，不落下一样。冷灰泛白，心境泛白，苍天泛白。

白色，冰冷的，凄楚的，休止的，深埋的。

花圈店里的精致物品，代表着这边的情绪和心意，接通着生与死、哀与喜的边界。

它们，一一途经送别的目光。

总是迷惑于“托梦”一词的说法。我还在办公室，突然接到妈从香树坪打来电话，说她梦见了外公，自他去世三年这是第一回梦见，清晰的时间长度寸量着那边的决绝和这边的想念（久不来入梦，到底多的是什么心？我妈总是这么责怪和自责）。这让妈悲喜叠加，语序之间夹带着哭腔。她说，梦中的外公一脸愁苦，要是不问，他是怎么也不会说出愁苦的原因来。在世时就是这个德性，到那边去了还是顾着面子硬着头皮，凡事都以为一个人能硬扛过去。我妈的话语里不无好心，也不无嗔怪。

外婆去世后，外公更显苍老和衰弱。空落到庞大的木屋内，他如何消化那份夜以继日的孤单，我们不得而知。敲敲打打，补残修漏，我相信，老人除去肉体之艰，更有精神的孤苦，即使没有疾病挟持，外公也更快地感到了暮年的疲惫和无力。他实在怕人嫌弃。哪家有个大小事务，不管曾经有无来往，他多多少少都要去送一份礼。村路上，河沟边，外公成天在那里填土坑，修补小木桥。阳光下的小黑点，他已经老得不能惊动任何事情任何人了，哪怕是门前经过的一阵风。存在感的消退，让外公讨好着整个世界。

弟弟在妈的嘱咐下烧了纸符。那是没有收件地址的邮寄，落款有儿女、子孙，甚至还有家族旁延出去的枝叶和根须。是一封注定要退回的信吗？与其说是祭奠已故亲人，不如说是在世的人得以救赎的仪式——我们点燃纸钱，点燃火纸包起的信封，跪拜，磕头，看着烟雾升腾，心里安稳了很多。

梦的特质，在于轻盈，在于广阔，可以通过前生，还可以通过现世，更可以通往未来。那么死别，似乎也通过梦这座桥。

传说中，她一直肯定地认为在端起碗，仰脖，以致喉结滑动的瞬间，貌似坚决，可自己做了手脚，一部分汤汁没有流向肚腹。精明的孟婆没有注意到这个小细节，赶她过奈何桥，前生的一切将不着痕迹，一片空白。是什么样的衷肠让自己如此大胆，愿意灵魂在前生来世中不得解脱？又是谁让她如此舍命却难舍情义，在几世轮回中不愿意忘记？人群中，只一眼，她就开始怦然心跳，脸红低眉。是他，直觉已经告诉她，这是那个她一直等的人。胸腔里，她听见了那种声音，想出来又没有出来的声音……结局是，几世时光的剥离，那个男人已经认不出她。电影的情节实在是再平凡不过，烂俗到家的故事!

然而，当说到电影《强渡大渡河》，不如直接说到子弹。一枚冰冷的硬核，属于魔咒，也属于光明，属于阴谋，也属于正义。泛起铜绿光泽，凝聚了生命全部的黑夜，饮血，这是武器孤高的美感，当它飞向敌人，我们绷紧的恨意得以放松，呼吸才大快人心。暴力，是电影在向我传授和告知。战士们背着木板，攀着绳索，前往铺着木板的铁索桥。河水湍急，冲撞的声音如擂响的鼓点。一枚罪恶的子弹刺破空气和硝烟，战士的帽子，手里的木板，慢镜头把它们推到浑浊的河水里……人呢？反正没看见具体是哪一个人，这个容易接受，暂时残留一丝侥幸，情愿让心依旧悬着。可是，偏偏老班长从悬崖上掉下了来。一枚子弹穿透了他的左胸膛。那个慢镜头呀，衣服口袋那里，洞开的棉绒都能看得一清二楚，一注血，朝天喷射，满含遗恨。“老班长——”拖长的，颤抖的，悲壮的，声线像是从我的身体里抽出，双腿顿时就软了。心，一层一层地往里钻着痛。

太容易入戏，这往往让人受不了。电影散场，我小蝌蚪一样跟在人流里，一声不响，好长一段时间的失声，喑哑。原来，要解决恨意太容易，而要消化一种痛感却特别难。故事讲完就变旧。要建一座什么样的桥梁，才能够引渡一个人的孤独，内心的秘密。

走出影院，夜晚毫无悬念地到来。不开灯，琥珀色的夜灯透过窗棂照进来，室内充盈孤清气息，瞬间感到地老天荒，耳畔风声隐隐。打开一盒专辑，向来喜欢莫文蔚，喜欢她不着色彩的声音，冷静，瘦削，素洁又优雅无比，迷恋她处理歌曲情绪时漫不经心中透露的深深在意。她唱："我们一直忘了要搭一座桥，到对方心里瞧一瞧，体会彼此什么才是最需要，别再寂寞地拥抱。"莫文蔚将我们的心事唱得太敏感。这时，人总是无力地陷入深渊。直到如今，我都刻意回避那种破损的、木板铺得松散的桥。为村人行走方便，外公把用来给三姨打嫁妆的几块木头捐献出去，在村前铺了简陋的木桥。我一直心存芥蒂，即便牛羊都能从上面过，我也会脱鞋蹚水过河。直到外公去世，我都无法向他敞开内心的秘密。

音符牵连，总能抵达那个小小的、婴儿一般柔弱的馅心。

凡是祭拜、求佛、祭奠等仪式，首先请香，青烟缭绕，以香为引。七夕节那晚，我们穿针连线，仰望天空，渴望在浩瀚银河里看见牛郎、织女，能得到哪怕半点指引和点拨，让自己的内心空灵，手指奇巧，编织出锦缎人生。鹊桥，被浪漫色彩装饰过的悲剧调子，貌似圆满，实则骗局。若真如天上一天，世间一年，那么牛郎和织女的时空怎么对应，每年的鹊桥引渡的会是谁？而爱，需要时空的支撑。喜鹊，银河，鹊桥，神话赋予的灵性元素，大概，悲的浓郁感正是建立在喜的零碎性上——每年七月初七，一只一只的喜鹊，归去，拼凑，搭建，连接别离的两端，桥梁下，更多的孤独正如银河之水，笼罩，又倾注于脚下每一个生命的内心。轻轻的，我们仰头，合掌拜一拜——孤独，是上天的宠儿，大地为其一次次受孕、生养。

我去深山里的一个村子看望儿时的伙伴，她这是第三次生孩子。光线从木格子窗斜插进去，细微尘粒悬浮在光柱中，她沉浸在辛劳又迷醉的喂养中。孩子吃饱睡着了，她撩开衣服给我看她的伤痕。圆滑结实的肚腹上，两道疤痕交叉，坎坷又漫长，这是前两个孩子来这个世上时的道路。刺目的"十字架"图案，是否之前就埋下了隐喻，预示他们只是来给母亲道别，而不是相守——因为高血压引起早产，她的两个孩子相继夭折。尖锐的事实又是怎样一寸一寸在她年轻的心上钉入不能拔除的"十字架"，不能拔出的痛？我不忍问起。第三次，她在回娘家路边的草堆上生下女儿，绵长的脐带拖了出来。虚弱无力，但那一刻，只能拼命用石头砸断脐带，血，盛开在眼帘上，女儿清脆的哭声正如胜利的号角，她视死如归，决绝又幸福。

这个弱小的女子呀，阳光在屋内移走的时候，特意照亮了她左边鼻翼上一小粒黑痣，俏皮又精致，这是母亲留给她的特殊记号。生养，一条脐带穿过女性的肚腹，搭建起连接骨肉的桥梁，让世界通过一个温热、寂静、安宁的子宫。

死亡与新生，此消彼长，无痕融合。

（节选自《低处的流淌》，《低处的流淌》原载《民族文学》2015年第8期）

2015年

喻莉娟

书院旁，古道边

走上铅山鹅湖书院边的古驿道，从不写诗的我，脑海中竟然跳出两句我也不知道为何物的句子：

千年古茶有余香，鹅湖寺内书声朗。

满眼沧桑，仿佛听到挑夫们歇脚的吼声——嗨——呀！也仿佛听见那“欸乃一声山水绿”的船桨号子；仿佛看到来来去去文人墨客，凉棚下，端一碗河口红茶……

自唐代开始，武夷山红茶，便畅行世界。到了明末清初，这里更成为中国茗茶传往西方世界的重要源头。“河红茶”，曾经四百多年间，被西方人奉为至尊名茶，誉为“茶中皇后”，西人“能品一盏，竟不问价”。蓦然回首，历史悠悠，这里，不仅留下了朱熹、辛弃疾、陆游、徐霞客的身影，更有那挥汗缓缓而行的“崇安担”。

武夷山起起伏伏的山路，挑着一担担“河红茶”的挑夫——多少年了，这条闽赣古道上的货物，就是这样，靠着人力挑运。这些挑夫，来自武夷山崇安镇，人称“崇安担”，他们挑着武夷山的红茶，辗转多少个山头，在铅山河口，被称为“茶中皇后”的红茶，就从这里上九江，再到山西晋中，到河北张家口，至蒙古国，达俄罗斯。万里茶道，就是他们挑出了千年古镇河口的繁荣，“河红茶”，就此而扬名。

这些挑夫们，古驿道下的书院，便是他们歇脚的场所。

鹅湖书院，山石作屏。山巅的巨石，千姿万态。两侧山势合抱，重峦叠嶂，古树苍苍，青枝绿叶，苍翠欲滴，山石间，飞瀑倾泻而下。山谷的小平川，古木参天，曲径流泉，幽静无比。书院轻烟笼罩，古老的庭院，就这样静静地，坐落在鹅湖山北麓古道旁。

山下，人家，翻过的土地，一道道肥沃的沟垄。眺望这富庶的铅山，唐代诗人王驾的《社日》悠然而浮现在脑海中：

鹅湖山下稻粱肥，豚栅鸡栖半掩扉。
桑柘影斜春社散，家家扶得醉人归。

鹅湖书院，因中国古代的大哲学家朱熹和陆九渊兄弟理学与心学的大讨论，堪称“千古一辩”，遂有了历史上著名的“鹅湖之会”。

朱熹，江西婺源人，因父亲在外做官而出生于福建。他四岁读书、十九岁便中了进士。他广读儒家经典，现存著作共二十五种，六百余卷，总字数在两千万字左右。他的《四书章句集注》成为钦定的教科书和科举考试的标准。《孟子》一书因朱熹的注解，至此正式获得了中国古代典籍中“经”的地位。

南宋淳熙二年（1175年）暮春，理学大儒朱熹及门生八人，在“东南三贤”之一的吕祖谦陪同下，从福建寒泉精舍越过分水关，抵达鹅湖。而心学大儒陆九渊、陆九龄也带着抚州家乡的众多弟子，由金溪出发，泛舟东行来到鹅湖书院。在吕祖谦的邀请下，朱熹、“二陆”四贤大儒相聚鹅湖。

在“上饶记忆”网站中，“鹅湖山翁博客”的博文中描述：“与此同时，散布于南宋朝各处的学者，如江浙诸友、福建学者：刘清之、赵景明、赵景昭、朱桴、朱秦卿、邹斌、詹仪之等百余人众闻讯后纷至沓来。他们都是胸怀济世雄才和情操的时代骄子，期待着为国家强盛和文化繁荣建功立业，虽然他们之中多有命运多舛者，却始终未能泯灭他们心中的希望之火，坎坷与灾难反而成就了他们执着的情怀和瑰丽的人格，摩擦出能够照耀整个时代的思想火花，他们对待国家、对待故园、对待学业、对待艺术、对待人生的态度，足以让历史为他们书写下厚重的一笔。”

鹅湖学术辩论之大会，双方各持己见，不因友谊而保留自己的学术观点。酣畅淋漓的精彩辩论令鹅湖之会以后的学者万分景仰、崇尚那一份纯真而无畏的治学态度。鹅湖之会后的许多年，朱陆继续书信讨论各自的学术主张而友谊倍加。

鹅湖之会，朱熹难以忘怀。三年后，他写《和鹅湖子寿韵》诗以为纪念。诗言：

德义风流夙所钦，别离三载更关心。
偶扶藜杖出寒谷，又枉篮舆度远岑。
旧学商量加邃密，新知培养转深沉。
却愁说到无言处，不信人间有古今。

淳熙八年（1181年）春二月，陆九渊访朱熹于南康。朱熹亲率同僚诸生迎接，请陆九渊登白鹿洞书院讲席。于是陆九渊乃讲《论语》“君子喻于义，小人喻于利”一章，提出“以义利判君子小人”。诸生有听而流涕感动者，朱熹当场离席言日：“熹当与诸生共守，以无忘陆先生之训。”

十三年后，爱国志士、伟大诗人辛弃疾与陈亮相会于鹅湖书院，畅谈国事，面对山河破碎的民族灾难，为统一祖国而呐喊抗争，拳拳爱国之心，光辉永照。

这是内容不同，而历史意义俱伟的第二次“鹅湖之会”，使这里飘动着厚重的历史文化馨香……

（原载《散文选刊·原创版》2015年第8期）

欧阳黔森

水的眼泪

假如我在人世间有八十年的光阴，我想2005年肯定是我最值得记忆的一年。我想不出，在我以后有的三十年里，还有哪一年能像2005年这样震撼我。这样的震撼，实际上已影响了我九年，再往深了说，它影响了我对人生的前五十年的思考。我不纠结“在我之前我是谁，在我之后我又是谁”的通常考问；也不纠结“我从哪里来，又要到哪里去”的疑惑。圣人说，五十而知天命。果如其言，我了然的是一个“道”字，老子的精髓。我知道了我存在于世即是宿命。我要做的就是“道”行于世。“道”字的结构：首即是头，头上两点即是眼，眼高头低即是思，思之则走之。如是，可谓正“道”否？

2005年我四十岁，正是不惑之年。可以说是上天垂青于我，让我在三十天的旅程里感悟到的东西，即使是用三十年的时间也未必能做到。这有点像金庸武侠小说里的练武之人，突遇奇缘，本来要用三十年才能打通的任督二脉，经绝顶高手短时间的倾力而为，这练武之人的最难点仟督二脉由此通畅。

而我的奇缘却是大自然，大自然的鬼斧神工常为世人惊叹，可这样的鬼斧神工不仅仅是惊叹两字可以了结的。叹而不思，惊而不悟，惊叹又有何用。悟道不悟，空为妄语。这便是我辈的浅薄之处。

说到奇缘，当然就在一个“奇”字上了。这个奇就是我没想到，在短短的三十天里，我从中国版图的最南到了最西。这两个地方给我印象最深的都是水。水的存在，可以说在以往，像我这样的人往往会忽略它，水的无处不在，恰恰是我容易忽略它的原因。再说，我的家乡堪称西南山水之乡，有闻名遐迩的大瀑布和数也数不清的瀑布群，有大乌江、南北盘江和千万条小溪。有山就有水，这是云贵高原的特征。贵州既是长江水系重要支系乌江的发源地，又是珠江水系的主要发源地。要说有什么地方因为水而震撼我是很难的，大瀑布、大江、大河、大湖、大海都是见过的，水于我来讲再平常不过了。然而，南海的水不一样，罗布泊和塔克拉玛干的水不一样，这样的不一样是会使我被深深震撼的。如果要总结我的最深印象，那就是：在南海上航行，除了水还是水，就是水的世界；而在新疆行走，到处都是水的形状、水的痕迹，却没有水。在戈壁滩里、在大山和峡谷中，你分明看见了小溪、大河、湖泊，可你见到的只是水曾流过的痕迹和水曾经存在的形状。所以当我在塔克拉玛干的沙海里捧起一捧沙粒时，我的脑海里立刻闪现出那浩瀚无垠、波澜壮阔的南海，地理知识告诉我，这里在亿万年前也像南海一样，可是我眼前见到的却是三十三万平方公里的沙海，世界的第二大沙漠。细腻的沙在我手中根本停不住，像水一样滑溜，从我指间的缝隙漏掉。是的，年轻的喜马拉雅山脉抬升了，这里就将不再是水的世界。我站在这茫茫沙海里，脑海里想的是，那时候，水一定哭了，这些沙就是干涸的泪珠。

先南后西，那年的十月二十八日我到了祖国的最南方，这对于我来讲，没见过这样多的水，这水多得让我恐惧。小时候就知道了有一个词组——波澜壮阔，到了这里我才真正体会到什么是波澜壮阔。小时候也听惯了一首歌叫《西沙，我可爱的家乡》，歌词开头第一句就是：“在那云飞浪卷的南海上……”

这首歌曲，旋律优美，令人百听不厌，歌词更美，令人无限向往。是的，人生在世，有很多向往是不可能实现的，我也早习惯了这样的现实。不过，有向往总比没有好，就算向往只是一个美丽的神话，我也要向往。能不能实现其实已不重要，重要的是我们有向往这样的过程，这过程其实就是一种美好在心里慢慢绽放。我很享受我的很多向往，虽然它们在我的脑海里近在咫尺却又远在天边，这并不要紧，要紧的是我享受我的向往，这些向往像美丽的神话萦绕在我心中，让我时时想起。令我没想到的是，这样一个我想都不敢想的向往，却在我的不惑之年实现了，我在云飞浪卷的南海上航行了九天八夜。

这是怎样的九天八夜呀！就是现在，九年都过去了，依然不能准确表述我心中的那些涌动着的思绪。

南海航行完成后，船在三亚靠岸。海南岛的三亚也是我向往的地方之一，有一首歌曲叫《请到天涯海角来》，以前很是让我激动和向往，可到了三亚，我却激动不起来，思考了半天才找到原因，什么天涯海角，去了西沙去了南海深处的人，还会激动三亚？所以第二天，笔会的组织者说，今天安排到三亚最美的地方去；我说，不去了，最美？还有西沙美？组织者说，当然西沙美，不过一般人去不了呀！我说，既然我去了南海、去了西沙，就是不一般的人了，一般人去的地方，我就不去了。到了西沙再看三亚没啥意思了。组织者说，哪！你不到“天涯海角”那几个字前照张相？留个纪念嘛！我说，在西沙的礁石上都照了“祖国万岁”了，再在这三亚石头上照“天涯海角”还有意思吗？再说，这是天涯海角吗？至少去过南海深处去过西沙的人都会这样疑问的。组织者笑了起来，好！船昨天夜里才靠岸，你是应该好好休息休息，在南海上航行时，你是吐得最惨的。

是的，我吐得最惨。笔会结束后，参加笔会的人都写了一篇文章。阿来写的是《中国，走向海洋》，阎连科的是《海上漫想》，李洱、北村等写的要么直奔主题、要么就浪漫抒怀。而我只能写《没想到晕得这么惨》。

怎么晕得惨已写过了，这里就不讲了。我要讲的是，即使这样晕惨了，我也不后悔，当然这是我晕到了西沙之后才这样想的。这之前，我曾动摇过。动摇之前，我还英雄状地在驾驶指挥室里，与船长、大副谈笑自如。当我分不清东南西北，分不清大海和天空时，我还清醒地意识到，我们一千多吨的船，在那惊涛骇浪中像一片树叶一样。浪起，船头被高高举起，浪伏，船头又深深地砸下。一朵朵浪花铺天盖地砸向驾驶室时，这时，我才觉得有点不妙。我问大副，他们呢？大副知道我问的他们是谁，刚才不久，阿来和熊育群还在用望远镜观察前方呢！大副说，早走了。顿时，我眩晕得站立不住。要不是水手，我根本回不了卧仓。

在卧床上，我根本躺不稳，干脆任性滚下床，抱着水手拿来的桶吐开了。这辈子我没少吐过，像醉酒、像生病。可没像这样狂吐过，我感觉天旋地转，人轻飘飘的，像要死了一样难受。当时，我头脑还算清醒，想，这回死在海里了。

在有作家身份以前，我是个地质队员，在荒山野岭中也遇到过几次生死之险。在十万大山、在横断山脉、在东昆仑我都经历过危机，可那些危机和在海里完全不一样。在陆地上，再荒芜再险峻，我的脚可以告诉我真实，我心里不会恐惧。在这海上，我的脚毫无用处，只是我的五脏六腑告诉我，严重动荡，生不如死呀！上船之前，有人告诉我说，曾有人受不了颠簸跳海的，还说有人带了一只狗上船出海，狗也受不了跳海了。我当是玩笑，现在我知道，并非玩笑，我要是站得起来，走得出去，我也要跳海。

第二天，船靠岸了，我也记不清港口的名字了。只记得有人说，这是近海，到深海还很远。本来一靠岸，我就有劫后余生之感，这一听，我立刻就恐惧起来。

言谈之中我就往安全方面扯，意思很明了，希望知难而退。我想，只要多几个作家附合，主办方可能会考虑。但是，我的想法还在萌芽阶段，几乎就被掐死了。几乎所有人都兴高采烈，根本不会搭理什么安全问题。只有《花城》杂志的编辑申霞艳对我表示了同感，她也是“晕得最惨”的之一。不过，她说了一句话后，我也不再动摇。她说，晕死算了，此生要到南海西沙也就这次机会了。她说，西沙不是谁想去就能去的地方。无论你是多大的官员或是多么有钱的老板。我敢说，这是作家第一次到西沙，三生有幸，决不错过。见女士都如此，我也咬牙说，当然。

说完，我赶紧离开，倒不是没话与她讲了，实在是只有选择躲开。每次我看见徐在林船长的眼睛，我就自惭形秽，至少在大海上是这样的。他正朝我们这个方向走来，我要不走，必须要看他的眼睛，我又是个迎面从不闭眼的主，而他的眼睛一看见我，可能会有鄙视的眼色，这样的眼神也许不会出现，但我的德性决定了我不能在“也许”上犹豫。四十而不惑，这样的年纪实在是有些浅薄。那时候，浅薄的我有这样的行为也实在是当然。我浅薄地想，惧船怕大海，这几天，我早已闻名302船了。船长鄙视我也在情理之中，想我们这些文人，一天舞文弄墨的，没什么出息，不就是出海嘛！就成这样了。

三天前，我们是何等地充满激情。什么叫激情澎湃，到了澎湃时才知道，那时候我们真的沸腾了。

临上船，南海渔政渔港管理局吴壮局长给我们讲南海形势，尔后是南沙问题、北部湾问题、西沙问题、甚至钓鱼岛问题。叫吴壮，身材并不高大，一副书生模样，却不丝毫影响他的果断、他的思路清晰，言辞掷地有声、铿锵有力，充满感染力。在壮丽的南海图前，他胸有成竹地表述、气势磅礴地指点，无不体现一个男人的魅力。当时，我想，他要是海军司令多好呀！后一想，也不成，就是海军司令也没用，这些问题、那些问题的存在，海军司令奈何？

至今，每每想起吴壮，想起吴壮在海图前的身影，我依然澎湃不已。这些年南海问题、北部湾问题，还有钓鱼岛问题，几乎白热化了。很奇怪，只要这方面的问题进入我的视野，我就想起吴壮，这个让我澎湃的吴壮，这个让我热爱南海、热爱西沙的吴壮。吴壮现在在哪里？他是否退休了，不得而知。这个让我热泪盈眶的吴壮同志哟！

之所以尊称吴壮为同志，是因为他点燃了我心中从未消失的英雄主义和爱国主义，尽管这两个主义一直在我心中，但澎湃起来却是因为吴壮。吴壮与我的愿望是一样的，保卫南海，这样是为同志。不一样的是，他一直身临其境、身体力行。而我只能屹立高原面向大海，心花怒放。吴壮同志，您还在南海吗？什么时候，南海像您所说，在那云飞浪卷的南海上，盛开着一行行、一队队的浪花，让全国人民都“心潮逐浪高”，让所有中国人都说：“那是祖国盛开的花朵。”这些钢铁之花，开遍南海，谁敢阻拦中国之花盛开，就给来个花葬，掩埋了它。让全世界都聆听花开的声音。

遥远的那天，吴壮同志在南海图前说的第一句话，是问我们知道美济礁吗？我们当然不知道。不知道不知痛，知道了才知道心痛。南海海域图，清晰而明了，我第一次那么亲近地看望南海，心中无限感慨，那时，我真恨自己没有才华赋诗一首，只能朴实地望着南海感叹——那是中国神奇的版图。

神秘、美丽、富饶是散落在南海上那些众多大小岛礁的形容词，这正是我心痛所在。仅北纬十二度以南的七十八万平方公里的南沙水域中，就有二百三十多个岛礁。其中岛十一个，六个沙洲露出水面，被周边六国七方所包围，而我国驻守的仅寥寥八个。

八个？二百三十多个岛礁哪！谁不心痛，一定是王八乌龟。

徐在林船长是个英雄，他曾在美济礁捍卫国家尊严。这是1995年5月13日发生的事，简称“5·13”事件。事件当然发生在美济礁了。美济礁是那一海域中面积最大的一个礁，是一个宽阔的、准封闭型的环礁，中间形成一个泻湖，泻湖平均水深二十五米，在其西南方向无险滩，是一个良好的避风抛锚的好地方。无论在军事上还是经济上都具有非常重要的位置。既然这么重要，就有人想打主意。

那天凌晨，中国渔政34号船在美济礁值勤。我们可以想象美丽的美济礁是怎样的美若仙境，我甚至想象徐在林屹立在船头，正欣赏海天一色的天堂美景。雷达却看清了有人来破坏，不，应该是进犯。太不要脸，四千吨级的登陆舰和一艘护卫舰，配备了大炮和直升飞机，直愣愣朝三百吨的渔政船而来。一方是正规军人军舰——海军，一边是中国渔政管理人员。也没什么可怕的，徐在林心一横，把船打横拦在水道上，你狗日的有本事撞沉老子，要不，你就停下，从哪里来滚哪里去。

上级命令渔政34号船，力争将对方拦截在八海里之外，万一不行，则将对方拦截在五海里之外，迫不得已的情况下，将34号船横向沉没堵死南口主航道，誓死不让敌舰进入美济礁。

无疑，这是一个悲壮的命令。这样的悲壮，不由得使我产生一个愿望，这个愿望就是我想知道，这个上级是谁？这样的命令是谁下达的？当然，我不可能知道。我知道的是，是渔政小小的三百吨的船，最后让狗日的谁，该滚哪滚哪去了。当时，我想，是个中国人，就不希望这样的悲壮发生，幸好，34号船背后是“从此站起来了”的中国人民和强大的祖国，悲壮才没有显现，要是徐在林们悲壮了，那一定是中华之痛。为什么？保卫美济礁的是渔政船，为什么别人敢出动军舰，我们却叫渔政守礁。南海渔政总队南沙守礁的卫士，如果牺牲了，他们算什么呢？为国捐躯？还是护渔身亡呢？不是军人，干的却是战士的活。什么时候，他们能穿上军装，挺着胸膛，威武地屹立在美济礁上，俯瞰来舰，大声警告：这是中华人民共和国领海，请马上离开。再越雷池半步，我当自卫反击。对于这样不请自来的朋友，不必与他客气，不要怕朋友背叛，而是要让朋友知道，我们不可背叛。是的，百年来背叛我们的朋友实在太多，我们之痛也实在太多了，一痛再痛就再无须顾忌痛痒，这才是英雄之气，这才是大国之本色。

徐在林是英雄，他的英雄表现在不是自沉堵道，而是大无畏地——你狗日的些，有本事撞沉老子的34号船。徐在林有英雄之气、有过人的胆气，当然，有这样的底气，是因为祖国强大。可是，这样的底气让渔政让徐在林让三百吨的34号船来彰显，实在是心头憋气。当听到“5·13事件”的结尾时，我就想起毛泽东同志的一句话：“我们一定要建立强大的海军。”当时，海军为什么不在美济礁呢？也不得而知。

现在的我知道了，也看到了，大国之魂——我强大的海军舰队正巡航在海疆上，一行行、一队队翻腾的浪花正盛开在云飞浪卷的南海上，永不凋谢。现在，正是歌如潮，花如海，欢迎朋友四方来的时节，朋友！你听到了吗？花开的声音。

九年前的那天，座谈会的结束语当然是吴壮同志的声音，这声音到现在还似乎在我耳畔炸响，他说，我问过无数的人，问他们我国的国土面积是多少？他们都回答我说，是九百六十多万平方公里。我说，不对，仅在南海，就还有祖国的约三百五十万平方公里的海洋面积，这也是中国的版图。

那一刻，吴壮同志在我眼里，不再是个书生，而像一个投笔从戎的大将军。现在，也许他已退休了，这不要紧，要紧的是我们的万吨战舰，正在南海巡航，正在保卫南海，正在捍卫中华民族的尊严。

徐在林1995年在34号船当船长，十年后成了302船的船长，这过程我不知道了，可我知道，我的南海之行，他是我的船长。现在的302船绝不像34号船只有三百吨，它是一艘千吨级的渔政船。徐在林船长也算鸟枪换了炮，今非昔比呀！

我才上船三天，就想逃跑，这是我浅薄的地方啊！幸亏我咬牙对申霞艳说，当然。为了这当然，再晕他个昏天黑地也不在乎了，一晕再晕再无须顾忌晕了，这也算英雄主义吗？

也就是这样的英雄主义救了我，要是我没能到西沙群岛，我一定后悔死了。怎样到的西沙，我已记不住了，没法记住，在船上昏睡了几天，船上的事我也记不住几件了。

印象之一是深海钓鱼。应该是海上第四天吧？我晕头晕脑的，仿佛听见甲板上欢呼声响起。我晃悠悠地站起来，良久才发现船不晃悠了，是我自己在晃悠。顿时我来了精神，快步爬梯走向甲板。到了甲板上，先吓了我一跳，海不是蓝色的了。我顾不上看同伴们为什么欢呼，赶紧抬头看天空，天还是蓝的，而且是蓝透了的那种蓝。这样的蓝，恰当一点讲该叫碧蓝吧！这碧蓝的天空像蓝水晶一样晶莹剔透，这样的天空我在东昆仑见过，但在这里似乎更加辽阔。

蓝海蓝天一色当然会更辽阔，我惊讶的是海水怎么就黑黝黝的了，像墨水一样黑。忙问水手，才知道深海就是这样的。不是水黑了，而是水太深就显黑了，至少给人感官是这样。在这样黑黝黝的水里，人的眼睛和鱼的眼睛区别就大了。我们盲目地丢下鱼饵，鱼儿几乎同时准确地就咬上钩了，拉线收鱼使我们手忙脚乱。这不是等着钓鱼，基本上就是随手取鱼。大家欢呼雀跃，这是必然的。

印象之二是捞小鱿鱼。浪大，船靠不上岸，船就抛锚在离岸几公里的浅海。当然，这样的浪还不足以使我晕船，晚餐就在甲板上吃了。晚霞过后是星空，美得没法形容，只有置身于此的人才能感受到，那是怎样的美。钓上来的鱼，摆满了一桌，我们很少问津，倒不是鱼不好，还有什么地方的鱼有这里的好呢？主要是这几天上顿鱼下顿也是鱼，味蕾对鱼已疲乏了。

大副走来说，我已烧好了一锅水。烧好了一锅水？什么情况，不懂。大副说跟我走。好奇是我的天性，无需明白，我跟着他走。到了海水处，顺着他的手电筒一看，我大吃一惊，只见水里密密麻麻地闪着光点，像老家夜空中满天闪烁的萤火虫。

还没等我回过神来，大副用网兜往水里一捞，一网兜晶莹剔透的小鱿鱼仔出了水。完了，他把小鱿鱼仔往锅里一放，迅速灭了火，再用漏匙捞进碗里，用手抓起就往嘴里送。看他吃得津津有味，我也抓起就吃。我真的没吃过这样的鱿鱼，太鲜美了。

作家吕新不吃。他说，我不忍心吃，这么漂亮的鱿鱼宝宝趁天黑出来玩，还不知道怎么回事，就被你们捞上来吃了。说完，扭头走了。我实在是想走，手却不听使唤，不停地伸向碗里，抓起小鱿鱼仔往嘴里送，真的，顾不了这么多，这几天晕船，吃什么吐什么，这刚开了胃口，焉能放过。

印象之三是西沙群岛中的永兴岛。西沙群岛，也称千里长沙。它地处南海的西部，由四十多座岛礁组成，海域面积五十多万平方公里。它位于北回归线以南，雨量充沛，岛屿海域的水温年变化不大，是天然的好渔场。这样优越的自然条件使西沙形成了神奇神秘的自然景观。永兴岛是西沙最大的岛屿，它的卫星岛叫石岛，石岛与永兴岛有一条三百米长的栈道相连，是西沙群岛的最高点。石岛上那些珊瑚礁千奇百怪，突出于海的部位酷似龙头。站在龙头之地，一眼望去，炫耀的阳光下，海面呈现五光十色，近的浅蓝，远的碧蓝，在这近与远之间，交替纵横着淡青、鹅黄、蔚蓝、嫩紫，一时天地间，柔和、妩媚、宁静、瑰丽，人生有缘置身于此，此生知足也。真是心旷神怡！大快人心哪！

一块巨大的礁石壁上，“祖国万岁”几个血红的大字特别显眼。这一刻，油然而生的是自豪感。这自豪来自内心深处，这天堂一样的西沙是祖国神圣不可侵犯版图。由此，我久久地注视西沙主权碑，久久地注视收复西沙纪念碑。日本法西斯入侵西沙时残留的碉堡就在不远处，这是历史的罪证，谁也不能忘记。（顺便说一句，有的人死不认罪，还忘记罪恶，我要说的是，至少每一个中国人不能忘记，还要警告有的人，不要瞎了狗眼，不认罪，不等于无罪。忘记罪恶，只能说你还是恶魔。行恶者，得到的一定是恶，这是亘古不变的真理。）

今年是甲午之年，一百二十年之痛，是会痛彻到骨骼之中的。老子们的痛都还梗在胸口，有的人又想对南海指手画脚。你想让老子们痛，你得到的一定是痛。

抗战胜利之年，转眼就会来了，心情逐渐晴朗。再晴朗的天，也有阴影存在。钓鱼岛的事还未整清楚，有的人不清不楚地就想插手中国南海。对付这样的人，只有一个办法：“人不犯我，我不犯人；人若犯我，我必犯人……”

站在西沙永兴岛的龙头礁上，我脑海中响彻的声音也是毛泽东同志的这句名言。

慨而慷后，我一低头，大吃一惊，看见金灿灿的波光下，浅蔚蓝色晶莹剔透的海水里，密密麻麻都是鱼，那鱼绵延不断地伸向远方，真的，我没见过这么多的鱼。是不是只有在天堂才能看见？我深以为然。

老子说，一生二，二生三，三生万物。万千思绪我说了三，也就无须再说。总之，西沙印象于我，至死不忘。人生在世，永生不忘的东西，确实太少了。

此生可能再也没机会去南海到西沙了，这也并不重要了，重要的是在我的心里，永永远远地记住了南海、西沙——那是中国神奇的版图。

从三亚起飞是晚上十一点，可是晚点了。大约是凌晨两点才到达贵阳机场。回到家中，已是深夜三点钟了。一进屋，当然吵醒了妻子。妻子见我收拾行李，有些惊讶地问，你这是干什么？

我说，来不及了，早上七点四十分的飞机。飞新疆。

妻子说，你疯了。出门都半个月了，刚到家又走，有你这样的人吗？还不如不回，直接去新疆得了。

我说，南边和西边一样吗？西沙三十五度，罗布泊有多少度？不了解。天气预报，这几天乌鲁木齐才零度。我回家拿羊毛衫。

妻子说，什么？你要去罗布泊？你找死呀！

我说，罗布泊又不是说去就去的，我只是想见识一下，人家不一定安排。主要是去塔克拉玛干大沙漠。国土资源部安排我采访“西部找水”。我还是国土资源作家协会的副主席，这任务，我必须接。

就这样，我从祖国的最南边，去了祖国的最西边。

从最南到最西，首先是适应气候和时差。气候是我预见到了的，当我在天山面对天池以及遥目可及的天山最高峰之一博格达雪峰时，刚从三十五度的南海来的我，感觉异常的冷。不仅是身上感觉，我一喘气，顿时热气弥漫。（南方人都知道，即使是在冬季，冷得让我们哈气成烟的时候，的确少见。）我扭头看陪同我来到天池的同学王伶并未如此，有些惊讶，也不便问，毕竟是女同学，而她此时还穿着裙子。也不见她冷，也不见她累。她披着一条新疆女性都爱的披肩，一副灿烂的模样。

王伶是我见过的女作家中最能歌善舞的人了，在鲁迅文学院时，她是我们班搞文艺活动时的女主持，而我这个男主持人纯属配角。在鲁院高研班一期的男同学中，要找一个与王伶匹配的搭档，几乎太难了，几乎都是善于动手不善于动嘴的人。班长李西岳和党支部书记关仁山说，黔森脑门亮，王伶脑门高，就你们俩了。（我与王伶有一个特征很明显，就是脑门高。）于是我与王伶成了业余主持人。当然，王伶口齿伶俐，不等于手不利落，她写的文章，也是相当了得。我很喜欢她的长篇小说《月上昆仑》。正好，贵州人民出版社社长莫贵阳委托我策划一套系列名家丛书。把《月上昆仑》列入其中便成自然。第一批推出的时候是2004年5月，分别是关仁山的《权力交锋》、陶纯的《芳香弥漫》、衣向东的《在阳光下晾晒》、荆歌的《慌乱》、张人捷的《恨有多久》、薛燕平的《让我靠近》、我的《非爱时间》，一共八个长篇同时上市。2005年又策划了蒋子龙的《世间闲话》、熊育群的《春天的十二条河》、刘建东的《女人嗅》、刘亮程的《天边尘土》、罗望子的《腼腆的男人》、程青的《暗处的花朵》等。在三亚我拒绝去天涯海角的那个下午，我与这套书的主编孟繁华先生通话时，我顺便告诉了他，我要去新疆，孟先生说，新疆呀！是个好地方。我说，您说说印象最深的。孟先生沉吟片刻说，到处是水的模样，却没有水。一时我不懂，也不好再说什么。再说，感觉弱智。

在美丽的、壮丽的天山，没有孟先生说的感觉，至少在东天山是这样。在东天山，我看到了大雪山，天池，河流，还有新疆最大的城市乌鲁木齐。乌鲁木齐在维吾尔语里是优美牧场的意思，于我来讲，在这里，我宁愿看到优美的牧场，而不是城市，宁愿看到万马奔腾，而不是汽车塞道。是的，这个世界总是与我们的愿望相去甚远。乌鲁木齐早已不是优美牧场，这是事实。在世界上有多少美丽的地方变成高楼林立，也是事实。世界上还有多少美丽的地方没有高楼耸立呢？

世界上有很多城市公然宣称自己美丽，我从不相信，像我这样的地质队员出身，又醉心热爱大自然之美的人，不可能相信这样的自欺欺人。（特别是有的城市，天是乌的，水是污的，少许有几棵树，还是脏的，也宣称打造美丽城市。（这样的城市太多，也就不说城市名了。）谁都知道，什么东西要是污垢了，你再拿抹布擦有狗屁用，始终是脏的。细菌专家说，抹布是最脏的。拿脏的东西抹脏东西，还能整干净了整美丽了，不是欺人就是哄鬼。

好！就算城市也美丽，为什么人类总是喜欢把浑然天成的美丽，变成这样的美丽呢？也许人类的这一改变，有一万个理由，可我始终心里不爽，我就是这样的人。

到罗布泊当然不能让王伶去，她没去过也不能让她去。虽然她从小在新疆生产建设兵团长大，苦没少吃过，可穿越罗布泊，不是你能不能吃苦的问题。王伶身为兵团文联的专业作家，下过无数边远而偏僻的连队，罗布泊对于她来讲也是莫测高深。我离开乌鲁木齐时，她说，小心点。我说，小心也没用，不如大胆地相信地质队员，我也曾是一名光荣的地质队员。

我当然相信地质队，了解地质队，何况有地质队的王副队长一起去。王副队长在野外工作了二十多年，可谓身经百战。喀喇昆仑、阿尔金山，天山、塔克拉玛干，罗布泊等新疆最为险峻最为荒芜的地方，都有他的脚印和身影。有这样的人在，要我消失在罗布泊太难了。我采访这位老地质队员时，正面对着一张罗布泊卫星图。王副队长正神采奕奕地给我讲解罗布泊。王队长身材高大，一张脸朴实而坚毅，岁月的沧桑痕迹，在他脸上一览无余，黑红的颜色，褶皱的皮肤，拥有这样的一张脸，信任和敬佩油然而生。

看起来他虽显老，但在这样的“老”中，却分明透露出硬朗。从小我在地质队长大，见识过很多这样的硬朗，这样的硬朗告诉我一个现象，这就是，你别看现在四十五岁的他像长了十岁的人，可再过十年，他还这样，再过十年，他也还这样。我在1984年当地质队员时，我的分队长也刚好四十五岁，后来我的分队长当了省地质局的总工程师，再后来退休了，前不久，我见过他，快七十五岁的人了，仍然健步如飞，模样与当年变化不大。从1984到2014年，三十年哪！听起来很吓人，可变化真的不大。依然是黑红的脸，褶皱的皮肤。要说有变化的只是眼睛不一样了，这不一样也只是我的感觉。这样的感觉，也只有我这样的人，才能感觉出来——这就是我当过地质队员。是的，眼睛的变化主要体现在眼神上。眼神怎么不一样了，要说清楚也很难，大脑里搜寻和闪现了许多词，几乎都词不达意。是不是岁月的痕迹烙印在了眼睛里，那眼神，只要你望一眼，就永远难以忘怀，难以用语言表达。如果，非要表达的话，只有一句“阿弥陀佛”了然。了然过后一想，这眼神像佛光普照，大慈悲！

王副队长那时就像我当年的老分队长一样，在图上指点着，给我讲解得非常仔细。不同的是，当年，我的分队长手里是一张1958年中国人民解放军总参测绘局绘制的1：50000的地形图，而王副队长手里是一幅1：1000000的卫星图。王副队长指着罗布泊大耳朵的耳心说，我们去这里。

过达坂城时，一曲美妙的旋律，一直在我耳边响起，在我的眼前，维吾尔族歌唱家克里木似乎在快乐而幽默地载歌载舞。是的，像《达坂城的姑娘》这样美妙的歌曲现在越来越少了，像克里木这样能歌善舞的歌唱家也越来越少了。

王副队长对克里木的这首歌曲很喜欢，就是不大满意西部歌王王洛宾改编的歌词。为什么要别人“带着百万钱财，领着你的妹妹，同坐马车来”。他说，太俗、不雅。他说还有一首《达坂城的姑娘》，李双江等歌唱家唱过，旋律更好！歌词更好，不知为什么克里木没有唱这个版本的。我也有同感，这个版本我也会唱，唱过后，就不再唱王洛宾的那个版本了。现录不同王洛宾版本的歌词对比一下看：

自古以来人人都说达坂城是好地方
达坂城的风光好牛羊肥又壮
达坂城的姑娘美小伙子也漂亮
热爱劳动心灵手巧诚实又大方

达坂城的甜瓜大西瓜是大又甜
不知情的人儿他摘瓜甜瓜也变酸
为了摘瓜我身上挨过三千六百皮鞭
就是再挨一万六千皮鞭我自己也情愿……

我认为显然这首歌的结尾，要含蓄而优雅些。王副队长也深以为然。他说，其实还有一首两百年前流传至今的《达坂城的姑娘》民歌，达坂城的姑娘名叫“阿拉木罕”。歌词歌曲婉转悠扬、悲戚而美艳。说完，他情不自禁地哼唱起来：“我的梨儿撒落在地，你愿不愿意为我拾起？想要吻你我却不够高，你可愿为我弯下腰……”

我没想到，他能唱出那味道来，这味道是那样的愁郁而又温婉。结局的悲戚，是阿拉木罕不得不离开达坂城。这样的离散，在不同的年代，在不同现实生活中，可谓屡见不鲜，由此，见怪不怪的我们泪水不会轻弹，真情也不会轻易流露。可是，这首歌子，流传了两百年，这是需要多么伟大才能做到呀！旋律实在太美，歌词实在太美，我的眼睛蒙眬了，我的心潮湿了。我明白，当我的心思表现在眼上时，我就想嘹亮地唱歌或者嘹亮地大声吆喝。如果我没有这样，那我的舌根就会像生津了一样，涌动出一丝丝淡淡的液体向喉咙潜流，我知道，这是泪水的味道。

这样的味道，真是久违了。品味过后，当然是思辨。为什么这样美妙的歌子，流传了两百年了，并没有名满天下，为当今世人所知，而王洛宾根据其改编的词曲，却享有盛誉并传遍了世界呢？是不是优雅的东西俗气了，就容易传播呢？是不是非要改编呢？是不是不改更好呢？这于我来看，不改编才好！至少这首民歌是这样的。人家都唱了两百年了，你改编它干啥？实事求是地说，在民歌方面，我是这样认为的，有的需要改，有的不需要改，不需要改的，你也改，不是你有私心，就是妄自菲薄。

是的，达坂城位于新疆天山东段最高峰博格达峰南部，它原来只是一个极不起眼的小城，风沙是这里的常客。据达坂城的老居民介绍，20世纪四五十年代，这里只幸存几棵榆树和二十几户无处躲藏的人家。不可否认，是一曲王洛宾改编的《达坂城的姑娘》使这里名扬天下，享誉海内外。为什么会是这样？如果，当年王洛宾来此采风，听了这首民歌，并不改编它，依然介绍出去，又会是怎样呢？当然，这世界的残酷就是没有如果。

但，于我而言，无论是王洛宾版本克里木演唱的，还是李双江演唱的版本，不得不承认都是好歌，可是，这于我，有这样的现象，听了王洛宾版的，好！于是学而唱之，再听了李双江演唱版，也好！于是也学而唱之，不再唱前一版，听了这首两百年前的民歌《达坂城的姑娘》后，我想，前两版我该忘记了。其实，不用我忘，这之后，我满脑子里响彻的都是这首原始的歌。

过了吐鲁番，又一首美丽的歌子随风飘进了耳里，那是关牧村浑厚的女中音。《吐鲁番的葡萄熟了》这首家喻户晓的歌曲，曾让我对吐鲁番有着无比的向往。吐鲁番就在眼前，见不到有生长葡萄的模样。山又光又秃，地又干又净，见不到一棵树一丛草。汽车掠过一座座山一条条沟壑，到处都有水的模样，却没有水。我不禁问王副队长，水呢？他说在地下十几米有，叫坎儿井。在吐鲁番盆地有坎儿井一千多条，总长度达三千多公里，它是中国最伟大的水利工程之一。我说葡萄在哪点？他说在葡萄沟。我很失望，终于没好意思说，看看去。我们的任务是去罗布泊，那儿有一个地勘小组。

吐鲁番盆地属大陆荒漠性气候，干旱炎热，蒸发量高达三千毫米，夏季最高气温有过四十九点六度的纪录，中午的沙面温度，最高达八十二点三度，因此这里自古有“火洲”之称。由于盆地气压低，吸引气流流入，这里也是中国有名的“风库”。难怪从达坂城一路下来，见到很多巨大的风扇在风中转动，这是风力发电，这是世界上最环保的发电方法。王副队长介绍说，达坂城吹下的春季风暴，每秒达五十米，七角井吹下的大风，曾吹翻过往的车辆。

再往前走，一路没什么看的，还是一座座山又光又秃，一条条沟壑没有溪水。到了火焰山，当然要停了下来看看。火焰山是中国热极地，初看它的表面寸草不生，但山腹中的沟谷却绿荫满目，溪水潺潺，这样的景象，当然成热极中的“花果园”，著名的葡萄沟就在这里。火焰山区又是中国的低极，王副队长说，我们目前站着的地方，低于海平面一百五十米。由于火焰山本身具有独特的地貌，再加上《西游记》里有孙悟空三借芭蕉扇扑灭火焰山烈火的故事，使得火焰山闻名天下。吐鲁番盆地的土著民族是姑师人，他们早在两千二百年前就进入了文明社会，建立了自己的国家——车师国。不过，车师国和许许多多星罗棋布的小国一样，根本经不起大自然变迁的法则，次第消失。在这场不可避免的消亡事件中，最有名、最引人注目的当推楼兰古国。

吐鲁番有很多著名的景点，当然，我们无暇顾及，我们的目标是罗布泊。从乌鲁木齐到哈密大约近六百公里，我们今天的目的地是哈密。预计在哈密住一晚，第二天进罗布泊。

虽然在哈密住了一晚，却并未有什么印象了。半夜才到的，疲惫之极，倒床便睡。如果有人问我对哈密的印象，我的回答还是哈密瓜。这与到过哈密和没到过哈密的人没两样，都知道哈密瓜（全国各地都有一种叫哈密的瓜卖）。至于住宿的宾馆，我曾努力回想，却真是想不起来了，由此得一个结论，那宾馆与全国各地的宾馆大同小异，要想留给人印象实在太难。

到了哈密不知哈密啥样，甚至正宗的哈密瓜也没吃上，不能不说是一种遗憾的事。这样的遗憾不要紧，因为哈密既然是一座城市，并且是一座地州级城市，那么就不用着急了，这样的地方可以随时来，只要你愿意起这个心。城市与城市的交通可谓便利之极，无论两个城市相距南北东西，或一个在天涯一个在海角，或一个在地角一个在天边，只要你愿意，或者说愿意辛苦一点，一天之内，没有你到不了的城市，特别是有着像哈密这样等级的城市。

假如，哈密不是现在的哈密，假如，我愿意的辛苦不是一天，而是一年的话，我不会留下任何遗憾的。唐三藏从长安走到这里，最少得小半年吧！我从黔中郡来，一年能到这里算是一路顺风吧！

我想象骑着骆驼，随着西行的驼队不远万里还一路千辛万苦来到哈密，我要做的第一件事绝不是睡觉，一定是在祈祷。

是的，现在看来，来哈密是容易的。可我万万没想到去罗布泊也很容易。一条笔直的公路在一望无边的盐碱地上延伸，像在大地一张美丽的脸上划破了一条长长的伤疤。当时，我不知道为什么会用这样的词来形容眼前这条漂亮的公路。事后，静下来想时，更是确定我当时脑海里闪念的那个词是准确的。当然是伤疤。这伤疤，破坏了我对罗布泊的美感与想象。当我在卫星图上看到罗布泊时，是那样的心潮澎湃，罗布泊色彩斑斓，简直美不可言。特别是那大耳朵轮廓分明、层次立体，给人的就是一个词——震撼。

当卫星图上的大耳朵第一次进入我的眼帘时，我不由叹息大自然的鬼斧神工，继而我大脑里频频闪烁臆想，莫非它的存在，就是为了倾听浩瀚星空的声音？它一定听到了原子弹、氢弹的爆裂声，耳朵还好吗？

罗布泊大耳朵的名气，可谓大名鼎鼎。美国宇航局发射的地球资源卫星从900公里高空拍摄到的罗布泊湖盆形似人耳，有八道耳轮线，还有耳孔、耳垂。科学家解释了这种奇异的自然地理现象：

大耳朵其实就是罗布泊不同时期干涸的湖盆，如果把“大耳朵”套放在有地形标高的地形图上，你会惊讶地看见大耳朵的面积竟然达到五千三百五十平方公里，这样的大耳朵，谓之地球之耳，名实相符。而罗布洼地中海拔七百八十米的等高线，却又是大耳朵立体感超美的前提。清晰漂亮的耳轮线，见证了罗布泊湖水的盛衰，经历了多次反复的退缩过程，每收缩一次，就形成一道耳轮线，随着湖水的逐步减少，湖盆呈同心状收缩，最后无水再缩。罗布泊原本就是盐水湖，无水后留下的是一层干枯盐壳。

大耳朵为什么在卫星图片中这样色彩斑斓，美丽无比，我们的想象和事实在这里高度统一 ——盐壳结晶为无数粒状晶体，在光的作用下，从太空往下看，即便是色彩斑斓这样的好词，也显得不尽如人意。还是想象，试着想象一下，可能是另一种景象。也许，每个人的想象不一样，景象也不一样，一样的，一定是每个人心情，这样的心情，本无法也不可言传，如果非要有一个好词来讲的话，那就是：心旷神怡再加上心花怒放。

罗布泊太空照片在1972年公布后，这个大耳朵从此被誉为“地球之耳”。它的另外一个名称挺吓人的，叫作“死亡之海”，为什么叫死亡之海呢？王副队长说，近半个世纪以来兴起多次开垦浪潮，大批内地人迁移西部组成建设兵团，开展土地平整运动，塔里木河两岸人口激增，水的需求也跟着增加。扩大后的耕地要用水，开采矿藏需要水，人们拼命向塔里木河要水。几十年间塔里木河流域修建水库一百三十多座，盲目地用水像个吸水鬼，终于将塔里木河抽干了，致使塔里木河流域由20世纪60年代的一千三百二十一平方公里萎缩到一千平方公里，三百二十公里的河道干涸，以致沿岸五万多亩耕地受到威胁。20世纪70年代因塔里木河下游断流，罗布泊迅速干涸，到1972

年罗布泊彻底干涸。罗布泊干涸后，周围生态环境发生巨变，草本植物全部枯死，防沙卫士胡杨树成片死亡，沙漠以每年三至五米的速度向罗布泊推进，很快和广阔无垠的塔克拉玛干沙漠融为一体。罗布泊从此成了寸草不生的地方，被称作“死亡之海”。

地球之耳，死亡之海，这两个词组，确实天差地别，几乎看不出有任何内在联系，就是顶级的造词造句高手，要想把这两个词组的意思相同了——地球之耳即死亡之海，绝无可能。只有大自然办到了，它让这两个天差地别的词与现实景象高度一致。以人的聪明，当然能知道这个现实景象的存在，于是地球之耳、死亡之海这两毫不相干的词组，成了同一地的别称。当然正称还叫罗布泊。罗布泊意为多水汇集之湖。如今，这里别说湖了，更无多水之说。没有了水，还泊什么呢？罗布泊在秦汉以来叫蒲昌海、牢兰海、孔雀海，到了元也还称罗布淖尔——多水之汇集之湖。就是在近代的1942年，还尚存水域三千平方公里，也算大泽吧！可短短三十年，即1972年罗布大泽彻底干枯，从让人充满美丽想象的孔雀海到多水之湖再到死亡之海，这个过程只有用震惊、可怕、残酷等词汇来形容。

是的，孔雀海、死亡之海，同样是海，却是两样的景象。

大自然的可怕之处就在这里，人的可怕之处也在这里。地球几十亿年的演变过程，证明了大自然的可怕，人类五千年有史以来的繁衍过程，记载了人的可怕。同样是可怕，不同的是前者为自然法则、自然规律，在这一条件下，它的特性是不可控，不能任意改变。而后者为人为因素、人为任性。任性的特点就是妄自尊大，目空一切。是的，人为万物之灵，但凡有生命的，不管是动物还是植物，事实证明都无法与人争锋，任性由此产生。可怕的根源就在这任性里。有人研究天，研究地，研究动植物，这些人被称为科学家。这些人越研究越感觉人类渺小，他们唯一能做的就是敬畏大自然，敬畏自然的法则和规律。可是，这部分人毕竟是少数。人类史告诉我们，少数任性并不可怕，可怕的是大多数任性。少数任性的危害，就算你的权力达到了皇帝级，也是有限的。在历史的长河里，皇帝也好，权力也好，你能有多少时间，瞬间而已。不能说这样任性的瞬间不可怕，当然最好没有，但，事实上做不到，无数历史记载证明。而大多数人任性是致命的可怕，这样的可怕主要体现在贪婪，无知，自大。

贪婪最为突出的表现为不计后果地肆意妄为，无知最为突出的表现为无畏，需要说明的是，在这一点，无畏的词性变了，不是通常的褒义，而是讥讽的贬义，叫无知者无畏。自大最为突出的表现为目空一切，毫无敬畏之心。

有了这样的任性，有了这样的可怕，我们抱怨缺道失德便成了常态，可是有谁扪心自问，自己是怎样做的？我们的任性已经让地球的生态环境，到了一个非常危急的时期，这几乎是不争的事实。可是有多少人在真正关心呢？又有多少人真正感觉忧患呢？答案是绝大多数人根本不关心，没有忧患。当然，人与自然的冲突从古到今从未停止过，但今天尤为剧烈。是的，当老虎岭没有了老虎，当野鸭塘没有了野鸭，当青松坡没有了青松，或者，当石油城没有了石油，当煤都没有了煤。这样的任性还能有多久呢？其结果是其他物种急速消失。这样的结果是任性最终灭了自己。科学家们对人与自然的冲突进行了反思。可是，于事无补，看看我们还有多少河流没有被污染，还剩下多少小溪依然泉水叮咚。伟大的老子，早在两千年前所著的《道德经》里，对这个问题已经有了唯物的结论。认识不到和不遵循自然法则和自然规律，其结果是自食其果。老子从不任性。

说起罗布泊，不亚于听说百慕大。一个是陆地上最神秘的，一个是海洋中最神秘的。它们的神秘之处，就是为世人留下了无数的不解之谜。在罗布泊有一个广为人知的不解之谜，就是彭加木失踪。关于彭加木失踪，有着众多的猜想和推测，几十年过去，其话题和神秘依然为世人所关注。我听过也看过无数关于彭加木失踪的传说和文章，但，王副队长的话，一直是我思考和信服的。王队长说，彭加木说是去找水，却没有往低处走，而是反而行之。这是一个地质队员起码的常识，他不会犯这种低级错误。至于，为什么就犯了这样的低级错误了，不解。王副队长说，他所在地质队的技术人员，无数次穿越罗布泊，从未出事。像余纯顺这样莫名其妙就死了，不解。王副队长说，真是莫名其妙。余的这次探险，前有保障车十公里放水放食物，后还有人追踪。还真就死了，怪哉了。王副队长曾数次穿越罗布泊，可没有电视台追踪，更无众多保障和向导。地质队员曾先后几百人进入过罗布泊，只有地质组的三人因迷路而死亡。

今天，我与王副队长进罗布泊的第一个任务，就是去看望一个地质小分队。一路上我们几乎没有遇到过任何车，却无数次看到海市蜃楼现象。我从未看到过海市蜃楼的现象，因而当它出现时，我以为是真的。当我意识到前方是海市蜃楼后，我并没有大喊大叫，只是按捺住内心的激动，眼睛瞟向王副队长，见他一脸平静和从容，我也就不好意思激动了，毕竟都是搞过地质工作的，什么怪事没见过，大惊小怪之状，绝不会在一个老地质人身上出现。

于是，我只好保持姿态继续看着车窗外。广袤的大地上，空旷无比。这样感觉车很慢，看车速表已达每小时一百四十公里，这在内地高速，一定要罚款了。本想找话题与王副队长聊聊，见王副队长闭目养神，也就难开口了。此时，我的心当然是闲不下来的。我想，如果罗布泊是一张脸的话，那么这条公路就是这张脸上一条长长的疤痕，而我们的车，就像一只螨虫在其上爬行，要爬到大耳朵之中心，的确不易。也不知道，当时我为什么会闪出螨虫这个词。事后一想，就是卑微。在那样广袤而神秘的天地里，当时的心，就是卑微，渺小。

公路两旁是黑油油且闪着白光的土地，这是盐结晶与泥混合成壳，密布成一望无际的盐碱地。据王副队长介绍，这盐壳坚硬无比，像刀锋一样，车根本不能在上面行走。

王副队长说，钾盐是国家急需的重要矿产，而根据地质工作分析，罗布泊湖盆地内最后干涸，也就是卫星图片上极像人耳的影响区，即是钾盐最丰富的地方。1988年地质分队进罗布泊探钾盐矿时，是吃尽了这盐碱地的苦头。盐碱壳之硬，你就是把铁镐举过头顶狠狠地劈下去，震得人双臂发麻发痛，也只能挖出一个白点点来。只好用钢钎，一把八磅大铁锤几个人轮换着打，钢钎就是不往地下钻。几番过后，终于打了一个洞，才放了一炮，那白花花的盐四下飞溅。巨大的蒸发量与几乎为零的降雨量，是这里成为死亡之海的主要原因，因此，要建钾盐生产基地，水是关键。也就是说，地质人只找到钾盐矿还不行，还得找到水。这水从天上来，不可能，从气象资料来看这里降雨量几乎为零。从地上来也不可能，塔里木河、孔雀河、车尔河、疏勒河的水既然早就因为自然因素和人为因素汇集不到这里了，现在要想恢复这里的水波荡漾，几乎是天方夜谭。只有一种可能，问地下要水。没有水，要建钾盐生产基地，也是天方夜谭。于是，地质队来了，探矿、找水。

王副队长说，地质人在盐碱地上钻洞、放炮、挖坑。那坑挖出来真是不易，天气热，高达五十度，人在坑里作业，一股子灼烫的热气直窜脑门，真是汗如雨下，头晕脑涨，地质分队在盐壳地上搞了罗布泊第一个坑探线，这条坑探线为后来国家建立罗布泊钾盐基地打响了第一炮。通过十年的工作，地质分队在罗布泊核心区域完成了水文地质普查三千平方公里，详查一千二百五十四平方公里，水文地质钻探五千九百三十九米，成井二十六口，单井最大出水量每一千六百零八立方米；矿化度最低为每升一点六克，为国家钾盐开发提供了水源保障。最值得惊喜的是，在红十井两处打出的自流井，汇集成了局部的小湖泊，没几年就长满了郁郁葱葱的芦苇，他们栽下的几棵树也碗口粗，再过几年就会成为参天大树。罗布泊在王副队长的嘴里，不再让人恐惧，反而觉得充满希望，罗布泊可否再成大泽湖泊呢？这是我们共同的良好的愿望。

是的，愿望是好的，现状是令人担忧的。这样的感觉，在我见到地质小分队的成员们时尤为沉重。说实话，在曾经的大泽中找水并不难。不见了地表水，地下水还是有的。我说的沉重，准确一点，应该是忧虑。没错，急需的钾盐是要开发，可罗布泊的地下水将不再晶莹剔透。要说大量的工业用水，对罗布泊地下水没有致命的污染，这一定是说瞎话。

这样的事发生了，当然不能怪找水的人，关键是用水的人。

小分队有七名队员，队长是一个老地质队员了。他大约四十出头，看起来却五十有余。他的队员们都很年轻，了解下来，都是刚毕业几年的大学生和硕士、博士生。两女五男，是这个小分队的成员组合。在以往的记忆中，像这样的一线地质小分队，很少有女地质队员。我干了八年的野外一线地质找矿，也当了七年的小分队负责人，从未要过女队员。分给我，我也不接纳。原因很简单，我们的工作，流动性大，且都在荒山野岭的，这与结伴旅游实在是区别太大，有许多不方便的地方，是没干过一线野外地质工作的人无法想象的。

说实话，这两名女队员很好看。在这里说的好看，就是自然美。虽然，由于几年的野外磨砺，使她们的脸有风雨的痕迹和些许沧桑的味道，可这并不影响她们的美丽。这美丽是端庄的、自然的、健康的、真实的。顺便说一句，有的女人就是化了妆、整了容，要我说她好看、美丽，绝对没门。我绝对是一个热爱自然、追求真实的人。原因何在，我曾经是一名地质队员。在磅礴的乌蒙山脉，秀俊的武陵山脉、神奇的横断山脉、巍峨的昆仑山脉都曾留下过我的脚印，拥有这样的情怀，当不足为怪。

王副队长说，十年前，他接待过一位作家，叫黄世英。问我认识否？我说当然认识。他写过《世界屋脊的太阳》《胡扬》《男儿要远行》《天涯孤旅》等电影，影响很大，是中国国土资源作家协会副主席，我的前辈和老师。

说到这里，我就内疚。黄世英到了西部，出了那么多优秀作品，而我离开新疆十年未有片言只语。

这次来新疆，我的主要任务就是采访，写一部有关西部找水的报告文学。这个选题是中国国土资源作家协会的重点项目。就这个选题《西部找水》，有的人可能会迷茫，众所周知，中国的大江大河主要发源于西部，西部缺水吗？答案是，严重缺水。

据了解，当时我国西部地区尚有五百六十九个县（市）的近四千万人面临缺水难题，其中缺水严重的一百九十七个国家级贫困县的缺水人口近千万人，严重缺水面积达二百一十四万平方公里。当时的国家发展计划委员会主任曾培炎曾指出，西部大开发的当务之急不是修机场、建公路等基础设施建设，而是找水。大力开发西部的水资源建设，然后是在保护西部生态环境的前提下，进行可持续发展战略。国务院非常重视西部大开发，已经形成开发领导小组办公室，组长是朱镕基，副组长是温家宝，办公室的常设机构设在国家发展计划委员会办公楼。中央决定集中力量开发建设西部地区新疆、西藏、陕西、甘肃、宁夏、四川、贵州、云南、重庆等。

水资源短缺是一个全球性的大问题，中国是严重缺水的国家之一。也许有人会认为，这太惊世骇俗了吧！其实事实就是这样。再说几个印证惊世骇俗听一听，你不又惊又骇，只能说明你是傻瓜。我们生存的这块大陆消失了大量的河流，即使还残存几条小河，也几乎不能达到人的饮用标准。

记得《南征北战》，有一个场景至今让人难以忘怀。说的是山东战场，有一支部队经过一条不知名的河流，战士们踏水过河，并用手捧水痛饮，完了，说了一句满怀激情的话："又喝到家乡的水啦！"我始终相信，凡是看过《南征北战》的人，无不被那战士的深情所感染。是的，还有什么能比青山绿水更能触及我们对家乡的眷恋呢？那么现在，还有能让你这样痛饮的河流吗？你敢痛饮，一定得到的是痛泻，甚至危害生命。

记得小的时候，青山绿水是我对这个世界最初的认知。在我的记忆中，水是那样的晶莹剔透，山是那样的青翠葱郁。山里那些小溪小河自然不用说了，就说城里的河流吧！我的家乡贵州铜仁市有三条河穿城而过，随便下到那条河游泳，从不担心呛水，游泳中索性多喝几口水，从未听说谁有闹肚子的事发生。现在，游泳还可以，嘴巴可得憋紧了，一个不小心咽下几口水，你就有麻烦了。我的家乡由于地处以秀丽而闻名天下的武陵山脉腹地，因而还算好，麻烦不大。不能想象，还有几座城市中的河水还可以这样畅游。城市的增大增容对地下水过度地索取，已经严重影响城市的安全也是不争的事实。 中国水资源总量的三分之一是地下水，而全国百分之九十的地下水遭受了不同程度的污染。据报道，有关部门对一百一十八个城市连续监测数据显示，约有百分之六十四的城市地下水遭受严重污染，百分之三十三的地下水受到轻度污染，基本清洁的城市地下水只有百分之三。百分之八十的疾病与不合格饮用水有关。根据《全国环境质量报告书（1993）》，在中国，只有不到百分之十一的人能喝到符合我国卫生标准的水。在饮用自来水的两亿人中，一亿一千万人饮用的是高硬度水，七千万人喝的是高氟水，三千万人则喝着高硝酸盐水。因为大部分作为水源的江河湖海都受到了工业及城市排污的污染。那么现在如何了呢？没有详细资料。不过，根据世界卫生组织的调查，百分之八十的人类疾病是与不合格饮用水有关的。很可怕，很震撼。

与地质小分队的队友们分别时，合了一张影，照片一直在我的电脑里，偶尔看见，就感内疚。我答应写的文章，一直未成。

美丽的天山是世界上七大山系之一，地处欧亚大陆腹地，全长两千五百公里，在中国境内有一千七百公里之长，天山呈东西走向，壮丽的山脉，横亘耸立，将新疆大致分成了两个部分。南是塔里木盆地，北是准噶尔盆地。

在往日，记忆中，有一首唱新疆的歌，耳熟能详：咱们新疆好地方呀！天山南北好牧场，戈壁沙滩变良田，积雪融化灌溉农庄……

这首歌无疑是我对新疆最美最深的印象。歌曲旋律实在是太优美了，什么叫闻歌起舞，听到此曲便知一二了。可是，当我到了天山南北这两个中国最大的大盆地时，却是满目黄沙。在塔克拉玛干的腹地，我简直就是无所适从。从水的世界来到沙的世界，这样的落差的确需要适应。沙丘像沙海起伏不断的浪头，浩瀚无垠。在南海，我感觉自已像一滴水融入了那广阔蓝色世界里，我渺小，几乎没有了我。可我感觉，我分明又在那浩瀚的蔚蓝色里无处不在。在这样浩瀚的水世界，我是哪一滴水？确实已不重要，重要的是我的心在这样的辽阔中广阔了。我不再纠结我是谁。真的，在那儿我就是一滴水。诵读老子经典时，有一句上善若水，在那儿我算悟到一二了。五年后，我写了一首四百八十余行的长诗，在《光明日报》整版发表了，这首诗就有在南海水世界和塔克拉玛干沙世界的感悟，我在这引用几行：

世界上理想主义的道路／从来都是一条／充满起伏跌宕的河流／如果一滴水、千万滴水／不曾有着艰辛而漫长的汇集／就不会有大地抒情诗一样美丽的小溪／如果一条小溪、千万条小溪／不曾有着与千山万壑、千难万阻／较量的勇气／就不会有大江大河的汹涌澎湃／在这汹涌澎湃里／每一滴水都是英雄／都洋溢着战斗的英雄主义／有了这样的精神／才有了大江大河的浩浩荡荡／不可阻挡、一泻千里的气概／是的，一滴水曾经是那样的不起眼／可是，只要亿万颗水滴团结起来／就能成为大海／浩瀚无垠、波澜壮阔／大海才是万物之源啊／水是无形的／无形的优势／是它可以变成任何一个形状／在峡谷里它是急流／在悬崖上它是瀑布／在盆地它是明镜／在天空上它是云彩／在云朵中它是雨滴／在南风飘的时候它是雾霭／在北风刮的时候它是雪花／这便是水的属性／遇坚而刚、水滴石穿／遇软而柔、润物无声／这便是水的精神／团结而和谐／也许有人会认为／一滴水溶入了大海是令人恐惧的／一滴水在浩瀚的大海里／还有那滴水吗？／因而宁愿是绿叶上一颗晶莹剔透的露珠／美丽在深山里／那么我们告诉你／这是典型的自私自卑自闭／在一个晴天／你的美丽也许只能是昙花一现／一滴水于弱者是泪、于强者是汗／一滴水向往大海而艰苦卓绝的过程／于弱者是灾难／于强者是财富／这就是事物的唯物的辩证法则。

我算不了强者，但心却越磨越坚。这样，我就不再为些许小事揪心不已，少了不少的麻烦事。

老子曰，一生二，二生三，三生万物。两千多年了，老子的智慧，依然让我辈自惭形秽。对于人生万象，我辈撑死了，最多也就略知一二，这还算不谦逊的说法。真的，在这次旅行之后，我才真正地感觉到以往的无知和浅薄之处哇！

从东天山到罗布泊，经古楼兰、若羌到阿尔金山北麓的且末古城，再穿越塔克拉玛干大沙漠到达西天山境地，可谓一路唏嘘不已。感受无法形容，说太美了实在是太俗太笨，可是说什么呢？说不好，只好无语。人的无语，一般有两种心境，一是恶心之极，二是爱恋若狂。显然，我属于后者。

古楼兰名气太大，我就不说感受了，若羌、且末名气也不小，我想我的感受与到过此的人，可能大同小异，因此，也不必说了。我要说的是塔克拉玛干大沙漠，它的名气不是不够大、甚至更大，可我要说的是与别人不同的感受。这感受当然非常人所能理解。因为这是一个地质人、一个地质作家的感受。一般来说，对大沙漠的印象，无外乎广袤、苍凉、荒芜。说白了，这样的印象于任何一位到此一游的人来讲，并无多大差异。于我而言，就不一样了。我不是来旅游的，我走的，绝不是旅游者的道路，而是地质人走的路。地质人的路，其实就是没有路。人迹罕至是地质人的行走特征。我来到这里，不仅仅是穿过那条横贯大沙漠的高等级公路。主要是进入沙漠腹地，去寻找地质人的足迹。虽然这足迹，于大沙漠而言，足迹的存在也许不会超过一天，就荡然无存。据说，并不夸张地说，你刚走过，再往回走，或许就看不见自己留下的足印。在沙地，你不能以雪地的常识和经验来判断什么，特别是在这样的大沙漠。据说，在这里，沙随风而动。明明头天还见几个大沙山是这样的，第二天一看，以为眼睛有问题，这大沙山成那样的了。至于成哪样了，言传很困难，只有亲身体验方能亲眼一见。大沙山都能这样了，那么沙丘沙湾沙沟之类的更不在话下，何况人类小小的足迹。一句话说明白吧！就是人在沙漠里，你千万不能把地形当作识路的标志物和参照物，否则，你非晕头转向不可。

我说的足迹，是地质人留下的钻井。要不是有一根钢管高高地露出沙面，说明这里有一口井，我根本不会相信，在这样的地方会有一口水井的存在。而这口井的出水量还不小，日出量可达七百立方。据了解，不同的地勘单位，在塔克拉玛干大沙漠打出了不少这样的淡水井，国务院当时的分管副总理也闻讯赶到视察。是的，在大沙漠腹地找到了水，这个意义实在太大。

我无法想象，当年，这里曾人声鼎沸。

面对这黄沙的世界，我久久无语，而此时，我脑海里浮现的却是南海的水世界。这是一种怎样的心情，不是我不想表达，实在是力不从心。是的，这样的天差地别，在这么短的一个时间里，让一个凡人身临其中，可想而知，要谈感受，十年以后。

当时，我唯一的反应，就是不断捧起黄沙，任其在我指缝间像水一样流失，周而复始。然后，我抬头望苍天，苍天无比的湛蓝，像南海一样的湛蓝。由此诱致我想起南海，想起南海那浩渺无边的水，以及对水的恐惧，在那波澜壮阔、云飞浪卷的南海上，我是哪一滴水呢？而眼前一望无际的沙海，广袤而苍凉，又使我生出对沙的恐惧，我又是哪一粒沙呢？

当我忍不住再次捧起黄沙的时候，王副队长实在忍不住诧异地看着我。那意思我明白，那些他熟视无睹的沙，就是沙嘛！

在他的目光下，我又捧起黄沙，实在是顾不了许多了，因为，我脑海里尽是水滴和沙粒，它们此时正滴滴答答地落入我的心房。心房溢满时，我在心里回答了王副队长，这不是沙，这是水干涸的泪滴。

（原载《中国作家》2015年第9期；
收入《枕梦山河》，中国青年出版社，2017年12月；
《枕梦山河》获第七届贵州省文艺奖文学类一等奖）

王剑平

父亲的江湖武林

“打拳练武”不是规范词，但让人看得明白。我闻此词四十余年，至今难忘。

1971年，我家住修文红岩电站，此为猫跳河上第六个电站，工地上的人都叫六级电站。猫跳河全长三百六十余里，因开发完整，在世界水电史上颇具声名。

其时我家背后的山坳上，驻着父亲的连队——五连。五连又叫机电队，技术含量高的工种皆集中于这个连队。五连连部前有个大操场，操场上的太阳灯一亮，必有大型娱乐活动，或露天电影、或职工篮球赛。深山里的工地，每到夜晚就黑灯瞎火，一旦有了光亮，野惯了的小屁孩们皆蜂拥而至，大人亦然，有如飞蛾扑火。

那天，拥至灯光球场，是开全连职工大会。孩子们虽大失所望，但照样玩耍。

是日的会支书和军代表不在，是连长组织的。我父亲的连长姓张，是个拖拉机手。当时，会场上黑压压坐满了人，张连长一个人坐在简易主席台上读报纸。读着读着，他停了下来。扫一眼会场，他提高嗓门说：我们连，有些人一贯不突出政治！

工人们安静得出奇。张队长两眼巡视会场，像在找人。王××！张连长突然叫我父亲。

我们一群小屁孩正在追扑一只蝙蝠。突闻此声，我想听张连长说什么？

张队长只“啊”了一声，便停下酝酿说词。

父亲坐在前几排。

过了好一会儿，张连长仍然没说话。我听父亲说：哪个说我一贯不突出政治！

为地富反坏分子做生，就叫不突出政治！张连长口气生硬，表情委屈。

哪个不为自己母亲做寿？父亲又顶了一句。

那年我祖母年至六十，六十耳顺，是大寿。在几个习武术朋友的鼓动下，父亲觉得确实该为祖母办个寿宴。可衣食勉强够得温饱，加上物资匮乏，拿什么做寿？还好，有个部队政委，父亲为他家人治过病，病愈后此人记情，从部队送来十公斤散白酒、一二十斤腊肉，父亲把家里养的一头猪也杀了。这个寿宴做得热闹，除本工地，四级电站、五级电站、贵阳、毕节、大方……八方来客，上百亲友，聚在我家破房前的土坝子上为我祖母祝寿。

祖母成分不好，张连长说，此事影响极坏。

后来我听父亲说，五连有个马书记，此事由他挑起。寿宴的第二天，马书记到处机关反映，说我父亲是反动分子的孝子贤孙，要在全处开批斗大会斗他。处里的意见是：连里可作小范围讨论，不开批斗大会。但马书记对我父亲说：此事，处里的头头非要开批斗大会，是连里保你。马书记不知道，处领导已和我父亲谈过话。

接着，张连长又数落父亲第二个一贯不突出政治，说他“打拳练武！”

此前工地上有个“青年救国军”，被组织上定性为反动组织。据说其联络方式便是打拳练武，我父亲并不知道有此组织。有个好武术的朋友，在保卫部门任职，我父亲指点过他习武。这朋友偷偷告诉我父亲：组织上怀疑他参加了“青年救国军”，名字已上了抓捕黑名单。朋友还为他指了一条生路，叫他在抓捕前尽快调去另一工地。那阵，工地上有个“毛泽东思想宣传队”，专演《沙家浜》，我父亲在剧团里专伺灯光布景。在此指点下，我父亲匆匆办了调动，带着我和弟弟，从四级电站连夜逃至六级电站。当夜，我们投宿于山中的农户家，父亲得以逃过此劫。

为我祖母做寿的朋友中，习武者居多。这帮朋友性子烈，规矩多。有一年，我被一个大人无故打了，我父亲找到保卫科，请他们出面管管。保卫科两个干事，都是部队转业回来的。父亲声名在外，两人都想见识他的本事。一个说：你瘦瘦小小的，我们若不管，你挨得住别人打吗？

我父亲一时兴起，扎个高马说：来！我这肚子随你打，你能把我打趴下，我便不找你们麻烦。

保卫干事也不多说，拉个架子朝我父亲胸腹就打。围着我父亲打一周后，因用力过度，打不动了。另一干事说：我也试试，但我不打，我拿住你，若挣得脱就算赢了。说完，这人以膝盖顶着我父亲的腰，手臂内弯夹住父亲的脖子。

父亲问：拿稳没有？那稳字刚出口，此人紧收手臂往后就拖。我父亲的喉咙，被他一下死死卡住。父亲抬腿在地上猛蹬一脚——嗨！一声发力，上腰一转，侧身就是一肘。刚要击中目标，父亲突然收肘，改以肩部轻轻一抵。这干事还未转过身来，人就往地上倒。父亲动作快，伸手担住他前胸，一下把他挑了起来。此人额头离办公桌锐角仅四指余宽，好险！

我挨了别人打，我父亲的朋友周叔叔不服，瞒着父亲，带着我去找打我的人。找到那人，周叔叔很干脆，直接对那人说：有没有规矩？这娃娃又没惹你，为何打个娃娃。要不，你打老子试试！那人不敢说话。周叔叔又说：先带人到医院看，再道歉。要不老子今天把你腿打吊起！那人自知理亏，心虚，赶紧带我去医院。

到了医院，周叔叔也不急，就坐在医院门口的凳子上等着。看完伤，认了错，周叔叔带我回家。

次日保卫干事到我家，问我父亲，想怎么处理此事。周叔叔抢过话头说：老子们讲规矩，要公道。这事保卫科没插上手，但打我父亲那个干事接着说，能给我一点伤药吗？他是来要伤药的，打我父亲时，他伤了自己的手。

习武的朋友

父亲有很多周叔叔这类朋友，有一个姓廖，我们叫廖叔叔。廖叔叔跟我父亲学九节鞭。九节鞭鞭把和鞭身联结处，是个U形口，鞭身转动不够自如，还常常挂着拇指与食指间的虎口。廖叔叔是车工，他把这个接口改为T形结口，九节鞭玩着便自如了。做九节鞭，廖叔叔是好手，玩鞭也是好手。有一次，两伙人打群架，有人请他帮忙，廖叔叔当即答应。待两伙人到了约架地点，却不见他。正欲动手，廖叔叔从事先埋伏的房顶上舞着九节鞭，一个空心筋斗翻下来，大吼一声：谁动！先吃我一鞭。两伙人都被从天而降的廖叔叔吓住了，谁也不敢动，最后只得散伙。廖叔叔是去劝架的，并非帮忙打架，只是这劝架方式特别。我的小说《坝基》，专门写过廖叔叔。

因打拳练武，父亲结交了很多朋友。我家虽居深山野岭，却不影响父亲与他们交往。

建电站都选落差大的河段，故建筑工地无一例外，都在大山里。我家房前屋后的山，一望无际，山山相连。山丛中，有条马路由我家门前经过。父亲不忙时，很早就把我们从床上叫起来，扎上三指宽的松紧带，到马路上下腰、压腿、站桩、翻筋斗。我们那排油毛毡房，住着七户人家，有二十多个孩子，几乎都和我们练过功。

那阵，我和弟弟犯了错，父亲的惩罚与众不同，他让我们腿下跪条小凳，双手再举一条，自己拿本书坐边上监督，手软了便是一棍。父亲还在我家前门的大山之后，专门辟了个练功场，晚上，一个人走一里山路练功。这个练功场，辟在半山腰上，背靠悬崖，前临猫跳河，左右是野草、庄稼，唯此一片寸草不生。工人、农民、知青，凡有习武者到访，父亲皆带到这里比画。除刀枪剑棍、流星锤、九节鞭，在此，我还见过父亲玩板凳龙、鬼打杵（一尺长的短棍，可藏在衣袖中）、八卦掌（坐地八卦）。演示内功，则挺着肚子任人打。我还见过他用斧头背、杂木凳子击打自己的头，用榔头，一个一个敲自己的手指。诸多奇门功夫、怪人轶事，我皆从此听来。如鲁智深醉跌（醉拳）、武松脱铐拳、百步掌、千斤榨等等，我写武侠小说《黔中护宝记》时，好几个素材即来源于此。

有一年，我家来了个陌生人。此人功夫非同一般，后来，还做过某军区的武术教头。这个朋友从四五十公里以外的贵阳赶来，点名要见识我父亲的流星锤。父亲玩的流星锤有两种，一种拳头大小、一种乒乓球大小，皆系自编的八股绳，其绳为方形，内芯置有牛筋。陌生人要见识的是小流星锤，属暗器。以器械对徒手，父亲于心不忍。可来人却不含糊，很有武人气概，言明打伤自负。我父亲礼让再三，最终出手。一开始，父亲向陌生人当胸发锤，那人倾身躲闪。哪知此锤是虚，父亲手肘一压，肘尖稍挂方绳，一拐，那铁锤并未收回，改了方向直奔对方下盘。惯性力使然，铁蛋飞一般敲在陌生人膝关节上。那人当场被打翻在地。好在中途父亲收了一下绳，力量稍减，否则后果更甚。父亲竭力挽留，陌生人在我家疗伤住了一周，伤愈，二人成了朋友。

我父亲的电工班，常有野外作业。一次，有个同事想试他功夫，从腰上工具夹里抽出螺丝刀，偷偷从我父亲身后袭击。那一刀，直刺腰际。我父亲感觉后背有动静，旋身就是一计鸡心锤，中指骨节正中同事太阳穴，同事当场被打翻在地，人事不省。山上作业的人都急，背着晕死的同事一路小跑，直奔我家，父亲调药灌下，终将同事救醒。事后，父亲后怕，同事也再无试探之举。写《黔中护宝记》时，我照搬此细节，并叙述了鸡心锤的出处。

习武人相互走动切磋是常事，父亲结交的武友很多，有些我只听说不曾谋面，甚至有我不知道的。刚参加工作那年，我在建筑工地打伤一人，那人纠结数十人与我恶战，结果没人敢出手。那人又请个练家子帮忙。来人问我，是否姓王，父亲姓名。事前我并不知晓，皆如实回答。来人又问，听说过孔××吗？我答，听过。其人笑云：你该叫我幺叔，我和你父亲算师兄弟。

待我应声，这孔幺叔哈哈大笑：我说谁这么厉害，敢打我朋友。现在方知，那小子活该，该打！老子同门中人都敢惹！

学武术，我父亲有段重要经历。1964年秋，他到杭州招工，办的大概是退休职工子女顶替。这家人礼佛，是杭州灵隐寺的信众。见父亲早起练功，知他好武，便引荐去了灵隐寺。到了庙里，住持让个挂单的和尚接待。那和尚说：短短几天，我教不了什么，你也学不了什么。除了一些招式上的点拨，那和尚给了父亲几卷庙里的拳谱。和尚说：这几本书你可在此抄回练习，不可带出寺外，我虽指点过你，但却不是师徒。

那几日，父亲将拳谱拆散，请人帮着抄写，自己重点抄了伤科医术。

这个和尚后来去了少林寺，名声很大。因有言在先，又忌攀附之嫌，恕我不言其名。20世纪80年代初期，父亲到四川郫县招工，逢一寺庙落成礼，有缘再与那和尚相见。请教当年所学，提及杭州灵隐寺，和尚仍有记忆，遂叫自己徒弟指点。

和尚的徒弟见了父亲比画，大惊：哎哟！师傅有这么个好东西，这么多年，我们竟不知道。我父亲比画的是先天十八罗汉手，他不会。和尚的徒弟，又把我父亲引荐给常清和尚。这常清和尚亦是个了不得的人物，原是成都昭觉寺的四大护法金刚之一。“文化大革命”时，被红卫兵强制还俗。常清和尚与我父亲有份浅缘，两人皆欢，他指点过父亲。两年后，父亲北上青海援建，二人常有书信往来。看了我的练功照，常清师傅认定与我有缘，让我独自去成都，请人传我一套青城剑。但为生计奔波，我未能成行。再过两年，父亲回黔，打道成都寻常清师，人说他已皈依，可昭觉寺没人。无处寻踪，缘分了矣。

这些年，说到“打拳练武”，父亲总会笑言：没有“文化大革命”这十年，我根本练不了武。现在没人压制，我反而不练了。

“落”字诀

父亲习武，少时起，我也跟着练。习武术，我父亲强调实战应用，讲的全是技击要术，反对显耀。从小我身体就单薄，想练一身肌肉。父亲说：武术不是健美，别把腰肌练死了，闪不脱（躲不开）。

在父亲眼里，抗击打是不能靠肌肉的。未曾学打先学挨，练习“挨”的方法很多，内功、排打、摔打……然后是躲闪、挡搪，最后方为出击。实战技击，父亲曾授我八字要诀。此八字诀相互关联，彼此渗透，可惜早不练习，几乎忘干净了。八字要诀，现在我尚记得三个字，其中的“孙”字诀，大意与《孙子兵法》有关，讲的是不战而胜，与打无关，但却放在八字之首；“化”字诀，讲的是无极变有极，有极生四相，四相变八卦，说的是技击变化。另一个是“落”字诀，此诀，父亲看得极重。

我当年习武，很在意形式，对拳脚的认识只得皮毛，诸多内涵性的东西不求甚解。父亲的教法亦传统，一个动作，只要我反复练，他反复框正，但这个动作有何用意从不言传。一旦问及，父亲会说：说了你就会用了，会用就没有变化，没有变化，等于你不会。中国武术包涵深厚的传统文化，非言传身教可掌握，更强调“觉悟”。那阵，一个子午锤，我每天要练习几百下，弓步练了马步练，最后躺步还要练。父亲的一个朋友，单练这个子午锤，仅凭此，不知打倒过多少对手。精悉一招走天下，是不难理解的。为了练习“挨”功，当年，父亲强调我练习丢沙包、吊沙袋，此为练习躲闪退让的功夫。丢的沙包拳头大小，对着人密集砸来，练习的人要迎头而上，一路躲闪，一路奔跑。吊沙袋，就是在胸高处吊一个活动沙袋，沙袭来，要及时躲开。与之相辅的还有练眼力，一种方法是扎正马，穿小花手，手上的动作越快越好，眼睛要盯着滚动的双手辨识。此法集练眼、搪、闪、桩于一体，总的说来，练的就是挡搪躲闪。另一法是，对着辰时的太阳看小半个辰时。据说，此时的太阳不伤眼。我的体会是，盯着此时的太阳看，再练习丢沙包，奔跑速度大增。跑时，只见一个黑影迎面飞来，一躲一个准，很灵。欲成就躲闪暗器的功夫，非此不可。

当年我习武的后山，有一片松林。林里树木碗口粗细，很密，极不规则。习躲闪退让，此为好场地。在不规则的松林中奔跑，随时调整步法、身法，躲闪。在奔跑躲闪中，还要对着树木练习锁腿。

武术中的躲闪退让，是极其重要的基本功，也是难以掌握的上乘功夫。躲闪即兼守兼打，是以防为攻的综合之术，并非躲而畏之。

绕这么一个大圈子，说白了，“落”字诀就是躲闪的高级形式，逃跑术，即落荒而逃。但为什么不直接说逃跑呢？为释此诀，父亲要我和他过招。他让我跑。我以最快速度，转身就跑。父亲一个点腿，正中我腰部。父亲说：谁让你撒腿就跑！跑是有讲究的，再来。这回父亲让我进攻。我一记直拳，取其胸。父亲左手搪开，右手直拳反击我面部。我侧身闪过，一足直插其胯下，欲锁其腿。哪知父亲此招为虚，我侧闪时，他随那记直拳从我正面穿越而过。待我回过身来，父亲已离我两丈开外，令我追之不及。更让我想不到的是，父亲这个“落”诀，用的是我每天都要练习几百次的子午锤。我恍然，原来“落”就是在进攻中“闪”人，让人防不胜防。

中国武术实在博大精深，“落”若用于人生逆境，很值得玩味。

看武打片

1982年，中国电影《少林寺》轰动世界，把我也轰疯了。

那年我十六岁，世界很有限，是真正意义上的山里娃。父母都是水电工人，我出生在山沟里，虽没当过水电工人，却从未离开过大山。当时父母忙着修遵义乌江电站，我忙着看《少林寺》，练武术。

乌江江南电影院，在方圆几十公里，算最标准的电影院。这个建筑没特点，用红砖砌个大框，钢筋扎顶，盖上石棉瓦即成。演《少林寺》那会，票价为甲坐一毛、乙坐五分。五分钱固然是个问题，就算有了五分钱，也未必能买到票。得找熟人，要么得托身强力壮的人挤。挤票的不论是否买到，只要从人堆里出来，必然脸膛紫红，两眼充血。这情形，我只能望而却步。

《少林寺》好看，因此每天要演五六场，已经破了当时的纪录。我几乎每场必到。没票也去，在剪票口耐心守着。这几乎是我儿时做过的最没骨气的事。运气好时，电影开演，检票员退场，出入自便。运气不好时，检票员不离开，最后只能看个结尾。一个有办法的老兄介绍说，九点钟的电影散场，他根本就不出来，躲在厕所里，接着看十一点半的。可我没他那个胆量。少林、少林，有多少英雄豪杰都来把你敬仰……片头曲响起，未入场者心急，会对着电影院的红砖墙乱踢一气。轰——有人冲场。皆大欢喜！

为了三班倒的工人，后来工地上的安装队、厂房支队等片区都演《少林寺》。好几个地方破天荒，第一次演露天电影。胶片有限，不得不几个地方同时上映时，先播的一方直接演《少林寺》，后演的一方先播加演（新闻简报），等着跑片。我家住江南，但不论哪里演，包括江北、董家坪、养龙司，七八公里走着路也要去。为了看《少林寺》，我还跑过二十多公里以外的刀靶、南北镇等地。电影看了好多遍，台词都记住了。李连杰、计春华、丁岚、于海、于承惠、胡坚强、王珏，演员的名字更是烂熟于胸。

《少林寺》让我着迷的是，李连杰的一招一式刚柔相济，于海的螳螂拳出神入化，胡坚强的地趟拳腾落舒展，于承惠的醉剑游龙似凤。那武戏的对打，更加精彩了得，值得琢磨玩味。何时练得这一身功夫？

此前，父亲一直逼着我和弟弟练武术，但习武很苦，弟弟甚至不予理会。看了《少林寺》，我情绪大增。父亲传授武术，套路极少。全是单调的技击招数，还让拳打三寸三，不许伸直。他只管姿势标准与否，从不破解玄机。能做旋子空中三百六十度转体，这个动作让我出尽风头。但父亲说这是花架子，没用，最多为表演助助兴。一次，和弟弟闹着玩，他一下反拧了我的手。顺着他用劲的方向，我返身一肘，把比我高大得多的弟弟重重击倒在桌子下。父亲看得直乐，他曾逼着弟弟习武。这下你懂了吧，父亲对我说，这个抢背为何要用高中低三个马步？高马袭胸，中马袭腹，低马袭裆。因为地方小，你蹲不下矮马，高马正好中胸，这叫拳打卧牛之地。事先给你破解，不会这么准，也不会这么容易上手。我突然明白，《少林寺》的武戏全是技击散打的对练，虽多有变异，但基本离不开六合抨手和梅花桩的架子。翻阅父亲的手绘少林拳谱，无文字说明，全是单个的人像图。父亲说，不给你破解，是因为动作的一招一式，有无数个用法。这叫无极生有极，有极生太极，四象生八卦，八八六十四。其中的变化无穷尽，根本没法讲解。有人一打一个准，有人却不能。什么叫基本功，这就叫功到自然成，日久见功夫。

《少林寺》片头说，日本拳师宗道臣根据少林拳法壁画，自创日本少林寺拳法。简直是胡说八道，那其实就是少林小擒拿术。练过此术，方知拳打三寸三的道理。这个招数，专攻关节，金庸似乎也谙知此理，在《射雕英雄传》中自创一名，叫拌骨分筋手，倒也有趣。

《少林寺》轰动世界，掀起了世界武术热，成了功夫片难以逾越的经典，是因为演员、拳脚都是真功夫。曾以为香港影星郭富城懂南拳，身形像，架势也足。但我在大街上的广告牌下发现了破绽，他握拳的小指是个兰花指。若和他过招，只需找准空当，专锁那个指关节，稳胜。现在我已不练武术，也不看功夫片，现在的功夫片都是狗屁，人在天上飞来飞去，一出手，地上随即弹片横向飞，比枪战片都厉害。不知是导演傻还是观众傻。我始终相信，再好的演员也演不了专业武戏。

那个时代过去了，但当年的心结仍解不开。三十多年前，《少林寺》在我心里打上了烙印，成了绝唱。

学一回江湖郎中

俗话说，学武不学医，终是傻东西。我和父亲习武术，也学医。父亲传授的医术是武医。武医主要是骨伤、经络类。关于习医，少时于地摊上听过江湖郎中吆喝：不是老兄我吹牛皮，你先看我的胸肌，胸肌下是腹肌，腹肌下是肚脐，肚脐下还有个鬼东西……

那江湖郎中卖打药，着武生行头，看了半天却不见表演。

有句话叫“拳怕少壮，棍怕老狼”，我虽少时习武，但多年不练，现在又是个非少、非老的年纪，练家子的事不说也罢。有道是“医武同源”，当年从父亲处学得几剂跌打损伤的方子，现在仍用。“摸、接、端、提、按、摩、推、拿”，此为正骨八法；“轻摸皮、重摸骨，不轻不重摸经肌”，此为手法；“四君子汤中和义，参术茯苓甘草比……”此为汤头歌诀法；“人参味甘，大补元气，止咳生津，调容养卫……”此为药性要诀法。打住！没有系统练习和实践，这些说了亦然无用。

单说有一年，学骑车，我尺骨鹰嘴骨骨折。这手肘关节正骨、固定皆难，我以伤手夹着电线杆子接骨，最后骨是正好了，可疼痛钻心，一夜难眠。我自己开了一方：三棱、莪术、秦艽、续断等，药共十五味。

到了药铺，抓药的伙计说：方子不好，要改。

我说：我只抓药，不开方，好坏与你何干？

老中医接过去，看了方子又看我，训斥小伙道：你懂个屁，这个方子好！是古方，这客人年少，方子却不少。

老中医说得不错，我这个方子叫“定痛七厘散”，主药计十三味，引经药三十六味，是据伤者部位、伤肿情况、饮食多少、体温冷暖等伤情增减。比如头部受伤，引经药得加孩骨；肝部受伤，加炮元。肝部受伤好办，加鞭炮一枚即可，若头部受伤，那就难了。别说找不到孩骨，就算有，这药煎好了，谁敢服用？好在伤于上肢，加勾藤、桂枝即可。此方甚妙，这一剂汤药，当晚便睡得安稳踏实。

“定痛七厘散”中有孩骨一味，想来挺吓人，我还是献上另一刀枪药，此药止血效果奇佳。父亲授我此方时，药方后有个说明：动脉破损压上二十秒即止。此方父亲有个亲历故事。

我父亲年轻时好强，却遇着个比他还好强的。那年是下乡支农，家父在苗寨里遇到个苗医，非要与他比试止血的手段。那苗医也年轻，性情耿直，且求胜心极甚。父亲尚未答应与之比试，只见其抽出刀来，一刀，就将自己的手掌刺了个对穿。事已至此，由不得父亲不比。于是，两边都压上不同的止血药，结果家父完胜。最后，这苗医向父亲学得此方。

欲炼就此药不难，取料随处皆有：马兰丹、乌泡叶、茼蒿菜、火把果、菖蒲，只此五味，等分，于老瓦片上焙至黄黑，研末备用，施时只需压敷伤处即可。这药取材泡制都简单，效果却不简单。当年我家常备此药，无往不胜，弟弟曾以此药，救过一只瞎眼的鸟。只是这药没法止鼻血，鼻子里放不了药。

止鼻血另有一招，我虽无方可授，却可传一法：流鼻血者拳有多大，便拣一块多大的石头，让其紧紧夹于腋下，血止。我以此法收拾妹妹的鼻血，阳台上无石，随手取得擂钵棒，以袜子裹了棒上辣椒，令其夹住，效仍奇。

想起江湖郎中的吆喝，我也来两句：列位看官不妨一试，若成，不谢，那是你与此方有缘；若不成，可别骂我。

禁忌

十来岁那年，我腿上生个疮，医生看不好。我父亲想了很多土办法，仍然无效。黄豆粒大小的疮，于生活无大碍，却痛得厉害。后来父亲的一个朋友知道了，责怪他：为何不早说！治这个他最拿手。父亲的朋友治疮不用药，一边吸旱烟，一边对着伤口念咒语。念完了，再以唾沫敷上，两天后疮好了。很神奇。

我说：旱烟与唾沫混合，一定是副好药。

父亲突然训斥我：不许胡说！

那阵我“愣”，尽管不敢乱说，心里却不服。大概年龄是个问题，逆反期。父亲的诉责极严肃，不知是个什么道理。那阵，工地上每个连队的职工食堂皆养牛。牛杀了，作为职工福利，父母都有会餐券。每到把牛肉打回家，父亲总要和我们分开吃，他不食牛肉。饭后，我们用过的碗，要以开水烫洗，最后还要盛上清水，入红煤熏过。为何如此？我想不明白。

后来和父亲学医，方知此为忌口。为何要忌口呢？我觉得奇怪。

我父亲1958年参加工作，20世纪90年代退休，有四十余年工龄。在工地上，他名声很大。刚开始，是因一个连队就他一人能写信；“文化大革命”时，大会小会，领导均批他家庭出身不好，不突出政治，还批评他打拳练武。领导不再批评的时候，工地上的人都知道，我父亲有跌打损伤的极好手艺，方圆几十里的人都找他治伤。严重的骨伤患者到职工医院就诊，院长建议不住医院，推荐找我父亲。院长和我父亲比试过正骨技艺，颇为赏识。现在想来，这个院长的襟怀是很令人佩服的。

那些年，我父亲治过不少人，且分文不取。现在，家父年逾古稀，尚有人从外省寻访上门。父亲不识。一问方知，当年他的骨伤是父亲治好的，来人还惦记着。

我家世代习武，父亲长于武医多为祖上所传。疗伤正骨，父亲有咒法，故忌口。念咒语治病，我觉得很玄，没有科学依据。最让人不能接受的是，缘于此故，家里见不得牛马狗肉。后来父亲逼我背《汤头歌》，学中医理论，方知此为祝由科。《黄帝内经》有云："余闻古之治病，惟其移精变气，可祝由而已。"说的就是传统中医的祝由科。对此，我曾想：悬壶济世者，无非心正无邪，功德高尚，要求不图名不图利而已。正骨，只要手法得当，有必要如此神秘吗？我不信。

我有朋友在职工医院工作，没事时，我们爱凑在一处玩耍。在医院，曾见识一个外科医生正骨。患者是个小女孩，锁骨断了。医生把四个手指放在锁骨窝里，抠着断骨，向外使力。如此反反复复，小女孩痛得哇哇大叫。

我对朋友说：你们这个医生不懂正骨，这个做法一辈子都别想接好骨头。

朋友知道我学医，但未见过我正骨，当场要我试试。那时我年轻，很有"二杆子"的冲劲。试就试。看了X光片，小女孩锁骨中断骨折，前后重叠。我以绷带挽两个小圆圈，套于小女孩的双肩，再让她坐在小木凳上，从后背正骨。我一脚放在小女孩坐着的凳子上，以膝盖顶住背心，双手握肩，向后轻轻发力。待其双肩平衡后，再从背后把肩上的两个圆套校正、捆紧。小女孩一声未吭。

我说：好了。

这就好了？朋友说，拍张X光片看看。

片子出来，朋友惊呼：正骨、固定一次完成，且达到解剖复位效果，真漂亮。在医生面前露一手，我得意极了。

学医，我没有禁忌。但今天看来，无论如何我都错了，无知者无畏。且不论家父的口忌，亦不讨论祝由科，仅无证行医即最大的禁忌。我和父亲与合法医生比试，皆犯了大忌。

现在，我们父子均不与人看病疗伤。祝由科我说不清楚，可对此我心存敬畏。犯忌的事不可为，这手艺丢了就丢了。

其实人生的诸多禁忌，何止学医、问医。为人处世、求人问事，口无遮拦，毫无禁忌，你试试。

（原载《山花》B版2015年第11期；《散文选刊》2016年第2期转载）

喻莉娟

虎耳草

现在的人，都知道健康第一，注意锻炼身体。锻炼身体的形式多，走路为先。吃过晚饭出来散步，小区不够大，走到街边人行道上，沿人行道走，路边有各式小摊，卖些时尚小物件、花、小金鱼，好不热闹。一老人，一个小推车，上面放着些小花盆，各式多肉植物。小车上有两盆虎耳草，叶子形如虎耳，茸茸的毛色透出青绿，枣红的茎托起一片片叶，茎间红丝线般的垂吊上，又是一朵小小的虎耳，如芙蓉，生命虽小，形式不变，更为可爱。就因为它的这种垂吊，又被称为“金线吊芙蓉”。我从来喜欢虎耳草，毫不犹豫地买了一盆。回家后精心饲养，好生侍候。

我对虎耳草有特别的感情。那是在“文化大革命”时期，我还不到十岁。那些年月，家里吃的问题难解决。每年都要到乡下外婆家过年，主要是那里能买一点黑市猪肉，熬成油带回家，那是一家人一年吃的油。那时学校不上课，学生当然也不用上学。

我们过完年，开春了，还在外婆家。农村地里长的东西，能种，也就有点吃的。春暖花开的季节，我们满山遍野跑。花开时节小孩子容易过敏，我身上出现许多红疙瘩，痒得难受。外婆说那是水土不服。那时候没有什么药，乡下人好像从不去什么医院，有什么毛病自己弄点草草药吃。外婆看我身上遍布的红疙瘩说，不要紧，我给你吃点草草药就会好的。

外婆家在南方一个富饶的乡下，小地名是尧上，芭蕉园，水井湾。尧上，一个寨子的人，多在芭蕉园的水井湾挑水吃。这口井不大，水大。井崖边，水从石上滴过，虎耳草紧贴着石缝茂密地生长。外婆家就在井边，架好锅，才从井里舀瓢水放锅里，水井就是她家的水缸。这对住在坡脚的人家，到坝上田里挑水吃的人来说，那可真是奢侈。

外婆见我痒得难受，站在井台上，折了一把虎耳草，在井边轻轻漂洗，拿回来细细切，加上两个鸡蛋，拌和，油煎了，她双手在围裙上擦了擦，把虎耳草煎鸡蛋递给我说，赶快趁热吃，吃了身上那些疙瘩就好了。我接过，闻了闻，好香。尝一点，煎鸡蛋味兼一点草香，好吃。连着吃了好几天，哎，那些红疙瘩好了。不知道是不是就一定是虎耳草煎鸡蛋的关系，不过在那个时代，能连续几天都有鸡蛋吃，是没有过的，让人一辈子记住，那美味，现在想起来，什么样好吃东西都不及。

后来了解到虎耳草：多年生常绿小草本。生于阴湿处及石隙间。匍匐茎红紫色，往往顶端生长幼株。叶通常数片丛生，有长柄；叶片圆形或肾形，肉质而厚，表面及边缘密生长柔毛，沿脉处有时有白色斑纹，背面和叶柄紫红色。夏季开花，清热凉血，解毒。在看到这段资料的时候，第一个感觉就是，小时候外婆给我吃虎耳草炒鸡蛋，消除身上的过敏是有道理的。

上大学时候，读到沈从文的小说《边城》，在小说里面，多次出现虎耳草的情节，因为有小时候的虎耳草情结，对此就特别关注。小说中，第一次作者写道，“翠翠不能忘记祖父所说的事情，梦中灵魂为一种美妙歌声浮起来了，仿佛轻轻地在各处飘着，上了白塔，下了菜园，到了船上，又复飞窜过对山悬崖半腰——去做什么呢？摘虎耳草！白日里拉船时，她仰头望着那些肥大虎耳草已极熟悉。崖壁三五丈高，平时攀折不到手，这时节却可以选顶大的叶子做伞。”这个情节又唤起了我儿时虎耳草的记忆，顿时觉得亲切。沈从文在小说里对虎耳草的描述，象征着翠翠对爱情的憧憬，后来也才知道虎耳草的花语是“真切的爱情”。

这次回老屋，在乙未年正月初三。一大家人开个中巴车，轰轰烈烈，好一个“还乡团”，又去到尧上，芭蕉园，水井湾外婆家。地名没变，还是那样的有诗意，只是以前的那份热闹没有了，这些老屋里住的只有老的小的，有的人家是大门紧锁，全家在外。外婆家的老屋，记忆中是那样温馨，两个舅舅都有儿有女，夜晚水井湾老屋的煤油灯下，火坑旁，舅舅教我们唱歌，“一个大红苕滚下坡”，歌声笑声，还有外婆舅娘照看弟弟妹妹的吆喝声，好不热闹。日子就这样天天过。现在只有一个老表住着，其他的都走了，搬城市去了。老表的脑筋有点不好用，就他一直在守着这个家。可现在见我们来，也嚷着要出去打工。

走在四十多年前的那条老路上，记忆中的那条路，已找不到了，或许，所有的过往终将远去，眉宇间，青苔长满岁月的悲喜。沧海桑田的字眼阻止不了年复一年更替的痕迹。飘摇中，无法回首。慢慢地承载风、承载雨、承载着历史，日月轮转，春秋代序。回转身去，我似乎又听到昔日的犬吠鸡鸣，欢歌笑语……放眼望去，柴扉疲惫，那深处是即将消失的村落。

我寻找着外婆当年的虎耳草。

（原载《散文选刊·原创版》2015年第11期）

曹　永

我把草海揽到怀里

黔西北山岭起伏，沟壑纵横，绝少有平坦之地。然而，在威宁城畔，竟有一个宽阔的草海湖。据说，许多年前，这里并没有湖，只有一片丰美的草地。咸丰七年（1857年），陡然暴发山洪。洪水猛兽，多与灾难有关，但这次百余年前的山洪，却给黔之西北带来意外的礼物。洪流夹着泥石，堵住洞穴，积水成湖。

威宁属夜郎故地，尽管大家都知道这是一个淡水湖，但不肯接受事实，仍然固执地称之为海。想来，这并非夜郎自大，只是乌蒙地区，好不容易拥有这样一个湖泊，人们更愿意给它取个雄壮的名字吧。

记得第一次去草海，我只有十几岁。当我看到眼前宽阔湖面时，激动得热泪盈眶。我看到几个小孩蹲在湖边洗手，我对他们非常羡慕。他们竟然如此奢侈，即使洗手，所用的也是一片湖泊。因为，当时我所居住的乡镇还没有接通自来水，为了挑水饮用，肩膀上的扁担着实让我吃尽苦头。

威宁属喀斯特地貌，而且处高寒地带，不仅石漠化严重，温差也大。但草海湖畔，却始终山岚连环，浓绿无边。当许多地方淫雨霏霏、薄雾冥冥时，草海附近几里，仍是惠风和畅。

草海凭着优越的自然条件，引来许多珍稀鸟类，有白头鹤、黑鹳、白鹳、白尾海雕等国家保护的一级珍禽；也有白琵鹭、白尾鹞、游隼、红隼、灰鹤、短耳鸮等数十种二级保护鸟类。尤其珍贵的是黑颈鹤，腿长颈细，体态优美，据说存世量已经不多。

草海面积虽宽，水却不深。清澈的湖里，尽是绿茵茵的水草。仅绿藻门、硅藻门、蓝藻门、隐藻门和黄藻门等浮游植物，就有九十多个属种。水生高等植物也有近四十种。各种水草，在湖底垫起一层绿茸茸的柔毡，花朵或红或绿，或黄或紫，零零碎碎地点缀其间，犹如水墨画卷，煞是壮观。

跟外地的朋友闲聊时，都不免聊到家乡。他们向我炫耀自己故乡的名山大川，或者名胜古迹，我也不甘示弱，就像一个摊贩，向他们销售家乡的民族风情以及山川地貌。并且，我把自己的文学地域，置放在黔西北这块偏僻而神秘的土地之上。不少读者看完我的作品，果然受到蛊惑，纷纷表示要去我的家乡看看。

我想用自己的笔墨，临摹这片土地的大山大水。最近的作品，就是对这片镶嵌在云贵高原的湖泊进行一次速写。在梳理草海的演变轨迹时，我发现自己探索到的，不仅是一个湖泊变迁史，还是一个时代发展的脉络。

据传，草海湖的宽度，曾数倍于此20世纪50年代与70年代，经济薄弱，于是先后两次围海造田，排泄湖水，准备开垦田地，种植庄稼。破坏环境的结果是，方圆百里变得四季不清，旱灾连连。

于是，人们决定恢复草海湖。经过多年的治理，草海湖终于重现光彩。青山碧水，不仅唤回逃离鸟类，也引来许多游客，让这块偏僻之地，变得热闹非凡。让人感慨的是，当年缺少土地，人们敢于扒开堤坝，向湖泊索要粮食。而今，随着经济的飞速发展，乡下的劳动力，却被商品大潮席卷而去。

年轻人离开了，现在的山村，所剩下的不仅是荒芜的土地，还有许多留守儿童与空巢老人。现代文明与乡村文明的冲撞，是乡土社会发展的必经过程。但现代文明来势凶猛的撞击，到底给乡村文明带来多少无可言说的阵痛？在这个文明嬗变的时代，我们对山区农民的命运，应该有更多的关注与思考。

（原载《人民日报》2015年12月23日第24版）

安元奎

二十四节气（节选）

立春

每年这个时节，总有几个古装打扮的人，手握一个木刻牛头，在古龙川两岸的村寨间游走。那牛头很有些年月了，被摩挲得光滑油腻，青麻粘糊的牛髯随风飘拂，透出几分古意和神秘。他们出口成章，全是押韵的四言八句，而且使用一种近于吟诵的古调。

那是春官在说春。

古龙川的说春习俗可能由来已久。对春天的发现和四季的界定，是件了不起的事情。在食不果腹的远古农耕时代，我们的祖先依然能够淡定地仰望星空、俯听大地虫吟。大约两千年前的某个傍晚，一位秦朝智者的剪影就曾倒映在黄河边的天幕上，一种奇特的天象牵引了他的目光：北斗七星的斗柄正好指向东北的艮向。智者似乎顿悟了上天的某种神谕，无意间找到四季轮回的密码。这一天从此有了一个别名：立春。此时太阳刚好抵达黄经315°，大地还是冰雪皑皑，冬眠的万物酣然未醒。

到了后来的唐朝或某个朝代，朝廷里似乎确有春官一职，每到立春时节就骑上春牛，去乡下催耕，直到明清，古龙川的土司还要“劝农行耕”，到田间做个示范，带头犁田。那情景想必很有些趣味，令人神往。

直到如今，有的春官依然自述其祖上为唐朝所封，以显示正宗和悠久，颇有些自豪和自信。的确，他们所说的内容有古代传下来的蓝本，称为“说正春”，其内容还有神话和传说："自从盘古开天地，三皇五帝正乾坤，神农黄帝制五谷，伏羲姊妹制人民，制成金木水火土，制起风伯雨师与雷神……"这段说词有点像史诗，浓缩了天地万物和农耕文化的起源。

岁月变迁，朝廷早已不复有此职数，如今所见的春官都是民间自我任命，差不多属于山寨版，但这些自封的春官却颇为勤政，几乎走遍古龙川的村村寨寨。他们自学成才，口若悬河，挨家挨户地吟说，其内容多是"说野春"，说词现编现卖，俗多于雅，好在都是讨人喜欢的吉祥话，无人计较。

立春前后，春官便开始雕刻木板制作春帖，这种木版印刷的老皇历，古龙川人沿用了上千年，必不可少。因此春官的道具除了牛头还有背篼，里面必有一摞摞自制的老皇历。粗糙的红纸上，醒目地耸立着一头墨色的春牛。木刻印版寸土必争地占领整张红纸，油印着被官方和城里人废弃的农历、二十四节气，还有黄道黑道、天干地支、三煞五黄。对于农人们来说，这才是一年的行动指南。据说古时的春官往往有些神力，说着说着，也许古龙川的哪棵梨树就开花了，某家圈里的牛会说人话了，而田埂上的草就在你眼前发芽了。

我并没有亲眼见证过那样的神迹，但还是固执地认为，春官有点像古老的巫师，让春天在召唤中降临；又像乡村版的圣诞老人，给无所事事的孩子们带来惊喜。

虽然到了立春，春天往往并没有如约而来，古龙川的风依然凛冽，有时像尖刀锐利的锋面，一片片切入你的肌肤，生冷、疼痛，不是春风。这个时节反而成了一年之中最冷的时候，阴霾密布，间或飘起纷纷雪花，嘲弄似的模拟着千树万树梨花开的春景。山上白茫茫一片，迟来的凝冻牢牢冰封着春天的消息。

也许，立春只是一个标志，一个象征性的日子。河岸的椿树不仅是打制木船的最好材料，树身冒出的椿芽俗称"椿颠"，还是春天到来的标志。新发的椿芽色泽猩红，口感鲜嫩，散逸一种特别的木香。春天的味道往往是通过一盘椿颠炒鸡蛋，从舌尖直接抵达肠胃的。但这个时节，椿树似乎依然蒙在冬天的鼓里，没有半点消息。

但毋庸置疑，立春是四季的转折，是对冬天的革命或者告别，也是一年中最早的时间刻度，古龙川所有野生生命的共同生日。"立春栽柳，插起就有。"冬天的封锁已是强弩之末，大地深处那些涅槃或冬眠的生命正在暗度陈仓，光秃秃的枝头早已珠胎暗结。一切都已开始孕育，所有的草木都在等待发芽，所有的枝头都在筹备开花。于是阴冷的天色中平添一些亮度，多了一点暖意的成色，让人看到温暖和阳光的召唤。仿佛被冻得变短的白昼，又渐渐拉长了。

这个时节，豌豆在努力地向上拔节，但嫩绿的豌豆尖还是缺乏生存经验，攀爬抵达的生命顶点竟然是人们的餐桌。青菜的叶片依然肥大地展开，更多的养分却偏心给予了日益长高的茎秆，这个生长于田间的草根，并不满足于终生作为别人的陪衬，悄悄谋划着自己开花，当一回灿烂的新娘。

胡豆无疑是含蓄而低调的，绿色的叶面覆盖一层浅灰，装饰着最为缺少绿色的早春却不招摇，但开放的胡豆花却算得上是古龙川立春时节的盛装。我一直觉得田土里成片的胡豆花有点像孔雀开屏，对称的紫色花瓣完全敞开，露出鼓鼓的椭圆形花苞，外围的白色花纹又围着中心的一点浓黑，风吹之下像是眨动的眼睛，丰富的色彩和玄妙的构图甚至显得有几分灵动和诡异。层层梯田里的胡豆花，如同孔雀的盛会。

也许，父老们并不是春天的第一个知情者，最早感受春天的可能是鸭子。古龙川过去有许多野鸭，但在某个夜晚不辞而别后，再也没有回来。

虚拟的春牛歇息后，真正的耕牛下田了。父亲肩扛犁铧，撵着牛出门，走向歇了一冬的山野。据传明朝时期我的祖先曾是古龙川的土司，并世袭了二十余代，但承袭土司职位的，每代只有一人，其余的土司子孙，也就沦为平民百姓，自耕自食。到后来，有些人连身世也渐渐忘却。

与小孩们对春天的向往不同，立春对成年的小牛来说显然有些不爽。经过一年的驯养，小牛犊渐渐脱掉了奶膘，成为一头骨骼粗壮的准耕牛，它无拘无束的童年和少年时光也到此结束。因为立春之前，就要教牛学习耕地，理解前进、止步、转弯等等口令，帮助农人分担劳作的艰辛。一向宽厚的农人们突然严厉起来，先是将它套上棕绳编织的笼头，继而直接在鼻子上穿孔，套上一条棕绳。因为会痛，牛会服从绳子的牵扯，乖乖跟着人走。粗粗的棕绳从牛鼻中间穿过，往往要渗血好几天，牛的眼神里，也会掠过一些哀愁。但日子一长，更多是无奈和顺从了。一条棕鼻绳，绑架了牛一生的自由，也把农人和牛的命运，从此捆在一起。

古龙川有很多被固执使用的方言俚语，比如立春不叫立春，而是叫“打春”，这不像标新，更多是一种怀古。但如今的立春时节，我看到更多的不是披蓑戴笠走向田间的身影，而是携家带口背负行囊走向远方的匆匆脚步。曾经固守土地的父老们，草草过完一个年味渐淡的春节，往往又心急火燎地赶往沿海都市的某个工地。他们的故乡在这里；希望，却似乎在远方。

野草日益逼近的乡间故土，也许正日渐淡出他们的生活；而对于一年之始的立春，他们是否还需要保持记忆，我不知道。

夏至

古代有个杯弓蛇影的成语故事可谓家喻户晓，但其发生的时间或许少有人知。这个日子，叫夏至。

细心的人或会发现，这一天有些特别。天早早就亮了，却迟迟不会黑下来，白昼仿佛被一只无形的手拽着，拉得很长很长。老人们说，这是古龙川一年里最长的白天，标志着仲夏的正式来临。当然，物极必反，过了这一天，此后的半年中，白天又将一天比一天缩短。这个季节对流天气多，时晴时雨。刘禹锡被贬时，还用我们这里流行的竹枝词，写出了一语双关的著名诗句“东边日出西边雨，道是无晴却有晴”。

向日葵开花了。我疑心向日葵与太阳之间有着某种不为人知的隐秘关系，一朵向日葵就像一个小太阳。金黄色的花瓣奔放热烈，简直像一团团火焰，在山野燃烧。这不是梵高的向日葵，它属于古龙川。

菜地里，黄瓜纤细的藤蔓不断向高处攀援，腰间悬着的黄瓜像一根根天然的香肠。另一个品种的白黄瓜身材微胖，颜色白亮，像初初发福的少妇。紧跟着四季豆的步伐，豇豆接踵而至。流线型的身材，一丛丛悬挂在肥大的绿叶之间。豇豆性味平和，炒、煮均可，素食尤佳。带锅巴的豇豆饭，更令人胃口大开。

苞谷开始恋爱了。山野的苞谷林密密匝匝，蔓延成一片片深绿的青纱帐。在阳光的眷顾下，肥大的叶片向四周伸展，吸纳天地日月的每一点养分。健壮的主干天天往上蹿，几天工夫就高过人头。水田的秧苗还有点弱不禁风，苞谷便成为这个季节的绝对主角。他们很快进入青春期，开始恋爱了。但它们的爱情不像人类一样艰辛，需要漫无目的满世界去寻找自己的另一半。上天的安排很周到，苞谷雌雄同体，一半是海水，一半是火焰。

古龙川人将苞谷开花叫作放线。有些张扬的雄花高踞茎秆顶端，以倒挂金钩的姿势伸出天线，像一副撑开的伞架。主轴分枝的小穗上，散发出成千上万的花粉，摇摇曳曳地在风中舞蹈，虽然微小如尘埃，却包含着生命遗传的全部密码。龙在上凤在下，几天后，作为对雄花的呼应，茎秆中部的叶腋间，冒出一枝红缨枪。老人说，苞谷挂帽了。调皮的放牛娃有时会剥开雌穗，并发现许多小秘密。那圆筒形的穗轴上，原来成双成对排列着许多无柄小穗，苞叶层层保护着雌蕊的子房，只露出颜色艳丽的一束束花丝，如卷发的美人，或红或白，柔软，还有点黏性。花丝上密布茸毛，会分泌出一种黏液，粘住那些从天而降的雄性花粉。风为媒，雄性的花粉在飞翔中找到了翘首以盼的花丝，巫山云雨，珠胎暗结。作为爱情的印证，将来的果穗上，籽粒行数总是成双成行。

自在飞花轻似梦，这是苞谷的爱情梦。这个季节，是生命绽放的季节，用异彩纷呈来形容，一点也不为过。除了触目可见的植物，在我们的视野之外，很多幼小的生命正在破茧而出。

蝉，是古龙川昆虫家族里的长寿者，一个不知疲倦的歌手。从春到秋，它一直在歌唱。但鲜为人知的是，它一生的大半光阴，却是在黑暗的地下度过的。秋风飒飒中，蝉卵落地，迅即潜入树下，吸食树根的液汁，等到它小小的幼虫从树枝上的卵里孵化出来时，我们才会注意到它的存在。而等待是漫长的，也许两三年，也许十几年，还得经过五次蜕皮，其中地下四次，地上一次，才能化蛹成蝉。而蝉的最后一次蜕皮，还免费为我们贡献一味中药——蝉蜕。从地下到地上，从幼虫到蝉蛹，最后变成能歌善舞的灵物，蝉的一生总是在不断嬗变，实现一次又一次自我超越。虽然很少在阳光下生活，它却在黑暗中积蓄力量，用剩余的生命寻找光明，并为之歌颂。因此，在古人的词典中，蝉象征复活和永生。甚至有人认为蝉有佛性，故其别名都有看破一切、四大皆空的意味：知了。

根据自己的经历，我觉得某些时候，放牛娃并不适合作为淳朴的代名词。为了独占蝉的歌声，我们往往会使用一些并不阳光的手法，比如蝉在专注地唱歌时，我们却蹑手蹑脚地走近，阴险的手一下子像团乌云罩住蝉身。它一声惊叫，却再也逃脱不了。这时放牛娃的手掌，成了蝉的魔掌。所以，捕蝉的不仅有螳螂和黄雀，还有看上去很老实的放牛娃。

小荷才露尖尖角，早有蜻蜓立上头。蜻蜓有透明的翅膀，流线型的身材，轻灵而优雅。但它的幼儿时期也是在水中度过的，据说要经历十一次以上的蜕变，所需时间至少两年，最后才浮出水面，羽化成仙。在此以前，它一直待在水中，捕食孑孓或其他更小的生物。不懈的努力最终获得了奖励，上天为它装上翅膀，从此可以乘着直升机到处旅行。在近水的地方，你总能看到它的身影。那些令人讨厌的蚊蝇，不是被捕食，就是纷纷逃遁。

这种有益无害的灵物，也未能逃脱放牛娃的手心。童年曾将其作为一种类似于袖珍直升机的活玩具，加以蹂躏。捉蜻蜓可以徒手，也可用蛛网。编一个竹圈，罩上几张蛛网，轻轻一点，蜻蜓便被粘住。还有一种方法是将蛛网揉搓成团，更具黏性，放置在树枝一端，毫不费力就可粘住翅膀，令蜻蜓动弹不得。

萤火虫是古龙川夏夜的精灵，它的一生也是一个奇迹，依然出身于低处，在潮湿多水、杂草丛生的溪流两岸度过童年。刚孵化的幼虫立即钻进水底，白天潜伏在石头下、泥沙中，夜晚出来觅食。此后，幼虫选择某个雨天，在雨水的掩护下登陆上岸。再找个合适的地方，在泥沙做成的茧室中化而为蛹。经过最后一次生命的裂变，身体颜色渐渐加深，柔软的身体渐渐变硬，羽化成功。神奇的是，它不仅有飞翔的翅膀，还自带照明。在放牛娃的世界里，它是古龙川夜晚最近的星星。无数的萤火虫，亮着一闪一闪的蓝色荧光，夜色变得斑斓而迷离，美丽而梦幻。事后方知，荧光竟然是萤火虫爱情的放电，是彼此的暗送秋波。雄虫在空中飞舞，发着光，寻找黑暗中的意中人。如果彼此吸引，两情相悦，两点亮光会渐渐靠近，合为一体，来一场敖包相会；如果几个追求者面对一个异性，竞争就不可避免，比武招亲的唯一方式就是比试发光的强度和亮度，谁的底气最足，亮度最强，谁就拥有爱情的专权，其余的，只能退避三舍。不过，萤火虫缠绵的幸福，只能绵延几十分钟或数小时，这是它最后的幸福。交媾是一种悲壮的生命接力，一两天内，雄虫便会死去，而其配偶则找寻安全的去处产卵，随即香消玉殒，完成今生来世的轮回。

而放牛娃不懂萤火虫的爱情，只顾光着脚丫，在河边或田埂上追逐着荧光奔跑，一心只想抓住萤火虫，将其囚禁在玻璃瓶中，或者空心萝卜的囊里，一边追赶，一边唱着骗子的童谣：

亮火虫高高，下来帮你背幺幺；
亮火虫矮矮，下来帮你背崽崽。

秋分

上知天文、下知地理的阴阳先生说，秋分这天，昼夜各半。古龙川的吉凶祸福，似乎掌控在他们因天天摩挲而满是油腻的罗盘上；而古龙川的所有知识，仿佛也深植于他们的脑海之中，他们是古龙川话语权的主宰者。

龙川风景异，秋似洛阳春。进入秋分，古龙川的秋天才真正到来。

从秋分开始，白天渐渐比晚上短了；一直要进入冬至，白天才又渐渐变长。《春秋繁露》言："秋分者，阴阳相半也，故昼夜均而寒暑平。"秋分的分，是一半的意思。

秋高气爽，庄稼收割后，山野有些空旷，白菜萝卜在一天天生长，小块的绿色，消解山野的空旷。早熟的柑橘，果实由青转红，青涩的果子渐渐饱满，颜色红黄，被绿树映衬和包裹。农家的房前屋后，多有土柚。有些土柚子口感特别，苦阴阴的，更多是甜味，掺杂在一起，味道变得厚重复杂，耐人咀嚼，不像有的品种那样，甜得不免单薄。有些柚子味道涩苦，无人问津，也就自熟自落，颜色由青变黄，圆圆的挂在柚子树上，成了一种观赏果。李白也注意到了，将其写入诗中：人烟寒橘柚，秋色老梧桐。

我一直遗憾都市的观赏树里，没有柿子的身影。这个时节，树上的叶子纷纷凋落，有些绿叶选择留下来陪衬红花，但柿子树叶的方式与众不同，它选择了离开，把所有的目光让给柿子。此时，光秃秃的枝头，清一色是柿子，秋天的露水，成了它美容的胭脂。每个柿子都红红的，圆圆的，红得那么纯粹彻底，美得那样简洁干净，不带一点杂质，它的背景或陪衬，只有纯净的天空，这是柿子的美学。

比起精耕细作的庄稼，山上的野草往往被漠视。但哪怕是最卑微的草，到秋天依然会宣示它们的收获，狗尾巴草就是如此，针一样纤细的枝干，顶着毛茸茸的弧形穗子，像狗或狐狸的尾巴。

植物有的性寒，有的性热，中医上分属于阴阳，比如生姜与辣椒，就有不同的体温和个性。苦荞长着红红的茎秆，样子颇为纤弱，或绿或紫的三角形叶片，一种小家碧玉的感觉。碎碎的小花，有种独特的美。它遍布山坡，柔柔弱弱的枝干，一遇风吹就连片起伏，涌动一波波的荞浪。苦荞的名字，还暗含一点苦寒的寓意。多年以前，古龙川的乡间流传一个笑话，说是一个少年去外省当了几年兵，退伍回来时，他爹去接他。他指着路边的苦荞，操一口官话问父亲，那红秆秆绿叶叶的是啥东西呀？父亲瞪他一眼，也不答话，挥起老拳就打。儿子情急之下改用方言，大呼：救命呀，荞子土头打死人了！父亲这才停下拳头说，看来你还是认得荞子的嘛。后来我们弄明白了，儿子讲的叫普通话，可能有些南腔北调的部队特色。很可惜，古龙川的第一次推普工作就这样流产了。这些年，本是乡野粗粮的苦荞竟被誉为“五谷之王”，让都市那些脂肪过剩的人们颇为追捧。实际上，苦荞更像一种贫寒之交，它的皮壳、茎秆、叶子都是很好的饲料，籽粒是百姓的寻常食物，淡淡的苦味，更接近生活的本真。我年轻时眼睛爱上火，睡了几个月荞壳枕头，竟然好了。

春天之外，秋天是一年中的另一个花期。野菊花很是细碎，但一蓬蓬的满坡铺展，便有了不小的势力范围，散发着淡淡的药香。河洲之上，红蓼花开了，红枝绿叶，米粒般的花朵，外壳一层暗红，绽开的花瓣，却又魔法般变白了。秋花之上，依然有蜜蜂的造访。从一个花朵到另一个花朵，它们的身子已经有些笨拙，不像春夏那么灵便了。这些勤劳的小生灵，令人尊敬又心生悲悯。抑或，被悲悯的该是慵懒的我们。红籽红了，它生活在山野，不管地处多高，身姿总是一低再低，但内心的炽烈却遮掩不住，在秋天里爆发。它吐出内心的火，吐出满腔的红。一丫又一丫，一树又一树，密密匝匝的红，毫无保留的红，内心该有多大的热量，才能释放出这样持久的灿烂。一丝微甜，一点涩苦，如同山野生活的滋味。

收割后的稻田里，呈现暂时的空旷，秋收的镰刀，在稻田里留下一块块硬伤，但对依然沉湎于喜悦中的古龙川来说，这是一种甜蜜的痛楚。到处是散落的谷粒，鸭客和他的鸭子们结队而行，腆着富态的肚子姗姗而来，赶赴秋天的盛宴。在暂时空闲的稻田里，鸭客安营扎寨。漂亮的鸭棚呈半月形，像一弯停泊在山坳的月亮船。鸭棚不大，长约两米，宽仅几十公分，白日遮风，夜晚当床，是鸭客的行宫。顶棚和底部都是活动的竹篾，既轻巧，又可自由伸缩，搬家时扁担一横，立马可走。半月的造型显然经过无数代鸭客实践与改良，不仅简约实用，而且优雅别致。在鸭棚前面，鸭客铺开卷起的竹篱，一个简易的鸭圈就围成了。这是个临时城郭，地面有的垫以谷草，多数以地为席。

这既是对鸭子们安全的保护，也是对其自由逃跑的防范，当然，鸭客往往只刻意地强调前者。与鸭圈相比，鸭棚就算得上宫殿了，或者更准确些，如同统帅的营帐，衬托着鸭客唯我独尊的权威。每天早晨鸭去巢空，满地留下一个个鸭蛋，一个个亮晶晶的椭圆，像瓜地里的西瓜，或河坝的鹅卵石。

鸭子赶到冬闲田里，往往被移交给一根鸭竿，鸭客此后的事情就简单得多。鸭竿插在田角，象征鸭界的法律与秩序，说得稍微严重些，就是画地为牢，鸭子们可在水田里乖乖待上半天，不会越雷池半步，而鸭客可以到处走动。其实鸭竿只是一根竹子，并没有施加什么咒语或法术，特别之处仅在于竹梢被划开，编成一个竹勺或小手模样，便于凿泥。如果鸭子离开了团队，鸭客并不近前，只需戳一点泥土远远抛过去，那撮土完成一个漂亮的高尔夫式抛物线，精准落在鸭子周围，明确地警告其自由的宽度与疆界。

成群结队的聋子麻雀也呼朋引伴，帮忙收拾秋收的残局。农人之德大而广，劳动的价值如此伟大，如王阳明所咏，遗穗及鸟雀。有些人家把稻草烧成灰，瞬间化为泥。田里的稻桩趁着秋雨，再发芽一回。但这次秋芽如同老年人黄昏时分的爱情，注定短暂而没有结果。

蟋蟀独知秋令早，芭蕉下得雨声多。田野的隐秘处，不时还有残余的虫吟，低低的、哀哀的，这是它们短暂生命发出的最后绝唱。比起它们，人应该为自己的长寿感到幸运。

秋收之余，秋种接踵而至，新一轮耕作又开始了。豌豆、胡豆的播种也要及时。农谚顺口溜，八月豌秋九月胡，十月种来矮凸凸。豌指豌豆，胡是胡豆。不久前撒下的油菜种，几场秋雨后就冒了头，两三片叶子长成个羊角叉，一点也不打眼，如灰姑娘的童年。

土地总是大度而宽容，任由人们折腾，如同悲天悯人普度众生的神灵。人神共处的古龙川，也的确视土地为菩萨，但遍地的土地庙却颇为简陋随意，几块石板就构成一座神庙，好在印象中的土地菩萨，在众神中身材最为矮小，能够勉强栖身。农人们自己的住所并不宽大豪华，所以推己及神，对土地菩萨的住所也就没有特别尽心，但并不影响其神圣性。逢着节日，土地庙前祭祀的供奉一件不少。每回动土之前，也总要进行一番祷告，类似于阳间向土管部门的申报审批。

仓廪殷实，农人的筹谋变得深远。远虑者，家有千金，则思量着姑娘将来的出嫁，嫁妆的硬件软件总不能少，亏可以吃，但面子还得要。古龙川嫁女，要陪嫁不菲的家具嫁妆，不像城里人反而索要现金彩礼。

这是牛一年中的黄金时光。不必耕田，只需吃草添膘。田埂上，荒地里，到处是新发的绿草。春绿依旧，秋草又发，牛也往往肥得滚瓜溜圆。河边的放牛娃，闲得只顾玩游戏，唱起童谣：“八月瓜，九月炸，放牛娃，诓他妈。”八月瓜是一种野果子，藤茎一年比一年粗。开花过后，八月果熟，形似香蕉，味道香甜，只是籽实太多。放牛娃饱啖之余，也顺手摘几个回家孝敬爸妈，故而有此童谣。

但有些公牛的命运会发生改变。立秋与秋分之间，寨子里会有声音好听的小铜锣响起，人们知道骟匠进寨子了。寨子人家多养狗，那些胆小的看家狗一旦在自家的地盘上嗅到生人的气味，就会虚张声势地大叫；而胆大又凶狠的狗并不声张，待你走近时冷不防咬你一口。但说来也怪，骟匠进寨子，十有八九的狗都不会出声，低着头躲得远远的，或者偶尔发出几声低低的哀鸣。

其实狗和羊阉割的并不多，而过年猪无论雌雄，都要在仔猪时期进行阉割，以利长膘。仔猪阉割是个小手术，骟匠双脚压住前后脚，任凭其声嘶力竭也不予理睬，让仔猪的叫声在寨子里回响，令同类在猪圈里噤若寒蝉。骟匠熟练地划开腹壁，切开一个U形切口，取出睾丸或卵巢、子宫，缝上刀口，喷上口水，然后倒提仔猪后腿，将其放回圈舍，仔猪从嚎叫变成呻吟。对于切除的睾丸，骟匠将其高高抛起，丢放到屋瓦之上，与古时将太监的睾丸存放于屋梁之上的做法近似。

有些人家喂的大母猪生育能力下降，也会阉割，又叫改猪，目的是让其变成肥猪，榨取最后的价值。这种手术复杂一些，需要的人手也更多。

阉割的大型动物主要有公牛。母牛性情温顺，还可生出小牛，也就免除了阉割之苦。但公牛不能生育，又桀骜不驯，特别是寻找爱情的时候，往往不顾一切。与同类相争，遍体鳞伤也无所畏惧；有时甚至对主人怒目相对，牛角相向。有人说爱情使人愚蠢，牛也为爱情付出了沉重的代价。

骟牛，是古龙川一个很受器重的古老职业，父子相传或师徒口授，传男不传女，没有文字。虽然背后以此为题材乱开玩笑，但当着骟牛匠的面，却表现得毕恭毕敬。骟牛有捶骟和开骟两种。捶骟的手术台是一条木凳，台上放着桐油、盐巴等，骟牛匠先用桐油擦拭公牛阴囊，用铁锤或木棒敲击牛的睾丸，待其完全粉碎。开骟要复杂一些，主人端出一个木盆，小盆里面半盆水，水里搅拌些盐巴，骟牛匠把随身携带的刀具、麻绳、大针解下，放进小盆，大约是消毒。帮手提来一个大水桶，骟牛匠从桶里拿出毛巾，把牛的后半身反复擦拭。一切准备就绪，骟牛匠双目微闭，一手端起盛满井水的土碗，一手伸出食指和中指念念有词，在土碗上方划着旁人看不见的字符。骟牛匠拜华佗为祖师，这个仪式叫作划华佗水，据说可以确保消炎止血和手术过程的平安。仪式完毕，骟牛匠两指蘸一点附上神力的符水，弹在牛卵上。

技艺平庸的骟牛匠，只会使用蛮力，令人将牛五花大绑。但法术高明的骟牛匠，却会施行一种名为拖山榨的法术。压与榨音近义同，顾名思义，就是将大山拖来压在牛的背上，令其无法动弹。令人困惑的是，骟牛匠一番祷告后，那平时凶悍异常的公牛竟然腰背下沉，继而冒出细汗，如同病猫，任凭人们处置。接着，骟牛进入实质性步骤，骟牛匠左手掐住公牛的精囊，右手握刀，在牛的精囊上划出一道口子，左手一挤，鲜红的睾丸伴着鲜血脱出。掐掉是非根后，骟牛匠利索地拿起麻线，缝合伤口。缝合完毕，骟牛匠口含清水喷洒伤口，又是一番念念有词，最后为牛松绑。牛开始有些跛脚，慢慢行走如初。此后性情不再狂躁，即便异性在侧，也无非分之想，甚至不会多看几眼，只专注于犁田或吃草，主人与牛和谐相处了。但牛不会说话，也就无从得知它是喜是悲。

野草成了山野的主角。这些草本植物种类很多，但乡人没有感觉到植物学分类的必要，也就笼统地称其为草。事实上，这些野草似乎还可细分，有的是草，有的似乎该叫作菅，一个接近消亡的词。按《说文解字》的说法，菅也就是茅，有毛而不滑泽的草。在草菅人命这个成语中，被我们一带而过了。这些野草或近于河边与溪沟；或在山岭上举一杆旗帜，揭竿而起，占山为王。单是田埂上的矮草就有许多种，有的春季开花，如白茅，《诗经》的《召南篇》就有“野有死麋，白茅包之。有女怀春，吉士诱之”。从嫩叶包裹中抽出灰茸茸的茅芯，吃起来有淡淡甜味；成熟的花穗上密生着白色的茸毛。其根茎牛羊最爱，人也可吃；叶子还可扎成草苫，盖茅草棚，为贫寒人家遮风挡雨。

古龙川的秋草，最多的或许是芭茅和寒芒。芭茅，放牛娃也称为马二杆，它和水最亲，离河最近。一丛丛的芭茅，植株高大，有的高过人头，叶子又粗又宽。秋日开花，伸出的茎秆差不多有小指粗。茸茸的芭茅花，外形像鸡毛掸子，但这种比方注重了外形的相似度，却损害了芭茅花的美感。一丛丛芭茅花，就像一朵朵白云。而芭茅的茎秆外直中空，放牛娃潜水时用它换气，闲时在沙洲上建袖珍型的木房。芭茅秆可以穿孔打眼，放牛娃个个都成小木匠，袖珍木房或五柱四瓜，或三柱二瓜，这是放牛娃修身齐家的最早练习。

寒芒或是芭茅的近亲，外形相似，但最大的区别是茎秆较小，也不空心。如果说芭茅有点挑剔，喜欢择水而居的话，那寒芒则到处为家，比较随意。它的根系发达而坚韧，所谓野火烧不尽，春风吹又生，指的就是它们。夕晖脉脉的时分，满山的寒芒花随风摇曳，摇成一片婀娜多姿的花海，站立的姿势或如毛笔，或如扫帚，或如旗帜，如梦如幻的光影，常常撩起古龙川游子的乡愁。

我常常觉得自己有点像古龙川河畔的一棵芭茅，我的生命似乎与那些水生的草本植物同质同构。帕斯卡尔说过，人是能够思想的芦苇。芦苇和芭茅相近，我希望将来有一天，能以灰烬的方式回到芭茅的根部，再从茎秆上站起来，开放成芭茅花的姿势，那是生命的轮回。

大寒

大寒时节，往往是农历的腊月。作为二十四节气之尾，冬季即将结束，隐隐中已可感受到大地回春的迹象。因为临近立春，物极必反，寒极而暖，要是遇着暖冬的年成，甚至能感受到春天的气息。大寒的寒，有点名不副实了。

农家菜地的青菜依然青，白菜还是白，但生命力最旺盛的，或许要数牛皮菜。叶片有点像芭蕉扇，肉厚色白，质地柔软，口感厚道。古龙川的麦田里，初冬时节还弱不禁风的小麦，在寒冷中茁壮成长。看似柔弱的麦子一寸寸长高，一行行麦苗充盈着深深的绿意，诠释着生命的坚韧。它即将翻越冬天的门槛，迈向春天的阳光。

要过年了，空气中早早弥散着某些节前的气息。炒爆米花的哑巴师傅走进寨子，放牛娃们远远就看见他了，衣衫穿得有些破旧，挑着的那个具有魔法的爆米花机器，像铁葫芦，一头大一头小，很好看的弧线。他架好支架，把苞谷倒进那葫芦里，然后烧起柴火，慢条斯理地一手摇着手柄，一手添柴，不慌不忙。着急的是看热闹的放牛娃，眼里闪烁着期待，满脸都是紧张。那铁葫芦在火上打滚，来来回回好多转。火光熊熊的，映着他的脸。估摸差不多了，哑巴把葫芦提起来，一端蒙着大麻袋，手拉一个什么机关，嘭的一声爆响，麻袋里腾出一团烟雾，最神奇的事情发生了：干瘪的苞谷粒转眼变成膨大的爆米花，香脆可口。在放牛娃眼中，爆米花和放电影、看灯等，都是最激动人心的事情。而他们眼中炒爆米花的哑巴，简直就是神奇的魔术师，尽管那时我们还不知道这个名词。爆米花价廉物美，可哄小孩，也能待客，正月里必不可少。忙到下半天，哑巴师傅的脸渐渐油黑，鼻翼两边少不了擤鼻涕时沾满油烟的指纹，像两颗印泥。

转眼到了腊月二十四。古龙川万物皆神，一草一木都不能乱动，家家户户的屋子更是如此，保持着相对的静止和秩序。但这一天却属例外，据说灶神要上天去述职，汇报工作，灶头暂时失去领导，处于无政府状态，可以乱动。乡人便见缝插针，打扫一年来积下的扬尘。据说苦竹避邪，于是长长的苦竹丫临时客串扫帚的角色，灶房的灰尘，屋梁的蛛网都被一一刷过。

最重要的还是杀猪。上天创造万物，无疑是神奇而伟大的善行。但这个设计也有一个缺陷，那就是万物彼此往往以食物链条的方式存在。低一层级的生命，是作为高一层级的食物而存在的，大鱼吃小鱼，小鱼吃虾，虾吃浮游生物，对生命的这种设计固然周密，具有某种合理性，可以维持尘世的内在平衡。但从微观的角度看，似乎不能掩盖法则中的某种残酷，比如杀猪，就是一个令人纠结的时刻。猪娃被喂养了一年，差不多成了家里的一员，甚至都有些感情了。现在一条活生生的生命，突然间就要被人为终结，肯定有些难舍。但猪的大限似乎早就注定，必然在年前。这似乎是个悲剧，民间甚至从猪的身上，总结出一些对自身有用的教训，如“人怕出名猪怕壮”“猪儿肥了要遭杀”等等，颇有警示意义。

大一点的寨子，往往有几个杀猪匠，多是免费的，彼此帮忙换活路。如果主人好客，会给杀猪的一块条方，即长条形的猪肉，杀猪匠也会乐呵呵地接受。据古龙川的算命先生说，杀猪匠和帝王将相的八字是不相上下的，都掌握着生杀大权。这一天是人的节日，却是猪的忌日。猪经历一番徒劳的挣扎后，被置于案板上，杀猪匠一把长长的尖刀捅进颈部，又瞬间退出，白刀子进，红刀子出，带出一股红色暗流，汹涌的血柱喷涌而出。渐渐地，猪由嚎叫而哀鸣而喘息，最后至于无声。杀猪匠把带血的刀，在猪身上拍打两下，说一声“投生去吧”，沾满猪血的手在围腰上胡乱擦个三两下，便马不停蹄开始接下来的一系列流程：捅挺杖、把猪吹胀、淋开水、刮猪毛、开膛破肚，三下五除二，一头活生生的猪转眼变成一块块鲜肉。

杀猪不是一件善行，古龙川人似乎也意识到了这一点。所以在猪的生前尽量善待，最后一顿会用最好的苞谷面粉喂得饱饱的，也不怕浪费粮食。杀猪匠也是速战速决，快刀斩乱麻，尽量减少猪的痛苦。猪咽气后，主人在院坝里摆上一条高板凳，作为临时祭台，拿出准备好的纸钱，点上香，燃起火纸。火纸为古法所造，叠成一摞摞的长方形和正方形，用半圆形的铁钻，打制成铜钱状，火纸便成了冥币，或许这是对铜钱的一种粗糙仿造。长方形的叫长钱，手艺人家用来祭奠外神；正方形的叫板钱，用来祭奠祖先等家神。此时烧的是长钱，一来祭祀四官老爷，二来也是给猪烧的落气钱。主人酹之以酒，淡淡地道歉说：这辈子让你受苦了，下辈子不要再变成猪哈。有的妇道人家眼泪浅，说着说着眼眶里就包不住，婆婆妈妈的，男人其实也受不了，怕事态失去控制，被人笑话，就赶紧打住。杀猪匠也带着歉意，把责任推到猪的身上，说：“唉，谁叫你变成猪了呢？命啊。”众人沉默下来，不说话，只有刮毛、切割的声音。

有些心肠软的人家，还会送上更好的祝福：你早死早投生哈，下辈子当个乡长。当然，对于猪下辈子投生的去处，还有其他许多说法，比如当个先生，或者干部，视主人的知识面和眼界而定。这些祭奠或许是一种歉意的表达，也可能是自我责任的一种开脱，但有一点还是基本可以肯定，即有罪意识的自省。河畔有位老人，每年请来杀猪匠后，自己要走几里路，远远地躲到听不见猪叫的地方，并捂住耳朵，估摸一切都差不多了才回来，帮助收拾残局。

杀猪时帮忙的人多，乡里乡亲要到杀猪的人家吃庖汤肉。从猪身的颈部割下一大坨肉，肥多瘦少，连皮带骨，肉色鲜亮。灶是柴灶，灶膛空阔，柴火燃得明晃晃的。锅里火力足，待锅底差不多都烧红了，才放下肉去，腾起一阵白烟，爆出阵阵脆响，先是毕毕剥剥，继而吱吱嘶嘶。猪平时喂的是熟食，又是山上的野草野菜，生长缓慢，一年只长一百多斤，和人一样，猪过的也是一种慢生活。那肉便有嚼劲，鲜、香、脆。加上盐和芹菜，或者辣椒、苞谷酒，吃得痛快淋漓，满嘴油叽叽的，格外发光的眼里似乎也冒着油珠子。

猪的各个身体部位，有着不同用途。前脚要留着，大年初二时送给岳父母；猪身有肋骨的地方，要割出几块长条状的条方，送给后家或其他亲戚。猪板油富含脂肪，是猪身上的精华部分，乡下人超强度的劳作，全靠它的支撑。专家们指导养生的植物油，似乎并不适合乡下人。剩下的猪肉，全用来腌制腊肉、灌香肠。腌过几天后，肉放在灶房的炕架上，让柏树枝条阴燃，熏烤。腊肉耐储藏，柏树的烟雾有一股浓浓的木香味，附着在腊肉上，一年也不会散去。猪头被暂时搁置，留待年三十夜祭祀老爷，花一个上午洗干净猪头和猪尾巴，下午，一家老小一边祭祀神灵，一边用手撕着吃。老子吃猪头，儿子吃猪尾巴，肚子胀得像面牛皮鼓。

古龙川人爱面子，过年时节猪肉是少不了的。有个老头没喂过年猪，只在街上赊了五六斤肉。本可以低调一点提着的，偏偏挂在长烟杆上。而长烟杆又扛在肩上，支得高高的，自然好多人都看见他的过年货了。老熟人免不了恭维一句，哟，杀猪了，几百斤？他轻描淡写的，差点三百斤。有的死心眼好奇，刨根问底，差多少哇？他嘻嘻一笑，只差二百九十多斤。转身而去，烟杆上的一溜猪肉，甩一甩的，像面旗子。

更忙碌的是婆婆媳妇，推绿豆粉，做粑粑。腊月里的石磨子到底转了几千几万圈，谁也没统计。总之，糯米粳米被一点点磨碎，做成米粑。除了实用的果腹，此时还讲点艺术。米粑要做些花样，一个木制的模具，反刻着各种图案，把加水揉好的米面置于其中，印出的米粑便满是祥花瑞草，福禄寿喜。还有更复杂的，叫作花甜粑，有着更高的技术含量和审美趣味。

花甜粑是古龙川饮食的一次审美升华，从单一的果腹实用走向兼顾视觉效果。先将糯米和粳米淘洗并过滤水分，两者混合，用石碓或石磨舂成粉末状的米面。石碓或石磨都是古老的工具，富于节奏感，却是一项繁重的体力劳动。石磨有大小之分，大的石磨在河边的碾房里，水车拉动，自然省力，但家用的石磨都是小磨，全靠人力，手脚身子并用。推磨时脚步前移后蹬，身子前俯后仰，双臂拽动石磨做三百六十度圆周运动，左右旋转时还得使点巧劲，即便没有高血压，也难免晕眩。石碓的碓窝用一块大石头凿成，圆形的开口，五十厘米左右的深度，舂碓时单脚用力，踏板一端的动力臂很短，而另一头却重而长，并不省力，似乎是古龙川对杠杆原理的一种错用。碓槌一上一下，乌江两岸到处都是此起彼伏的舂碓声。

米面磨好后，先取其中的三分之一掺水下锅，不断搅拌直至完全熟透，成为“米浆”，这个过程叫作“打浆子”。接下来，将米浆放上案板，与其余的生米面反复揉搓，可谓千回百转，千锤百炼。经过若干回合的揉搓，形成了黏糊的面团，这才进入花甜粑制作的关键步骤——压花。面团压成片状，涂抹花花绿绿的颜料，层层叠加，圆柱状的花甜粑基本成型了，然后放进竹编的大蒸笼，柴火蒸熟。

古龙川的花甜粑，外形呈平淡无奇的圆柱体，与各地年糕似乎无甚差别。但只要将其横截面切片，就会惊讶地发现，每一片都是红花绿草，鸟兽虫鱼，而且片片相同，如同克隆一般，令人称奇。花有牡丹、月季，草木有松枝、幽兰，此外还有翩飞成对的蝴蝶。也可做成“福”“禄”“寿”“喜”等字，一双巧手，变化随心。

因为揉搓和加火蒸煮，这些花草也如同陶瓷烧烤过程中的釉色变化，有了一些随意的点染和变形，平添了天意的成分。因为上天的参与，花甜粑的图案便游走于写实与写意之间，妙处不可言传。花甜粑的吃法很多，可水煮，可甑蒸或烤食，还可加入甜甜的糯米酒，做成“甜米酒煮花甜粑”，招待当紧的贵宾。

终于到了年三十夜。一年到头，即便天天在外，但只要大年三十夜全家团聚，就算圆满。所以，乡人哪怕远在天边，也要跋山涉水，在这天赶回家。父亲常说，麻雀子也有三十夜。乡人会在房屋周围撒些碎米，招待山上的鸟雀。牛也过年，除了稻草，还要拌些带碎米的米糠、苞谷面，甚至绿豆。牛也不客气，狼吞虎咽的。在这个皆大欢喜的日子，屈指算来，吃亏的只有猪了。

年夜饭被郑重地安排在堂屋里的大桌上，先烧纸祭奠祖先，请祖先歆享，一家人再团团围坐。大人小孩都入席，尊卑有序。鞭炮是早就准备好的，早已按捺不住，小孩子模拟点燃引信已经做过好多回，这一下，终于可以听见那一声声痛快的爆响。吃着年夜饭，贪心的孩子们又开始憧憬正月里闹春的花灯、龙灯、狮子灯，元宵夜古龙川两岸柏油浇注的蜡烛与繁星点点的桐油灯盏，还有炒虫虫，偷菜打油烟，给果树喂饭......

此时，万物酝酿着萌芽，四季之首的春天已经准备就绪即将登场。冬去春来，有因有果，人神共处的古龙川又开始新的生命轮回。

过年了。

（选自《二十四节气》，现代出版社，2015年12月；获贵州省第五届乌江文学奖）

李天斌

剩下的不仅仅是时间

一

很多年前，父亲便说，让我陪他去看看他的二姨。

快过年时，父亲说过年去，但直到年过完了仍然没去。快放长假时，父亲说等我放假就去，但直到长假结束仍未成行。这样不断地说，这样不断地拖延，不经意间，似乎便是很多年。

直到今年国庆长假，父亲终于对我发出了最后通牒，父亲说，再不去，可能就来不及了。但父亲随即又说，即使去，恐怕也来不及了。父亲扳开指头算了一下，说他二姨如果还在世，今年应该是九十岁了。父亲其实并不知道他二姨的生日，只记得他二姨比我奶奶大五岁，而奶奶去世时恰好六十五岁，如今奶奶去世已经二十年，几组数字加起来刚好等于九十。几组数字其实并不复杂，父亲却接连扳了好几回指头，反反复复算了好几次，有几次还算错了。我才发现，父亲其实也老了。

父亲忍不住就沮丧起来。他的九十岁的二姨还有可能活着吗？即使活着，估计也是不知人事，不识亲人了。那么再去看她，还有意义吗？——好几天的时间，父亲一直陷在他自我的怀疑和矛盾中，反反复复地像个小学生推理一道算式，每一次都会有一份沉沉的恍惚，把一份飘在头顶的时间和光阴弄得有几分孤独和不堪的样子。

好在到最后，父亲还是从那一道道谜一样的算式里走了出来，父亲说，不管怎样，即使他二姨已经去世了，即使只是去看看一座坟一堆土，或者是他二姨老得已经不记得一切了，不认得他了，他仍然要去看她，不能再等了。

在我们家亲戚中，在父亲二姨的那一辈，她已经是剩下的最后一个老人。

我奶奶去世时，父亲还为我们一家人的生计在外奔波，那时候还没普及手机，通讯不方便，无法告知父亲奶奶去世的消息，一直到把奶奶安葬后很久，父亲才回来。父亲一直为没能见上奶奶最后一面而愧疚和遗憾。父亲的二姨长得像极了我的奶奶。因为这样的心理，父亲一直想看他二姨一眼。只是多年的阻隔竟然让父亲只记得他二姨家的一个地名，至于路在何处却不得而知。

血脉与亲情从父亲的二姨处流淌到我这里，已经到了一条河流的下游，其间的热度分明细若游丝。但父亲不一样，在他跟二姨之间，血脉与亲情只在咫尺，更何况，父亲一定是把奶奶的影子移植到了他二姨身上——尽管这或许会让父亲想要探望他二姨的情感动机打上折扣，但毕竟，这于尘世而言，无论如何都如那春水荡漾，清凉之中暖阳融融。

所以当我决定从俗事中抽身出来跟父亲一起去探望他二姨时，我甚至觉得，我或许也经历了一次严肃的情感洗礼。

二

除二姨外，父亲还有一个大姨，已去世多年了。父亲只依稀记得他大姨去世时八十四岁，还知道他大姨比二姨又大了五岁。在推算他大姨去世的时间时，父亲又再一次算错了，只是这一次没有谁为父亲纠正，父亲自己也不想再纠正了。

父亲和他二姨、大姨，当然也还有我的奶奶。他们之间其实就是一个完整的尘世，缺了其中任何一个，就都像某个脱落的链条。即使在相隔了多年之后，即使有人早已经不可能再面对面坐下来，在属于他们几个人的尘世里，回忆亦是一根缝衣针，一针一线之间，那些时间的漏洞似乎都会得到愈合。父亲一定很清楚，在这剩下的一截时光里，那点光亮的余存，随时随地都会被时间吹灭。那时他所剩下的，或许便仅有了一个黑沉沉的空洞，他虽然不一定惧怕那个空洞，但当他一个人站在那里时，他一定就会觉得这尘世的虚浮如风，以及从未有过的不堪重负。

所以现在，父亲必须紧紧拽住他的二姨。他的二姨身子虽然已如一根干枯的草，似乎精血耗尽，在秋风中欲折未折的样子，但好在也还算耳聪目明，一切回忆在她九十年的时光里竟然都还棱角分明。也或许是因为这样的反差，父亲忍不住哭了，就在他的大姨，还有我奶奶在他二姨棱角分明的回忆里一次次接近真实又一次次觉得缥缈无依时，父亲忍不住哭了。我知道，父亲在哭他的大姨，在哭我的奶奶，在哭那些已经逝去的时光，当然，更是在哭他的二姨，哭一个九十岁的老人紧紧留存在她生命中不死的记忆——无论如何去看，时间在此都难免有点残忍，时间怎能让一个九十岁的老人至今仍清晰地活在她的从前呢?

在三姊妹中，我奶奶最小，却最先去世。我奶奶逝去之后大约十年，父亲的大姨跟着去世。这一直让父亲的二姨无法释怀。现在，在一缕秋天的阳光下，父亲的二姨抬起浑浊的目光看了看空茫茫的天空后对父亲说："你娘死得太早了！我是她姐，我咋就不死在她之前呢？"顿了顿又说："你娘死得应该有二十年了吧？"再又说："我为什么又活了二十年呢？"再下去就紧紧拉住了父亲的手说："你大姨应该也死了十多年了吧？我咋就又活了这十多年呢？"那样子，就像一尾深陷于时光中的鱼，被时光网住的同时，却又一直陷于一份挣脱于时光之外的彷徨和无依。

毫无疑问，父亲的二姨无时无刻不在想着她的两个姐妹。

这让我忍不住有些动情，同时也有些失落。其实，父亲的二姨虽然日子过得艰难些，但现在的她也是四世同堂。按理，她该在这一份幸福中继续享受更长的光阴，更何况，她现在还享受到了国家发给的农村高龄补助，但在一颗心的深处，真正可以慰藉她的孤独的，还是那些来自她两个姐妹的所有往事，其余的，不管怎样，似乎都隔了些什么，甚至是极有可能都远在心灵之外——而这些，是否就是来自尘世的最本质的隔膜呢?

再看父亲的二姨时，便觉得她越来越像时间剩下的最后一根草。她一个人孤独地活在那光阴里，四周跟她一起生长起来的草木早已被秋风收割，唯有她，一个人在秋风中茕茕独立——不是诗意地独立，而是一眼一眉之间，均是残存，均是沧桑，熟悉的世界已经不再，满腹心事就像落满天际的秋风，混沌模糊，斑驳难辨。

我突然觉得有些不堪。我甚至不得不怀疑先前我对于所谓肉身的福祉的理解——先前我一直以为，作为一个肉身而言，一个最基本的幸福指数就是至少要活得相对长久些，越活得长久，其幸福指数就会越高。但现在，从父亲二姨的身上，我显然觉得自己真的偏激甚至浅薄了——所谓肉身的福祉，它并不是单纯以活得久长为标志，较之于一份沉沉的孤独，一份生命的久长，或许更是引人心伤的利器?

三姊妹，无兄亦无弟，在那个时代，这样的家庭是被人们认为香火已断，也必定要遭受歧视的。不独是她们的父母，即使是她们姊妹三个，亦是受尽了村人的白眼。这一特殊的人生经历，我就不止一次听我奶奶提及，每一次，奶奶内心的那一份愤懑和忧郁，都会像一阵阵清凉的秋风，把整个屋子弄得萧瑟无比。尤其是每年古历七月鬼节，奶奶都忘不了要我在我们家的祖宗牌上添上她父母的名字，并嘱咐我在她去世之后，一定也要像今日一样供奉她的父母（后来我的确做到了，愿奶奶在天安息）。多年前我不甚明白，多年后却觉得有一份沉沉的凉意，就让奶奶立于那寒枝上。而多年后的今天，让我意想不到的是，即使是已到了九十岁的年龄，即使所有的往事均已隐入尘土，但父亲的二姨仍然像当初奶奶一样走不出这一份寒凉之气。一看见我们，父亲的二姨第一句话就说："人们经常说我这辈子就一个人，我经常给他们说，我家还有很多人，你看，你们今天不是来看我了？"父亲的二姨显然是把我们当成了她的娘家人，也当成了她最亲的人。而我，却在那一刻看见了一份穿越岁月与心灵的疼痛，像一根根固执的草，一年年漫过无边的荒原。

三姊妹之间，几乎就是相依为命的一份亲切的尘世了。

我清晰地记得，在我奶奶去世之前，她一切都放下了，却就是放不下她的两个姐姐。一直在说着她们，奶奶说她倒不牵挂她的大姐，因为她大姐的儿子们总算有点出息，日子也算过得去。她唯一惦记的，就是她二姐，她二姐一是丈夫死去多年，两个儿子又都老实，尤其是小儿子连媳妇也娶不到，一家人生活很是艰难，人世在她二姐那里，真真是举步维艰。之后，奶奶还拿出一套平时舍不得穿的新衣服，嘱咐等她二姐来为其奔丧时送给她，那离世之前的牵挂，至今仍然让人动容。还有父亲的大姨，对二姨的牵挂，亦是让人感怀。一直到她后来人生很多往事都已忘记，甚至忘记了她的儿女时，她都没有忘记父亲的二姨，只有在跟父亲的二姨说话时能回到清醒的状态。这一直让我们深以为奇，一份失忆之忆，一份唯一不死的记忆！

如今，对父亲的二姨而言，或许真正能牵挂她的人，都已经离开了这个尘世，剩下的关于她的牵挂，或许就只有一份坠入时间深渊的回忆，缥缈且寒彻——但她依然喜欢一个人坐在那里，喜欢向着那深渊看过去。只剩下一个人，没有谁能干扰她，没有任何事能在那里出现，她只一个人进行着她的回忆和牵挂，剩下的，都只交给时间，至于有没有答案，似乎已经无关紧要。

三

早在五十年前，父亲的二姨父就因病去世，此后，父亲的二姨便一个人带着三个孩子，一步一步地在岁月中走了五十年，一直走到了现在。她的女儿出嫁到了很远的地方，而且也早已为人祖母，几十年之中难得回来一次；她的大儿子也即我的表伯虽然就住在隔壁，并且也早已为人祖父，却是在另一个屋檐下另起炉灶；她的小儿子也即我的小表叔，算来如今已是五十多岁了，却一直未娶，并早在十多年前就已孤身离家出走，其间从未回来过，甚至是生是死亦不确切……

我们问表伯，为啥不让父亲的二姨跟他一起住？表伯一脸无辜地说，并不是他不要，而是父亲的二姨不肯。表伯还说，她之所以不肯，是因为她说她一直要守着属于我的小表叔的那间房屋，她一直要等小表叔回来。表伯还说，他去年在修建他这边房屋的时候，准备连小表叔那边的一起修，结果父亲的二姨死活不同意，还大骂表伯豪强霸道没良心，想要霸占小表叔的家产。我们又问表伯，那么小表叔究竟有没有音讯呢？小表叔究竟知不知道有一个已经九十岁的母亲一直在等着他回来？这下表伯显得有点生气了。表伯说，一方面父亲的二姨在家苦苦地等着小表叔，一方面是小表叔的心中根本就没有这个老母亲存在，表伯还说，有一年小表叔从广州打了一次电话回来，当时表伯就催他回来看看老母亲，小表叔答也不答，只说他连自己的生活都顾不了，哪还有闲钱奉养老人？

关于小表叔，父亲的二姨有时也觉得他或许真的死在了外面，尤其是每年古历七月鬼节时，她总要躲开我的表伯，偷偷地为小表叔焚烧纸钱；有时夜半时分，亦会听到她一个人在哭小表叔。但与此同时，她又坚信我的小表叔总有一天会回来，她一定要帮他守好属于他的一份家业——尽管那一份家业已经只是半截（另半截已被我表伯翻新盖成了水泥平房）低矮破旧的瓦房，以及门前荒草丛生的窄窄的一个小院子。而当我们弄明白这一切时，我们突然也似乎明白了一个九十岁的老人，何以如此顽强并且清晰地活在这尘世间的原因了。

“四月是最残忍的月份，荒地上，长着丁香，把回忆和欲望，掺和在一起，又让春雨，催促那些迟钝的根芽。”托马斯·艾略特在《荒原》里这样表述生与死的残忍和迷茫。而我亦觉得，一个人一旦置身于某个残忍的季节时，生命的迷茫，就一定像荒地上的一朵丁香，即使花香犹在，却已恍如隔世。

父亲的二姨，也是那一朵隔世的丁香么？在一片孤独无助的荒原上一切似乎都已经过去，一切都还没有到来，一朵花的开放与零落，残忍与迷茫，早已经没有任何人在意、倾听。

一切都已经无可挽回了。对父亲的二姨而言，过去的已经成了永远的过去，还没有到来的已经不可能再来。就像某扇在秋风中紧紧洞开的窗户，虽然有一双眼睛和一颗心还在紧紧地醒着，但其实，秋风所过之处，一切都已经无济于事，厚厚的尘土早已经掩埋了一切，剩下的，或许真的只如隔世的凝望，以及一开始就已面目全非的遗忘？

只有这一次短暂相聚后的告别，却是这个秋天最真实的场景。吃过饭后，送给父亲的二姨为数不多的一点钱后，我们便要告别了。二姨显然舍不得。在干净明朗的阳光下，她一手扶着拐棍，一手紧紧拉住我父亲的手，然后就哭了，先前的欣喜，终于成了决堤的泪水，“儿呵，我晓得我们这是最后一面了，等你下次来时，我就变成一堆土了……”我父亲也忍不住再一次哭了。紧接着，这一对暮色中的母子——彼此都已经枯去的身子，就像两棵随时都有可能折断的霜草，紧紧搀扶在一起了……近处，有一簇簇灯笼般的西红柿开得正盛，远处，还像从前一样不知人世的稻谷正逐渐变得金黄，一只不知来自哪里的羊，漫不经心地走过……

风却一直不动。风也许不忍心打扰这残忍和迷茫的时刻。只是最终我们还是走了，一直走出很远，父亲都还在回头——我也忍不住一次次回头，父亲的二姨依然站在那里，虽再也看不见她的泪眼滂沱，但我突然觉得，此一去，我们便是彻底地将一个九十岁的老人，将我们家唯一剩下的最后一个老人丢下了，我们只用了不多的一点钱（这样的形式我一直觉得很是不堪），就将那些穿越了无数岁月的牵挂丢在了时间的那一边，只不知，一起丢下的，是不是真的也还有疼痛，就如这悄无声息的秋风一样，只默默地，割碎了我们潜藏多年的郁郁和忧伤？

（原载《民族文学》2016年第1期）

杨 村

乡村信札两则

向一条河流致敬

老达：

又一个秋天已经开始了。

因为我接到了《中国少数民族人口丛书·苗族》一书的撰写任务，我们的通信就一直搁置下来，整整两年了。现在，《苗族》一书已经出版发行，我感觉身上像卸掉了一挑担子。实际上，我在撰写苗族的时候，就是在叙述着我们的乡村，叙述着一个与农耕文明息息相关的族群。现在，走过了一个长长的夏季之后，秋天又走向了田野，那种我们津津乐道的乡村气息，又给我们送来了新的扑鼻的芳香了。我忽然记起，我们必须把我们关于乡村的话题延续，于是，一口气又把我们以前的通信读了一遍。

关于生命的表达与我们的命运形式，你已经剖析得很深刻。人生就像一条河流，在从容与果决中，把生命一次次推向命运的浪尖。生命就在这一次次的跌宕中不断壮丽起来了。因此，我对河流总能怀有一种特殊的感情，每当黄昏时分，站在一条河流的岸上，我就会以致敬的方式凝视着河流奔腾的形态，直至夜幕降临的时候，我仍然站在那儿聆听河流掀起的涛声。然后，我才来歌吟一条河流。我结集出版的第一本散文集就叫《让我们顺水漂流》。我喜欢把自己的生命与河流紧紧地联系在一起。就像一直以来，我喜欢美国诗人莱斯顿·休斯的那首《黑人谈河流》的诗篇一样："我了解河流：我了解像世界一样的古老的河流，比人类血管中流动的血液更古老的河流/我的灵魂变得像河流一般的深邃。晨曦中我在幼发拉底河沐浴，在刚果河畔我盖了一间茅舍，河水潺潺催我入眠。我瞰望尼罗河，在河畔建造了金字塔。当林肯去新奥尔良时，我听到密西西比河的歌声，我瞧见它那浑浊的胸膛，在夕阳下闪耀的金光/我了解河流：古老的黝黑的河流。我的灵魂变得像河流一般深邃。”

无论站在哪条河流的岸上，我都能想象出它的奔腾方式；无论站在哪条河流的岸上，我都相信它们发源于原野，然后流过乡村，再流入城市。我也明白，河流在乡村是澄澈和宁静的，而在城市是喧嚣与浑浊的，这就如同我们生命的不同表达方式和命运的不同呈现形式。休斯在《黑人谈河流》中，也许让我们看到了一些族群的过去，那些翻涌的浪花和潜沉的暗旋，那些如泪如歌的历史，就流溢在人类的血管深处，古老的深处。他站在高空中俯瞰着原野，洞穿了河流的深邃和秘密，河流的性格变化在他的诗行中以歌声和光和血液的形式呈现出来，这就很切合人类的命运形式了。冰心也说过，生命就像一江东流的春水。而这些东流的春水，都来自原野，来自乡村，然后去滋润城市，所以，我更喜欢乡村纯静的河流，自由地流过森林，流过草地，流向壮丽的生命巅峰！

我们之所以津津乐道于河流，不仅因为河流与我们的生命息息相关，或许更因为我们的文明都是从河流开始，无论休斯歌吟到哪一条河流，它们都是人类文明的发祥地，都会闪耀着文明的光辉和吹拂着血液的腥风。无论这个世界多么异彩纷呈，它的文明根基永远属于河流，只有河流，才孕育出人类文明。而那些文明的根基，它都是从乡村开始的，这就像我们古老的生命的血液，它也是从乡村开始流淌而来，之后，汇集成了城市的梦，芜杂而迷幻的城市的梦。因此，那些来自乡村的河流，总是吸引着一代一代的智者，那些智者穷其一生，都在与河流休戚与共，与河流相拥密谈，而后留下一束束思想的光芒，最后，把生命交付给奔腾的河流。李太白的“黄河之水天上来，奔流到海不复回”，杜甫的“白水暮东流，青山犹哭声”，屈原的“乘舲船于上沅兮，齐吴榜以击汰；船容与而不进兮，淹回水而疑滞”……都具有与休斯一样的壮美和异曲同工之妙。最后，他们把生命的最后关头投入到河流时，生命与河流就一起在大地上奔腾不息。

许多年前，我顺着一条叫台格溪的小河从乡村走来，走向遥远的城市。穿行在大山的根部，涉过一道道河水，走向远方。那种前路昏茫和叵测的心情久久地郁结在心底。我顺着流水，走完了那条叫台格溪的小河的时候，横在我面前的一条河流让我惊诧不已。后来我才知道那条河流叫清水江，就是屈原歌咏的“乘舲船于上沅”的那条沅江的上游。在家乡时，乡亲们叫它大河，我曾经站在乡村高高的峰巅看见它来自遥远的天际，我曾经在梦想中与那条河流一起奔腾。但第一次面临之时，一种惊惧从深处袭击着我。我也知道，那条河流从别处的乡村深处奔流而来，到了我的眼前时，它壮大了。它以自己的勇毅和果决一往无前，将生命在你所说的“河岸，山石，土丘，草木，风速，阳光，雨雪……”之前以不同的方式搏击与呈现。我听见它歌唱着，击打着河岸的石头和悬崖，掀起惊骇的浪花，一种来自乡村的宏大的生命体就在我的眼前奔流不息。我站在河岸上，久久地凝望审视，为那种宏大的生命运动激动不已。

从我家乡奔流而来的小溪悄然汇入了那条大河。没有谁为它们举行任何仪式，小溪的低吟浅唱已经汇入了奔涌的洪流。我感觉到一种小生命与一种大生命的投奔与容纳。后来，当我走了很长的路之后，无论是艰辛还是欢乐，无论苦难还是幸福，那种情境都一直勒在我的脑际上，在我的心灵深处。我忽然觉得，我的生命已经早已融入其中了，河流的喧哗或者沉静，都是我们的生命之歌，而且，那些奔流的液体在不断地演绎着来自遥远的乡村的那种生命气息！

老达，如果没有什么意外，你今天应该抵达三明了。我知道你一路的兴奋与劳顿，好好休息一下吧。我们本来在讨论乡村，这封信可能扯远了。下次，我们是不是来关注一下时下的乡村生态以及乡村旅游的问题？

秋又起凉了，最美丽的季节又要到了。

此祝安好！

你的朋友杨村

2013年8月26日

河流或者湖的呻唤

老达：

我想起了自己曾经写过的一篇散文叫《河流或者湖》。文章描述了一条河流，也描述了一座湖泊，描述了一座大山。或者，就在大山和人山根部的河流与湖中徘徊。当我站在高山之巅，手抚云朵的时候，我想到清澈的河流或者湖泊，而我遨游于河流或湖岸之时，我的心却在山巅上飞翔。大山与河流的关系，就在我的心灵深处密合榫接，我与它们永远粘连在一起。我写的是一条叫巫密河的流水。我从雷公山上追逐着它们奔流而来，穿过原野，穿过森林，穿过村庄，从容地一路歌吟而来。但我们在它的岸上建起帐篷，在夜色中聆听它的歌声之时，它却在我们的眼前摇身一变而成为一汪湖泊。我不知道河流与湖，它们是怎样把身份在大山的根部里进行变换的？只有一种感觉，就是让我有切肤之深——因为它们就像人类的生命一样的真实与不可捉摸。

河流与湖的身份变化，那是大自然的生命秘密。生命在湍急奔涌之后，它们需要有一个潜伏过程，它们谦卑而自由地从湖心深处缓缓行进，积蓄向前奔腾的能量。所以，我们忽然听到河流的歌声在湖心骤然停歇，生命进入了思考的途程和沉淀的宁静——这实际上也是我们自己的心路历程，也是我们的生命曲线的呈现方式。我从遥远的乡村走来，顺着河水漂流，我深知河流的喜怒哀乐，潮涨之时的咆哮与潮落之后的静美，我的脉跳都会伴随着它们一起律动。所以，我一直对河流与湖有极深厚的眷恋和怀想。但是，现在许多星罗棋布的湖却令我异常厌恶，因为它们背离了乡村的原初生命形式，背离了大自然的生命形式，一意孤行地在大山之间对河流进行阻拦，自古以来奔腾的血液在那些湖上凝滞停顿，许多植物被湖水淹没蹂躏，大地无奈地呻唤。过去，我在清水江岸行走的时候，一川流水喧哗奔腾，我感到河流生命的鲜活与洒脱。如今，我坐着船在那条河流漂驰，奔涌的河水变成了一汪死气沉沉的湖，污秽与积垢在湖面上扩散。而踏上湖岸，走进乡村之时，道路上充斥着白色的垃圾。这让我不得不重新审视我们的乡村，那种与大自然一起同呼吸共命运的乡村，怎么一下子变得千疮百孔？怎么一下子变得如此荒索？我们乡村那种从清晨到黄昏的井然的秩序还会找回来吗？

你说，我们全部的尊严就在于思想。说得好！这就像法国哲学家笛卡尔说的“我思故我在”。我正在读一本《文物：讲读历史》的书。我知道，从两百万年前的原始人开始，人类就一直与自然界密不可分。只是大自然是一个人类活动的场域，是整体的存在，而人类却一直在思想着，并利用着自然。在漫长的岁月中，人类历经过无数次的自然灾难，在不同的自然环境中，人类依然能够以独立的思想而存在，并且从简单的思想发展到丰富的思想。这就是人类的伟大之处！在来信中，你终于将笔端伸进了这个思想的场域，伸进了我们日益忧虑的生态，或者说伸进了人类活动的场域。这也是我一直以来，想让我们进行讨论的话题。人之所以成为这个世界的灵物，除了能感知自然之外，就是能用自己的脑袋进行思想，之后不断地梦想按照自己的需求对大自然进行索取和修改，从而进行发明和创造，并狂妄地发出过“人定胜天”的声音，梦想凌驾于自然之上。然而，大自然是一个强大的生命体，它总在不动声色中俯视着人类的罪行，在不动声色中对人类进行一次次的惩戒。20世纪20年代日本的水俣病事件，30年代比利时的马斯河谷烟雾事件，40年代美国的洛杉矶烟雾事件和多诺拉事件，50年代英国的伦敦烟雾事件，60至70年代日本的四日市哮喘病事件，以及当今时代呈现在我们眼前的雾霾现象……这些都是人类在自己的伟大思想的指挥下进行无限追求（叫掠夺更为确切）所导致的恶果。中国在20世纪50至60年代，为了“超英赶美”，曾经发动过全民大炼钢铁的伟大运动，大面积地砍伐森林，导致自然生态受到严重的破坏和浪费，成了人类生活的一次沉痛教训。——这是人类在创造文明的同时，也给自己带来的灾难。如果是人类对此从未有过的探索，所以犯下的错误，那或许情有可原。关键在于有了很多前车之鉴，我们还要重蹈覆辙，这就是睁着眼睛跳黄河了。我们明知路漫漫其修远，而有时则要急功近利，饮鸩止渴；我们知道恶果之重，却要坚持透支未来。悲乎哉！

你说，我们必须正视已陷于生态危机中的现实，对生命进行反思，对人类历史长河进行反思。我很赞同你的意见。现在，威胁着人类生存的不是别的问题，而是生态危机问题。我曾经从网上摘录和整理过以下这些材料，你一看，就知道我们已经驶入了一个怎样的运动场域了。

20世纪90年代，环境污染问题已经非常严重。如淮河流域，常年如同一条巨大的污水河。1995年，由环境污染造成的经济损失达到1875亿元。

目前，中国的荒漠化土地已达267.4万多平方公里。全国18个省区的471个县近4亿人口的耕地和家园正受到不同程度的荒漠化威胁，而且荒漠化还在以每年1万多平方公里的速度增长。

据中科院测算，目前由环境污染和生态破坏造成的损失已占到GDP总值的15%，这意味着一边是9%的经济增长，一边是15%的损失率。环境问题，已不仅仅是中国可持续发展的问题，已成为吞噬经济成果的恶魔。

中国的七大江河水系中，完全没有使用价值的水质已超过40%。全国668座城市，有400多座处于缺水状态。其中有不少是由水质污染引起的。如浙江省宁波市，地处甬江、姚江、奉化江三江交汇口，却因水质污染，最缺水时需要靠运水车日夜不停地奔跑，将乡村河道里的水运进城市。

全国1/3的城市人口呼吸着严重污染的空气，有1/3的国土被酸雨侵蚀。经济发达的浙江省，酸雨覆盖率已达到100%。酸雨发生的频率，上海达11%，江苏大概为12%。华中地区以及部分南方城市，如宜宾、怀化、绍兴、遵义、宁波、温州等，酸雨频率超过了90%。

在中国，基本消除酸雨污染所允许的最大二氧化硫排放量为1200~1400万吨。而2003年，全国二氧化硫排放量就达到2158.7万吨，比2002年增长12%，其中工业排放量增加了14.7%。按照目前的经济发展速度，以及污染控制方式和力度，到2020年，全国仅火电厂排放的二氧化硫就将达2100万吨以上，全部排放量将达到大气环境容量1倍以上，这对生态环境和民众健康将是一场严重灾难。

中国平均1万元的工业增加值，需耗水330立方米，并产生230立方米污水；每创造1亿元GDP就要排放28.8万吨废水。此外，有大量的生活污水。其中80%以上未经处理，就直接排放进河道。

美国的原始森林遭到人为的破坏，很多树木被砍伐，造成很多动物流离失所，甚至有些物种灭亡。

罗布泊，消逝的“仙湖”。就是说，罗布泊本是非常美丽的湖泊，如今消逝了，成了荒漠。这是生态环境遭受人为破坏的悲剧。

…………

鲁迅先生有一句被生态专家多次引用的话：“林木伐尽，水泽湮枯，将来的一滴水，将和血液等价……”我查了一下，这句话出自鲁迅先生的《二心集·〈进化和退化〉小引》中。这是一种先见之明，一种觉醒，也是人类的一种思想关怀和生命关怀。如果人类对自然的索取不加节制，后果定然不堪设想；如果人类的集体私欲不加节制，我们将会自饮其咎！

今年夏天，我们南方遭受了一场严重的旱灾。说实话，我心中开始有一种恐惧感。烈日一天天照在我们的城市，所有的空调机都在拼命地工作。在乡村，田土龟裂，庄稼枯死，蔬菜价格达到了昂贵的境地。我一直不断地向家乡打电话，问家乡有没有水喝了？即使不能为他们做什么，但我总是习惯地问他们。一天，我带女儿驾着吉姆尼驶向一条叫乌阳河的河流。过去，我们总在那条河岸上看河水奔流，逝者如斯。而干旱之后的河床，摇身成了一河沙砾。我们驾车驶过河床，如履平川。在河床上，我们看到三三两两的农民汲井抽水，日夜守候，一个个深坑掘在河床上，一只只水泵埋在井底，汩汩之声从水管里发出，就像我们微弱的脉搏。那些农民兄弟好奇地看着我们，无望地看着我们……这一幕一直深深地堵在我的心上。大约是2008年的盛夏，我有过一次西部长旅，足迹所到包括广袤的大漠戈壁，包括消失了的“仙湖”罗布泊。一天黄昏，我们在一处长满沙柳的路岸，一群工人正扛着高压水枪向一片树林扫射，我不知其解。后来朋友告诉我，那是给树林浇灌———我们……不像你们南方，他说，我们培护一棵树，一年的成本大约是三百元，而你们南方，把树栽在土里，就茁壮成长了。当时我感到有些骄傲，同时也为朋友的生存环境忧虑。

那天，我和女儿站在乌阳河的河床上。吉姆尼孤独地泊在干裸的河心。女儿没有说一句话。她一直在一边听我和汲井农民的对话和叹惋。以她的年纪，她应该还不知道生存之艰！我们抬头看见河岸上的悬崖，成片的树木干死，枯红的叶片就像燃烧的火焰，一种恐惧与忧虑忽然袭上心尖。假如持续更长的时间不下雨，假如河岸上的树木全部枯死，那么，要不了几年，我们看沙漠，也就不需要去遥远的大西北了。鲁迅先生又说：“沙漠之逐渐南徙，营养之已难支持，都是中国人极重要，极切身的问题，倘不解决，所得的将是一个灭亡的结局。”但我们都不希望，鲁迅先生的这句话成为人类的现实。

现在，你应该明白我之所以听到河流或者湖的呻唤了。我不喜欢人类以集体的私欲主义对河流或者湖进行过多的干预，我喜欢人们尊重那些河流或者湖，就像尊重自己的生命一样，让河流或者湖遵循着自己的路径，自由地奔腾和安静地睡眠。

炎夏过去了，一场持久的旱灾过去了。人们感到获得重生一般的欢乐。但愿那些灾难远离人类，但愿人类的欢乐更加持久！

此祝安好！

你的朋友杨村

2013年8月31日

（原载《山花》2016年第2期；

获第五届乌江文学奖，获奖时作品名为《两个人的乡村——作家通信》）

何士光

今生：吾谁与归（节选）

第三章

1

我们继续往前走吧。……但是来到这里，却让人有些犹豫。我们往前走的时候，需要叙述事件，也需要认识这些事件，但我们要依靠来阐述这些事件的，是道家这个体系，牵一发就会引动全身。如果我们只是零零星星地把它放在事件之中来表述，虽然也能相互照见，却也不免相互牵制，会让人进退两难，顾此而失彼。所以经过再三考虑，我感到我们在接着叙述事件之前，就先要以道家的经典《道德经》为依据，来对道家的发现作一次尽可能简约的跟踪。这不仅是我们绕不过去的，同时也好为我们往后的叙述作一些准备。

我在这部稿子的引言里曾经写过，我们活着，是一直生活在世界和生命这个久远的谜里。如果把世界和生命的真相比喻为一座山峰，如同《华严经》里所说的"妙高峰"，那么古往今来地，人们就一直在寻找着自己的路径，希望能够登上那高高的山顶。而如果把人们实际找到的路径归结起来，这路径其实便只有两条，一条是宗教，一条是科学，而不是我们通常说到的思想、学术和哲学。在我们自己的这片土地上，在我们的前人这里，这种对世界和生命的根柢的把握，则是由道家这个体系来表述的。如果在我们民族的文化积存之中，没有这样一种对天地和生命的根本的把握，那就不仅会让人感到汗颜，并且也就很难说我们民族的文化是博大精深和源远流长的了。所以应该说，道家的表述，正是一种我们的民族的表述。

《道德经》是道家的根本典籍。但是半个多世纪以来，我们却往往只是依照我们的方式，把它看作是一种思想和主张，并且是一种消极虚无的、蒙昧主义的、代表着奴隶主贵族的利益的思想和主张。在经过了一遍又一遍的重复之后，对这样的描述我们似乎都已经不再怀疑。但这样的一些描述和重复，乃至都已经和《道德经》本身无关了。但凡思想和主张，便不免是人们的头脑里演绎出来的想法和愿望，乃至都是可以任意选择的，随时更改的，口是心非的。如果就思想和主张而言，人们之间其实就是难以对话的。当我们把《道德经》归结为这样一种思想和主张的时候，就是我们自己在和自己对话，映照出来的也就是自己的潮流、心思和眼光。

但《道德经》实际上却不是这样。在一切思想和主张之外，还有一种根本的存在，就是生命本身和生命的真相。如果模仿如今对学科的划分来说，《道德经》的核心的部分，则是自然科学的和生命科学的。老子所发现和告诉我们的，正是世界和生命的根柢。这就和过去、现在及未来的一切贵族或者不是贵族都没有关系，而是古往今来人们所共同面对和关心着的一个根本问题。这一切就是凡此不二的，无从更改的，知行合一的。要说普适性，这就有一种根本上的普适性。正因为如此，我们才有希望凭借着道家这样的发现，和这人世间的全体人们对话，并以这样的文化表述立于世界各民族之林。

2

那么现在，我们如果要用一句话，一言以蔽之地，来让我们知道和记住，《道德经》都发现和告诉了我们一些什么，可不可以呢？

这是可以的。这句话就是老子在《道德经》的第四十二章里说的：

道生一，一生二，二生三，三生万物。

这句话还可以再简约一些，只用数字来表示，就是“一二三”，这就是老子发现并用来观测世界和生命的模型。就像复杂源于简单，是后来科学用来观测世界的模型。

在老子这个模型之中，便还包含着一个反方向的模型。道化生出万物之后，道就包含在了万物之中，成了万物。我们自己是处在“三”的位置上，自然也就可以在自己和万物之中看见道。这就是修道，就是道家所说的“三”中求“二”，“二”中求“一”。仍然只用数字来表示，道家修道的模型就是“三二一”。

所以老子发现和告诉我们的，就是“一二三”和“三二一”。真理本来就是朴素的，你只要知道和记住了这个基本而简单的数字，你就知道和记住了道家的真谛。这“一二三”和“三二一”，就是合而为一的一个整体。道家的世界观、生命观、人生观和价值观，就缩影在了这样一个数字的表述里。

这样你就想想看吧，在这个古往今来的人世上，在我们的卷帙浩繁的著述里，还有什么发现和记载能够像《道德经》这样，早在两千多年以前，只是在一语之间，就为你说尽了这天上和人间的一切呢？

所以在这里，我们接着要展开来的，就是来跟踪这个“一二三”和“三二一”的模型。

在我们的跟踪之中，我们便要参照佛家的发现和科学的发现，来和《道德经》相互发明、相互印证，以显见得“吾道不孤”。世界本来只有一个，真相也本来只有一个，所以万法同宗，万法归一。

3

道生出了一，有了道也就有了一，道就是一。那么道是什么呢？对于老子所说的道，你不必去猜想和推测，那是你做不到的。老子在《道德经》的第二十五章里，就把一切都明确地告诉了你。你读完老子的这段话以后，也就会“知道”了：

有物混成，先天地生。寂兮寥兮，独立而不改，周行而不殆，可以为天地母。吾不知其名，故强字之曰道，强为之名曰大。大曰逝，逝曰远，远曰反。故道大，天大，地大，人亦大。域中有四大，而人居其一焉。人法地，地法天，天法道，道法自然。

在这段话里，老子首先就告诉了你，道是什么，为什么会把它叫做道。

老子说，道是一种“有物”，这种“有物”在还没有天地之前就存在着了。它是浑然一体的，无声无息的。我们的生命和我们置身其间的这个世界，就是由这个“有物”化生出来的。老子比喻说，这就像母亲孕育出来了自己的子女。这段话里没有神，甚至都没有人格化的或拟人化的神，这样你就可以放下有神与否的挂碍。这里只有一种“有物”，因此你也可以放下唯物与否的考虑。

老子当年洞察了这种“有物”，但这是老子才知道、人们还不知道的，老子该怎样把它告诉我们呢？但凡一个体系，就不仅要有自己的发现和认知，同时也还要有自己的表述和语义体系。正是在这里，老子感到为难了。老子发现了它，却不知道该怎样称呼它，只好由自己来给它取一个名字，从现有的词汇之中选出一个词语来，把它叫做

“道”，或者叫做“大”。这就是“道”的来历，从此道就来到人们的面前了。你看老子这样的表白，不就真切而感人？所以老子后来在《道德经》的一开头，便不无感叹地说出了自己的这种难处，这就是“道可道，非常道；名可名，非常名”。有人说，这意思是“说不清”。其实并非说不清，只是要给人们还不知道的这个“有物”命名，并且还要对它的一切进行揭示和描述，这就不是一件寻常的事情。这里我们如果把老子的这种难处，和科学后来的发现相比较，你就会看到科学也推测出了一种“有物”，说我们的世界是由一种像针尖或是豆子那样大小的物质产生出来的，但科学家便没有给它命名，只说它应该是一种高密度物质。

这一切自然是太渺远了，我们或许会对老子的发现感到疑惑。但要说疑惑的话，莫非你就不会同样地对科学的发现感到疑惑？如今科学给了我们一种解说，认为宇宙是由那一粒针尖大小的物质，在经过了一次大爆炸之后而产生出来的，这是不是也同样让人难以置信呢？大爆炸是一种推测，但后来也逐渐得到了许多科学家的认同。老子没有说大爆炸，但“有物”这样一种基本之处，却是和科学相同的。事情如果是这样的话，那么科学后来的发现，不就仿佛是对老子的一种注释？

同样让人难以置信的是，老子当年不仅为我们描述了世界的本源，并且还在这一章里，接着对道的特性和运行的规律，因此也就是道所化生出来的这个世界的特性和运行的规律，作了一次彻底而完整的揭示和描述。

老子发现，道即世界的特性和规律，包括这样三个方面：

第一，“独立而不改”，即世界是不变的；

第二，“周行而不息”，即不变的世界又是不断地周期性地变动着的；

第三，“大曰逝，逝曰远，远曰反”，即这种不断地和周期性地运行，是不断地回归和周而复始的。

现在面对着老子揭示的这三大规律，你会有怎样的感受和判断呢？

你首先不能认可的，大约会是世界是不变的。这许多年以来，我们就只是习惯和认定了世界是变化的。我们往往会引用来批判道家，认为道家是反历史的，就是这样的一句话，“天不变道亦不变”。但是，没有不变，就不会有变；不变是事物的本质，变化是事物的现象；这变与不变，不又是我们一直在说的辩证法？要是道这个“有物”没有自己的“独立而不改”的属性，它也就失去了变化的依据，那么它又能凭借什么来变化，并且是依照着自己的品质和方向，来把世界变成这个模样，而不是别的模样呢？好比你总得要有一个不变的万花筒，又才能够摇动出来千变万化的万花筒。要是事物没有自己不变的属性，我们也就无法把事物区别开来，比如无法把水、火、风、土区别开来，无法把草、木、鱼、虫区别开来，那么就只有混沌，而不会有这个世界了。如今你每天早上醒过来的时候，之所以还会面对着自己和世界，也就是因为这个变化着的自己，又还是自己，而眼前变化着的世界，也还是世界。要是你迷失在了五光十色的变化之中，你也就迷失了自己和世界。现在老子告诉了你，事物还有不变的本质存在，并且最终还有一个“独立而不改”的根本存在，这就可以帮助你把自己和世界的本来面目找回来。

你另外还有可能不会同意，事物运行的规律是不断回归和周而复始的。因为这些年来，我们又同样只是习惯和认定了，每一天的太阳都是新的，世界是一直在发展和进步着的。因此我们常常会用来批判道家，认为道家是反对进步和发展的，也就是道家描述的这种循环往复和周而复始的规律。其实这样的规律我们也并非看不见，我们之所以要这样主张，原因倒往往是出于自己的利益和心愿。你看我们的一年四季，不就是循环往复着的？夏天对春天不是一种进步，冬天对秋天也不是一种发展，冬天到来了，春天也就不远了，一切又会一元复始地循环下去。你又回头来看看我们的生命，也同样是在经历过自己的生老病死、重复过许多的悲欢聚散之后，也总是要离去，又何尝是一直在成长、始终在发展呢？从老子揭示出来的第一、二条规律里，我们已经看见了，变化着的世界其实是不变的；万变不离其宗,事物在现象上会有区别,在本质上却没有差异;老子说物壮则老,佛陀说成住坏空,我们说发生发展高潮结局,也都是在说循环往复的规律。我们换了一个季节、一种生活的时候，也不过只是换了一种方式、一种习惯、一种欢乐和痛苦，却也同样还是在面对着动荡的世界和不安的自己。所以事物的变化，并不天然地具有发展的和进步的意义。只是在我们自己来说，倒更愿意把一切变化着的，都看作是发展着的和进步着的。虽然我们也会注意到事物变化的周期性，却也更愿意把这种周期性看作是发展和进步之中的阶段性。所以许多年以来，我们也就一直在呼唤和努力着，要把我们的日子推进到更新和更高的阶段。

如今我们读着《道德经》的这些话的时候，依照老子揭示的规律，便不知有过多少桑田曾经变成了沧海，又有过多少沧海曾经变成了桑田。而如今在我们每天的新闻之中，在电视屏幕、网络和报纸杂志里，传过来的又已经是在呼唤着要拯救地球的消息。我们的天空里已经布满了雾霾，土地里已经渗透了重金属，河水里也已经溶入了化学制剂，城市的四周也积满了垃圾，为了我们不断地向前推进，我们已经深深地伤害了我们的天地和我们自己。这时候就让人禁不住要去推想，那么日子来到了今天，我们又来到了怎样的周期里呢？

所以老子最后总结这第二十五章说：“故道大，天大，地大，人亦大。域中有四大，而人居其一焉。”在我们所处的时空之中，有四种基本的和主要的存在，有道，有天，有地，有我们自己，而我们不过只是其中之一。在这样的境况之中，我们就有两种不同的可能和路径，来把握世界和我们的生命。一种是我们后来所选择的，就是站在世界的对面，征服自然，改造自然，与天奋斗，与地奋斗，与人奋斗，并以此为快乐、荣耀和成就。另一种就是老子接着告诉我们的，“人法地，地法天，天法道，道法自然”。这就是说，我们生活在这个由道化生出来的天地之间，就要以道和天地的法则为我们自己的法则。道的法则是什么呢？就是道所显现给我们的本来的样子，就是自然。也用一句话来说，就是天人合一，这就是道家文化的核心和真谛。

应该说，读着《道德经》的这第二十五章，从渺远的“有物”开始，最终又还是拉近了道和我们之间的距离。这时候你看见了什么呢？就看见了博大精深和源远流长，看见了东方传统的智慧和品格。

那么现在，我们可以来为道下一个定义了。道是什么呢？道是世界和生命的本源及规律。当然了，道是世界的本源，而不是世界的起点。我们还可以再问，道又是从哪里来的呢？好比一只已经在旋转着的陀螺，宇宙在“独立而不改，周行而不殆”地运行着，它所呈现出来的每一种景象，都是道所呈现出来的一种面目，同时是它的终点和起点。事情或许又要像道家和佛家修证的那样，如果有朝一日，我们的生命回到了智慧而圆满的状态，我们又才会有希望去窥视那“有物”之前的景象。所以道家也把道称为太极、或者太一、太乙，说它是由无极生出来的。但我们有了道，也就有了一。

当然了，我们在跟踪着这个“一”的时候，自然也不免会有一种疑虑，老子是怎样知道这一切的呢？这就要留待往后一些的段落里，老子会告诉你。

4

这样我们要接着来跟踪的，就是“二”了。

不过这时候，我们想换一下叙述的顺序，先来看一看在大爆炸之后，科学对世界的形成是怎样叙述的。借助于科学后来的注释，你就会把老子说的“二”看得更清晰。

科学描述说，大爆炸以后，宇宙中的温度非常高，整个宇宙处在一种像稀粥一样的“宇宙汤”的状态之中。这种状态，也就是道家所说的“混沌”的状态。后来温度逐渐地下降了，光子不再被自由的电子射散，宇宙就变得透明起来，这也就是道家说的“混沌初开”。

但这个时候的宇宙里只有高能量的粒子，没有原子、分子和物质，因此还没有天地和万物，是一个只有能量的时代。

科学家们后来为什么要去寻找那种被命名为“希格斯”的粒子呢？就是因为它是能够赋予一切粒子以质量的粒子，是一种能够让质量从能量之中产生出来的粒子。这一点自然是一个关键，质量的产生，就是我们的这个物质世界的开始。这样的情形，就好比是“上帝”创造出来了世界，所以一些科学家就热情地把这种粒子比喻为“上帝粒子”。这种最新发现的粒子是不是最终的“上帝粒子”，自然还需要证实。因为在此之前，科学家们在发现了分子和原子的时候，也一再地赋予过它们终极的意义，但结果也都不是的。但放下这一点不说，后来温度逐渐下降之后，质子和中子捕捉到电子，就形成了原子，然后形成了分子，形成了物质，世界也就这样产生出来了。

所以在我们的世界里，归根结底只有两种存在，一种是能量，一种是物质。科学已经发现，能量是可以转换的，物质是会蜕变的，但能量是守恒的，物质是不灭的。一位科学家还找到了一个公式，$E=mc^2$，来表述能量与质量之间的关系。

这是简略的回顾，科学的线索大体上是这样。

有了这样的线索之后，现在我们就可以回过来，领会老子在说过了“一”之后，又是怎样给我们说“二”的了。这里我们要援引下来的，便是《道德经》的第一章。对于这一章，人们有好几种不同的断句，这里为了阅读起来清楚一些，我们选择了这样的标点：

道，可道，非常道；名，可名，非常名。无，名天地之始；有，名万物之母。故常无，欲以观其妙；常有，欲以观其徼。此两者，同出而异名，同谓之玄。玄之又玄，众妙之门。

我们还是逐句地来领会吧，“道，可道”和“名，可名”我们已经说过了，现在我们就接着读下去。

老子说：“无，名天地之始；有，名万物之母。”

在这里，老子在“道”之后，又提出了两个重要的概念：“无”和“有”。这“无”和“有”，是老子在《道德经》之中反复使用的两个重要的概念，这也就是道这个“一”生出来的“二”。在道家的语义体系里，也把这“无”和“有”叫做乾和坤，天和地，阳和阴，白和黑。如果用符号来表示，就是“○”和“●”，“—”和“--”。若是换成佛家的语义,就是“空”和“色”。再换成科学的语义，也就是能量和质量。这里障碍着我们的，就是各自的语义体系。所以我们说，只要连通这些不同的语义，就能看见它们相同的含义。

“无”怎么不是天地的开始呢？有了能量，就会产生出质量。老子在《道德经》另外的章节里还说过一句话：“天下万物生于有，有生于无。”意思也是一样的，说得就更直接了。老子为什么要把它称为“无”呢？后来人们不就往往是根据这一个“无”字，来批判道家是虚无主义的？但道家说“无”、佛家说“空”的原因，其实也很简单，就是因为能量我们看不见。不要说粒子了，就是分子、原子我们也看不见，何况说粒子还要去撞击原子核，要在高速度和高能量的对撞之中，才能短暂地显现出来。这里便同样有一个“非常名”的问题，老子也只好模拟地来给它取一个名字。在道家的著述里，一般就把有形有象的物质存在称为“阴”，而把无形无象的能量称为“阳”。道家还用“聚则成形、散则为气”，来表述能量和质量之间的关系；又用“轻清者上浮为天，重浊者下沉为地”，来表述从能量中产生出质量的过程；看上去有些模糊，其实也是准确的。现在我们能够发现的宇宙间的最本源、最精微的能量，是高能量的粒子，但这是否就是宇宙之中最原初、最终极的存在呢？要是有朝一日，科学又发现了更精微的存在，那时候这“无”也就会有更新的注释。

“有”自然也就像万物的母亲，这就不用说了，“有”即是万物。这里我们要说的，是这个“有”和万物都包括着哪些内容。在我们的心目中，万物就是这个物质世界之中的万物，比如山河大地，比如日月星辰。但要说唯物的话，道家和佛家就更为彻底，还把我们内心世界里的存在，比如我们的心思、我们的意念，也都归属为物质和万物。在佛家的《心经》里，以我们的生命为例子，佛陀就发现我们的生命之中包含着五种不同的“有”的存在形式，便分别把它们命名为色、受、想、行、识，总称为“五蕴”。这就是说，不仅你的色身是“有”，是一种物质意义上的“有”；并且你的感受也是“有”，好比是分子、原子意义上的“有”；还有你的思考、你用来思考的意识流，以及你贮藏在心灵里的那些久远的信息，也都是“有”，则好比是电子意义上的“有”。《心经》说“五蕴皆空”，就是说这一切的本质，也还是那种空无一般的粒子。而这种“空相”，也就是心灵的本相。

这些不同的“有”的存在形式，就要牵涉到不同的时空，不同的维度。科学家推测，除了人们能观测到的百分之四的物质之外，宇宙里还有百分之九十六的暗能量和暗物质是人们还观测不到的。并且宇宙世界有十一个维度，但由于“人择原理”，人们也只能观测到四个维度，其余七个维度是“蜷缩”起来的。但若是依照道家和佛家的观测，这“蜷缩”起来的维度又不在别的地方，则是“蜷缩”我们的心灵里。佛法也把宇宙世界划分为“十法界”，并分别用佛、菩萨、声闻、缘觉、人、动物等等不同的存在状态来表示。所以这“有”的存在就是非常深邃的，你就不能只是以你自己的见识为依据，来判断“有”的全部存在。

老子接着说：“故常无，欲以观其妙；常有，欲以观其徼。”

老子在说过了“无”和“有”之后，要告诉我们的就是方法论，就是我们可以用来观测世界和生命的方法或是路径了。这时候事情就很显然，既然这个世界是由“无”和

“有”构成的，所以反过来，我们也就可以相应地沿着“无”和“有”这样的两条路径，来观测我们的世界和生命。为了方便一点，这里我们就先来看“常有”的路径。

“常有，欲以观其徼。”照直说，这条路径就是后来被人们称为科学的路径，是人们比较熟悉的、这许多年以来一直在倡导着的路径。这条路径就是站在世界的对面，以这个世界里的“有”为观测对象，用解剖的方法，把这些“有”不断地剖析下去。“徼”字在有些道书里也写作“窍”字，便包含着这样的意思。这条路径走过的里程，就是从物质到分子，到原子，到粒子，到新找到的粒子。这条路径的特征，就是从“有”向“无”的、动态的、实验的、可以由别人来代替你去证实的。所以这条路也就是一条人们看得见的、因此也就是比较容易得到认可的路径。

从理论上来说，只要我们能够把“有”不断地分割下去，到了最后，便一定能够走向“无”，一定能够找到世界的根柢。但我们的前人也说过，“一尺之棰，日取其半，万世不绝”，但凡有一，势必便还有二分之一，所以从实践上说，这种分割就像我们一向所说的那样，是永无止境的，至少在你的有生之年是看不到结果的，因此也不免是让人茫然的。并且这条路径需要有愈来愈繁复的仪器，才能把实验做下去，就不是人人都可得而为之的。但这条路径又不断会有新的成果展示出来，显得那样的实惠，常常让人会欣喜不已，便觉得是充满希望的。不过反过来，我们也不免就会落在这样的方式和成果的左右之中，是再难挣脱出来的。

“故常无，欲以观其妙。”那么相比之下，“常无”的这条路径的不同之处，则是要回过头来，以我们自己的生命和心灵为探索对象。可以这样说，如果说道家和佛家发现了什么真相的话，他们便都同样的发现了，构成我们的这颗心灵的，便是“无”，便是这宇宙间的那种最本源、最精微的能量，所以这心灵本身就具有通达一切的力量。道家说，“寂然不动，感而遂通天地之道”，所以这条路径的特征，就是从“无”向“有”的、静态的、体验的、不可以由别人来代替你，却是你如果愿意就可以去修习的。而这条路径的里程，就是要让这心灵逐渐地沉寂下来，所谓宁静而致远，安定到什么层次就会有什么境界。

我们在前面曾经说过，我们在跟踪着老子的这些发现的时候，心里还免不了会有这样一个疑问，老子是怎样知道这一切的呢？实则老子就是用“常无，欲以观其妙”的方法，来看到世界和生命的这一切奥秘的。老子另外在《道德经》的第二十一章里，就生动地为我们描绘了他在“常无”之中“观其妙”的情景：

道之为物，惟恍惟惚。惚兮恍兮，其中有象；恍兮惚兮，其中有物。窈兮冥兮，其中有精。其精甚真，其中有信。自今及古，其名不去，以阅众甫。吾何以知众甫之然哉？以此。

这段话中有一个关键词，叫“精”。老子那时候就曾经为我们设问说：“吾何以知众甫之然哉？”我是靠什么来知道一切是这样的呢？接着老子就回答说：“以此。”就是靠这个“精”。

“精”是什么呢？在道家和佛家的语汇之中，同义词是很多的。“精”就是对“无”的又一种命名，道家还把它称作“精阳”“元阳”，以及性命之中的“性”。你看这个“精”字，不就仿佛是在说，它是一种像粒子一样精微的能量存在？若是换成佛家的语汇，便也称作“实性”“真如”“法身”或“如来”。这“精”有什么特性呢？老子说它“甚真”“有信”，“自今及古，其名不去”。同样换成佛家的描述，《金刚经》里则说：“如来者，无所从来，亦无所去，故名如来。”这些便都是在说，这个“精”是真实而永恒地存在着的，如同一切过去现在未来，即是不会创生，也不会消失的。它遍布在整个世界之中，也存在于我们的心灵之中，所以我们就可以凭借它去了解整个世界。而老子也就是在“寂然不动、感而遂通天地之道”的状态里，看到道是怎样在“窈兮冥兮”和“惟恍惟惚”之中，把“象”和“物”产生出来的。从这种意义上，也可以这样说，道是什么？道也就是心灵能够达到的地方。这样的情形，你或许也会觉得不可思议，便宁愿把它看作神秘主义。但对于你来说，科学所描述的粒子凝结成原子、分子和物质的过程，又何尝不是神秘的呢？但它们在老子、佛陀和科学家们那儿，便同样都是得到了证实的。

当然了，正像科学的路途是非常渺茫的一样，道家佛家的这条道路也非常幽远。不过道家佛家的这条修习的路径，却告诉了我们一个终点。并且这样的修习就不需要准备任何仪器，只要你愿意去以身试法，便是人人都可得而为之的。同时道家和佛家的这条路径,能够让你把终极的关怀和现实的关怀融合在一起，许多的时候，还能够帮助你从迷失和纠缠之中走出来。

老子因此总结这“常无”和“常有”的两条路径说：“此两者，同出而异名，同谓之玄。玄之又玄，众妙之门。”

这两种方法虽然是分别从“无”和“有”之中找到的，但由于“无”和“有”是一体的，所以这两条路径也就是相互联系、相互渗透着的。佛家的《心经》里，有一段对“无”和“有”的关系的经典的解说，便是“色不异空，空不异色；色即是空，空即是色”。这也就是说，空和色，或者无和有，并没有分为两半，仿佛一半是色是有，一半是空是无，前者是后者的显现，后者是前者的本体，事物是当体即空的，你又怎么能够把它们对立起来呢？所以老子说，这两种方法是同出而异名，都可以叫做“玄”，即同样都是我们可以用来观测世界和生命的方法。要玄之又玄，即是要把这两种方法融合起来，才是一个完整的、能够帮助我们去观测世界和生命的全部奥秘的法门。

在这里你就看到了，人们早年，是整体地来面对和把握世界的。只是到了后来，由于社会分工的出现，由于专业化的产生，人们也就从整体地把握世界渐渐地演变成了学科式地把握世界。并且渐渐地习惯了以科学的法门为标准，去批判道家和佛家的兼有“常无”和“常有”的众妙之门。而我们的批判的方法往往也就是一句话：你不科学、反科学。其实我本来就不是你，而你在注释我，我中也有你，有什么不对呢？但我们还以为这样的趋势就是一种文明和进步，在这里看起来，倒是一种忘怀和失落。

事实上，当我们抬起头来，往我们长长的、古往今来的岁月里望过去的时候，你就会看见，不管人们为此曾经有过多少的主张和争论，在这人世间始终屹立着的，就不仅仅只是有科学这样一个法门，而且还有宗教这样一个更为久远的法门。至于其他的法门，则只是从这两大根本法门之中派生出来的、枝叶一般的法门。比如我们的社会科学，心理科学，情感科学，还有门类愈来愈多的各种分科，不是也都要附上科学这样的字样？但在这个由人组建起来的，充满意向性和命运感的人世间，我们又显然是不能指望把一切都科学技术化的。

关于方法论，应该说老子当年在这一章里，就把话都讲完了。什么是博大精深呢？不会有比这更博大精深的了。

5

我们走过了“一”，走过了“二”，在老子的“一二三”的这个模型里，现在就来到“三”的跟前了。

老子说，“三生万物”。其实在“二”里已经有了万物，比如日月星辰，水火风土。不过这些万物还只是无机的，用道家的语义来说，便都是阴浊的，这时候的世界就还是一个“器世界”。所以“三生万物”，这里的万物就指的是生命，包括我们的生命。

其实在知道了“二”是阴和阳之后，你自然也就会作这样的推想，如果把这阴和阳，也就是物质和能量，结合在一起，情形又会怎么样呢？这样一来，是不是就会产生出来第三种存在形态呢？

事情正是这样，我们的生命就是这样产生出来的。

为此我们可以先来作一个比喻。比喻虽然只是比喻，却可以帮助你去想见事理。好比说，我们要制造一只氢气球，就先要制造一个皮囊出来，然后再把氢气灌进去，于是这只新诞生出来的氢气球就仿佛“活”起来了一样，能够在天空里游荡。这虽然很简单，却也有仿生学的意义。如果还要换一个复杂一些的例子，就莫过于机器人了。机器人有头颅和芯片，有躯干和四肢，有元件和线路，已经很像人了。但光有这一具由物质构成的躯体还不行，还得有能量来驱动它，跟着又要连接上电源，它才能“活”起来。所以这个“二”，就一样也不能缺少。

我们的生命的构成也是一样的。我们的躯体也是由阴性的、有形有象的物质构成的，这不用说了。只是我们的躯体里所抱载着的能源，却不是电源，不是化工能源，而正是宇宙之中的那种精阳的、无形无象的、最本源和最精微的能源。由于它的精微，它本身就能形成一种智能。要是有一天，我们也能够制造出一具物质的躯体来，使它能够抱载着这种无可比拟的精阳的能源，那我们也就制造出了人。但现在我们还做不到这一点，如今我们对生命的把握，包括基因，包括克隆，包括干细胞的培育等等，都还是在已经存在着的生命的基础上来进行的。当我们说到生命的时候，也往往说的还是我们的这副有形有象的躯体，没有完全意识到、或者说忽略了，这躯体里还抱载着一种无形无象的能量。所以我们需要对生命的合“二”为一的特征有更深入的认识，而老子当年在《道德经》的第四十二章里，也只用了一句话，就为我们概括了生命的这种特征：

万物负阴而抱阳，冲气以为和。

我们完全可以认为，老子的这句话，就是生命的定义。

我们的生命虽然是我们随时都在面对和说起的事情,但你原来又很难在人们的著述之中,看到有谁曾经给生命下过这样一个确切的定义。在《辞海》和词典之中，你能够找到“生”字和“命”字的条目，这两个条目下面又分别列着更多细小的条目，几乎把有关“生”字和“命”字的一切内容都说到了，但其中就找不到一个条目，来告诉你什么叫生命。看来要对生命下一个定义，就得对生命有切实的把握才行。而老子又正是用“常无”和“常有”的“众妙之门”，来看到生命的真相的。道家向来都把生命称为“性命”，也彰显了“无”的这一重要特征。但凡生命，不管是一株草叶，一个虫子，乃至一只海洋深处的、像纸片一样的生物，都一定要“负阴而抱阳”，又才能成其为生命。读到了老子的定义之后，这人的心里也仿佛安宁了许多似的。

现在我们就更切近一些地，来看一看我们的生命是怎样“负阴而抱阳”的吧。

我们的躯体是由物质构成的，是“负阴”的，这我们很容易理解。佛家用水、火、风、土“四大”来概括物质世界，这很简约，却也很确切，我们的躯体就集中地包含了这四种基本的物质存在。你的身体和器官是“土”，你的血液和津液是“水”，你有温度是“火”，你在呼吸是“风”，这些便都是无机的。而今天科学更已经把我们的躯体解剖和观测得更仔细，直至蛋白质、核糖酸和微量元素。我们乃至都可以说，日子来到现在，我们就几乎都已经把我们的躯体认识完毕了。

但是，在我们的躯体里，除了我们已经知道的呼吸系统、消化系统、神经系统、血液循环系统等等有形有象的系统之外,又还有一个无形无象的“精气神”系统，这是我们每一个人都感受和体验得到的，却是我们的解剖刀和仪器触及不到的。要是我们的躯体里没有这样的一个能量系统，没有这样一种生命力，我们的这具躯体就只是一具尸体。正因为我们有这样一种“精气神”的能量系统，我们的生命又才是活着的，是神气活现的。这个“精气神”系统，就是我们所“抱”的那种精阳的能量在我们的生命之中的显现。而“精气神”这样的发现和表述，也正是道家才有的发现和表述。

这里的“精”，自然也就是老子说的那种“甚真”“有信”“自今及古，其名不去”的“精”。它充满在我们的每一个细胞里，使每一个细胞都成为“活”的。我们不是观测到细胞是会分裂的？细胞当然不会凭空地分裂，那么它又是靠一种什么力量来分裂的呢？我们还往往把我们的听觉、视觉和思维的能力，都归结为器官和细胞本身的能力，并且让事情就终止在了这里，但如果这些器官和细胞不是“活”的，在它的后面或是深处没有一种力量存在的话，它又是靠什么来作功的呢？所有这些，便都是老子说的“以此”，都是这个“精”的功用。而我们平日里又以为，这种精力是来自食物的养分，其实食物的养分只能够供给细胞的外壳，使其能够正常地抱载其中的精阳，不仅不能化为精阳，并且这精阳也是不需要和不能够补充的。

至于“气”，则是“精”在躯体里的流动，好比空气一流动，也就成了风。为了把“气”和空气区别开来，道家也对这“气”有过不同的命名或书写，这里我们依照一种流行的命名，就把它叫做真气。还有“神”，这“神”则是“精”的一种凝聚，也就是我们的“心神”，道家说它凝聚的地方，是在“泥丸宫”里，即是我们的脑门这里。如果用血液循环系统来比喻的话，那么“精”就好比是毛细血管里的血液，“气”就好比是动脉静脉里的血液，“神”则好比是归在心脏里的血液。你不难看出来，“精气神”是以“精”为基础的，所以“精气神”是三位一体的。

这是“负阴而抱阳”。但老子在这“负阴而抱阳”的后面，又还有半句话，“冲气以为和”。

这时候你想想看吧，在这生命里，一边是“负阴”的躯体，一边是“抱阳”的精气神体系，那么这阴与阳之间是怎样融合起来的呢？“冲气以为和”，这阴和阳之间就是靠真气把两者融合为一体的。道家把这真气也称为可阴可阳的“浑元一气”，这种可阴可阳的性质也就好比是一种黏合剂。事实上，你如果没有修习真气的体验，你便很难明白真气是怎样的一种存在；但如果你试着去修习真气，这真气的情状也是很容易体验到的。精气神三位一体，意即是气，气即是意，当你用意念去引领这真气的时候，它就会聚集和流动起来，显现得是有形有象的；但平时你不去关照它，不去留意它，这真气又仿佛不存在，显现得是无形无象的；这有形有象的便是阴，这无形无象的便是阳，这也就是可阴可阳了。这样的情形自然也不免会让人感到诧异，如果依照人体解剖学提供给你的情形来看，你的躯干里也好，你的脑腔里也好，不是都已经被器官和脑组织填塞得满满的了？那么在你的意念的引领之下，这样一缕一缕的或者一片一片的真气，又怎么能够在其间流动和盘旋，而又一点都不会让人感到梗阻和疼痛呢？这一切都是真实不虚的，道家的这些发现，其实就该像常识一样写在教科书里。

事实上，如果我们不说“负阴而抱阳”，而是换一种说法，叫“灵”与“肉”，这不就是我们一向都能够认可，并且也一直在说道的事情？虽然我们还不能够确切地把握这“灵”的全部内容，但我们也切实地体会到了，我们的身上有这样一种能量系统。它不仅是一个生命力系统，同时还是一个智能系统。不同于机器人的程序和能源，是分别由芯片和电源来完成的。正是因为有了这样的“精气神”系统，我们才有思维、会行动。你想站起来，就站起来了，你想往左或是往右走，就往左或是往右走了。

我们是从渺远的“有物”跟踪过来，从无和有即阳和阴跟踪过来，才来到我们的生命跟前的。这样我们就得到了一个深远而广阔的背景，来体会我们的生命。

在这里，你就更深入一些地看到了天人合一的含义。你活着，不过是这世界之中的一个微小的因果，你不是主体，世界也不是客体，天人本来就合一。你虽然很微小，但这个世界的无和有，阴和阳，物质和能量，却都集中在你的身上，所以你就像世界的一个细胞，一个缩影。你的物质的、有形有象的身躯，是存留在这个三维的物质空间里的，而你的心灵却超越了这样的时空，存留在更高的维度里，则是不生不灭、不增不减的，没有大小、远近和内外的。你一天天地从这尘世间走过来，不管你经历了什么，这物质世界里的一切都是转瞬即逝的、转头成空的。所以你的经历和作为，就只有对你的记忆才有意义，当你所经历的一切跟着又都烟消云散之后，它们作为一种信息，则会永久地积存在你的精阳的心灵里。

如果说生命的生成，是阴和阳的一种聚合；生命的过程，是这种聚合的一种存续，那么生命的死亡，则是这种聚合的耗散，是阴和阳的分离；这一切便像人们所说的信息论、系统论和耗散论。不过这种死亡和耗散的真相，却是心灵对躯壳的出离，耗散的只是物质的躯体，精阳的心灵则是无所谓耗散的。

你死亡了，这只是说你的这具负阴的躯壳朽坏了，无法再抱载着那精阳的心灵了，就像氢气球破裂了，也就抱载不住其中的氢气了。这躯体朽坏以后，会化为腐殖质、氨基酸、氮磷钾，再进入另外的躯体。从这种物质的意义上说，这生命便只有一次，这种模样的你便只有一次。但好比氢气球的皮囊破裂了，氢气不是还在？我们的生命也一样，躯体死亡了，心灵却是不会死亡的。道家说“自古及今，其名不去”，佛家说“无所从来，亦无所去”，科学说能量既不能创生也不会消失，这心灵乃至都不会衰老，又怎么会死亡呢？往昔有一位学者，曾经写过一篇《神灭论》，把我们的躯体比喻为刀剑，而把精气神比喻为锋刃，便认为刀剑一般的躯壳毁坏了，锋刃一般的精气神也就不存在了，这就是把阳也视作了阴，把两种不同性质、不同维度的存在混同在了一起。其实你的意识出离了破碎的躯壳之后，便留在了自己的维度里。这时候的这个他或她会往哪里去呢？就是由这个人的心里所积存的信息来决定的。正像日有所思、夜有所梦一样，我们也会生有所思、死有所往。依照佛法的发现和表述，你可能去色界，也可能去无色界，还可能出离三界。那么在同声相应、同气相求的情况下，你也有可能会回到这人世间来。这就是轮回的自然依据，我们的生命也就是这样流转着的。这样的发现、研究和记载也已经有很多，都无须援引了。从这种意义上说，我们的生命就不是只有一生一世，而是有多生多世的了。

那么来到这里，我们就看到“三”是什么，并且也大体上把“一二三”这个模型跟踪完毕了。这个模型之中，也就包含了道家“三二一”的修行原理。

我们一向不是都在说，我们的世界是美好的，我们的生命也是美好的？其实这世界和生命本身，并无所谓美好和不美好。依照道家和佛家的发现来看，在整个的宇宙世界之中，我们所处的这个世界，由于有物质的重负和限制，还是一种相对沉重的、短暂的和不自由的存在，在佛法揭示的“三界”之中还属于欲界。而我们的生命之中的这一点核心的精阳，先是落在了我们的心思的限制之中，然后又落在了躯体这个外壳之中，最后又落在了物质的天地之中，就仿佛是被重重地囚禁起来了似的。所以在佛法里，就把人定义为落在欲界之中的有形有象的饮食男女。而老子在《道德经》的另外一处章节里，也曾经感叹地说：“吾所以有大患者，为吾有身。及吾无身，吾有何患？”

但你又还是怀着这样的一颗识心，带着这样的一副躯体，而来到这个人世间了。从此你也就要在这样的重负和限制之中，去求取自己的衣食住行，去思虑自己的是非得失，去经历自己的悲欢离合和生老病死。并且这样的存在状态还会轮回下去，即便你愿意继续投身为人，而不至于流于横生，也并不容易。所以在许多的时刻，在这样的跋涉和煎熬之中，你又不免会感受到，这活着其实也是一件可怜的事情。

面对着这样的境况，你也常常会这样想，这生命、生活和人生就是如此，不这样又能怎样？但道家和佛家的态度却并不这样消极，他们一直都认为“我命在己不由天”，认为“命自我立”。他们以大雄无畏的精神和勇猛精进的实践，从生命的这种境况之中找到了一个门径，然后通过修正自己的心思和行为，来把握自己的处境和命运，并且还慈悲地把这个门径告诉了人们。

道家和佛家修行的依据，并不是一种希望或者想象，而是实际地从我们生命的境况之中探索出来的。你看吧，既然世界的模型是“一二三”，我们是处在“三”的位置上，我们是世界的一个细胞和缩影，我们自己的身上也有阴和阳，那么反过来，我们就可以凭借自己的生命来了解和把握这个阴和阳。这种对阴和阳的了解和把握，也就是道家说的“三”中求“二”了。事实上，阴我们是比较容易明白的，我们还始终不了解也没有掌握的，就是这个精阳；所以我们最终要去了解和把握的也就是这个精阳。《易系》里说：“一阴一阳之谓道。”等到我们把阴和阳都把握住了，我们也就回到了“一”的位置上，这也就是道家说的“二”中求“一”了。所以道家也把“一二三”的模型概括为一个“顺”字，而把“三二一”的模型概括为一个“逆”字。这里的核心，就是要了解和把握这个精阳，也叫真阳、元阳。在历代修习道法的大家之中，一些人为了表示对这个精阳的重视和向往，还往往会在自己的名字之中包含一个阳字，比如魏伯阳，吕纯阳，张紫阳，王重阳，马端阳，伍守阳，柳华阳。你小的时候，父亲也不知道为什么，给你取了一个名字，叫何耀阳。到了五岁你去上学的时候，这个名字的笔画太多了，父亲又才给你改了一个名字叫何士光。这或许也可以看出来，前人的这些名字对寻常百姓也有影响。

我们可以这样简捷一些地说，道家说的这个精阳，如同佛家说的真如，指的便都是我们的心灵。我们的生命的存在，归根结底是心灵的存在。我们在宇宙世界之中的位置，我们的意识和命运，归根结底也是由这心灵的状态来决定的。我们的修行，也只有是依靠心灵来修行，不然我们也就没有什么可用来修行的了。所以道家和佛家的修行，总结起来看，大致便有这样的两种目的、层次或是境界：即是通过修正自己的心思和行为，来求取福报和慧报，这是人天乘；通过修正自己的心思和行为，来脱离轮回、了却生死，让自己能够从必然而走向自由，这便是最终要求取的解脱乘。

我们在跟踪过了“一二三”的模型以后，在随后的段落里我们要继续跟踪的，就是“三二一”这个模型了。其中的核心，也就是我们的心灵。

6

我们一路地从“一二三”的模型里走过来，是不是有些疲倦了呢？那么现在，我们来跟踪“三二一”的模型的时候，接着要抄录下来的这《道德经》的第十一章，读起来就会平易一些，老子在这段话里写下来的，就只是一些平常的事情：

三十辐共一毂，当其无，有车之用；埏埴以为器，当其无，有器之用；凿户牖以为室，当其无，有室之用。故有之以为利，无之以为用。

你看这是不是很平常、很简单呢？老子说，你要打造一只车轮，烧制一件陶器，修建一间房子，那中间都须得是空的，才会成为一只轮子，才可以用它来盛水，才能够用它来住人。这样的道理简直都不言而喻了，是人人都清楚的。

你就看一只杯子好了。一只杯子是空着的，这就是“当其无”，你就可以用它去盛茶水，诚然就是“无之以为用”。杯子里盛了茶水之后，便成了“有”，这茶水可以供你饮用，这也就是“有之以为利”了。这本来没有问题，但这里也就有了一个问题。如果因为有了这样的利益，你就让这只杯子永远地盛着这些茶水，那又会怎么样呢？这样一来，这只杯子就没有什么用处了，你就再也不能用它去盛什么东西了，并且日久天长之后，这杯子和茶水也都会污秽了。所以你在喝过茶水以后，又须得把杯子清洗干净，让它还原为空无的状态，这杯子又才会是有用的。一说到空无，你就不要以为这是虚无的、消极的，事情倒刚好相反，在这样的空无的状态之中,这只杯子就是自在的、永恒的，它可以去盛任何汁水，又不让任何汁水把自己填塞起来，这样便可以盛尽天下的汁水。老子由此便为我们总结出一个原理，叫“有之以为利，无之以为用。”

但这个道理不是非常明白，也是人人都清楚的？老子为什么要这样地把它写在《道德经》里呢？事实上，所谓道理，也就是道的法则，道的原理。我们说真理是朴素的，老子在《道德经》的最后一章里也告诉我们说，“信言不美，美言不信”，道的法则和原理，正是遍布在一切事物之中的，即道不远人，远取诸物，近取诸身。老子在这里写下来的这些日常的事情，正是一串比喻。这串比喻的指归，就是我们的心灵。老子是在通过这串比喻，来引导我们了解自己的心灵。

这里的要害是什么呢？这是说，我们的这颗心灵的功用，也是一样的，也同样是“有之以为利”和“无之以为用”的。但你往往就迷失在了“有”和“有之以为利”之中，再也想不到“无”和“无之以为用”。这里存在着的，也仍然是一个“故常无欲以观其妙”和“常有欲以观其徼”的问题。所以我记得，我有一次在又读到这一章的时候，心里似乎有什么被触动了，就情不自禁地拿起笔来，在这一串比喻的后面，为自己加上了这样一句话：得造化之灵智以为人，当其无，有人之用。

我们的心灵的功用正是这样。我们已经知道了，我们的生命是一种“负阴而抱阳”的存在，而我们的心灵，即是我们所抱载的“阳”，便是这宇宙之中的那种最精微和最本源的能量。这心灵如果是处于本来的空灵的状态之中，它的本相也就是“无”和“无之以为用”的状态，能够和这个世界全息相应，有通达一切的力量。用一个佛家的比喻来说，佛家就把这样的状态比喻为一面明镜，而把这心灵所固有的清净妙明的智慧称作“大圆镜智”。它能够真切地映照世界，任万事万物在其中来来往往，红来显红，绿来显绿，自在、平等而恒常，无所谓取舍，也没有染著。这时候要说“自我”的话，因为我们每一个人抱载着的“阳”都一样，所以我们每一个人的“自我”也都一样，便同样都是一个本我、真我和大我。这也就是佛法所说的，诸佛菩萨和众生同一法身，一切众生悉有佛性。

老子当年为什么能够知道和告诉我们这天上人间的一切呢？就因为老子是处在这种“无之以为用”和“常无欲以观其妙”的状态之中。公元前534年十二月初七日的夜晚，释迦牟尼王子端坐在菩提树下，也最终打开了自己的本性智慧，证得了世界和生命的真相。那时候王子的内心渐渐地安定下去，在初更之时，看到了十方世界的景象；二更之时，看到了过去、现在、未来三世的真相；三更之时，看见了三世的一切因果；到了四更之时，启明星出现的时候，已经是初八日的黎明了，王子最终证得了妙契中道的智慧，即无上正等正觉，也就成了佛，即是成了觉悟的人。那时候佛陀从入定之中出来，就连自己也为这心灵会有这样的能力而感到惊讶，于是就说了这样一句话：“奇哉奇哉，一切众生，皆具如来智慧德相，但因执着妄想，不能证得；若离妄想，一切智，自然智，即得现前。”佛陀的这句话是为自己说的，也是为众生说的。这即是说，佛是觉悟了的众生，众生是还没有觉悟的佛。人们只要经过努力，也是可以觉悟的，可以让这心灵回到“无之以为用”的状态的。

我们是怎样成为还没有觉悟的众生的呢？这就像一只本来是“无”的杯子，一直落在了盛满着茶水的“有”和“有之以为利”之中。我们存活在这个世界里，如同佛法所说，世界有色声香味触法“六尘”，我们有眼耳鼻舌身意“六根”，我们在与世界的交流的时候，世界的“六尘”就通过我们的“六根”，进入了我们的心灵之中，凝结成了“六识”。这也就是老子在《道德经》的第十二章里说的：“五色令人目盲，五音令人耳聋，五味令人口爽，驰骋田猎令人心发狂，难得之货令人行妨。”这样的凝结，小而言之，是向杯子里注入了茶水，明镜里结成了锈色；大而言之，也就像天地生成的时候，从“无”中生成了“有”，从“空”中生成了“色”，从能量中生成了质量。用我们的话来说，开始的时候是留下了感性认识，后来就形成了理性认识，形成了我们的内心世界。哲人就说这是“异化”了，佛家就说这是“有漏”了。我们通常的说法，就是有了一个“自我”。

那么，和我们原来的那个本我、真我和大我比较起来，这时候凝结起来的这个“自我”，就只是一个假我和小我。而从此以后，你也就被限制在了这样的假我和小我之中，再也不能用你本来的镜子去映照世界，而只能是透过你已经染上了锈色的镜子去映照世界。所以你映照出来的世界，也就不再是真切的世界，而是蒙上了一层你的锈色的世界。换成一位著名的科学家的比喻，你则像是游动在玻璃鱼缸之中的金鱼，只能透过鱼缸的曲面去看世界。佛家就说这是“识缘名色，名色缘识”，便如同我们的辩证唯物论。

这时候的情形就变成了这样：原来我们每个人拥有的自我，是一个共同的本我，所以两佛相对无言，是不用表白和交流的。现在呢，由于我们每一个人的染著不一样，我们每个人凝结起来的自我也就不一样，由此便有了千差万别的个性，有了怀着各自不同的内心世界的芸芸众生。要说交流和理解，也就不容易了，所以又才会天涯海角觅知音。

即以一个人的智慧而言，犹如我们平日里所说的智商而言，一个人的智慧的大小，或者说一个人聪明与否，就是由这个人的染著的多少和深浅来决定的。如果染著很少很浅，好比镜子里只是染上少许颜色，镜面还比较的空灵，这个人也就会比较的智慧。我们这儿有一句俚语，说一个人聪明的时候，就会说这个人的头脑“空少（shào）”。而如果一个人的染著比较深重，好比镜子已经是锈迹斑斑的，这个人的智慧就要小许多了。如果是完全地污染了，智慧就会更深重地被遮蔽起来，这个人的内心就会变得可怕的固执而黑暗，乃至像常言所说的那样，是“一窍不通”的了。

包括我们通常所说的知识在内，也是“有之以为利”的一种积淀。智慧和知识的不同的地方在于，智慧是“无”，是我们生而为人便固有的，是不需要学习和积累的；而知识则是“有”，是智慧和经验的凝结，则需要学习和积累。知识作为一种工具，如果不经过智慧的照亮，好比一辆车停在那里，便不会行驶，也不知道该驶向何许。而知识一旦在我们的心里贮存起来，又会形成一道壁障，即佛法说的“所知障”，让我们往往只会认可自己已经知道的东西，而嗤笑自己的知见以外的东西。其实我们知道得很多很多，也还是知道得很少很少，乃至是知道得愈来愈多的时候，反而会知道得愈来愈少。夫子说：“知之为知之，不知为不知，是知也。”这知与不知之间，也永远有一条界线。若是在老子和佛陀这里，在“无之以为用”之中，就连知与不知这样的概念，便也没有了。

不仅我们的智慧是如此，还有我们的才能也是如此。平日里我们不是也有一种说法，说上帝给你关上了一扇窗户，就会给你打开另外一扇窗户？这自然只是一种表述，关上和打开窗户的当然都是你自己，是你的心灵对色声香味触法的不同的染著。在这些染著之中，如果你有些方面染著的比较少，或者是关闭起来了，那么你的智慧也就会更多地从开放着的窗户里映透出来了。比如说，留下“色”的可能成为画家，留下“声”的可能成为音乐家，留下“味”的可能成为美食家，留下“触”的可能成为工艺家，留下法的则可能成为思想家、哲学家或者科学家。这样的情形，也就是道家在《黄帝阴符经》里所说的：“瞽者善听，聋者善视，绝利一源，用师十倍。”所以目盲的人听的能力就很强，耳聋的人看的能力就很强，只要你不是什么都想要，什么都染著，你聚精会神地来做一件事情的时候，你的学习的能力和运用的能力，就会增强许多。那么反过来，又正是因为这样，因为心灵的许多窗户关闭起来了，都“绝利一源”了，你看那些才华横溢、成绩斐然的人们，在平常的生活之中，又才往往会是一些不谙世事、少有心机的人，或者有些怪诞，或者有些病态，或者像孩子一样不失赤子之心。

我们不能不说，这“有”和“有之以为利”的状态，也不失为这生命和心灵的一种存在状态，乃至是一种必然的或必由的状态。正如老子所说，“无名天地之始，有名万物之母”，这时候我们的心灵的这个“无”生出来的万物，也就像一个世界一样，便同样都是物理现象。在这个我们通常所说的内心世界里，便也有黎明一般的惨淡，黄昏一般的忧郁，春天一般的希望，秋天一般的苍凉；当然也还有几多的纠结，几多的焦虑，几多的黯然神伤，几多的荡气回肠。在这里，你心中的“有”和这人世间的“有”，就严严实实地融合在一起，深深地淹没着你和束缚着你，不管是你的心思也好，还是你的生活也好，便始终都只是在这样的“有”之中寻寻觅觅，很难想到要挣脱出去，或者找不到路径挣脱出去，乃至也不打算挣脱出去。而在这样的“有”和“有之以为利”的牵引和驱使之下，一个人诚然也就可以依照着这心里所染上的锈色，凭借着已经凝结起来的自我，去获得自己的生活，去满足自己的愿望，去实现自己的价值，去建造自己的世界。所以有哲人在说到这“有”和“有利”的时候，还把它称作是“世界的马达”。并且我们也不难看到，这人间的日子，从主导的方向和趋势上来说，也正是沿着“有之以为利”这条路径建立起来的。乃至都不妨说，人们的一部历史，也就是“有之以为利”的历史。

但正是在这里，我们又无法不看到，如果我们只是沿着“有之以为利”的方向来谋取更多的利益，那我们所希望的幸福的人间生活，其实就是建立不起来的。

你如果抬起头来，往这人间的日子里望过去，不倦的岁月流逝，无尽的人世的沧桑，你就会看到这人间的苦难，正是这“有之以为利”给人们带来的。人们为谋取更多的利益而展开来的斗争，就不仅贯穿在古往今来的战争烽火之中，贯穿在人们对自然的愈来愈强有力的掠取之中，而且还无时不在、无处不在地，贯穿在我们每一个人的日常生活之中，乃至一切场景和一切细节之中。人们在这些层出不穷的斗争之中所表现出来的贪欲、荒诞和残忍，就简直让人难以置信，不能不触目惊心。《黄帝阴符经》里说：“天地，万物之盗；万物，人之盗。”不予而取谓之盗，人们固然要在天地万物之中取得衣食，来维系自己的生命。但从这人间表现出来的豪华和奢侈看来，我们的索取乃至都已经不再是为了生存，不再是为了“有之以为利”本身，而是为了我们怀着的这颗“有之以为利”的心。以至于一个人的头脑里会凝结起来怎样古怪而可怕的念头，不管是风流人物，或者是寻常百姓，都同样是难以窥视的，不可思议的。所以哲人要说，他人即地狱。这种心思和欲望愈是强烈，斗争就会愈是激烈，手段也就会愈是严厉、愈是狡诈、愈是阴损。那么在这个像丛林一般展开来的、愈来愈白热化的人间生活之中，人们想要不焦虑、不疲惫、不是亚健康，想要没有不安全感、不受权力的威压、不受金钱的追逼，乃至不遭欺诈、不遭迫害、不遭抢劫，倒反而是一种梦想，如同常言所说，就要一个人有好的命运才行。

所以老子在《道德经》的第五十章里，就把这样的情形描述为“出生入死”，即活着是一种幸存。佛陀在《法华经》里，则把这人间比喻为一座燃烧着的“火宅”，这个比喻就如同我们的沸水中的青蛙的比喻。时至今日，不必说那些每天都在播放着的灾难和战争的消息了，就连清洁安全的空气、水和食品也都成了一种奢望了，还说什么珍爱生命和热爱生活呢？

事情还不仅如此。若是依照道家和佛家对世界和生命的发现，所有这一切，就不仅要放在这现世的日子和命运之中来考察，而且还要放到更为广阔和深远的、三世因果和六道轮回的背景之中来考察，这对你的影响也就更为深重了。

你的今生今世，是带着你往生往世所积存起来的心思和信息，而来到这个人世上，来到佛法所说的这个“欲界”之中的。那么同样地，你如果在今生今世之中，把这颗心涂抹得更黑暗了，这些黑暗的积累就还会更沉重地留在你的心里，流转到你的未来之中去，决定着你的根器、秉赋和命运。或许你就是这样一世一世地涂抹下来，才把自己的心灵涂抹得这样黑暗而固执的吧？佛法说，你要是带着这样黑暗的心灵往前走，到时候你即便还想投身到这人世上来，想把这本来无可享受的生活仍旧享受下去，便恐怕也做不到了，你就会流入横生，一直在心灵的黑暗而煎熬的困境之中浮沉。

对此佛陀还说过一个比喻，说这时候你就会像一只失明了的乌龟，在无边无际的大海之中漂泊，再想要听闻到佛法，从而能够得到拯救，那就好比这只乌龟要恰好遇到一块漂浮着的木板，这块木板上又恰好要有一个窟窿，你或许才有可能嵌入到那窟窿里，随着那木板漂浮到一处岸上去。

唉，要是我们的生命只有这样的一条路径的话，那么你的生命也就不会再有别的出路和意义了。现在从老子这里，你又才知道除了一条“有之以为利”的路径之外，其实又还有另外一条更为根本和更为广阔的路径，是“无之以为用”，那么你说，这是怎样的让人感到庆幸，并且有如释重负之感呢？这时候，这生命的极可宝贵的意义，又才清楚地显露出来了，因为在天地万物之中，又只有生而为人，才能够听闻道义和佛法，才能依法修行，直至了却因果，摆脱轮回，从而改变自己的前程和命运。这也就是人身难得，佛法难闻。这样你也就意识到了，你今生今世来到这个人世间，就不是来享受生活的，而是来认识你自己，来了却因果、求取菩提，来修改和擦拭你心里凝结起来的自我的。道家佛家教给你的修正自己的心思和行为的方法，是你能够用来把握自己的生命和改变自己的命运的唯一方法。日子正在一天天地过去，想到自己已经过去了许多的时光了，不知道还有多少日子会留给你，对于前人慈悲地留给我们的这些教诲，你就要从现在做起、从当下做起。

7

依照老子对生命和心灵的洞察，一个人该过的生活，是一种不断修正自己的心思和行为的生活。道义和佛法所遵从的是自然、生命和心灵所固有的法则，它就是一个人的生命、生活和人生本身，而不是什么可疑的、游离在这生命、生活和人生之外的事情。

你得从当下的生活里做起，那么你该怎样去做呢？

老子在《道德经》的第四十八章里，就把这种修行的根本法则告诉了我们，应该说老子的这段话，就是道家修行的纲领：

为学日增，为道日损，损之又损，以至于无为，无为则不为。

我们是沿着老子的世界、生命及心灵这样的一条线索，才来到这里的。这时候你就不难体会到，这段话里的“为学日增”，就是“有”，就是“常有欲以观其徼”，就是“有之以为利”。这样的增加我们已经很清楚了，就如同平日里我们在呼唤和追求着的，要更多、更大、更强、更快、更好；没有最好，只有更好；没有做不到，只有想不到。其实就连我们自己也明白，我们是永远都不会满足的，那么我们又怎么能够指望用这样的追求来满足自己呢？这个世界虽然有万千景象，但也无非都是色声香味触法，只是在不断地重复着而已，并没有什么不同，也不会有什么新意。并且所有的景象又都如过眼烟云，除了在对这些景象的追求之中，给自己留下来许多的因果和业障之外，一个人又始终还是苦苦地和空空地面对着自己。这一切如果换成佛家的表述，就是“贪、嗔、痴”，贪便是嗔，贪便是痴。

那么老子这段话里的“为道日损”，也自然就是“无”，就是“常无欲以观奇妙”，就是“无之以为用”。长久以来，我们在说到道家的时候，总是只说道家是“无为”的，所以也就是消极的和虚无的，经过一遍又一遍地重复之后，这也仿佛已经言语道断，成了无可争辩的结论。而这时候我们就看见，在“无为”两个字的后面，便还紧跟着四个字，“则无不为”。“无为”只是为了“无不为”，“无为”的真义全在于“无不为”，我们为什么对此视而不见呢？就像老子曾经给我们比喻过的那只不沾的杯子，它什么都能装，又哪里是什么都不装呢？所以“为道日损”的含义，就是要通过“损”的方法，让你从“有之以为利”的束缚之中解脱出来，把杯子清洗干净，把你被“有”异化了的这个假我和小我，还原为心灵的本来面目，还原为本来的本我、真我和大我。试想一下，就没有比这样的人生态度更积极的了。这就是要让你从必然而走向自由，让你依照人本来的形象来定义和塑造自己。同样换成佛家的表述，便是要修习“戒、定、慧”，戒即能生定，定即能开慧。

老子在这段纲领一般的话里，一连为我们说了三个“损”字，让你要损，并且要损之又损，这就犹如在告诉我们说，“为道”的要义第一是实践，第二是实践，第三还是实践。其实我们又何尝不知道，我们应该减损自己的贪嗔痴呢？但这种减损，就不能只是一种主张，一种学术或是思想。你损了就是损了，没有损就是没有损，损了与没有损大不一样，不难让人一眼就可以看出来，乃至都无关于学问，简明得不用讨论。有道行的道家和佛家的修习者，就把自己的衣食住行都减损到了只有一衣一钵，并且是日中一食，过午不食。你不要以为这很苦，不快乐；当你在苦海之中漂浮的时候，纵有快乐，也如同诗人所说，不过像大海里适逢难遇的珍珠；而有道行的修习者的心灵，却是“常乐我净”的，又哪里还需要去追寻和模拟什么快乐呢？而当你在繁花过尽、却依旧烦忧重重和空无所有的时候，有道行的修习者们却已经知道了生命的根柢，把握了自己的前程和命运。其实我们活着，本来也不需要更多的东西，那会是多余而累赘的，是不是呢？

老子在这一章里告诉我们的修行方法，可以说就是一个“损”字，如同佛陀在菩提树下告诉我们的，也就是一个“离”字。这样你就看到了，道家和佛家修行的方法，便都是减法，而不是加法。但凡不是以“损”和“离”为出发点和归宿的，便都不符合老子和佛陀的原意，在把握住了这个纲领之后，你也就有了一个准绳。

我的手边有一些不同的讲说《道德经》的版本，在一套1989年出版的、叫《中国历史名著全译》的版本之中，就有一本叫《老子全译》。这套丛书有一个由学者们组成的编委会，这本《老子全译》也是由两位学者来译注的。在这本《老子全译》里，对《道德经》的这第四十八章，对老子这一段纲领一般的垂训，是这样加以解说的：“此章，老子强调无为，实际上是有为的。此种‘无为则无不为’的思想，反映了老子站在没落的奴隶主贵族的立场，幻想通过消极无为，而达到保全其社会地位的目的。”都1989年了，也还是要这样地来解说老子。《诗》曰，悠悠苍天，此何人哉，我们是以一颗怎样的心来猜度老子的心呢？

据《史记》里记载，老子是在图书馆任职，说不上是什么奴隶主贵族。后来老子骑着青牛出函谷关去了，“莫知其所终”，也不曾挂念着自已的那个职位。老子实则连学者也不想做，本来也没有打算著书立说，要写下来这部《道德经》。只是老子在出关的时候，关令尹喜像索取路桥费一样，对老子说：“子将隐矣，强为我著书。”在这样的索请之下，老子才为我们留下了这部《道德经》。所以思量起来，就连这位函谷关的小小的关长，至今也都值得你尊敬和感激。

8

知道了道家修行的基本原则之后，我们自然也还想把修行的方法知道得更具体一些，所以我们还要继续对《道德经》作一些相应的跟踪。但在此之前，我们想对道家和佛家的修习方法，作一点大致的观照。因为一说到道家和佛家的修习，就会让人觉得隔膜和玄秘。但现在我们已经知道了，道家和佛家的修习，是以我们自己的生命和心灵为依据来展开的，具体一些地说，是以你的“精气神”为依据来展开的，所以这之中的线索，其实也就平常而清晰。

在我们日常的用语之中，不是有一个大家都知道的成语，叫做“平心静气”？我们的语言诚然就记载着我们对事物的把握，乃至包含着事情的隐秘。如果我们也要找一句话，来对道家和佛家的修行法门作一个概括的话，“平心静气”这个成语，就包含着道家佛家修意和修气的两大基本法门。

这里的“平心”，自然是对我们的心灵而言。平日里我们的心灵总是处于“有”的状态，比如是心猿意马的、心浮气躁的、心高气傲的、灰心丧气的、气急败坏的，便都不是本来的“无”的状态。所以道家会追问你说，当你的“喜怒哀乐未发之时”，这心灵又会是怎样的情形？而所谓“平心”，也就是要通过对心灵的观照，让心灵里的这些波澜减损下去，使之最终还原为本来的面目，回归到“无之以为用”的状态。至于“静气”呢，也自然是对修习我们躯体内的真气而言，我们也已经知道了，精气神是三位一体的，意即是气，气即是意，所以静气也能平心，平心也能静气。此二者同出而异名，同谓之玄，便是道家佛家的两大修行法门。修意是“常无欲以观其妙”，修气是“常有欲以观其徼”，把两者结合起来，意气双修，身心双修，也就是玄之又玄，众妙之门。

在道家佛家的论著之中，人们常常会说到空宗和有宗，性宗和相宗，显宗和密宗，胜义有和毕竟空，还有显密双修，性命双修，窍妙齐观，等等；初一接触，也就会让人觉得纷繁而玄秘；其实所有这些，说的也都不外乎是平心和静气，你如果沿着这样的线索去接近它们，是能够帮助你体会它们的含义的。

在《道德经》的第五十六章里，老子就为我们讲了一种在静坐之中平心的方法：

塞其兑，闭其门；挫其锐，解其纷；和其光，同其尘，是谓玄同。

仍然是在前面我们说过的《老子全译》里，对这段话就作了这样的断定："本章，老子继续宣扬蒙昧主义思想。"但这里并没有主义和思想，有的只是修行的实践和生命的体验，蒙昧的不知是谁人。老子在这里告诉我们的，和佛家告诉我们的一样，不过是在静坐之中修习"禅定"的方法。什么叫禅定呢？六祖慧能在《坛经》里有一个经典的解释："外离相为禅，内不乱为定。"而修习禅定，则是道家和佛家都会修习的一种法门。

老子在这段话里，把这种"平心"的过程表述为这样的三个步骤或是阶段：

第一个阶段即是"塞其兑，闭其门"。这是让你坐下来，让你的这具"负阴"的躯体安定下来。这里的"兑"和"门"，比喻的就是你的感官。你坐下来以后，便还要垂下眼帘，合上口唇，舌拄上腭，仅用鼻孔呼吸，让心意向内转，作内视内听，这就是一种"外离相"。一般说来，这样的起始是我们都做得到的。只是要坚持不懈地守候下去，并且能够继续地往前走，也就不容易。

第二个阶段即是"挫其锐，解其纷"。你坐下来了，这时候你面对着的，就是你的心思和心意。这里的"锐"，就是指你所执着的心事；这里的"纷"，则是指乱纷纷地、零零碎碎地在你的心里出没着的意识。"锐"和"纷"都是"有"，我们的内心世界大体上就是由这样两种凝结构成的。所以对"锐"要"挫"，对"纷"要用"解"。这是说你坐下来之后，便要在对呼吸的调整之中，渐渐地放松它们，淡化它们，忘怀它们，让它们减损下来，让心灵安静下去。你本来是世界的一个缩影，你的心灵深处也即是世界的深处，让心灵安定下来，也就是渐渐地回到生命和世界的深处，回到心灵的归宿之处。我们常常会觉得，自己在打坐的时候很难入静，这是当然的了，入静是修习的结果，而不是修习的开始，要直到功夫纯熟之后才会呈现出来。所以这第二个阶段，就是一个逐渐深入的、相当困难的乃至非常漫长的过程。

第三个阶段即是"和其光，同其尘，是谓玄同。"这样的状态，指的自然就是最后的境界。我们的精阳而空灵的心灵，就像一片天空一样，这是心灵的本相。而我们的心思和心意，则像这天空里的云絮、雾岚和风雨，是"阴"和"有"的一种凝结。原来我们的这片天空，是被云絮、雾岚和风雨遮蔽起来了的，如果在某种机缘之中，你偶尔能够看见一点蓝天，对这样的情景有了一种体验，佛家就把这样的情形叫做"缘觉"。现在经过了损之又损，经过了挫其锐和解其纷，好比守得云开见日出，心灵的蓝天就显现出来了，初始的显现即叫"开悟"，最终的和完全的显现便是"证道"。这就是佛陀在菩提树下说的，“一切智，自然智，即得现前”。这时候你的心灵便像天空一样地同整个世界融合为一体，这也就是老子说的“和其光，同其尘，是谓玄同”。想想这个世界和我们的生命，不就是只有阳的光和阴的尘这样两种存在？能够和光共尘，自然也就是玄同。那么蓝天现出来了，当然不是说这天空里就不会再有云絮、雾岚和风雨了，而是说从此以后，这些云絮、雾岚和风雨便都是在蓝天的观照之下，是如如不动、了了分明的，你就再也不会受这些云絮、雾岚和风雨的遮蔽和牵引。所以佛家也把这样的状态叫做“无住”，在这样的境界之中，一个人也就能够得大自由、大自在。

如果说，在前面我们抄录过的第二十一章里，老子告诉了我们，他是怎样在“常无欲以观其妙”和“无之以为用”的状态之中，看见“道之为物，惟恍惟惚”的景象的，那么在这第五十六章里，老子则告诉了我们，这样的境界是可以经由这样的修习来达到的。

这里我们所涉及到的，当然还只是在静坐之中修习禅定的情景。而所谓禅定，就不仅是要在静坐之中能够禅定，最终便还要在万事万物之中也能够禅定。这也就是证得了罗汉果位的修行者，也还要到生活之中去修习菩萨行的道理。所以在《金刚经》里，就有了要在“六度万行”之中去“降伏其心”的修行路线。在《华严经》里，就有了要在“五十三参”之中去“历事炼心”的修行路线。这即是佛家的大乘的修行路线，这里就不多说了。

9

前面我们引述《道德经》的第五十六章，是为了体会“平心”，体会炼意。这一个段落里我们还要引述的，便是《道德经》的第六章，则是为了来体会“静气”，体会炼气。

我们不是觉得，要让自己纷乱的心思平息下来，是一件很困难的事情？可以这样说吧，从一种意义上说，这也就是因为你的气机还不够圆融，不够宁静。但既然意即是气，气即是意，那么反过来，用炼气的方法，也能帮助你炼意，到了气机圆融的时候，心也就会安定的。仍然用一个成语来说，即是心平气和，心平气也和，气和心也平。

老子在这第六章里，就告诉了我们一个炼气的重要的关隘：

谷神不死，是谓玄牝，玄牝之门，是谓天地根。绵绵若存，用之不勤。

我们不能不说，老子留给我们的这段话，如果你只是用文字的和阅读的方法去研究它，你就是很难知道它的含义的。人们只有在实际的修习之中，才能够明白它、体会它。你如果没有这样的体验，就不可能清楚它说的是什么。所以在那本《老子全译》里，就对它作了这样的解说："太空之神（道），永恒存在；它是支配万物发展变化的主宰，空虚幽深，因应无穷，孕育万物，生生不息；而又无形无象，充塞宇宙，永远运行，永不枯竭，其作用无穷。"你看包括讲说者在内，有人能明白这说的都是些什么吗？在这里，老子说的"谷神"，就先是被我们变成了"太空之神"，最后又再被我们变成了"支配万物发展变化的主宰"。我们把自己的妄言加给了老子，然后换一个场合，又再去批判老子是有神的、唯心主义和蒙昧主义的，那确实就何患无辞了。

现在我们来体会这段话，就要从这些空洞而混乱的搭配之中回过来，实实在在地回到这段话的本身。我们说过，《道德经》的核心的内容，是自然科学的和生命科学的，所以两千多年以来，道家就一直在《道德经》的引导和帮助之下，努力地探索着自己的生命。完全可以说，老子在这段话里告诉我们的，就是一个生命和真气的秘密。历代修习道法的人们，虽然形成了许多的门派，比如北派、南派、东派、西派和中派等等，但不管何种门派，对"谷神不死"这段话的认知和实践，便都是一致的。

实际上，老子在这里所说的"谷神"，就是道家所说的丹田。这丹田在哪里呢？依照道家重要的典籍《黄庭经》的描述，在你的躯体的中央部位，前面有肚脐，也叫生门，后面有腰椎，也叫命门，左右有两肾，在这样的前、后、左、右之中，形成了一个空谷一样的部位，这就是丹田，就是"谷神"。前面我们通过对《道德经》第四十二章的学习，已经知道了我们的生命是一种"负阴而抱阳，冲气以为和"的存在，并且知道了我们所抱载着的这种元阳是一种永恒的、不增不减的能量，它含藏在我们的躯体之中，就构成了我们的精气神体系；那么道家发现，我们的两肾，就是阳气萌生出来的地方，所以这里就是我们的不死的源泉，是我们的生命的根本，老子就把它称为"玄牝之门"，即是一个玄妙的生殖器官。在道家的认知之中，就把肾脏称为内肾，而把外生殖器称为外阳或外肾，把它们都归入了生殖系统。我们也已经知道了，我们的躯体里的这种阳气，也叫做真气，其性质是一种可阴可阳的浑元一气；说它是阳的，是因为它是无形无象的，就像空气，你如果不去修习它，就感觉不到它的存在；但它又是阴的，也像空气一流动便会成风，就是有形有象的，你也就能够在修习之中感受到它的存在；这样的一种存在状态，老子就把它描述为"若存"，即是说它虽然是存在的，但又仿佛不存在。这真气作为我们的生命力，就绵绵不绝地从这"玄牝之门"里萌生出来，只要你还活着，就始终不会断绝，这样的情形，老子就把它描述为"绵绵若存，用之不勤"。总之，老子在这里告诉我们的这一切，就是非常真切的，并且是在道家的修习实践之中得到了证实的，哪里是什么"主宰"、什么"太空之神"呢？大家都知道，要实践才能出真知，知之为知之，不知为不知，一个人如果只是在纸面上作一些臆想，然后就随意地把事情都归结为思想和主张，即便成了一个学者，于古人今人又有什么意义呢？

历代修习道法的人们，在探索和实践之中，依据《道德经》一二三的模型，反过来找到了一条把握和超越生命的三二一的路径，即是站在这三的生命的位置上，在三中去把握二，在二中去归于一。这样的一条修行路线，就是在把握我们生命之中的精气神，是一条炼精化气、炼气化神、炼神还虚、练虚合道的修行路线。道家的修习，在开始的时候，就是从“意守丹田”入手的。什么是意守丹田呢？就是要把自己的心意，投注在丹田这个部位，凭借着心意的力量，让真气在丹田里培育起来，充盈起来。等到丹田里的真气充实了，这真气就会下行到会阴部位，在尾椎那儿发动起来，然后沿着脊柱上升，最后上升到头顶，这就是打通督脉。过后这真气又从头顶下来，经过咽喉和前胸，回归在丹田里，再通往会阴部位的气海，这就是打通任脉。这任督二脉连通了，真气就会在呼吸的引导之下，前降后升地循环起来，道家就把真气这样的运行称为“小周天”，也叫“河车搬运”。道家体察到，我们的躯体是阴的，但这躯体之中的精气却是阳的；我们的心神是阳的，但这心神之中凝结起来的意识则是阴的；道家之所以要修习小周天，就是要像河边的水车一样，把我们躯体之中的真阳的精气“搬运”起来，去撞击、综合和置换我们心神之中的意识的真阴，从而促进我们体内的阴阳的交流，这就叫做“取坎填离”。等到这样的交流很充分了，修行就进入了“大周天”的状态，这时候我们躯体里抱载着的一点元阳就会被还原出来，并且归入在丹田里，道家就把这样的情景称为“结丹”。在这里你就会明白了，道家之所以要把谷神也称为丹田，这就是一个比喻，好比田土是生长庄稼的地方，这丹田也就是培育真气和生长内丹的地方。这内丹结成以后，就还要把它移送到头部，即是道家所说的上丹田里，在这里继续培育。最后到时机成熟了，这元神就能自由地出入自己的躯体，直至能够与虚空同体，才完成整个修习。对于这一切，在后面的和最后的章节里，我们还要更仔细一些地来体会的，这里也就不说了。

道家这种修炼精气神的方法，是道家修行的一大特征。以至于道家的一位祖师吕洞宾会这样说：“只知性，不知命，此是修行第一病；只修祖性不修丹，万劫阴灵难入圣。”所以道家各个门派之中，虽然也有主张先性后命的，或者主张先命后性的，但也都同样是以性命双修、意气双修为要旨的。你不能不说，道家这样的对生命的探索和发现，在我们这个茫茫的人世间，就是绝无仅有的、古今独步的。道家所发现的生命的秘密和修行的方法，就是只有东方这一片土地上的人们才知道的。作为华夏子孙，对于我们前人这样的探索和努力，对于前人留给我们的这些极可宝贵的文化成果，你就应该顶礼，应该感恩，应该珍惜。后退一步说，即使你一时间还不能了解它，或者还不打算修习它，但是高山仰止，也要等到有了机缘的时候，再虔心地去靠近它，并为之尽自己的一点绵薄之力，是不是呢？

10

这样我们就来到这个章节里的最后一个段落了。我们是从开辟鸿蒙开始，先是沿着“一二三”的模型，后来又沿着“三二一”的路径，而来到这结尾上的。那么我们在这个段落里要援引的，便是《道德经》的第十六章了。我们之所以在最后要来援引这一章，自然是想用它来为我们这一路的跟踪和跋涉作一个小结。这第十六章是这样说的：

致虚极，守静笃。万物并作，吾以观其复。夫物芸芸，各复归其根。归根曰静，静曰复命。复命曰常，知常曰明。不知常，妄作凶。知常容，容乃公，公乃全，全乃天，天乃道，道乃久，没身不殆。

老子在这里告诉我们说，一个人在致虚极、守静笃的心境之中，即是在“常无欲以观其妙”的状态之中，便能够体察到世界和生命的真切的情状。这个世界里的万物虽然都在生生灭灭地展开着，但我们却可以从中看到它们共同的存在规律。万物呈现出来的景象尽管不一样，但也总是要回归于各自的根本。万物回到了本来的寂静的状态，也就完成了自己的一次使命，然后于寂静之中又才会有新的开始。事物总是在这样“独立而不改，周行而不殆”地生灭着，这就是世界和生命运行的规律。我们如果明白了这样的规律，能够遵从这样的规律，就能够从必然而走向自由，从中找到生命的最终的归依。我们如果不明白这样的规律，我们的认识和作为就会是盲目的和迷失的。

你看吧，常言不是说，人生一世，草木一秋？草木在经历过自己的发芽破土、开花结果之后，到秋天便凋零了，只留下一个根还埋藏在泥土里，这就是落叶归根，是“夫物芸芸，各复归其根”。这个根静静地埋藏在土壤里，仿佛没有了生命的消息，这也就是“归根曰静，静曰复命”，在完成了一次生命的历程以后，又回到了生命的根本。但是在春天到来的时候，它又破土发芽了，跟着又开花结果了，又再一次地去经历自己的生命历程。草木的生命就是依靠着自己的根来轮回着的，那么人呢？人的根是什么呢？人的生命又会不会轮回呢？

人和草木和动物一样，在《道德经》一二三的模型中，都是在三的位置上，都属于“负阴而抱阳”的万物。如果说人和草木动物有什么不同的话，即如一位哲人所说，草木和动物的存在就是这存在本身，而人作为万物之灵长，人的存在却能够把自己的存在对象化。这就是说，草木和动物只是存活着，但你却不仅活着，而且还能看见自己在活着，你不仅在思量，而且还能看见自己在思量；草木和动物不会去追问世界和生命是什么，人却注定要从生活之中抬起头来，去追问世界和生命是什么，追问你是谁，你从哪儿来，又要往哪儿去。那么现在，我们跟随着道家和佛家对生命的追问，沿着《道德经》一二三的模型走过来，你也就看见了，人活了一生一世以后，也会繁衍出来像草木的种子一般的后代，但这却不是人的根本；人的存在，归根结底是这心灵的存在，所以就像草木有一个埋在泥土里的根一样，一个人的根就在心灵这里；而人的这个根，依照道家和佛家对生命的发现，便可以从两个不同的层次上来查看。这两个不同的层次，一个便是轮回的层次，一个则是回归的和终极的层次。

轮回的层次是生命自然流转的层次。一个人在走过了一生一世之后，就像草木走过了自己的花开花落之后，设若已经来到了临终之时，那么这个人所经历的一切，不管是春夏秋冬，不管是悲欢离合，便都转头成空、风流云散了，这时候这个人还剩下些什么呢？就剩下留在心里的一团心思了。这是一个人一生的经历贮存在心灵里的信息，是这个人在人生一世之后给自己留下来的结果，也就是这个人的根。正是在这里，道家和佛家对生命的发现，和世人对生命的观测，有了一个根本的区别。从我们对生命的观测来看，一个人死亡了，就什么都没有了。如果我们认为生命只有一次，不会再有明天，便不免随意妄为。但道家和佛家却发现，事情并不是这样。从《道德经》中我们已经看到了，我们这个“负阴而抱阳”的生命耗散了以后，正如科学后来的物质不灭和能量守恒的描述，这阴浊的躯体是来于尘土而归于尘土了，但这精阳的心灵在离开了躯体之后，却仍然是依照着自己的存在形态，在更高的维度之中存在着的。佛家对这一团心识有一个命名，就称它为阿赖耶识。这阿赖耶识在一种合适的情况下，就会进入到一个新的躯壳里，成为一个新的生命。这也就是轮回了，和草木的轮回其实也是一样的。所以有的时候你也不免会想到，就连草木的生命也不仅只有一次，花儿谢了明年也还会一样地开放，那么作为万物之灵长，这人的生命又怎么反而会只有一次，既没有昨天也没有明天，凭空地产生又凭空地消失了呢？所以当我们说道家佛家是虚无主义的时候，道家佛家倒以为我们是虚无主义的。你看去年的桃树，今年开出来的不依旧是红色的桃花？若是换成李树，不也依旧是白色的李花？正是草木的根，决定了它的花朵会怎样开放，而依照道家佛家的发现，人其实也一样，你今生今世携带着的阿赖耶识就是你的根，这样的一种内在的与生俱来的原因，也就将决定你会有怎样的个性、禀赋和才能，直至会有怎样的因果和命运。人们活着，如果不知道自己的这个根本，便不能解说和把握自己的命运，尽管人们也能从外部找出一些原因来，对这个深不可测的命运作一些敷陈，但这些原因毕竟只是变化的条件，而不是变化的依据。所以老子说：“复命曰常，知常曰明。不知常，妄作凶。”我们就这样生生世世地轮回着，如果不是道家佛家告诉了我们事情的真相，我们也就和草木一样，对其中的线索就是一点也不知情的。

从生命自然轮回的层次上看，你的阿赖耶识，即是你的凝结起来的心识，就是你的生命的根，但你的心识是在哪里凝结起来的呢？不就是在你的心灵里凝结起来的？所以应该进一步地说，你怀着的这颗心灵，又是你的阿赖耶识的根。我们已经比喻地说过，你的心灵好比是天空，而你的心识则好比是在天空里凝结起来的云絮，在道家的语义里，就把心灵这个天空称作“元神”，而把心识这种云絮称作“识神”或“阴神”。我们每一个人的自我都不一样，这是因为我们每一个人凝结来的识神不一样，若是就元神而言，我们每一个人的元神便都是一样的，便都是我们“负阴而抱阳”的生命之中所抱载着的那一种精阳的能量。正是在这里，道家佛家就为我们的生命找到了一条另外的路径，这就是一条超越和回归的路径，即是要摆脱我们的心识对心灵的束缚，从而摆脱这生命的生生世世的痛苦的轮回。不管道家和佛家用来修行的方法有什么不同，两家的出发点和归宿便都是一样的，都是要回到心灵的本来状态，见到自己的真如本性，找回来自己的元神。回到了心灵的本来状态，又有什么好处呢？仍然可以这样比喻地说吧，回到了心灵的本来状态，就找回了心灵的天空，摆脱了心灵的云絮的覆盖。我们的这个世界不就是由那一种精阳的能量化生出来的？这时候心灵回到了精阳的状态，也就等同于整个世界。这也就是道家所说的与虚空同体，不管其中有多少云卷云舒，有多少花开花落，都能够任随它们来来往往，这心灵便始终都是宁静的。而这样的状态，又才是永恒的和自在的状态。所以老子说，“知常容，容乃公，公乃全，全乃天，天乃道，道乃久，没身不殆。”这就是让一个人从知道生命的真相和规律开始，通过自身的修行，不断地减损心识对自己的束缚，这种束缚减少一点，自己的心量和智慧就会增大一点，沿着这样的一条路径，就可以把现实关怀和终极关怀融合在一起，不仅可以在改变自己的心性之中改变自己的命运，并且还有希望让这心灵回到本来的、也是永恒的状态。先前我们说，我们之所以要最后才来援引《道德经》的第十六章，是想用它来为我们这一路的跟踪和跋涉作一个结语，那么在写下了这些话之后，我们也就可以停下来了。

这个第三章，我们用了一百多页的稿纸，是不是会有些漫长，会有些阻挡呢？但我们一开始的时候也说过，为了往后的叙述会顺利一些，这是我们绕不过去的，我不敏，也只好是这样了。这时候停下来，又已经是夜深深的，窗外正沙沙地响着春雨，一时间不禁让人想到，只有这春雨才是沙沙的、轻快的，至于秋雨呢，则是缠绵的、淅淅沥沥的，心思明明灭灭之中，你又仍然禁不住追问自己：那么我们要这样跟踪《道德经》，更根本的原因是什么呢？许多年以来，你似乎离《道德经》都很远，但许多年过去之后，你又还是来到了它的跟前。

你知道，你不是一个宗教徒，也没有意愿要加入何种宗教团体；你不是把道法和佛法当作哲学或学问来接近的，你也没有这样的宽余；你当然也不是科技工作者，你平生也没有这样的机遇；你不过是芸芸众生之中的一个，零落在自己的沉浮无常的日子里，你要面对的，不是宗教问题，不是科学问题，不是学术问题，而仅仅只是这生命本身对自己的追逼。时日漫漫地，春风秋雨地，你一天天地活着，就总得知道这生命的根抵是什么，才能知道怎样来交待自己的这个生命，然后又才能让自己一天天地把日子过下去。如果你不能对生命的真相作出自己的认知，那么不管我们说要热爱生命，或者是厌弃生命，不管是要悄然后退，或者是要奋力前行，又有什么最终的依据呢？你知道自己很渺小，没有能力去得知这个世界和生命之谜，所以你不能不去聆听，古往今来的知晓这个永恒之谜的人们，都在对我们说些什么。你看到世界只有一个，真相因此也只有一个，那么人们对世界和生命的真相一切发现，便都是殊途而同归，所以你也没有什么理由，要有门户的区别，或者学科的划分。不管是宗教或者科学，当你接近它们的时候，乃至都不是从信仰的意义上来接近它们的，在这之中，你就仅仅只是觉得，事情的真相就是这样，是自己能够认同和归依的，一切就仅仅只是如此而已。有一段时间，人们不是一直在说，要为自己建立起来一个世界观、人生观和价值观？其实这之中还有一个更为真切的，则是生命观。但一个人要为自己把这一切建立起来，应该说并不容易，在你能够得知世界和生命的真相之前，这一切就是建立不起来的，如果“不知常”，就不过是“妄作凶”而已。所以你也知道，这许多年来，你不过是在自己的阿赖耶识的支配之下，随波逐流地活着，是说不上有什么文化，有什么世界观、生命观和人生观的。尽管你也在经受和寻找着，但这种寻寻觅觅也不是自觉的。

我们在前面的第二章里，试着查看了这种不自觉地寻找的踪迹，这种踪迹就渐渐地牵引着你，来到了那个最后的夜晚，来到了那座两层的、临时搭建起来的小楼里。或许可以这样说吧，当你静坐下来，开始了意守丹田的时候，你的路程也就开始回归了。老子说“玄牝之门，是谓天地根”，老子又说“归根曰静，静曰复命”，所以能够坐下来意守丹田，哪怕还是象征一般的，也就有了回归的含义。从这种踪迹上说，其实我们每一个人的身后，便都是跟随着一部《道德经》的。

（选自《今生：吾谁与归》，贵州人民出版社，2016年3月）

2016年

喻莉娟

青　蒿

一

上小学时候，忆苦思甜，吃忆苦饭，对“青蒿饭”，有特别的记忆。一天上午，学校召开忆苦思甜报告会，大妈大爷“诉苦把冤申”的报告讲完，大家唱着“天上布满星，月牙亮晶晶，生产队里开大会，诉苦把冤申……”走回自己班教室坐好。不一会，老师抬着一大锅青蒿饭进教室。开会时就听老师说了，听完报告会有忆苦思甜的青蒿饭吃。听说有吃的，大家激动地等待着。现在看到了这个青蒿饭，黑白相间，看得出来是米饭加蒿叶，飘来一丝丝清香。一个个围到桌边，排好了队。一种清苦香味直窜脑门。我望着老师手上的瓢，一瓢瓢，舀在碗里。我注意着，看哪一碗多一点，希望最多的能到我的手里，一瓢一碗，正好在我面前的那碗，老师一瓢下去，瓢上一个尖尖帽，好高，我有些激动，太有运气了，看起来比别的同学都多，暗自高兴。看看同学们，一人一碗端走，我正好端自己面前的那碗，碗边上还黏贴着几颗饭，黑里泛青，似乎油晶晶的，我迫不及待地把它们弄在碗里，可有几颗总是黏在手上，不愿进去，只好放进嘴里吃掉，有点回甜。

同学们都坐在了自己的位置上，吃起来。一个同学那痛苦夸张的表情，让我惊了，刚才的兴奋，不见了。见他那样，我犹豫了一下，还是试着吃了一口，眼睛一闭，一口饭要吐出来，怎么这样难吃，好苦哦。

老师说，大家都要吃下去，咽下第一口就好了，没有那么艰难，你们看老师吃。说着，她吃了一大口。接着说，解放前这是最好的东西，还有很多人没有得吃。刚才报告会上，你们不是都听见了吗？今天的忆苦思甜，就是要让大家知道什么是苦，才知道今天的甜。都必须吃下去，不许吐。老师吃着，看起来还很好吃的样子。她吃得很快，没几口，那一碗就吃完了。她拿着空碗在我们身边走，看着我们每一个人的进度。好像考试时的监考一样，看看有没有人作弊。

她走到我身边，我急着将想吐出来的那口饭又咽了回去。同学们在使劲地咽，看来都很艰难，实在是难吃。老师在看我，我知道她是要我带头。我这个班干部是应该事事带头，便埋着头猛吃两口，使劲咽下去。吃多了好像也不觉得苦了，一口口咽，不用嚼。最后还有一点实在是吃不下去了，这时候的教室有些乱，大家都在说话，趁老师不注意，我把剩下的一点用张纸包起来，准备往窗外丢，在那一刻，一个同学报告了老师。接下来，全班批评，全校批评，老师家访。我是抬不起头了，都是因为这个青蒿。

老师当天就家访，对爸爸说，姑娘平时一向表现不错，学习努力工作积极，成绩优秀，又是班干部，怎么在这个问题上经不起考验，大家都能吃，就她有这个表现。这说明我们平时放松了她的思想教育，在关键时候就出现问题了，幸好发现得早，她也还没有扔出去，不然我这个班主任也该挨批了，你好好说说她。老师说完对我说，你当时是怎么想的，为什么要把它包起来扔掉。我轻轻地说，什么也没想，只是吞不下去了，最后的那一点点，就想把它扔了。我错了，今后一定改正。

老师说，写个检查，明天交给我。说完又单独和爸爸说了几句，走了。老师走后，爸爸开始给我上政治课了。他说，青蒿饭，是难吃一点，你也不能丢掉，在困难时期，没有粮食，能吃的东西都找来吃了，现在还在吃蕨粑粑，那时候是它的叶吃完了，就挖地三尺刨出蕨的根来弄成粉和着吃，蕨根挖完了，就是青蒿，最难吃的就是青蒿弄的蒿子粑粑，蒿子加红子，捣成泥做出一个个的蒿粑粑是好东西，救了多少人的命。今天的青蒿饭就算不好吃，也不能丢呀，就是要叫你们这些从小没有吃过苦的娃娃体验一下苦。为的是记住今天幸福生活的甜，在这样好的条件下，你们才知道珍惜，才知道好好学习，天天向上。今天的事情一定要记住，青蒿的苦，是对我们有益的。

我低着头，含着泪，不敢看爸爸那严厉的眼睛，那准备丢的青蒿饭，这时候已经被我捏成了饭团，成了青蒿粑粑，外面的纸已经变成了它的紧身衣，要脱下来已不容易了。我擦擦眼泪，拿着那褪不下纸的青蒿饭吃起来。不知怎的，这时候的青蒿饭已经不那么苦了，我流着泪，咽下最后一点青蒿饭。

二

爸爸那天说完我的事情，接着说了一件事，让我难忘。他见我吃完那坨青蒿饭，接着说，青蒿是好东西呀，饿饭那些年间，有点青蒿吃就能活命，青蒿救了好多人的命。我的爹妈，你的爷爷奶奶，当年要有一点青蒿吃，也不会死。那是已经断粮好多天的日子了，家里能吃的东西都弄来吃了，山上能吃的草都吃了，树叶也都没有了，青蒿、红子这些都算是最好的山珍了。一个村、一个寨的人都在刨根问底，还有那蕨，它的叶吃完了，挖地三尺刨出蕨根来吃。现在人吃蕨根是把它捣碎，弄出它的淀粉，用淀粉来加工成各种食品。那时候是要把蕨根的全部，磨成粉做粑粑，难吃是难吃点，有得吃就好了。只是最难的事情，是吃这样的蕨根，红子，拉不出屎来，那才是叫人难受。那时候经常可见小孩子撅着屁股，要大人给他一点点地抠出来。到后来，那么多人要吃，蕨根没有了，青蒿、红子也没有了，饿得人要往死里去了。

一天爷爷奶奶看着几个饿得没有形的孙子，拿出最后一点青蒿粑粑，那是又黑又干，不知是哪天弄的，放着没有舍得吃的。奶奶从怀里摸出来，一群孙儿围上，一双双眼睛都在那一点青蒿粑粑上，没有一个上前要，他们知道会有得吃，只是等着。这时候，奶奶并不急于分给他们，她舀一瓢水，倒在碗里，招手让孩子过来，最小的一个三四岁，一摇一摇地走过去，其他几个也跟着，奶奶让每一个孩子先喝一碗水，再掰一点青蒿粑粑给他们吃。分到最后的一点点，应该是爷爷奶奶的了，可最小的那个吃完了，又慢慢地走过来，守在他们脚边，奶奶含着泪把最后的那一点递给了他。爷爷奶奶慢慢坐下，奶奶递了一碗水给爷爷，自己也喝了一碗。看着一群孙子还在屋里等着，不想离开，他们努力地站起来，试着再去屋里找点可吃的东西。

那时候，家里可吃的东西哪里还有啊，那是地里山上找不到吃的了，没办法，只有再找找家里了。一会，他们在床下老角角发现一个坛子，一推，重重的，里面肯定有东西，那一定是可吃的。两个老人一下兴奋起来，趴在地上，吃力地把它弄出来。坛子外面是一层灰、一层霉。爷爷用衣袖扫了扫上面的灰，说，这不是我们前年做的糟辣椒吗，那年辣椒好，做了好几坛，这一坛丢在这里面，忘了，没有发现它，现在我们可有吃的了，度过这个冬，开春了就好办了。我准备过两天去后院坡上种点荞子，要不了两个月，就可以有荞粑粑吃。再种些牛皮菜，那是好东西，长得快，一两皮叶子就又可以做一碗，我们有救了。他们说得很幸福，准备去叫那一群孙子进来给他们吃一点点。奶奶说，不叫他们，这点东西也要慢慢吃，一下给他们吃了，后面的日子又怎么过。爷爷觉得有道理，不叫他们，以后每一天吃一点，可以拖些日子。这是糟辣椒，应该怎样吃，两个老的商量着，最后决定还是一天两瓢糟辣椒，把它做成汤，好吃又能顶事。

商量好了，两个老人最后决定，自己还是先吃一点，已经是饿得不知道饿了，只觉得迈不动脚。他们颤巍巍地解开坛子上面的封口，一股酸霉味冲出来，他们还是迫不及待地凑上看，里面黑黢黢的，也看不清楚。奶奶伸手进去抓了一把，稀稀的，真是糟辣椒，只是糟辣椒的红色基本没有了，乌黑上有一层白。这是坏了，奶奶说。坏了也应该能吃的，爷爷在一边说。两个老人说着，就抓着吃起来。没吃两口，奶奶说，不行，老头子，我肚子痛。我也痛了，如刀搅。话还没说完，两个老人倒在地上滚。外面的孙子们听到动静，进屋一看，两个老人在地上滚成一团，吓得他们嗷嗷叫，大的哭着跑去叫来大人。大人们来了，两个老人讲着刚才的事情，说着说着，就不行了。

听爸爸说这事，我很难过，一直就不明白，那时候，怎么会就没有吃的呢，爷爷奶奶他们当时要有一口青蒿饭有多好。

三

上山下乡，知识青年的时候，也有青蒿。我们下乡那里是高山地区，天高地寒。山上的树木都没有了。有的，是一个个方桌一样大的树桩，我们叫疙兜。山上还有的就是黄泥巴，也不爱长庄稼。苞谷长得就拳头大，我们叫它“鸡脑壳”。说是这样的土壤适宜茶树的生长，于是那里办起了茶场。

高中毕业，响应号召，知识青年到农村去，接受贫下中农再教育。农村是一个广阔的天地，在那里是可以大有作为的。我们七八个十七八岁的热血青年，来到这个茶场，我们是第一批，第二年前后又来了七八个。

说是茶场，能见到茶树的就几亩。其他的都在规划之中。我们的劳动，关于茶的事情没有多少，更多的是做一些养活自己，生存发展的事情。其中，最现实的问题就是要吃饭，吃饭要解决的首要问题是燃料。这地方没有发现煤，煤要从外面拉进来，那很贵，我们烧不起，哪来那个钱呢。燃料问题，就是柴火，山上的柴火也不多，要到很远的地方去砍，一天就只能弄一趟，还要起早贪黑。我们住的山上，有的就是灌木，这里面也有半人高的青蒿，夏秋时间，可砍来烧了驱蚊子。平时只能砍一点丫丫柴回去引火。不过丫丫柴下面，是那好大好大的疙兜，那是砍伐了参天大树后的树桩，把它刨起来，煮饭烤火就靠它了。

到了茶场，都在场长的带领下劳动。场长带着我们七八个知青，首先要做的就是“打疙兜”，把疙兜从地里挖起来，我们说，这就是刨根问底。每天，个人的任务是规定好的，完不成任务工分被扣，大家都担心，怕完不成任务。只有跟着场长，在他帮助下才能完成。

场长带着我们，望着现在这一个又一个的疙兜，说，小时候，这山我们一般是不敢来的，那时候是深山老林，上面的树，基本上都是要一两个人才能合抱的大树，常有“野物子”出没。他说的野物子，指的是狼、野猪什么的。在大炼钢铁那些年，我也跟着大人一起来这山上砍树，砍来大炼钢铁了。没两年，慢慢地就砍完了。炼出一堆钢疙瘩，山上留下的就是这些树疙兜。现在我们只能把它刨出来烧火煮饭，还要准备一些冬天烤火用，这里的冬天冷死人了。

这些埋在地下几百年上千年的老树桩子，要把它们从地里刨出来很不容易，根深蒂固。场长一边示范一边说，要把树根的土挖掉，全面掏空，泥巴一点点抠出来，根须全部亮出来，再从四面，一条根一条根地砍，先用斧头砍在外圈的根，到最里面，下面的根，斧头是砍不上了，那就用锄头对着根部挖。说着场长丢了斧头，拿着那用得雪亮雪亮的锄头，掌心吐点口水，稳稳地拿着锄头，挥起，在对准下面的老根，用力，一下，只听见，咔，清脆的一声，主根断了，我们好羡慕哦。大家上前一起推，这个老疙兜出土了。

我们开始的时候要想独自打出这样的疙兜是很难的，必须有场长的帮助指导才能完成。一个力气好的男同学，对着一个疙兜挖得差不多了，正在较劲，最后的几个根，长在底部，又粗又硬，周围都挖出了好宽一个坑，斧头这时候不好使了，砍不着。他跑到场长那里，要了那把雪亮雪亮的锄头，学着场长的姿势，对准疙兜，一下一下挖。还真给力，最粗的根就快砍断了。他是我们中间第一个独自打下这样大的疙兜的，难免有些激动。就是这根最主要根一断，这个疙兜，就翻兜了，大家都围过来，为他叫好。见大家看着，吼着，他也很有点表现的样子，挖得特别卖力，就是最后的一断了，一锄头下去，根轻轻的就断了，锄头上的力气还满满，惯性让锄头，朝他顺势而来，他身体一让，锄头正好从他的左腿上晃过。正是夏天，就一条单裤。这下，肯定伤着了。他一撩开裤脚，腿上一条白口子，如红嘴唇翻着露出白牙，一下，鲜血汩汩流出来。大家都蒙了，不知道该怎么办。茶场是红药水这样的东西都没有的，都必须去区里的医院，那是要走十多里山路，一时也解决不了问题。

只见场长不知什么时候，已经找来了一大把青蒿叶子，放在嘴里嚼，他急促地摆弄着牙齿，那青绿色的浆液从他的嘴角溢出。大家焦急地看着，不知道他要干什么。只见他把嚼烂了的青蒿，吐在手里，一把盖在那冒着血的伤口上。他上下捏了捏伤腿，说，还好，没伤着骨头，忍着点，不要紧的，青蒿能止住血，又能清火消肿，管用。你们年轻，几天就没事了。说完，扯了一块腰带给他包扎好。没过几天这个知青的腿伤好了。现在我们知青聚在一起时，谈到当年，谈到场长，就会想起青蒿。

最近一段时间，青蒿，一下众所周知了，那是因为2015年获得诺贝尔医学奖的中国科学家屠呦呦，以她为代表的中国科学家成功用青蒿提取了青蒿素，治疗疟疾，为世界的医药事业做出了贡献。

青蒿，我为你感动着!

（原载《散文选刊·原创版》2016年第3期）

黄政芳

掌　声

伟军工作三年就能当上镇党政办主任，源于他的掌声。

因为儿时的农村没有什么玩具，父母就用拍手掌逗他玩，每次啪啪一响他总是逗得哈哈大笑。

慢慢地，他自己也学会了拍手掌，能坐着拍，站着拍，跑着跳着拍，而且很有节奏感。

一次，村民组开群众会，组长刚把话讲完，伟军就把小手掌拍得啪啪响。组长激动得伸出大拇指说，这小子将来一定有出息！

这不，上中学时，老师一讲完他带头拍手掌，就当了班长。

大学时，校长一讲完他带头拍手掌，就当上了学生会主席。

刚一分到茂林镇工作，就参加镇里的职工会，镇长一讲完话他就带头拍起手掌，掌声脆而响，铿锵有力，一改往日开会掌声软弱无力的现象。并且因为他的带头，大家也跟着大声整齐地鼓掌，整个会场激动人心。

当时镇党委书记也在场，他向伟军投去了赞许的目光。

就这样，他分到了党政办，成了镇党委书记的秘书。

每次镇里开会，书记话一讲完，他就带头鼓掌，然后掌声一片，书记很是受用。

一次，县委书记来茂林镇召开座谈会，最后一个字刚从嘴里冒出，伟军就掌声响起，然后整齐有力的掌声在整个会场回荡。

县委书记很高兴，把镇党委书记表扬了一番，大声称赞茂林镇干部的精气神，后来还在县委常委会上提出表扬。

书记一高兴，伟军就当上了镇党政办主任。

当上镇党政办主任的这年六月，茂林镇出了一件轰动全县的英雄事迹，镇干部老高为救一名落水儿童溺水牺牲。

老高的追悼会在镇门前的广场召开，数千名干部群众自觉地来到广场送别英雄。

百忙中的县委书记也参加了。

默哀三分钟后，主持仪式的镇长宣布由镇党委书记致悼词。

镇党委书记满含泪水，用沉痛的语调介绍了老高的生平，对他平时的工作和救人的精神大加赞赏。最后他悲伤地说道，老高的牺牲使我们失去了一位好同事，好兄长，但他的精神将永远激励我们前进……

镇党委书记悼词刚一致完，伟军的掌声就猛然响起，然后全场响起掌声。

镇党委书记的脸青了，县委书记的脸更青。

镇党委书记当场宣布免去伟军的党政办主任职务，待岗三个月处理。

下来后，镇党委书记遗憾地问："你难道不知那种悲伤的场合只能有泪水不能有掌声吗？"

伟军哭着说："书记，我哪能不知道，但是你一说完话我就控制不住要拍手掌……"

（原载《领导科学》2016年4月；《杂文选刊》2016年第7期转载）

采 薇

谁截新篁听泉鸣

小时候在乡下读书，时常从教室窗外飘进一丝清脆的竹笛声，乐曲虽然多半是《十五的月亮》《妈妈的吻》之类流行歌曲，但在盛夏酷热的气温下，课间枯燥的朗读中，偶尔掺杂进这么一声半痕透着自然气息的声音，心里还是会感觉到丝丝沁人心脾的凉爽。

竹笛可能是所有人工制作的乐器中最为简便的种类了，农村里稍具乐感的人，基本上都会吹奏和制作，因而大凡到山间乡里，随处都可听到这种小溪流水般清冽的声音。

潺潺的山涧旁，顺水漂来几声不成曲调的笛声，那是侧骑牛背的半大孩童在信口胡吹，吹者并无炫耀之心，听者也无赏鉴之意，大家各忙各的，任由笛声散漫得遍坡遍野。

暖暖的烟村里，一缕刚健的笛声沿着炊烟攀上高高的树梢，传入远远的旅人耳中，仔细分辨，吹的竟是《帕米尔的春天》，吹奏者把花古翻弄得举重若轻，虽有卖弄的痕迹，但于这荒村僻地，能完整吹奏这样曲子的，也算得是一方的高手了。

在乡村里，人们一般并不在意谁的演奏技巧有多高，能够准确、流畅地吹出时新的歌曲，就能给大家带来无限的欢悦。有个奇怪的现象是，这些业余的笛子“演奏家”们几乎没有识谱的，但他们总能以最短的时间学会最新的歌曲，并且都能掌握音准。

有一年的夏天，我们十来个中学生到一个山村去玩，那是一条两山夹峙的山沟，背后是连绵不绝的大山，对面是一座马鞍形的“屯”。黑夜降临时，我们一同去爬那座“屯”。其时正是农历十五，澹荡若水的月华溢满了每一丘水田，笼罩着每一座山峰，照亮了每一个庭院，我们在宽敞的“屯”上俯瞰脚下蜉蝣蝼蚁般的苍生，仰视对面庄严浑穆的大山，心中充满了天人合一的神圣感。这时忽然从杂草丛生的半山腰中传来一阵清亮的笛声，所有人都不由自主地停止了喧闹与奔跑，竭力想要抓住那若即若离、轻若梦薄如纱的声音。

那是两个学生在合奏一首《枉凝眉》。平时早已听得耳根麻木的乐曲，在这样美妙的山间月夜再次听到，听者的心里竟然都产生出无限的绮思丽想。也许吹笛人水平并不甚高，也许乐曲本身不算经典，但是这一刻每个人心中都像是淌过一溪清凉澄澈的泉水，它洗净了我们走过红尘的一身征尘，淡化了我们面对未来的无尽猜疑，消解了我们阅遍人世的满心苍凉，抚平了我们饱经风霜的一脸刻痕……由是，我彻悟到，真正的音乐，并不在于作曲家广博高深的学识，以及演奏家妙至毫颠的技巧，而在于在适当的时间、适当的场合，撩拨起听众心底那根最为敏感和感性的弦；反之，若在喧闹的集日，纵然陆春龄、赵松庭等大师将《姑苏行》演奏得如何煽情，只怕也难以收到如此效果。

乡村的吹笛人多半都会自制竹笛。南方山村里，几乎家家户户的房前屋后都遍植着毛竹，平日里要编个箩筐，削根扁担，搭个大棚，做根烟竿，可以就地取材而无需上街去买。大量栽种竹子为这些业余的笛子演奏家们提供了取之不尽的原材料，他们采截一节竹管，将里面去节中空成内膛，用烧红的粗铁丝在竹管身上钻出一个吹孔、一个膜孔、六个音孔、一个前出音孔和两个后出音孔，然后用小刀把孔洞修挖圆滑，这样，一支竹笛就基本成型了。

由于制作者均非专业人员，受工艺和条件的限制，这样制作出来的竹笛有相当部分在音孔、膜孔和吹孔之间的距离比例难以测量精确，吹奏起来难免出现音准的偏差问题；但竹子出自原产，做坏了可以重新来，他们就这样不断返工而乐此不疲。一旦制作成功，农村开窗极高因而光线晦暗的屋子顿时被这种来自天然的清音所照亮，仿佛是清亮亮的山泉水丁丁冬冬地跳荡在蔽日的幽篁间，又恰似闲散散的落山风慢悠悠地爬过去年的茅屋顶，半个村子因此而无限生气起来。于是三五知交便堆了拢来，不依不饶地要求这人一直吹到夕阳落山了，倦鸟归巢了，学生放学了，父亲上坎洗脚了，娘也扯着辽阔的嗓子漫山遍野地叫吃饭了。

农村人之爱笛子，固然是由于小提琴、钢琴这些西洋乐器听起来如同天方夜谭般遥远，而古琴、琵琶这些传统的主流乐器在乡村包括小城镇难得一见，但主要还是笛子取材方便，制作简单，且极易入门。即使是二胡，倘若手法不是非常娴熟，多半会发出杀猪般的惨叫声来，而笛子只要掌握了简单的吹奏技法和气息控制，发出的声音都不会太难听。

从演奏的范围来说，笛子也是民族乐器当中最为雅俗共赏的，你可以用笛子吹奏“日出嵩山坳”，却很难用古筝来演奏“大河向东流”，你可以用笛子吹奏《渔樵问答》，却很难用古琴来演奏《牧民新歌》，不说技法的转换，单听那效果就会让你大倒胃口。因而，笛子便无可争辩地拥有了最为广泛的群众基础。

听吹笛最好的所在莫过于在杜鹃花开的山野，芦苇丛生的河岸，鹞鹰盘旋的岩顶，袖一笛甜香的旷野清风，怀一腔悠然的天地灵气，施施然吹来，不疾不徐，心无杂尘，任音符在河水中流淌，在山崖间跳荡，在空气中遄飞。此时此刻，无论什么曲子，在你的唇间指下都成了“人间能得几回闻”的仙乐。诗人雷震能够醉心于“牧童归去横牛背，短笛无腔信口吹”，当非其赏鉴能力低劣，恰恰是真正懂得生活乐趣的个中感受。

当然，若从专业的音乐角度而不是道家天人合一的哲学层面来说，吹奏一曲《鹧鸪飞》既应时应景，又优美动听，其艺术价值自然非任意一首乐曲可比了。

我首次听到《鹧鸪飞》是在20世纪80年代末，中央电视台有个节目叫《国乐飘香》，专门介绍中国的经典民乐。那是一个跟平时一样沉闷的下午，电视上传来了一阵悠扬的笛声，那美得令人心悸的笛声就像画面上的两只鹧鸪，在高崖飞瀑之间起落，在平芜旷野之上飞舞，在云雾之中穿梭，惟妙惟肖的扑翅声在演奏者不断起落的指上发出，翩跹翱翔的流畅线条从演奏者似张还翕的唇间飘起。

据南派笛王赵松庭考证，《鹧鸪飞》的最初意境来自李白的《越中览古》：“越王勾践破吴归，义士还家尽锦衣。宫女如花满春殿，只今惟有鹧鸪飞。”笛曲正是表达了备受压迫后的人民对于自由、幸福生活的向往之情，从而奠定全曲深沉含蓄、忧而不伤的基调。但我觉得，把这首湖南民间笛曲与诗歌和历史牵扯上关系，对曲子的推广并不是很有必要，多半是为了增加其深厚的历史文化底蕴。不管这首脍炙人口的名曲是否弥漫着如此厚重的历史烟尘，演奏家夸张地运用了打音、气颤音、半音孔、虚指等多种技巧，再结合气息的强弱变化，通过音符的八度特殊处理，勾勒出一幅淡雅的鹧鸪飞翔图，紧紧地抓住了听众的心，才是最重要的。

随着那轻盈、飘忽的音符的起落，听众也身不由己地随着鹧鸪鸟时远时近、时高时低地翱翔，完全忘却了世间营营，浑不知身在红尘，这种感受，已经跟历史烽烟、文学经典没有了丝毫关系。

听到此曲时，我平生第一次大脑出现了空白，瘫倒在沙发上浑身冰凉四肢发麻，完全失去了知觉，那一刻的感受让我领略到了笛子在取悦大众之外真正的艺术魅力。

从此以后我越来越多地接触到各类经典民族器乐，深深地沉醉于竹笛之空阔辽远、洞箫之幽微哀婉、古琴之含蓄蕴藉、二胡之苍凉凄楚……这些充分体现了一个延续了数千年的农耕民族特有的文化积淀与价值取向的经典艺术，几乎支撑起那个文化市场萧条的年代中一个少年整个的审美空间。

在那个人们头脑里尚无素质教育意识的年代，放眼身边，或许唯有我一人瞻高山而起仰止之心，闻折柳而兴盛衰之意。

但我永远不是孤独的。

七千年前的一个清晨，河姆渡茂密森林边缘的小河边，在一丝清幽脆亮的骨笛声中，一个头戴青笠、身穿麻裙的赤足少女随笛声翩翩起舞，穿云裂石的笛声，珠落玉盘的歌声，泉水丁冬的声音，交织成一曲后世永远无法复制的天籁之音。

四千多年前，西王母采昆仑山美玉，制成三支精美绝伦的玉笛，拟献给中原之王舜帝。那个“昆仑日暖玉生烟”的上午，西王母轻衣罗裳，在白雪皑皑的昆仑之巅鼓唇试吹，刹那间雪崩云卷，崖溃石飞，百兽怵然，万民来朝……

千余年前盛唐一个月色溶溶的清夜，李白正倚窗捉月，忽闻笛声大至。乐游原上清秋节，灞水桥头折杨柳。是夜的笛声，吹冷了玉门关上万颗征夫泪，吹皱了华清池里一顷胭脂水，吹落了都城南庄千树桃花瓣，更吹老了淌满中国诗河的那一片长安捣衣声啊！

笛子也许是民族音乐中表现题材最为丰富的乐器了，它既能在“谁翻乐府凄凉曲”中勾起蕙质兰心的纳兰公子“醒也无聊，醉也无聊”的愁烦，也能于“笛里谁知壮士心，沙头空照征人骨”时使豪气干云的陆放翁“有泪如倾”；它时而“笛里三弄，梅心惊破，多少春情意”，让懵懂的少女李易安心如鹿撞，时而又“谁知一曲中宵怨，霜雪无端两鬓生”，使衰老的俞成龙大发时不我待之叹；它时而在“受降城外月如霜”之夜，令汉人李益等辈“一夜征人尽望乡”，时而又“上马不捉鞭，反拗杨柳枝。下马吹横笛，愁杀行客儿”，让印象中骁勇粗豪的边陲胡儿也愁肠百结。

在笛子发展的历史长河中，风云变幻的汉晋与物华天宝的唐朝当是其兴旺鼎盛时期，出现了许多盛名的演奏家，如魏晋的马融、蔡邕、桓尹、绿株，唐代的李暮、孙梦秀、尤承恩、许云封等一代神笛，创作了《武溪深》《落梅花》《梅花三弄》《紫云回》《云州曲》等众多佳作。随着唐朝乐舞和大曲的盛行，笛子不仅在独奏上独树一帜，也成为丝竹乐团编制中不可或缺的重要乐器。通过当时大量描写笛声的诗句，可以看到笛子在民间的流传也已颇具规模。

当时有一个宫廷乐师李谟的故事特别打动我。

盛唐开元年间，笛子演奏技艺达到顶峰。一年元宵节晚上，玄宗李隆基微服出游洛阳赏灯，忽闻酒楼上传来一阵悦耳的笛声，吹奏的正是自己昨晚在上阳宫所奏新曲，大为惊异。次日李谟被召进宫询问，他说："前晚在天津桥赏月，听见上阳宫里传出的动听乐曲，就用小棍在桥上排列记下曲谱，昨晚所奏即是。"他当场又演奏了一遍。玄宗听罢，很是称佩。见他年少英俊、聪敏非凡，遂命其为宫廷乐师，另封"笛中之王"，号称"天下第一"。李谟出名后不禁骄傲起来，有一次他告假回乡，在越州（今浙江绍兴）镜湖与当地进士月夜饮酒畅游。受众友赞捧，吹了一曲《凉州》，友人无不称赞，惟撑船老丈冷漠无声。李谟故意挖苦道："是瞧不起我吧。"老丈对曰："你把《凉州》曲中的'十三叠'吹成'水调'啦！"说罢拿起李谟的竹笛吹奏起来，曲调悠扬，连李谟都听得怔住了，从此，李谟再也不敢高傲自大了。

前贤先师常常论及淡泊明志，致使后世历朝历代多有"一生好入名山游"的烟霞散人，有"天子呼来不上船"的狂狷之士，有"聊为陇亩民"的林泉高隐，尚周礼、慕舜制似乎成了孔门后人的核心内容。因而官与儒、民与士似乎在封建时代并无严格区分，中国民乐经典泰半直接来自或改编自民间的现象，说明了在文化修为和审美接受上，等级森严的封建阶级制度已经失去了实际的效力和界限，因而宫廷乐师李谟折戟于船夫，在当时也并不是一件多么大不了的事。

我热爱农村，或许是跟我在乡下读过几年书有关，其实更大的原因还是当时我在写作古诗词，对传统的文化都显示出浓厚的兴趣，而传统文化诞生的环境，正是没有工业污染与喧嚣的农业社会，这与我素来的志向是一致的。

从平平仄仄的唐宋诗词开始，我逐渐爱上了所有的中国传统文化形式。不说《将进酒》那豪气干云的盛唐大气魄，不说《声声慢》那柔肠百转的偏安小朝廷，不说《清明上河图》的苒苒物华，不说《渔庄秋霁图》的冷落清秋，就是那些看似与上层艺术隔了一层的器物，比如流光溢彩的唐三彩、素朴古拙的紫砂壶、巧夺天工的青花釉、简洁典雅的明式家具，也极大地丰富了我的精神世界。

在我的眼中，一个民族的所有艺术基本上有着自己的共性。如果把交响乐比拟成讲究矛盾冲突的话剧和理性厚重的小说，那么民乐则是追求精工细巧的诗词和率性自然的散文；如果说西方油画体现了对光学应用和人体解剖的科学性，以及积极的现实批判性，那么中国水墨则传达了东方人道法自然的清净无为以及由此而衍生出的"逸笔草草，聊以自娱耳"（倪瓒语）的笔墨情趣，中国民乐和中国山水画在所有艺术门类中，几乎是最大化地传承了老庄无待无求以达到天人共生的出世思想。

在所有民族乐器中，可以说笛子是最为平民化的，因而它也就天生拥有了一种率性和纯真，而不像其他种类的乐器，往往是在历尽劫波之后，方才有了看破十丈红尘的幡然，红尘于它，原本说有便有，说无便无，不存在看破不看破。这一点正如世代躬耕南亩的农夫，日出了而作，日落了而息，不发逝者如斯的空洞慨叹，没有仕途艰险的如履薄冰，一切都在日升月沉间平静似水地静静流淌。

然而随着科学经济的发展，这些传统已完全成为了历史泛黄的背影，虽然近年来兴起素质教育，各种艺术培训班如雨后春笋，不断地出现在万里神州的每一个城镇，但艺术于当代人而言，多半只是一种谋生或者出名的手段，真正能够耐得住寂寞，经得起名利诱惑，潜得下心来研究音乐的已不复存焉。

（原载《民族文学》2016年第5期）

冉小江

三棵树的承诺

老家打电话来的时候，我正在睡午觉，迷迷糊糊地听到电话里传来父亲的声音，说的是老家那座高山上的事。那片山林一直耸立到云层里，一到秋天的末尾，日子还没有来得及喊冷，上面就已经盖上了厚厚的一层雪，那雪大半年化不完，一条弯弯曲曲的小路让山里人进进出出，最健走的人到镇里面往返也得花四个多小时，一路荆棘一路颠簸，说不完的穷山恶水。父亲说的事，是一家姓练的给我们留了一棵树，因为要修路进山，得把田坎上那棵树给砍了，说是上一辈承诺给我们家的，让我们家自己拿主意，父亲年迈，打电话来问我意见。我迷迷糊糊地听完，挂了电话又睡，再醒来一直到下午，脑海里几经翻腾才想起来。确实有这么一回事。

这个故事还得从我过世的母亲说起。

当年，我的母亲在镇上的中学，负责给全校的学生煮饭，俗称大师傅，其实也就是一个烧饭的工人。但就是这样才使母亲比常人更加真实地了解贫苦家庭孩子的辛酸。母亲仁慈，看见哪个孩子可怜，食不果腹衣不遮体，就带到家来，管吃管住。你想当年社会普遍贫困，穷孩子那还少吗？我们家楼上楼下常年住的学生就有五六个，还有时不时来改善生活的。如今那些人有飞黄腾达的，也有默默无闻的，暂且不表，只谈这个姓练的孩子，父亲早逝，母亲一人带着他们兄弟俩，哥哥因为家里穷，小学没念完就在家帮着干活了，他来读初中算是有幸。

当年母亲把他从学校喊回家的时候，他的脚趾头已经冻得像一个个胡萝卜，母亲给他换上父亲的鞋，发现他连袜子都没得穿，马上又从屋子里拿出一套衣服给他。叫他到火炉边的时候，他畏缩得像一只受伤的鹿，因为实在冻得厉害，端起的饭碗都险些落在了地上。就这样，他开始在我们家吃、在我们家住，一住就是三年。

不久后他母亲知道了这事，老太太择了一个赶场天到我们家来，带了一口袋的洋芋，特意感谢了一番。农村人不会说话，嘟囔着给我母亲承诺，说在他们家的耕地上有三棵碗口那么粗的柏香树，因为实在没有什么可以报答的，就送给我们家，祖祖辈辈都给我们家看护，直到长出参天大树，让我们家拿来盖大房子。母亲当时也没有任何言语，当是一句玩笑话，只是告诫要让孩子读书，读书才有出路。

这事好像就这么过了，记得有一年春天山上带话来说其中一棵因为常年用来拴牛绳，恰巧被一头发飙的牛给弄断了。又过了几年，山上又带话来说其中一棵因为长得茂盛的缘故，季节里烟雨频繁，不巧被雷劈成了两半。

这些零星的消息传来，让我们提不起任何的兴趣，因为母亲已经早早过世了。

二十多年过去了，如今从山上带话来的是老太太的长孙子，老太太已经过世了多年，不幸的是，那个曾经在我们家寄宿的二儿子也因为一场大病被带走了。那个可怜的年轻人，好像一直活在我最初的记忆里，穿着一件单薄的衣服，上面补了很多补丁，两手环抱着自己蜷缩成一团，冷得瑟瑟发抖。母亲就这样把他带到了我们生活里，我们吃什么，他就吃什么，我们每年有衣服，他就有衣服。但三年毕竟是短暂的，我们家来了又走的学生太多了，以至于，我如今想起来，都不知道他叫什么名字，只是知道单单姓练罢了。

但就是这样，我母亲接济的穷孩子已经无法估计有多少。这些孩子大多和我们无亲无故，于我家更没有半分好处。小时候我们三弟兄总是不理解，白吃白喝还不说，连衣服裤子都要买，这样下去，我们免不了横眉冷眼对他们，每次都被母亲训斥一顿才收场。记得有一次，因为什么过分的事，我被叫去外面站了半晚上，冷得我上牙打下牙，使我以后都不敢逾越她老人家的法度。母亲常给我们说起这些孩子的苦，并一再告诫我们要向他们学习，不仅要勤劳，还有懂得在逆境中自强不息。尤其是这些孩子中成绩优越者，母亲让我们不仅要向他们虚心学习，还要懂得尊重、敬佩这种人，这样就是给自己树立一个榜样。向你身边优秀的人学习，这就是母亲一直教导给我们兄弟的。

晚些时候，我给老家的父亲去了电话，说树我们不要了，让他们家自己把树卖了，钱我们一分也不要。我想，母亲在世也会这么做的。一棵树几经风雨才活了下来，就像我们人一样，要经过多少的磨难和挫折才能成人？当初母亲无私地救济过那么多孩子，最初的目的也不是要得到那几棵树。女儿还小，或许有一天我也会给她讲这个故事，这个故事的主题就叫三棵树的承诺，说这么一家人，为了报答一点小恩，三辈人守着、看护着，直到有一天其中一棵有幸长成了参天大树，兑现了他们当初的承诺。

（原载《人民日报》2016年5月4日副刊）

2016年

陈丹玲

像树木一样生长和老去

在高石坎林场，罗运仙感觉自己越来越像一棵树。不是杉树，不是枫树，也不是松树，时间正在抽干往昔，她越活越像极了一棵垂柳，垂头，再垂头，弯腰，再弯腰，直到弯曲至根部，低到泥土的高度。身体弯曲而谦卑，那是在叩拜自然，叩拜阳光，叩拜土地。

每年，冬天都喜欢在中国黔东大地上一个叫木黄镇的山沟里来回游荡，那么，它有事无事光顾一下这里的高石坎林场，也是理所当然。深山里的人早习以为常，他们原谅冬天板着一张严峻面孔，用寒冷的神色逼退这里的热情和活力。现在，低矮昏暗的木房子里，罗运仙坐在土灶前烤火。灶前，一堆豆秸秆已经燃烧过了，剩下明明灭灭的灰烬，罗运仙只愿摄取这一点余温。为什么不去树林里弄些柴块来烧火呢？火势强劲，热力充足，剩下的火炭也会明朗持久一些，但似乎她已经很满足、很宁静。看去，罗运仙的面目已经老得和四周的木板壁一样，长年累月受劳苦的、贫寒的、孤寂的烟熏火燎，才这般陈旧灰暗。她像极了我去世的外婆，她们似乎有着相似的孤苦，相似的别离，相似的沉默和厚道，拥有人在世上时留在时间之上的倒影。这是高石坎护林人所呈现的生活姿势和生命态度，也是中国曾经大部分农民的面孔和形态，让人看了，觉得亲切又亲近。

那么好吧，我想坐下来说说话。尽管八十多岁了，罗运仙依旧坐姿端庄，衣着得体。她搁在双膝上的手上，蝴蝶一样长着显目的老年斑，这样的黑斑呈现时间冷酷的美。我于是坚信，只有老人才有将记忆皱褶展开的力量，才能在时光的隧道里找到微弱亮光，直到探到所有事情的起点。

起点就是高石坎林场这个圆心，罗运仙一生的年轮都围绕着它旋转。现在，只要她稍微扬高下巴，眯缝眼睛，瞄准时间的某一根细线，就能轻易找到1976年的光景。那番光景是以建厂公社（20世纪70年代的行政辖地，后为木黄镇）为底板的。在公社里，土地、资产甚至青春都是集体化的，所有生产活动必须无条件捆绑成一股绳，整齐划一、踏步前进，人们的活力被框定在公社、生产队这些大大小小的盒子里。不管任何年代，年轻始终是炫目的，集体化的幽暗盒子遮不住青春的力量和光芒。在建厂公社的猪场里，罗运仙成天提着一个潲水桶，两条粗黑的麻花辫在胸前背后利落地甩荡，将时光甩得清脆明丽。猪场密实的臭味被罗运仙的身影撞得四散。一听到潲桶响，猪儿就翘着鼻子哼哼唧唧地朝她这边拱过来。怠慢不得这些肥猪，它们是集体的。就这样，罗运仙拿着粮票去公社打粮食的脚步就特别勤快，人无吃的可以，猪的粮食一粒不能少。猪儿们吃得多，耗费大，公社就有人想到一个好主意，说是不如让饲养员把它们赶到高石坎林场，在那里一边护林一边种苞谷红苕，用来喂集体的猪儿。

1977年春天，罗运仙赶着二十八头猪去了高石坎。去往高石坎的山路狭窄，海拔要比当时的建厂公社高出许多。七岭八弯，遍野苍茫，猪儿们懒懒散散地走动，笨头笨脑地寻觅，罗运仙一路唤着它们向前走。溜溜溜……溜溜溜……声音回荡，偶尔会有一丝焦急的情绪含杂在里面。弯曲的山路上，队伍浩荡。

“山中无甲子，寒尽不知年。”20世纪80年代初期，随着土地承包到户，建厂公社的集体盒子被拆散，修建房舍、新造家具、生活燃料等结实奋进的生活对木材的需求分秒不离。无疑，高石坎成为方圆数十里村民的冲刺目标。三五成群，单兵作战，随着私欲的膨胀，树木轰然倒地，人们手里的利斧在烈日和月光下闪烁寒光、悲光。

火热的生活像磁石一般，吸引着很多人出走的方向。同样，高石坎林场苍茫广阔，在这里面，除了那些蠢蠢欲动的砍树预谋让人防不胜防，就只剩脾性乖戾的山风在林间梭巡，在四季闯荡。林场里的很多人都离开了，投入生活火热的怀抱，只有罗运仙还有其他的几个留了下，留在树木们的身边，留在那些灌满孤寂时光的弯曲山路上。

很多时候，我们面对一片森林，人的思绪总会不由自主地融入它的神秘和诗意里。草木生长，虫兽出没，自然择优而生，一切生物坚守天地规则，这里拥有严密的生存秩序和强大的生命磁场。一片花瓣可以成为婚床。一棵松木对季节永远忠诚。一队蚂蚁听见了进攻的号令。一只松鼠独自怀抱小小的狡黠。一头野猪带着几只娃崽大摇大摆。一条蛇在水沟旁照见镶着鳞片的脸……诗意是明朗的，危险也是显露的。森林像极了一个巨大的教场，生的路径，死的归途，在这里清晰，又在这里模糊。人，出没于森林，来自生命源头的自然属性亦如山风溪流，轻轻呼唤人的心灵皈依。亲近自然，亲近万物，就像当初在伊甸园里，大家从同一个季节开始萌发，神将所有的困难、不幸、快乐及幸福都均匀地、公平地分摊给每一个人、每一只动物、每一双翅膀和每一片树叶。世界，一直被阳光普照。

后来的许多年，罗运仙就在高石坎林场里，心灵和性情都被森林的强大和深邃所涵盖和消融。每天，她都要去巡山的，风雨无阻。踏过灌木，一些细小的道路被走成无限，迷宫一样在森林里布局，只有她能找到出口和入口。大地的谜面太多，预言和真知都藏在了自然里。正如在罗运仙的眼目里，山岭的轮廓是弯曲的，藤条是弯曲的，溪流是弯曲的，天穹是弯曲的，野兔背部的漩涡也是弯曲的，仿佛能兜住来自远古的晨昏和霞光。她在森林赐予的生活和岁月里边穿行，让无数的树、无数的叶、无数的草、无数的花把她娇小的身躯包围起来，这倒也平添了一些乐趣。只是很多个月夜，她在巡山，对于高石坎林场而言，她觉得月亮弯曲得很没有道理，整个儿树林照样叮当作响，就像谁把月亮取下来，打成银饰佩戴在了身上。一路响叮当。

当然，这是一些美好的时辰，美好的寂静，容易让罗运仙记住和怀念。

不过，巡山的时候，和另一个女人狠狠地打了一架就令她刻骨了，是那种无法理解和消化的刻骨。至今说起，她的语气里依旧有当初遏制不住的愤然，声音高亢，还有内心的鄙弃。

和罗运仙打架的是山下寨子里的一个女人。砍伐树木，那个女人居然一点儿都不鬼祟，不畏怯。理由很简单，天是大家的，地是大家的，高石坎林场不是罗运仙你一个人的，是政府的，政府是百姓的天地，也是大家的，那自然林场里的树木也有她的一份，修房造屋、烧火煮饭，她当然是要来砍伐的。这逻辑把罗运仙给绕了进去，无理得比她走过的毛坡路还要复杂乱套。和不讲理的人说话肯定不投机，看着树木倒地、枝条裂断，气不打一处来，罗运仙坚决要扣下那个女人的镰刀。这中间不服气得很，她们扭打成团。灌木丛被滚出两大块塌陷的印痕，不细看，还以为是两大个的畜物在这里激战和争夺。庄严和狼狈都被撕扯成碎片，在两人的面目上绞缠、零落。是突然的，她们同时想到了比此刻的情绪更加锋利和冷酷的镰刀，还夹在两副肉身之间，这不比伤害草木，血色的猩红永远比绿色的汁液要狰狞，要腥浓。权衡利弊思量一番之后，大家松开手指，放弃镰刀。那个女人指天指地地咒骂，愤然离开树林。

很多事情的结局从来不会这样简单。索取之物不但不得，反倒丢了工具和脸面，情绪的灰烬里重新闪现火花。半夜里，山下的女人摸到林场，在木房子背后找到罗运仙的房间。板壁上的窗格子仿佛划拉着她的内心，更加狂躁。撕破我的面子，也让你不得遮羞。斧头一阵狂砸，后窗成为那个夜晚最痛楚、最无奈、最伤情的入口。罗运仙惊醒过后，独自坐在床沿边，不想言语。

在一个护林员有限的认知里，木黄镇高石坎林场，甚至世上所有的森林，必将在某一时刻成为人类肉身和心灵的避难所。1934年是离得最近的一段历史切片，中国黔东大地一带的山水森林在历史的舞台上有着不可忽视的布景。翻开史料，就能清晰地看见

1934的9月28日这一天。远远近近的战火正在逼近或者拉响，军长贺龙率领的红三军，以黔东木黄小镇的奇特地势和丛林为掩护，死生阔别，血的代价换来中国工农红军第二、第六军团的顺利会师。“敌来我飞，敌去我归，敌多我跑，敌少我捣。”从这番周旋掩饰、闪躲进攻的意味中，无数战斗的场面都可以抵达人们想象的边际，同样也能让人察觉出这一带森林给予人类的接纳和庇护。每每听父辈讲起这些史事，罗运仙就会在心里假设，若没有森林，没有遮挡，那么所有争斗是不是更加赤裸和决绝？战争、饥饿、贫苦，以及人类内心的种种恐惧，最后都由森林来进行抚慰。至于爱丽丝的兔子洞，美猴王的花果山，七个小矮人的木床，以及农夫遇见的蛇等等，这些童话、传说、寓言无不是从一片森林开始生发。若你留意高石坎林场里三三两两的坟茔，留意坟茔旁的生长与匮腐，就很难否定森林是通往人类精神内里的场院，如草木生长般，它让爱恨、生死、离合的树影重叠在人的心灵上，此生彼息，消融弥合。人活一世，草木一秋，对自然的迷恋、依赖、对照终究是人类不能消除的胎记，是预言，也是上苍余音袅袅的呼唤。多想屋后有一树林，院前有一小溪，左右各有菜园，这些，几乎成为人类家园意识的具体物象。

在几十年的护林岁月里，感应天地秩序和四季轮回，罗运仙仿佛能听见每一个自然生命的吟唱，听见上苍留在所有生灵命里的余音袅袅。长期以来，她说不出这种聆听的奇妙，但她尊崇于来自草木生命磁场的吸附，像被授命了一样，干着诸如种树、捡柴、劈荆斩刺等类似的活儿。前些年，她和另外的几个护林员是要去山下的木黄镇背树苗上山的。大多是杉树苗。镇子不小也不大，往街上一走，很难遇到什么稀奇事儿，容易遇到的倒是一些不认识的熟脸。久居林场，别人过街时背篼里常是日用品，或者是一些走亲戚的酒肉礼品，唯独只有罗运仙等人背的是一捆一捆的枝丫，走过时，带着尖刺，也带着树根上的老母土。行人见了，仿佛遇着怪物一般，老远就躲开了，还露出厌弃的表情。罗运仙不从来不厌弃每一棵树苗，尤其认为杉树是木材中守规则、讲分寸、有刚正的一种。杉树主干笔直，象征着正直、光明、磊落的个性。分散出去的枝丫错落有序，针形叶片在阳光下一一排开利剑，紧紧围绕主干这一套坚固不摧的良好家教，一根枝与另一根枝之间也会相互谦让有礼，但又绝不畏怯强敌，凡有侵犯，剑锋统一向外，这多像一个家族，或者更像一个民族的生存之道。往往，哲理被一些朴素的沉默的草木所明示，人的灵性体现在某一瞬间的顿悟里。

罗运仙当然是十分喜欢这些杉树苗的，它们令她想起自己孩子的那些童稚言行，内心便是甜美起来。她把这种甜美和树苗们一起栽种在高石坎林场。某一匹坡岭上，立春之后的山风依旧低沉，它们拖着疲沓的身子扫过灌木丛，也扫过罗运仙弓着的腰背。树坑要深挖，尺度要掌握，最好在新泥与老土相结的地方就停顿，即能保持根须的稳固，也能保证水分的充足，之前，她仿佛以母亲的名义把每一棵树苗生长的环节都进行了预设和准备。挖树坑，施底肥，扶树身，掩虚土，压紧，一套重复的劳动程序，在无数的日子和汗水里耐心行进。我们能想象，一个女人手里的锄头也许是粗糙的，也许比我们想到的又要轻巧一些，但有一点是肯定的，它取自铁的精华，又被铁匠的重锤反复锻击，它暗藏的锋利和手臂的力量达成默契，在高石坎林场中，在中国曾经绝大部分的乡土上，一起调配着寂静、和谐的耕种生活。

事实上，如今在中国版图的任何一个地方，我们已经隐隐感知了某种不自觉的愿望。希望无数双布满裂口的、象征着无数艰辛的手，紧紧地捏着锄把，将锋刃对准生存的永恒图景——摒弃荒凉，构造青山、绿树、鸟鸣、溪流、云天、阳光的家园，使这一古朴的理想被种植和记录，被时间馈赠，便得到慢慢滋养。因为在一些城市，我们与蓝天、绿树的相见已经越来越少。曾长期伴随我们的树木、飞鸟和野兽，它们飞翔、盘旋、俯冲、奔跑和嬉戏的形象太容易变成一张张钞票。猎手过于精明和冷酷，他们设置陷阱或者暗藏、伏击、引诱，将自然界里的亲友们一一杀害和出卖。可以肯定，人们见得更多的是霓虹灯闪耀，是电力编织出的许多精致幻觉。物欲的魔法摄取许多人的灵魂，也许偶尔会因为种种听闻和事故产生过片刻的清醒，又继续无力地深陷于享乐、消费、虚荣、挥霍的深渊，将原本属于自然之子的空灵之心全盘典当给了野心勃勃的时代。人类变得异常孤独，异常空虚。

看着高石坎苍茫广阔的林场，罗运仙的内心是丰满和沉实的。无需明白和讲述高深的道理，如果大地是一张斑斓的纸，这林余莽莽、绿浪滚滚的山山岭岭，就是她以一个女人柔和的心性和多年的寂静剪裁出的一副剪纸，喜庆地张贴在大自然的窗户上。草木、虫兽、清风等共赴节日般的乐园，仿佛将人的现实和理想设置在了高石坎的美的图案上。站在时间的远处，老年的罗运仙看着高石坎，看到了人与自然和平共处的生活，看到深藏于这种生活里的幸福和安慰，看到了人置身于自己之中时阳光对她的种种恩惠。当然，几十年的护林工作，她也将那些现实之中骚动不安的、带着野心和恶的人物排斥在画境之外。

“岁深树成就，曲直可轮辕。”唐代诗人元稹说的这场景，从来与一个人山深处识字不多的女人无关。倒是一些夜晚，山风从高石坎林场呼啦啦闯过时，罗运仙还是感觉到了岁月的幽深和强势，像车轮子一样骨碌碌滚过她的身体，滚过她的这一生，留下弯曲又明晰的辙印。在这些辙印上，她会看见林场老场主周宏权的脸貌。周宏权是自己的丈夫。在很多条巡山的老路上，她的脚印重叠着周宏权的脚印，丈夫实在有些老了，身体疲乏，连爬上眼前的土坎都十分困难，蹒跚而无助，其他几个年轻的护林员赶紧上前扶住丈夫的腰身和屁股，托他翻上土坎。有一天，也同样是这几个年轻的护林员，他们高高托起丈夫的棺木，朝着林场深处走去。剩下的事情是罗运仙跟在后面，默默地，仿佛依旧是踩着丈夫周宏权的脚印在走……

在高石坎，回忆会显得更加安静，尤其是在深夜。可能这是一些美好的时辰，它是山下的物质喧嚣之后留下来的一点安静了。儿孙们是无法忍受来自林场的沉重与沉寂的，早已在山下的镇子上安家生根。当然，他们担心罗运仙，每次要求她搬去同住，每次都挽留她多住几天。在镇子的街面上，一些青年人蹲在门口，无所事事地抽烟，他们根本不像父辈那样辛勤劳动，根本不想到庄稼中间去锄地，而是只想不劳而获地过上好日子。每一代人有每一代人的想法，以及生活。罗运仙的劝说和不解成为格格不入的音符，在街市的空气里显得浑浊和模糊。一个护林老人时时刻刻都感受到与眼前生活的剥离，感受到暗处的不屑眼神和口气。

《诗经》："十亩之间兮，桑者闲闲兮，行与子还兮。"也许，是该停下来休息了。罗运仙额上深深的皱纹像波浪一样摇动，里面仿佛映着林场的倒影。她告诉来到这里的人们，和丈夫一样，林场上早早地为自己打造了一盒寿木，用的是林场的木材，看上去很宽大，隔上一段时间儿孙们就会用红油漆涂刷一遍。这是人生最后的归宿，和一辈子守护的林场有关。说着说着，罗运仙便有了从未有过的尊严和荣光。

到现在，八十八岁的护林员罗运仙依旧与儿孙们分开，独自留在高石坎林场。我们仍能从这样一些人的种种经历中感到某种品质蕴藏的巨大能量，感到由时间堆砌的体积中凝聚着的热情。但是罗运仙在高石坎并不需要更深的思索，她曾从土地里获取粮食，也曾在野花盛开的山野上获取爱情，她的世界宁静有序，痛很清晰，爱恨也简单纯粹。

天地苍茫，山风劲吹，偌大的林场，一点也不吵闹。寂静生机。

（原载《文艺报》2016年7月4日；
选入散文集《村庄旁边的补白》，《村庄旁边的补白》获第八届冰心文学奖）

刘照进

一条大河拴住的小城

城是典型的山城，被一条大河拴在水边，绵长的梦想也被拴在水边，脚步也被拴在水边。城不向四方铺展，因为背后是高山，是陡崖，于是就一屁股坐在斜坡上，任凭那些高高低低的楼房星罗棋布地散乱成长、发育，也任凭那些光溜平滑的石阶古巷曲里拐弯地向上蔓延、旁生。河是大河，激越、汹涌，带着高原旷古雄阔的原始野性，澎湃而来，激昂而去。河不绕城潆洄，因为城在高坡，水往低处流，干脆就穿城而过，也不缠绵回头，也不顾盼生辉，表现出与君决绝的从容气概。倒是小城有些难舍，像生依死随的恋人，眼望着大河远去的背影，便生出许多牵盼，倚着水边的星点空间，半匹岩崖，斜挂着吊脚楼的膀子……

很多时候，正是落霞满天，斜照晚景。我独自临江伫立，放飞思绪与诗情，看一江水流在脚下激情奔涌，看满河波光托起山城精彩。滔滔大江霞光粼粼，往复舟船踏浪起伏，影子时远时近。浣衣女子穿红着绿，棒槌声中手势起起落落。远山隐隐，楼群绰绰，石阶伸伸缩缩。山城的背影徐徐打开一个生动的侧面。

有一种美因为制约而诞生。一个在石阶上生长的城市，注定会步履蹒跚，脚印里带着石头的坚硬与沉滞，远不可能具有平原城市的舒展与洒脱。但在我看来，这种约束下的艰难开掘，妥协中的另辟蹊径，成就了山城的独异个性，独特之美。它的每一寸肌肤，每一层褶皱，都藏匿着让目光在趋同的城市风景中难以寻觅的兴奋点。

作为一处古邑，沿河山城有着自己的历史刻度和体温。史料记载，沿河春秋属巴国，战国属楚，秦属黔中郡，汉属涪陵、永宁、汉复县，魏晋南北朝属涪陵郡，北周属费州，隋置务川县，唐武德四年置务州（后改为思州、宁夷郡），五代属黔州，后归于楚，宋置思州，元置佑溪长官司，明清沿袭，民国三年置沿河县。隋开皇十九年（599年）在今县城西岸设置县衙，形成沿河县城的最早雏形，曾一度是州、县治所。在那些烽火连天的岁月，沿河这个通江达海的水边小城，必定成为兵家必争的要塞之地。号角声声，金戈铁马，战争的烟火想必也曾数度点燃过这座边僻小城的历史天空吧。天高皇帝远，署衙高堂里的惊堂木曾经猛拍起落，震慑多少无辜良善，草菅多少庶民贱命。几番朝代更迭，城头王旗变换。不变的依旧只是那一江滔滔流水。

漫漫岁月如黄沙一般掩埋历史，时间带走了遗容。没有零星线索和文字图片能够稽考沿河旧时的城郭楼影。在离县城西北五里的城子头，有一处遗址，门墙残存，炮台依稀，官署屋基台阶藏于垄间土埂之间，隐隐可以窥见古城遗貌。此间传闻为唐城乐县城遗址。据《思南府志》援引《元志》的说法：在沿河佑溪长官司的疆域内，唐武德四年（621年）因招慰“生”（土家等少数民族）而置城乐县，隶属思州。筑城之后，人们载歌载舞，遂名“城乐城”。那么，“城乐城”是否就是当年沿河的郡县治署呢？史料的记载却语焉不详。

乌江自南而北穿城而过，将沿河县城分为东、西两半。地势陡峭，山崖绵延，沿江而建的街道便呈梯次结构，石阶小巷穿缀连接。沿河县城历来就有“河东号多，河西庙多”之说。在陆路交通并不发达的时代，作为乌江要津的沿河山城，必定成为物资的集散中心和各路商家的抢滩之所，南来北往的商贾旅人汇聚于此，形成边地文化与中原文化的多元融汇，成就其商业繁荣。河西丁字口曾经是繁华的商业区，有一条大道直通江边的渡口码头。临江的峭崖上耸起一排吊脚楼房，楼檐参差错落，街道顺江延展。十多年前，这里还没有进行旧城改造，灰扑扑的老街显得古旧沉寂。我在老街上徜徉、穿行，追溯历史深处的岁月回音。石板街宽不足丈，纵横穿插，曲折伸延，两边店铺排立，木质板壁上落着厚厚的尘埃，柜台斑驳陈旧，木门半开半闭，所售多为香烛、纸钱、副食之类，矮檐屋角下坐着的多为老人，或独自品茶吸烟，或三五人围聚下棋玩牌，面孔上写满祥和与安宁。偶尔，年轻人的脚步“咚、咚、咚、咚”砸向地面，飞奔的影子一晃而过，显示出他们人生的匆忙与仓促。

沿河之名始于元代。但在史志文献中，观音岩比以“佑溪沟”（黄木溪沟）名设司、以“沿河”之名设县还要久远。观音岩处在县城东岸，峭崖陡壁，突兀于江面数十米，壁间修建楼阁，翘角飞檐，阁内观音塑像肃穆神秘，拜台前香烟袅绕不绝。庙旁是清代洪峰石刻和明代“观音岩”摩崖。先后修建的三相桥、东岳庙、屏峰寺以及狮毛堆、中碓浩等景观簇拥周围，成为僧侣游仙、善男信女、文人墨客长期追逐的去处。

每逢夏季暴雨，乌江都会恶浪滔滔，水位上涨，淹没县城两岸房屋农田，留下几多悲壮苦涩的记忆。观音岩旁边的洪峰石刻清楚地记下了乌江的历史最高水位。《民国沿河县志》记载：清宣统元年已酉年五月十八日开始，连续四日大雨，乌江河水猛涨，水位至东岸观音岩、西岸川主庙，两岸农田房屋被淹没，群众遭灾甚惨。县人周思寿、汪世仁立碑刻载。推其水位为三百一十四余米，洪水流量为每秒一万九千万立方米。我见过那些因为洪水上涨淹没房屋被迫搬家的居民，他们赤裸着上身，头皮和背脊上粘着杂物碎屑，眼望着逐渐上涨的大水发呆。连接河边渡口的街道，像一截被锯掉了脚掌的断肢，巷道里拥塞着临时搬出的家具。他们像在大雨冲刷下毁坏了巢穴的蚂蚁，卑怯的影子四顾茫然。

过去，出入沿河的物资全凭水运，观音岩就在河东码头的峭壁之上，往来客商都会由此乘船。俯仰抬首，但见一排排吊脚楼凌空悬挂，瓦檐铺陈，方窗木栏，三两根木柱错落搭接，斜斜地撑起一道美丽风景……推窗远眺，目睹一河江水带着滚滚波涛奔流而去，昼夜不舍，江上帆篷片片，渔舟唱晚，江风习习。临街一条公路蜿蜒曲折，坑坑洼洼，尘土飞扬。折叠木门敞开的铺子浸染着苍老时光，茶馆里人声鼎沸。先前，观音岩周边有很多茶馆，一家挨着一家，人进人出，往来不止。方桌子，长板凳，粗瓷茶碗，长嘴锡壶。一屁股坐了，在茶水升腾的氤氲雾气中欣赏乌江美景，享受人生的安闲，别有一番情趣。

茶馆是社会的缩影，人生的舞台，世俗的会所，民间的庙堂。文人墨客，商旅闲汉，阳春白雪，下里巴人，三流九教汇聚一处，摇着蒲扇，光着膀子，嘴边一碗茶，口中家国事，都在眼前的雾气中升腾沉浮。也有人乘兴而起，高歌一曲，手舞足蹈；也有人即景抒情，吟诗作对，摇头晃脑。"啪啪"的巴掌声拍下去，"好——好——"的喝彩声响起来。茶馆就这样聚闹了。据说有一种"说怀书"人用的道具"巴膀膀"，是一截一头蒙了蛇皮形如二胡琴筒的大竹筒，能够敲出节奏感很强的音乐，用来渲染气氛。每讲到悬念处，"啪"的一声拍下去，满堂震惊。可惜我从来没有见过。

成都人的"闲散"天下闻名，茶馆里坐了，可以泡一整天。沿河比邻渝、湘，融会了巴楚文化，沿河的"闲散"颇有几分成都遗风。茶馆里沿袭一种"打川牌"的娱乐，俗称"打红点子"，牌料纸质，窄长条形，正面印有《水浒》《三国演义》等人物图像，共八十四张，戏称学习"八十四号"文件。还有一种"打字牌"的娱乐，也叫"捉大贰"，或称"抠钵"。无论"打红点子"，还是""捉大贰""抠钵"，虽然语含生猛，杀气毕现，但都有些词不达意。四角围坐了，茶碗边压着小小彩头，慢吞吞地起手落势，溜达达地三言两语。一碗茶续过三遍五遍，依旧慢悠悠品得有滋有味。"打"的是休闲，"捉"的是娱乐，"抠"的是放松，输赢成败全在"厮杀"之外，在一碗茶水之中。

靠水而居，临江观涛，淡泊名利，远离江湖庙堂，独守恬淡休闲，这也许是山城的另一种性格吧。

县城年龄稍大的人谈起"麻九爷"都会津津乐道。"麻九爷"本姓肖，河东田坝人氏，并非脸上长了大麻斑，而是因他排行第九办事麻利，时人戏称“麻九爷”，久而久之，渐渐略了本姓。据说他以前在贵州军阀王家烈手下干过排长，作战勇敢，后来不知什么原因开小差回老家以开茶馆营生。“麻九爷”讲起打仗的故事来，眉飞色舞，气概非凡，听的人往往全神贯注，目瞪口呆。光头粗膀的“麻九爷”敞胸露怀，肚脐眼硕壮如鹅卵，圆似杯口，走路时全身肌肉抖动，门口一站，活脱脱就是一块“招牌”。远远近近的茶客总喜欢奔着“麻九爷”而去。因此，他的茶馆最是兴旺发达。灶台上一边架着铁锅，一边搁着大铜壶，整日里冒着雾腾腾的白气。“麻九爷”光膀子上搭块汗巾，手提长嘴壶四处转悠观望。猛不丁斜刺里就会伸出一柄长壶，水柱迸射，顷刻水停壶收，碗中茶叶翻腾，茶晕荡漾，不漫不溢……有熟客偏偏爱开“九爷”玩笑，趁其不备，飞身一把按在凳头，“逼”他讲故事。“麻九爷”也不恼，张开嘴就开始“款天阔地”讲他那些陈年旧事。“麻九爷”在县城绝对算得上是个传奇人物，他的一生荣辱沉浮，大起大落，人们对他的称呼也经历了这样一个先卑后尊先倨后恭的滑稽过程：麻老九——老九——麻九爷——九爷。随着茶馆最后的萧条和人去鹤逝，最终盖棺定论成“麻九爷”。其中暗藏的种种人情世故与世态炎凉，皆在不言之中了。

当然，吊脚楼不仅仅承载这样的前尘往事与人情世俗，她更以一种古典而诗意的色彩，固化在人们的心头，成为一段爱的朦胧记忆，一幅永不消逝的风景。

我的朋友画家兼诗人刘华忠先生，每次和我谈起沿河山城江边的吊脚楼时都会兴奋不已，眸子里放射出异样的光彩。他说自己20世纪80年代在沿河县城丁字口街一位异性朋友家里的吊脚楼上住过一段时间，那是他一生中最幸福的时光。白天，他和朋友在江边转悠写生，夜晚则在吊脚楼上枕着乌江涛声饮酒吟诗。木格窗子被一根竹竿斜斜撑开，明月朗照，清辉洒地，江风冉冉，一江涛声扑面而来，沁人心脾。兴许还有渔船上漏出的几粒灯火，楼阁里飘荡的几缕山歌，为他们的蒙昧青春增添几分诗情画意。“那个地方太美了，要是有可能，我愿意在那里居住一生一世。”多年后，画家回忆起来依旧如痴如醉。只可惜，画家的那位异性朋友后来离开沿河，他们为了各自的人生理想天涯浪迹，从此杳无音讯，而他们那段似是而非的爱情连同丁字口的吊脚楼也永远嵌在画家的心头，成为另一幅绝妙的画。一个画家一生难免会创作许多价值连城的作品，而最美的一幅一定悬挂在他的心头，被时光和记忆精心装裱。

土家族是巴人的后裔，他们的血管里流淌着先人能歌善舞的血液，骨子里融会了山的粗旷和水的柔媚，天生就是优秀的歌手。田边地头，土塬山梁，风一吹，清越的山歌就飘起来了：“大雨落来细雨飘，打湿情妹花围腰；打湿情哥不要紧，打湿情妹啷个焦。”而在那些风清月明的夜晚，吊脚楼则成了释放心灵传输爱情的歌台。“奴幺妹，生得乖，盘子脸来弯眉毛；奴幺妹，好头发，梳子梳来篦子刮；奴幺妹，好双手，金箍银箍戴满手；奴幺妹，好双脚，红丝绿带缠裹脚。”不要以为这些土里土气的山歌只在民间草野里生长，只在露珠与山花的笑容里绽放。如今，在不缺时尚与流行元素的山城，民歌依旧如雨后山林里的菌子，日头一拱就露出了鲜嫩的面孔。这歌声是抒情而又多情的，这歌声也是清纯而又原汁的，丝毫不含物质时代的趋利与浅浮，成为山城抵御世俗抵抗功利的精神操守和力量家园。

观音岩边有一排大石梯子，斜斜从吊脚楼群里穿过，一直延伸到江边的码头渡口。石梯是山城的一部史书，光滑的表面留下多少历史的脚印，镌刻多少岁月的沧桑。风吹过，风带走昨天，雨来过，雨冲刷足迹。只有时间一锤一锤地雕刻，记忆一页一页地装订。

乌江因上受猫滩、下受舞门滩的阻挡，便在观音岩下形成一段缓流，江面平稳，易于摆渡行船。东岸横卧七尊大石，状如七只临江饮水的卷毛狗，被誉为“狮狗堆”，为沿河县城八大景观之一。西岸大小石块重叠堆垒，江水灌进石堆中的石洞、石孔，就会发出奇异的号声，形成“洲水奇观”。人们在此垂钓、浣衣，或将新鲜菜蔬放置江水中冲洗。夏天，则是天然的泳场。男女间杂，短装泳裤，逐浪戏水，激起一河的欢声笑语。俗话说：隔河三尺，摆卵之地。河流褪去了人们的男女之别和忸怩羞涩，呈现出的是开放、包容、交汇的胸襟。

码头最早叫“沿河司渡”，推测设于元代，当是古渡，民国时期改为“惠民码头”。渡口是连接山城东西两岸的脐带，沿河大桥修建之前，这里是两岸唯一的通道。每天人来人往，摆渡不止。1934年5月31日，贺龙率领红三军在此强渡乌江，依靠二十多只木船渡江，消灭岸边守敌，在离此数丨里的谯家土地湾建立起贵州高原第一个红色根据地——黔东特区，播下了革命的火种。1979年，沿河县革委会在观音岩立碑纪念，将“惠民码头”改为“红军渡”，从而赋予它崭新的历史意义。

战争远去，枪声喑哑，古渡悠悠，唯有江水奔流不息。

只有一年一度的端午龙舟赛在“红军渡”码头鲜活闹腾。节前几日，街上就充满了浓郁的气氛。龙船的骨架雏形立在街头巷角，龙头高昂，龙须冉冉，龙鳞闪闪。河中锣鼓阵阵，节奏铿锵，那是预赛的队伍在“较船”（也叫“试船”）。十里不同风，百里不同俗。沿河土家族的龙舟赛在开赛之前还要进行“请水拜庙”仪式。两名童男童女身穿彩服，分别代表青龙、黄龙，法师烧纸燃香，口念符咒，卦影翻飞，途中香烟袅绕，锣鼓震天，长号齐鸣，簇拥着游龙队伍前往江边“请水祭江”。

号令声中，龙船齐发，锣鼓鞭炮再次喧天价响。船中手臂劲舞，桨影翻飞，水中白浪条条，你追我赶，岸边千音万嗓，齐声喝彩。此时，蓝的天，碧的水，红的绸，彩的旗，一起搅动在那沸腾的节日里了。

清人范啸弘曾经站在山城东岸的珠瑙峰下，面对皑皑积雪的山顶，诗趣盎然，吟出佳句：“皑皑银屏矗太空，重峦叠翠合称雄。我来峰外昂头立，千里河山一望中。”我借居山城十数年，下雪倒是遇过几场，不过作为“县城八景”之一的珠瑙岩，我未曾见过白雪皑皑的自然奇观。想必环境破坏，今日的大地已越来越不适宜白雪居住了吧。至于“黄猫警渡、白鹤舞门、月镜高悬、石洲晚眺、珠泉暗抱、锡顶警云、彩月朝霞”等其他几处景观，只好在故纸文字里去觅踪寻迹了。

伫立河岸，一任思绪的芦苇飞扬，我的目光穿过山城的前世今生。河岸渐渐看不到那些充满诗情画意的吊脚楼影，取而代之的是一排排崭新的现代楼房，像森林侧面铺排的线条。机器轰鸣，塔吊的巨臂在空中伸展，山城一大片一大片的补丁正在机械的操作下发生容颜改变。耸立两岸的防洪堤，长长地延绵数里，像山城坚实的鞋子。那些从荒郊野地走来的石头，从此扎根在水边，用它们的硬度和力量托起山城的高度。

霓虹灯下的夜晚像一只高脚酒杯，盛着山城的繁华与梦想。大河缓缓穿过山城，波光潋滟，任晚风摇曳缕缕缠绵的怀想。高高的防洪堤上，漫漶着日子的流光溢彩。宽阔的红军渡广场，人流像自由的鱼群，在舞蹈与歌声汇聚的河流中幸福翔游……

拴在水边的山城还在渴望嬗变。

（原载《民族文学》2016年第7期）

魏荣钊

母亲与我

一

母亲出生的地方，有个好听的名字，三层溪。

三层溪离我出生的村寨步行一个多小时山路。我对三层溪的印象估计从四五岁时开始。母亲在我很小的时候就带我去舅舅家走亲戚，但那时并不明白出生地这个概念，不知道母亲就出生在三层溪这个地方。真正对三层溪留下深刻印象，是我七八岁的时候，跟着大人去稳平的乡场赶集。

从我们山寨去稳平小镇赶集，要路过舅舅家对面那面山坡。从山坡上一路走去，老远就能看见舅舅家的屋角，走着走着，房子的正面就慢慢露在视野里了。走到很凸显的山嘴上，便可以看清舅舅家屋檐下晃动的人影，甚至能看出熟悉的人的面孔来。

三层溪，从字面上理解，我以为有三条溪流，实际上三层溪是一个地名，是一面山坡，和对面这面山坡相互切割成很深的沟壑，形成一条小河流淌，其实也只能算溪流，但这里的人们总是把溪流称为小河。小河落到深壑里，两面的山坡就显得更为陡峭。舅舅家就住在那一面半山坡上，他家正房两边还有厢房。房子的板壁漆着红色，阳光下很是刺眼，能照出人的影子。那个年代，凡是漆着红油漆的房子，在我们那里，就意味着这户人家是富户。不过，我长大后，越来越不乐意去舅舅家，我想，主要是我不喜欢舅舅的脾性和舅娘的虚假。我们家很贫穷，日子过得十分窘迫，我很不愿意看到舅舅对我和母亲一凶二恶以及舅娘假惺惺的样子。

我没有见过外公外婆，外公外婆具体是哪年哪月死的，至今我也不清楚，大概死得很早。只听母亲后来讲过，外公家家业殷实，民国时，外公是三层溪的大商人，专门赶山羊上遵义贩卖，来回半个月时间。虽是几句话，却让我很是羡慕，以致记忆犹新。

于我来说，那时的遵义可是个遥不可及而富于想象的大地方，半个月时间不是一般人能够去得了的。

外公外婆生养有六个子女，母亲是老三，好多人叫她三嬢，舅舅是独儿子，也是老幺。有两个姨娘（妈）我见过，但死得很早；还有两个姨娘从来没有见到，只是听母亲说起过。我没见过的亲人很多，不但没有见过外公外婆长什么样，也没见过爷爷奶奶长什么样。用现在流行的话说，有点悲催。

母亲怎么嫁到箭石坡村来的，我不得而知。母亲嫁的第一个丈夫家是箭石坡山寨的大户，据我后来得知，光他家的田，每年要收割一百多挑谷子。一挑谷相当于现在的一百斤。母亲的第一个丈夫，弟兄两个，但都死得早，我也没见过。弟兄二人各自住着一幢装修得十分漂亮的木屋，两边厢房，石墙石阶石坝，两边还有龙门。母亲后来对我说，天一黑，两边的龙门一关，什么东西都进不了院子。由于田土多，各家都请有一两个长年（相当于现在的工人），农忙时还请短工。母亲原配丈夫的弟弟，由于嗜好打牌赌钱、抽鸦片烟，还未等到1949年10月，家就败得差不多了。也算因祸得福，中华人民共和国成立后，反而受的苦少。而母亲一家，受到的冲击却不小。不久，母亲和原配丈夫就被戴上了地主分子的帽子，他们的子女被冠以地主子女。地主这个词，如今已被人们渐渐淡忘，但在那个时代，地主就等于坏蛋，坏蛋就会经常被训斥、挨骂、捆打。母亲被批斗得受不了，据说回到家经常会自言自语：早晓得，该让他（指丈夫）打牌赌钱（把家）败了……

地主在那个时代就像耗子过街，没有一个人不喊打。20世纪50年代末60年代初搞“大跃进”、人民公社，很多人吃不饱饭，寨上的人都很饿，地主家就更饿了。生产队的胡豆还没有完全成熟，我的同母异父的哥哥因年少不懂事，再加上饿得受不了，就悄悄摘了生产队的几颗生胡豆吃，结果被人发现。孩子毕竟太小，虽然被捆了小手送到家里，但最终没能怎么样。而大人就不会那么好过了。一句话，地主没能把地主子女教育好，地主就要挨批斗。当天晚上，母亲和她的丈夫被通知开会，开会就是批斗，批斗就是把人捆起来批判揭发，甚至吊打。于是，母亲的丈夫在接到通知后几分钟，就自行了断了。可能他对乡亲们把他吊起来批斗的反应太强烈，不仅难忍皮肉之苦，尤其是那种侮辱更让他难以承受，于是在房梁上拴了一根绳子作别了人世……

我至今不知道母亲原配丈夫死后多久，母亲才和我父亲组成的家庭。我后来得知，父亲当时是一穷二白的贫农。妻子死了，三个女儿都出嫁了，父亲成了鳏夫。母亲带着同母异父的三个哥哥（后来夭折了一个）和一个姐姐离开自己的生产队与父亲重新组成一个家，接着生了我，我不到两岁，父亲病逝。许多年以后，我查问得知，父亲去世时五十八岁，那年，母亲四十二岁。照此推理，父亲是在五十六岁、母亲是在四十岁时生的我。在我四十多岁的人生旅途中，我尚未亲眼见过身边五十六岁男人、四十岁女人生过孩子，尤其是四十岁高龄的农村妇女，还是平产，就更不可思议。那个时代，不要说农村，就是城市，接生技术都非常落后。我想，我母亲生我多么不容易，多么舍生忘死。

父亲大母亲十六岁，我想，母亲嫁给父亲时还不到四十岁，而父亲是快六十岁的中老年人了。母亲为什么要带着自己的孩子与一个老头结婚？父亲虽然老了，但他却没有负担，干吗还要娶一个拖儿带女的女人？难道就是为了要生个儿子传宗接代？一个快六十岁的人，又能保证生育？并且一定能生个儿子传宗接代？这些问题至今我也不得而知。那都是父亲和母亲的秘密，只有他们自己知道。

当然，如果没有他们的结合，也就没有我，没有我也就没有这些问题，也不可能有这篇文字。

设想，如果父亲娶母亲是为了传宗接代，那他的目的达到了，尽管没能看到儿子长大成人。如果母亲拖儿带女嫁给身为贫农的父亲，是为了获得依靠和保护，那母亲一定很后悔，因为父亲没有“保护”她几天就走了。那个年代，据说地主们都过着提心吊胆的日子，害怕随时被抓到台上批斗，甚至关进班房，或掉脑壳。“文化大革命”时期，地主们的日子更不好过。我是“文化大革命”开始的头一年生的，四五岁时，对母亲的成分开始有了感受，母亲动辄被山寨的伯伯叔叔们揪到生产队的仓库坝子上批斗，并且还有一帮娘们儿附和，那些娘们儿不是我的伯娘就是我的叔娘。有时是白天批斗有时是夜晚批斗，当然白天批斗的时间多。我们生产队的晒谷坝有个用石灰砌起来的土台子，约有两米高，小伙伴们都喜欢在台子上游戏，追逐。土台子高，只能从石灰浇注的台阶上走上去。母亲每次被揪上台去批斗时，都由两个戴着红袖章的民兵反扭着母亲捆绑的手推上台。两个民兵身强力壮，听到喇叭里喊“把地主分子张翠香带上台来”，两个民兵立即从人群中把母亲推上台，那速度和风一样快。一个女人哪能比得过男人的腿脚，母亲被拖拽上台时，脚尖勾在地上，整个人被两个民兵拽了起来。这个时候，我都是躲在人堆里，听到喇叭里叫母亲的名字，我的心就像被刀绞一样痛。母亲站在台子上，低着头，双手被绳子反绑着，天气很热，汗水一串串滴落下来。揭发批判母亲的过程中，时而有人跑到台子上狠狠地摁母亲已经低成九十度的头，口里念叨：老实点……

我站在人堆里，没有人把我当人，他们当我不存在，当然不会认为我会难过会痛苦。没人管我，也没人安慰我，我无助，只能哭着跑得远远的。我一直记得大队里绰号叫大汉和冉麻子的两个家伙，一个是民兵，一个是民兵排长，每次他们斗我母亲特别带劲。我恨了他们很长时间。我长大后，觉得大汉其实很老实，他没读过书，话也不多，别人叫干什么就干什么。我对他的仇恨直到20世纪改革开放很多年以后，受时间长河的打磨，心里的疙瘩慢慢被化解。多年前，我听说大汉死了，死的时候他的三个儿子都不在身边，外出打工去了，死了一天多才被人发现。大汉的老婆死得早，死时最大的孩子也就十多岁。得知大汉的死，想起他当民兵时威风凛凛的样子，觉得人生的况味真是一言难尽。

二

母亲大约有一米六的个子，长得轮廓分明，长方脸，高鼻梁，想来当姑娘时很漂亮。不漂亮，我们村当年的富户，她的前夫也不会娶她。母亲没有文化，那个时代，女子无才便是德，即使家庭殷实也不可能送女孩子上学。但母亲勤劳、吃苦、讲究。土家族妇女头上都喜欢包黑色丝帕，母亲包不起丝帕只好包白色的普通帕子。在我记忆里，母亲头上绾着的帕子雪白雪白，看不到一丝污垢，衣服穿得也整洁，虽有补巴，但很干净。即使被生产队、大队或公社叫去批斗或做义务工，母亲也不忘整理一番自己的衣着，理理头发和帕子再出门。那感觉，就像后来看电影里的女英雄赴刑场。

被称为“四类分子”的母亲，上坡做活路总被寨上的人们欺负，女人们更爱找她的岔，说她偷奸取巧，薅草不认真云云，反正就是看她不顺眼，看哪里都有问题。冤枉多了，母亲有时不服，就顶撞，结果被女人们一哄而上臭骂，甚至抓打，严重时叫来生产队的队长，命令母亲站在山坡上接受批斗。母亲孤独无助，即使有个把人想替她说句公道话也不敢。母亲在生产队里可谓形单影只，但她并不示弱，总爱躲在石旮旯里悄悄骂几句。愤怒积压重了，有时就发泄到牛的身上。我听到母亲这样骂我们家养的牛，她牵着牛从山坡上回家的路上，牛走在前面，母亲走在后面骂牛：“你眼睛瞎了，脚杆要断啊，踢人也不要乱踢……”声音很大，生怕寨上的人听不见。有次，母亲骂牛眼瞎的时候，我见牛在路上走得乖乖的，既没伸嘴吃路边的庄稼也没乱踢什么蹄子。最初我不太理解母亲，觉得牛那么老实，又没有乱跑，怎么像骂人一样骂牛呢，很多年后我才明白，母亲并没有骂牛，而是在骂欺负她的村里人。我们山寨有一句话叫“刀架在牛的身上，血却在人的身上流”。用成语说，叫指桑骂槐。

三

我同母异父的哥、姐结婚后回到了他们原来的生产队和住处，母亲的脾气变得越来越暴躁。现在想，母亲的脾气和性格肯定是因外部因素改变而改变。在我八九岁的时候，母亲给我的印象是，大多数时间，农活回家，要么阴郁着脸不说话，要么就对我怒气冲天。十多岁的时候，我开始不服母亲了，动辄就反抗，她骂我或打我，我就跟着寨上人骂她“花样多”“地主”。要知道，这是村寨里的人最刺伤母亲的话。后来才明白，母亲动不动发脾气或骂我，是因为她太受伤太难过太压抑，得有个地方发泄。母亲找不到发泄的地方，我往往就成了无辜的出气筒。母亲打骂我的主要理由是，我爱和寨上的伙伴玩，而这些伙伴们的父母，母亲都认为是她的“仇敌”，是欺负她恶整她的坏人。而我，既不能没有母亲也不能失去玩伴，母亲是我的港湾和依靠，而伙伴们却是我放牛砍柴的快乐所在。

“文化大革命”是个非常时期，无数好人都没逃脱“坏人”的厄运，“四类分子”就更不用说了，几乎没有一个地主及子女不被批斗的，有的地主熬不住，在某个时候就狠心把自己送上了黄泉路。母亲也差点走了那条路，但她最终还是挺过来了。在我看来，人性其实很残酷，对自己的同类下手往往比动物凶猛，个体一旦遭遇群体攻击，群体中很难有理智的，更不会心生怜悯和同情，认定“坏人”十恶不赦是群体的共同心声。我母亲经常被公社、大队、生产队抓去开批斗大会。公社批斗大会一段时间就要开一次，已经形成规律。斗争的时候，站在台子上的地主有好多个，斗争大会上，全公社的地主一个不能少，总算是有些热闹；而大队和生产队的批斗大会只有我母亲一人。我母亲很怕大队和生产队的批斗会，没有人陪着，被揪上台孤零零地低着头接受人民群众的检举揭发和大肆批斗，大家喊着口号，“坚决打倒地主分子张翠香……”所以母亲特别害怕生产队、大队的批判大会，因为她知道这是对她人格的莫大羞辱。

有一次我母亲被乡亲们用绳子捆到一户人家堂屋里批斗，记得我的两个堂哥尤其凶狠。母亲很倔强，不向他们求饶，他们就用牛绳把母亲的双手反绑起来往堂屋中央的大梁上吊，母亲哽咽着说：你们把我整死了没有什么，但有一个贫雇农要生活。母亲说的这个贫雇农指的是我。因为我父亲是贫农成分，所以我也是贫农，贫农就应该受到党和政府的保护。可没有人听母亲求情，反倒有人这样斥责母亲：地主花样真多，还不老实……我躲在门外，从门缝里偷偷看着母亲，我看到母亲的眼睛越睁越大，喉咙里咕噜着说不出话，我想我母亲快死了，我承受不了这样的刺激。面对母亲的惨状，我无助，我难过着跑出寨子，跑向一个山坡，我害怕被伙伴们遇见，只好跑到一座山梁上大哭，直到天黑透了才悄悄走回家。那年我大概七八岁。这是我终生难忘的童年遭遇，可能也是母亲一生最黑色的一天。

四

在我记忆里，母亲被打骂批斗从不见她求情，我想她心里是极端地痛恨批斗她的人，所以她坚决不向批斗她的人告饶。

但后来一段时间，母亲却时不时对我说，孩子，我哪天要是走了，你怎么办？从来不掉泪的母亲，此时此刻却流出了眼泪。听了母亲的话，我极度惶恐和不安，因为我害怕母亲哪一天真的就不回来了。我知道母亲是担心她自己哪一天实在被斗得挺不过去，会走她前夫的自杀之路。然而母亲说着这样的话，却坚持着迎接白天与黑夜以及一次又一次的批斗。1979年中国共产党召开十一届三中全会，说是地主的“帽子”可以摘掉了，经过几十年的改造他们已经脱胎换骨，可以重新做人了。于是母亲获得了社员资格，也可以说获得了新生，从此可以在村子里和大家一样过正常人的生活。不久，山村开始分田分地，我和母亲也分得了一亩三分地，成了土地的主人。对此，母亲那段时间常叹息：曾经我们的土地被分了，今天我们又分得了土地。母亲对我说，这辈子地主当得冤啊。

母亲的地主确实当得冤，她前夫家就几十亩田土，一幢装修得比寨邻稍好的木屋，就那么点家当几十年挨批挨斗确实不划算。那些批斗她的说辞，今天想来都不属实，更不客观。可能这就是历史。

在当时人们的观念中，地主就是彻头彻尾的坏蛋。其实，天下不可能有彻彻底底的坏蛋，即便是凶狠的杀人犯也不可能没有良心发现的时候。当然，人一辈子，没有做过一件坏事的可能少之又少。

《圣经》里记载：说有一天耶稣在殿里说道，有人带着一个正通奸被捉拿的妇人来到堂前。捉拿妇女的人们对耶稣说：“夫子，这妇人是行奸时被拿的。摩西在律法上吩咐我们，把这样的妇人用石头砸死。你说该把她怎么样呢？”耶稣对他们说：“你们中间谁是没有罪的，谁就可以先拿石头打她。”大家听了这话，从老到少一个一个走了出去……

谁是没有罪的呢？谁一辈子没有污点？要说母亲真有问题，我倒是想起了两件事。一件和渣肥有关，一件和萝卜有关。小时候，直到很长一段时间，母亲的地主成分真让我一度抬不起头，我也恨过母亲，觉得她可能的确做了很多坏事。多年后，我才懂得那句话：欲加之罪何患无辞。但母亲所做的两件小事至今让我难以释怀。如果说，母亲一生真有做了什么不好的事，在儿子心里和眼里，这两件事应该算。

春耕时节，每家每户都要向生产队上交渣肥，算工分，也就是说，多少斤算多少工分。而且有一定的任务指标，必须达到多少斤才算完成任务。我家要交多少斤渣肥，我已经记不得了。通知是第二天来我家的牛棚挑渣肥。渣肥是我们那一带人家用来肥田肥地肥庄稼的天然肥料。每家每户的耕牛早晚拴在栅栏里，人们从山坡上割回嫩草丢进栅栏里喂牛，牛吃剩的草和牛屎牛尿被牛踩成一层一层的草肥，且润湿。这种草肥特别肥地也十分助长庄稼。我们家没有劳力，割的草少，每次割的草都差不多被牛吃得所剩无几，被踩成的渣肥也就不多。母亲得知生产队第二天要来我们家挑渣肥，连夜在牛棚边忙活了半把个小时。我家的牛棚是露天的，实际上是个大土洼，一面挨着土坎。那天晚上，母亲对土坎进行了“修理”，然后又对渣肥做了一番手脚。第二天，来挑渣肥的人发现中间湿润的渣肥夹有泥沙，马上报告给队长，队长马上通知工作组（上头派到村寨督促生产）的人来检查，这一查不得了，说地主严重破坏春耕生产，命令把母亲捆到公社去批斗。我母亲狡辩，说是牛把泥沙踩入草肥的，和她没关系。明摆着的，人家哪里相信，待人拿来绳子正捆她时，她突然晕厥在地，口吐白沫，人事不知，直到下午才苏醒过来。我那时大约八九岁，明白是母亲做错了事，却不知道怎么说母亲。母亲因突然发病躲过了被批斗，但看着她睡在牛棚边的地上，昏睡了几个小时，我心里很不是滋味。

渣肥里混泥沙是为了增加重量，多得工分。这件事让我好生难受，待我长到二十二岁母亲去世时，我都从未敢提起，毕竟是不光彩的事。但我永远无法忘记，以致如今我特别恨作假的人和事。

母亲在我记忆里留下的另一个污点，是那时生产队分给我们的粮食总是不够吃，母亲想不出别的办法，母子俩经常挨饿。一天夜晚，母亲出了门，我也不知她去哪里，一会抱了一把萝卜回来，不敢摆在灶房，提到里屋的床下藏了起来。第二天早上，自留地的女主人来到萝卜地里，发现萝卜被人偷了，扯起大嗓门大骂不止，整个村寨的人都听得见，而母亲不但没有一点羞色，反而叫人家乱骂大声喊偷萝卜的人。

这就是我的母亲。我也说不清母亲当时的心理，现在想，是不是因为饿肚子？然而，“贼”这个不光彩的字，从此在我心里根深蒂固。

还是因为粮食问题，母亲用了好几个凌晨和夜晚，真正意义上的披星戴月，把屋后头的一块荒地垦刨了出来，开挖的时候没人过问，种上苞谷也没人管，待把苞谷收进了家，工作组的人来了，说母亲是多吃多占，挖社会主义墙脚。命令母亲上交一百五十斤干苞谷，母亲说，最多收得五十斤苞谷，一百五十斤去哪里找。于是母亲和工作组的人争执起来。工作组的组长说不过母亲，就叫工作人员去拿绳子把“四类分子”捆到公社去。他们在山坡上抓捆母亲的时候，我就站在土坎下看着这些人欺负自己的母亲。工作组长亲自上前去捆母亲，母亲反抗，被工作组长一把拽在了地上。母亲跌在地上没有爬起来，我走上去看母亲，见母亲晕厥在地人事不省，口里吐着白沫。他们看见母亲的症状，一下子吓住了，不敢再动母亲。生产队的队长赶来说，这个人老毛病了，不能气，一气就晕厥。工作组的人这才扬长而去，从此不再追问上交苞谷的事。

这个工作组组长叫陈茂昌，我对这个人一直记忆深刻，他一脸横肉，一对三角眼，让人很害怕。作为工作组的头头，他整人很积极，下手也狠，大约以为自己会被上级启用，当上国家干部，结果还是回到了自己的村寨继续修地球。

岁月说长也短，很快我就长大了，陈茂昌就老了，腰背也驼了，我们是一个乡，不同村，进县城赶集有同一段路要走。山路上，我多次见陈茂昌背着个破背篼在路上走，一副老朽不堪的样子。我很想走上去问他，你当年凶神恶煞的威风哪里去了？但我还是忍了，我想他也不会认出我。作家莫言说，他母亲十分宽谅一个曾经掴过自己耳光的男人。我想，我母亲可能没有这个境界，直到死也不可能原谅捆打她的人。

五

1979年后，母亲成了社员，和大家一样，是合法农民了。时代突然转变，母亲一下子像年轻了好几岁。我也十七八岁了，没谈到媳妇，在我们那个地方，十七八岁的年轻男女，好多都结了婚，而我还八字没得一撇。母亲很是为我着急，到处托人说媒，但没哪家的姑娘愿意嫁给我。母亲想不出别的办法，最后想到了弟弟家的二女儿，也就是我舅舅家的二表姐。表姐比我大两岁，长得端庄，人也勤快，母亲明知舅舅、舅娘不会答应，可她偏要请人去说媒。这一说，反倒把舅舅、舅娘得罪了，虽然他们口里没说，但心下一定想，真是癞蛤蟆想吃天鹅肉。

母亲吃了闭门羹，从此对舅舅有了疙瘩，我小小的自尊心好像也受了打击，总之和舅舅一家有了微妙的隔膜。舅舅家还有个女儿，比我小几岁，但上嘴唇长了鹌鹑蛋那么大个泡，说话得用力吹，像喊出来一样。舅舅不愿意把漂亮的二表姐下嫁给我，觉得有愧就授意别人来暗示我母亲，肯把小女儿许给我做媳妇。这回，不但母亲没答应，我的反应也很强烈。虽然穷，但我们还是没有穷到不要自尊心的时候。

到了二十岁，我还是没有找到媳妇。母亲急了，她说，她要在死之前给我把媳妇娶到家，她担心她死后，我一个人会把日子搞得乱七八糟。母亲动辄就念叨这事，让我心烦。我有点招架不住，就想，管他的只要是个女的就行，喜不喜欢都认了，只要能满足母亲的愿望就成。后来母亲撺掇着村里一个人给我去说父亲是老师的一个农村姑娘。这个姑娘是背山那个村寨的，我认识，她有个妹妹长得好看，好多男生都喜欢，但对她姐姐有意的不多。这个姑娘第一是上嘴唇有个小口子，我们都叫缺嘴；第二，是这个姑娘长得很单薄，看上去病恹恹的，在农村找对象很重视身体，因为身体是做活路的本钱，做不了活路，一个家就像一个人瘸了一条腿。

尽管姑娘的家景不错，父亲还是老师，可我这个穷小子无法“爱屋及乌”，对母亲和媒人的说辞总是回避。母亲终于发火了，她说，你要不同意，我就不管了。母亲的言下之意是，我要不答应这门亲事，她就死了算了。这段时期，母亲因当地主二十多年挨整患下的疾病全面爆发，发病时痛苦难耐，常自我叨念，活起做哪样……

我真的害怕母亲自杀，当地主时她就说过这话，虽然很久不说，但现在又说起来了。毕竟母亲老了，我真的怕。于是违心答应了母亲，没想到，这时候女方家却叫媒人告知，等等再说。

这个等等其实谁都明白，大约是别处有媒人上门说亲，有得选择。得知消息的那一刻，我既开心又有点郁闷。开心的是，终于可以放下包袱了，母亲这下可怪不着我；郁闷的是，我本已下决心是泡屎都吃下去，结果还被人小瞧。也罢也罢。万万没想到，不到一个星期，媒人上门告诉母亲，人家已经答应了，叫赶快提亲，年底就可娶人……

我没辙了，在母亲高压下，我不得不屈从。我的办法就是不得罪母亲。可我去女方家走亲的时候，却一副大大咧咧的样子，最终不仅女生的父母受不了我，就连这女生也受不了我，后来只好主动把这门亲给退掉了。正中下怀，我的阴谋得逞。母亲自始至终不知道原因。人家退亲的理由，说是因女儿大了，马上要嫁出去，不可再拖，而我们家一时没有能力把人娶过门。

这以后，母亲像变了一个人，不再提给我找媳妇的事。

我和母亲的生活虽然一天比一天好，但母亲的身体却一天比一天差，尤其是冬天，母亲几乎是在病痛中度过。1987年，时令刚进入冬天，母亲就说她肚子痛，有时痛得恼火就蹲下来抱着自己的腹部，痛得轻一点就继续做活。我们养了一头牛，母亲早晚都要把牛牵到山坡吃草，有时在田埂上有时在路道上，母亲拉着牛绳一头，牛在那一头边啃草边往前挪动。

母亲说肚子痛已经十多天了。在农村，很多人家大小病都是挺着，实在挺不过去了才找乡村郎中来看，只有有钱人家才会送医院。一天下午，母亲把牛牵回家就睡了，晚饭也没吃，睡在床上不断呻吟，到了深夜，母亲痛得在床上翻滚，时而还跳到地上蹲着，好不容易才熬到天亮。天刚亮，母亲就让我送她到乡卫生院去看看，她说她实在痛得不行了。母亲自我懂事起，我从没见她看过医生住过院，虽然也生过小病，但一挺就挺过去了。只见过母亲吃过草药，有一次母亲病了，村寨里一个人给他挖了一堆花花草草，还有各种根须混在一起放入沙罐里炖。炖到药水发黑发浓时，再把药水盛到碗里，微温时喝下。草药水很苦很苦，刮肠子不说，见效也慢，一般人都不吃草药，只有贫穷人家才吃草药治病。

母亲这次看来病得不轻。她过了六十岁病多了起来，三天两头不是这里痛就是那里不舒服，但从没见她开口说去医院看看。母亲这是第一次说去医院看病，我想，母亲痛了整整一夜，一定是挺不下去了。天一亮，我就找邻居家借了点钱把母亲往乡卫生院送。从山寨到乡卫生院有十来公里的山路，母亲走一段，我背一段，终于把母亲送到了只有一个医生的卫生院。医生大约四五十岁，是个老医生。他拿着听筒在母亲腹部听了一会，又用手在母亲的腹部东敲西敲左敲右敲，最后决定让我们赶快去县医院，他说他医不了母亲的病。

乡卫生院离县城五六公里，母亲又走一段我背一段，总算是到了县医院。我们在门诊等了半天，才等到医生给母亲诊断，诊断后安排母亲住进了内科病房。然而母亲并没有因为住院输液而缓解了疼痛，到了晚上，病痛越发厉害，医生没法，只好给母亲注射杜冷丁麻醉药。我对杜冷丁这种麻醉药就是那时记住的。那天晚上，医生给母亲打了三次麻醉剂，可以说已经违反了医疗规定。可每次的麻醉药最多能让母亲停止一小时的疼痛，之后母亲依然在病榻上翻滚，跳到地上蹲着呻吟，母亲的痛苦状我至今无法忘记。

内科医生没辙了，天亮一上班不得不找外科医生来诊断，外科医生诊断后立即安排母亲转外科，转外科一查发现母亲得的是阑尾炎，已经穿洞，必须手术。医生说，手术风险大，一是母亲年纪大了；二是病情严重。但不手术只有死。言下之意是，手术有一线希望，不手术一丝希望都没有。

我决定让母亲手术。医生说，母亲太虚弱，需要输血，我说我给母亲输，可医生说我和母亲的血型不符，必须找符合母亲血型的血浆。后来我才知道，从进医院开始，包括门诊的误诊和内科医生无效的治疗无不都是在拖延救治母亲的最佳时间，严重点说，是在加速把母亲送上死亡线。

但没有办法，只能服从。这一拖，拖到下午五点多钟，才给母亲输上血浆。母亲输了血，人一下子清醒了，我一天没吃饭，母亲叫我赶快上街吃点东西，看到母亲倏然无病痛的样子，我突然感到饥肠辘辘。哪知道母亲此刻叫“回光返照”。等我从街上吃完东西回到医院，母亲已躺在手术台上永远不能说话了。母亲没有等医生拿起手术刀就放弃了生命，没有临终遗言，她给儿子最后那句话是：饿了吧，赶快去吃点东西。

母亲走了，解脱了。山寨的人，包括曾经斗过她的一些人把她抬上山埋了，母亲就此了结了一生，于人世而言，母亲微不足道，于我言，她是我娘。我想，即便有下辈子，我们也不可能再见。

（原载《山花》2016年第7期）

傅柏林

母亲的顶针

母亲离开我已经十七年了。每次打开抽屉，总有一抹金色的光芒在针线盒里闪耀，那是母亲遗留下来的顶针。每当看到这枚顶针，就会想起母亲，想起那些逝去的美好时光。

说起顶针，现在许多年轻人都没有见过，所以就感到陌生。顶针为金属制品，是用来做针线活的。形状像一枚戒指，表面布满了密密麻麻的小坑，在做针线活的过程中针线穿不透布料时，用顶针上面的凹孔顶住针往里扎，就可以穿过厚实较硬的衣物，故名“顶针”。母亲的顶针是黄铜的，由于常年使用，顶针光滑得就像一枚闪闪发光的金戒指。

顶针，伴随了母亲的一生，是母亲做针线活的好帮手。母亲的针线活做得既快又好，把旧衣变新衣，大衣改小衣，尤其是绣花、裁剪，无论是什么样式的布料，只要她看上一两遍，就能做得像模像样，而且手工精细绝伦。母亲常常用些布头线脑，为我们兄妹仨缝制各式各样的衣衫。每当看着我们兄妹仨穿上合身的新衣服，母亲脸上就乐开了花。在那物资匮乏的年代，母亲的这一门手艺的确让我们原来紧巴巴的生活滋润了不少。

要说针线活，做鞋最苦最累。那年月，由于父亲每月只有七十二元收入，工资不高，没钱买鞋，我们兄妹仨穿的棉鞋、布鞋都是母亲手工制作的。那时做鞋底的原料是穿破的旧衣服。母亲把旧衣服剪成布片子，将布片子摊在饭桌上，刷一层糨糊粘一层布片，结结实实地糊上许多层，晾干后揭下来，再摞在一起，然后依照我们兄妹仨脚的大小剪裁鞋底，厚度足有一扁指宽。纳鞋底时，母亲要用锥子使劲将鞋底扎透，再凭手指上的顶针将粗钢针从鞋底上顶过去，实在顶不出来的时候，就用钳子往外拔。为了结实，每穿过一针，母亲都要用手把粗线绳儿拽住狠狠勒紧，一双鞋底纳下来，手指节都会勒出血来。天长日久，母亲那双白嫩、细滑的巧手，渐渐变得粗糙弯曲。母亲如顶针一般，把绵绵密密的日子，织进了平平淡淡的岁月。

记得1984年冬天，我从中越边防哨所到昆明军区出差，首长为了表彰我在边防前沿阵地上的突出战绩，破例给我放了五天假，让我回家与父母家人团聚。在我临去部队的前夜，深夜醒来，只见母亲为我收拾行李，缝补衣裳。灯光下，我静静地看着母亲偷偷落泪。我知道，儿行千里母担忧，当时的中越战争十分残酷，在阵地防御战中边防战士流血牺牲时有发生，母亲在为儿子的生命安危担惊受怕。此后，在边防前线，在猫耳洞，在八里河东山的冬秋寒夜里执勤巡逻、站岗放哨，每当我穿上母亲亲手缝制的背心，抚摸那缝得细密的针脚，仿佛感受到母亲那千缕柔情、万般慈祥的母爱，心里便涌起一股暖暖的激流。

如今，当我读到唐代诗人孟郊的“慈母手中线，游子身上衣，临行密密缝，意恐迟迟归”，就想起母亲手上的顶针与针线来回交织在一起，就想起三十二年前的那个不眠之夜。日月如梭，时光如水。如今，母亲已离我远去，老百姓生活中，缝衣做鞋已不常见，顶针早已被遗忘在岁月的角落，然而，母亲的这枚顶针，我会永远珍藏着。闲暇时，坐在阳光下，手捧散发着金色光芒的顶针，宛若捧着一朵盛开的菊花，它是母爱的温暖见证。

（原载《散文选刊》2016年第8期）

喻莉娟

百草园的早晨

起了个大早，走出百草园宾馆后院。这只是百草园的一角，却见海阔天空。两山翠竹，新老相间，深浅交织。晨雾绕于竹间，不愿离去，似农家升起的袅袅炊烟。沿路边，除了竹，各珍稀植物，还有狗尾巴草。摇曳着胖胖的“狗尾巴”，晶莹剔透的露珠，留在绒绒的狗尾上，不愿离去。相伴的小黄菊，带着做客的水滴，花更鲜艳可人。山间旷野，这时候是那样的静，静得听得到土地的呼吸，小鸟的鼾声。

安吉百草园，这里原是山林，苕溪从林间过，带出一线湿地，那是花鸟的安身地，现代人期盼的仙景。安吉县生态环境优美宜居，层峦叠嶂、翠竹绵延，被誉为气净、水净、土净的“三净之地”。安吉县历史人文底蕴深厚，曾是古越国重要的活动地，秦三十六郡之一的古鄣郡郡治所在地。安吉这个古越国的都城，在百草园这一块地上有多少古越国人活动的痕迹，走在这山间之道上，脚下踩的也许有那时候镈镈钵钵等文物。越文化，华夏文化的组成部分。

山崖有记忆，那它一定记得吴均和朋友们在这里登高。南朝梁时期的文学家吴均，安吉人。好学有俊才，其诗文深受沈约的称赞。其诗清新，多为反映社会现实的作品。他工于写景，诗文自成一家，常描写山水景物，称为“吴均体”，创一代诗风。他笔下的景，有多少是他故乡安吉的山山水水呀。

山崖有记忆，那它一定记得吴昌硕与伙伴们来这里观水。安吉人吴昌硕，近现代“诗、书、画、印”四绝的一代宗师，他的诗画，来源于他家乡的山水，花草。他喜欢画的梅兰竹菊，牡丹松柏，有多少是在他家乡的观察，把它们搬到诗里画间。他从家乡的山水中走出，这里的一草一木给他留下不可磨灭的印象。

这是一块文化的湿地，有多少文化之人在这里生长发展，如鸟飞翔于中华文化之林。

山崖竹林边，有空旷坝子，坝子中间，还留有昨晚上篝火晚会柴火的余香。就在昨晚，篝火摇摇，晚风习习，歌声与欢笑在这里徜徉。大家手拉手一起欢跳，蛐蛐和我们一起欢跳，萤火虫和我们一起飞舞。一阵“今天是您的生日我的中国”的歌声，引得大家的一同欢唱。

这首歌，今晚唱着有特别的意义，因为，这歌的词作者韩静霆老师今天也来到了这里，和大家一起欢唱，七十多岁的老先生，唱得特别动情。他说：“是生活引爆了文学，还是文学引爆了生活。”就在作这首歌词那天，我在早晨放飞了一群鸽子，就在那一刻，有了这歌词的冲动，一下就出来了……从这个角度说，那是生活引爆了文学。这歌一出来，不知唱出来多少人的生活感受，多少人今天还在唱着，那又是“文学引爆了生活”，这歌应该是最好的证明。

在今天这样的情景唱起这首歌，有其特别的意义。大家激动地重复着，唱呀唱……

现在走到这里，那余音绕梁的效果还在，那是余音绕竹。

竹悠悠，天苍茫。山顶上的太阳，从一片葱绿上露出朝霞，这时候的百草园也醒了，鸟叫，蝉鸣，鱼儿跃。

竹林下，早起的鸡忙着找吃的，几条狗狗欢欢跳跳，路边的农舍上有标记，34号宿舍，这是百草园统一的农舍。在房前，抬头见远方葱绿相连的山，更有陶渊明的采菊东篱下，悠然见竹山的感觉。难怪苏东坡要认为，宁可食无肉，不可居无竹。郑板桥，“盖竹之体，瘦劲孤高，枝枝傲雪，节节干霄，有君子之豪气凌云，不为俗屈”。竹和竹笋更是这里的特产，白居易《食笋》有：“此州乃竹乡，春笋满山谷，山夫折盈抱，抱来早市鬻。”诗中“此州”指湖州，安吉为湖州最主要的产竹县。

在竹林隐约斑驳间，水影缓缓出现，走着，豁然贯通一个鱼塘，

一个只有几分地的鱼塘，它从天然多姿丛林里慢慢寖出，有些神秘。透过一条马路，水流出，接着进入一个大鱼塘，有二十多亩水面积。一个四五十岁男人，正在向鱼塘里投放青草，他认真地一把把往远处撒，几只狗跑过来，在草堆前捡草吃。看来这几只狗狗是一家子了，母亲关照着它的三个宝贝，一路打跳撒欢。我与喂鱼人寒暄着，知道他还是个老乡。

“我是贵州毕节人。在这里给崔老板打工。这里的小地名是安吉县地铺镇，三官村。我姓朱，在这养鱼，种树，种菜。”

“鱼塘里有近一万条鱼，你看见了，我们基本上都喂草，一般长到三斤左右，就可以卖。我们百草园这边吃的鱼，基本上都是我们这里养的。蔬菜，这里种的。”正说着，

两只小鸟一下飞到地里，把刚长出一点牙的豆嘬了出来。贵州老乡并不赶他们，我奇怪地问他为什么不赶呢？他说，没关系，让它们吃两颗，我们种得有多。我很欣赏他对小鸟的态度，这种人与自然相合的态度。

我离开百草园34号宿舍，回头看着，竹林边，宿舍门前，红红的小车，小狗，几只小鸡，多美的一幅画。在竹林里忙着的贵州老乡，这时候，忙完他早上的活路，收拾着准备回家吃饭早饭。

百草园，可真是人间仙境。

（原载《散文选刊·原创版》2016年第10期）

2016年

傅柏林

凉都的喜鹊叫喳喳

时值金秋，天高气爽。秋日的朝霞染红了东方的苍穹，在六盘水机务折返段厂区，梧桐、桂花、松树、柏树、桃树相互掩映，当一阵秋风迎面轻轻吹来，让人神清气爽。

就在我启动电脑，一边敲打键盘，一边有条不紊地工作时，蓦然听见几声清脆悦耳的“叽叽喳喳”鸟鸣声。抬眼望去，三五成群的喜鹊、画眉、麻雀正在厂区内树梢跳跃、欢叫。那黑白相间的羽毛在枝叶婆娑的绿叶中，不停地追逐着，嬉耍、亲昵着，长长的尾翼不住地上下扇动着。多年不闻的鸟叫声，让人感到欣喜和振奋。

童年时代，在沪昆铁路沿线小站，在茂盛葱茏的松树、梨树、桃树、白杨树的树林里，到处呈现出一片鸟语花香的情景。喜鹊的鸟巢搭建在房前屋后的树顶，每天清晨，喜鹊“叽叽喳喳”的叫声不绝于耳，成为小站一道自然古朴靓丽的风景线。记得母亲常对我们说，喜鹊象征幸福、吉祥，能给家庭带来和睦、人丁兴旺。假如喜鹊落在谁家院里的树上更是看作幸福、吉祥来到了这家。是的，喜鹊是吉祥鸟。“喜鹊喳喳叫，亲人快来到”“喜鹊一张口，好事天天有”。在铁路沿线小站，如果喜鹊在谁家房前屋后“喳喳喳”叫个不停，说明谁家就要来客人或是要有什么喜事，并且这种现象常常在生活中得到应验。此外，在民间传说中，每年七夕这天，织女渡银河与牛郎相会，人间所有的喜鹊会飞上天河，奉献出羽毛和身体，填河成桥。让分离的牛郎和织女相会，因而鹊桥也寓意男女情缘与牵手，有成人之美德。因此，在我们那里常有“喜鹊闹，喜事到”的说法。如两只鹊儿面对面叫“喜相逢”，双鹊中加一枚古钱叫“喜在眼前”，一只獾和一只鹊在树上树下对望叫“欢天喜地”。流传最广的，则是鹊登梅枝报喜图，又叫“喜上眉梢”，喻示一个人节节向上，家里的子女出人头地。时至今日，在凉都六盘水，人们曾经用过的门帘、枕头、衣柜、餐具等器物上仍不时出现喜鹊的图案。

记得母亲曾经给我讲了一个喜鹊报恩的故事。唐朝有个叫黎景逸的人，门前的树上有个鹊巢，他常喂食巢里的喜鹊，天长日久，人鸟有了感情。一次，黎景逸莫名其妙吃上了官司，喜鹊不但到监狱看望安慰他，还化身成人，假传圣旨，帮助黎景逸脱难，无罪释放。为了告诫我们不准伤害小鸟，保护鸟窝，母亲对我们说："如果伤害了小鸟，鸟妈妈回来找不到自己的孩子，该是多么伤心呀。"偶尔，母亲也用善意的谎言吓唬我们，如果谁爬上树去掏鸟窝掏蛋， 喜鹊就会咬谁。还说，捉玩了小鸟，写字手就会发抖，字就写不好，老师就不喜欢，小朋友就不和你玩耍。总而言之，就是要爱护小鸟。

喜鹊善于筑巢，是只勤劳、幸福的鸟。喜鹊营巢，历时很久，从外面一根一根叼来枯树枝编织鸟巢，初步建成巢的外形，加上内部工程全部结束，需四个月左右时间。喜鹊巢的外部枝条纵横，貌似很粗糙，其实它的全部结构非常复杂、精细。整个鹊巢外形为直立的卵形，巢侧留有圆洞，栅门防御，随意关启，适合喜鹊出入。巢顶厚实，内部搭着一根粗如拇指的柳木横梁，以防风吹雨打，是巢顶的坚固支架。枝条排列致密，韧草复缮，骤雨下落，经久不漏。鹊巢底部分为四层：最外层由杨、槐、柳枝叠成，枝粗长短不一，交错编搭牢靠。里面一层用柔细枝梢的垂柳盘旋横绕成一个半球形的柳筐，镶在巢内下半部。再里面，是用河泥涂在柳筐内塑成的一个"泥碗"，碗壁光滑坚实。最里面，是一层贴身的铺垫物，用芦花、棉絮、兽毛、人发和鸟的绒羽混在一起压成的一床柔软舒适"弹簧褥子"。

喜鹊生性机警，成对觅食，轮流负责守卫。雄鸟在地上找食，雌鸟站在高处守望，雌鸟取食则雄鸟守望。一旦发现危险，守望的喜鹊鸣发出惊叫报警，与觅食鸟儿一同飞走。喜鹊飞翔能力较强且持久，飞行时整个身体和尾成一直线，身姿舒展优美。喜鹊在繁殖期常常出双入对，雌雄喜鹊前后相随，从不会轻易分离。

曾几何时，由于乱砍滥伐和毁林开荒，气候变化，河塘干涸，农田大量使用剧毒农药，结果是害虫消灭了不少，但鸟类也遭到了"株连"。最可恨的是一些缺少环保意识之人用气枪对鸟儿实行了"大扫荡"，使得原来与人类"和平共处"的鸟类失去了栖息的场所。随着喜鹊、啄木鸟、麻雀等鸟儿的消失，病虫大肆猖獗，森林中的树木上爬满了千奇百怪的虫子，啃食树叶树木，成片的树林被害虫吞噬得千疮百孔，树木由青泛黄，整株干枯死亡，大风一吹就拦腰折断。这是人作孽，天报复。在很长的一段时期内，缺少食物的喜鹊无处搭窝建巢，只好远飞他乡。在我们生活的周围很少见到鸟儿的踪影，生活的空间一度变得单调起来，鸟语花香成了神话般的故事。

其实，喜鹊和其他鸟类都是益鸟，多数为杂食性，它们既吃野果，而更多的时候则是捕食蝗虫、蝼蛄、地老虎、金龟甲等各类昆虫。还会捕捉传播疾病的老鼠，因而是大家公认的益鸟。啄木鸟就有"森林医生"之美名。据悉，一只啄木鸟每天能吃掉大约一千五百条害虫。鸟儿在吃野果的同时，为传播物种、延续生物的多样性起了积极的作用。猫头鹰、黄鼠狼和蛇类是老鼠的天敌。是人类进行生物防治的最好帮手。保护鸟类就是保护了我们绿色的家园，使森林中的害虫有了克星，使城市农作物及城市绿化苗木有了守护神。鸟儿为人和自然和谐生活奏响了美妙的交响曲。

近年来，由于凉都六盘水种草植树，退耕还林、还草等一系列重大环保政策的实施，城市绿化林木葱郁、绿草如茵，山清水秀，枝繁叶茂的树木吸引了大批鸟儿在城里“安营扎寨”。让森林走进凉都，让凉都拥抱森林。喜鹊、画眉、麻雀、绿头鸭、白天鹅、苍鹭、白鹭、钳嘴鹳、斑鸠、燕子、啄木鸟等鸟儿再次出现在我们的视野。从远离人群到在公园、厂区、居民区筑巢，繁衍后代，这是人与动物的和谐相处的好兆头。

“喳喳喳！”“喳喳喳！”枝头的喜鹊还在欢叫。我在心里默默地祈盼喜鹊，希望鸟儿们永远在凉都六盘水这方热土上定居、繁衍，无论山川，还是田野，郊区还是城镇，随时都能看到鸟儿美丽的身影，聆听到鸟儿曼妙的歌声，让我们的生活充满鸟语花香。只有人鸟和谐相处，世界才会变得更加多姿多彩。

（原载《散文选刊》2016年第12期）

黄　冰

以色列屐痕

与中华人民共和国比，以色列年长一岁，是当今世界上陌生指数最低的国家之一，尤其那座位于它狭长版图心脏部位的古城耶路撒冷，据说是二战后，在联合国讲坛和全世界各种媒体上出现频率最高的城市。不久之前，我的一个为期两周的年假，就在这个像一柄插在亚非欧咽喉要道上的匕首一样的国家里消耗掉了。

多年来，通过角度不同的大量图文资料，我对这柄“匕首”已多有了解，关于它的大概形貌已固化于脑海，所以，当我为了对它的初次涉足做准备时，一时之间竟无从着手，只感觉对它太熟悉了，不像“去”倒有点像“回”。但很快，一脚踏实地于它的怀抱中耳闻目睹和心驰神游，它那个被文字和图片堆砌起来的国家廓形，便变得如同它那始终未能固定下来的疆域一样，使得原本在我心中一览无余的这个所在，竟诡异地由清晰而模糊了。呵呵，难道，文字和图片构建的真实，真的只是真实世界里一个自行展开的虚幻部分？

安检

去以色列，首先遭遇的，是全球公认的最严格的航空安检。

之前在网上，我了解过许多对以航八卦九卦的介绍：以航的飞机装有反导弹装置；以航飞行员都曾经是或仍然是会驾驶战斗机的军人；以航飞行员全部是以色列籍的犹太人，如果接到军令，会即刻之间开赴前线；以航的飞机上，有装成乘客的携带武器的便衣安保人员；结伴旅行的乘客换登机牌时，会被有意地分开安排座位，以确保以航航班上的每个乘客，都淹没在周围的陌生人中……

航班是晚上十点的，旅行社却通知我们，必须提前五小时赶到北京首都机场T3航站楼集合。为什么要提前这么多小时？因为，问话很费时间。见多识广的高姐告诉我们。

一行四十人都准时到达了，在旅行社小孟率领下，不无拘谨地来到了以色列航空的专属区域，接受以色列安保对每位旅客的随机盘问。

如实回答就行，高姐很大姐大地嘱咐我们这个“六人团”。心理准备倒一直有，可身临其境了，还是惶惑，又做了坏事一样莫名地兴奋。排着队，往前挪动着脚步，一点点地进入很“以色列”的氛围中去。有好几个以色列人分别主持问话。一名挺帅气的安保招手叫我，我正担心语言交流上会有问题，他一开腔，甩出的普通话竟比我还标准，和善的表情也能帮我松弛。他问我为什么去以色列？什么时候回国？以色列有无朋友？与其他五个同行者什么关系？同行者中的某某某是什么职业？我的行李谁整理的？行李有没有离开过我？同行者的一对夫妇张和董与我认识有多久了……我当然都如实回答。他们哪年结的婚？安保突然问。这——我判断了一下他是否无聊。这也太变态了，对朋友一定得熟悉到如此的程度？不过，我也能理解，这个四面受敌的国家得握着武器生存，它不希望任何普通的细节发展成为它落败的蚁穴。

问完话，在我的护照上，安保帅哥把标有红色记号的小纸条贴了上去。后来我才知道，如果行李或人有可疑之处，小纸条上的标记将为黄色，得二次安检。当然了，一次过关者托运的行李箱也不能上锁，以备安保人员随时抽查。除了首都机场的安检设备外，在登机口下面，以色列还要通过他们自己的高科技设备将最后确定安全的行李筛进行李舱。之后，安保人员会把问话与行李综合起来，研判每位旅客有无威胁。在所有检查项目中，除了问话，对其他悄悄进行的一切我们都一无所知。我们像X光机锁定的目标，还毫无觉察呢就走光了——哦，这些暗中安检的各种名堂，也是网上资料告诉我的，事实上的我们都经历了什么，我像个局外人那样并不知情。

好在，我们六人的问话都结束得比较顺利。

张问我，安保都问你什么了，你时间最长。我说，居然问你俩什么时候结的婚？张说，你知道不？幸好我记得，我说，还问董的职业了。张紧张地瞪着我，你怎么说的？我当然照实说了。啊？那我俩的工作证明上可不是这样写的呀。张的话让我懵了，我完全忘了他俩的工作证明是找一家公司帮忙开的，职业也是临时编的。我倒吸口凉气，这紧张情绪的正式出场，竟与安保帅哥无关，而是被张的“问话”给勾出来的……

高姐这时过来招呼我们：走，D口登机。

我们如蒙大赦。登上飞机，就等于到达以色列了。

登机后，我们六人确实被分散在了不同的位置，但并没有想象的那么不近人情。张董夫妇是在一起的，袁姐和严姐也紧挨着，只有我和高姐前后遥望，但起飞前，高姐和我旁边的一位中国老奶奶换了位置，我和高姐就也成双了。

从北京飞特拉维夫耗时十一小时。我曾经在网上查过从中国到以色列的直线距离，理论上是五个小时左右的航线，但事实是，飞机要画一个大弧线，绕开阿拉伯这些“敌对国”，只飞经和以色列有空中安全协议的国家。

当地时间凌晨五点多也即北京时间上午九点多，航班落地特拉维夫的本-古里安机场。经过海关，工作人员没在我们的护照上盖以色列印章，而是在护照里夹了一张小卡片以为出关证明，并一再交代我们，这卡片千万不能弄丢，否则回国时会有麻烦。显然，我们经历的这一插曲，能够印证一个传闻，即，一个第三方公民，如果护照上盖有以色列海关的章，就不能再去苏丹、黎巴嫩等阿拉伯国家——当然，反过来的情况是，到过任何阿拉伯国家的游客再去以色列，只要其身份不敏感，以色列基本不会拒绝入境。这两种完全不同的心态旁人无法揣度，但不在护照上盖章而是换成小卡片的以色列做法，其用意无疑更为体贴。

雅法的早晨

我们的第一站，落脚于具有四千年历史的小城雅法。

早上六点多钟的雅法，安静如画，晨曦中的椰枣树和奥斯曼时代的建筑剪影都有点凝重，似乎为了隐喻遥远的从前，仍固执地守持和遵循着另一世界的时间秩序。眼前的街路陈旧而清冷，一辆色调醒目的清洁车正例行公事地与我们身边一座老旧的钟楼渐行渐远。钟楼背后开阔的远处，朦胧中，有特拉维夫现代化的高楼，若隐若现，一抹薄纱般的粉色正顽强地从隐现的楼宇间辐射开来，朝着雅法这边青灰色的天空漫漶浸延。

是热面包诱人的香味让我们走出画幅，重新建立起与当下的关联。面包店里的三个服务生小伙子有表演欲望，勾肩搭背地供我们摆拍，他们款式相同的红T恤上，印着Jews & Arabs，Refuse to be Enemies（犹太人阿拉伯人，拒绝成为敌人）这两行文字，字的上面，是握手的图案，手与手之间有基督教的十字架、伊斯兰教的新月图和犹太教的大卫王星图形。望着手机取景框里无忧无虑的他们，我并不敢往深处想，那无处不在的历史伤口，最终将以怎样的方式愈合。

赎罪日战争后，1977年，埃及总统萨达特在以色列国会做演讲时，曾说过一句让犹太人落泪的话：“既然你们愿意和我们共同生活在世界的这个地区，那么，我们欢迎你们和我们一起生活。”如今四十年已过去了，以色列人与阿拉伯人，的确还在这块土地上共同生活，但是，他们和他们，是否已真正交融不再敌视？而萨达特那句诗意的企盼，是否也不再只是动听的口号？如果那样的一天真能来到，面前这几个小伙子的T恤衫上，又会新印上怎样的文字与图案呢？

我知道，犹太教也好，基督教也好，伊斯兰教也好，都呼唤人类兄弟姐妹般彼此关爱，可是，这样的能力人类有吗？

海

以色列西邻地中海。

海和天都蓝得缥缈，仿佛通往世界的尽头，但这两种蓝，又泾渭分明各寓其意。和海的蓝相比，天的蓝诚恳、透彻、明朗，是人的情感能理解的一种变化无常。海却有属于自己的特质，像满腹经纶的老人，把世界上所有的蓝都吸进了胃里，反刍一番再呈现出来，就有了一种区别于一切的深邃与神秘。似乎，没有什么蓝比海的蓝更能让人感到与世隔绝。也许是长期生活于山城的缘故，对于我，海始终不是一个真实的存在，它所承载的想象，一概清高超拔与俗世无关，我甚至着迷于它无比单调乏味的重复吟唱：哗——啦……哗——啦……想必是因为怀揣了太多秘密在欲盖弥彰。如果说天是现实的，海就是虚幻的。

置身于“以色列”“地中海”这两个既现实又虚幻的地理名词中，我觉得我就是现实与虚幻那个接壤的节点。我曾经想，如果真有前世今生，如果确有生命轮回，那么鱼，便是我最想成为的另一个我，而作为鱼生活在水里，则是我最乐于体验的另一种生存法则。海对我的诱惑与死亡有关——蛇足一句，当死亡乘坐着哲学的舟楫。

在海边看潮起潮落，我的内心有点撕裂：眼前像洪荒之初，身后则红尘滚滚。

迷路

从天使报喜堂出来，我和袁姐在枝蔓的小巷间走错了方向。来到大街上，人车都没影了。我向来依赖心强，只要有同伴，车子停在哪里，来去的路如何走，就一概与我没有了关系。电话虽然开通了国际漫游，但始终无法打通。街边有个摆小摊的男人，情急之下，我用手机上下载的“翻译官”告诉他，我们要找停车场。男人看了叽叽呱呱一通，拿过我的手机转身往身后一处门店走去。我和袁姐紧跟着他，听他对另一个男人叽叽呱呱。我脑海里闪出了被骗被拐的种种可能。我不再指望这个男人，赶紧拿过手机说“Sorry”“Thanks”。我们从店里出逃的情状似乎在表明，我们眼下的当务之急，不是回归集体，而是远离挟持。

街上看不到一张东亚人面孔。男人随后也“回归”了，他是货真价实地“回归”了他的小摊。我不敢和他再说什么，只计划着，实在不行就打车回酒店。可问题是，街上根本没出租车。

我们仍然留在原地。这是一段被封闭的时间，它让我们的身份变模糊了，我们的名字、家庭、住址、职业，在这陌生的空间里全部失效，它唯一的意义，就是将恐惧乃至绝望一点点地在我们心头堆积起来，虽然，我们很清楚，我们最终的结局并不至于骇人和惊悚。男人又过来搭话，袁姐用非常慢的、担心说快了男人就听不明白的普通话做着解释。男人还是一串鸟语。我说袁姐，你一字一字地蹦他也听不懂呀。

时间在成倍地放慢速度，我们的恐惧与绝望反比例增长。最终，是导游打通了我的电话，一场走失事件才有惊无险地宣告结束。

回到车上，袁姐和我仍惊魂难定。我一言不发，默默清扫心头郁郁的情绪，不想描述刚才的感受；袁姐则大声复述她和那个男人的“对话”，哈，他啰嗦了一堆，目的就是——袁姐比了个数钱的手势。我目光完整地放到她脸上。从头到尾，在我眼里，那男人都没做出过这个动作。但我不想破坏这个事件最富戏剧性的高潮部分。我低下了头。

回国以后，大家已经把这次简单的迷路演绎成了另外的样子，最经典的场面是，我站在街边放声大哭，仿佛，街对面陌生的石墙是耶路撒冷著名的哭墙。

耶路撒冷石与《希望》

黄昏，酒店窗外的耶路撒冷新城爬满山丘，依山而建的新城，是老城的渗透和扩张，像庇护老城的外衣，是老城那只“老章鱼”的八爪，它们拥有着同一个心跳。

统一的白色石头建筑群使耶路撒冷的色彩显得单调。但这样的建筑却给人庄严感，让人恍惚中逆时间之流而上，似乎能抵达上帝之手刚刚建造它们的太古时期。建造圣城的材料，都是富含矿物质的石灰岩，但当地人只称它们为耶路撒冷石。

在希伯来语中，“耶路撒冷”意为“和平之城”，可想想这座城市的过往生平，再嗅嗅眼前满街携枪士兵所踩踏出来的铁血烟尘，我觉得那美好的寄托很像反讽——是一个并不好笑也无涉机趣的辛酸的反讽。这里是无神论与有神论交锋对峙的前沿堑壕，是世上唯一能兼容天国和尘世两种存在维度的特殊场所。被无数次洗劫无数次摧毁又无数次重建无数次再生的不朽圣城，仿佛她有足够的耐受力，在这块上帝的应许之地上天荒地老。在这里，我这个没有信仰的人，几乎有生以来头一次地爱上了信仰。

我爱上了信仰，可能还与那个黄昏时分，我于无意间听到了这个国家的国歌有关。国歌是一个国家的精神投影，大多是激昂的鼓舞的乃至强横的口号的。但《希望》抒发的，却是一种久远悲怆中的固执期待，那种对迥异命运怀有深切认同的凄美旋律，让人感到一个民族几千年来终不失散的结实的宗教情感，被浓缩沉湎在这首歌里：

只要心灵深处／尚存犹太人的渴望／眺望东方的眼睛／注视着锡安山冈／我们还没有失去／两千年的希望／做一个自由的民族／屹立在锡安山和耶路撒冷之上……

新城里的安息日

刚到耶路撒冷，就赶上了犹太人安息日，我们不甘忍受待在屋里“安息”，吃了晚饭，就往街上去。街上人车稀少，偶尔能看到三两个头戴黑色大圆帽身穿黑色长衣衫的犹太教徒埋头走过。

说耶路撒冷色彩单调，评价肯定是客观的：白色的石房、绿色的植物和碧蓝的天宇。但一旦融入那整体的单调，我更愿意像评价修女的容妆那样说，耶路撒冷色彩单纯。但单调也好，单纯也好，无论如何，作为一个素颜朝天的城市，它难免不让我们感到冷清和寂寞。

耶路撒冷的地形，和贵州有相像之处，但显然，这里的人没有贵州人那么喜欢愚公移山。起伏在山腰上的房屋，如同重叠在一层层废墟之上，而那废墟，则成为某种神圣性的永恒表征。马路像编织于山间的逶迤大网，在不宽的路面上，有点过剩的人行横道能把网纲揪得很紧。这里的人对红绿灯的遵守几近刻板，我们多次看到，即便前后左右没有一辆车的影子而只有安全，路边那些等候信号变换的行人，也不肯迎着红灯开步上路。

山坡上的房屋起伏错落，除了垒砌它们的白石头抹杀个性，它们的窗户，也基本上都小得只如一张人脸。我们一路猜测，这样小的窗户，大约为了冬暖夏凉吧。可我们错了。后来听介绍说，为防范敌方狙击手的百步穿杨，只能忍受这日常的憋屈。这样的人生经验，我们不仅完全陌生，还冷酷得让我们想一下都脊背发凉。

来到路口，仍然是相同的景象。我们不得不接受这个事实，这是一个我们无法与之聚焦的城市。幸好，正准备回酒店时，不远处，我们看见了一家阿拉伯人开的小超市敞着寂寥的门，这一下，我们这些见惯了热闹的人才算勉强感到了一丝欣慰。

橄榄山

橄榄山在耶路撒冷老城以东，从山顶能将整个老城尽收眼底。如果这堆相貌平平的小山丘没有宗教、历史、文化的附加值，很难进入世人的法眼，毕竟，比它出众的高峰矮峦不计其数。但它却显赫得不可攀比不可替代。这里是耶稣布道的地方，耶稣死前一周，正是从这里进入了耶路撒冷；这里有与耶稣同时代的橄榄树，它们记忆着耶稣站在橄榄山上为耶路撒冷所发出的悲叹……

依据古犹太传说，弥赛亚时代将从此山开始。在犹太人心中，橄榄山是离天堂最近的地方，若将墓地安放于此，就等于踏上了通往天堂的捷径。这里的每块墓地都不很大，平放的墓碑上有许多用于吊唁的小石子，使整片墓地弥散着一种干燥的静寂。我想起了电影《辛德勒名单》中，人们在辛德勒的墓碑上放满石子的舒缓镜头。我不想弄明白他们为什么要放石子，只想在这个任想象自由横行的地方，以所有携带着秘密的显形之物，去佐证犹太人与上帝订立的契约。

圣墓教堂

为期一周的朝圣之旅，结束在旅行册上一张落日黄昏的照片里。即将回国的旅行团其他成员与我们六人挥手道别。跳下旅游大巴，陌生的热浪又一次扑向脱团的我们，从此刻起，未来的一周时间，我们将以我们自己的方式“再次”来到以色列，来到耶路撒冷。沉重的行李箱在石头路面上摩擦出的声响，似乎在回应此时我们无法归纳的心情。

我们六人，再次住进了耶路撒冷老城。大卫城塔，希律王宫，圣殿山，罗马、十字军和拜占庭时期的建筑遗迹……这映入眼帘的一切，帮我们进入了轮回之外的永恒之地。裸露在烈日下的废墟，印证和复活着文字的传说，每一处残垣断壁都有一个活生生的历史，仿佛千真万确。在这里，只要向下挖掘，就肯定会“掉进”某个世纪的某个王朝。那些我想用“炫目”和“浩荡”形容的古踪旧迹，风烛残年般的苍老并未消退它的尊严，恰好相反，似乎它所承载的重量，足以拥有一种值得永久捍卫的踏实和牢固。

走进老城的巷子，仿佛置身于三大宗教杂沓的腹腔：苦路、西墙、大马士革门、圣殿山、圆顶清真寺、圣墓教堂……《圣经》里的传说，在这里到处都有物证。烈日下的景观让人眩晕，我们匆匆的脚步，难免不暴露出一丝轻描淡写。我们也知道，这块被各种宗教迭加的圣地，每一块石头都见识过掠夺与屠杀，每一堵墙堞都吞饮过枪弹与火药，即便无从理解揣摩，也注定了意涵隽永。当然，此时，对我们来说，曝晒的感受才最切肤。

晚上，我们在巷子里闲逛，少有路人的巷子，把我们六人反衬得既突兀又壮观。两侧的石墙使视线变得狭窄而笔直，阻碍视线的同时又启发着想象，似乎一些秘密会在某条巷子的拐角暴露出来……走到一处巷子的尽头，一座肃穆的建筑让我们眼前一亮，这不就是那个人多得挤不进去的圣墓教堂吗?

跟团时我们来过一次这里，那天，人多得像决堤的洪水，仿佛在赶一场天国的集市，让我们根本靠不上前，只得等着旅行团的信徒们头顶烈日朝教堂匆匆朝拜一下，便从人海里落荒而逃……

此时的圣墓教堂，人不比白天少，但这一回我们走了进去。教堂里的灯火十分耀眼，一边生动地彰显着教堂在夜色里的别一种辉煌，一边呈现出由虔诚所建立的秩序和由秩序所组合的无声的热闹。

这座公元326年，由罗马皇帝康斯坦丁的母亲海伦娜下令修建的教堂，是基督教不可替代的永久圣地，是整个耶路撒冷城最华丽的地方。墓穴入口上方，高悬的耶稣画像四周被华彩的吊灯照射得瑰丽绚烂，如同仙境，完全符合我们对天堂的想象。旁边的教堂里，巨幅宗教壁画幻化成天堂的倒影，美轮美奂，那诡异之美仿佛还藏匿着极为邈远的、让人难以窥破的秘密。上帝、天堂、耶稣……使我这个已然遗忘了市井相的凡夫俗子，对它们的存在深信不疑。

我用深呼吸找寻失散的自己，像鸟儿展开了翅膀，却又迟疑着不肯离开枝头。我不无迷茫地注视着身边流动的人，他们目光笃定地走向那块浸透了耶稣血的石头。由于常年被人匍匐在上面祈祷和亲吻，那块石头光洁如玉，柔滑似水，明晰若镜，仿佛是通往天堂的第一级台阶。我试图接近那块石头，想触摸它让人怀疑的质感，但是在这里，似乎一切行为都应该成为某种仪式，短暂的好奇心不得不禁止在抵达它的路上。我放弃这个任性的念头，转身往外走。把我的深信不疑留在教堂之中，而让旅行者的身份不合时宜地暴露了出来。来到一处巷子，石墙石地掩隐在昏黄的光晕里。孤零零的巷子中，两名修女依墙低语，这个浓郁的中世纪的画面我在电影里无数次地见过。

站在被罗马式教堂围困的青色夜空下，环顾四周我能看到，踽踽行者手里的烛火，在黑夜里闪烁着孤独的光，那光跳跃出的颀长形状，很像能打开天堂之门的一把钥匙……

天堂，是由石头建造烛火照耀的吗？

苦路的路

苦路是耶稣被判、被辱、被钉上十字架后，走到刑场的这一段路。这条路上的十四处标记点，每一处都记录着事件中一个具体的环节：第一处，耶稣被判了死刑；第二处，耶稣背负起十字架；第三处，耶稣第一次跌倒在地；第四处，耶稣遇到了母亲……最后一处，即是圣墓教堂。在老城的几天里，不论白天还是夜晚，我们无数次地踏上过苦路。苦路的一些路段早已成为繁杂的商业区，是我们这些爱热闹的人喜欢的去处，而以耶稣的苦路作为时间遥远空间切近的大幅背景，在商铺里与店主讨价还价，让我们看到了“人间”微弱的烛火。

店主都是男人，还都是中老年男人。以色列生活成本高，即便退休了，男人多半也继续工作。出租车司机也是老年人居多。在圣墓教堂出来不远，有一家店给我印象最深，店主是两位相貌身高都极为相似的老人，如同黄昏里彼此的镜子。他们高壮的身躯有点微驼，慈眉善目里暗含了距离，对顾客，他们不怠慢也不亲热，和店里并不急于售出的商品一样，透着一种让人抓不住把柄的有教养的淡然。我嗅到了那种老古玩店才有的特殊气味。这里的商品杂乱且多，蒙着一层看不见的时间的灰，营造出一种安静与热闹和平共处的气氛，戒指、手链、项链、烛台……所有的器物仿佛都残留着前朝的余温，就好像，这里兜售的不是商品，而是一些不为人知的个人历史。这样，每件器物便都能蛊惑起我的想象，甚至是与当下毫不搭界的想象，逃难、流散甚至屠杀，又开始在我脑海中演绎。

以色列人的加工手艺世界闻名，即使一件很小的饰品，也散发着一种完美的精致。我们的物欲，被每一件饰品挑起，又被店主敲在计算器上的价格摔得粉碎。我们讨价还价的本事在这里完全失效，店主对着我们敲在计算器上还价的数字摇头的表情，好像在说，独一无二的商品，价格当然也说一不二。

苦路的巷子大都不宽，可仅容得下一辆车身的窄巷里又经常车来车往。尤其傍晚时，清理垃圾的红色拖拉机要突突地开过，每次贴着我们扬长而去后，我们都要在狼狈地躲闪之余大赞其车技。有一次，在苦路的第一站，一辆车倒车时撞到了身后的车，可撞完它竟绝尘而去，而那被撞车的车主竟也含笑无语。戏剧性的是，片刻之后，那被撞车保险杠上压出的凹槽似乎缓了下劲，就毫发无损地，在包括车主在内的我们的眼里自动复原了。

在耶路撒冷，几乎看不到趾高气扬的呼啸豪车。所有的轿车都很家常，在家常之外就是干净，而干净的同时，则是车身上时见剐碰后的轻伤，那些点缀般的轻伤如同在强调，车的功能不过是代步，它非娇嫩的珍玩，更与富贵无关。

西墙亦称哭墙

仅有一平方公里的老城，是整个耶路撒冷城的心脏，几大宗教的重要圣地都在其中，圣墓教堂、圣殿山、岩石清真寺、西墙……走在老城，我们经常会迷失在渔网似的巷子里，这些比迷宫还迷宫的巷子，事实上却像毛细血管一样地伸向四个泾渭分明的区域：阿拉伯区、基督区、犹太区和亚美尼亚区。刚刚还在这条巷子遇见戴着头巾的阿拉伯妇女神情疲惫地走过，转向另一处巷子，就能碰上几名东正教徒黑压压地朝我们迎面走来，措手不及的我们压迫着呼吸，目光却会情不自禁地紧跟着他们，直到那几块高大的黑色背影淹没在人群里，而继续沿着小商铺拐入另一个方向，又能见到，一些黑帽黑衫的犹太教徒在巷子里匆匆疾行……

刚到耶路撒冷时，每见到这些头戴黑色大檐帽，身穿黑色长外套的犹太教徒，我们的眼睛都会毫无教养地死黏住人家，借助道听途说的可怜的知识，假装内行地把他们称作拉比。后来才知道，凡超正统派犹太教徒，不拉比也会这样穿着，而不拉比的他们，目标是成为拉比——有知识的人。按以色列人的说法，以色列国没有主流民族，而是由四个民族组成的邦联，即超正统派犹太人，现代正统派犹太人，世俗犹太人和持有以色列护照并有以色列投票权的阿拉伯人。但前三类犹太人的划分似乎也并不界限分明，虽然，超正统派犹太人和现代正统派犹太人最大的特点都是容易辨识：超正统派犹太人穿戴与世隔绝般的黑衣黑帽，留浓胡子和属于上帝的长鬓角，保持着各种古老的宗教习惯，始终如一地信奉唯一神；而现代正统派犹太人的特点是戴小圆帽，配护身符；这种护身符很有意思，它从腰部位置垂下来，是被我们误以为某种装饰物的穗的形状。但是，在这些穿戴护身符的现代正统派犹太人里，交叉着许多犹太复国主义者。而在犹太复国主义者居多的世俗犹太人里，同样有一部分现代正统派犹太人，他们依然信教并遵守宗教习俗，而大多数世俗犹太人，即是那些有着犹太血统的犹太复国主义者，他们是在流亡异乡中向往“应许之地”、抵制“同化主义”、在排犹反犹狂潮下以及大屠杀后寻求出路的犹太人，纯世俗的他们，追求的只是文化上的身份认同，而不在意宗教上的事务。

不知道我这样的匆匆看客在道听途说中，是不是把这三类犹太人区分得太草率了，但我想，不论他们以何种形式属于以色列，属于犹太人，既然“一母同胞”，他们就逃脱不掉你中有我我中有你式的相互交叉的命运轨迹，这样的盘根错节或许正是表明，他们的根系和源头清晰如昨，不论他们是宗教的还是世俗的，作为上帝选民的这一特殊的同一身份，想必，同样会被上帝全部认领。而那面既是宗教的，也是历史的西墙，就是凝结这一民族共同命运的物证。

西墙亦称哭墙，也叫“叹息之壁”，公元初年，欧洲人认为耶路撒冷才是欧洲的尽头，而西墙则是欧亚分界线。这面长五十米高十八米的大墙，由十八层巨石堆垒而成，最上面七层，是18世纪奥斯曼帝国时代重修阿克萨清真寺时的遗迹，中间四层，是罗马一拜占庭时代的产物，最下面七层，则是公元前1世纪留下的犹太第二圣殿废址，垒砌这一部分的，皆是每块一米厚三米长的长方形巨石。犹太教视这堵墙为第一圣地，认为它是神圣的犹太人的精神家园，是不可僭越的信仰的寄寓之所。来此祈祷的犹太教徒，一般都会依例哀哭，以表示对古神庙的哀悼并期待其恢复。

此时的西墙那里人潮涌动，而面对人潮的西墙则沉着凝重，像贴在黑色夜空上的巨型墓碑，在无数聚光灯的照耀下泛着丰富的石色。那些趋近西墙的教徒们，欲通过它与神沟通。我听不到神的回复，也看不出墙的特异，看着墙隙间与四季一同起伏的杂草在微风中摇曳，我的心思依然游离着，找不到一处安适的去处，坐在面对西墙的台阶上，我只能用一双简单的眼睛窥寻它模糊的源头……但是我知道，西墙永远是一个与外界绝缘的世界，是属于对着西墙低头与神耳语的犹太人的不可道与外人的世界。

西墙后面是黄色灯光映照的萨赫莱清真寺。建在犹太人圣殿山遗迹上的清真寺，对于西墙下以哭为本分的人类有种无动于衷的淡漠。两处圣地让人狭隘地猜想，是不是这样的残局恰恰出自上帝的亲手摆布？

萨赫莱清真寺

在耶路撒冷这一三大宗教的圣地，表面看去，不同信仰的人只是各自敬拜心中的神，彼此之间互不相干，但私底下，防范纷争又随处都在。在老城，仿佛一砖一瓦都贴着各自归属的标签，圣墓教堂更是几大宗教寸土寸瓦的必争之地。而圣殿山呢，用阿拉伯学者陶尔·伊本·耶齐德的话说就是："耶路撒冷的圣所是圣殿山；圣殿山的圣所是祈祷之地；祈祷之地的圣所是岩石圆顶清真寺（萨赫莱清真寺）。"基于此，在这里，荷枪实弹的警察比别处密集。

被犹太人奉为圣地的圣殿山，是上帝在俗世的住宅；是埋葬着亚当头骨的地方；亚伯拉罕在圣殿山上向上帝祭献以撒；雅各在此与陌生人即上帝摔跤并被赐名以色列；这里还是大卫临死前命令儿子所罗门建造神圣之所第一圣殿的地方，而圣殿里，亦是收藏装有刻着摩西律法石板的约柜的地方……可是，这之后，第一圣殿被巴比伦国摧毁于公元前586年，半个世纪后始得重建第二圣殿，但公元70年，罗马帝国又焚毁了第二圣殿。如今，建筑这些传说的物理支架，除了圣殿残壁——西墙，都已在岁月中无迹可寻。

是的，传说，置身于耶路撒冷这个"迷信像流行病一样折磨着整个城市"（西蒙·蒙蒂菲奥里语）的地方，我热衷于收罗传说，愿意以信的方式消化一切，我完全同意英国学者西蒙·蒙蒂菲奥里在《耶路撒冷三千年》里的那个说法："在耶路撒冷，真相通常远不如神话重要，若拿走虚构的故事，耶路撒冷就一无所有。"

但不论身处耶路撒冷的哪个角度，萨赫莱清真寺那辉煌灿烂的金色圆顶都是人们的视线永远无法逃离的焦点这一事实，在传说之外又能证明，屹立在传说之中的耶路撒冷，同样屹立在事实之中。

此时，也在事实中行进的我们，来到苦路上萨赫莱清真寺的一处入口，但持枪的警察拦下了我们，漫长地解释着何以不许我们在此通行。好半天，我们也没弄明白他们的理由，但总算知道了我们可以走西墙入口。经过西墙安检，我们从西墙旁边一个很长的木架甬道进入了清真寺区域，并迅速接受了二次安检。袁姐的裙子没有过膝，张的衣服有些透光，她们都在安保的监视下穿上了外套。在以色列，安检是日常的生活内容，而非特殊“待遇”，估计除了回自己家不用安检，进剧院、逛商场、参观博物馆……都得接受“怀疑精神”的具体洗礼。

圣殿山上犹太先祖亚伯拉罕祭拜上帝的那块岩石，同样被穆斯林视为圣物，因为，按照《古兰经》的记载，伊斯兰教的先知穆罕默德是踩着它登天并接受真主启示的。因此，公元628年，阿拉伯帝国夺取了耶路撒冷之后，在犹太教圣殿的遗址上，亦被伊斯兰教信徒称之为高贵圣地的地方，建起了萨赫莱清真寺，萨赫莱在阿拉伯语中即岩石之意，所以也叫岩石清真寺。刚到耶路撒冷时，我们曾在橄榄山上远眺过它在烈日下夺目的金色圆顶，当时的它，就像一粒黄色珍珠嵌在耶路撒冷老城这只白色的贝壳里。

而眼下，萨赫莱清真寺就矗立在我们面前，它覆盖了二十多公斤纯金箔的绚烂圆顶的那种华光璀璨极为震撼。可不知为什么，在我眼里，它的尊贵是内敛的，仪态是高冷的，仿佛连时间都不敢轻易地以刻痕烙迹的方式与它玩笑。按规矩，我们不能进入它的腹地，没能亲见那块穆罕默德夜行登霄的岩石，因为即使穆斯林进入，也要用阿拉伯语背一段古兰经以验明正身。我们围着这个冷艳得让周围一切都黯然的建筑屏息慢行，倾听着远处什么人的齐声呼喊，大约是：巴勒斯坦，巴勒斯坦……

萨赫莱清真寺一带的气氛，和西墙那边完全不同，空气中，似乎时刻都有让人不安的情绪在起伏流转。周围朝拜者看我们的眼神，也是排斥的拒绝的，似乎我们是侵入者，与此地无关。但真无关吗？远处整齐的喊声仍在持续，在喊声中，门洞那里，忽然有一群人聚集了起来，又有警察冲上前去。我不知道发生了什么，又不敢上前围观，只能事后看胆大的朋友拍的视频。

作为两个紧挨着的宗教圣地，在圣殿山，擦枪走火的事情时有发生，许多情形在当地人眼里已见怪不怪。此时的小骚动大约是，几名犹太人靠近了清真寺，受到一群穆斯林以喊叫声驱赶，可在黑压压地堵满人群的门洞那里，一个头戴白色小圆帽的犹太人突然伏身跪下去亲吻土地，这引发了人群的一阵推搡。警察赶过来驱散人群，并护送几名犹太教徒离开这是非之地，而有受到驱赶的“是非之人”，在慌不择路间，便猛地向朋友的手机镜头这边跑了过来。因为一切都发生得非常迅速，朋友返身逃回我们中间时，最后一个镜头那种惊慌的晃动，像极了一名战地记者危险的跟拍。

其实，三大宗教同根同源，亚伯拉罕是其先祖，从犹太教脱胎的基督教自不待言，伊斯兰教，也不过是将亚伯拉罕更名为易卜拉欣……可这真就是自家人的内部矛盾吗？我想不好，上帝何以要为人类策划一场如此的游戏，我更想不明白的是，究竟是神创造了人，还是人因为需要敬畏，需要感受一种比自身强大的力量而创造了神？

也许，这个上帝与人相会之处所呈示的一切，都是面对死亡这个终极问题，千古智慧的必然回响。就像捷克作家伊凡·克里玛那困惑的叩问：“我们怎样和我们自身的必死性达成协议？我们如何超越这种必死的命运？”

从以色列回国以后，对这个国家的兴趣持续发酵，上网搜索“以色列”关键词，一则旧闻跳了出来，大意是，2016年4月，耶路撒冷岩石清真寺发生了巴以冲突，告诫游人，这段非常时期尽量不要前往。旧闻提及的时间，是4月24日，而不是我们去的26日，显然，我所目睹的场景，只是那场冲突的小小余波。我心中仍然有些后怕。如果我们事前知道这一告诫，还会去萨赫莱清真寺那里踩红线走钢丝吗？同时又庆幸我们去了。若真的没去，那我们的以色列之行，会不会太有名无实？

以色列很乱？

朋友们得知我要去以色列，发出的几乎是一样的腔调，强调着反问，去以色列？然后打住不说，似乎怕不吉利的提醒让我不安。但接着，忍不住还是发警报道：以色列很乱，不安全。

“以色列很乱，不安全”，是我来以色列前听得最多的评价断语，包括我自己，也给自己这样说过。可事实是，身临其境了这个国家的“冲突”“恐怖”，那所谓的“乱”，对我反倒抽象得失去了形状。难道是缘于我对这个国度仍然缺乏应有的常识？反正，我常常暗自心跳着盼望的是，能经历一次电视新闻里，那种隔岸观火的战地冒险。

在这里东游西逛了整整两周，我体验到的，却只有秩序。那种将终极的道德律令浸润在日常生活里的温润的秩序，迫使我不得不简化地将其理解为，这是一种渗进血液的、为神与人共同恪守的神圣契约。或许，正因为有了这一契约，在以色列这个没有宪法的国家，它的国民才敢于骄傲地宣称：“我们无需宪法，《圣经》就是我们的宪法。”

在以色列街头，到处有携枪的男兵女兵，但他们脸上毫无肃杀之色。更多的时候，他们只像采购归来的家庭主夫或主妇那样，随意地把累赘的长枪挎在肩上，甚至抱在胸前，让枪的威慑力降至零点。满心好奇的游人如要请他们拍照，他们也会好脾气地配合，和我们多年里建立的军人概念全不搭界。在国内，就是单位楼下银行运钞车旁的保安人员，也威严得让人有种透不过气的压迫之感，可在这里，如果路上没见到军人，我们倒会有点紧张：兵呢？枪呢？我们东张西望地调侃说。这个准军事化的国家，被满街满巷的戎装与兵器激荡起了一层看不见的硝烟，但神奇的是，同时，又有一层祥和的云霓也飘摇得惬意。当地人见到我们面有难色时，总会主动地Can I Help You？那种眼神和表情能告诉我们，这个民族并不设防，且似乎人人都具有通往天堂的力量。倒是我们，由于长期接受“不与陌生人说话”的谆谆教育，防范“碰瓷”如同防范地沟油与三聚氰胺，结果，时时表现出来的那种过分的警惕与多余的戒备，便可笑得如同来自蛮荒。

秉性与血统

耶路撒冷老城多猫，在一条条幽深的巷子里，它们毫无禁忌地活跃在屋角墙头。我无法判断它们有无人界的家宅，可它们皮毛光滑身形敏捷，都有了点养尊处优的意思，完全没有我所习见的流浪猫那种怯懦的警觉与懒散的六神无主。显然，是人的礼遇保障了它们的生存质量。在中国，有猫能通灵的民间传说，我不知道这类传说在以色列是否通行。我个人对猫总高看的理由，则在于它们外表再温顺妩媚，也掩饰不住高傲的秉性：特立独行，冷眼旁观。猫的悄然出没，放大着这座城市在我眼里的神秘性，好像我已被这里的宗教与历史给掩埋了，所以才让所见的一切，都窒息般地与现实出现了分离。

耶路撒冷还有一景：孩子多。傍晚，我们坐在路边数孩子，见惯了独子现状的我们，看见许多父母带出来的孩子，呈阶梯状地次第走过，我们就像见到破坏计划生育的违法者一样，惊惊乍乍地说，天，那家有一二三四……八个孩子！这些孩子中的男孩子们和他们的父亲一样，都穿戴着统一的黑衣黑帽，把一个在我们看来，普通平常的夜晚，营造出一种过于隆重的气氛，他们不紧不慢的脚步，就像去赴一场严肃的音乐会。

我望着街边那些滑稽的阶梯，逐渐由笑到笑不出来，在替这些身边有妈妈的孩子庆幸之余，我笑的神经自行窒息。我试图理解着，这个民族，是不是在以这种似乎没有终点的繁殖，来不断壮大和传承他们的血脉和信仰。在人口这件事上，以色列相信自给自足。他们轻易不接受移民，除非你有纯正的犹太血统——所谓纯正，是指母亲必须有犹太血统。

但是，不难想象，在漫长的流散史中，具备着“神的血统”的犹太人，没法不经历过无数次的被迫同化与意外同化，久而久之，他们身上生物性的遗传信息必然愈益散失，唯有宗教信仰这一精神性的遗传信息，才是他们辨识自我的永恒的镜子。

对于他们中的许多人来说，是不是以色列公民肯定非常重要，但更重要的，是他们的犹太教信仰。

车过边境

如果没有耶路撒冷，复活的便只是一个没有灵魂的以色列。这是耶路撒冷对以色列人的终极含义。因此，建国之初，虽然联合国指定了特拉维夫为以色列首都，可以色列人却把总统府、国会、大部分政府机关、最高法院等，都放在了耶路撒冷。在以色列人心里，这里才是真正的首都。

五次中东战争，以色列以少敌多屡次战胜阿拉伯国家，终于留在了上帝的应许之地。难道这只是出于上帝的眷顾？就是拼人数，落败的也应该是以色列啊。我相信，这里边有诸多文化的机制的人性的科技的复杂原因，但以色列人与阿拉伯人的处境和心态迥然有别，肯定是一个最便于解析和理解的元素。围绕以色列的巴勒斯坦、埃及、约旦、叙利亚、黎巴嫩这阿拉伯五国，只是在驱逐一个异族，就好像，一个人站在家门口与路人争锋，若输了，总还可以退回家中疗伤止痛；可那流离失所的路人却输不起，不论靠求生本能还是信念支撑，他们都必须在这块名为巴勒斯坦的土地上创造奇迹。如今，巴勒斯坦这片浸透血泪的土地，被分为ABC三个区域，其管理模式各不相同：A区是巴勒斯坦自治区，主要是巴勒斯坦人和阿拉伯人，著名的加沙就在这个管理区内；B区为巴以共管区，这里的犹太人和阿拉伯人混合居住；C区在死海附近，也混居着巴勒斯坦人和犹太人，但由以色列政府代为管理。

我们的车自北向南，去往迦密山、拿撒勒、加利利区、伯珊古城、死海、伯利恒……其间，不论经过以巴边境、还是以叙或者以约边境，总是还没等导游做完介绍，那边境就已被甩出了好远。其实，边境只是个模糊的概念，在车速面前，不论这个国家还是那个地区，都逃不脱被荒寂山丘所模糊混淆的命运。有一座最多一辆车身宽的木桥是以叙国界，可那里，除了空中的热风与地面的荒芜，连只飞鸟都看不到，更别说以国或叙国的兵与民了。

车子经过著名的戈兰高地时，大约是因为受到低矮云层的阴郁的覆盖，我们才有点自己吓唬自己地警觉到，这里便是最典型的，和平与战争的交汇之处，生命与死亡的聚合之点。与其他边境地区比，这里更加杳无人迹地寂静荒凉，只有遍野的茅草恣意疯长。据说，在这里的茅草之间，有一种花能识别地雷，它以一种神奇的灵性，给千疮百孔的戈兰高地打着战争的补丁。当它在有地雷的地方盛开之时，绚烂的花朵呈红颜色，可在没地雷的地方怒放的时候，它却会——对不起，会以怎样的颜色面世我给忘了，反正，不再血一般淋漓着殷红。

死海

通往死海的公路两旁，绵延着好几公里绿叶肥硕的椰枣树，那种阅兵式般的整齐与严谨，能让人强烈地感受到以色列人对生机的热望。其实，越靠近死海，与它配套的远古那种酷烈的气息便越是逼人，除了大片风化的石灰岩的黄色，大自然拒绝出产绿意，假设有幸在人的视线里交错出了黄中之绿，那只能证明，人类是唯一能创造奇迹的生物。

死海被称为地球的肚脐，位于两个平行的地质断层崖之间，像一块一经开裂便不再愈合的巨大伤口，并随着高温少雨而快速蒸发，在不久的未来，它必将因“结痂”而销声匿迹——死海的海平面，正以每年一米的速度在急骤下降。对于死海终有一天只能待在文字里的事实，我过于提前地感到了遗憾，于是，在已经开始的倒计时模式中，我手忙脚乱地换上泳衣，怀着好奇与恐惧，趔趔趄趄地踩进水里，体验起了尚存活于现实中的死海奇观。

水底黑泥像无数条“喉咙”，大口大口地把我的双脚吸了进去，而在这些光滑的“喉咙”里，又埋伏了许多尖利的石头，让我的行走如同杂技表演。但这阻挠不了我迫切地扑向失重的时刻。终于，死海的咸度把我托离海底，那片只是漂浮在我早年中学课本里的反常之水，接受了我的亲身验证。但是，那种想象中的潇洒并未潇洒起来，我全身的肌肉都很紧张，只能努力保持着平衡，而不敢有半点放肆的嬉戏，至于照片上自欺欺人的惬意表情，不过出之于某几个瞬间的成功伪装。

死海的海拔负四百米，作为地球的最低点，是地球上最大的天然矿物质资源库。在死海边上，以色列拥有世间仅存的死海泥加工厂，名为AHAVA。AHAVA在希伯来语里是爱的意思，我们曾经在以色列国家博物馆的艺术花园里，看到过以AHAVA命名的巨大雕塑，它在寓意着什么我并不知道，我只了解，AHAVA所出产的护肤品，能把死海里富含的钾、钠、镁、钙、锌等矿物质，从头到脚地转变成拯救女人的美容仙丹。在这些诱惑人的神品面前，死海不是让人不沉，而是让人想把它带回家去。身为女人，不用说，我们从头到脚地被它们俘获了。

哦，AHAVA，爱，两千多年前，就在死海西北岸边这寸草不生的荒凉旷野，在名为昆兰社团遗迹里，为后世留下了著名的《死海古卷》的隐士派犹太人，又是为怎样的使命所驱策呢？

来到昆兰旷野，眼前的荒凉峡谷，像世界蒸发后的残余之地，呈现着末日之相。在黄色荒丘的十一个洞穴里，曾经藏着犹太人最古老的圣经。

跳进我眼里的一处不肯埋葬于山体的突出部分，我不知道是不是因为太阳的强光把它暴露了，那形态分明就是一头不肯倒下的死去的大象，我无法不注目它风干的表情，以及那表情里沉默着的最后尊严。它身上的古洞像极了一只不死的“眼睛”，在这只不死的“眼睛”里，曾经藏着最重要的一部分《死海古卷》。

隔离墙上的涂鸦

我们的旅行团是一个朝圣团，除了我和我的五位朋友，其他人都是虔诚的信徒。我们在团里是围观者。对任何一处圣地，我们都既可以与己无关地陌生着也可以莫名其妙地亲近着，在别人麻麻烦烦地祈祷的时候，我们撇清自己时也既允许不大自在更允许理所当然。我们可以不知道彼得是谁，但却愿意知道肉质鲜嫩的彼得鱼实在好吃，吃光整整的一大条还不觉解馋。导游所选的朝圣线路，是沿耶稣的圣迹自北而南，凯撒利亚、迦密山、拿撒勒、伯利恒、洗礼之所约旦河、凯撒利亚腓立比、八福山、迦百农、加利利湖……这些圣迹有的在巴勒斯坦境内，行进在这两个你中有我我中有你的不同领土上，我们常常不知不觉地就踏上了异邦的疆域。

午间在一家阿拉伯饭馆就餐。周边民居稀落，沙地片片，还来不及疑惑我们身处何处，便已看到，满街的绿色车牌远远地多于黄色车牌。导游说，巴勒斯坦是绿色车牌，以色列的车牌为黄色。

静寂之下，似有一种不安的暗流在悄悄涌动，我们好像突然断掉了锚链的船只，漂泊在无边的浪涛之中，随时都有被卷走掀翻的不确定感。这里似乎不宜久留。一吃完饭我们立即上车，继续在车速里扫描大片野草丛生的阴郁景致。

我们是在汽车的颠簸中看见的隔离墙。对于这种特殊的壁垒，我不知该怎样评价，也说不好，它的实效性与象征性哪个更大。它捍卫了一个国家的安全，同时也把一个族群的尊严关进了笼子。让我在心情沉重之余惊讶的是，那数百米长的隔离墙上，布满了涂鸦，是最大的一处“行为艺术”场域，是一间面积超大的特色展厅：一只长腿鸟，几株椰枣树，戴头巾的女人，小孩子举手指向远方的背影……所有的线条都简洁明确，似乎让人看得见画者内心的干净单纯。同时，涂鸦在这样的墙上，又有一种政治被艺术化的戏谑之感，迫使人猜想，墙那端的主角是不是在以这样的方式，缓解被剥夺、被控制的愤怒与无奈？而这种虚弱的愤怒与无奈，是否有谁倾听并愿意理会？

隔离墙令人猜测。我的想象贴着车窗，翻越高墙，似乎看见了那里弥漫着的苦难……但想象的单薄苍白，像一部黑白片，图像音效都失真地抖动。在车速飞快的移动中，我突然有种从梦里被唤醒的虚弱之感。

到达耶路撒冷时已近黄昏，此时的耶路撒冷，空气清凉。远处，又传来穆斯林的唤拜声。在逾越节的日子里，每天的无酵饼已经慢慢被我们无可选择地接受。薄而脆的无酵饼，很像我们熟悉的大饼干。

游魂栖息地

以色列国家博物馆外形是个巨大的白瓷盖子，这一设计灵感，来自那只昆兰山洞穴中保存《死海古卷》的瓮，而以希伯来文抄写在羊皮上的《死海古卷》以及在马萨达发现的史前文物，都是这里宝贝的馆藏。也可称之为圣经博物馆，因为馆内展示的珍品文物，多为各个时代样式各异的《圣经》，包括先知以赛亚书最古老最完整的版本。除了那些宝贵的经文，这座号称是世界十大博物馆之一的博物馆内，还有从史前文明到现代的整个近东、中东，以及全世界的各种文明的藏品。

馆内展出的，有大量古典主义时期、表现主义时期和现当代画家的作品，有古拙的雕像造型倔强地散发着远古的文明气息，可惜时间短，藏品多，加上文字障碍，我只认得出熟悉的几位画家的作品，其他只能走马观花。在以色列当代艺术家的画和装置里，那位叫……对不起，他的名字我又忘了，是他的油画让我印象最深，我喜欢那并置在同一空间里的几个主题的互不相干。比如，一张以雪为背景的画幅里，左下角一个男人正在对跪伏他脚下的男人施暴，旁边是红通通的火焰和三个戏火的孩子，另外还有一对滑雪的父子，画面远处赤裸着下体的男人和被他压在雪地上的女人，同时还有，一个女人被五六块木条挤迫着，一个无助地呼喊着什么的红衣女孩，在一处支架交错的在建房屋处，几个工人正往脚手架上运送木条，而一个头戴黑棉帽留着浓密大胡子的中年男子，正把他的生殖器展示给两个幼童……整个画面，将暴力、色情、死亡裸露于日常生活的游戏或劳作中。从画面上看不到一点技法，几乎是一种平涂的色块和单一的线条，像一种文字的表述在图像里发酵。另一张画上，有洗衣妇、大街、黑洞般的垃圾箱、拖着火与烟飞向地面的炸弹、张望什么的老翁以及十几只颜色不同姿态不同大小不同的猫；再一张画上……艺术是除开宗教之外，人类爬行在尘世间的另一条自我救赎之路，这位被我忘记了名字的以色列画家，以他风格简约但内容丰盈的绘画，再次对我做出了强调。

以色列国家博物馆旁边是犹太人大屠杀纪念馆，馆内有关大屠杀的照片、影像、遗物、完整保存着的遇难者档案，充塞得让人透不过气。那些死难者，不是一些冰冷的统计数字，而是作为有自己的名字、有自己的面孔以及有自己尊严的人的个人档案。据说，自1953年建馆始，以色列便在全世界范围内，搜集在大屠杀中每一位死难者的个人资料，如出生地、职业、国籍、父母及配偶的名字、战前的居住地、遇难地点等等。至今已收集了六千二百万份和大屠杀相关的文件、档案，近二十七万张照片……如今，以色列仍在继续寻找搜集大屠杀遇难者的资料，也许，那个贴着密密麻麻遇难者照片的大圆锥体上方的空白地带，就是未来回到以色列的犹太游魂最后的栖息之地。幸好，一次人类用非人类的杀无赦的行为成就的屠杀狂欢节已成过去，只是，死难并不存在“幸好”，它像天亮后仍被人记住的夜那样深不可测。而此时，我不知该如何诚恳地去描绘心里的暗影，因为我们也曾经历过大屠杀……

纪念馆旁有一个专为二战时期遇难儿童修的小型纪念馆。进入馆内，一片漆黑，只有非常微弱的烛光，像舞动的萤火虫。我们摸着黑慢慢移动，仿佛穿行于既真实又魔幻的历史隧道。

由历史隧道中溢出的历史烟尘，从未在以色列人的记忆中淡去散开，也许，正是这永难消弭的历史烟尘，强化着这个国家对国土略带偏执的守护。

钻石

晚饭后，钻石厂一位在中国吉林大学读过研的犹太小伙子，开了辆极其普通的轿车接我们去看不普通的钻石。

世界上，最大的钻石产地在南非、澳大利亚和俄罗斯的西伯利亚，以色列没有自己的矿产，但以色列的钻石加工水平举世闻名。始于20世纪30年代的以色列钻石工业，是移民自比利时的犹太人将这个行业带了过来。世界上，有百分之七十的钻石最终变为成品的地方都是这里。这个数字是不是可以印证，无数次逃散、驱逐，迫使犹太人必须要带上小而能保值的东西，比如钻石。

在钻石厂的大厅里，陈列有形色各异的十二块宝石，会说汉语的犹太小伙子告诉我们，这些宝石代表了以色列的十二个支派。当然了，犹太小伙子不是要给我们上教派课，而是要普及钻石常识，至于为何做钻石普及，呵呵，地球人肯定都明白的。他说，五十吨泥土才能淘出一克拉钻石的原材料，而半克拉以上的钻石才有保值价值，他说，钻石昂贵的标准在于切面，切面越多并且越白才质量越好……他拿出一颗五十八个切面的圆形钻石，钻面上，光的舞者在旋转跳跃，诱惑着人想入非非。

炫目的大厅里，有无数光的舞者在婀娜翩跹，邀请着我们将它们移植到自己的无名指上，似乎只有移植成功了，一个人——尤其是女人——的爱情才能获得一种无法取代的隆重的份量。据说，戴钻戒的女人，每天会不少于百次地下意识看手。一颗直径不到一公分的拥有无数切面的钻石，究竟凭借了怎样的力量，居然能那么神秘、魅惑、昂贵和尊荣？这真是一道无解的谜题。也许，在以色列，钻石也寄寓了别的意思，但对我来说，它只是地球深处高压高温下形成的碳元素的单质晶体，若剥掉它身上的附加元素，它只能带给我虚无之感：它在时间面前的无动于衷，能冷酷地将我生命的长度和硬度扼杀取消。

当然了，如果你说我是吃不到葡萄才过度地阐释葡萄之酸，我也不想申辩什么。

跳蚤市场

耶路撒冷是一座蒙上月亮之色的让人迷失的城，浓到化不开的宗教氛围好像凝固在某个停滞的时间里。可到了特拉维夫-雅法，分秒不差地，我们心里的时钟就突然响起了嘀嗒之声，就像早上醒来看见了第一缕阳光，那种懒洋洋的舒适感又潜回了体内。

我们再次来到了雅法。到以色列的第一站是雅法，现在我们沿着时间划定的一个圆，再次回到这里。

雅法与特拉维夫新城相连又分离。从行政区划意义上说，雅法与特拉维夫同属一城，人们普遍的说法与写法都是：特拉维夫-雅法，其实两者的气质和氛围完全不同。特拉维夫是现代都市，雅法则是古雅小城，不喧闹，不繁华，保持着时间给它留下的松弛“皱纹”。

要体会雅法的松弛安逸，最好的办法，莫过于闲逛这里的跳蚤市场。本来，我们只是无目的漫步，可情不自禁地，就被跳蚤市场这一探宝的秘密场所给吸引了。沉溺到那些贩卖时间证物的小店之中，跻身在落满灰尘的货架之间，我们不由感慨，面前的花瓶、盘子、杯子、铜灯……是什么样的时空让它们流落到此？也许它们曾经历过许多不同的主人，曲折的源头已匿名无考，但现在它们却不甘湮没，又精神抖擞地，集结在了店铺里等待再度的辨识与认领，这种抛却历史返身现实以重写历史的勇气与气魄，所具有的力量撼人亦撩人。我接受了这力量的鼓蛊引诱，试图出手占有它们。

其实，我并不喜欢收藏旧物，老迈的物件哪怕曾堂皇无比，因殉葬过时间见证过生死而成为一种特殊的存在，也会让我心生敬畏然后是忌讳：我害怕残留其上的太多生命的温度与时光的掌纹，把我对未知的想象，拖入固定的情节与俗套的故事。可置身古老的雅法小城，我却又觉得，与一个不知来路的器物缔结姻缘，去延续和改写它含混的身份，又未必不是义举与吉事。

希伯来语

特拉维夫-雅法的居民，基本都是犹太人，这样，在特拉维夫—雅法的街头，除了政府的公共标识得同时使用阿拉伯语与希伯来语这两种官方语言，其他非官方标识，一般便光用希伯来语。由于一次次的流散迁徙和一辈辈的杂处同化，犹太人的希伯来语，只在圣经里还一息尚存，而在日常生活里，它早已消失，或只以混血儿的面目流布于世：在中、东欧，它与德语混合成了意第诸语，在拉美，它与西班牙语混合成了拉迪诺语……可现在，经百年救治，它竟奇迹般地又复活了。复——复国，在犹太人看来，就是要复一个健全的国度，而起死回生希伯来语，则是“健全”那完美仪式不容缺失的重要一环。

在我从耶路撒冷的酒店带回的便笺上，印刷体的希伯来文和偶然结识的中国留学生小鲍手写的希伯来文完全不同，印刷体的有点像五线谱，像音阶，手写的则像某种舞动的旋律。满大街的希伯来文曾让我有过瞬间的冲动，想请小鲍当我的希伯来语先生，尽管，他反复强调，这种语言非常难学。在我固执的恳求下，他在那张便笺纸上，把一小串汉语和希伯来语两相对照着写了出来："你好""谢谢""对不起""再见"……我也立刻就叽里呱啦地苦练起来。

对以色列人来说，复活希伯来语也许还有更深的灼痛难以道与外人。阿摩司·奥兹曾说："我父亲可以读十六种语言，我母亲讲四到五种语言，但他们只教我希伯来语。他们不让我懂任何欧洲语言。也许他们害怕，即使我只懂一门欧洲语言，一旦长大成人，欧洲致命的吸引力也会诱惑到我，使我如中花衣主人魔笛手的魔法般前往欧洲，在那里遭欧洲人杀害。"

博物馆与拉宾广场

在特拉维夫-雅法过安息日，能让我想起一位诗人笔下的诗句："除了海，我没有别的地方可去。"是的，除了城市周边永远在推波助澜的海以粗重的呼唤邀请着我们，城里的店铺都大锁把门，让我们有点不知所终。

不，能知所终，我们可以去博物馆。在以色列这个面积只有两万多平方公里的国家，大小博物馆有八十多个，多半都长年免费开放，越是节假日公众休息时，还越会把怀抱敞得更开。博物馆里孩子很多，乍一进来，我们差点误以为是进入幼儿园了。针对孩子，中国有句时髦的话，叫"不能输在起跑线上"，可我觉得，假如中国的孩子已经输了，那一定是输在了博物馆这个起跑线上：中国孩子看重的课本只是知识，以色列孩子出入的博物馆则是生命。我们踏入博物馆的大门口时，看到一个自动取款机下面有只黑盒子，黑盒子里躺个熟睡的婴儿，旁边的守候者是位长须老人。那婴儿的睡态十分安详，似乎在表明，虽然他刚出生不久，还不具备跑的能力，但却能幸运地早早站到起跑线上。我们在博物馆转一圈出来，那个长须老人已经离开，婴儿的四周再没人看护。我没来由地心中略生不满，下意识地朝黑盒子走了过去——哈，原来，它竟是件逼真的装置艺术品，那肌肤那造型那姿容那神态，与真人相比只差口气。

离开博物馆，我们再一次不知所终地沿街闲逛。因为安息日，和耶路撒冷一样，人车都很少，但没有那么浓厚的宗教氛围，有点像我们熟悉的周末。街边是一排排关着门的小商店，能印证小鲍的话，在安息日，以色列人禁止一切和"开"有关的行为。他还说了一个有趣的例子，和他同屋的以色列同学，安息日连灯也不自己开，得小鲍这个无信仰者代劳。

特拉维夫这个既现代又朴素的城市，不论大街上还是小巷里，都感觉不到与发达伴生的奢靡的繁华，比肩而立的包豪斯建筑反倒极简了城市的风格。没有名牌，没有豪车，没有奢侈品，没有购物热，生活在这里只有一种减法式的单纯，没有什么会土豪化甚至强盗化地挑拨人的物质欲望。

前面不远处是拉宾广场，1995年以前，即获得过诺贝尔和平奖的以色列总理拉宾遇刺前，这里名叫和平广场。广场的中间有个巨大的钢架建筑，呈倒三角形，从空中俯瞰是大卫王星。拉宾遇刺的地方，在不远处的政府楼下面。拉宾的纪念碑就建在著名的刺杀现场，它普通简单，不事雕琢，与以色列人的朴素气质完全吻合。周边被铁链圈围成正方形的纪念碑，由几块灰黑色的大石头堆垒起来，其中的一块上，用希伯来文写着刺杀事件发生的时间和拉宾的名字。地上有几个铜质圆盘，分别标识出当时拉宾、刺客和保镖所处的位置，刺客与拉宾的距离不足一米。我打量着这隔绝阴阳的一米的距离，虽然此时阳光暴烈，却有一种寂寞的寒意在扩散，好像血腥的味道挥之不去地在空气里凝固了。至今，仍然有犹太人认为刺客是英雄。听陪我来拉宾广场的小鲍说，甚至极端犹太教徒对于以色列这个国家都持否定立场，在他们眼里，他们的宗教是超越国家的。

1981年，埃及总统萨达特在发表了“我们欢迎你们和我们一起生活”的讲话的四年之后，在阅兵式上遇刺身亡。拉宾与巴勒斯坦签下的“土地换和平”协议，与阿拉法特握手言和的经典瞬间，更多的时候，都只能作为历史记忆定格为化石。也许，人类确实无法解决上帝的问题。

告别

回国前一天，听小鲍说，雅法老城火车站的地中海边，有家叫“老人与海”的餐馆挺受欢迎。我们决定“奢侈”一次。一是坐到海边吃鱼更“名正言顺”，二是那些过于排斥我们味蕾的当地食物我们早吃够了，唯有鱼的味道，能让世界各地的人集体认同。

其实，“老人与海”只是一处大排档，并不“高大上”，唯有收费，与国内上好的餐厅比毫不逊色：七百多谢克尔，相当于人民币一千二三。连日来，我的算术水平长进飞快，在脑子里，轻易就能让美元谢克尔人民币互相取代。

海风潮凉，我们坐在海边一边品尝鱼鲜，一边打包各自的心情。短短的十多天，我们脑子里已装满了各种各样的“以色列”，可现在，一如秋天的果实没法留到匆忙而来的寒冬，我们得让属于各自的天堂、地狱、上帝、真主、惊异的喜悦与深切的感伤，在即将回国的情绪里隐遁退潮。但回到公寓收拾行装时，我们还是下意识地、不顾困乏地、比赛般地，再次把自己的以色列收藏一一放到桌面上展览，想借助作为物证的耳环、项链、戒指、花瓶、咖啡壶或者石块贝壳干泥巴……来固化我们纷纭的记忆，来凝结我们参差的念想。

次日，坐在去往机场的出租车上，有种难言的怅惘与失落，越来越剧烈地在我体内波动荡漾，望着车窗外移步换景中的以色列国，许多关键词，像钻石的一个个切割面所折射出来的千差万别的眩目光泽那样，争相跳进了我的脑海：朴素的、坚韧的、矜持的、傲慢的、谦恭的、虔敬的、锱铢必较的、兼容并包的、针锋相对的、苦难悲壮的……这究竟是个怎样的国家呢？对它，我未知时的熟悉和熟悉后的陌生，同样地强烈同样地真实。

（原载《山花》2016年第12期）

2017年

句芒云路

在苗巫的大地上（节选）

诸多禁忌

为图方便，老爱穿着衣服缝补钉扣，特别是对胸前那两颗帮助看护身体秘密的暗扣，穿着钉更容易找准位置。妈妈如果在一旁看到，便会郑重而严肃地呵斥我：“咦，怎么又忘了！脱下来再缝有那样麻烦吗？

穿着衣服钉纽扣爱被人冤枉，这是妈妈制止的理由。看到我屡教不改，妈妈后来告诉了我另外一种破解法：实在没办法必须穿着衣服缝补什么的时候，一定要记着反复念句歌谣，直到缝补结束。歌词翻译过来大致意思是：

请等一下，请等一下
等我和你们一起出发
赶集的蓼皋街上有人死了
请等我和你们一起去

一件极简单的手上活路和死人有什么关系？妈妈语焉不详，我更无法查究，但寥寥数语中自然而生的恐怖气息让我愕然，妈妈成功地让我至今为止，每次穿着衣裳钉纽扣都记着要默念这首歌，不仅是想回避可能发生的冤枉事件，也不仅为了防止烦恼的物事跟着纽扣一起钉进身体，让我一生都无计解脱，还有为了等待某天有人来给我解开这个谜。

夜晚不要梳头发；深夜不要照镜子；一个人走夜路要带火种；吃年夜饭时不要乱窜到人家屋里去；怀孕女人不能坐着人家小孩的衣物；月子中的女人不能去人家串门，不能过土地庙；在不熟悉的山井取水喝要扯根茅草草打个结，投到井中后再喝；晚上听到不熟悉的声音貌似在叫你时，千万不要答应；每个月都有三天忌日，初五、十四、二十三，这三天诸事不宜；出门归家都要看个好日子，记住七不出门八不归家……

这些都是小时妈妈时不时警诫我千万不能做的事，我从来不敢违背。有时在梦境里偷偷背着妈妈照镜子、梳头发，常常被自己吓醒，因为梦里面的镜子映照的人从来不是自己，梦里面的头发怎么也梳不顺。

曾问过妈妈为什么会有那么多的讲究和禁忌，妈妈说全都是老祖宗再三告诫的，自然有它的道理，没有成文，但一辈又一辈的桃城人一直都是这样遵守的。不言而喻，妈妈现在又把它们传给了我这个桃城人，尽可能地保我平安吉祥。我愿意尊重并遵守这些禁忌，也许任何一种禁忌的背后，都有一件或一大堆秘密，只是遗憾，很多禁忌都被人遗忘，即使虔诚遵守也都已是知其然而不知其所以然。

烧蛋治病

爸爸年轻时习得几样疗病的小巫术，较有名气的一是给人吹眼翳子，二是“烧蛋”。“烧蛋”这个特殊的动宾词组，具化起来大致是把土鸡蛋在病人身体不适处来回滚动，然后拿去煮熟，剥壳后检查蛋白是否有异，以判断是否沾染上什么不干净的东西，然后对症下药。2014年，一直住在桃城乡下的爸爸跟随我们搬迁到铜城，这些“技能”就基本上没什么用武之地了。

汉语言里的“病”，桃城苗语用“mongb”表示；汉语言里的“生病”一说，松桃苗语有“ Daot mongb”（得到疾病）、“Janx mongb”（长成疾病）、“Chud mongb”（演变成疾病）等几种阐述。说的是，有些病由外部送来，无论患者愿意不愿意都得承受；有些病从人类身体内部长出，和果子从树上结出是同一个道理；有些病是量变到质变的结果，如因惊吓、劳累等形成的疾病。在苗族的传统理念中，疾病本身也是一种有生命的灵物，所以“Zhaot mongb”即“治病”一说中，就并不是完全意义上的消除疾病，而是带有安置、抚慰、收藏、控制等含义。造成疾病的原因不同，治疗的方式也不相同。如是来自上天或神灵的惩戒，或是遭到妖魔鬼怪的缠绕，患者要解除痛苦便得先请巫师为其赎罪和驱除妖魔的缠绕，由医者替患者把病痛“收”起来。“烧蛋”，当然必须是土鸡蛋，据说能准确判别患者是否中了某种蛊毒，抑或是冒犯了某方神鬼。

2015年的一天，姨孃和姨叔从桃城老家赶到铜城，专程来找爸爸给姨叔“烧蛋”。

还未开始治疗之前，姨孃把我爸爸拉到了厨房的一角，小小声地嘱咐："他的肺癌已经老火，怕是没多少日子好活了，一会你给他烧蛋，哪怕没验出什么你都要给他说有点不干净的东西，然后用你的办法帮他治治……"我当时正在厨房做最后一个菜——白菜豆腐汤，完全根据姨孃的要求，油盐都十分清淡。明明是右耳朵在偷听，左右心脏却都同时痛得厉害。

后来看爸爸为姨叔"烧蛋"，一脸肃穆地念念有词，惘然于这个桃城人沿用千百年的巫术，"戏"在其中到底占着几成的比例，还是所有医术要完成的，原本就不应该只是诊治病体，最最重要的，是应该想着怎么去宽解一颗失去光明与力量的病心。

土地保佑

乡下老家那边，乡亲们在突遇不测或横遭厄难时，都会脱口而出一句：土地保佑啊，土地保佑！

我有意识地观察过，在大脑空白的那一瞬间，乡亲们的下意识里，决然不会想到说"上帝保佑""菩萨保佑""老天爷保佑"等等之类的语句。

曾以为他们说的"土地"是庙里供着的土地公公土地婆婆，可后来细想就迷惑了：庙里供奉的诸神菩萨多着了，不乏神通广大有求必应的，土地神位卑人微，如何护佑得了芸芸众生?

在西游记的故事里，土地神多次出现，但都只是孙悟空召之即来呼之即去的小神，连"辖区"内的小妖都奈何不得。特意端详过土地庙里土地公公土地婆婆的样子，慈眉善目，哪里有什么驱魔镇邪的杀气?

再后来，在一些苗族学者的论述中读到了对苗族之"苗"的解读：苗族人最早种植稻谷、养蚕缫丝、冶金铸造、制刑立法，是水稻生产的好手；这个多遭杀戮却连绵不绝的民族，热爱土地，敬畏土地，一直把山林田土看成他们最宝贵的财富，当作是命根子一样的东西。

土地保佑。土地保佑。与犹太一起共称"世界上最苦难的两个民族"的苗族，千万年来，骨子里血脉里对土地永世的依赖、眷恋、崇敬，一句冲口而出的话就已泄露无遗。

些微了解土地之于苗人的精神意义后，再查看苗族历史，便注意到载入史籍的嘉靖苗民起义、乾嘉苗民起义等等，果然几乎所有的战争都为土地而起。他们深爱着土地，捍卫着土地，相信着土地，但土地却给他们招致灭顶的劫难。

苗族人如此期冀并迷信着土地的保佑，或许是因为他们认定，在这茫茫乾坤，只有土地，唯有土地，能始终承载他们的站立，那些让人心安的颜色，那些暖心暖胃的清芬，是人最牢靠的也是最终极的偎依。

可最后这土地到了谁的手里？没有。最后是，不管是谁，都到了土地的手里。人们的骨血融入大地，地上年年草木枯荣，所有的轰轰烈烈都会销声匿迹。

某日，下意识地长久打量“土地保佑”这个词，分解开原来是——

“土”：“一”个“十”字架；

“地”：“也”是“土”，也是一个十字架；

“保”：“呆”“人”一个；

“佑”：一“人”一“口”错（×）。

我讶然，愕然，哭笑不得，“土地保佑”一词的潜台词，换种角度看竟是活生生的十字架，是痴人的口误，苗族人千万年来虔诚信奉向往并时时念想的“土地保佑”，解剖开来让我实在不敢相信自己的眼睛。

化身为鱼

桃城有个苗寨叫大湾，叫大湾的苗寨在桃城怀抱里像尾睡姿安稳的鱼。像得要命。

没有人得知这条鱼是从哪片湖泊游来的，怎么就滞留在了大湾这里。就像人们同样不知道，是先有大湾后有鱼，还是先有鱼后有大湾。

现在城里乡下到处赶时髦修水泥钢筋的高楼大厦，大湾还是爱着她的黄木黑瓦吊脚楼。前些年大湾成为苗家风情摄影基地，于是人们在摄影镜头看到更美的大湾：那些青色的山岚，是大湾的秀发；绿色的草木，是大湾的缕衣；黛色的瓦檐，是大湾的蛾眉。还有一张抓拍到的大湾人结亲的经典画面：不知道是弟弟还是哥哥背着姐姐或妹妹，让亲人十趾不沾泥地到别人村庄去，后面是一长串送亲的族人们。没有枝蔓的爱情走到婚礼，鞭炮如同瓜熟蒂落，环佩处的红妆委实叫人着迷，接亲的人们，笑皱了一脸炭灰。一切都让人相信，人间之事，确实有童话一样的结局。

摄影师的镜头较少直接对准村里的鹅卵石路。有些东西，因圆滑，而幸存；之后的被践踏，后人看去，只知是凹凸的衬景。但来过的人们大多都会在老井上的石土墙边合个影。石土墙是用鹅卵石和黄泥巴砌成的，墙上的青苔和老井的青苔差不多年纪。在漫长的光阴里，老井与鹅卵石路一直是彼此的好伴侣。在阳光好好的季节，孩子们的影子会在上面奔跑。年轻的人们会从寨边新修的水泥路走出去，走得很远也走得很久，愿意在此终老的妇人们，则会把每掉下的一根白发，都埋进家门口紫槿花下的土地。当老去的人们不断以死亡的方式停止衰老的时候，离开的人也在不断地回来，因为眷恋起大湾的好，他们先后立了些三柱四瓜或五柱六瓜的吊脚楼，有供外神的“家先”，有敬家神的“夯果”，就像蜗牛撤回它的壳。

吊脚楼的木上莲花的开放之日，风会专门为它歇息一天一夜。木匠们的起屋歌，老巫师唱诵的招魂赎魂的辞诀，老人手中雕刻的傩面具，都有数不清的巫的秘密。

不时会有陌生面孔到大湾来做宾客、看风景、吃苗家饭、喝糯米酒、听迎客歌。当山风稀释去鞭炮销烟，忙碌的主人撤去来人来客时搅腾的热闹，大湾就又会恢复起初温静的模样。送别客人，这里的人们在如河的岁月里，也会化身为鱼，悄悄又静静。

绣衣一袭

背影。正面。侧身。

在诸多以松桃苗族服饰为呈现主题的影像作品面前，总有色不惊人死不休的红蓝绿紫。苗族姑娘们赶秋、绣花、对歌、吹乐……眼帘处，耀眼而明净。细瞧去，得绣衣一袭。

“把历史穿在身上”，是学者们后知后觉的判语。贴在心胸处的绣花围腰，深黑色的绒布底子，光艳无比的花鸟虫鱼——没有文字，先祖们就用各种纹饰和色彩来记载史事钩沉，存储记忆密码。学者们引经据典，有板有眼。

到如今这个衣样繁多的时代，苗家的后人们似乎已经不再刻意这般去想和做，他们遵循天性宠爱着父母辈留下的花绿衣裳，或依样画瓢，做些与时俱进的添减；抑或任由体内基因作主，对哪些东西情执深重，对哪些东西蔑如粪土。

待将朝气蓬勃的花鸟围系在身，轻转袅娜间，便是步步生色、步步生香。桃城苗族人还酷爱各种蓝，这种颜色性子静，朴实温淳，和绣样、银饰都是绝配。想想一袭蓝质绣衣的姊妹们，在那些我可能一辈子都难以抵达的偏远空间里度着流年，用蓝天之蓝裹住身子，用绿地之绿包紧足踝，人不复杂，也毋须复杂，该是多好的事。梦境里，时常仿着她们把蓝笼在身上，想像自己也如同云朵身后的蓝，成为一种广阔而透明的存在。

那样的衣物真叫我爱戴。它们与我说，那些离我们而去的史事从未与世长辞，而是隐藏在我们这些后人的心脏内、血液中，无时无刻不在跳动或流动，长久地保有着体味和体温。每当我可以理直气壮地脱下毫无灵魂的时髦穿着，换上鸟语花香的装束，低头扣上绣花鞋带，在环佩叮当中穿过大街小巷，不无虚荣地接过被惊艳征服的目光，浩瀚在心底的，是一直在追寻的幸福感。

苗王城外

一直以为苗王城离得很近。

在世界都已近似村的现在，感觉桃城境内的苗王城景区就像隔壁邻居，随时随地可以串门聊天。所以，即使是苗王城旅游宣传如火如荼的前几年，我也从未想过刻意去拜访她。

直到2010年的四月天，我轻叩了一下苗王的城门。

眼前，一派清淡静默图像：残墙，老屋，碉堡，秘道，营盘，古枫，点将台，苗王府，射杀孔，瞭望楼，接龙广场……有新有旧，有老有幼，石板兀自青亮，竹木兀自葱茏。一将功成万骨枯，最后枯掉的是石头。新旧交融的杂糅处，确实适合用来思考生活、生存和生命。

有些恍惚，有些震撼。桃城苗人从黄河流域败退到长江流域，部分退守洞庭湖以西的五溪地面，梵净山、辰河源成为最后堡垒和栖息地。这座用于防御攻侵、历经腥风血雨的古战场，见证了我们的祖先是如何屡战屡败，屡败屡战。想象丰富的人们或许可以看到：消散了的乌云重新笼罩在苗疆上空；大地上干涸褪色的斑斑血迹复又流动、凄艳，那些已经消逝了的孩子、花木和虫鸟，在战火中复活、哭喊挣扎、痛苦呻吟。一场场殊死搏斗像一幅喋血画卷在眼前展开。展开，惨烈上演。

旧事磅礴，言语薄弱。没有血水浸染的夕阳，没有泪汗濡湿的月光，今天是又非的城，白日里喧嚣，黑暗中澹然，按部就班过着普通人的无奇日子，时闹时静地眠在腊尔山微笑的褶皱里。

突然明白，苗王城怎么可能是邻居，我的拜访迟到了数百年。这种迟到，痛苦而美好。

时光如纸，隔着我们，咫尺天涯。

异质面具

幼时喜欢和同伴去买各式各样的胶塑面具，诸如孙悟空、美仙女之类的。最喜欢戴孙悟空面具，看到同伴们羡慕自己成为神通广大的齐天大圣的眼神，一时间可谓得意忘形，被家长呵斥讪讪取下后，会叹息自己依然是自己。

长大后才体悟，每天，每时，每秒，大地上的居住者们拥挤在地球的甬道之中，赶赴前方各自的目的地，无不戴着张薄如蝉翼混淆真伪的面具，导演或参演各种悲欢离合爱恨贪嗔痴的戏。无形的面具空气一样亲吻我们的脸庞，紧紧地黏着我们躯壳上的表皮，它们和我们的肌肤一般与生俱来，衣物一样自我们降落尘土的那一刻起就紧裹在躯体。很少有人敢于完全卸掉身上所有的面具，裸着肌肤面对这个伤害无时不有无处不在的世界。

长大后也才知道，世界上还有一种坦诚承认自己是面具的面具，是桃城人制作出的傩面具，他们叫它“篙篙滚”，鬼的壳壳的意思。

桃城人喜欢把面具做得厚实、扭曲、夸张，甚至诡异，用幽香自生的杨柳木、香樟木，用剜、刻、雕、镶、磨等技艺，精雕细琢出一张张歪眉斜眼、豁嘴突额、庞鼻吊睛的面具，然后小心翼翼敷彩上漆，等待锣钹鼓磬之声错落响坠地之时，披挂艳丽行头，戴上古怪面具，且舞且唱一出“跳傩”的戏。

桃城人诚实坦荡地告诉观众：这一刻，我不是真实的，我不再属于自己。

后来，在一张照片上看到的一位老人。他用木头雕刻了很多面目狰狞的傩面具并将之出售，照片上他高举着一个傀儡面具人，身后是喜怒哀乐各式表情的傩面具，他自己却面无表情。又在另一张照片上看到过另一位老人——确切地说是巴狄熊。他戴着自己祖先传下来的面具，脸已被涂抹得一团黑一团白。那一刻，不知道他认为自己是人是神还是鬼？人群中的他同样看不出任何表情。

或许，最惊悚的面具才是最真实的面具，没有表情的表情才是最复杂的表情。

倘若全世界全人类的面具表演一旦开始就不会结束，那么，能拥有一小块不需要我们戴面具的地方，有一个能卸下面具爱我们一生的人，我想我们理应感到幸福。

六六七七

桃城节多，再多的节桃城人也过不饱。正月玩年，十四对歌、十五元宵，二月过春社吃社饭，三月清明挂青祭祖，四月八上刀梯打花鼓，五月端午拔龙船，六月六晒龙袍，七月十五祭鬼神，八月中秋赏月偷瓜，九月重阳杀鸭……众多节日中，莫名亲切的是“六月六”“七月七”。

“六月六”属于日光灼灼的夏季。三百六十五天轮回到农历六月初六，太阳光达到最炽烈的温度。“六月六，晒龙袍”，虽是人人口耳相传，心上熟得不能再熟的风俗定语，却不知“龙袍”的典故从何而起，也从没想过要去知其所以然，只顾屁颠屁颠地跟着大人翻箱倒柜，屋里屋外楼上楼下地奔忙，用出吃奶的力气搂起厚厚的衣物棉被，跳跃着融进能燃尽霉腐的烈光里。早上晾晒，午后回收，因为对满柜子的阳光味道印象太过深刻，记忆里每年的“六月六”都是固执的热情满溢。

“七月七”藏在星月的熠熠光亮里。还记得小时，在听过牛郎织女的故事后，仰面睡在铺满月光的河滩上时心情便不再平静，把头仰了又仰，一遍遍数满天星斗，看哪颗是牛郎，哪颗是织女，喜鹊将从哪里飞来，在哪里聚集。那些河石有圆有扁，将白天采纳得到的阳光和温度，隔了层薄薄的衣衫，透彻肌肤，递至心怀，烘得手儿心儿暖暖——夜色与月光，却如水一般，在身边凉幽幽地淌。“天阶夜色凉如水，卧看牵牛织女星”是后来才知道的诗句，那时只晓得听河边洗澡、纳凉的妇人们闲聊农事、柴米油盐，对她们在纯白月光下、哗哗水流中若隐若现的玲珑身体充满好奇，艳羡不已。

“七月七”翻个小跟头就是八月中秋。“八月中秋不打粑，老虎要钆你家妈；八月十五遭偷瓜，不准唉声不准骂”，在大人们的默许甚至怂恿里，还是一帮小屁孩的我们爱趁着月明风高精心实施偷瓜计划，但遵规守纪绝不带回家。第一次和伙伴们去偷时，我们太贪心了，一个个鼓瞪眼睛在月色瓜地里揪出最大的，一路连抱带滚好不容易才带到隆老婆婆面前。隆老婆婆七十多岁了，因为和儿子媳妇处不好，索性一个人住在低矮破烂的瓦屋里，我放牛割草时经常偷闲去她那玩。孤僻古怪的老人特别高兴我们的到来，她那些缺胳膊少腿的锅碗勺盆们也热情地迎接了大南瓜，我们合作制造出一锅香得过分的南瓜稀饭。心里知道终究是偷盗，所以我们一直压低着声音讲话，不时你看我我看你，捂着嘴偷笑。因为对灰暗破烂背景下的南瓜味道太过深刻，每次回想那年中秋，嘴上心上总是清冽冽的甜。

当看老了日光和月光，忧烦于生活的平淡无奇，才知道古人创生了这样节那样节，是想让一目了然的日子过得凹凸写意；当略微了解苗人被诅咒似的深重苦难，却困惑于我们桃城的苗人祖先，何以能这般坚执不负“浪漫”的千古虚名。

（原载《民族文学》2017年第1期）

王祥林

月亮田

一

月亮田原名大湾田。“月亮田”是年少时候的我给它取的名字。

那时，大湾田静静地躺在我老家房屋西边的沟坎上。

大湾田似一张巨弓，从我家左侧的房檐，由南向东划了一道优美的弧线，延伸到两百米外的“水池边”，把西邻家的房子包围在弧线中间。

“水池边”原有一个巨大的蓄水池。自从我记事起，“蓄水池”就被放干了水，在水池的下方凿了一道门，作为邻家的住房而存在。我们曾在水池顶上滚铁环、捡石子、丢手巾，度过了很多欢快时光。有一年，我家在水池边的旱地里种了一季西瓜。西瓜快成熟的时节，父亲还在水池顶上搭了个窝棚。我放学后常常带着作业去那里做，天气晴朗的晚上，还可以睡在窝棚里，对视一弯月亮或满天的星星，看浩瀚的宇宙，听田里蛙鸣，心情别说有多舒畅了。

那时，刘欢的歌正红遍大江南北，不例外地风靡到我们这边远的小乡镇。《弯弯的月亮》每逢周末便从乡镇电影院传到我懵懂的耳朵里，感应着我少不更事的朦胧的忧伤，激起了我当时所谓的诗意。

大湾田，不正和那如钩一般弯弯的月亮是一样的吗？特别是在春天，田刚刚被犁出来、平整好，蓄满水准备插秧苗。一湾巨大的镜子收纳着蓝天白云，远山近树，以及木房青瓦和早晚的炊烟。在我最初的审美意识里，烙下了一个巨大的“美”字。

那不就是勾起我满心惆怅的“弯弯的月亮”吗？

于是，我在心里把大湾田叫成月亮田。

二

月亮田是我儿时的栖息地，也是我幼时到少年时期的精神家园。

那时，我与月亮田相处的时光，仿佛比其他任何事物，包括家人、房屋，甚至每天睡觉的床都还要长。

至今，我依稀的记忆里，还有些两三岁时的片断。

这并非虚构。因为当我和母亲讲起我脑海里存下的那些信息，比如从低矮的土墙房搬到月亮田边上的木房——当时所谓的木房，用竹篾作楼板，因为屋顶上瓦不够密，晴天透着光、雨天漏着水；而两边的“山花”也因为没有足够的木料，时常会有风雨飘进家来。或者说起有一次大人们为我理发，把我的耳朵剪出了血。

母亲肯定地说，这些场景只能发生在我两三岁的时候。

但真正有成片成片的记忆，应该是五六岁以后的事情。那时，我拖着蹒跚的双脚，从家门往左走，还没到猪圈边，脚便开始疼，只好趴在地上，手脚并用往前爬。我会很吃力地跨过猪圈后边的一条小沟，再用尽几乎全部力气爬完一道长不足十米，坡度不足三十的斜坡，终于来到月亮田的田埂上，以胜利者的姿势坐在田坎边，沉迷于各种声响。

春天和初夏，这里有叮咚作响的溪水声，盛夏有树上的蝉鸣。秋冬两季，有簌簌的风声把树叶一片一片吹掉到我的身上。当然，还有一年四季断断续续的鸡鸣犬吠牛哞马嘶。如是星期天，便可以听到不远处的街市上鼎沸的人声。

而我，一个人坐在田坎上，无所事事地想象着街市上人们交谈正欢的样子。

还有一些声音是植入心底的。那就是星期六的傍晚、星期天中午及傍晚，一公里外的电影院房顶上高音喇叭传出的招揽看客的歌曲声，以及开始放映中的对话、音乐或打斗声。

于当时的我，这些声音亲切而遥远，甚至那么地撩动心扉。

好在父母曾背着我，去看过几场，才让我被撩动的内心得以稍微平复。

那时候看过的电影不多，却记忆深刻。特别是《刘三姐》和《少林寺》。因为《刘三姐》放过之后，寨子里有录音机的人家几乎都买了一盘《刘三姐》磁带，肆无忌惮地放着。大人小孩们开始流行用唱歌来取代一些不太合适直接用语言来表达的对话。

而《少林寺》的放映，让我身边的小伙伴们一度放弃了丢手巾、躲猫猫等常规游戏，热衷于分“好人”“坏人”来玩“武打”。

当然，更多的时间，我就是从家里走走爬爬，以胜利者的姿势翻上那矮矮的田坎。

然后，像一个傻子，呆呆地坐着不说话，倾听各种声响。

如有人路过，我则傻傻地看着人家笑。

那时，母亲用好几层厚布为我缝制了一块围腰，我爬行时却总要把它拖到膝盖下去。过不了多久，围腰就会因被磨破再补一回。时间一长，围腰的边缘全是缝线的痕迹。

三

我知道自己和别人不一样时，应该已经有六岁多了。

一次，寨中的一位老奶奶看到我在田坎上翻爬，夸了我一句：“小长林（我小名）聪明得很，走累了就爬，爬累了又起来走。”

当时，我并没有足够的智商去领会这句话的意义，依然在每天吃饱喝足后，没人约我玩的日子里，爬爬走走到我的“专属领地”，发呆傻笑。

直到那年秋天，我的小伙伴们，好几天不来约我。而某日我一个人在田坎上发呆的时候，看见他们背着书包路过回家。

他们都得去读书，为什么不送我去？我问父母。

你还小。父母说。

小？他们几个比我还小。我说。

父母无言以对。

后来的几天我总是早早就起床，跟着小伙伴们往学校的方向爬走。但没走多远就被落在后面，大约十来点钟的时候，我就被看不见我找寻而来的母亲在离家五六百米的沟坎边“擒获”。

母亲把我牵着往家走，我偏要往学校方向挣。

挣着，我就会看到母亲的脸上流满泪水。有时，她会轻声说，你和别人不一样。还有时，她会从路旁取一根树枝，劈头盖脸给我几下子，然后痛哭失声。

后来，好几次，我躲进月亮田中间的稻谷深处。母亲找我时来回从旁路过，却总是找不到我。

那时，我常听见母亲拖着哭音，喊我的小名。

四

那个秋季和冬季，是我童年时光中最为漫长和灰暗的一段日子。哪怕后来因身体原因，高考受限、毕业就业受限、恋爱受影响，乃至今天还因为这个原因错失很多机会，我都再没有感觉到当时那种无助和绝望，以及锥心的疼。

那个冬天快要结束的时候。我漫长而灰暗的幼年时光终于有了转机：父母筹了钱，将要把我送到城里去手术。

我很快就能够以一个正常孩子的模样，昂首挺胸在小学的校园里飞奔！

这个梦想麻痹着我的神经，居然能够支撑七岁多的我战胜手术后的疼痛、创口发炎的折磨、拆换石膏时医生近乎野蛮的对我双脚的掰扯……

半年多反复的换病房、换药、进出手术室，终于使我的右脚较以前正了一些，而左脚几乎没什么变化。

术后的一段时间里，我骑着一张小板凳，在老家的院坝里进行“康复训练”，再次错过了公办小学九月招新生。

一个多月后，街上办起了一所民校。因为离我家比公办学校近，再加上我所谓的“康复训练”有些效果：我终于不用依靠板凳和拄棍，可以颤颤巍巍地走上二十分钟的路程。

那年十月中旬，我结束了自己的童年。斜挎着崭新的帆布书包，雄姿英发地成为发耳街上民办学校的一年级新生。

月亮田，想说再见并不容易。每天傍晚，我还会吃力地走过来，坐在已和我身心相融的田坎上。

只是，这个时候，我手里会拿着课本，坐在田坎上大声诵读着当天的课文。

五

拿着课本，我并没有改变发呆的毛病。

那时的科目很少，只有语文和数学。老师对我们的写字也没什么严格的要求（直至今天，我的字仍羞于见人，我想与那时没练好童子功有很大的关系）。背上两三遍的“白眼书”，我还有大把大把的时间可以挥霍。

于是，我又傻子一般陷入发呆。

八岁多才结束童年时光的我，发呆时开始思考一些所谓的问题：为什么是我？为什么和别人不一样？为什么他们要叫我“跛子”，还在我的身后做恶作剧。

从小学开始到大学毕业，老师们总是对我格外关照。虽然我相当长一段时间并不是班里的优秀学生，但每换一拨老师，都会在班上要求其他同学不准欺负我，还要多帮助我。

但私下里，总有那么一些捣蛋的孩子，学我走路，给我取最难听的外号。甚至故意跑过来把我撞倒在地上，然后在旁边哈哈大笑。

学校里发生的这些情况，回家时我自然不敢向父母说起。因为我知道父母推迟了一年多才让我去学校，就是担心我受人欺负。我真怕自己回家一说，便失去上学的机会。

有一次，我忍无可忍跟一个比我个大的男孩扭打在一起。围观的人一大堆，哄笑声不断。村子里的一位表哥赶来，劝开了我们。后来，消息不知怎么传进我父母耳里，我被母亲狠狠地打了一顿。

成绩一般，但还是和我走路一样：虽颤颤巍巍却最终没有倒地。在各种力量的前拉后推中，我在民校读了一年转到了乡公办学校。初一下学期，我被父母送进了城里。

或许，正是那个时候，那个常常在月亮田的田坎上坐着发呆的我，潜意识地明白：作为一名先天不足、后天无补的农村残疾孩子。身体上已落后一截，灵魂必须奋起直追。

六

“贵州原来是高山，山高路陡实难攀。黔蜀两地比比看，不如永远在四川。”这首用小树枝刻在我家北边地坎下邻居家芭蕉树上的打油诗，不到两个月就因芭蕉树的愈合而慢慢消逝，却深深地刻进了我的心里。和这首打油诗在刻一起还有一句待对的上联，也一并刻进了我的心底，怎么抹也抹不去：喜看桃花开满树，伤哉可怜棕树千刀万剐。

写这句诗和对联的，是那户邻居家女儿的公公，陪儿子儿媳来亲家拜年。快离开时，留下了“到此一游”的标记。

可以想象，我和小伙伴们看到这句诗时的“愤怒”之情。我把这首诗和半副对联写在自己的小笔记本上，每天一有时间，就跑到月亮田的田坎上去，绞尽脑汁把当时我能想到的古诗、词语和成语全部用上，凑了很多句子，准备反击。

到时，我将找人把我的诗和下联刻在旁边，把他比下去。用了一个多月的时间，我想到了很多句子，要去实施的伟大“报复”时，却只看到那老人留下的诗联早被岁月的“修复手术”给抹平了。加上没有找合适的为我誊抄诗句的“书法高手”，此事便不了了之。

但是，这件事却让我找到了一个新的乐趣：写文字。原来，文字还可以作为向“敌人”发起进攻的“武器”，作为与自己心灵对话的桥梁，作为自己双脚抵达不到的远方，双手摸不着的高度。

我开始读课外书、读诗，读雷锋日记，读席慕蓉、舒婷的诗，还读了一本叫《欧阳海之歌》的政治抒情诗。也开始写诗，写那些简单的对比：“山顶上的雪还没有开始融化，山下的小树却已经开花”，也写一些打油诗和散文。

还在发耳中学读初一时，我把这些所谓的“诗”拿给当时的语文老师看。得到“好好好努力，你将成为人民的诗人”的鼓励，更加激发了我的热情。

那一段时间，放学后，我总会拿着一个小笔记本，坐在月亮田的田坎上，自言自语，时不时在本子上写下几个字。

也许有一天，我会令老师和自己失望，成不了“人民的诗人”，也无法成为“人民的作家”。但是，我最初发现可以用文字来表达自己的内心，正是从那次伟大的“报复”开始的。

七

自卑和极度的自尊，有时只相差几个微米。甚至，在某种环境下，他们可以相互转化，融为一体。

就像一个长牙齿不好看的人，很可能会尽量不让自己张开嘴。他可能还会敏感于别人说“牙”字相关的东西。同时，他还可能会想方设法掩饰自己那并不完美的牙。

我和那个比我大的男孩打架，也应是如此。

我曾敏感于听到“跛脚”“瘸子”之类的词语；我总是穿宽松的长裤来掩饰畸形的双脚。读大学之前，我甚至没有进过一次公共澡堂、没穿过一天拖鞋……

在我懵懂的少年时光里，我曾不可救药地喜欢上一名邻家女孩。有一段时间，我们常在一起玩游戏。她有着银铃一样的歌声。母亲说，她长得像天仙一般。

我曾把想对她说的话写成诗，悄悄放在她必经的道旁。“佛于是把我化作一棵树/长在你必经的路旁/阳光下慎重地开满了花/朵朵都是我前世的盼望。”席慕蓉的这句诗，大概最为表达当时我的心情。后来，因为我的内向和自卑，年少的所谓初恋还没有真正开始，便宣告失败。

我内向而孤僻，我害怕孤独却又不喜欢喧闹，极度的自负源于内心的卑微。我认识到自己是有性格缺陷的人。我甚至明白，有很多事情该怎样去争取。但是，我却很少主动。很少将自己的内心，像今天这样赤裸裸地开诚布公。我的内心，注定是一条内流的河。

好在，在月亮田坎上发呆的少年时光，让我学会了找寻自己的内心世界。像一枚古老的铜钱，外形圆润，不用棱角去伤害别人，却总能为内心保留那么一寸见方。后来我知道，这大概就是古人所说的“和而不同”。

在月亮田坎上发呆的少年时光，让我学会与自己的内心对话。内流的河里，有文字在叮叮咚咚流淌。

在月亮田坎上发呆的少年时光，也让我学会自我疗伤。我终于不再问，为什么是我。只是在人群中，默默拾起自己的行囊，一步一步蹒跚在路上。

八

每个人都是上帝咬过一口的苹果，你伤得太深，是因为上帝爱你太深。

其实未必。

世间本无上帝。而真正的受伤，大多数时候是你觉得自己受了伤。而一旦你不把生活给自己的不平等看着是一种伤害，那就不存在所谓的伤害。因为，当你因这种不平等而自怨自艾时，时光又悄悄溜走了一天——她并不因为你的伤心难过而停留。于是，我们只有奋起直追，在上帝把你前面的门完全关上之前，努力在暗夜里为自己凿上一道爬出困境的生命之窗。

不久前回了一趟老家，猛然发现，由于小城镇建设需要，儿时的“水池”已然不在，“月亮田”完美的弧线也已荡然无存，余下的边角如被顽皮的孩子啃过的月饼，不规则地扔在高楼与木房之间。

挖机轰鸣，正带领着一幢幢新的高楼，吞噬着月饼的残渣。这块土地上，好像从未有过一湾月亮般的水田，更不曾有过一个在田坎上发呆的傻少年。

外化于行，内化于心的月亮田。无处不在！

和我一起回老家的妻子，成长于邻县一个叫月亮田的煤矿。

（原载《贵州作家》2017年第5期；《散文选刊·原创版》2018年第7期刊发）

潘　鹤

上善若水

世界的东方，中国的西南，在美丽多姿、云雾缭绕的贵州山区，有这么一片与世无争的净土，这里居住着一个古老的民族。世代耕耘于斯地的水族，秉承着水滋养万物的德行承载着水刚柔并济的习性，他们以不张不扬的人生态度，从容地生活在青山和绿水之间，水民族自古以来就遵循着“上善若水”“故几于道”的素朴哲学观念。千百年来，这里的男男女女，一代又一代，用灵魂的坚韧执着地看护着生命的悲欢离合，用精神的厚重祈盼地守望着历史的沧海桑田。

三都，地处中国贵州南部，不仅是全国唯一的水族自治县，而且还是水族的大本营。世代坚守于自己内心信念的水家人拥有自己独立的语言、文字和历法。这里的端节有驰马北望故地之神韵，这里的卯节有中原雩祭之遗风。

那一年，老子在浩浩荡荡的黄河之滨。彼时，弟子孔丘正在聆听他的教诲。老子说：“汝何不学水之大德欤？”孔丘回答：“水有何德？”老子教诲他说：“上善若水，水善利万物而不争，处众人之所恶，故几于道。”

那一年，刘伯温望着烟波浩渺的水面，起风时，其身后的旌旗正猎猎作响，于是先生如此预言：“江南千条水，云贵万重山。五百年后看，云贵胜江南。”自古以来世人公论是江南多水，云贵多山。其实，贵州既是多山之所，亦是多水之地。

那一年，邓恩铭伫立江边，江水漫漫，流向天边，水能至柔的本性，唤醒了邓恩铭那悲天悯人的情怀和拯救天下的强烈愿望；他在心潮澎湃中，奔赴山东济南，寻求救国救民的良方。

那一年，滕久寿驻足江岸，清波茫茫，流向天际，水能至刚的质地，点燃了滕久寿勇武的性格和报国的满腔热情。他在热血沸腾里，投身抗日战场，践行保家卫国的初衷。

那一年，梁衡在碧波荡漾的都柳江畔沉吟。彼时，浣女在江边洗纱，牧童在古道骑牛，先生抬头望了望水寨中那袅袅升起的炊烟，他感慨地说：“四分地球三分水，天上人间唯一族。”

一个以“水”为自己族称的民族已属少见，更为奇特的是他们还以“水”为自己的哲学思想，这种从里到外都独一无二的民族，在这人世之间，近乎传奇。

水族聚居地就有“耕读传家久，诗书济世长”的生活理念，在追寻人性光辉的征程上，他们有崇尚文治的习俗。但在国家危难、民族存亡之际，生活在水乡大地上的英杰，往往又能勇于献身捐躯共赴国难。

古人有一副对联，其云：“水唯能下方成海，山不矜高自及天。”喜欢在依山傍水之地聚族而居的水族，他们在敬畏自然、感恩世界中，以山为朋，以水为师。被两条河流盘绕的云山，其实并不高，但云山郁郁葱葱的绿意却颇似水家人那份宁静致远的心。云山南北各有一座村落，其北为梅山，其南为达善。机缘凑巧，民国时期的云山南北两寨各走出一位敢于追求真理的先行人物。“不知近水花先发，疑是经冬雪未销。”梅山多有幸，沿着山间之路，梅山寨走出文史学家潘一志，他一生的成就，足使后人敬仰有加；“穷则独善其身，达则兼济天下。”达善应有憾，跨越田间之陌，达善寨走出在黄埔求学、心系天下的潘永义，他的英年早逝，常常使人扼腕叹息。岁月的飞逝，曾经的历史，是愈来愈远了，但对于那些引领民族走向文明和幸福的人，水家人以云山为证，一再传诵。

上善若水。人一旦能做到公正无私，其心胸就能虚怀若谷。胸襟博大的人能够汇集地球上的百河千流，如浩瀚的海洋一般，生生不息。人一旦能做到无欲无争，其品性就能高情远致，品行端正的人能够排除世事里的勾心斗角，如陡峭的高山一般，屹立云霄。

上善若水。水无私地泽被着大地上的万物，却不与人间争一丝一毫的名利，最接近于道的物种，水应当之无愧。避高趋下是一种谦逊，它不争名利，会趋下避高，可刚柔相济，还能洗涤污淖，故善性莫如水。

水族古歌里那柔婉中的哀怨，像是不变的乡愁，这跟我国的第一部诗歌总集《诗经》的精神基调如出一辙，这是人类情感的高度契合。从远古走来的民族，用神秘古朴的马尾绣再现历史的辗转流离和现实的酸甜苦辣，带着至柔、至刚的习性，千百年来，他们一直用实际行动来践行自己那“上善若水”“故几于道”的生命观念和哲学思维。

（原载《人民日报》2017年7月22日第7版）

句芒云路

在天空游荡的孩子

清明节，我和爱人一起回老家“挂清”。比起城里人常说的“扫墓”，乡下人说的“挂清”，是指用白纸剪的波纹花式纸条，在墓上除完草后，用细竹或树枝插挂在自家的坟上。山林乡野间的墓大多都没碑，那些不知何故长年没人“挂清”的，渐渐就会被一茬茬疯长的野草吞噬得一干二净。

老家僻远，唯一的一条通村公路崎岖颠簸，我婆婆晕车，每次回老家都如同去趟鬼门关，这些年她身体孱弱，基本靠药养着，更不敢动身去了。人不得回去，但香、纸、酒、茶、糯米粑、鞭炮、碗碟、镰刀之类的物事，婆婆提前一两天就帮我们准备齐全了。临出门，又一再嘱咐多烧点香和纸，让墓里的祖先们多多保佑我们一家人平安喜乐。婆婆的父母亲也在被祭拜之列。这些年，婆婆随同我们东挪西迁，几乎两三年就搬一次家，每搬一次，她都要将二老的遗像挂于屋子的显要位置，过年过节时烧香祭拜。偶尔在梦里遇见，不知寓意是吉是凶，都要碎碎叨叨地念上几天。她从不觉得他们已经彻底离开这个世界。

挂完清返程时，时间还早，我们像往年一样在镇上滞留了一会儿。镇上住着我丈夫的同母异父的大姐，也就是我婆婆生的大女儿。大姐每次都要准备大包小包的东西让我们带回城去。这一次，是二三十根筒骨，十几根已经燎毛的猪尾巴，两大盘夹沙肉，一刀足有十多斤重的腿子肉等等，都是滋养补益的东西。“规模庞大”的礼物让我们受宠若惊，我连说，大姐你就少拿点吧，我们什么都没给你们带来，太不好意思了。大姐笑着回，快都拿起，又不是给你们的（意思是要让我们带给我婆婆）。

大姐四十几岁了，干练、爽朗，笑起来的时候眼角边有好看的菊花纹，面貌和我婆婆不像，必须往深里探才能辨析出。大姐在我婆婆肚子里时，婆婆没能给她多少营养；从出生到现在，婆婆也没能给她多少母爱。大姐和大姐夫生有一男一女，夫妇俩一起在镇上开了个小杂货店，兼卖猪肉，家道还算殷实。

每次见到大姐，我心里总会浮想联翩。大姐是我婆婆的私生女，在20世纪的六七十年代，一个农村的女孩子敢未婚先孕，自然是冒天下之大不韪。我不知道婆婆把大姐生下来送人后经受了多少身心的煎熬，也不知道大姐是以怎样顽强的生命力，才在这个薄情的世间活了下来。让我暗自揣测却一直无法释怀的是：从小就在别人家里长大的大姐，怎么一点都不怨恨那个当年狠心抛弃她的亲生母亲呢？

有次我大着胆子问正在削洋芋准备给我们弄晚饭的婆婆，当初为什么要把大姐生下来？婆婆头也没抬，说，那是一个人啊，不把她生下来，她做鬼不得安生，我这辈子也不得安心。我身体一激灵，竟不敢再问下去。

“那是一个人啊”——同样身为女人，当一个生命在我的身体落地、生根、成长的时候，我确实从来没有做过这样的考虑。我以前因为避孕失败，先后堕过两次胎，第一次是还没准备好要结婚，更没准备好当母亲，妊娠反应也异常，就像现在的很多女人一样，把身体的麻烦交割给医院，以为一刀两断、一了百了。我不敢告诉任何人，一个人悄悄去私人医院做的无痛人流。做了才知道，医院所宣称的无痛人流，其实仅仅是手术时有药物的麻醉，药效消失之后，身体的疼痛会加倍奉还。第二次是药流，吃药、忍痛、见血……一天两天地熬下来，又在医生的建议下进行清宫。没有麻醉，不得不清醒地面对，在漠然而陌生的人面前打开身体，由着冰冷尖利的不锈钢器皿在无辜的子宫内倒腾、刮削，我在暗黑处忍着惨叫、抓扯、流泪、屈辱……

但我仅仅会想到自己的痛楚，绝不会联想到一个受精的卵细胞是一个未能出生就惨遭扼杀的——人。要依婆婆的说法，在我手上俨然已犯下两条命案。

当媳妇的，自然不能和婆婆交流这些，我虽然也叫婆婆为“妈”，但毕竟不是打断骨头连着筋的那种亲密。内心其实极想追问大姐的父亲是谁，当年都发生了什么事情，话到嘴边却违心地改换了题型：你的意思是，未出生的孩子也算一条人命？

婆婆瞪了我一眼，那可不是？！

接着她又说，这世上未出生的孩子，也有灵魂，也都会变成鬼魂……

好多次，我都想用我所掌握的来自课本的科学知识，向老一辈人解释鬼魂的不存在，但发现最终是徒劳。在老一辈人的心里，已顽固地建立起一套系统的观世理论，她们不约而同地笃信：在我们活着的世界之外，还有另外一个世界的存在；也就是说一个生命死去了，还会以另外一种形式在世上活着。对于那些看不见的他（她），应该相信，并恭敬着。

对于我婆婆而言，甚至发展到周末有时间想带她到外面去玩一下时，她总推辞说，你们去吧，人老了少走点地方，免得以后到处拾脚印。她的意思是，一个人快要死的时候，必须得一点一点地拾回他（她）在人世留下的所有悲欢善恶，然后才能安详地离去。

一日我突发奇想：老一辈人这样看待死亡，剥开心理浅表的愚昧迷信，是否可以理解为人类的本初和曾经的善意？不论如何，像我们现代人这般自以为是地草菅自己和他人的生死，定然不是他们愿意看到的。

“同样也是一个生命啊……”很久以后，我在东天目山昭明禅寺与简姐相遇，随口问了她一个问题，竟无意间听到类似我婆婆发出的这一声喟叹。

我问简姐的问题是，你怎么看待现在的堕胎现象？

简姐回我说，现在堕胎的人太多了。被堕胎的孩子虽然还没有成人形，但同样也是一个生命啊……

啊？！我听到答案的一瞬间，身体再次一激灵，内心的震惊一如听到我婆婆对我说她不肯堕胎的原因时的反应。

简姐还说，那些无辜的生命死后，心怀怨恨，不得解脱，灵魂便悬浮在半空游荡，越积越多，在我们的肉眼看来，天就不显得那么蓝了……

简姐说这番话时，一直没有看向我，似乎我内心的幽微，她已洞若观火。接下来我不知道说什么好。我们一起看向天际，山风猎猎，穹顶之下，大地寂静。

（原载《青年文学》2017年第8期）

蒋德明

白乐桥一号

白乐桥一号，是座宅院的地址。

这座宅院，青瓦白墙，坐落在千年古刹灵隐寺东侧北高峰下百亩茶园内，占地一亩一分一厘（七百七十六平方米），建筑面积五百五十六平方米。不细心看，这座宅院与周围零星散落的宅院同系一个格局，而走近之后，白乐桥一号正门前的那块大卧石才让你清醒，这里另有洞天，石头上刻着：中国作家协会杭州创作之家。

厚重的朱色大门有几处斑驳，似乎告诉来者，这座江南园林宅院已在风雨中等你走近多时了。伸手向门环，纤尘不染，向里走，廊庭、天井光照自然，有花有草有参天古树，有池鱼啄食临近的人影，曲径通幽，有好奇的鸟探头探脑，风摇动竹影，这些站在围墙边上的竹，与你招呼时，你会一眼看出，这与你一路过来，看见的竹不同，这些竹，叶是翠绿的，而竿子却是墨色，书名叫紫竹。走廊与茶室的墙壁上，有巴金、夏衍、铁凝、草明、冯牧、白桦、张贤亮、李准等大家和知名作家留下的墨宝和活动留下的纪念照。

青瓦白墙的别墅宅院，有上下两层十几间卧房。我被安排在二楼810房间，床大，房间大，这些，我并不惊讶，我惊讶的是，向北的窗与房同高同宽，让人站在窗口边，就有置身于田园里的感觉。推开窗子，风，随身携带茶园的绿排浪涌来，进心田，沁心脾。这是九月，过两天是中秋，而这里的绿意仍是春意盎然。北窗的茶园一层一层地向北峰涌浪，散落在茶园丛中的古树，举着树冠摇撼成帆，似乎召唤人们向北峰拾级。北峰，是来灵隐寺烧香的人们，要去的朝圣高峰。峰顶有寺院，大大的寺钟，古代的苏东坡、现代的毛泽东、朱德等人，都曾登临并留诗作赋，有万千红带飘浮成花雨。

负责接待的叶家裕老师说，这座宅院，是中国作家协会1955年从一个孟姓商人手中购置的旧式庄园，1988年重建，设立了“杭州创作之家”，用来接待有一定创作成就的中国作协会员，不对外开放。近三十年来，全国各地已有数千名作家来此度假休养和创作。巴金先生在八十岁高龄之后，曾经先后四次来此小住。

望着巴老与家人在创作之家的照片，我在想，1945年，青年时的巴金，领着相恋多年的萧姗，千山万水行走，为什么单单看中了贵阳花溪，把爱巢筑在花溪河畔的憩园？从小到大喝着花溪河水长大的我，中国有那么多写小说的作家在花溪停留过，我又为什么单单在那个停课闹革命的年月，误得他的《家》《春》《秋》爱情三部曲。

那是我上小学四年级的年月。有一天，我玩得无聊，到停了课的学校闲逛，遇上两个五年级的学生在准备偷学校图书室的书，他们两人在说谁翻进图书室，谁在外放哨的事，谁都想是放哨者，不当翻窗入室盗窃者，见我过来，两人同时有一想法，要我放哨，他们进去，弄出来的书，三人分。我不参与，他们说，事情我已知道，不参与就挨我，在拳脚下，我就给他们放哨。他们抱了两包小人书出来，分来分去舍不得给我，我转身要走，又怕我告他们行窃，于是，有一个又翻进图书室，抱了十几本小说与几本小人书出来，说，小人书没了，小说好，可以折叠三角，小人书还没有小说折得多。在我收整小说时，两人又把几本小人书分了。那时的孩子没有玩的，就赌纸三角，我运气好，赢有一床底三角，于是，小说就没撕来折叠三角，无事时，随手翻翻，不承想，《家》里的故事吸引了我，在许多字不认识的年月，抱着一本字典，读完了《家》，又读《春》，再读《秋》，这以后，同龄的伙伴们在读小人书时，我已在巴金小说的影响下，偷偷地将一本一本的小说拿来读，才有了后来进入初中后，作文被老师一次次拿来当范文讲评，才有了因写作考进了一家报社，又因不停地写作聚沙成塔，成为中国作家协会万分之一的成员。

我不敢说出所想，这么多年里，我一直怕与他人说起自己写作的启蒙经历，有这段不光彩的故事，一直怕将冥冥中的偶然与必然联系。有工作人员笑我，太低调，说，能走进这里的人，都是让他们敬重的人。就像窗外的景色，茶园丛里，几株粗大的古树，如果没有绿油油茶园，那几株古树给人呈现的又是何种景色？这是一种鼓励，这鼓励我喜欢。有人指给我看，巴金来这里一直住的807房间。说，2007年的9月4日至13日，巴老的女儿李小林带领曾为巴老治疗服务过的工作人员来这里，纪念凭吊巴老。

我很想走进807房间，但我终止了自己的想，用字修心立身这些年，文字上没有显眼的建树，但在做人行事上，懂得适可而止，不能惊动大师留存在光阴里的已安静的魂魄。之前，有一位写小说的朋友发来微信，他告诉我，从量子学角度考虑，我们所谓的灵魂就是量子信息，心脏停止了跳动，量子信息可没有停止运动，它会跑到另一个世界继续活下去重新开始。他说，多年前的一个偶然所劫，给你一个因缘，在三部书的作用下，到了高人聚集的地方。如若量子力学的解释不假，你会在那里（杭州创作之家）有大的收获的。朋友说的我似懂非懂，但我坚信，人是一种相当依赖精神的生物，许多年前，我就对把我作文当范文讲评的老师说，老师，我会努力，会让名家向读者推荐我的文字。我没有按老师的安排一口气读高中，而是先进工厂。老师说，你说过的梦话记得吗？我工作后考大学，老师说，修起庙来和尚老了。三十岁才在省级报刊发作品，五年前出版的散文集《缘来缘去》才被徐成淼教授当成课题研究，四年出版的诗集《落叶为花》才引起大家的注意，著名评论家阎晶明先生把《落叶为花》誉为“从宋词里生长出来的诗”。老师，感谢您记得我的梦话。此时，学生想告诉您，我只是水田里的泥鳅，拉断了身子，也不可能有黄鳝的身长。至于走进这里，住在巴老多次住过的宅院，不是学生如何如何地实现了什么理想，在写作的苦旅中，中国作协为会员在这里留一个驿站，让你进来歇歇脚，而后，继续前行。

有寺院的钟声飘来，树上的鸟似乎习以为常，反倒是通往灵隐寺路上的香客与三三两两的僧人步履快了些。

叶家裕老师让我熟悉环境，穿过天井中的池塘和假山，池里的鱼似乎已认得我了，走近，鱼便会涌来池边，有几尾鱼将头仰出水面，朝我张圆大嘴，有工作人员笑着说，这些鱼，不是饿了，是欢迎的表示。转过曲廊，可见创作之家的图书馆，图书馆的大门虚掩着，门对着后院的大门。门前的露天空地，旷野青草，墙边茂林修竹，石块铺成野径，北侧有两株高大的香樟树，一正一斜，树下，立着一块半圆形的石碑，上面刻着巴金先生的亲笔留言：“这里真是我的家。我忘不了在这里度过的两个星期时光，谢谢你们。”南侧门边，两株高大的枫树，枫树下竖立着另一块巨大的圆石，上面刻着巴金先生的那句名言：“讲真话，把心交给读者。”

进入图书馆，按照创作之家的要求，凡来此度假的作家，都要交两本自己的著作，我呈上自己的诗集《水落禅生》、散文集《水西听雨》。

（原载《散文选刊·原创版》2017年第8期）

蒋德明

花溪雪

我相信雪是天堂的花朵。花溪是人间最清丽的地方。

任何花朵在花溪绽放的时候都会自然地少些许喧哗，因为任何花朵的绽放都只是花溪的点缀。雪，天生爱静，无声无息地花开即落。花溪的宁静吞食了天地间的宁静，一万人涌入赏花与一个人看雪，似乎没有什么不同。我喜欢一个人待在花溪水岸，确切地说是一个人找没有人行走的水岸，看水的平静，看水的流光，看水上漂浮着又不肯漂走的浮萍，花溪的鸟是很少飞动的，它们静静地待在沿岸的林中与青山绿水间，它们的声音比诗人的文字还要精简，如若有鸟声，那一定听得见投石入水的声响。

花溪是各种花朵暗自争奇斗艳的地方，就像真正写诗的人，写出的诗歌自己不说好的，拿出去，让读者评说。一方水土养一方人，花溪的水让我懂得静水流深，懂得有再多的人喜欢自己的诗也不惊不喜，就像花朵，开落不是为了他人的喜好，而是自然地绽开。有一种人写出文字就举起手来，像中学生那样盼着老师的夸奖，结果呢，许多光阴都用在了寻求与等待中。

这样的人的文字我是不看的，我读一个人的文字大多是读人，做不好自己的人是很难把握好自己出手的文字的。

去溪边看雪。等了许久，才有零零碎碎的几片雪的瓣儿飘落。梅花比我等得要执着，一整个冬天都过去了，才等来淡淡的胭脂雪。难怪梅花要瘦，瘦成林妹妹等一首诗的结局，结局是林妹妹比进大观园时还要瘦，如你，病中叫出一个人的名字，这个人真的不是一味药，可你当成了药，只有你会想一个人的背影，会像梅花见了雪，一身的梅骨铮铮。

有朋友来电话告诉我，他写我的评论入选了《贵州新文学大系》，我祝贺他后，手机就没电了。我的手机总是忘了充电。有人记得我的散文曾经获得华夏出版社举办的世界华文散文大赛银奖，我不写在简介里，是我觉得这些对我的写作帮不了什么忙，只写了乌江文学奖与尹珍诗歌奖，贵州诗人对这两项奖的拼搏颇激烈，比我曾经获得的所谓的世界诗人桂冠奖要名副其实。有雪花落在眼睫毛上，雪冰凉。

世上最洁净的花朵是雪花。有人说，梨花如雪。我认真看过，梨花的花瓣白净净的，冷冷中生出青辉。只是，梨花与桃花一样，飘落后，便有花瓣漂在水上散在地上。而雪花对影落后，水上是没有雪花的残片的。有时候，我就在想：纤尘不染的天堂才配有这样洁净的花朵，浑浊的人间怎么可以拥有呢。

人间有太多的不堪，不是雪能涂抹的，雪在我们最冷的时候到来，是来告诉人们零度之上有什么，引领一些人踏雪寻梅，如果向窗外看去是浑浊的世界，就关上窗子向还未结冰的内心看去，一朵雪就在那里，是三百年前丢失的莲。

梅花是不会飘落的，我真没有见过梅花落。梅花三弄是别人的故事。我读梅花都要在有雪落下的日子。此时，几片雪花会让我想起前年去过的北国雪乡，我忘了在雪乡寻梅，厚厚的白雪世界里有一个身着红装的女子，我知道她着红装是为他人，但我将她的红装背影放进了心里。她说，在我众多的诗里，最喜欢那首《瘦梅听雪着装时》。这是我早些年写的诗，已经不太记得整首诗里的内容了，而她当面诵读了诗的全文。有人说，我在他乡遇故知了，可我，不敢与她说诗里的事，许多时候，写诗的人总被读诗的人问得无法对答。记得一位女子问我：在这个世上的文字，只有我的文字触及了她的内心，有整部诗集，是为她而存世的感动。

雪，真的让人清醒。多年前，把自己的影子带回家的人走了，我在溪边四顾，自己的影子还在水中，只是，水中的影子被风吹动，似乎告诉我，此时的影子不是彼时的影子，彼时的影子是有另一个影子相伴的，也是有心的。走了的人影能带走一颗真实跳动的心吗？现今科学解答不了这样的问题。

于是，我朝着一个背影想一袭青衣，唐朝太远，宋朝也不近，就选了一条故道回到大观园。手里是要提一壶酒的，宝玉可以不提酒壶，大观园那么多人为他准备了酒。一个女子的家就在花溪平桥水岸，祖辈留下的老屋，祖辈留下的水车，只有她书屋里的字是我题的。书案上是一碟梅香，窗外落雪，纸上落墨，我骨瘦如柴的诗句犹融入了梅花点点的泪痕，一壶酒全在一位女子的笛音中穿肠过肚，不说前生，也不说来世，只将一个白茫茫的黑夜演变成白狐的一世的干净。许多人都以为我们是有故事的，包括她的先生也这样认为，结果，我们之间只有故事，没有事故。

什么人去了楼会空，懂我的人与懂我诗的人怎么就是不能合并成一个人呢？孤独总是在孤独之间串门，过眼云烟的花开花落都不如遇见时的那场雪花洁净，都不如白茫茫一片真干净。你我都不是演员，却又要在相见时，假装不孤独，把反复搬运的思念也置于杯具中，月光都从杯底皲裂了，约好的一道读晓风残月还没兑现。有一次，我们相遇在桥边，留下了以上对白。

她说，她是被雪冷藏的一朵梅，没人看得见的素红。是被我一曲花间词《瘦梅听雪着装时》弄醒的。又可惜，我不是用心赏梅人。

南方的冬季几乎无雪。事事都像山水明摆在他人的目光里。我居住的花溪，不管你在哪个季节来，看山是山，看水是水。如若你从梦中来，我便是山水。如若你一百年不来，一百年后的花溪会变，而我，没法变了，我抱着自己的孤独烟消云散。

雪，真的一星点都没了，与北国的雪天相比较，这个雪天真算不得雪天。但我把几片雪养在了溪水中，养雪的花溪水，清澈如空，我无心的影子也在其中养着……

（原载《散文选刊·原创版》2017年第8期）

李天斌

乡村手艺

凡乡村父母，待孩子稍稍懂事，时常挂在嘴边以作训导的一句话就是："天干饿不死手艺人。"其意就是希望孩子们长大成人后均能学成一门手艺，这样便可保证一生衣食无忧了。尽管父母们更希望孩子将来都能于"诗书"中实现"富贵"之梦，可同时亦觉得那梦毕竟遥远缥缈，相比之下，学成一门手艺，倒要现实得多，就好比一个仰望云端，一个俯视脚下，两者竟有云泥之别。

可真要成为手艺人，亦不是一件容易事。首先得有师承，其次也得自家孩子有此方面的资质，其三还得看机缘，亦即村人所谈论的命运，还得看你命中是否能吃得上这碗饭。总之一个人要成为艺人，委实有太多的条件，凡缺一而不能水到渠成。所以能成功做到的，往往只有寥寥几人；而这几人，往往便如月亮星星一般，照耀村人的同时，亦得到众星拱月般的尊敬。

艺人之中排名靠前的，当数石木二匠。因为人生凡事，当数起房造屋最为重要。村人总把自己比喻成一只鸟，总说鸟儿去早来晚得有个窝，这窝即是不可或缺的一座房屋。村人眼里心里的比喻，总是贴切生动，既不形而上，亦不高大上，只于平常事物中就地取材，却往往说得传神。眼里心里既贴着地面，所以对于起房造屋这样的人生大事所依赖的石木二匠，自然就成了艺人之首。

石木二匠，或许同是起房造屋不可或缺之两翼的缘故，所以据说都师从鲁班。而又因时代越远，人事越觉神秘之因素，鲁班在后来已不仅仅是授业恩师，已经上升到神祇的位置。可以佐证的例子有三。一是每家每户的神龛上均有"鲁班先师"的位置。二是立房上梁之日，必定要祭祀鲁班先师，除了对恩师授业的感念，更是祈求保佑立房上梁以及主家日后生活的诸事顺利。三是还有更神奇的传说，据说世上留有一本《鲁班书》，该书已不是如何造房起屋的技艺之书，而是涉及法术方面，若是谁有幸学成，就能行常人所不能行之事，就好比那黎山老母，就好比那樊梨花，一个人可以立起一栋房子，可以折下三根茅草作千里之外的杀人利器，可以让一锅豆腐再怎样添火亦无法煮熟；尤其说得有眉有眼的，便是说某家某年起房造屋期间，总是好茶好饭招待匠人，只后来房屋落成要送走匠人时，因为杀鸡摆饭时未把全部鸡身奉上，由此怠慢了匠人，于是匠人便施法术算计主家，欲使主家行败落之运，可当匠人路上累了歇脚，打开包裹看时，未摆上饭桌的鸡肉全都齐齐整整地包在里面，于是匠人悔忏，复又急急返回主家重施法术以作弥补，云云。总之都是说石木二匠的神秘，说要对石木二匠行尊敬之礼。

可这些毕竟都只是传说，究竟有没有《鲁班书》，有没有懂得法术的石木二匠，我从未见过。只是对石木二匠的尊敬，我确是眼见为实。我父亲在三十几岁时起房造屋，每餐必以七盘八碗招待石木二匠，匠人们进餐时，我们兄弟姊妹一帮小孩必得远远避之，深怕有莽撞言行得罪匠人，总要等匠人吃好喝好后才能上桌吃饭；房屋落成后，还每人捉一只大红公鸡相送，又后路上逢着或是酒席上相遇，也总要殷勤问候，点火递烟，总之是把那一份尊敬，做到了表里如一，并且为时长久。我小时看到石木二匠享受这样的尊敬，总是羡慕，总觉得如果能成为石木二匠，便一定是人生最大的荣光，总觉得在那里，有人生全部的价值和意义。

石木二匠外，铁匠亦是人们所向往的职业。因为做犁做耙，打制锄头镰刀等一应农具，均离不开铁匠。并且村人之中，总不会缺少那么一两个会说古书的奇人异士，所以日常之间倒也听来了比如尉迟恭先是打铁后来成为唐朝开国名将的故事，所以在看那铁匠于火星四溅中却能安之若素地指挥那看似凌乱实则是行进有度的叮叮当当的铁锤时，往往还会恍惚觉得那铁匠说不定就是能统率千军万马攻城略地的尉迟恭转世亦未可知。再或者有可能就是那个乡间打铁的嵇康，那个留下“何所闻而来？何所见而去？”的千古美名、蔑视权贵的高洁之士亦有可能。日常之需加上一份猎奇心理，使得一个铁匠铺几乎就成了村人闲来忙时都要光顾的地方，成了村里最热闹的所在。

农活忙时，必得要去铁匠铺购买农具，买好农具后，买主和铁匠之间至少亦要互相点上一支烟，并顺势说说农具和庄稼，说说立春和雨水，说说谷雨和夏至等节气，再才是扶犁下田之事，每天至少亦要有三两个人来往于此；农闲时节，几乎一吃过饭，除持家主妇（那时候妇女们很少在公共场所露面）外，几乎所有大人孩子都往铁匠铺跑。也没有谁招呼，也没有谁强求谁，总之就那么约定俗成，就那样各自都把铁匠铺作为聚集的中心。也曾有人想在那里仿效杨露禅偷师学艺，梦想学成后自己亦开个铁匠铺亦让自家成为村人“朝拜”的对象，所以一边跟村人闲聊的同时一边就偷偷注意看那挥舞着的铁锤的节奏（据说打铁的主要秘诀就藏在那里）；也曾有人学古人亲自下了拜师之礼，希望被收为关门徒弟，总之一个关于铁匠的梦，亦如火星般在不少人心中点燃。但自我七八岁记事起，十五岁外出读师范，我在乡村的七八年间，铁匠从未收过任何一个徒弟，亦未曾有人偷学而成。只是后来听说村里陶姓人家因为患病连续死了好几口人，就只剩下兄弟俩，铁匠因为同情其遭遇所以破例收了兄弟俩做徒弟，并希望他们以此手艺重振家业。

事情至此，我总觉得铁匠铺应该是个很有故事的地方。在中国式的传奇和演义里，铁匠这样的行为往往被视为“侠义”精神，亦是民间所尊崇的“道”，蕴藏了对于善良美好的主流价值的认同。而铁匠此义举，果真赢得了村人之尊重。唯一觉得遗憾的是，待兄弟俩终于学成，时代已进入改革开放前夕，农耕文明快速式微，打铁手艺已经无力承载一个家族的中兴，铁匠一腔心愿无奈落空。但铁匠之爱心，却已深入兄弟俩心魂，后来铁匠去世，兄弟俩终日跪守灵前执儿子之礼，其为人弟子的忠贞与敬和孝一直传为佳话。

20世纪70至80年代的乡村，骟猪匠虽然被视为“小儿科”，却也算得上手艺人，至少在村里行走，亦能混口饭吃。村人养猪，并不像今日之规模养殖，亦不是以赚钱为目的，倒只是觉得平常生活剩下的残汤剩水倒掉觉得可惜，所以买来一两只猪仔收捡，加上喂到年关，还可将其宰杀，除了年夜饭可让餐桌丰盛外，亦可制成香肠腊肉，平时有人客来，便取出招待，一方面彰显自己家底的殷实，一方面也行了待客之道，内心由此觉得踏实。还有除夕宰杀之时，可以取出孩子整整盼了一年的“猪尿泡”，将其洗净充气扎好口子后，一根线子拴着，孩子拉着满村高兴地跑，当作今日里那花花绿绿的气球玩耍，亦算是生活的盛典之一。年猪被宰杀后，便要在正二月里急着买回一两只猪仔，俗称“接槽猪”，意即不能让猪槽空着的意思。一直到现在，我都还觉得这名字的好，形象生动，并有几分诗意。我因此还信民间乡村的生活与智慧原本可以长出文学的枝叶，一举手一投足都可以看得见那文学的真情真性。只不过这已经属于另外的范畴，并不在我的述艺本身了。

买回“接槽猪”后，骟猪匠往往不请就自己赶来了。其实亦不是他们真的知道谁家有买回了猪仔需要骟，而是正二月里便是他们走村串寨寻生意的季节。他们每人手里把一只铃铛摇得脆响，铃铛响起时，早有买回猪仔的人家守在他必经的路口等着了。取来一盆清水，再把那薄而锋利的刀片在磨刀石上再擦拭几下，两脚踩紧被主家捉上来的猪仔，三下五除二就完成了手术，后来我上师范读到《庖丁解牛》一文，便总是想起这样的细节，总觉得他们都是那“游刃有余”之人。一边把骟好的猪仔放回圈里一边就对着主家唱起祷词：“对年对节三百斤！”祷词亦只此一句，旋律亦很随意，可主家听了却满心欢喜。于是除了付手术费外，总还要马上烧饭煮茶，热情挽留，就如待贵客一般。

邻村沙包出过一个骟猪匠，姓张，有妻无子。如今述其生平，我就只能写上寥寥几句。还有就是每年我父亲买回“接槽猪”后，便是请他来帮忙。他跟我们家似乎还有点亲戚关系，父母让我们叫他“叔外公”，所以他来帮忙骟猪是不要钱的。他手艺也极好，经他骟过的猪一律都长得壮实，更没有被骟死的，这样的记录几乎完美地成全了他的声名。他不独帮我们家不要钱，上邻下寨凡请他帮忙的，他亦不要钱。有要给钱的，他就推说上邻下寨一家亲，要找钱就找到外人去，仿佛谁给钱就是把他当了外人。但他极好饮酒，而且每饮必醉，醉了却又不在别人家留宿，总要趁醉往自家赶，而且还要让人家把随身携带的葫芦灌满，然后拖着一个瘦长的身子，在山路上一路趔趄前行，要是手中有把摇扇，头上有个破帽，还真是个活脱脱的济公和尚。先前倒不觉得，后来倒让村人烦了，宁可花钱请那些走村串寨的骟猪匠，也不再请他。或许是因为落寞的缘故，后来他很快死去，死时身边就只几样骟猪用的工具和一只酒葫芦。自他之后，上邻下寨再没有出过骟猪的，骟猪的手艺，也由此显得清冷起来。

最难学的手艺当数“巫师”。我村“巫师”，跟沈从文先生所描写的湘西之地的巫师大抵相似，沈先生说：“因年龄、社会地位和其他分别，穷而年老的，易成为蛊婆，三十岁左右的，易成为巫，十六岁二十二三岁，美丽爱好性情内向而婚姻不遂的，易落洞致死。”总之都以神为对象，总之都是人神交织。可我村跟湘西一地又有所不同，我村只是把“巫师”视为一种手艺，而且这手艺并不像湘西之地的“蛊婆”之类的报复害人，只是借神之手为人行消灾致福之事。我村巫师，以性别分为两类，男性可学“道士先生”，即看风水之地和择安葬起房造屋吉时之用，女性可学“魅拉婆”，即跳神看病算命等，两者恰好涵盖了民间乡村人生所需各种。前者学得端正堂皇，因为不论真假，不论是否具有神力，反正有书本可循，总算得上有些像模像样；后者则要诡异得多，往往是成年女性，据说在大病一场后，人就突然“通灵”了，整日大唱大跳，唱的都是神鬼之词，跳的亦是巫舞，一直要请得在她之前就已成为“魅拉婆”的来对其行“安慰”之礼才安静下来，而由此之后，新的“魅拉婆”便从此诞生了。

“道士先生”掌管的是生死大事，所以最得人敬畏，所以以“先生”称之。凡有人去世，必得要请“道士先生”，所以“道士先生”亦算得上“吃百家饭，挣百家钱”的手艺人，因而想成为“道士先生”的亦不乏其人，可在我印象中，先是我村没有出过任何一个“道士先生”，邻村丰洞黄姓人家有兄弟三人先后拜过师，可最终也没能学成，只略略懂得在办法事时唱诵几卷经文；邻村沙包我母亲认的一门亲，我喊舅舅的姓刘名讳兴学的亦学过一些，亦能单独给人看地择日，只是人人都说他学艺不精，我亦多次听父亲说起对他手艺的不屑。也正因为这样的原因，“道士先生”的手艺在我看来，较之于其他手艺，更是深奥神秘。“魅拉婆”这一行当，做的都是些小事，譬如给人家跳神赶鬼祛病，譬如走村串寨去给人家抽签算命，好在亦相当有市场，亦能挣些小钱补贴家用，总是成年妇女不错的职业之一。职业虽然不错，可亦不是所有妇女都能学的。因为要做一个“魅拉婆”，首先必得要很恰巧地患一场病，并且其主要靠“唱功”，还有跳起来时，必要披头散发，做成神鬼附身的样子，毫无美丽优雅可言，所以身体好的，唱功差的，脸皮薄又爱优雅和美的，往往都吃不了这碗饭。

到我，父亲亦曾希望我能一艺在身，饱暖一生。只是经他把脉后，认为凡是乡村手艺，于我均不适合。做石木二匠、铁匠我缺乏力气；做骟猪匠在他看来是实实在在的“小儿科”，为其他艺人所不屑；做“道士先生”虽被人敬畏，可总是迷信，不是正经之事；倒只是那“诗书”之梦，虽然遥远缥缈，但终究是正途，所以到我六岁那年，父亲便很郑重地把我送进了学校，之后无论生计如何艰难，他总咬紧牙关自己苦撑亦不把我喊回。如今仔细想来，我父亲在他那一代人中，确是有他的开明和独到之处，他的实事求是，他的站在泥地上却敢于对“云端”的仰望，对“正途”的希冀，其实是可以作为某种精神学习的。

（原载《文艺报》2017年10月11日，发表时有删节）

方洪羽

毛栗熟了

这个时节，走在大街小巷上，总能闻到一股甜甜的炒毛栗香。循味瞧去，只见那些褐红色的小家伙俏皮地躺在箩筛里，吸引着路人停下匆匆的脚步品尝、购买，我的思绪也随着飘香的毛栗回到了儿时的故乡……

“桂花飘香板栗黄，曹坊山上九重阳。书海奋鳍凭纵跃，天高振翼任翱翔。”一场秋雨过后，漫山遍野的毛栗渐渐熟透了，仿佛一夜之间，毛栗球就由绿变黄，绽开笑脸展露在枝头。秋风吹过，枝叶随风摆动，有的毛栗球干脆“吧嗒”“吧嗒”掉落下来。平时很少见到的松鼠开始频频现身，这是它们一年中最忙的时候。那机敏的身影或是在树上的枝条找寻咧开嘴儿的毛栗球，或是在树下茂密的草丛中翻找更加饱满的果实，然后偷偷掩藏在树洞或泥土里，以便过一个安逸、富足的冬天。

成熟的毛栗球大都会在树上自动裂开，露出挤在一起的三四颗栗子来。这些小东西着实惹人喜爱，一旦成熟就想着从刺球中伺机逃离。饱满的栗子似一颗颗红玛瑙，散落在树根下、草丛里、水沟边……我们经常一大清早顾不上洗脸，就拿个盆去捡拾毛栗。

当然，也有部分顽固的毛栗躲在青黄带刺的刺球中，赖在树上不肯下来。于是中秋前后，大人就会带着孩子，戴上斗笠、背上背篓，拿上竹竿和火钳去打毛栗。先派人爬到树上，用长竿对准壮实的毛栗球狠狠“扫荡”，那些刺球便连同毛栗纷纷从树上掉落下来。于是，树下的人不顾一切地冲进“枪林弹雨”中……尽管是“全副武装”，还是难免被毛栗球砸中，或被尖刺儿刺得生疼。不过，人们仍然哼着欢快的小曲，秋风扫落叶一般将胜利的果实全部装进背篓。

夜幕降临了，满天星辉。月光下，一家老小围着一堆堆毛栗球摘栗子。快成熟的毛栗球表面有条明显的裂缝，只要沿缝用脚一踩，毛栗子就轻而易举地出来了；未完全成熟的青球，只能放在地上用柴刀背或石头来砸——砸的力度必须得当，轻了砸不开，重了就砸碎了。在“解决”掉那一堆毛栗球的过程中，总要被扎出血或有尖刺儿断在手指或掌心肉里，又痛又痒。因此，摘完毛栗后，在昏黄的灯光下，还得继续忍受大人用绣花针在皮肉里反复鼓捣的“悲惨命运”。好在那时我们并不娇气，很快就忘了疼痛，第二天又高高兴兴地继续“战斗”。

“堆盘栗子炒深黄，客到长谈索酒尝。寒火三更灯半灺，门前高喊‘灌香糖’。”家乡的毛栗肉质细密，糖分十足。生吃口感爽脆甘甜，只需几颗便解馋、消渴、去饥；炒熟后刚出锅的毛栗香味诱人，吃到嘴里香甜软糯，满口余香。不管是炒还是煮，都无须加料加糖。煮的毛栗不好去壳，不及炒的毛栗香、酥、糯。如是炒，只需在栗子背上切一刀，再放到大铁锅里用微火炒至焦黄。炒熟后的毛栗“中实充满，壳极柔脆，手微剥之，壳肉易离而皮膜不粘”。熟透的毛栗壳上有条裂缝，用拇指与食指捏住栗子，只需略微用力，壳便轻易剥离开来，呈现出诱人的金黄色果仁。你还没来得及深呼吸，那果仁的清香与柴火的醇香就掺杂在一起，肆无忌惮地从它温热的体内逸出，叫人垂涎三尺。

毛栗熟了，我的心里充满了又香又甜的味道。

（原载《光明日报》2017年11月4日）

杨秀廷

人生一世　稻禾一季

一

那是三十多年前一段汗水浸泡的日子，乡村、土地和亲人馈赠我的爱与哀愁，经由岁月的窖藏，已沉淀为我生命里无法析出的盐质。

荷锄的母亲又一次从田塍上走来，她疲惫单薄的身姿在烈日下像一道游移的幻影，随着弯曲起伏的小路忽隐忽现。

恶辣的阳光，泼蛮地横扫着天地间的一切，我看到空气里的浮尘在旋转、飞舞，随风扬起又落下，我便开始担心母亲随时会被酷烈的热浪蒸发掉。少年时这份莫名的惊悸，一直横亘在我的回忆里。岁月越久远，那个场景愈加清晰。

稻田里，半个月前还是浓绿簇拥的那道景色，不断发生难以抵抗的绿色遁逃。越来越多的稻叶被阳光和空气过度稀释掉肌体里的汁液，有的已经卷曲起来，耷拉着，颓然露出惶惑的色泽。

燥热的风在山谷中盘桓着，拂动母亲稀疏的头发，也吹痛了我们焦灼的心事。

母亲拄着锄头，失落地查看开始出现裂缝的稻田和无精打采的稻禾，深陷的眼睛里溢出了泪水。我默默地望着辛劳而愁苦的母亲，空落的心里像被什么挤压着，沉甸甸的。

“热呀！热呀！”在植物世界一片沉默的无奈中，知了心慌地叫唤，一下一下地，把庄稼人的心揪得紧紧的。

已经连续二十多天没下雨了，稻田里的水一天一天地干下去。

那天下午，我和母亲把稻田里仅剩的已经露出脊背的十几尾鲤鱼捉了。我们已经说好借家族里一个婶娘家在寨边的那口小塘放养这些鱼，等到过年时由两家人平分。我提着小木桶去找来清水给盛在大木桶里的那些鱼“换水”，回来时却见母亲坐在田埂上哭。母亲的两只脚上还裹着厚厚的田泥。

我不知道怎样安慰母亲，其实在那样的境地里，我的无助和茫然已经无处存放。

那是刚刚分了责任田的日子。我们家只有那两亩多的农田，全家五口人的口粮就靠它，可是，正在拔节分蘖的水稻却缺少水的滋润，怎能不让人心焦呢?

我的父亲那时刚刚经受了一次大手术，还未从那场大病中缓过来，帮不上什么，母亲便整天蓬头垢面、风风火火地奔忙在田间地头。我已到三十多里外的镇上读初中，懂了些事，学校放农忙假，我回到家里，每天除了打柴割草喂猪，就跟着母亲去抗旱。

抗旱保苗的日子是很磨人的。我们的责任田离家有四五里路，母亲常常天不亮就出门，很晚才回来。她整日守在沟渠边，顶着毒日头，佝偻着身子去疏理水沟里的泥渣和枯草落叶，以便把那点已经小得可怜的水引到田里去。

中午，我割来了牛草，喂了猪，便给母亲送饭。有时我也到沟渠边接替母亲，这样母亲才能腾出手来去忙其他农活。

我给母亲送晚饭时，总要带上几把干葵秆，好在夜里为母亲照照亮。夜里常常有人到引水沟里向自家的责任田放水，他们的稻田靠水源近些，有的也干了。有的人，见我们母子俩还在那里守着，不忍再去分那点水，便走了。

熬了几天，我实在困得不行，常常在母亲望着沉沉的夜空说着什么的时候，我便坐着打起盹儿来。母亲怕我受不了夜里的寒气，送我回家，然后，她又打着火把往田里赶。

那些日子，旱魔无情地消耗着人们的耐心，但对我们来说，只要有水，就有希望，苦些累些都是值得的。然而，随着旱情的加重，原来活泼欢快的那条小溪也瘦得不成样子，引水沟也干了，靠近水源的两户人家还为争水而打了起来。

二

酷暑依旧，干旱的阴影蛮霸地笼罩着那片焦渴的土地。母亲的话也变得越来越少。

一天晚上，我半夜醒来，发现放在门边的那两把干葵秆没有了。母亲会不会又到田里去了呢？父亲知道了，也很是着急。我扶着父亲，乘着月色，急匆匆地往田里走去。

快到田边的时候，我惊呆了，在迷蒙的夜色里，母亲正挑着两桶水，桶里晃漾着淡淡的光正随着脚步移动，一摇，一晃。母亲低着头，从沟底下的小水塘边一步一步地走上一小段很陡的土坎，然后把水倒进稻田里。

父亲说："二，那是你妈。"我回过神来，泪水禁不住夺眶而出。

我流着泪奔到母亲面前，母亲只是笑笑，为我擦了脸上的泪水，就挑着水桶跟我们一起回家了。

月亮高挂天空，照着我那段辛酸的往事，我已记不清那个沉沉的夜晚是怎么天亮的，但我在那时却突然长大了许多。

第二天，我也挑着木桶跟母亲去挑水保苗。水，一桶一桶地让我从沟塘里挑到田里。一个上午下来，我满身满脸都是汗，过路的人都用一种特别的眼光看着我们母子俩。我挺着胸，一趟接一趟地挑着，说不出那是一种自豪还是一种悲壮，只觉得那汗、那咸咸的感觉一直渗到心里去，浸润了生命里一段最难忘的日子。

当我第五十次走上土坎，把水倒进田里后，我去看我插在田里的草标，那汪着的水，还是没有漫到草标的根部。我很是失望，母亲用衣袖擦了擦脸上的汗水，笑着说："是禾苗喝了，它们渴呢。"

忙着忙着，眼看半个月的农忙假只剩几天了。正是水稻抽穗扬花的时节，我和母亲每天都去挑水保苗，月光好的夜晚，我们也去。星月争辉的夏夜是迷人的，可是，为生活而奔命的人谁还会有闲情去恣肆地消受那些诗意呢？空旷的田野里只有我们母子俩在劳动，此起彼伏的蛙声和虫鸣，更使人感到困乏。累了，我们母子俩就坐在田埂上歇一下，这时母亲会唱上几支歌，那歌声幽幽的、涩涩的，却又暖暖的，在夜风中荡漾开来……

母亲不识字。不识字的母亲却是山寨里的一名歌师，我上学后刚学写字就经常为母亲记录乡间的民歌歌词，这让我对母亲的身世充满了好奇。

劳作的日子，我就常常听到母亲唱起这样的歌：

唱支山歌来解闷，
喝口凉水润润喉。
凉水解得心头火，
歌声解得忧愁人……

慢慢长大，我也渐渐体悟到，母亲的那一肚子歌都是日子里的盐咸醋酸腌制出来的。也许，在尘世深处和生活的低处，本来就需要这样的歌唱来点缀和提神，这可能是山里人与命运和解的一种方式 。我的家乡一带流传着一句谚语——唱歌是苦情的解药。人生一世，稻禾一季，生命的青葱或枯黄，已经有太多的无解，歌声里深藏着的沉郁与顿挫，或许会把俗常日子里的苦涩冲淡一些。

不仅仅是母亲在唱歌。每到冬天，我家那个小火塘间，常常有本村和邻寨一拨拨的姐姐们带着手工针线或打草鞋的 “猫凳”，围着火塘坐着。大家一边忙着手中的活计，一边跟我母亲学歌，火塘里欢跃的柴火映着一张张绯红的脸庞。质朴而饱满的歌声，从木楼中飘出来，唱暖了一个个冬天的夜晚。

三

有一次，在我们母子俩放下水桶歇气时，我突然对母亲说：“娘，打比我是这田里头的一根稻子，娘会把我拔走，放到水塘里让我饱饱地喝水吧？”母亲沉默了一会，才说：“不！娘就让你长在田里，娘担水来养。”那一刻，燥热的夜风和混杂的虫鸣好像突然被一种神奇的力量吸走了，我的心不由得一阵紧缩，鼻子发酸。

担水保苗的日子里，扁担磨破了我肩膀上的皮肉，汗水浸湿了我青涩的记忆，但生活的另一枚种子却已播撒进我的心灵沃土中。两年后，一个稻香飘满山村的日子，母亲挑着我的行李走了五十里山路，送我到县城赶车去外县的师范学校读书，后来我成了家乡的一名小学教师。十二年后的又一个秋日，我去省城上大学，母亲送我登上了从家乡山寨开往县城的客车，我再次从故乡出发，离开了大山深处那个古老的村庄，离开了母亲和那片土地上的农事。

一年又一年，我一次次返回故乡，在曾经洒过汗水的田畴中行走、缅想，在乡野的星月下默默仰望……

母亲已经离开我们十八年了。时光逝去，想念母亲的日子里，我渐渐明白，其实我就是一根稻子，生活早已把我栽植在母亲的生命里，在我成长的岁月中，无论遭逢怎样酷旱的日子，我都在母爱的清泉里青青绿绿地生长着。

（原载《文艺报》2017年11月6日第8版）

刘照进

隐匿

是暮秋一个潦草的早晨，雨不再一味地抒情，季节的末梢挂着果子腐烂的气息。他身体的弯弓悬在门墙上，目光的箭头充满探询和焦虑。可以肯定的是，那不是一支梁山弟兄射向水泊深处报告“有朋自远方来”的响箭，它的速度在卑怯的身子后面显得迟钝而缓慢。

他说儿子已经失踪三天了，问我们的报纸能不能刊登寻人启事？怯生生的话语被舌尖拱出，断断续续穿过缺齿的牙缝，抖溅，洒落，像某种泄漏的化学药品，将空气搅和成一种令人窒息的难受气味。

在他红肿的双眼后面，日子缓缓地翻过了三页。准确地说，是三天三夜——我们习惯把白天当作生活的练习册，夜晚则被潦草地翻过去——三天，七十二个小时，他把每一秒钟都化作焦急的寻找，依然没有任何消息。他说，县城的每一处角落，每一条巷道，每一个朋友、熟人，他都像筛子一样筛滤了一遍。他甚至找遍了全城所有的公共厕所——那种老式的破旧厕所，里面爬满了硕大的老鼠，到江边打听许多熟识的与陌生的船工。他说儿子患有智障，走着走着就会丢失自己，有两次掉到江里差点被淹死，幸亏被好心人及时救起。

“下落不明。”我知道这个湿漉漉的早晨注定被一个成语击中。同时被击中的还有那个摇摇晃晃的瘦削影子。头发蓬乱，脸色菜青，目光空洞，表情呆滞……在上午和傍晚的某些缝隙，我在小城的街边看着这样的影子慢慢梭巡。很多时候，儿子被父亲慈爱的目光牵着，仿佛父亲身边的一只爱犬，蹦蹦达达，嗅觉里充满了对市井烟火的神秘好奇。偶尔也会突然停留在某个摊子前，拿起新鲜的东西比比划划，嘴里呜哇呜哇地嚷叫。孩子显然是兴奋了，仿佛发现了生活的某种秘密。遭来摊主的严厉呵斥后，父亲就会赶紧上前阻止儿子的行为，用卑怯的笑容和言语道歉。更多的时候，他们只是安静地混合在众生的脚步和身影里，像一粒微不足道的细沙，融入人流的大海，被流水接纳，又被流水淹没和忽略。

十多年前，我认识他的下午，斜阳下的江水正充满了抒情地流淌。他在江边淘米煮饭，清澈的水面映出宽厚的背影。轮船上升起淡淡的炊烟，斜晖晚照的江面波光粼粼。那时他是航运公司的职员，在江边的趸船上工作，每天将一些来往的船只和客人安全地送出或者迎回，检查一下船舶，工作清闲幽静。他和江水守着彼此的安宁。他的身后跟着残疾的儿子，跟着平常但幸福的家庭。日子很静，也很安详，像岸边的缓流，平静、舒缓、波澜不惊。

逐渐的接触让我惊讶。我发现，他和那些无所事事喜欢围成一圈吹牛打纸牌或拿着钓竿钓鱼的船员不一样，他把大量悠闲的时光都用来阅读和书写那些押韵的文字。后来我去了报社，他将手抄的一叠厚厚古体诗词交给我，他说自己年轻时种植过梦想，文学成为他果腹的另一粒粮食。尽管那些蹩脚的文字只是潦草地生长在他自己开垦的土地上，还无法获得春天的许可，但对文学同样的依恋使我迅速获得对他情感上的认同，我以为在庸常的生活道路上他已被神圣的文字光芒所烛照。他是一名潜伏的水手，有着邈远的彼岸。

我建议他搜集当地民风民俗资料。果然没过多久，他就将一摞稿子交到我手上，是他利用休息日去乡间搜集整理的，还带着泥土的清新香味。

他在街上挑着竹篓贩卖水果的时候已经成为下岗工人。公路的快捷正将慢吞吞的河运挤到衰退的边缘，江边停泊着越来越多的铁驳船，昔日喧闹的码头鼎沸不再。他在街上的人群里穿梭，摇摇晃晃的担子和摇摇摆摆的儿子配合着眼前的生活形势。显然，他低估了现实的撞击力，他的挑子里还躺着诗歌的香蕉，那些押韵的叶片在市声的渲染里渐渐失去鲜嫩，被一杆旧秤轻易衡量出了日子的窘迫。那时，结发的妻子已经无法容忍生活的窘迫和落寞而远走他乡，甩给他一个残破的家和残疾的儿子。他说做生意老亏本，原因是自己不会耍秤。他原来住着公司的宿舍，改制后公司不让住，他和儿子搬到一处偏僻的民居。后来，他的名字紧挨着别人的名字出现在社区的公告栏里，粗黑字体醒目昂扬，在大红底子的表面不仅彰显夸张的喜气，更使某种雨露得到强调。他被聘为街道卫生协管员，整天戴着红袖套拿着铁钳在街上巡查卫生。他为此心怀感激，心生责任。别人都只是装模作样，他却把这份极其平常的工作当成文字道路上的另一种虔诚坚守。只是不久之后却又莫名其妙再次下岗。后来我看见他拿着一大叠商品小传单，对着来往的人群散发，沧桑的脸上挂着灰暗的色彩。有时看着他脚上沾着泥，行色匆匆的样子，询问才知他从乡下散发传单归来。他从早晨的寒冷里穿过时，脸上依旧挂着笑意和浅薄的满足。

是在某一天深夜，现实再次对他的命运悄悄进行了修改。陡起的变故令他猝不及防。他后来总是反复向人说起自己的疏忽，泪液在他的眼角先是涓涓溪流，逐渐就变成洪水，滔滔地一路从别人的心腔里淌过去，所过之处一片泛滥。他说自己在晚饭后和儿子上街，只是稍一大意，儿子就失去了踪影。他最初以为儿子只是没跟上自己脚步，走到某一条街巷的背阴处藏匿（这样的情形以前出现过多次），或者，儿子是被某一出花灯戏的锣鼓吸引（那时，街头的某一块宽阔地面正在展示生活的斑斓色彩）……

他在寻找的途中隐隐听到一种议论，只是那些议论探头探脑，神秘诡异，像房檐下偷偷进行的接头暗号。传言让他感觉不可思议。儿子失踪的夜晚无疑成了焦点。夜晚的黑幕掩盖了一切，包括罪恶和肮脏。调查越来越接近传闻的真实性，一些隐秘的细节渐渐被他打开。有人看见一辆装满肮脏和痴呆面孔的卡车深夜驶出了县城。事实上，次日的大街的确变得宽敞而整洁，那些流浪的痴呆和肮脏面孔一夜间就消失得无影无踪，像是获得某种指令的集体撤退。与之相衬映的是满城的热闹和欢聚，小城因为某个人物的抵达变得严肃而神秘。

那些失踪的面孔成了小城的悬疑事件，像一起无头的匿尸案。暮秋的街头，萧索堆积，厚厚的梧桐叶子，风一吹就四处逃窜。

最初，他试图根据街头议论得来的零星线索去找有关部门提供帮助，他的脸贴在一些玻璃窗子的背面，卑琐的面孔仿佛一张破旧的树叶。从窗子里传来的声音使他明白，所有的“有关部门”，此刻，都与他“无关”。

张贴在电线杆和墙头的“寻人启事”像一张张皱巴巴的脸，复印的照片面容模糊，文字凌乱、仓促，充分显示叙述的失败。“133××××××”，承诺酬谢的联系电话迅速被“包治性病”“房屋出租”的野广告覆盖。

他固执地穿过每一个早晨或黄昏，穿过县城一如既往的聚闹和繁华，不断地走在寻觅的路上。他顺着一条条隐隐约约的线索不断奔赴过去，又不断地荡跌回来。每一场希望都在失望的身后叠加，最后变成街头越堆越厚的落叶。他开始把寻找的范围扩大到附近的县城和乡村，不放过任何一条希望渺茫的消息和线索。他坚信儿子就在某个鲜为人知的地方，被人藏起来，制造悬念，和现实捉一回迷藏。他说，时间久了，那些中巴车司机都认识他，几乎不收他的钱。只要我存在一天，就要寻找一天。他说。一条活生生的生命，总得有个来龙去脉。他说。

他还在散发商品传单，或者为某个新开张的铺面做临时宣传员。高挑的身子混杂在老年花灯队伍里面，双手舞动着金钱杆子，喧天的锣鼓，沿着人民路、幸福路、朝阳街，一路砰砰地敲打过去，一路砰砰地敲打过来。没有人留意他漠然的表情，在时间的河流中，小城最终习惯了他的来去匆匆，习惯了他沾着黄泥的胶鞋和越来越清瘦的身影。

内莉·布莱（本名伊丽莎白）是19世纪《纽约世界报》（New York World）的记者，为了探访精神病院实况，她开始在镜子前反复练习（精神错乱的表情），然后搬进一间破旧的寄宿公寓，开始大闹装疯，扰得四邻不安，最后成功骗过医生，被送进纽约罗斯福岛的一家精神病医院，与其他女精神病人一起接受治疗。她发现了一个惊人的秘密：这里的所有女患者都相当正常，治疗人员反而才是不正常的那群。“在住进去的第一天，我就停止了装疯卖傻。”娜丽说，“我说话举止越是正常，他们越是觉得我病得厉害。”

娜丽只在里面待了十天。她逃出来了。

后来，她将自己的所见所闻写成书籍《疯人院十日》（Ten Days in a Mad-House），这部书成为隐秘报道的经典，影响了后世。

2015年，《疯人院十日》被拍成同名电影。

世情这张纸，被轻轻捅破。

躲藏是因为我们想被发现。（赵瑜《六十七个词》）

仿佛童稚时代笨拙迷局的复演，失踪者的面孔被寄存到远方，成为儿童世界游戏的赝品。隐身暗处的人，身披一身黑，影子被光线出卖。

隐匿是游戏制造者巧设的外衣，当那个身陷迷局的人一转身，世界便双目失明。那个先天智残的人，躲在世情的一边。他不是傻子，他住在傻子的对面。

（选自《沿途的秘密》，中国戏剧出版社，2017年11月；
《沿途的秘密》获第八届全国冰心散文奖；《散文》2018年第11期刊载）

欧阳黔森

连山之殇

我人生中最好的青春年华，可以说献给了国家的地质找矿事业。野外地质勘探的经历，也可以说，是我一生中始终不能忘怀的记忆。这些记忆时常在我梦中出现，每次都会潮湿我的双眼。

虽然我已不再是一名地质队员，可每次看到连绵不断的大山，心就不再平静。无论是在飞机上或者火车、汽车上，窗外的山无疑最吸引我的眼球。这个时候，我总是在想象我依然是一名地质队员，依然在征服一座又一座山峰。

弹指五十多年匆匆而过，岁月的磨砺碾压出最深的那一道痕迹就是我八年的地质找矿生涯。昨天，一个评论家采访我，问到我的地质生涯与文学的关系时，我一下子想到的是毛泽东主席的一句诗："人间正道是沧桑。"

晚上躺在床上，眼前浮现出那八年中的沧桑时日。我不知道是什么时候入睡的，也不知道是否在梦中。早上在似睡非睡中起来，想到第一件事是述梦，免得忘记。大脑里最早闪现的一个标题是《有人醒在我梦中》，是的，昨天，我梦见了那些生死与共的兄弟们，他们的影像，似放电影一样浮现、清晰而鲜活。当我写下这个标题时，才想起，这个标题我用过。到了这时候，一句感叹的话不由自主地蹦了出来——美好的回忆是惊人的相似，丑陋的回忆是各自的不同。这有点类似托尔斯泰的一句名言，可它毕竟准确地表达了我此时的感受。

这样，我只好写下——《连山之殇》。

1988年，我还是一名地质队员，那年我二十三岁，带队到广东连山壮族瑶族自治县、连南瑶族自治县一带搞1：200000地球化学沉积物测量。我是项目负责人，项目分四个采样组，一个样品加工组，总计二十余人。为了简化称呼，也为了责任和荣誉，我们便以每组组长的姓为代号，一组为欧组、二组为李组、三组为何组、四组为侯组、五组为正组。

我们的第一站是连山县。连山县地处粤北，以山地为主，这也是为什么由贵州地质队员来完成这项工作的原因。众所周知贵州地处高原，是全国唯一没有平原的省份，而贵州的地质队员又有一个众所周知的外号——爬山猴。

在我们的印象中南岭山脉与壮丽的乌蒙山脉、昆仑山脉不可比拟。有了这样的判断，我们确实没有打硬仗的准备，到了连山、连南一看，这一带的地形山势，并不是我们想的那样，但也未引起我们的高度重视。等到了连山县小三江镇边缘的一处公路道班里，我们研究怎样开展好工作时，才从1：50000的军用地形图上知道，五岭之一的萌渚岭余脉绵延全县大部分区域，地势由北向南和由东向西倾斜。海拔千米以上的高山居然有四十九座，最高峰是东北边缘的大雾山，海拔一千六百五十九点三米；最低处是南部边缘地带，海拔一百一十七米。这样的高差构成了连山崇山峻岭、溪谷纵横的地貌。由于南岭山脉属低纬度中亚热带季风气候区，雨量充沛，因此植被茂盛。

原本想，贵州的爬山猴来到广东的南岭山脉，那还不是小菜一碟？没想到这才十天，侯组出野外采样就出事了，未按预计时间回驻地。惯常预算的时间误差几个小时也是常态，侯组早上七点上山应在晚上七点左右回来，而此时已过了临近深夜十二点，还不见人回来，大家都急了。说实话，大家都很意外。按说侯组组长侯兵德，也算“老地质队员”了，我们大家一起“南征北战”多年，像武陵山脉、乌蒙山脉、横断山脉、昆仑山脉的千山万壑中都留下了我们的身影和足迹。来到这名气不算大的小山系还出这样的事，真是有点令人纳闷。纳闷归纳闷，要有应对的措施。这个措施就是除了我留守驻地外，其余人出发分头寻找侯组一行三人。临行前，李组组长无论如何不让五组组长“正确”去，说他去麻烦，一会儿要找的人都回来了，去找的人反而弄丢了回不来，那不是更麻烦。看李组长那坚决的态度，我只好劝说“正确”不要去了。“正确”很不爽，说我郜德也是老地质了，还瞧不起人。李组长说，我看你吃了大力丸了，不知天高地厚，在我这儿你也敢称老？老子上山搞地质的时候，你小子还在穿开裆裤，你给我“鸦雀”。

“正确”无可奈何地拨弄样品去了，还嘟嘟囔囔地：“老子就是不‘鸦雀’，怎的，正确。不让人开口说话呀！这太不正确了。”“正确”是郜德的外号，缘由是他喜欢运用正确这两个字，正确这个词于他而言，几乎改变了词性，在他嘴里有时候相当于叹词，只要他开口说话，三句必有两句是“正确”。于是大家不再叫他郜德，都喊他“正确”。这次来连山搞化探工作，样品组就简称为正组。

李组长在我们中年纪最大，是真正干了二十几年地质的老地质队员了，他在我们当中很有威信。四年前，我们在武陵山脉主峰梵净山的原始森林中遇老虎，他扇了胆怯的“正确”一巴掌，“正确”也没有认为他扇得不正确。因为那种危急时候，一定不能因胆怯而失镇静。从那以后，“正确”胆小的名气越来越大，每次出野外，大家保护他的意识就越来越强。所以这次出野外工作，只让他在驻地从事样品加工。

李组长带人走后，我一直坐立不安，既担心侯组出事，又担心去找人的李组何组们出事，毕竟是深夜了。按说，我是这个项目的负责人，不应该这么处理这种突发事件。冷静一点的话，应该是等待，万一侯组又摸黑回来了，万一李组何组的人又没遇上侯组，这不是乱了嘛。天这么黑，让这么多人进山，说实话，真的很冒险。为此，我还与李组长争执起来。我说，应该相信侯兵德的野外经验和能力。如果今晚没回来，我们明天清早上山寻找，现在天正下毛毛雨，到处黑不溜秋的。

李组长一句话把我给逼到了绝境，他说：“你小欧说话不怕牙齿痛，哪个不去我管不着，反正老子要去。不就是个天黑毛毛雨嘛，就是天上下刀子，老子也要走。”说着他上前一步指着我的鼻子：“我看你小欧，就是个昏官，你想一下，现在要是你还在山上，你咋想。恐怕正咬牙切齿，骂我们是一群狼心狗肺的人吧！

我说，要走，我也必须走。

他说，有这句话，你还算个清官。你是项目负责人，在家坐镇，我走，出了事，要担责，我担比你担好。

我还想再说，他不再给我时间，他一挥手说，你“鸦雀”了。你还年轻，前途远人，这种事，还是我这种老人来干。

那一夜，我没睡，“正确”也没睡。我俩坐在门口的屋檐下，心里七上八下的也没话好说。在那种时候，说什么，实在没什么兴致。

夜更黑了，几乎伸手不见五指。我们就这样在黑夜中盼望，盼望在黑黝黝的远方出现一柱柱光亮，继而又担心李组长他们的手电筒没电了，毕竟此刻已接近黎明。

黎明时分天更黑，这是常识。当漫漫长夜即将要过去，太阳还未从地平线以下欲喷薄而出之前，阳光照射到距离地球三千公里左右的高层大气上，就把星光冲淡了，而高层大气十分稀薄，它散射的阳光不能充分透过稠密的大气层传到地面上来。这样，地球上既没有星光照射，又受不到大气的散射光，因此这时候是二十四小时里最黑暗的时间。简而言之就是人们常念叨的——黎明前的黑暗。

自然界黎明前的黑暗，我是无数次见识过的。是的，在以往的地质找矿生涯中，我也有彻夜行走在深山的经历。不过，几次都是在有月亮的夜晚，在月夜中行走，我几乎是不用手电筒的，我的经验是，手电光在黑暗中就是在黑地上亮起一个光圈，眼睛反而因光圈而模糊了光圈外的物体，其实，在野外，手电光圈之外的危险依然存在。比如野兽，毒蛇。也就是说，人在光圈里，就在明处，而野兽、毒蛇在暗处，你说，谁更危险？

有了这样的亲身体验，在这样的月夜行走，我宁愿不用手电。我知道，我的眼睛虽然不如野兽有夜视功能，但也能在这样的月夜渐渐适应夜的黑。其实这样，我感到更踏实一些，除了我能在这样的环境中发挥出人眼的潜能，更重要的是，手电筒的光在黑夜中特别耀眼，可能会妨碍人其他器官的应急反应。

天长日久的野外工作经验告诉我，在月夜行走，关掉手电筒，眼界会更远更阔，耳朵、鼻子也特别灵敏。有人可能不理解，会认为我在这样的环境中，夸大了耳朵和鼻子的作用。其实，你没有亲身经历过，就不会体会到。

毫不夸张地说，在野外，眼睛看不到的危险实在太多。我还可以告诉你，我能嗅到眼睛所看不见的毒蛇盘绕在何处，误差不会超过一米，你信吗？我能在数十种微弱的声音中，分辨出毒蛇游走的方向，你信不信？这些能力，是我长期在荒山野岭工作形成的，我认为，这是人类应有的潜能。

想想退回到原始人的时代，那时候的人，不是潜能，而是有这种能力，否则原始人早灭绝了，也不可能进化成现在的人类。现在的人，早退化了这些能力，可一旦长期回到荒山野岭，人在这种环境中本能的应急反应，就会激活这种早已退化的潜能，当然，人类已经退化成现在这样了，激活的潜能也是有限的。即便有限，我也拥有一般人所不具备的野外防范能力。

可是，那夜无月，还毛风细雨的，侯组、李组他们如何了呢？

那天的黎明注定毫无灿烂可言，它的绚丽应在厚厚的乌云之上。那么那天的黎明前可谓是黑上加乌，让人倍感压抑。没有了黎明的天象，便也没了曙光的颜色，天阴沉沉的像污浊了的乌白色幕布渐渐拉开，给我的感觉就是想骂人，扭头一看“正确”也一脸苦相，我也就忍住了嘴巴的狂躁。

嘴忍住了，不等于脚忍得住，我拔腿冒雨往外跑，我想爬到旁边的小山上，看一看李组们是否远远地向我走来。

我刚跑到小山脚，迎头遇上了侯组组长侯兵德。由于我急着想要爬上眼前这座小山上去，还真没注意山坡一角的路上有人，他喊了我一声小名“古古”，我循声才看见是他，他一身湿漉漉的，看样子冷得上牙碰下牙微微发抖，还龇牙咧嘴地傻笑说，雨兮兮的，你一个人跑出来搞哪样？撒尿呀！

我跑过去一拳打在他胸上说，跑出来搞哪样？这里除了老子和“正确”，昨天晚上都跑出去了。

侯兵德很诧异，表情夸张，这当然不因为挨了我一拳，以他的体质，再饿他一天，那一拳也击不趴他。当他夸张的表情原形毕露地变成一种羡慕的眼神时，我就知道他误解了。一般来说，这种毛毛雨一下就得连续几天，这样，我们便会停止野外工作，一是怕雨打湿了1∶50000的军用地形图，二是怕样品相互渗透污染。这样的天气就是我们的节日，大家就会到附近的城镇去，一来吃点好的，二来购点日常用品。侯兵德听我这一说，他还以为除了我和“正确”守在驻地，其他人都到小三江镇上去了。

我又给了他一拳说，昨晚见你们没回来，他们都出去找你们去了。

侯兵德更夸张了表情，像一只恶狗龇牙露齿地说，找哪样找，地形那么复杂，森林又大，不要说他们十几个人，去一个加强连也找不着我。像这种情况，在家等最好，真笨。太小看我老侯了，还怕我回不来呀！

我还想一掌过去，他敏捷地闪过我，带着他的两个组员，朝我们暂时的家走去。一边走还一边朝房内大喊：“正确！”把饭菜拿出来，饿死老子们了。

吃饭的时候，我趁他狼吞虎咽地不好搭腔，警告他说，猴子，一会李组们回来，你要是刚才那个态度，是不行的。

侯兵德斜了我一眼，吞咽下嘴里的食物，瓮声瓮气地说，我说古古，自从你当了个项目负责人，咋个越来越不像兄弟说话了。我就这态度，本来他们就笨嘛！找累。

我说，你果然就是一只猴子，不知好孬！

侯兵德说，我没说他们找我不对，只是早了点。都是老兄弟伙了，还信不过我老侯的本事，我又不是新来的，第一次出野外。

我说，好！老李回来，你照给我说的说。说完，我一拍屁股走人。

我还得出去，爬上那座小山，眺望李组他们。

当然，事后，老李回来，“猴子”没敢说老李笨，毕竟我们刚参加工作时，老李带过我们，相当于师傅。

至于侯组如何未能按预计的时间回来，他没说，我们也没问。因为，在野外这种事是常有的，河流涨水，地形复杂都有可能造成。猴子回来晚了，而没什么可说的，说明那天侯组上山没遇到什么值得我们说道的事。

这件事没过多久，我重蹈了猴子的覆辙。相同的是，兄弟们也是倾巢而出找我，也没找到我。不同的是我遇到了值得说道说道的故事。

那天清早七点钟，我们几个组分头出发上山。我带着队员小潘、小张渐渐进入了高差较大的地带。有时为了一个采样点，要花去几个小时，这里植被覆盖率高，而这些深沟里基本上没有农民们种的谷物之类的东西，没有人走动自然就无路，我们只好拨草而行，艰难地在沟谷里前进。

一般人都不愿走回头路，我们搞野外地质的人就更不愿走回头路，但往往我们走的回头路最多。我们的采样点最多的是在深沟里，而采样的布点要求，像在这种水系发达的地方，百分之九十以上要求布在一级水系上，而一级水系是水系的发源地，凡是见过大山的人，都应该知道有一些深谷里杳无人迹，很多探险者也望而却步，但那可能只是二级水系或三级水系，而我们要到的是一级水系。一级水系基本上是沟谷的尽头了，离山与山之间的分水岭只不过几百米。这些地方不知道有多少悬崖瀑布等你去攀登，这些地方别说是人了，就是有些野物也很少光顾。

下午三点左右，突然下起雨来。雨水从树林茂盛的叶子上传来星星点点的声音。这儿的雨就是这样温柔，像恋人的心一样不可捉摸，说来就来，说去就去。在夏日里经常产生这样的奇观，几个人相隔仅几十米，前面的人淋得一身湿透，后面的人却被太阳晒得满头大汗，这种太阳当头照，而又潇潇雨下的大自然美妙的奇观，可能只有我们地质人才能感受到。

后来雨水竟然大了起来，把森林渐渐打湿透了，雨水透过树叶，钻进我们单薄的地质服紧紧贴在我们的肌肤上，凉凉的，但并不透骨。

这时候已无法取样，雨太大了图纸展不开，无法看地形确定采样点，更无法记录一些地质现象。当我们走出这条山沟时，已是下午六点二十分。我在一块巨石下，展开图纸判断出我们现在的位置，并确定了方向。这儿离军屯公社还有二十华里，按我们的脚力，最多一个半小时就能到达。但现在我们不是处于人们常走的那种山间小道，我们还身处只有猎人才来的林子里。看看往西北的方向，层层山峰重叠，植物茂盛。我知道只有翻过眼前这几道山峰，才能到达通往军屯公社的山道。从图上看来，到达那条小道，直尺量下来就是两公里，但我知道，走出这两公里的老林子路，起码相当于要走小道的十五里路。

天还有一个半小时就会黑下来，也就是说，我们必须在两小时内走出这片静悄悄的森林，走到那条小道就安全了，否则天黑以后，雨天无月看不见地物地貌就危险了。

没有路我们只好朝西北方拨开荆棘而行。那些小灌木密密麻麻地生长在前面，枝干上还带有一些小刺，一会儿我们就被那些可恶的小刺搞得手上满是小洞洞，血慢慢溢出来，黏糊糊的，让人感觉麻木地痛。我还算好，因为图纸和记录地质资料的记录卡都放在我背图板的资料口袋里，图版虽然宽大，却有一个特制的资料包，使我可以把它背在背上，而且又不重。因此我的双手还能伸出来拉住植物借力而行；而小潘、小李却困难多了，他们除了身背我们今天刚采的二十几件样品外，手里还拿有一把地质锤。样品每袋有二斤到三斤，这样他们背上就有四十斤左右的重量，他们仅能有一只手伸出来抓住物体帮助攀登，因而他们的手受伤比我严重。他们一只手抓住了植物，用力向上的时候，即使小刺扎进了肉里，也不可能立刻放手，只有等脚站稳了才能放手，要不然手一放，脚下踏滑滚下坡去，纵然那些茂密的小树挡住了你，使你不至掉下悬崖去，但最少你也会被荆棘搞得遍体是伤了。所以我们都尽量小心，尽量看清以免抓住荆棘。

天已经麻麻黑了，为了尽快走出这片荒野，我们已顾不得手痛。雨这时候已经不很大了，它潇潇洒洒地飞舞下来，很柔情地贴近树木和我们。现在我并不感觉冷，反而热乎乎的满身是汗。我最怕这种柔情的雨，黏糊糊的，把我的眼镜片搞得雾蒙蒙的。这时我总是摘下眼镜放进口袋里。在这绿色世界里，我的视力好像比在城里看东西要清楚得多。

经过两小时的努力，我们终于到达那条通往军屯的山间小道上。小道没有我们想象的那么宽。从图上看，这条小道应该是常有人走的道路，应该不会这么窄，而且杂草横生。这条道路是图上唯一通往军屯的地方，从1965年印制的地形图上看军屯公社所在地最少也有几十户人家。20世纪60年代初军屯公社就有几十户人家，现在几十年过去，说不定已是上百户人家了。以前的公社现在都改成乡政府了，这是常识。像这种不通公路的小乡，在我们贵州有很多，但最差也有一家小百货店。以我们在山区工作的经验，这时候乡长不在，书记会在，书记不在，最少都得留个秘书在乡政府看守，只要我们把地质队的介绍信拿出来，人家一看上面还有县政府的公章，还是会热情接待我们的。

心里有了军屯公社这个目标，我们的心里就踏实多了。走了一个多小时，按理我们应该能看见一片灯光了，但前面还是黑黝黝的一片。我想就算这个乡不通电，也应该有几盏煤油灯吧！这时候我感觉到有点不对头了。走错路的可能基本上可以排除，可怎么就不见这个乡呢？莫非飞走了？我可是一个彻彻底底的唯物主义者，虽然我对达尔文的进化论有一些意见，这些意见也许很浅薄，但对我这个学地质的人来讲，却一直有一个困惑的问题。从猿到人几千万年，而且立起来行走的人也不过三四百万年，有史记载的人类历史不过五千年而已，这么一个进化过程，还不能完完全全使我信服。我想我们学的古生物学中的三叶虫，从寒武系到三叠系历经几亿年，怎么也没有进化成别的什么样子。当然我并不是说人是神造的，我还是赞同一些其他科学家研究的科学观点。如果要我提看法，我也没有那么高的学问，仅有的一点地学知识，还是跟书本上学的。但我可以打一个也许浅薄的比喻来说明我的一点看法。二氧化硅，我想大家都知道是一个什么样的东西，可它在不同的条件下产生的东西却大不一样，有的形成玻璃，有的就是一块含硅高的石头，可有些却成了冰洁透明的宝石——水晶。我想人和其他动物可能也是这样 ，同样都是有血有肉，可有些是猪、牛、马、羊，而我们却是人，就像水晶比玻璃和硅石高级得多一样。所以我特别赞同在人和动物之间有高级动物和低级动物之分。

一边想我一边打开图纸，打开手电筒，仔细地把图纸上的地形和实地对了一对，正确呀，虽然是天黑了，可远处的山和大的物体还模模糊糊看得清楚，是可以做为参照物来判断地形的。

“碰到鬼了！”我骂了起来，“活生生一个乡政府不见了。”

这时候又饿又累。本来拼死拼活奔到这儿来，是因为想到这儿是个乡政府，有饭吃，有觉睡，这一下一切都完了。

小张一个劲地在那儿怒气冲天，说压缩饼干带少了，又说我为节约几块钱不请民工背样是错误的，农民肯定知道这个乡的情况，我们也不会遭遇如此尴尬的境地。他不敢怨我的水平问题，因我的识图能力在分队可是有名的，不管多复杂的地形地貌，我都能准确无误地把图上和实地的误差精确到规范以内。

我拨开草丛和灌木丛搜寻，发现有很多残存的石板、石墙，很明显是原来房屋的基石和墙体，看来，这里确实有过建筑群，可现在却只剩残垣断壁。

“咋个办？”有气无力的小潘在那儿问。

我心里也正好气得没地方发泄，本想大吼一声骂将起来，可一想的确如此，如不为了节约二十块钱，请个当地民工，他们也不会背几十斤样品，累得在那儿腿发软，我们也不会在这儿没有饭吃。可当时我想到采样后的目的地是军屯公社、是乡政府，还请民工干什么？我们在贵州请民工跟着我们一天爬山背样品，大约五元钱，在这儿一打听要二十元，吓我一跳。我就以语言不通、节约经费为由拒绝请民工。大家想到沿途还有个乡政府所在地，估计这两天的采样工作，不算是艰苦的路线，也就同意我的决定。

见我的组员们心里憋了气，我也只好不吭气。我从背后取下图板，打开图纸，寻找一个可以吃饭的地方。在图的北边十多里的地方，图上显示有十几户人家，地名叫李家梁子，我咬了咬牙从牙缝里挤出一句话来：“走李家梁子。”

本来我也累得饿得有气无力，话都懒得说，咬了咬牙，从牙缝里挤出来的话，似乎比张开嘴说的话有力，于是我们打起精神奔向李家梁子。

到了李家梁子还是没人家，我一下有点心慌了。这次出来有两天的工作量，按计划是我们沿A路线采样，预计晚上七点左右到达军屯公社吃饭，再住宿一晚，于第二天沿B路线采样返回，预计晚上八点左右到驻地。这当然是在1∶50000的军用地形图上规划的。

我知道，像这种出乎意料、猝不及防的应急事件，心慌是没用的。我要是显出慌乱来，他们更慌。今天穿山过岭地跑到了这里，又饿又累，原本想好好吃一顿，再美美地睡个好觉，没想到都落空了。我再次展开图纸，小潘小张凑近上来看，我把手电光照在图纸的边角上，“中国人民解放军总参谋部测绘局1965年制”的字样非常入眼。我这样做，意思很明了，不是我的错。我们出野外，目前用的地形图有两种，一种是1958年国家测绘局测绘印制的，一种是1965年总参测绘局测绘印制的。当然，我们更喜欢第二种，新一点，就会更准确一些。地形图上明明标注有军屯公社和李家梁子，眼前地貌是相符合的，人家户却消失了。这能怪我吗？我的目的也很明了，先稳住组员的情绪，让他们明白我们的处境。既然都如此了，也别怨谁，一起渡难关更重要。

再走就有点不明智了，我们只能就地想办法。这时，雨早停了，夜的黑稀疏了许多，甚至空中还有闪烁的星星。这样的天象，明天一定是个大晴天，很利于采样工作。

我们找到一个遮风处，坐在花岗岩上吃压缩饼干。饼干确实少了点，每人只分到两块。小张个子大，对他来说，两块实在太少了。按说压缩饼干很难吞咽，一般我们都是一水口一口饼干。也许是体力消耗太大了，这时可谓又饿又累，他的嘴对着压缩饼干猛咬，一副狼吞虎咽的样子，事实证明，对一块压缩饼干狼吞虎咽，结果只能是狼狈不堪。

我嘴里也是一口的饼干，却像吞咽了一把河沙一样，摩擦着我的喉咙，使我反胃想吐，正当我强行吞咽难受之极时，看见小张狼狈不堪地向我伸手。我知道，他这是问我要水壶。我实在说不了话，只是举起军用水壶摇晃，表示无水。

虽然天黑，但我依然能看清小张的窘态。我想笑，却咧不开嘴。片刻，小张跳起来就跑，跑到了一株芭蕉树下，扯着一片巨大的叶子吸吮着。我拍了一把小李，我俩也跑了过去。

还好，这里的芭蕉树还不高，我们伸手就能送到嘴边，芭蕉叶巨大的叶面上挂着一串串的水珠。

衣服湿透了，也没法生火来烤，到处都湿漉漉的。好在时值初夏，也不冷，就是蚊子太多，像轰炸机一样在我脑畔嗡嗡地来回盘旋，似乎在寻找俯冲轰炸的地段，简直不能入眠。

天麻麻亮的时候，我们开始按计划沿B线沿途采样。我看了一下表，已经早上7点钟。我想那地平线尽头升起的旭日正光彩夺目，可惜我们此时正在山谷里行走。

尽管从半夜到黎明我们一直睁着眼，黎明的曙光和日出我们是看不到的。此时，吹满山谷的风，湿漉漉地轻拂上我的脸，我知道，山谷里的湿气已开始上升，不用多久，就会形成一大片白云笼罩着山谷。这样的景象非常美丽。这样的美丽，对于我们地质人来说是常见的。

记忆最深的一次，是在康定城南的跑马山上，那天清晨我们已爬上了跑马山，回头一看，不见了康定城，康定城被白云笼罩在山谷里，而白云在阳光的照耀下，莲花一样纯洁无瑕。美极了，我们的心情也好极了。老李说，跑马溜溜的山上，一朵溜溜的云在哪点，我咋个看不到。我嘲笑老李说，我看你昏了头，即使有朵溜溜的云，也是在别处往我们这儿看。老李说，正确。他手一指山谷里莲花般的云说，等它们散了，我们的头顶上，肯定有朵溜溜的云。

此时，我们就在白云下，白云之上有谁在呢？

中午，我们吃了最后两块压缩饼干，继续沿线采祥。这时还剩十一个采样点，我们必须在太阳落山之前完成。到了下午五点，还有两个采样点，又在不同的山谷中，如果我们三人同时去采，天黑之前肯定完不成，这样的结果是我不愿意看到的。原因很简单，今天不采这个样品，明天还要来采，而明天有明天的采样点，这样势必影响工作进度。

坐在两条山谷的交汇点，我犹豫再三，决定分头采样。这个决定是违反野外地质工作原则的，我也顾不了这么多了，我只是想完成今天的任务，免得明天走几十里的回头路来取一个样品。在野外，地质小组上山，规定最少两人，这是防有意外事故发生，还有个报信息的人。那时候不像今天有手机，有卫星定位电话。

我做了这违规的决定，就不能自私，叫谁单独作业都不合适，当然只能是我自己。我与组员们约定，采完样在这个出发点会合。

那天，就这个决定，差点让我消失在人间，是我没预料到的。也正是那天的经历，使我明白了许多原来不曾思考不曾理解的道理，也正是那天，我的心从此放下了许多东西。多年后，我不断在梦里重温这个经历，这个经历的体验，让我在以后的岁月里受益匪浅。

那天，我走进那条山谷，就感觉不好，那路越走越小，越走越荒，看得出来几乎没有人来过。常有人来的山谷小路上的草，绝不会没有踩踏的痕迹。说实话，这也没什么，地质人嘛，走的就是无人路。

走了大约三华里，我感觉越走光线越暗，我也没多想，山谷越来越狭窄，植被越来越茂盛，光线暗是正常的。这时，突然我感觉腿部一麻，心里一震，我的第一反应是被蛇咬了。我听见前面有水流的声音，判断是小溪，我赶紧朝前跑，想趁早清洗伤口，查看伤口，看牙洞是四个还是两个，以便清楚是否是毒蛇。

到了小溪，我急忙挽起裤腿找伤口，却找不到。我纳闷了，这怎么回事？当时也没多想，只是急着想把那个样品采回来。

也许有人说，你傻呀！既然这么难，这山谷里到处都是泥巴，随便装一袋就行了。说到这里，我觉得有必要对我们的采样工作做一个说明。这是化探，是一种找矿手段。我们采的样品，最后要进入实验室进行光谱分析，要求分析四十二种元素的含量。我们再通过元素含量异常，决定下一步工作。通常土壤里的元素都有一个正常值，而超出正常值时，我们就要做异常查证，再往下就是槽探、钻探等手段。所以，采样就是第一手资料，要是这个样品不真实，以后结果便都是假的。

那时候，我们从来不作假，也不知道作假。说实话，真要作假，我敢说谁也查不出来。只是，那时我们从未想过作假。

那时候，我体力消耗很大，感觉又饿又疲惫。看看要接近图上的标注的采样点了，一道悬崖挡住了我的去路，那悬崖有一百多米高。这样的悬崖对于我来讲，确实不是什么事，我想都没想，直接爬。没想到爬到离悬崖顶还有十米时，居然爬不上去了。那最后的十米岩体特别光滑，且无石缝间隙让我手抓到借力而上。

对于爬山，我们地质队员都知道有一句谚语——爬山容易，下山难。何况我面对的是悬崖。野外工作那么些年，只知道有爬上悬崖的，没听说过有谁愚蠢到要爬下悬崖，除非他想死。你肯定见过专业的攀岩高手往上爬，不过他们事先还得从悬崖顶坠条绳子下来，绑在腰上，才往上爬，即使失足失手，还有绳索保护，大不了悬在空中摇晃而已。

你不可能见过攀岩者没有绳索的帮助而往下爬的，我们地质队员也不可能。

那时，我在悬崖上，上也上不去，下也下不去。我的腿开始有些发抖，我马上意识到这样危险，心里很明白，不能慌张，慌张就出事。我脑子里这样一想，这一想就到了心里去了，哎！我感觉没有心慌呀！也没有恐惧呀！我这才从容地用身体贴紧了岩体，以减轻脚掌的承重力。

贴在岩石上，我想，今天要死在这里了。我不可能一直这样贴在悬崖的缝隙上，因为我脚下的石缝隙只有约几公分宽，脚掌受力严重不均匀，这样的话根本承受不了多久的。刚才腿的颤抖，并不是恐惧。

按爬悬崖的常识，我是不能回头看的。这时，我还偏偏回头看，脚下确实是万丈深渊，掉下去绝对死无全尸。

这时夕阳特别的灿烂，太阳像熟透了的果实，跌落在山巅，血的彩汁染得绿红花紫。我背靠着岩石，眯着眼睛，还很享受。我真不知道，我的脚还承受多久。也许那时候天地间太美，美得世界都宁静了下来。我的心在这样的宁静中非常地平静，而正是这样的平静救了我。心的平静，使我的大脑异常地活跃，我明白，这天地间只有我的存在，我只能靠我自己。

我想，我脚上的登山皮鞋是硬胶底的，我脚趾的着力点只能是在鞋底上，而我光脚的话，十个脚趾头的着力点都在岩石上。我必须试一试。于是我侧身，一只一只地脱掉登山皮鞋，也只能任其掉下深谷，开始还能听见登山鞋碰撞到物体的声音，后来几乎就听不到了。

我就光着脚丫，身体紧贴岩石，像一只巴壁虎一样四肢左右移动，慢慢地爬上了那十多米湿滑的悬崖。

坐在悬崖上一块突出的石头上，我呆愣愣地看着天边的晚霞。真的，我就一直这么坐在那里，很久，很久。

没预料到会这样，我的手电筒也未带。光着脚丫，在这样的荒山里是不能行走的，否则走不了多远就会危机四伏，尖石、荆棘、毒蛇等都可能伤害到毫无防范的光脚。

我只好不走，再说，我也饿得走不动了。

那是一个美不可言的夜晚，整个山谷虫鸣鸟叫，像一曲曲无伴奏多声部的合唱在上演，我并不感觉孤单。

那夜，我感受到了夜黑如墨。是的，没有什么比夜更黑，没有什么比黑更深邃，当月升起来的时候，夜的黑远在天边，月的白近在咫尺，我，渺小如蝼蚁。在这一刹那间，我的心空无一物，手也空空如也，人似乎与万物浑然一体，整个身心通透舒畅之极。三十年后，与一位文学前辈交流心得时，他告诉我，心空是一种境界，心里装的东西太多了，太满了，你就再也容不下任何东西，打个比方，你双手拿满了东西，你要知道放下，放下后，看似你双手空空，其实，你这时可以抓起任何东西。

我告诉了他那天我在悬崖上的境遇，并谓之为连山之殇。他说，险境于弱者是眼泪、是灾难，于强者是汗水、是财富。

是的，那天过后，我不认为我已是一个强者，但获得了人生中最可贵的财富，这个财富就是四个字——情谊无价。

三十年前的那天，黎明前的黑暗中，在山谷里有一束束手电的光芒穿透黑夜耀如闪电，我知道，那是我的兄弟们在照亮我前行的路途。

（原载《山花》2017年第12期；《散文选刊》2018年第5期转载）

若　非

相遇于羊坊店西

一

凌晨三点多，我抵达位于羊坊店西路的酒店，放下行李后在附近觅见一家吃烫菜的小店，店里异常冷清。

看到来客，老板脸上露出一丝惊喜，招呼我自己挑选菜，引导我坐下，很热情。

“您这店开得挺晚啊。”他将食物送到我面前，我随口问他。他坐下来，抽餐巾纸擦手，说：“我们通宵营业，白天有一个小工帮忙，晚上我和媳妇轮换着，一般是她前半夜，我后半夜。”

我吃了一口，味道不错，辣味也足够，是我喜欢的口味。能在异乡遇见合口味的饭菜，本身也是一种难得的缘分，借着这个由头，我们慢慢聊了起来。

老板告诉我，他是四川人，来北京快八年了。最初是想做火锅，四川嘛，火锅那么出名，想着在哪做都能赚钱。结果一路亏，辗转开了这个烫菜店，已经两年多了。

“为了生活，赚点小钱。”他说话时轻轻发出笑声来，“我是老北漂，哈哈。”

在我进食的整个过程中，并未有一个客人拜访，似乎店外也少有人走过。夜毕竟太深了，此时尚清醒的，兴许也只有我这种突兀的远方来客，和老板这样为生活奋斗的人了。我随口说：“这样通宵开店，很辛苦啊！”

“那没办法，”他说，“生活嘛，不就是这样？再说了，北京这么大，人这么多，竞争这么激烈，我们这样的外地人要想留下来，除了辛苦点还能怎么样？”

我无以言对，只能默默地喝汤，付钱离开。他说得很对，不仅在北京，在任何一个大城市，想要立足，都需要付出更多。

后来我时常去他那里吃饭，他的生意不好不坏，偶尔能和我聊上几句，大多时候忙于招呼客人。他的妻子长相平凡，不苟言笑，认真地收拾碗筷、打扫卫生，并不与我相识。

有一次，我忍不住问他：“北京这么艰难，为何不回到老家去？或者回到成都，也比北京压力小呀。”他想了许久，摇了摇头：“我也不知道原因，就是没有回去的冲动。”

这不是我要的答案。但我又想，也许，这正是很多北漂人的答案。

生活让他们忙碌、疲惫，应接不暇，也许已经很久没有思考过为什么一定要留下了。

二

应仔来找我的那个下午，七月刚刚开始。北京异常炎热，我惧于出门，在酒店里吹着空调写稿。他电话里说：“若非哥，我过来找你。”我放下一筹莫展的稿子，和他去酒店附近的一家湖南菜馆菜吃饭。

我以为他只是趁毕业到北京旅游，结果他告诉我，准备在北京打拼。我有些惊异，却又觉得很正常。

他说：“我老家离北京挺近的，坐火车也就四五个小时，离家里也不算远，父母也都支持。”

他即将去大兴的一家药企面试，对未来充满期望，又对面试有些微的担忧。我劝他放松面对，毕竟京城机会多，总有适合自己的地方。

我们多年前网上相识，因为写诗，成为诗友，在北京师范大学的一次颁奖上见过一面。我知道他刚刚拿到毕业证，正式是对人生和未来充满幻想和憧憬，却又可能迷茫和犹豫的年岁；再早一些时候，他好像在某个较为落后和贫困的地方支教，原本的人生路线，是极有可能成为一名不错的语文老师。

但在毕业那一刻，他突然就动了心思，要到北京。“我给支教时教的学生们说，老师对不起你们，不能回去教你们了。”他说话时，神色中是有惭愧的。“我只是突然觉得，也许一辈子过着那样的生活，并不是自己想要的。我有胆量、有冲劲，别人能在北京立足，我为什么不能？”

我相信他的坚毅。因为他说话时的眼神告诉我，在这个人来人往的大城市里，他有足够的信心，找一份自己满意的工作，寻一个属于自己的立足点。

后来，应仔如愿通过那家在大兴的药企的面试，开始了自己的职业生涯。我们后来又见过两次，一次是在某散文诗人组的局上，另一次则是与几个诗人朋友在首师大附近饮酒，每一次他都有一些变化。

我看得出来，他正以新的面目，积极地融入这座叫北京的城池。

三

十一月时，我在四川泸州遇见老友格子。格子从北京来，不，确切地说，是在哈尔滨、大连求学，再到北京闯荡，然后跟着所在的公司出差到四川泸州。

她仅仅是在泸州短暂停留，终究要回到那个庞大的城市去。

我梳理格子的生命地图，是为了呈现一个事实："九零后"的小女生格子，是北漂浪潮里不起眼却又不能忽视的一个。

在偌大的北京，每个北漂都如同我们身体里一枚细小的细胞。小，却贡献着属于自己的能量。格子是其中之一。

格子写诗，且写得好，人又聪明。凭着这个，研究生毕业后顺利入职北京一家大型的文化公司。从哈尔滨、大连到北京，也意味着，从学生，变成职场女性。她大多时候和文化名流打交道，见多识广，有条不紊地处理一切生活、工作事务，却又时时陷入忧患。

"北京这么大，我们这样的人，一毕业就能有这样的工作，已属不易。"在北京的某一个夏夜，我们深夜在烧烤店饮酒，酒精的作用都让人说了不少话。

从刚到北京一个人两天内办好一切租房、入职等事务，到独自面对苍茫茫的异乡生活，到公司里面的小争小斗，到当前的打算、未来的计划，她说得细碎，我听得仔细。

后来，男朋友追随而来，也属于文化行业从业者，做视频剪辑。格子告诉我，他们的打算，是男朋友多学些东西，等差不多了，再考虑回到哈尔滨，自己创业。但眼下一切，都是好好工作，努力赚钱，计划在几年内在老家买个房子，供父母居住。足见格子是那种懂事，且有想法，对人生有属于自己的规划的女孩。

我们吐露太多心事，又各自散去，以一副全新的面容，倔强地为未来奋斗。后来，她曾在网上向我说起一件事，说有次应酬结束被领导安排送一个醉酒的人回去，因为夜深，也因为对方大醉，一路上都极为害怕，幸得打车的女出租司机一直陪着。作为一名男生，我难以想象这个过程中格子的恐惧，但她的话却让我很有触动。她说："强势的人，无非是想更好地保护自己而已。"

我想，格子可能就跟很多电视剧里面的那些主角一样，会在暗夜里一个人无助地欲哭无泪，会在朋友面前放纵自己滔滔不绝发泄心中的情绪，但也会在新一天开始时一脸倔强推门而出，带着强装的强势，为着自己的目标披荆斩棘。

而那么大的北京，又有多少个“格子”呢？

四

离开北京三个月后的这个寒冷的夜晚，我在祖国西南，想到住在羊坊店西的短暂时光，也想念在那里遇见的人。

我和格子经常联系，她依然忙于工作，疏于对自己的照顾，谈着四平八稳的恋爱；应仔的朋友圈时常显示他的近况，文学专业毕业喜爱写诗的他，更多时候为产业孵化绞尽脑汁；而那个开通宵烫菜馆的老板，一定还在某个深夜为如何做好生意苦苦思索……更多的人，活在富裕、发达、便捷的北京，过着各色生活。他们乡音不同、籍贯各异，却共有一个名字——北漂。

突然想起有一天路过烈日下的北京西站，看着一张张匆忙的面孔，一个个大大小小的行李包，突然心有所动，写下的那首《过北京西站忽有所感》：

方言如同食材
在巨大的铁锅里翻炒
七月正午，火候
正旺，八大菜系的精华
都浓缩成一锅
混乱的乡音

那些难以下咽的乡愁
便只有等到夜深
文火慢炖
兑着花生米和酒精
再任性地加一点醋和白糖
把酸甜苦辣的生活
一并咽下

我写下他们，也即是写下了每一个奔走在他乡的人。

北漂一族，有我的朋友，更有无数的陌生人，他们或因为梦想，或因为爱情，或因为其他说不清楚的原因，奔忙在祖国的心脏。其实他们和任何一个奔忙在他乡的人一样，远离亲人，独自面对苍茫人世，他们的欢乐各不相同，但他们的悲苦大抵相似。

（原载《北京文学》2018年第2期）

2018年

孟学祥

倾空一生积蓄

一

上大学第一个暑假，夏天有些闷热，我去打密河大桥工地打工前，父亲就请人在家做棺材了。做棺材的木料是前些年我刚进县城读高中时就备下的，不到六十的父亲似乎早就期待着这一天了。凑了一笔钱把我送进大学后，他就急不可耐地把木料从杂物间拖出来，放到太阳底下曝晒。要不是我上了大学，又写信回家向他要生活费这件事情让他恼火，他早就请人把棺材做好了。

暑假回到家，还来不及喘一口气，父亲就托人把我送进了打密河大桥工地，在那里和另一个也是沾点亲戚关系的表哥，一起在工地上当小工，和另外一些人负责到河上游的山上去砍撑子木，砍好后再从山上运到河边，由大桥指挥部派船顺河拉到工地。

我在打密河大桥工地打工，一天三块钱，指挥部包吃包住。本来大桥指挥部是不要我的，他们所有的小工都是河边附近村子的村民。父亲是托了一个远房亲戚，这个远房亲戚的老表是我们区的副区长，也是大桥指挥部的指挥长。亲戚的老表得知我去打工，是为了谋取上学读书的生活费，就动了恻隐之心，又看在亲戚的面子上，就破例收下了我。没想到我自己不争气，只干了不到一个星期就出事了，这让他很恼火。最后他还是看在亲戚的面子上，按半个月给我发了工资。

依照父亲的打算，我在打密河边的大桥工地上打工，一个多月的时间是勉强可以凑到一学期生活费的。我的摔伤让父亲很恼火，去医院看我时就没有什么好脸色。看到我躺在病床上，父亲什么话也不说，就蹲到地上去捆扎一把椅子做担架。担架做好后，父亲站起身，才从等待了许久的指挥长手里接过我半个月的工资，一张一张地数着，数得特别认真。父亲还没有把钱数清楚，指挥长就先行离开了。指挥部的会计和出纳则耐心地等在一边，待父亲把钱数清楚后，拿出一张收据，叫父亲签字。签好字的父亲看着会计和出纳离去的背影，不断地摩挲着手里的钱，叹了一口气，接着又叹了一口气。随后就把我扔在椅子做成的担架上，由哥哥和表哥协助着把我抬回了家。

把我抬回家，父亲从家中不多的大米中，匀出一升，去了邻村一个老中医家，寻来一副草药，在我的伤口处敷了厚厚的一层。为了让我尽快恢复，父亲还遵从老中医的吩咐，砍了自留地中一棵小杉树，剥下树皮，将我的摔伤处严严实实地包裹起来。

接下来，除了坐在家中养伤，我就什么事都不能做了。父亲和哥哥进进出出家门，忙忙碌碌中也很少过问我的伤情，只是到该换药的时候，父亲才会过来帮我解开杉树皮，揭去失却了水分的药渣，检查后再重新把药敷上，裹上杉树皮。偶尔父亲不在，换药的工作就由哥哥来完成。换了四次药，摔伤的骨头接上，我能下地走动，此时距离开学的时间也不远了。

我受伤回家静养，父亲的棺材已经做好了，摆放在大门边的屋檐下，用几块宽大的杉树皮盖着，进进出出，都还能闻到一股新鲜木料的馨香。本来父亲是准备去请人来刷油漆的，因我的意外受伤，刷油漆的事就被搁置下来了。

其时的父亲还不到六十岁，不到六十岁的人给自己置办棺材，这在村子里也是很少见的。父亲之所以这么早就置办棺材，是受了母亲去世的刺激。不到三十六岁的母亲去世时，因为没有棺材，躺在床上迟迟不能入殓，更无法按风俗举行悼念仪式，这让来吊唁母亲的舅舅们很不爽。并放话说如果父亲没有能力安葬母亲，就由他们来安葬，不要让他们辛苦了一辈子的姐姐到死都还不能入土为安。父亲一面请人出面安抚舅舅们，一面请人把自留地里的一棵大杉树砍了，请三个木匠忙碌了一晚上，做成了一口棺材，把母亲装了进去。母亲虽然有了棺材，但因做得匆忙，没有油漆涂刷，父亲只好烧了一堆木炭，捣碎后浸泡在水里，用炭水把棺材涂黑。母亲去世一段时间，父亲还沉浸在没有给母亲准备棺材的自责中。为这事，安埋好母亲，父亲还专门捉了一只公鸡，由寨上的一位老人陪着，到外婆家去向外婆外公及舅舅们负荆请罪，请求他们谅解。

我在家静坐养伤期间，水稻田和玉米地正是该除草的繁忙季节，父亲带着哥哥，天天早出晚归，在田地里奔忙。除了吃饭和给我换药的时间，我几乎很少和父亲碰面。每次给我换药，父亲也是黑着一张脸，很少和我说话，偶尔听到我因疼痛而呻吟，父亲就会问一句："疼吗？"还没有等我回答，父亲又说："疼也得忍着。"

父亲和哥哥忙前忙后，每天都是太阳没出山就上坡，晚上要到太阳落山好久才回家。有时为了赶活，他们不得不在黑夜就着月亮干，等干完活回家做好晚饭吃，都大半夜了。看到他们这么忙碌，我感到很不是滋味，仿佛他们的忙碌是因我的受伤而引起的，就想伤快点好起来，也能够助他们一臂之力。受伤的脚能放下地后，我就从父亲手中接过做饭的活，在家做饭等他们回来。能走路后，我就想跟着父亲去坡上干活。父亲不允，只是叫我在家好好养着，不让他操心就行了。

回校的日子一天天临近了。这段时间，为了凑够我一学期的生活费，父亲把田地里的农活，都丢给了哥哥。父亲四处去借钱，先是找了附近的亲戚，没有借到，又去找一些远一点的亲戚，还是没有借到。每天父亲就像下地干活一样，早出晚归找亲戚借钱。每天，我都是看着父亲早早地迈着急匆匆的脚步，抱着希望出去，晚上则又看着他拖着疲乏的身子，带着失望回来。父亲出去的次数越来越多，带回的失望也越来越多，我的心也随着这种失望变得越来越沉重。终于有一天，父亲再不出去借钱了，他在一个晚上郑重地向我和哥哥宣布，他要把做好的棺材卖了，换钱送我去读书。对于父亲的决定，哥哥不说话，我更是惭愧得不敢看父亲，也不敢看哥哥。

卖掉棺材，父亲也没有征求我们意见的意思，只是对我们说出他的决定。这个家，父亲做出的决定，哥哥和我是没有任何表决权的。母亲不在的日子里，父亲对我们都很严厉，无论是哥哥还是我，他只要稍看不顺眼，就会给予一顿打骂。我考上大学后，父亲对我表现得客气多了，不再像从前那样对我非打即骂。但我仍然惧怕父亲，每次回家，看到父亲对我越客气，内心就越感到忐忑不安。临睡前，我故意拖在哥哥的后面，蹭到还一直坐着抽烟的父亲面前，告诉父亲不要卖掉棺材，我不去上学了，在家与他和哥哥一起干活养家。父亲看了我一眼，挥了挥手，就像挥掉从他口里吐出来的烟雾，说："老子花钱费米，好不容易供出你去读大学，现在你说不读就不读了？你对得起我吗？对得起你死去的娘吗？"父亲的话让我不敢再说什么。父亲又接着说："卖不卖老木（棺材），是我自己的事，与你无关，你不要多想。"然后父亲就不理我，又继续自顾自地抽烟了。

那一晚，我不知道父亲抽了多长时间的烟，也不知道他是什么时候上床睡觉的。早上我起床，看到父亲已经坐在火坑边抽烟了，姿势就跟昨天晚上一模一样，仿佛他一夜都是这样坐着在火坑边抽烟。抽了两袋烟后，父亲就出门了，出门前父亲嘱咐哥哥上坡去干活，又嘱咐我多做一个人的饭，他要去找人来看棺材。

还不到中午，看棺材的人就来了。我闻声从家里出来时，来人和父亲已经把盖在棺材上的杉树皮取下来了。他们先是揭开棺材盖子看了棺材里面，量了尺寸，又盖上盖子，用手在盖子上量了长宽。之后，父亲和来人又把棺材挪离墙壁，来人绕着棺材看了一圈，才同父亲又把棺材挪回原位。

看完棺材，父亲把人领进家中。来人对父亲的棺材很中意，他和父亲在火坑边，一边抽烟，一边讨价还价。父亲先是说要一百六十块钱，来人只肯出八十。父亲列举了棺材的许多好处，比如做棺材的杉树是一棵有着四十多年树龄的老树，棺材的盖和边帮都是整木做成，不像别的棺材用拼合板。父亲特别强调说这是一口上好的棺材，要不是急着要钱供我读书，他是不会卖的。来人一个劲地向父亲诉苦，说要不是家中老人棺材没有准备，看到老人年事已高，身体一天不如一天，家中又没有木料做棺材，他是不会花这么大钱来买棺材的。他希望父亲能让一步，帮他为老人尽尽孝心，让老人看着心安。之后，两人沉默了好长时间，然后又是新一轮的讨价还价。经过很长时间的讨价还价后，父亲的棺材最终以一百二十块钱成交，来人付了十块钱的定金，在我们家连午饭都没吃就走了。走之前他告诉父亲，他手上的现钱不够，要赶快去找亲戚筹钱，并保证在我去上学前五天把钱送过来，把棺材取走，如果到那时钱还送不过来，父亲可以重新把棺材卖给别人，定金可以不用退还。

买棺材的人很守信，看过棺材的第三天，就把买棺材的钱送过来了。把钱交到父亲手上后，与父亲沉默着抽了一袋烟，就叫上和他一起的三个汉子，来到大门边，把覆盖棺材的杉树皮揭下来，随手扔到院子里，把棺材挪出来，开始往棺材上绑绳子。

“等等！”一直沉默看着他们忙碌的父亲，在他们捆扎好棺材，准备试着将棺材抬上肩膀的时候突然发话。抬棺材的几双手都停了下来，几个人都不解地看着父亲，我和哥哥也不解地看着父亲。我甚至认为是父亲想改变主意，不卖棺材了。买棺材的人可能也跟我一样的想法，他再看了一眼父亲，见父亲说完这两个字后转身向家中走去，就追着父亲的背影问：“老表，你这是……”他的话还没有说完，父亲手上拿了一件烂衣服从家中出来，径直走到棺材边，仔细地擦拭棺材上的灰尘。擦掉棺材上的灰尘后，父亲才对他们说：“抬走吧。”

父亲卖掉棺材后的第八天，我离家返校了。离家的头天晚上，父亲把我在工地打工所得的四十五元钱给了我，又从卖棺材所得的一百二十元钱中先是抽出八十元给我，停了一会儿又给了我三十元。父亲帮我把钱装进书包放妥帖，对我说：“这剩下的十元留给我们在家急用。你要仔细着花，我的家底就这么点，以后你就是再写信，我也拿不出钱来给你了。”

离家的头天晚上，父亲又久久不上床休息，而是坐在火坑边一杆接一杆地抽烟，吞吐着的烟雾在屋内四处飘荡。躺在床上的我也很难入睡，父亲数钱给我的情景和那天棺材被人抬走的情景，总是不断地在我的大脑中绕来绕去地出现。

二

大四的第一个学期，我收到了父亲的一封信，这是我上大学后，父亲唯一一次给我来信。以前写信回家向父亲要钱，父亲寄钱时，顺便在汇款单上简短地留下“家里钱紧，要紧着花”几个字，多余的一个字都不说。天长日久，“家里钱紧，要紧着花”就成了我在大学期间和父亲沟通的桥梁纽带。相比于刚进大学校门时，迫切希望父亲也像别的家长那样给我写信的期待，对于能够收到父亲的信，我已经不抱什么幻想了。父亲的来信让我感到有些突然，也感到没来由地恐慌。从传达室取到父亲的信，薄薄的一个信封带给了我内心沉重的压迫，以至回到寝室好久都还不敢打开。

父亲除了给我写信，还在信封中夹寄了二十元钱。二十元钱用两张信笺纸包着，一张空白，另一张是父亲写给我的信。父亲的信比较简短，但因写的字比较大个，还是满满地占了一页纸。父亲在信中告诉了我两件事，一件事是哥哥结婚了；另一件事是他在牛洞河边的大山中找到了一棵大岩杉树，砍下来的散板（拼凑成可做棺材的木料）足够做成三口大棺材。他自己做了一口，把另外两副散板卖了，得钱给哥哥成了家。读着父亲的信，我变得有些不知所措，字里行间飘荡着父亲久违的气息，飘荡着父亲对找到这棵大岩杉的得意和对帮助哥哥成家的满足，同时也飘荡着父亲对我的关切。父亲信的最后就是希望我今年过年能够回家，那二十元钱就是给我回家做路费用的。看完信，我深深地吐了一口气，眼里竟涌出了泪花。我知道，父亲这次给我写信，告诉我他找到大岩杉和哥哥成家的事，并不是他最想对我说的话，他最想对我说的就是信末那一句：望我儿春节能回家相聚，也认认你嫂子。

我已经有两年没有回家了。自从大一暑假返校拿了父亲的棺材钱，感受到了父亲在金钱面前的弱势和无能为力，我就暗下决心，不再拖累父亲，要争取找钱养活自己。其时，社会上虽然还没有勤工俭学这一说法，但是每年的假期，学校都要安排一些学生守校，给付工资。守校期间，白天还可以到城市的一些工地去打零工，赚取钟点钱。

上学读书，守校打零工，有序而忙乱的生活，让我几乎忘了父亲，忘了山中的那一个家。对于贫困的父亲来说，少了我向他要钱的那份牵挂，他才能够把心思关注到哥哥的成家立业上来。第一次放假不回家，我还给父亲写过一封信，把我的打算和决定告诉他，信寄出后一直也没有收到父亲的回信，以后我就再也没有给父亲写过信。我和父亲，在两个不同的世界里，各自奔忙着，几乎都忘了对方的存在。守校期间，夜晚让我总是倍感孤独，一个人待在冷清的寝室里，也会想起父亲，也起过想给父亲写信倾诉的冲动，但白天忙于到城市的工地去找活干，很多在夜晚做出的决定，白天就全部忘光了。那个时候，打零工也不是一件容易的事情，很多时候我只是在工地间奔波，能找到活干的机会很少，所得的钱也就很有限。大二到大四将近三年的时间里，我收到过父亲的五次汇款，每次都不足百元。我知道这些钱已经是父亲最大的努力和给予我最好的帮助了，虽然有时我因缺钱而吃不饱饭，但也不敢写信向父亲诉苦。

我没有按照父亲的意愿回家过春节，之前我已经找到了一个春节期间帮看工地的活，工资给的比守校工资高四倍。下学期面临实习了，我必须在实习前给自己找够实习期间的生活费。给父亲写了封回信，我没有告诉他我帮守工地的事，而是告诉他，再有一个学期，我就毕业了，这次春节不回家，毕业安排工作后一定会回家看望他和哥嫂。我不知道父亲收到信后有何想法？父亲没有给我回信。

毕业分配工作，领了第三个月的工资，积攒了一点钱，我特意从单位请假回家看望父亲。再次见到父亲，感觉到父亲已明显衰老了。才六十出头的人，额上已刻上了深深的皱纹，背也有些佝偻了。坐在火坑边抽烟的父亲见到我推门进屋，竟愣了好久都没说话，我连叫了两声他才缓过神来。哥和嫂子上坡干活还没回家，这是我在回家之前最希望见到的场景。毕竟三年多没回家了，恍惚中与这个家已经产生了距离，如果推开家门，再在家中猛然发现多出一个不认识的陌生女人，初遇的那种尴尬还真让我不知如何应对。

这次和父亲见面让我有些难过。哥嫂还没有回家的这段时间，我和父亲坐在火坑边说话。除了我把参加工作的情况告诉父亲外，现在家里的状况、哥哥是什么时候成的家、嫂子是什么地方的人等这些我最想了解的情况，父亲都没有主动告诉我。更主要的是，除了刚进家门时父亲说了几句简单的“来了”“饿不饿”“不饿就先坐下休息”“茶壶里有茶水”等之类的话，父亲似乎就不愿意和我说话了。在我和父亲相坐等待哥嫂回家的近一个小时里，父亲一直都在抽烟，一杆接一杆地抽烟，将浓浓的烟雾吐得满家都是。跟我说的每一句话，父亲都变得小心翼翼，一改过去和我说话直来直去，有什么就说什么的性格，让我很不习惯。在父亲眼里，我与他与这个家已完全陌生了，他对我说的每一句话，都隐约流露出了对待陌生人的小心和防备。

直到哥嫂回家，我才知道父亲生病一个多月了，喝了半个多月的中药，这几天身体刚好转。父亲生病，哥哥本来是想写信告诉我的，父亲不允，父亲不希望因他的生病而影响我的工作。而此前在等待哥嫂回家的一个多小时里，父亲一直没有告诉我他生病的事情。我用责怪的语气问父亲为什么不跟我说他生病的事，父亲轻描淡写地说：“你隔那么远，等你收到信，病早好了。现在我已经好了，就更没必要跟你再说了。”父亲的话让我很无言。

嫂子上过初中，虽然才读到初二就辍学了，但在这个家，她比哥哥和父亲都有文化，也有经济大脑。嫂子嫁到我们家后，父亲把管家的钥匙全部交给她，让她来管家。从此后，家中的一应开销和吃穿用度，都由嫂子来算计和管理了。嫂子嫁过来不久，我们那地方开展坡改梯，由政府出钱，将山上那些岩旮旯里的土改造成梯田，以此来提高粮食的种植产量，解决大家长期吃不饱饭的问题。见有商机可赚，嫂子取出她压箱底的钱，父亲再卖掉他用大岩杉做成的棺材，凑了一笔钱，买了一台风钻机给哥哥。此后，哥嫂带着寨上的几个人，承包了我们村和附近另一个村的坡改梯工程来做。

父亲又一次卖掉棺材，那口父亲曾写信向我说起过的棺材，在我还没有亲眼看到它的形状时，因为钱的问题，再次被父亲卖掉了。哥哥买风钻机时，我刚分配到单位上班不久，哥哥本来是想写信叫我帮他从单位先借点钱，等赚到钱再归还。父亲知道后坚决不准哥哥给我写信，为此还和哥哥吵了一架。哥哥一直认为父亲事事都护着我，事事都为我着想，从不为他考虑。哥哥认为现在我读书出来，有工作了，就应该理所当然为这个家分担负担。我无法知道那次父亲和哥哥吵架的情形，更不知道吵架中哥哥对父亲说了什么样的话。关于他们吵架的事，父亲不说，哥哥也不说，这些都是我第二天到二叔家拜访的时候，二叔娘告诉我的。告诉我这件事时，二叔娘还一再嘱咐我，叫我不要同父亲说，也不要同哥嫂说，让他们知道，她就没有好日子过了。父亲和哥哥吵架过后的第三天，父亲找人来抬走了他刚刚用土漆漆好不久的棺材，把卖棺材所得的三百六十元现金全部补给哥哥买风钻机了。

晚上我和父亲抵足而眠，我不经意间问了父亲大岩杉棺材的事，父亲只是轻描淡写地说："卖了。"然后又补充一句："没钱花就卖了，以后手边宽松了再做新的。"要不是第二天我在二叔娘家听到哥哥和父亲吵架的事，我还一直以为父亲是自己想要用钱了，才把棺材卖掉的。

临回单位前，趁着哥嫂在工地上干活，我还是忍不住向父亲问起他和哥哥吵架的事。父亲没有问我是怎么知道的，只是沉默着抽了几口烟，才淡淡地说："我们只是争了几句，早过了。"又抽了几口烟，父亲接着说："我欠你哥的太多，现在你出来了，也是我该帮补他的时候了。"父亲的话让我忍不住流下了眼泪。我不敢当着父亲的面哭，借故去上厕所，躲在厕所里哽咽了好久，流了好久的泪。从厕所擦干眼泪回到屋里，父亲还在抽烟。满屋子辛辣的叶子烟味，正好掩盖了我刚才流泪的痕迹。我假意不断地咳嗽，不断地揉眼睛，借机也揉去了我刚才在心里涌动出来的酸楚。和父亲再说话时，我已经平静下来了。我们说到父亲的大岩杉棺材，父亲自豪地说："卖了三百六，价格是任何一家的老木都不能比的。"父亲说："那么大的岩杉，我砍了两天才砍断。除了这棵，我在牛洞河周边转了一个多月，再没发现过这样大的岩杉树。"父亲的话语里也透露出了他卖掉棺材的不舍和内心的失落。末了父亲说："我现在身体越来越差了，本来想我自己准备好老木，走的那天就不麻烦你们，现在看来不大行了，我的老木恐怕还得你们为我准备了。"父亲的最后这句话让我又有了悲从心来的感觉，我连忙揉了一下眼睛，用别的话岔开了棺材的话题。

我避开父亲和哥哥商谈再为父亲做棺材的事，哥哥说他也有这个想法，他想在年底结算工钱后就可以做了。但哥哥又告诉我，现在木料不好找，山上很难找到适合做棺材的大杉树。我叫哥哥把自留地里剩下的那棵杉树砍了，拼凑起来也可以做一口棺材。哥哥说："不行，那是爹留给你结婚打家具用的，砍了爹会责怪我。"我找到父亲，告诉他我以后结婚，不用自己打家具，买现成的，城里的家具店做出的家具，比自己拿木料请人来做的家具更实用，更漂亮。随后说到和哥哥商量，准备砍掉自留地里剩下的那棵杉树做棺材的事。父亲开始不同意，看到我很坚决，他低头沉默了一会，才抬头对我说："好吧，你不用我就留给自己用了。"

三

想把父亲接到城里跟我生活一段时间，让他也感受城里生活的变化和精彩，父亲不肯来。每次回家，和父亲谈到进城生活的问题，父亲都以各种理由拒绝了。哥嫂也劝父亲到城里住一段时间，散散心，见见世面，父亲都不为所动。被我说烦了，父亲就会说："等你成家再说，你成了家，不用你来喊我，我都自己会找路去。"一说到成家，我就没有底气和父亲再说下去了。参加工作近六年，恋爱谈了不下五次，有两次也是到了谈婚论嫁的阶段，最后都是因为我没能凑出结婚要用的钱而分手。我从没有告诉过父亲，我的恋爱都是因钱而夭折这个问题。见我到了二十六岁都还不能成家，父亲就表现得对我很失望，言语间常常流露出责怪的意思。甚至于一段时间他怀疑我是不是有什么问题，委婉地建议我是不是应该到医院去看看。

由于身体关系，哥嫂早不让父亲和他们一道上山干农活了。闲不住的父亲，脱离了地里的农活，就每天上山去砍柴火，砍到一定量后就扛回家，堆放在房前屋后，晾干后用于夏天生火做饭，冬天烧火取暖。哥嫂曾劝父亲没必要砍这么多柴火堆放在家，父亲说："以后你弟成家办酒席，我们就可以不用去请人来砍柴火了。"很长一段时间，这个家烧火的木柴，被父亲堆得差不多码平屋檐了。哥嫂有孩子后，除了上山砍柴火，父亲还负责在家照看孩子，这样的生活方式一直延续到父亲病倒。

父亲一病倒，不用父亲再念叨，我和哥哥已经在为父亲的棺材着急了。

参加工作的第二年秋季，由我出钱，哥哥砍下自留地里的杉树，晾干为父亲做了一口棺材。棺材做成后，哥哥按照父亲的要求，在杂物间腾出一块地方，把漆好晾干的棺材放进去，用塑料布严严实实地盖了起来。

父亲很满意我们给他做的棺材。棺材做成晾晒干爽后，父亲专门选了一个油漆棺材的日子，叫大哥去集上买了十多斤肉，在家请了两桌客人喝酒。酒桌上，父亲向人说起我们给他做的棺材，言语间处处透露着知足和满意。漆好的棺材晾干，哥哥叫人把棺材移往杂物间。移动棺材前，父亲亲手用红布包了一元二角钱，放进了棺材里。父亲说这是钱养材（财），材（财）生钱，以后他百年后住进去，一年十二个月都不会缺钱花。

父亲原以为这口棺材就是他在活着时为自己准备的最后一口棺材，我和哥哥也以为，这口我们为父亲准备的棺材，就是晚年包裹着父亲长眠地底的棺材。谁也没想到，中间却又有了变故。这口棺材做好的第二年冬天，父亲的妹妹——我们唯一的姑姑，一个刚刚四十出头的壮年女子，因为感冒发烧没有得到及时治疗，生病不到一个星期就离世了。姑姑由于死得年轻，家中没有为她准备有棺材，如何装殓姑姑，姑父有些六神无主，措手不及。得讯赶到姑父家的父亲，看到全身冰凉的姑姑还躺在火坑边没有入殓，想发火。可他回头看到姑父焦头烂额，派人四处去为姑姑张罗购买棺材的着急样子，发火的话到嘴边又咽了回去。父亲叫住姑父，要姑父找人去把他的棺材抬来，先给姑姑装殓入葬，等把姑姑的事情过了再做一口还他。

父亲从姑父家回到家中，嘱咐哥哥带人去杂物间抬棺材。揭掉裹住棺材的塑料布，哥哥问父亲要不要把棺材里的钱取出来？父亲说“不用”。父亲说话的时候，不看哥哥，也不看那些在杂物间忙碌的人，只是一个人孤单地站在门前的院子中抽烟。吐了一口烟后父亲又说：“你姑辛苦了一辈子，这些钱留给她，让她到那边也能过上轻松有钱的日子。”

安葬了姑姑，父亲的情绪一度变得很低落，常常一个人坐着抽闷烟，有时在火坑边，有时在大门边。为了在大门边抽烟方便，父亲还专门在大门边放了一把大椅子，有太阳出来，他就把椅子搬到院子里，一坐一抽，一待就是大半天。哥哥怕父亲出事，托人到乡里给我打电话，叫我回家把父亲接进城住一段时间。我赶到家向父亲说明来意，父亲却梗着脖子说：“不去，我现在哪里都不去。哪天我想去了，不用你来喊我，我会自己去。”晚上哥嫂和孩子都去休息后，我陪父亲坐在火坑边抽烟拉家常，试图再一次说服父亲，父亲说：“你说出花来我都不会去，城里人生地不熟的，关在房间头我更闷得慌。再说，我还要在家等你姑父他们送老木来还我，见不到老木，我的心就会不安。”

那是我和父亲一生中单独相处得最久，话说得最多的一次。谈话中我问了父亲一个在心中埋藏了很久的问题，就是父亲为什么还在很年轻的时候就要为自己准备棺材？父亲说：“这是命逼的。”父亲为了让我相信他所说的“命”，他给我说了母亲去世时他的艰难，最后他说：“你妈去后，我感觉身体变差了，说不准哪天就追着你妈去了。那时你才六岁，你哥也才十二岁，我就想，得赶快为自己准备一口老木，真的要去了才不拖累你们，想法从那个时候冒出来后就一直没断过。过去你读书要钱，你哥也还没有着落，有这个想法也不敢动。后来你上了大学，我觉得自己已经老了，做老木的事就不能再拖了……”最后父亲说：“娃儿，你要记住，人一生就是几十年的光阴，好也罢，坏也罢。生前有个房子住，死后有口棺材装，这一辈子就算平平安安地过了。”

父亲还是没有随我进城。我离家回单位不久，姑父做了一口棺材，油漆好后抬还了父亲。为了表示对父亲的感激，姑父用红布包了三元六角钱放在棺材里。检查棺材时，父亲把钱取出来后，再没放进去。

父亲最终还是被棺材击垮了。姑父把棺材还给父亲的第二年夏天，姑姑去世还不到一年，比父亲小十二岁的二叔突然去世了。事情来得很突然，二叔也没有准备有棺材，父亲只好把姑父还给他的棺材让出来，装殓了先他而逝的二叔。

安葬了二叔，堂弟要做棺材还给父亲，父亲说什么也不要了，让堂弟按市场价算钱给他。他说："我算看透了，他们一个个都没安好心，我一做好他们就来抢。现在我不做了，我要钱花，要钱吃，哪天我吃腻了活累了，我也去抢别个的。"话虽如此，但父亲还是念念不忘他的"老木"，从堂弟那里拿到钱后，他去买了两棵杉树，破解成做棺材的散板，堆放在杂物间。他对哥哥说："以后有人来要，就卖散板给他们，让他们自己去做。我的也放下，哪天我不行了你们再做，这样别人才抢不去。"

生病的父亲似乎感觉到自己已经时日不多，催促哥哥赶快去请人给他做棺材。老家的村子当时还没有通公路，我和哥哥找了几个人，用竹子捆了一副担架，准备把父亲往医院抬。父亲双手紧抓床帮挣扎着不上担架，他大喊大叫地对我们说："我的病我知道，去医院也没用。你们要是真有孝心，就赶快帮我把老木做好，让我闭眼睛时能有个地方躺着安身。你们要是硬把我往医院抬，我立马就死给你们看。"

父亲的病也许就真像他说的那样没治了。父亲不去医院治病，我们只好请医生来家给他治疗。但无论是从医院请来的医生还是当地的民间老中医，他们在看过父亲的病后都对我们摇摇头，叫我们赶快做好准备，估计父亲剩下的时日不多了。这期间，哥哥已请人给父亲做好了棺材，漆好油漆后遵从父亲的要求，摆放在大门边的屋檐下，也不用什么东西遮盖，黑黝黝亮晃晃的，十分扎眼。棺材做好后，父亲挣扎着去看了一次，还叫人扶着躺进去试了试，出来后说很合适很舒服。

棺材做好的第十六天，父亲走了，走得很安详，是坐在大门边的椅子上走的。父亲所坐的椅子就靠在沾满灰尘的棺材旁，伸手可触摸棺材。父亲手上拿着烟杆，烟斗里冒着火星。哥哥去叫父亲，发现父亲的眼睛微闭着，嘴角残留着一丝微笑，仿佛是睡着过后在做一个美好的梦不再醒来。

（原载《民族文学》2018年第2期）

2018年

刘照进

种春风

一

我来到土家山寨，和乡亲们一起喝千年古茶，听他们讲述政府如何帮助他们脱贫致富的故事，感受他们热气腾腾的生活，寻找进入现实的钥匙。冬天的山寨被雨雾笼罩，冷风吹拂着树枝上的叶子，发出沙沙的轻响。屋子里燃着柴火，红红的火苗映照着一张又一张朴素的面孔。我在人群中来来去去，玻璃杯子里新沏的古茶雾气氤氲，香韵袅绕。场面热烈而散漫，间杂着“嘿嘿”“哈哈”的笑声，没有人成为绝对的主角，像麦克风在手中递来递去，人的讲述不时被人插队、打断，失去应有的节奏和秩序。但是这样的讲述更显真诚，没有刻意的筹划和作势腔调，仿佛他们自身一样随意和朴素，更具真实的力量。我的心融化在这样的环境里，意识中坚硬的外壳渐渐被敲开。

二

田茂福站在院子中间望着天空发呆。他的手上端着一个搪瓷缸子，瓷缸里是半缸热气腾腾的茶水。上午家里闹了一点不愉快，分管旅游的副镇长带人过来，说要征收他们家住房旁边的土地建停车场，田茂福那个颈脖边纹了昆虫图案的孙子坚决不同意，并和人家吵了一架。田茂福责怪孙子不懂事：“人家政府哪点对不起咱们，你就不能好好说话？！”只是语气有些软弱，带着商量的腔调。

茶罐还在灶门前的火堆里“咕咕咕咕”地欢叫着，那是一只年久得有些“古董”

意味的老茶罐。八十多岁的父亲雕塑般地坐在旁边，火星子飞到他的帽子上他也不会发觉。他比那只老茶罐更沉默。他们家早就用上电烤炉了，吃饭烤火都在电炉子上，一整天热烘烘的。可是老人还是习惯了偎火坑，像那只老茶罐。这习惯都几十年了。

田茂福喜欢喝罐罐茶，这习惯也有几十年了。和寨上的村民一样，他们喝的都是从自家田土里采摘回来手工炒的老茶，头二道茶往往舍不得自己喝，采摘的都是老芽叶子，炒茶的功夫也未必到家，口感有些钝，但劲头足，过瘾。有些烈酒的意味。这样的习惯沿袭了若干年。直到有一天，省里的专家下来考察，专家喝了他们的茶说，这是千年古茶哟，你们这样“煮”来喝不对。这样子“煮茶”，水都老了，香味早跑了嘛。

村民们才知道自家园子里的那些茶树是千年古茶。让村民们吃惊的是，这些看起来平常无比的老茶树，经专家们一阵“考察”，竟然已经有了超过千年的树龄，难怪老人们都不知道那些茶树到底是啥时候栽种的，每当有人谈起，只是说从小看见就是那么大一棵，人活到了七老八十，那些茶树还是那么大一棵。“那些茶树从我记事起就是那么老那么大，晓得是哪代人栽的哟。老祖宗留下来的。”田茂福八十多岁的老父亲也说不清楚。更让村民们吃惊的还在后头，原先他们的茶叶在市场上一斤只能卖十块、二十块的价，这几年经过茶叶公司加工包装后，贴上“千年古茶”的牌子，竟然卖到几百上千元一斤，据说最贵的已经卖到两千元了。茶叶公司收茶青，每斤都是八十元，这让他们每年的收入突然增加了好多倍。

榨子村产茶，那是远近闻名的。榨子村的茶好喝，那也是远近闻名的。全村三百五十多户，几乎家家园子里都有茶树。村支书冉井权说，全村一共有古茶树两千九百八十五棵，多的人家有几十棵，少的也有十来棵。那些古茶树的树干直径大的如汤钵，小的如拳头，一棵棵，或者一茏茏地生长在田边地角。每年春天，万物复苏，古树发芽，茶园里嫩芽滴翠，白花飞雪，蜂飞蝶舞，清香萦绕。女人们就瞅了空闲，腰间里挎着笆篓，搬了凳子或木梯，靠着一蓬蓬的古茶树，伸出被生活磨砺得粗糙的手指，将那些嫩嫩的叶芽一一采撷。

采采茶女，不盈倾筐，思我妹兮，不可相见；采采花女，窈窕莺步，嗟我妹兮，不可相伴。步我北坡，观我月明，姑酌以紫砂，唯以不永怀；涉彼南塘，憩彼蒲秧，独斟以优黄，唯以不永伤。叹兮嗟兮，颠倒无常，流兮连兮，云何吁矣。

思念总是在春天里发芽、开花，将那漫坡漫岭的姹紫嫣红涂满人的心腔。采茶女子，是否想起了当年一场旷古的爱情往事？繁重的日子赋予她们匆匆忙忙的快乐，粗鄙的乡间生活同样也无法阻止她们对缠绵往事的追思。

炒茶则要等到夜晚。多半是晚饭后，夜色沉寂下来，孩子们都安然睡去。男人便烧了锅，将白天采摘的嫩芽倾入锅内，微火细灶地慢慢翻炒，揉搓，箩箕簸盖中摊了晾晒。遇着集日，便将干茶捎到周边的塘坝、后坪八块十块地售卖，兑换几分煤油盐巴钱。顺便也给自家留一点，却多半是匀了好茶之后的尾脚碎料。秋季，茶果（也叫茶籽）成熟，一颗一颗圆溜溜地挂在枝条肥叶间，煞是好看。就有人采摘晾干后装进笆篓，墙壁上随便挂了，寻常日子里，土茶罐里塞进两捧，咕咕咕咕地整天“熬”着，地老天荒一般。

以前是有一条古道是从村里穿过的，古道的起点在乌江边的洪渡古镇，沿着后山的沟壑梁岭向上蔓延，一直翻到天边尽头。在交通不发达的时代，水成了另一条畅通的大道，成了人们生活乃至生存的生命线。一船船的川盐、布匹、洋油等日用品通过乌江逆流而上，在船夫的声声号子和汗流水滴中，艰难运抵洪渡码头，再沿着古道人背马驮，一路上行，抵达塘坝、后坪、茅天、务川……抵达人们日常生活的前沿。

榨子村的古道上就时常响起马帮声，响起那些背脚客（俗称背老二）歇脚时“喔嚯、喔嚯”的吼喊声。背脚客们从村子穿过时，死去的村子就活过来了，小孩子们最先窜出屋门追着马屁股嬉闹。货担子歇下来时，就有人上前购买盐巴、针头线脑，或将待售的山货送到背脚客的眼前讨价还价。热气腾腾的茶水是免费的，成了友谊的见证，成了这些整日窝在山里的土家居民和常年漂泊的背脚客们叙谈的媒介。几大碗古茶喝过，疲惫的身体迅速得到修整，沧桑的老脸便就光鲜明亮起来。当然，擦干汗水启程前，背脚客们不会忘记购买几斤茶叶，作为亲朋的馈赠乃至自家所需。也有人捎了十斤八斤，带到遥远的集市转卖。

在历史的变迁中，这条连接乌江黄金水道与大山深处人家的油盐古道已湮没在时间的灰尘里，只是在村头寨边的一些荆棘荒丛中，偶尔还会寻找到那么几段残存的影子，溜光的石板路面刻着岁月的面孔。

三

身材有些瘦小、穿着朴素的邹国太隐在人群中，丝毫看不出他的干部身份。不苟言笑的他就像一个老农民。几年前，其实他的身份是县茶办主任。如今，他已卸了“主任”职务，却依然作为县茶办的工作人员长期在榨子村驻村指导。榨子村的群众很少有人叫他“主任”，大家当面都叫他“老邹”，背地里谈起他时，则称他为“专家”。老邹来榨子村已经六七个年头了，村寨里的旮旯角落几乎没有他不知道的，他甚至比有些当地的村民还要熟悉村里的情况。哪根田坎上有笼古茶，能采多少茶青，树龄多少，是哪家人的，他基本都知道。

是那种老式的旧木房，由于常年烟熏火燎，房檐上黑黢黢地吊着一些阳尘。田茂福说房子是父亲早年间修的，早就打算修砖房了，新地基就选在屋侧边的那块土地，硬化的公路刚好擦着坝子边沿经过，新房子建在那里，进进出出，搬东搬西，方便多了。

老邹进屋的时候，讲话的人就停了下来，打手势招呼他坐到炉子边上去，说外面冷。有人就递了一支烟，老邹手上正点着呢，顺手接了，往耳朵上一别，随意地坐下来。旁边坐着的人就往里让了让。又有人往他的茶杯里续了水。

“老邹，还是你来给这位记者说说。你是专家，你比我们讲得抻抖（利索）噢。”

我再三强调不是记者，只是对古茶感兴趣，想来了解些情况，但是最近几年随着古茶的名气越来越大，来榨子村采访的记者增多，村民们也逐渐知道了新闻的价值，对记者就格外高看一眼，也格外尊敬。也许他们见我又拍又照的，所以把我的“辩白”当成一种谦虚。

“对头，老邹最有发言权。茶树上那些牌牌最先还是他整上去的呢。”

“要不是他，我们晓得个哪样古茶哟！”

老邹也不谦让，嘴皮子微微动了起来，语调却是那种和风细雨的，仿佛是在讲述一件尘封多年的往事。

2006年夏的某一天，老邹和县农业局的三位同事到榨子村调研。之前他们听说当地有种大茏茏茶，数量还不少，激起了他们的兴趣。那时候去榨子村的公路还是20世纪70年代修大田水库时留下的机耕毛路，年久失修，根本无法通车。几个人从塘坝乡政府出发，沿着V字形的沟谷，下一坡，上一坡，足足走了两个小时，才到榨子村。大家都走得饥渴难忍。在村支书家，当几大碗热腾腾的茶水端上来，他们感觉到了几丝异样，那种从未遇见过的茶香气味隐隐从碗沿飘起，清韵中带着一种古沉和厚实，洇洇漫漫，浮浮沉沉，竟与他们平常喝到的茶大相迥异。一问，说是自家园子里采摘炒制的。他们怀着异常激动的心情走到了田坎路边、房前屋后，见到了那些村民家的茶树。就这样，他们与千年古茶相遇了。看着那些青筋凸起的枝干虬须，谁也说不清这些茶树生长了多少年。只说是祖上留下来的。到底多少年？几十年，百多年，几百年。这样的猜测和估计显然无法令人满意。老邹20世纪90年代初就开始与茶打交道，职业的敏感，使他预感到，这里边一定有着不同寻常的新东西。

他们在茶园里忙碌不停。一家家地走访，一棵棵地考察。反复比较、磋商讨论，他们发现，这片集中连片、等距离分布、人工栽培的茶树，属冠木型，生长缓慢，并非常见的乔木型。这在全国都很罕见。老邹他们已经预感到这是一种古茶，只是需要更加权威的鉴定。

回到单位，他们将信息发布到夜郎网。不久，贵州省农科院茶叶研究所组织专家到榨子村调研，经过鉴定，古茶树生长年限最长的已达一千多年，最短的也有五百多年。最后，又经过省茶科所专家多次考察和查找资料，认定榨子千年古茶园是全国发现最早、有规律性的、人工培植的古茶园。古茶园的发现，见证了贵州境内茶叶大规模从野生向人工栽培过渡的进化过程，对贵州茶树栽培史和古代茶文化的研究都具有重要的史料价值。不少专家称榨子村为“贵州古茶自然博物馆”。

几乎从那时候开始，老邱就把自己像茶树一样“种”到榨子村了。

对于古茶的巨大潜在价值，老百姓的认识显然比老邹他们要落后很多。在市场没有打开之前，任你说破嘴皮，他们依然以为那只不过是专家们吃饱了没事干的“闲扯淡”，眼下最要紧的事情，是他们得为子女上学、生老病疼寻找到最便捷的生钱来路，打工自然成了他们的首选。至于那些所谓的“古茶”，若干年来就那么在自家园子生长，值钱不值钱他们心中有数。

老邹和他的同事就一家一家地动员，给古茶树治病虫害、培土，教群众如何利用更先进的方法炒茶，看见一些古茶树长在烂猪圈、烂牛栏旁边，被猪拱鸡刨，根须受到损坏，就自己掏钱请人拉石头，砌保护坎，利用“阳光工程”搞培训，渐渐地让老百姓认识到古茶的价值。后来又搞无性系和有性系繁殖，培育古茶苗，发展到全村新老茶园五千亩。2016年，全村生产古茶九吨，产值达五百四十万元。

四

田茂福家坝子边的那棵茶树目测有七八米高，四五株从树疙瘩上分叉长起来的枝干发叉分支，蓬蓬勃勃围成一个大树冠。茶树周围被人用石头砌了一圈堡坎，挡住了鸡鸭猪狗的侵犯。树干上挂着一个木牌子，木牌上排列着几行黑体字和二维码图标。

老邹说，你注意看这编号啊，是00001，第一号，这棵古茶树可是榨子村的“古茶之王”。 这是政府为更好地保护古茶树，安排人统一给这些古茶树进行了编号挂牌，设置了二维码，只要用手机一扫描，这棵树的编号、树龄、树高、所处海拔等一切情况就出来了，这样就等于给每棵古茶树制作了“身份证”。00001这棵“古茶王”的厉害之处在于，其他古茶树的茶青只能卖到八十元一斤，“古茶王”却卖到一百五十元一斤，价钱多了一倍。田茂福说2016年“古茶王”共采摘茶青十九斤七两，收入两千九百五十五元。他们家共有一百二十五棵古茶树，卖茶青收入一万八千多元。“这得感谢老邹，他没来指导之前，这些老茶树一年卖不了几个钱。”

为了更直观地体现古茶的价值，老邹这样给我计算：一般一斤干茶，需要四斤茶青来加工。一号古茶树的十九斤七两茶青，可制干茶五斤。一号古茶树在以前就是卖十多元一斤干茶，收入也就五十多元。现在仅春茶卖茶青就收入三千元，涨了五十倍。如果算上秋茶，收入更可观。

住在田茂福家下边的余万英听见坎上很欢闹，就从坝子坎脚“冒”了上来。初见时我觉得有些眼熟，却又记不起具体在哪里见过。老人包着头帕，穿得有些臃肿，脚上套一双旧棉鞋，有几处露了白花花的棉絮。老人却对我热情起来，惊异地问，噫！哪个又碰到你呢？见我恍惚，又说，老乡，你不记得了？去年我们在彭水一起坐过火车的……

2015年冬天，我去重庆彭水县参加一个活动后坐火车回铜仁，同座是一位老人，带一个大包袱，鼓鼓囊囊的，一路上不停地发出“咳、咳、咳”的咳嗽声。老人望着漆黑的窗外，几次三番地问我，快到秀山了吗？快到秀山了吗？开过路就麻烦了哦。我说还早呢，到了我告诉你，不会误事的。渐渐地有了些对话，得知她是塘坝榨子村的人，娘家和我老家同属以前的一个小乡。老人快满七十了，老伴早些年去世，儿子外出打工遇到车祸死亡，儿媳也跑了。留下两个孙子，大孙女已经出嫁，孙子在外打工。老人患了肝癌，在湖南吉首的肿瘤医院医治了一年多，几个月就要去一次，今年已经去了三次。每次要在医院住一个月，为了节省钱，自己煮饭吃，背包里就带了粮食蔬菜。这次因为孙女在秀山等她，一道过去，她得在秀山下车，赶次日的早班车去吉首。

余万英说去年到吉首医病，除去国家报销的部分，自己花了五千八百多元。她家有四十几棵古茶树，家里就她一个人，拖起病采茶青，一天也摘不了多少，“时间长了就站不起，头晕。”余万英说，八十块钱一斤，今年她摘了四十多斤，卖了三千多块钱，剩下的就喊亲戚和寨上的人来帮忙摘，收入对半分。要是全部自己摘，收入一万元没有问题。

我这个病，死是迟早的事。要是没有这些古茶，肯定早死了。她说。

五

站在山上，视野顿时开阔起来，天仿佛亮了许多。天和地更加清明，苍色的大地露出完美曲线。一排排梯田沿着山坡错落有序地铺展，仿佛大地悬挂的琴键。我身边的村民步伐轻盈，脸上始终是笑眯眯的神态。正在修建的旅游观光走廊依山傍水，曲曲拐拐，看似随意，却暗中配合古茶树的布局，这里一棵，那里一茏，在步道的拐弯处、转折间巧妙地出现。木质的清香混合着古茶树的气息扑面而来，是迎面给我们的礼物。

榨子村往东十公里是洪渡古镇，离重庆十大古镇之首的龚滩古镇不足二十公里，进入乌江画廊核心景区；往西五公里，在洪渡岩村的山顶，有一处明代的“古皇城”遗址，部分城门石墙保存完好，极具开发价值；北出后坪连接重庆著名漂流景点彭水阿依河不足一百公里。未来旅游发展潜力巨大。镇里分管旅游的干部向我介绍，目前，他们正在实施前期的旅游步道走廊工程，未来将以塘坝榨子千年古茶园为辐射中心，在榨子、金竹、岩头、楠木四个相邻村建立古茶树生产、加工、观光、体验于一体的古茶文化公园，修建三条农业旅游观光产业路，形成山顶看茶园、山腰看梯田、山脚看菜园的农业观光旅游产业带。

田茂福说如果你明年再来，到时候旅游步道就全部建好了。我趁机劝他把房子侧边的土地“让”出来，我说，停车场就在你房子的侧边，到时候你在现在的地基上建房，把朝向改一下，直接面朝停车场，开个农家餐馆，游客下车上车都要经过你家门口，不怕滚滚财源不来嘛。

他说，那是，那是。双眼饱含着期待和自信。

这时候，炊烟从某个角落的房脊上升起，然后，两束，三束，渐渐地喊醒山村，点水雀在茶林里喳喳地欢闹，被雨淋湿的叶子像苏醒的眼睛。有人悄悄放起了音乐，据说是刚离任的镇党委书记作词的《塘坝古茶香》：

当我走进你/千年的古茶之乡/一缕醉人的情谊/洒满土家山岗/我深深地眷恋/融进你的胸膛/心中的歌儿与你话衷肠//

当我走进你/美丽的茶园之乡/一缕清新的茶香/沁入我的胸膛/榨子茶园唱情歌/脆芽儿吐芬芳/心中的歌儿与你话吉祥//

塘坝古茶香山高水又长/千年的期盼千万里神往/塘坝古茶香地久又天长/千年的夙愿钟情一方水土水土一方//

歌声那么缠绵，那么抒情，那么挽留，就像刚刚喝下的那一碗古茶，嘴唇边依旧淌着一缕幽香。在优美的旋律中，车渐渐离开了榨子村，沿着层层梯田间的水泥公路，蜿蜒在大山深处，回望中，古色古香的村子，炊烟环绕，古茶飘香。心中突然想起三毛《心田》里的句子：“种桃种李种春风，开尽梨花春又来。”

真正的，这里该是“种桃种李种春风，开尽茶花春又来”了！

（原载《文艺报》2018年2月9日）

欧阳黔森

庞家寨纪事

在武陵山脉的腹地，有一个美丽而宁静的小山村名叫庞家寨。

当然在峻秀的武陵山脉地区，有着很多很多这样的小山村，可这并不影响我对庞家寨的感情，以及近三十年来的梦牵魂绕。

话得从三十年前的春天开始讲起，那是一个多么绚烂的春天哪！那个春天里刚下完雨，山道上铺满了红的杜鹃白的梨花，那些花瓣嫩嫩的，使我们一行的脚步不得不有所顾忌，尽可能不踩踏到它们。虽然是落在了地上的花瓣，毕竟是一朵朵美丽而可爱的花儿，何况它们还在用最后的体香，沁着这天这地，一时间，整个峡谷芳香弥漫。

我就是在这个弥漫着芳香的日子里，在穿越王家沟近二十里的崇山峻岭后到达了庞家寨。那是1984年3月28日下午2时许。那时，我是一名地质队员，第一次出野外参加地质勘查。

对于普通人来讲，在人生的历程中，无论有着怎样的经历和尝试，往往第一次都会给人留下终生难忘的记忆。毫无例外，我就是这样的一个普通人，庞家寨就这样在我心中不可磨灭。虽然在以后的地质找矿生涯中，我历经了无数不可磨灭的记忆，但庞家寨给我的记忆是特别的，这个特别有二：一是在我从事过的众多的行业中，地质勘查尤为特别；二是在这特别的地质勘查生涯中第一次出野外的特别。有了这样的特别，这几十年来，只要我做梦，梦中大多是在搞地质勘查，不是在爬山就是在涉水，当然庞家寨的记忆，必然会进入梦来，并在梦中清晰而鲜活。

庞家寨行政区域归属于铜仁市石阡县石固乡管辖，地处武陵山脉主峰梵净山和另一主峰佛顶山这两个在地球同一纬度的最大的原始森林中间，从一比五万军用地图上看，庞家寨这一带的最高峰为海拔一千八百余米的老林山。老林山不像梵净山和佛顶山有名，但它也是武陵山脉的万山丛中较高的山峰之一。

从1984年到1986年的两年时间里，毫不夸张地讲，我几乎踏遍了石阡县的每一寸土地。石阡远在古夜郎时期就比较繁荣，在贵州建省后即设置为黔地八府之一。但在20世纪初叶，石阡从繁荣逐渐走向了衰落，从府改县，无铁路、无主干公路，就更别说空运、水运了。原始、偏僻成了石阡的代名词，就是这个偏僻和原始给我的青年时代留下了终生难忘的美好回忆。人们常说，回忆是文学创作的原始动力，我很信服这种说法。在我早期的文学创作中，像中篇小说《穿山岁月》《水晶山谷》，短篇小说《梨花》《丁香》，散文《穿越峡谷》等十余篇共计三十余万字的作品都与这一块热土有关。

其实庞家寨是我最想写的地方，也是我最想回去看一看的地方。可是，三十年来，我没有写它，也没有回去看它。最想干的事，却没有去做，这也许印证了一个常理，那就是——心灵深处最美好的记忆，一般不会轻易地触动它，特别是作家更不能草率出手。所以，庞家寨的人和事，这些年来只是断断续续来到我的梦中。

这三十年中，我曾有七次回到过石阡，每次车过石固乡，我的心总是湿漉漉的。每次都是在往窗外看到老林山巍巍的身姿时，我脑海里，就涌现出庞家寨来。庞家寨总是在一片白云深处，像一幅山水画。这时，心里的那份潮汐终于上了眉头，我的眼帘不可抑制地湿漉漉起来。

也许有人会疑问，你都这样了，为什么七次回到石阡，却没有回庞家寨看一看呢？

我也问过自己，正所谓要去可以找一千个理由，不去也可以找一千个理由。为什么七次离庞家寨很近了，却七次望而却步呢？为什么三十年来，对我心中最美好的地方什么也没做，而只是梦中相会。这样多的为什么，我无法解释。如果非要解释不可的话，我还是那句话：越是最珍贵的记忆，越需慢慢品味。

石阡县偏僻，石固乡偏僻，庞家寨更偏僻。这偏僻看起来就是没有成行的问题所在。在我的记忆中，从石固乡到庞家寨要走二十多里山道，山道峻峭而崎岖，像我这样的年龄，即使有一颗地质队员的心，也没有了地质队员的体能了。不过，这样的心，我从未放弃过，我曾无数次幻想，带着我的几个知心朋友，甚至妻子、女儿，走上那峻峭而崎岖但却美丽无比的山道，在杜鹃红、梨花白芳香弥漫之际，我们走进了庞家寨。

这个理由，看起来，要怎么牵强，就是怎么地牵强，这牵强却是我三十年心中抹不去的伤怀。

没有人会相信这个牵强的理由，因为，我也没相信过。看起来是有必要简单地讲讲这七次是为什么。七次中有五次就不说了，都是公务在身，身不由己，只能打消想法。有两次是有可能的，但最终没有成行。第一次是2004年5月，我带一个中国作家采风团到了石阡。二十余位全国著名作家能莅临石阡，当然也是我的主意，我激励采风团成员们说的话是：我要带你们去一个美丽的地方。采风团成员们说：我们去过的美丽的地方太多。我说：特别美。他们说：特别美，我们也见过不少。我说，好吧！我来说说石阡的特别，于是我把我在石阡感受的故事，大大地渲染了一番，像《穿越峡谷》的奇怪，《丁香》的残酷，《梨花》的忧郁，《水晶山谷》的美艳，等等，特别是庞家寨的人和事，他们听得兴高采烈。完了，他们说：好，去见识一下你说的美丽。

当然，我没有告诉他们这美丽有多远，我怕有人中途逃跑，只要他们从贵阳出发了，在前往石阡的千山万水之中，他们后悔也跑不了啦！见识美丽就是要有代价的，那天他们的代价就是在弯弯曲曲险象环生的崇山峻岭中走了九个小时，才到达石阡。看见老作家蒋子龙和《人民文学》主编、老诗人韩作荣下车时的那一瞬间，我心中闪过了一丝内疚。在来的二十几位客人中，他俩的年纪最大。

在石阡的几天里，大家去了楼上古寨，去了佛顶山脚下的尧上民族村，看了国家一级保护古建筑万寿宫、禹王宫，见识了天下第一泉——石阡温泉。这些地方都是石阡最有名的地方，看见大家都兴高采烈的样子，我知道他们不虚此行了。去庞家寨的事，我也不便提了，我总不能太自私，不顾作家们的安全，要他们与我这个曾经的地质队员，一起徒步二十余里山道吧！再说，我估计县委宣传部的领导也不敢答应，一是安全问题，二是这样的探险需要太庞大的后勤保障。当时的条件下根本无法进行这样的冒险行动。

第二次是2006年5月，那时候我正在石阡拍摄二十集电视剧《雄关漫道》。这部作品是我从小说转为影视创作的开端，这个开端非常好，《雄关漫道》被列为国家重点剧目，是纪念红军长征胜利70周年唯一的献礼电视剧。当时任务重，时间紧，八一电影制片厂的生产部主任庞敏压力很大。她是制片人，责任重大，很担心拍摄地点的问题。这是一部反映中国工农红军第二方面军长征的大片，这一类片子是不可能在影视基地完成的。我说，在石阡拍。理由有三：一是石阡有红色传统，群众基础好，老百姓对红军有感情；二是石阡地处偏僻，老村寨很多，红军旧址也很多；三是石阡政府很支持。就这样，石阡成了主要拍摄地。我们剧组是2006年5月1日到石阡，7月1日拍摄结束离开，于当年10月纪念红军长征胜利70周年之际，在中央一台黄金时间播出。从拍摄到播出，只用了短短五个月，这在电视剧创作生产方面，就是一个奇迹，以前没有过，至今也没有过。是的，在石阡六十天，我没有时间去庞家寨，好几次差点成行，都被导演张玉中制止了。是的，他的任务太重了，他要求既是编剧又是贵州方代表的我必须全力配合。

再到石阡是七年之后的2014年5月，这一次我不再顾忌什么，我一下车就直截了当，要求前来迎接我的宣传部杨部长去庞家寨。他说书记等我一起吃饭，我说，吃饭不要紧，要紧的是今天必须去庞家寨。他说，庞家寨在哪里？于是，我给他讲庞家寨，讲庞家寨的人，庞家寨的事。听完后，他哈哈大笑说：好！我陪你去，我也去看看老席和老席的儿子“我来啦”。我们一起笑了起来，愉快地前去庞家寨。

我没想到庞家寨居然通车了，当然这个通车，不是真正意义上的通车，只是可以行车，而车只能是越野车，只能是最好的司机。当然，这个业务最好的司机，不是我的，也不是杨部长的，是杨部长从农业局借来的。据说，这个借来的小李司机，开车技术一流，无论多么险峻的路，他都能安全行驶。按杨部长的原话说，他开车，就没有去不了的地方。

我当然是想象到了，前往庞家寨的小公路是怎样地险峻，可没想到这险峻非常严重。我知道，要给没有到此一行的人表达清楚这个险峻确实很难，我只能以我二十年的驾车经验告诉你，在这样险峻的小公路上开车的恐慌。这个恐慌的理由很简单，小公路与越野车轮胎一样宽，而这路又还七拐八拐的，一弯接着一弯拐，没完没了，稍微不慎，轮胎一歪就是万丈深渊，更可怕的是坡度太大，车头扬起来看不见前面是路还是坎。

这样的路况，就是我这个曾经的地质队员也不多见，何况与我同行的作家。这个作家开始还与我们一起笑谈，一起讨论老席的儿子“我来啦”，后来几乎无声，他的紧张体现在他的一声呼喊中，他大喊：停车。大家以为他憋尿了，也没在意，不想他下车后并未撒尿，而是憋红了脸说：风景太好！我走路。

我当然体谅他，毕竟未体验过这样的事情。我下车握住他的手，把他拉上车来，他也只好上来。他有些难为情，我和杨部长也假装没察觉。就是我湿漉漉的手，也是偷偷地在自己的裤袋里擦拭了——他的手出汗太多。

车继续崎岖地向前行驶，这个作家紧紧地抓住把手，似乎抓住了一根救命稻草。杨部长为了消除紧张气氛，与我闲话起来。他说，“我来啦”要是今天在家的话，可能都三十多岁了。我说，那时候他可能三岁左右。杨部长说，这个小崽，真是一个小机灵鬼。

我不记得这个小机灵鬼叫什么名字，当时，也没怎么在意他叫什么。那时候，我所在的地质普查小组一行三人就住在他家。我们三个地质人员，二人上山作业，一人在住地做饭，每天轮换。一般早上七点出发去普查，晚上八点左右才回来。有时候，时间不足，半夜才回也是常有的事。遇上下雨天，就是我们的节日了。天下雨，我们的图纸展不开。这样，我们会买鸡来杀，美美地吃上一顿，的确，搞野外地质普查，体力消耗太大。这样的节日，在雨季就多了起来，也就是这样，才有了小机灵鬼的故事。小机灵鬼在我们地质队员的嘴中叫“我来啦”。这个不太像人名的“我来啦”就是在我们吃鸡的时候产生的，并在地质队员中广为流传，一时还成为了地质队的流行语。地质队的工作性质，就是分散作业，有搞矿产普查的，有搞物探、化探、钻探的，地质队员们一年很难遇见在一起，自从有了“我来啦”这个故事，队员们一有机会遇见就会拉长了语气说：“我——来——啦——”

拉长了语气的“我来啦”，颇彰显一种存在感。小机灵鬼三岁时就是这样彰显自己的存在。那时候，正值下午六点钟左右，我们小组三人正在吃香菇鸡，由于这香菇实在太香，鸡肉实在太糯，我们都专注吃，根本无暇他顾。这时候一个稚嫩的声音响了起来：“我——来——啦！”大家一扭头，笑了起来，谁也没注意一个小孩倚在门口看我们吃鸡。组长给了他一个鸡屁股，小孩拿着鸡屁股走了。不久，小孩又倚在门口，见人不理他，他说：“我——又——来——啦！”组长又给了他一个鸡头，小孩走了。一会儿，小孩又倚在门口，见人不理他，他又说：“我——又——又——来——啦！”

到了庞家寨，“我来啦”不在村里，说是到广东打工去了。幸亏老席还在村里住着，当我们一行找到他时，他一脸的惊讶，说，你来啦！我说，我来啦！他说，你还找得到我家。我说，当然。

我住过的房间，堆满了杂物。老席从角落里拿出一个铁皮桶来，我一眼就认出，这是当年我们常备的压缩饼干桶，野外作业中午没饭吃，都吃这种军用的压缩饼干。三十年过去了，老席还收藏着，本是军绿色的桶，却因岁月的痕迹而斑驳。我拿出一个信封递给老席，里面是两千块钱。老席死活不要，还是杨部长解了围说，主席关心你，老席你拿着吧。老席这才收下，他从柜子里翻出一包香菇说，这是你最爱吃的。我说，这我要了，三十年没吃庞家寨的野生香菇了。

杨部长陪我在村里走一走，村支书闻讯而来，激动地握住杨部长的手，一口一个大领导。杨部长指着我说，这才是大领导，省城的欧阳主席，三十年前在你们村工作过，那时候你还没出生吧！

村支书一把抓住我的手摇晃：是，那时我还没出生。哎哟，我们村还出了这么大的领导，省里的主席。

我说，我是省作家协会的，三十年前在老席家住了几个月，这次回来看他。

他说，哪个老席，我们庞家寨都姓席。

我一下愣住了，庞家寨没姓庞的？都姓席？确实当年忙于地质找矿，并没有注意这个问题。幸亏我曾是一名地质队员，记住地形、地貌是我们的专长，尽管三十年过去了，找到老席的家并非难事。否则，只知道找老席，就麻烦了，村里都姓席，老席实在太多。

这时，老席提着一块腊肉追来了。我指着老席对年轻的支书说，他就是老席。

年轻的支书说，哦！原来是席恩平大叔哟！

说实话，我也才知道老席叫席恩平。当年我们普查组的人，都叫他老席，他的大名也就没人在意了。再说，庞家寨嘛！按惯常村民应大多姓庞，当初听他说姓席，以为就他一家姓席呢！

中午就在小学旁的一户农家吃饭了。老席的腊肉还是那样好吃，那肉切出来，巴掌大，五指厚的膘，亮晶晶的，一口下去，油顺着口角流。可惜，不像以前可以吃个痛快，十多片这样的肉，约一斤半，毫不费劲。现在，吃了一片，肚子就饱了，可嘴还想吃。

“希望小学”是一家企业赞助修建的，还像模像样，就是缺教师宿舍的两间房。村支书的抱怨很有道理，教学楼都修了，教师宿舍却没有。

我包里有两万元现金，本来就想给村里的，都说到村里的事了，我就拿出来给了支书。

支书一边收钱一边指着岩下的小河说：这条河一涨水，学生就过不来。

我说，修座桥要多少钱。他说，七万够了。我说，这样，回去我再打五万到县委宣传部，杨部长再给你，你把桥修了。至于教师的两间房，今天县委常委来了，也就现场办公了。杨部长说，行，我回去就找教育局协调点资金。

支书很高兴，一直送我们过了河，我对跟在支书身后的老席说，老席，回吧！我还要来看你的。

老席挥着手，看样子他有点依依不舍。来庞家寨之前，我也曾想在他家住一晚，重温一下三十年前的往事，可到了一看，这个意愿太麻烦老席了。老席的儿子儿媳都出外打工了，老父亲也去世多年了，老席孑然一身。这样的人，通常我们叫空巢老人。其实，老席也不老，不到六十岁，只不过像七十多岁的人罢了。

庞家寨之行，算了了一个心愿，又许下了一个心愿。可我还没践行我对老席的承诺，老席却在半年后带着儿子“我来啦”来找我了。他带来了桥的照片，桥还修得非常好，就是桥头立有一块碑，“黔森桥”几个字很扎眼。我指着照片上的碑说，老席，这是谁叫整的。老席不好意思地说，你走的时候吩咐不留名，可支书说，人家说不留名就不留名呀！支书要整这个，我也拦不住。

“我来啦”当然不知道，在我们嘴里他叫“我来啦”，他甚至不太可能记得吃鸡之事。但，我们普查组的每个人都记住了他，一个可爱的小机灵鬼。

我请他们在五星级酒店吃饭住宿，走时又给了老席路费。老席带来的一包香菇，我如获至宝，拿回家很久也舍不得吃。

临别时，我又重提承诺，说，老席，我还要到庞家寨看你的。

他说，你要来就快点。

我说，咋的啦！

他说，他们说，我们庞家寨整个一匹山都是矿，要开发了。晚了，我怕寨子没了。

我安慰他说，没关系，你人在哪里，我都去看你，现在我们都有手机，好找。

话虽这样安慰他，其实在我心里升腾起一种莫名的焦躁。晚上，我打电话给一起在庞家寨找过矿的老同事，老同事已是地质队的书记了。他证实了老席的话。庞家寨确实发现了大型矿床。

我说，什么时候发现的。

他说，有三年了。

我说：什么矿？

他说：钒。

放下电话，我心情特别不好！妻子进来给我沏茶说，你咋个了。我说，没咋个。她说，没咋个？看你哭丧着个脸，像谁借你米还你的糠似的。

我没理她，妻子知道，我心情不好时，别惹我。她走后，我打开电脑，找到钒矿的条目，一行字跃入我的眼中："如果说钢是虎，那么钒就是翼，钢含钒犹如虎添翼。只需在钢中加入百分之几的钒，就能使钢的弹性、强度大增，抗磨损和抗爆裂性极好，既耐高温又抗奇寒，难怪在汽车、航空、铁路、电子技术、国防工业等部门，到处可见到钒的踪迹。此外，钒的氧化物已成为化学工业中最佳催化剂之一，有'化学面包'之称。"

晚上，我梦回三十年前，那是一个多么绚烂的春天哪！那个春天里刚下完雨，山道上铺满了红的杜鹃白的梨花，那些花瓣嫩嫩的，使我们一行的脚步不得不有所顾忌，尽可能不踩踏到它们。虽然是落在了地上的花瓣，毕竟是一朵朵美丽而可爱的花儿，何况它们还在用最后的体香，沁着这天这地，一时间，整个峡谷芳香弥漫。

（原载《中国作家》2018年第3期）

李寂荡

慈溪笔记

曾去浙江几次，到过绍兴、杭州、富阳、台州，以及温州的泰顺和文成。感谢《十月》杂志的邀约，让我有机会来到慈溪。说要到慈溪，我竟误记为蒋介石故里。后来才清楚蒋介石故里是溪口，溪口、慈溪均在宁波，且都有一个“溪”字，不少人大概也因此记混吧。一下飞机，在机场接我的同志很快就纠正了我的误判。也才知道慈溪地名的由来是有典故的。此地因治南有溪、东汉董黯“母慈子孝”的传说而得名。相传，董母患病，作为彼时名动乡里的孝子董黯，一心想寻找甘美的泉水给其母饮用，最后历经万难，终于寻到大隐溪水，为了免去担水而饮之苦，母子商量，在大隐溪畔结庐而居。在董黯的悉心照料下，董母痊愈了。故事就此传开，董黯逝后，人们为他建造了董孝子庙，将大隐溪改名为慈溪，日后的慈溪县名也因此而来。

到了慈溪，对慈溪的了解逐步深入，“慈溪”也逐步具象起来。慈溪是一个县级市，但不是一个普通的县级市。其经济极为发达，全国领先。著名的公牛插座就是这里生产的，世界上绝大多数的打火机也生产于此。而这两样东西，已渗入很多人的生活。你点烟打燃的火机可能就出产于此。在超市买插座，我是非“公牛”莫选，因为电路安全就是一间屋子一栋楼宇的安全。这些与我们生活密切关联的东西，我们只管使用，但都不会去了解它来自何处。而现在，我知道它们就源于我置身其间的这座城市。而这座城市只是一个县城啊，这是一个蕴藏着巨大能量的县城，不可貌相。这座城市尽管工业极为发达，身处其中，我感觉不到工业的喧嚣，感觉到的是种匆忙的安宁。说匆忙，是指大街上川流不息的车辆，透过酒店的窗户，可看见车流从早到晚，风驰电掣，那么密集，那么匆忙，没有片刻的消停，真不知其所来，不知其所终。车多高档。这或许就是这座城市经济繁荣的一个征象吧。这种繁荣，在我看来是不张扬的，甚至是沉默的。似乎所有生产和交易的忙碌都在这种低调中完成。当然，我有如此印象，可能囿于我的见闻，所见只是这座城市的冰山一角，或者只是这座城市的表象。

今年，我爱上了运动，出差有时会带着跑鞋，到了新地方，会用高德搜索一下住地周围是否有公园，是否有适合的跑道。而这次在慈溪下榻的酒店，附近就有一座山体公园，峙山公园。峙山公园因园内有双峰并峙而得名，园内山体林木葱郁，门口的巍峨的牌坊颇有几分古气。

一大早我即去公园跑步。公园里有很多晨跑者，沿山路慢跑，行色匆匆。到异地，我喜欢观察异地人的表情，想通过他们的表情窥探到他们生活的隐秘信息。只见这些当地人跑步时都是一副专注、执着的神情，近乎严肃，他们事业有成，或许与这份专注执着有关？我来自山地省份，可能坡路走多了，跑步不太喜欢跑山路，于是换到街边的人行道跑。天晴，迎着朝阳奔跑，可能像影视剧里主人公迎着希望奔跑的样子。不管像与否，人见到朝阳，都会心生欢喜吧。时节已是冬天，从中国西部来到东部，明显地感觉到天黑得早。如在同一纬度，白昼应是一样的长，天黑得早亮得也早，但感觉上，总觉得白昼更短似的，须臾即逝，剩下的便是漫漫长夜。

下午，我们前往上林湖参观古越窑遗址。下车登船，船行风疾，能感觉拂面的寒意。向西缓缓坠落的太阳，逐渐彤红，已然失去了热力，给大地带来光，却带不来热。现在的上林湖已不是古代的上林湖，水体更大，水位线更高，已是拦水形成的水库。据说，有不少古窑场淹没于水下。要去参观的古越窑窑址就在岸边的山坡上。我们参观时，仍然有考古的工作者指挥着一群农民工在挖掘，筛选瓷器，并做记录。我惊讶于层层叠叠的瓷片，密集地挤压在一块，挖掘的坑有数米甚至数十米之深。这些瓷片或瓷器是烧窑时倒掉的残品或次品。其中也能挑出一些完整的瓷器来，譬如，碗、碟、杯、盏之类的，完好的就作为珍贵的文物选进博物馆陈列。

这是几个朝代的堆积，仿佛时间的碎片。我曾经调侃说，在中原，在江南，掘地数尺，可挖出几个朝代，而在我老家贵州，往地下挖，除了土就是石头。地下没有历史，只有泥土和岩石，更多的是坚硬的岩石。中原与江南有深厚的历史文化积淀，随便到一个县，都可以找到一两个历史教科书里的人物和故事。念书时，觉得这些人物和故事离自己好远，而现在就近在咫尺。那些人物仿佛一下子从教科书走出来，与你同行；那些故事发生的场景也更加具体起来。只不过，那份历史的神秘减少了，想象的空间一下子缩小了许多。此外，我还联想到，中国的土葬、厚葬习俗为我们的国家保存了多少文物啊。

这是一个窑群，这里有巨大的龙窑。有多少熊熊的火焰和泥土烧制的瓷器进入多少王公贵族家？而那些器皿已杳无踪迹，荡然无存，使用那些器皿的朱唇、玉手，已然在时间的雾霾里香消玉殒。

上林湖由古代的潟湖演变而成，唐代时已有“上林湖”的称谓。这一带窑场密布，与这里的自然条件密不可分。窑场所用瓷土系本地山中所出，林木茂盛，提供了烧窑充足的燃料，上林湖的水运四通八达，便于产品的运输。上林湖的窑场，从秦汉晚期点燃，历经六朝，隋、唐、五代、北宋，直至南宋初年才悄然熄灭。上林湖一带的窑场形制为“龙窑”。龙窑，亦称蛇窑、蜈蚣窑，是中国南方山区普遍的窑种，依山而建，由下至上呈龙形，故而得名。上林湖越窑出产大量的瓷器，以碗、盘、钵、盏、盆等为主，也有执壶、瓶、罐、碟、炉、盂、枕瓶等等。在古越窑遗址旁建造了一座越窑博物馆就是仿龙窑形状修建的。其实，整个上林湖畔，古越窑及瓷片瓷器随处可见，便是一座露天青瓷博物馆。

上林湖越窑烧制的瓷器为青瓷，系青瓷中的上品——秘色瓷，胎壁薄而均匀，没有复杂的纹饰，釉面青碧。这是“极简主义”审美的体现和追求，而青色正是一带湖水的色彩。唐朝陆龟蒙《秘色越器》诗云，“九秋风露越窑开，夺得千峰翠色来”，诗句好有声势，越瓷凝聚的正是自然之色，千重山峦的青色。为何称为秘色瓷呢？有几种说法：有人说是越窑专门烧制，只用于当地的宫廷以及进贡中原朝廷，民间禁用，故称“秘色”；有人说是使用了专门的釉色秘方；又有人说，不只配方，从制坯、上釉到烧造过程都秘而不宣。秘色瓷工艺之秘集中反映在其瓷质钵上，瓷质匣钵的胎与瓷器基本一致，细腻坚致，匣钵之间用釉封口，以使瓷器在烧成冷却过程中形成强还原气氛而呈天青色或青绿色，即所谓的“秘色”。所以，在窑址，会发现不少敲碎的瓷质匣钵。烧制一件瓷器就要做一件瓷匣钵，匣钵为一次性的，且为瓷质，而不是一般的陶质，因此，秘色瓷造价极为昂贵。

据传，宋汝窑官请示釉色，徽宗批示：“雨过天青云破处，这般颜色做将来。”皇帝要的是雨过天晴时的天青色，那是湿润之色，铅华洗净之色，雷雨之后宁静之色。不得不慨叹，中国数千年来就是一个诗情画意的国度，“诗情”与“画意”已渗透到生活的方方面面。渗透到日常生活的用具。这就是所谓的“诗意的栖居”吧，但这样的栖居会被野蛮的金戈铁马所粉碎。诗意的栖居是美好的，是柔软的。生活因“美”而“好”，而美却总是脆弱的。在所谓的历史进程中，有时“先进”会被“落后”所颠覆，“文明”会被“野蛮”所践踏。

离开上林湖越窑窑址，我们匆匆赶往袁可嘉先生的故里，崇寿镇。透过车窗，我看见路边延绵不绝的各色各样招牌的服装店、服装材料店。我想，我们网购的不少服装就来自这样的厂家吧。在农耕文明时代，江南的农业、手工业生产是全国、甚至是世界领先的，到了工业时代的今天，江南仍然是领先的，除了得天独厚的条件之外，与这里人们的智慧、勤勉是分不开的。今天这里制造业的发达与自古以来手工业的传统也不无关系。

到达崇寿镇，天已黑尽。大巴车在狭窄的、灯光昏暗的街道上缓慢前行。这是一个寂静的小镇。我们先去参观袁可嘉先生的故居，这是一栋二层小楼。一进屋，就看见迎面墙上贴着的先生巨幅照片，大家纷纷到照片前拍照，仿佛穿越时空与先生合影。二楼有先生从北京家里运来的家具和一些物品，然而斯人已逝，人去楼空。先生应是少年时代就离开了这里，从此，人世辽阔，世事沧桑。我是少年时就读了先生的译作和他主编的那套对中国文学发生过很大影响的丛书《外国现代派作品选》。高中时，我暗恋班上一名女同学，读先生译的《当你老了》，尤为共鸣，以致能背诵。每读这首诗就会想起她，或者是，每想起她就会想起这首诗：

当你老了，头白了，睡意昏沉，
炉火旁打盹，请取下这部诗歌，
慢慢读，回想你过去眼神的柔和，
回想它们昔日浓重的阴影；
多少人爱你青春欢畅的时辰，
爱慕你的美丽，假意或真心，
只有一个人爱你那朝圣者的灵魂，
爱你衰老了的脸上痛苦的皱纹；
垂下头来，在红光闪耀的炉子旁，
凄然地轻轻诉说那爱情的消逝，
在头顶的山上它缓缓踱着步子，
在一群星星中间隐藏着脸庞。

以后见过《当你老了》的几种译本，都觉得不可替代。这或许是，这个译本本身译得好，信达雅皆具，又或许是我最早接触，先入为主，对后来者拒斥，也或许是与少年时期那段苦涩的暗恋有关。应该说，这几种因素都有吧。

相公殿是我父辈一手开辟起来的河港。这是我童年引发远游幻想的第一个起点。我常常去相公殿看来往的船只，寄托云游四海的希望，近一点是去二塘头看望慈祥的外婆，吃上外婆珍藏的香饼……11岁以后离家去余姚高小上学，13岁以后去宁波中学读书，17岁后经江西、湖南、四川到西南联大求学，然后经云贵高原到北京工作，以及晚年漂洋过海访问、游学，从根本上说无不是从这个小小的河港出发的。

——袁可嘉《故乡亲，最亲是慈溪》

如雷贯耳的大人物名字往往与一个普普通通的小镇、小村庄连在一起。很多大人物就是从这样普普通通的小镇、小村庄、小屋子走出去的。显赫一时的权贵，富甲一方的商贾，在时间的淘汰中已杳无音讯，一个地方，一个民族记住的往往是在文化方面有所作为有所贡献的人物，这些人物生前也许仕途失意，穷愁潦倒，一介书生，命运多舛，但他的名字却能穿越历史的重围，流传下来，被后人所铭记，所崇拜，这或许就是民间所谓的“流芳百世”吧。所以，被纪念的往往是作家、诗人，而不是官员老板。文化最具穿透力，文化才是支撑一个地方、一个民族生生不息的血脉。

袁可嘉先生是著名的“九叶派”诗人，翻译家，批评家。世人对他无不赞誉有加。旅美文化学者、作家王海龙称“他是西方现代派文学在大陆的执牛耳者”；评论家谢冕在观照20世纪80年代的诗歌时，大赞袁可嘉先生“几乎是一位站在新潮流前面最勇敢、最睿智的先锋性诗人和理论家。他主编的《欧美现代派诗选》《现代主义文学研究》《外国现代派作品选》以及著作《现代派论·英美诗论》，可以说‘影响了中国文学新时代’”；而臧棣则将袁可嘉先生看成“40年代中国最重要的现代主义诗歌批评家”；小说家刁斗言其回望中国文学包括他自己的创作历程，他坦承“‘袁可嘉’作为一种人文精神的流风余韵，作为一种艺术传统的源头活水，已‘润物细无声’地渗入了中国文学的每一道思想缝隙，已‘当春乃发生’地发酵和分蘖出了中国文学的真实叙事。我想，面对这样不容抹杀的实绩，感念‘袁可嘉’，应该是每一个中国文学工作者应有的礼貌”。

当晚有一个晚会，晚会有朗诵、有演唱，有沙画表演。给我印象深刻的是，一个女子在古筝的演奏中，身着汉服吟唱《上邪》：“上邪，我欲与君相知，长命无绝衰。山无棱，江水为竭。冬雷震震，夏雨雪。天地合，乃敢与君绝。”我听着看着，心想，中国汉代的女子应该就那样了，或者说，诗中的女子应该就是那样了：有那样俊俏的脸庞，有那样曼妙的身体，挽着那样的发髻，戴着那样的饰品。就是那样温婉，那样刚烈，那样一往情深，那样忠贞不渝。声音就是那样时而低回，时而激昂。目光清澈，心无杂念。而现在的女子呢，又怎样了？

那晚风大，不时将节目单、座牌吹落地面。这风是从海上刮来的吧，从不远的海上，从浩渺的太平洋，从先生的童年，从先生驾鹤西游的大洋彼岸。很冷，我身边的小说家王十月兄衣着单薄，似乎瑟瑟发抖，前边的一女子，将围巾递给他，他于是用围巾包裹着头，风吹来，竟有缕缕香气传来。我说，美人赠你巾，香气袭人啊。十月兄膀大腰圆，裹着围巾，大眼睛在昏暗的光线中尤为明亮。阳刚与阴柔结合一体，样子颇为有趣。

曲终人散。我们穿过漫漫黑夜回县城。在黑暗中，我默念起袁可嘉先生作于1946年的诗《沉钟》：

让我沉默于时空，
如古寺锈绿的洪钟，
负驮三千载沉重，
听窗外风雨匆匆；
把波澜掷给高松，
把无垠还诸苍穹，
我是沉寂的洪钟，
沉寂如蓝色凝冻；
生命脱蒂于苦痛，
苦痛任死寂煎烘，
我是站定的旌旗，
收容八方的野风！

（原载《十月》2018年第3期）

王鹏翔

老石磨

在我的记忆里，老石磨应该一直稳稳地安放在老屋神龛的边上，堂屋的右上角。老石磨终日与神灵为伍，也显得古朴而神圣。那时候的老石磨是忙碌的，每周至少要推两次苞谷面，在磨荡钩的推动下，不知疲倦地转着圆圈，并发出隆隆如闷雷的声音。它将农家本来粗糙的生活，推出一点精致来，将本来是粗粮的苞谷，细细磨了，筛成精细的苞谷面，做成可口的苞谷饭，本来苦涩的乡村日子，便有了一丝温馨和甘甜。

前几日回老屋，居然发现老石磨不在堂屋里了，老石磨原来稳居的那个角落，空无一物。原来还居住在老屋的时候，堂屋里挤挤挨挨的，石磨，上楼的楼梯，黑漆八仙桌凳，大簸箕细筛子，甚至马鞍马驮子，都放在堂屋里。这些不随时挪用的物件儿，使得供着神龛的堂屋几乎成了一个杂物间。而今的堂屋里，什么都没有摆放，地面扫得很干净，鸡毛也无一皮，连板壁上大檩上原先挂镰刀锄头薅刀的地方，也找不见一把镰刀的影子。除了神龛上搭着放香炉灯火的那块结满灰尘的木板，目及处空空荡荡。

我便问父亲，我们家的那盘老石磨哪里去了？

父亲说，这么多年没有用，一直摆在堂屋里。上前年你外婆去世的时候，你幺舅家抬石磨去开路出杀，应该就在这房团房转哪个角落里摆着吧！

幺舅家的房子就在老屋左近百余米。原来幺舅家在格子麻窝居住，虽离这里只有两华里，但那里交通不便，满山满坎的石旮旯，土地有骨无肉。后来建议幺舅搬到我们的村子，我和三弟将我们的一些土地送给了他做地基。自外公去世后，几个舅舅为赡养外婆的事情闹得很不愉快，外婆干脆哪一家也不住，一个人居住在外公起造的老屋里。及至前年病重，我们才说服大舅二舅，让幺舅把外婆接过来服侍，外婆就在幺舅新起的房子里溘然长逝了。当时我也曾回乡奔丧，但为外婆逝后的居处奔忙，也没注意管事怎么安排人去我们家的堂屋里撤卸老石磨，没有看道士先生怎么用磨盘出煞开路，连最精彩的二姨传承外婆的土医手艺为外婆开天门的仪式我也没见识到。

我便在老屋周围寻找老石磨的身影。先是在老屋左侧面的梨树脚发现了一块浑圆的石头，仔细看是一扇石磨，身子半截埋在泥土里，与杂草为伍，满身泥污，扒开杂草泥石，是老石磨的上扇无疑。而老石磨的下扇，在阳沟里屋檐下躺着。那个安放它们的巨大的石磨槽，也耷拉着脑袋，孤虚虚地躺在离下扇老石磨不远的屋檐下。

我的记忆里，这盘老石磨是我们家最重要的日常工具之一。对于以苞谷为主食的云贵高原山民来说，没有它，就无法将苞谷磨成苞谷面做成苞谷饭。所以我们村子里，家家户户都有一盘石磨。这老石磨都是村子周围山上的石头琢錾而成的，坚实，沉重，普通而又不可或缺。其实我们家堂屋里原来摆着两盘石磨，一盘大一盘小，大的就是我现在正在寻找的这盘，专门用来磨苞谷面的（有时也偶尔磨荞麦、豆子之类），而另一盘小的，是用来磨豆浆做豆腐的，有这种小石磨的人家很少。爷爷是老石匠，是村庄打石磨的高手，寻得了一块坚硬细致的红稗石，打下了这盘小石磨。记忆深处，经常有村人到我家堂屋里来磨豆浆，堂屋里的这盘小石磨，几乎成为村子里的公物。母亲去世，奶奶年老以后，一家人也再没闲心去磨豆浆做豆腐了，那盘小石磨，也不知在哪一年撤出了堂屋，不知所终。而大的这盘石磨一直都在，及至家家户户都利用电钢磨打苞谷面了，它也还在堂屋里稳稳地坐着。

作为工具，我不知道这种石器与旧石器时代和新石器时代的石器有什么渊源，也没有看到过关于石磨的发明、演变之类的文章。但在我们村庄，石磨与石碓窝、石水缸等石头打造的常用家什，都是最重要的家用石器，尤其石磨，离开了它，村人连饭都吃不上。它比石碓窝难打造，是一般石器所不能比拟的。我们家的石磨显然是爷爷精心打造的，磨出来的苞谷面细致滋润，做饭甘甜可口，村子里人人知晓。

自从我将高压线迁进阿嘎屯，许多人家买了小钢磨，甚至村子里有了专门加工苞谷面和粉子面的小作坊，这石磨便逐渐被淘汰了。但我一直惦记着老屋里的那盘老石磨。这盘老石磨我推过不知多少次。待我个头稍微长高一点，双手能扒得着磨荡钩把手时，我就开始跟着大人学推磨。夹在大人中间，跟着大人使力，有时力气使得不当，反倒阻止了磨扇的旋转。吃着苞谷饭，慢慢长成一个年轻力壮的山民，一个人也能一口气推几十转老石磨。

村人白天要上山劳作，推磨一般在晚上。吃了晚饭后，点上昏暗的煤油灯，将煤油灯放在神龛上，堂屋里便装满了淡黄的柔光。丁字形的磨荡钩，上面的那一横，逢中吊在一根跨过堂屋搭在两面大樤上的圆木上，那个“丁”的钩，放进上扇磨盘的磨耳朵眼里。两人把着磨荡钩的把手，一人站在磨盘边添苞谷。推磨的多半是妇女和孩子，大部分村庄男子趁着夜色，或聚在某家扯嗑子，或者三五邀约玩牌，更高雅一点的，围在某个人家的火塘边，唱小调，弹月琴。石磨转起来，隆隆的闷雷一样的声音传开去，让宁静的夜仿佛有了一些不安分的动荡。苞谷颗颗从上磨盘中间的磨眼半把半把地喂进石磨，经过它的咀嚼，磨槽里便堆积出细绒的苞谷面。推磨是一个体力活，一般都是奶奶和母亲推，我站在磨槽边添苞谷。奶奶和母亲一边拉家常，一边不紧不慢地荡着磨荡钩，我机械地将半筛子苞谷在左手和腰之间固定，右手抓半把苞谷，磨扇每转两圈放一小把。这种简单重复的动作，山村静寂的夜晚以及昏暗的灯光，总让我眼皮沉重。偶一闭眼，忘了添苞谷，磨盘便空响起来，或者让磨荡钩打了手。这时母亲会说，嗨，快了，推了筛子里的就歇息，我们推快点，你放快点，把瞌睡虫赶跑。于是奶奶和母亲一起使力，磨盘转得飞快，我的手也飞快地抓苞谷，放苞谷，几次险险地差点被磨荡钩碰着，瞌睡也就不来了。有时候，我会换奶奶或者母亲来添苞谷，我去推磨使气力。积攒每一个细胞的力气，脚蹬手推，那沉重的石磨便转起来，凭着惯性，也能推动十转八转。村人说，“人生三大累，推磨舂碓和挖煤”，除了挖煤我没体验过，推磨、舂碓这两项，我都是亲力亲为过的。在村庄居住的日子了，是这盘老石磨碾出的苞谷面将我喂养，更何况，这盘老石磨是石匠祖父留下的不多的物件之一，我理所应当将它文物一样地收捡起来保存。

老石磨光鲜时的样子，我还清楚记得。磨盘周圆上的錾子纹路是旗子块，每一条錾路都极清晰极认真。磨槽上是飘风雨錾路，密集的雨点下得很急切。磨扇该浑圆处浑圆，该起棱处棱角分明。最奇特的还是磨盘上扇与下扇咬合的磨齿，总共八方，就像八卦的八个方位，从外围向磨心眼处收拢，而那个磨眼，一如八卦图中阴阳鱼的眼睛。没有一个石匠能把磨齿开成七方或者九方，那样的话，磨齿就不能均匀地收拢到中心。最近，一个朋友的母亲去世，道士先生要开路出杀，看见他用黄纸画八卦代替石磨，我才知道，磨盘就是重合的两个八卦，是具有神力的物件儿，因此被道士先生用来开路出杀。在城市没法找到石磨，道士先生就是用黄纸剪裁成圆形，从中心往外画成八卦形，再写上一些字讳代替石磨。八卦是老祖宗留下来的神物，附体在石磨上，石磨就具有了降魔除煞的神力。其实，在万物有灵的村人意识里，灶有灶神，磨也有磨神。腊月要喂磨，封磨，在磨盘上堆满苞谷，把磨荡钩挂起来不准任何人推动磨子。直到正月过完三天年，选一个吉日吉时，燃香蜡纸烛祷告后，将石磨反推三转，正推三转，算是开磨了，这样才能推磨。在村庄，生要靠石磨推出的粮食喂养，死要用石磨开路出杀，村庄人的生死，仿佛都和石磨息息相关。有些人家的老石磨推了几代人，也送走了几代人，直到磨盘被磨薄磨轻不能再使用。老石磨磨走了许多老生命，也磨出了许多新生命。一念及此，想到“苦苦磨磨”这样一个村人常念叨的词语，“苦苦磨磨又一年”，“苦苦磨磨的日子”，面朝黄土背朝天，磨，就是山民日子的写照。无论是石磨，钢磨，还是手磨，电磨，社会人生，都少不了这个“磨”字！

曾听爷爷叨过，石磨的磨齿开不好，磨出来的面做饭不香。村庄也不止爷爷一人会打石磨，有些人家别人打的石磨不好磨，推起吃力，出面不均匀细致，会提着酒来请爷爷去重开磨齿。爷爷自然是不肯，怕别的石匠说闲，但央不住别人一再恳求，就以磨齿玉了去修磨为名，提上锤錾子去帮人家重开。开磨齿是石匠活路中的慢活细活，虽比不上刻花琢兽，但极有技术含量。磨齿一定要开得均匀，每个磨齿之间一定得是平行线，每一方磨齿数目一定要相等，稍有错差，磨子推起吃力，磨出的苞谷面不均匀细致。在村子里的人家，都以能请到爷爷打一盘石磨而自豪。

一盘老石磨，会随着使用的时间，变得越来越薄越来越轻。当磨齿被磨得光滑玉朗的时候，也就是磨齿钝了，再嚼不动铁实的苞谷。这时候得修磨，在原来磨齿的上面，细细匀匀地用扁錾剔下一层石屑，让磨齿重新锋利起来。我陪爷爷修过我们家的老石磨。打开堂屋的大门，将石磨的上扇从磨心上掀起来，两人抬了，轻放在支好的两张凳子上，有磨齿的一面朝上。石磨的磨齿虽然凸凹不平，但用手摸着，却玉朗光滑。爷爷搬了张凳子放在旁边，戴上眼镜，拿出手锤扁錾。扁錾早已在炉火中淬炼过，又经过细磨石细细的打磨，刚硬而锋利。从一方磨齿上下錾，石屑纷飞，堂屋里便有一层石粉的白雾弥漫开来。修完一方扇面形的磨齿，爷爷用一块干净的小毛巾擦尽石屑石粉，仔细看，看线条直不直，平行不平行，不妥帖的地方再动动錾子。那一层光滑玉润被錾子铲掉，触手处，是石头被剔开后的粗粝。修一扇石磨，爷爷总会花上半天工夫。因为我们家的石磨比一般人家的厚实，使用了很多年，我感觉它还是那样沉重，没有半点轻薄下来的意思。及至我身强力壮从大学回到故乡，去推磨的时候，还是感觉到要推动它，仍然需要调动全身的气力。当然，那时候母亲已经去世，奶奶已经年迈，添苞谷的角色，变成了气力不济的奶奶。

随着边远山村进入电气化时代，农耕时代的许多老物件，逐渐淘汰了。作为农耕文明的一种记忆，我是主张留下点老物件的，比如犁铧耙子，比如锄头薅刀镰刀等农具，最好由政府主导，建一个农耕文明陈列馆。但领导们忙于建设“美丽乡村”，只知道将红砖碧瓦的“老旧”进行“革新”，变成琉璃瓦，变成勾画的墙壁，将每一户老屋的个性磨灭，建起一个又一个只有空巢老人和留守儿童的空村，根本没心思想到这上面来。我一直想把以前用过的农耕文明的老物件收齐了，摆放在空空如也的留守老屋里，给自己一个乡愁寄托。我想，就从寻找我们家的老石磨开始吧，找个吉日良辰将它请回到堂屋里来，重新安放在神龛边的位子上，和老屋一起留守村庄，留守城市化进程中最后的乡愁。

附记：好在老石磨是坚硬的石头打造的，不会被时间轻易蚀化，能够保存得很久远。当不知道石磨为何物的后代子孙们，看到老屋摆放的这个沉重的物件而不知为何物时，希望他们能在我的文集里面翻看到这篇小文，知道我们家最后的老石磨到底是怎么一回事儿。

（原载《散文选刊》2018年第3期）

刘 莉

最美的城堡

我的女儿，请你原谅我，你的到来最初是我私心的结果，想着要让你的哥哥在这个世上有一个血脉至亲的亲人，你们是彼此的手足，当有一天我和你的爸爸如夕阳西坠归隐大地时你们还能相互依偎、相互温暖，所以，才有了你。

三十八岁，已经错过孕育生命的最佳年龄。强烈的妊娠反应让我吐得翻肠倒肚。在家里吐，在上班的路上吐，甚至有一次在开会时，尴尬地跑出会场吐。孕吐，整整持续了三个月。十月怀胎和生产的过程是很艰辛的。且不说为你身材变形，笨如企鹅，也不说为你谢拒同学的邀请、朋友的聚会，甚至失去我梦寐以求的写作的深造机会，为你，我忍受了十二匹肋骨同时折断的锥心之痛，还有撕裂之伤……前三个月，我曾经后悔过，问自己，已经人到中年，放着安稳的日子不过，这般折腾自己值得吗？可是，一次体检做B超时，你突然动了一下，而B超信号刚好捕捉到，屏幕上的图像晃了一下，抚摸着微微隆起的腹部，我激动不已。我不是第一次当母亲，可是，生命的这份延续仍然让我惊喜不已，就在这一刻，所有疑问都在瞬间化为乌有。

当你平安降临到这个世上，助产士掀起我的衣裳，把哇哇大哭的你放到我的胸膛上，说来也奇怪，许是感受到了我的浓浓的爱意，或是听到了你所熟悉的心跳声，你的哭声戛然而止。我知道，从此以后，我们的灵魂将彼此交融。

到了病房，忍着疼痛和疲惫把你搂在怀里，你张着小嘴找寻我的乳头，把乳头放进你的嘴里，尽管还没有乳汁，你还是贪婪地吸吮着我的乳头。用没有打吊针的那一只手轻轻抚摸着你，我端详着你，我亲爱的宝贝，你是这么小，小得让人忍不住怜惜。这一刻，我才知道，你不是我私心的结果，你是上苍赐予我的最宝贵的礼物！亲爱的女儿，我不能给你富足的生活，但是，我一定会给你全部的爱！

请了产假在家带你，才几天的时间，我就已经没有了时间的概念。时间被你分割得支离破碎，你醒了就是白天，你睡了就是黑夜，你饿了就到就餐的点。我一天二十四小时围着你转，以至于很多时候忽略了你的哥哥，好在你的哥哥也是那么爱你，对我因为照料你忘了给他做饭或是忘买学习资料的事都没有放在心上。每天放学回家的第一件事就是去看看你，晚上临睡觉时也要去亲一亲你才肯回房间。而你会笑以后，每次看到哥哥都会咧开嘴笑。看到你们亲密的样子，我庆幸能够同时拥有两个孩子。

为了让你更好的吸收钙，天气变暖后，每天早上，我把你喂饱后抱到广场晒太阳，我们在广场四处溜达，看大妈们跳广场舞，看大爷们遛鸟，甚至于看蔚蓝的天空上飘荡的白云，看火车轰鸣着从广场旁边驰过。我嗅到了花香、听到了鸟鸣，我才发现，一直以来，做事风风火火的我以忙碌为借口，忽略了生活中很多美好的东西，忘记了生活是用来享受而不是用来埋怨的。

五个多月时，你持续腹泻十多天，西药、中药都用了，一直没有好转。妇保院、水钢、凤凰山，我背着你四处寻医问药，你吃的每一种药我都尝试过。那段时间，我没有睡过一个小时完整的觉，也没有好好吃过一顿饭。后来，一个朋友告诉我一个偏方，说用鸡蛋清装在杯子里在肚皮上滚可以治疗因受凉而导致的腹泻，并给我介绍了一个据说对此比较有经验的大姐。那个大姐给你操弄时，你哭得撕心裂肺，大眼睛就那么无助地看着我，那一刻，我心都碎了。我痛恨自己没有带好你，也痛恨自己不能替你忍受痛苦。好在后来你终于痊愈了，我也结束了这段提心吊胆、苦不堪言的日子。

每天你睡觉时，我就守在旁边。有时，你睁开眼睛，只要看见我在身边，转过头你又香香地睡去。你把自己完完全全地交付于我，我就是你的整个世界。你一天天长大，上班的时间也一天天临近。想到上班后，你醒来时发现我不在身边会不会惊慌害怕？我的心里满是焦虑、不舍与牵挂。爱人笑我，一天埋怨自己是二十四小时上班制，怎么要解放了却不闷闷不乐？他哪里知道一个母亲的心！我的女儿，我愿意为你、我愿意为你忘记我姓名，就算多一秒拥你在怀里，失去世界也不可惜。

你是最霸道的君王，让我画地为牢，我却心甘情愿自囚于你的城堡，今后的时光，我愿陪着你，慢慢，慢慢地成长。

（原载《散文选刊》2018年第3期）

方洪羽

打田栽秧

“细雨燕低飞，栽秧布谷催。”故乡黔北大地拉开了春耕生产的序幕。

农人们开始新一轮泡稻、下秧。记忆中，母亲总是将前一年留下的稻谷种拿出来用大木桶浸泡，细心地漂去瘪壳，剩下饱满的谷种，再放到箩筐里用干净的稻草盖上，每天浇上几遍温热的水等待发芽。

早在冬季，就已选好一块向阳且靠近水塘的稻田了。母亲提前将田里灌满水并挑上几担农家肥撒进去，作为整理侍弄下谷种的秧地。此刻，秧地里的泥土已变得极其松软肥沃，只需平整几遍，待到谷雨时节，将发芽的谷种撒到秧地里育苗即可。

“青草池塘处处蛙。”进入立夏，不只是池塘，空旷的山野之夜也被蛙声填充得鼓鼓胀胀。此时，又到了打田栽秧的时候。

山里缺水，灌溉农作物全靠“望天水”。雨说来就来，有时老天爷会把雨安排在下半夜。为了留住这转瞬即逝的宝贵“天露”，被雷声惊醒的农人立即翻身起床，披蓑衣、戴斗笠、扛锄头，即使顶着倾盆大雨，借助时有时无的闪电，也要赶到自家地里，忙活上半宿，把每块水田的渠口都堵上。

翌日清早，人们便迫不及待地扛上犁铧、牵上水牛赶到水田边，望着那一丘丘明晃晃的蓄满水的梯田，满心欢喜。“养牛千日，用在一时。”阵阵底气十足的吆喝声中，水牛听话地拖行着笨重的犁铧，主人则紧跟其后，握住犁把掌控着平衡、力度和方向。铧尖在水下将板结的泥土翻转疏松，以便适合秧苗落脚生根。

那梯田里的泥土永远搅和着泥沙和细小坚硬的石块，每年打田栽秧都要一边劳作一边清理，农人们的手脚往往都要磨掉一层皮，或是一层新的茧子。

栽秧前要将犁过的水田再耙个三两次。犁耙长约一米五，架子上有手柄，下有一长排铁齿，形似一把梳子。那些高高低低的泥堆被犁耙“梳”过几遍后，就变得光滑平整。“不怕田瘦，就怕田漏。”耙地这活计很讲究，只有深耕细耙才能减缓水的渗漏速度。

开垦在陡坡上的梯田，层叠错落着沿山野拾级而上，一垄高于一垄，且形状因地制宜、千奇百怪。

不同形状的梯田，栽秧方法就有所不同：一种是“拉绳”移栽，即在水田两头插两个木桩，中间拉根绳子，以此为参照将秧苗一排排、一列列栽得纵横交错、整整齐齐；一种是“顺田湾”移栽，就是以田埂为参照，随弯就弯，倒也别具一格。

栽秧绝对是项技术活。根部的插入要恰到好处——插得太深，秧苗生长缓慢；插得太浅，水波一荡便会连根浮起。栽秧还要求眼疾手快，准确判断出秧苗间的距离后，如蜻蜓点水般迅速栽插，人却一步步往后退。正如古诗所云：“手把青秧插满田，低头便见水中天。六根清净方为道，退步原来是向前。”

“田夫抛秧田妇接，小儿拔秧大儿插。笠是兜鍪蓑是甲，雨从头上湿到胛。”农人最喜雨天栽秧，虽说穿蓑戴斗劳作辛苦，但此时栽的秧苗最易成活，转青也快。

时过境迁。如今，在现代化耕作方式的普及推广下，牛耕犁耙、打田栽秧的热闹场景即使在乡下也难得一见。于是，这份浓浓的乡愁就像一根若有若无的线绳，牵着游子那漂泊不定的心，永远朝着回家的方向。

（原载《光明日报》2018年5月5日）

杨秀廷

茶的恩典

一

乡间的茶重情义、厚朴、有灵性，因与山里人心性相通而深受礼遇。

茶的存在方式取决于人的生活态度。在贵州山地少数民族的传统婚俗中，年轻的心灵相遇，生命与爱的圆融，茶俗是最朴素又最暖心的因了。男女双方通过“游方”相识、相恋，待水到渠成，男方就要央请家族中或村寨里德高望重的长者去女方家提亲“请茶”，如若女方应允，随后的“放话”“提篮子”“下聘礼”“迎娶”等礼仪，茶都作为当先的使者一一出场。茶的温婉、平和、澄澈、静心和忠义，不仅仅能唤醒人们的味蕾，在这里，早已被赋予了族群的象征意义，与青春、情感和记忆连接在一起。

吃茶要问茶根因，
当初唐僧去取经，
带来细茶留古记，
取经超度有缘人。
细茶好吃嫩茵茵，
当初细茶在西天。
劝姣莫忘茶园路，
郎在茶山十八年。

那些茶歌，天生就有种“美丽的忧伤”。歌声轻轻拂动人心深处蔓生的触角，仿佛灵魂中都浸润着茶香的味道。

我曾在几个堂姐出嫁的拦门“盘歌”仪式上，在二表姐（梅表姐）新年里来拜望我父母、堂哥们到我家“炒茶”邀请表姐们唱歌的那些夜晚，一次次聆听过这样的歌唱。如今回眸往事，人好像是在记忆和幻觉中行走，散发着草木清香的歌声，顺着季节轮回的经纬款款唱过，让人在对时光的深情抚摸中慢慢领悟生活的滋味。

我的家乡是湘黔桂边界大山深处的一个苗族聚落，人们有种茶、采茶、吃茶的传统，对茶的深情，可以从“炒茶”“吃茶”“请茶”“送茶”“敬茶”“祭茶”这样的茶事称呼就足以了然。有人说，吃茶、喝茶、品茶，分明是三种人生际遇，经由草莽、凡俗而风雅，映照着贫穷、富足、显贵的不同境地。率性敦厚的山里人，从不去理会这样的划界。穷攀富，富攀贵，贵攀雅，那是另一种人生，与茶的草木心念和泥土胸怀无关。

山里人明白，是茶，接续了一个个族群环环相扣的情感脉络和文化链条。

二

因为有茶香浸润，再平常的日子，总会荡漾出另一种暖意。

在某个山岚浸湿村道石板街的清晨，或者牛哞声蜿蜒了山路的傍晚，担水的村姑、荷锄肩柴的庄稼汉顺道采一把茶叶回家，山寨的炊烟里，便缠绵起丝丝缕缕散淡的茶香。

茶香氤氲，像一个隐喻。茶水的暖色调，暗合了山里人的肤色和想象。因为在乡村里，茶的功能更多体现在形而上的精神层面。这里的茶，与器皿、身份、谈资无关，人们敬重的是仪式，祈愿的是天地与人心、生命与草木的和谐共生。

大山里的茶园，青翠了山村古老的传说。茶园边的几团老茶树，承袭了山间草木的尊贵血统，青绿于村寨那几口古井旁的山道上，安守着山里人从不经意的时光。朝来代往，这些老茶树青翠年年的茶叶，像一个久远而简单的梦，在岁月的沉浸和爱抚中得到点悟，时光老去，这醍醐之味慢慢地呈现出生命的绵厚与从容。

这乡村的茶，总是依附在农事和日子的链条中，转动着年轮和节气。

农历新年敬茶，是山寨里一年中最具有生命力和传统礼俗的茶事。除夕之日，人们无论怎样忙碌，家家户户都得提前按照年俗备好“新茶”，用于旧岁与新年交替时向祖先敬茶。茶是“新”的，煮茶的井水也必须是过了新年后的“新水”，讨取“新茶”和“新水”因年份不同而有着不同的方位要求。贴上春联后，父母会安排我们兄弟去摘一小把生鲜的茶叶来，那是一年中我们与寨中的老茶树最亲近的时刻，便觉着那是一种特别的荣光。至于“讨新水”“煮新茶”“敬新茶”，那是负责守岁的当家人的事。我们这些孩童在迷蒙的梦乡中忽然被鞭炮声惊醒，就知道家里的敬茶仪式已经完成，新年的气息实实在在地到来了。

硝烟味随着鞭炮声早已消遁无踪，茶香却绵延了接踵而来的一个个日子，一年里新的愿望也就在我们心灵的枝头冒出了嫩芽。

三

山里人对茶的态度是敏感而尊崇的。

我生性胆小，茶叶曾担当了我童年的保护神。母亲用几支半寸长的茶叶茎柄，用红布紧紧包裹着，然后用针线密密缝上，像一个红色的蜂蛹，用线拴系着挂在我的胸前，给我壮胆。我出远门或走亲戚，需要翻山越岭，要经过深谷溪涧、穿过古树群。若是冬天，往往在出门前，母亲会悄悄把一两片茶叶放在我帽子的翻檐里；而在其他时节，我的衣袖就有一只被绾起来，里面藏着一两片茶叶。后来，无论是去外地上学还是工作，随身带上几片茶叶，成了我心底化不开的乡愁。

农历是蹲守在农家的茶香里的，每个月的初一和十五，村寨似乎得到了神灵的暗示，各家媳妇清早起来的第一件事就是煮油茶，待清香四溢的油茶碗在香烛的映照下摆上了堂屋正中的方桌上，这一天的开门七件事就从敬飨神灵的仪式开始。

氤氲苗寨的茶香传递出的信息，不是与这个族群对天地自然的相生相惜态度有关，就是关乎人们对生命的纪念。人们借茶的情义，默念天地赐福，祝祷亲人平安，祈求风调雨顺。

苗家人相信世间万物皆有灵魂，人们拜祭古井、古桥、古树、古亭、古碑、古钟，甚或堤坝、榨油坊、铁匠铺、水车、石磨、犁铧等等，都得借助茶的涅槃，生息出大山里芸芸众生的精神呼吸，仿佛有了茶的引渡，生命就得到神灵的接纳和护佑。

四

我对茶天生就有一种敬畏，这种敬畏来自我的生命遭际和情感历险。

苗族祖训有言：“凡间人事不能太圆满。”生活也在不断地告诫人们，追求完美本身就是最大的缺憾，物事皆然。这种意义指向与价值存在，必然会关涉到个体生命的人生走向。

我出生之时正是中秋月圆之夜，族亲中有懂得卜算的长者，告知我的父母，说我的命相须得做些点破，方可了却波折。

我的母亲信佛，于是延请巫师给我相面，在我的左耳垂上穿了一个洞，算是“破相”。因为家境贫寒，没有银耳环之类的饰物，母亲就一直用一枚小小的茶茎嵌在我左耳垂上的耳洞里，过一些日子再取新的茶茎替换，如此三五年。也许是得到了茶茎本身具有的药效功力，至今，我的左耳垂上还有当年茶茎坐守经年的一粒“天眼”。

那些日子，我对自己左耳上的那一小截茶茎感到特别的惊惧。与伙伴们玩耍，我有意无意中总要护着左耳，生怕不小心被碰触到。心里揣着的这个小秘密，既怕别人知道，又怕别人不知道。而母亲平日里也会把我叫到跟前，看看茶茎是否脱落，耳垂是否发炎，偶尔还抹上一点茶油。每次换新的茶茎，因为会牵扯到耳朵上的皮肉，我总是不情愿，有时甚至还故意躲起来。以致母亲有时把我唤到了跟前，却又无言地端详着我，母亲在给我换茶茎时就有些迟疑。看着母亲的眼神，一种过早萌生的忧伤悄然潜入我的心底。

及至成年后，每每触摸到那个小小的“破相”印记，我心里就漫起一丝复杂的心绪。有了这粒“天眼”，我生命里那些曾经的暗角似乎也透进了熹微的亮光，虽经历过踉跄蹀躞的“行行复行行”，却也蹒跚挣命般一路走来，在凡俗的生命历程中找到了生活与情感的停靠点。我深感知足而沉静。我甚至觉得，生活给予我的宽容和美好，已经超过了父母对我的期许。

茶的恩典，就这样丰饶了我的岁月，平复了我内心的焦灼和忧虑。

如今我的父母都已作古，我常常在遇见与茶有关的物事时，又想起曾经留守在我身体里和生命里的那一枚枚茶茎，如是照见了爱和亲情，心里就盛满了对父母的思念。

由此，我对茶的敬畏里又多了一份感恩。

（原载《文艺报》2018年5月7日第7版）

刘照进

故乡的另一种面貌

我在赫章见到了故乡的另一种面貌。我觉得我至今还生活在那里，我的脚还沉陷在那些熟悉的场景里无法启程。线团一样缠绕的山区公路，寂静的小城，贴着山坡啃草的牛羊，核桃的坚硬外壳，金黄色的玉米棒子，卖烧土豆老妈妈黑黢黢皲裂的手掌，弯牛角吹起的苍凉音调，所有名词、动词的故乡物事，一切熟悉面貌，在金秋，在另一处高原呈现。天幕下，仿如星星般真实。

此时的高原，秋天穿着金黄色的孕装在旷野漫步。百花簇拥。成片成片的韭菜花在高原屋脊滚成锦缎，等待孕育。太阳花的圆盘仿若蜂窠，籽粒饱满。牵牛花的喇叭红彤彤，蓝艳艳，娇嫩欲滴。风中捎来果实的消息，那些躲藏在枝丫间的醇香，此刻正被秋风一点点煽动。

赫章被称为贵州屋脊，最高海拔二千九百多米，属典型的喀斯特地貌。很长一段时间，我对赫章的认识只能停留在想象里。我所居住的黔东北铜仁和毕节所在的黔西北，在这样一条地理的对角斜线上，赫章往往被我的目光忽视。这样的情形一直持续到2017年深秋。中巴车在山间的公路上行驶，车窗外闪过海浪似的山峦，像小小的指头，滑动在凹凸不平的天空。山一会儿从左边闪过，一会儿从右边扑来，捉迷藏似的，叫人摸不清底细。不时有玉米块地斜插在苍茫的山野，露出成片的金黄，泛白的玉米秸秆与周边的绿色林带构成简拙的油彩。

在所有的粮食作物中，我最喜爱的不是大米，而是玉米和土豆。我至今还保持着常吃这两种食物的习惯。这是我的宿命，也是我无法摆脱的选择。我曾经在一篇短文中这样描述我对大米、玉米、土豆的理解：

就像粮食家族中的玉米、红薯、土豆这些低矮植物一样，尽管它们一直以灰扑、粗砺的身影出现在我们眼中，而且容易受到忽视和轻慢。但我喜欢。这或许与我的出生有关。我的家乡一年四季只生长玉米、土豆、红薯，它们的身上带着劳动的伤痕和农家肥的气味。一粒粮食从田间走到餐桌，它要通过多少汗水的洗礼，而劳动者匍匐的身影往往得不到应有的尊重。

水稻似乎应当算作众多粮食作物中的贵族，它一直那么纤柔，果实白净、饱满、晶莹剔透，仿佛细小的玉粒。那是不是众多的人一直追逐它的理由呢？我不得而知。但我同样不喜欢它过分的细腻、素雅，书生气太浓，贵族气太厚。尤其是它择地而生的性格，有些让人感觉娇气十足。它需要足够的水分滋养，喜欢平坦，追逐肥沃，拒绝干裂、高坡和贫瘠。而玉米、土豆、红薯却不是这样。很多时候，它们只能选择高坡、贫瘠、无水的土地，把根扎下去，艰难地生长。这是玉米、土豆、红薯的命运。它们同样也向往平地，渴慕水足地肥，但没有选择的权利。

是的，我说到了玉米。那一天，在韭菜坪景区，我和诗人冉仲景分别在小摊上挑选了各自喜爱的食物。仲景挑选的是一颗烤红薯。而我毫不犹豫地挑了一根烤玉米。我们各自在充满花香的高原山顶上吃得满嘴香甜。

赫章和我的故乡沿河一样，山地居多，几乎全是山。坡地上是一大片一大片的玉米林。赫章的海拔落差大，往往高处还是青绿的玉米林，挂着一颗颗玉米棒子，低处却已经收割完毕，留下成片灰白的秸秆林。在赫章采风的几天时间，我也没有见到一分水田和一垅稻谷。山坡上，除了玉米，就是土豆。在那些山坳里，不时会见到农人在收挖土豆，三三两两的人影散落在土块间。天幕垂得很低，仿佛要接近他们的头顶。雨雾笼罩着灰扑扑的身影，荒凉的土地里堆着成袋挖好的土豆。在进入石林的路口边，我们碰见一位姓陈的彝族老妈妈，老人已经七十多岁，是附近的村民，听说当天有人要到石林旅游，特意赶到路边来摆摊卖烧土豆。破烂的长裙拖拽在地，皲裂的双手又黑又脏。火盆的铁丝架上摆着黑糊糊的土豆，柴是老人从旁边的林子里捡来的干柴丫。我知道这种烧烤，其实只是火苗将土豆的表皮烤糊，而里面根本不可能烤熟。老妈妈用一种自制的简陋刨子给刚刚烤过的土豆刨去表面的糙皮，双手比土豆更黑更脏。

在黄昏的山坳上与老人相遇，让我想起逝去的祖母，以及故乡那些和老妈妈一样苍老的乡邻。我问老妈妈一天能挣多少钱？答曰：没多少。又问：今天挣了多少钱？回答：二十几块。

那时候，我看见，老人就像一株匍匐的植株，在故乡的土地上顽强地生存着。我的内心随着黄昏的风吹进一丝苍凉。我没有掏钱去买老妈妈的烧土豆，我几乎是逃也似的离开了现场。采风的人续续走回到停车场，黄昏正一点点逼视着山野，凉意袭人。我眼睛里始终晃动着那些烧得黑乎乎半生不熟的土豆。第二天的晚宴中，恰好有白米和玉米饭供人选择，我一连吃了三碗玉米饭。坐在我旁边的作家诗人们一边喝着酒，尽情地唱着歌，席间气氛像一锅煮沸的开水。我独自一人离开饭桌，沉入外面黝黑的夜色，远方传递着星星点点的灯火。我又一次想起了卖烧土豆的彝族老妈妈，我想起我逝去的祖母，她们的面孔竟那般清晰而又相似……

两年前，大型舞台情景剧《文朝荣》在铜仁万山大剧院演出，单位组织人员集体观看。舞台上的文朝荣形象朴实、逼真、鲜明，给人震撼。2016年，又读到贵州作家王华的报告文学《海雀，海雀》，主人公的印象进一步深刻。那一天下午，我们一群人在山路上盘桓了两个多小时抵达海雀村，与文朝荣零距离接触。如今的海雀村青山环绕，早不是文字报道中的荒凉景象，不过看起来依然不是特别富裕，和大多数边远村落没有太大区别。海雀村过去和现在的照片被贴在宣传栏里，作为历史与现实的对比。那张反映苗族老大娘安秀珍苦难生活的照片特别显眼。

海雀村在赫章县的东北部，距离县城八十八公里，境内山高坡陡，土地零星破碎，是贵州省的一类贫困村。巧合的是，我的家乡后坪也在沿河县城的北部，离县城一百八十公里，以前进一趟县城要走两天，一天陆路、一天水路。2001年夏天，新华社贵州分社的刘子富社长到后坪乡茨坝村采访刘恩和，晚上回到后坪乡政府对面的小旅店连夜写稿，整个晚上他都兴奋、激动，时而推开窗子面对夜色中的大山仰望思索，时而走出屋子，在过道上走来走去。他对陪同采访的沿河县委宣传部部长安平不断地重复："我今生有幸遇到过两个重大典型，一个是丨多年前在赫章遇到的文朝荣，一个就是沿河县后坪乡的刘恩和……"刘恩和的事迹后来在《人民日报》《光明日报》等国内数十家报刊登载，他也有幸当选为党的十六大代表。

刘恩和是我族叔，20世纪90年代初我们在后坪完小附中教书，他是小学六年级的班主任，我是初中一年级的班主任，好多次，我在早自习前的清晨，见他一个人在教室里打扫卫生。学校的教师厕所每周五只安排学生打扫一次，但长期保持得干净整洁，老师们一直纳闷。直到有一天我拉肚子，凌晨起来上厕所，发现刘恩和拿着扫把清扫。刘恩和长期吃玉米饭、土豆当菜，却把白米节省下来背回家给老母亲，节省的钱资助贫困学生，几十年如一日。1996年，他在担任茨坝村完小校长时，组织村民投工投劳修学校，一个假期，他用肩膀从十多公里外的办事处背回水泥达十余吨。学校修好了，名字就叫"背来的学校"。

从照片和专题片里感觉到，文朝荣略显瘦小的身子与舞台上的形象有些区别。但他骨子里透出的那种执拗还是能从他的眉宇间看出来。文朝荣带领乡亲几十年不变信念治理荒山植树造林，刨穷根；刘恩和被称为"山村教育愚公"，形象上看去憨朴老实。他们都有一股子犟劲，一个常人无法理解的内心世界。我在他们之间，找到了相同的东西。

在去兴旺村的路上，当地民俗文化学者阿哲鲁仇直老师不断地向我们讲述着乌江源的往事。他说这地方彝语叫也嘎村，以前到处都是海子，水很深。“大跃进”时期围海造田，结果湖水枯干，变成现在的旱地。汽车进入一条狭长的沟地，两边全是密集的苞谷林。此刻，白花花的玉米棒子挂在秸秆上，看上去一派丰收的景象。乌江北源就位于兴旺村，当地人称为“龙井”。山脚边的地底下冒出一股活泉，被圈成一个水泥池子，靠山一面的墙体上写着几个斑驳的大字“乌江北源”。我和仲景十分激动，我们都来自乌江中下游，乌江养育了我们的故乡。我们有种游子归乡的荣誉感。

我曾经在乌江中游的沿河县城生活了十多年，每天都喝乌江水，用乌江水煮饭、洗衣服。乌江已经成为我生命的另一种血液。此刻，哗哗的水流从池子的出口流出，格外清澈。我不由自主地矮下身子，捧着喝了几口。旁边一位来自北方的作家疑惑地问：这也能喝？我说甜着呢。哈哈大笑。笑完，又捧起水喝。诗人冉仲景也喝。最后，我们居住在乌江上游和中下游的几位朋友彭澎、老魏、我、仲景坐在井台上照了一张合影，背景就是“乌江北源”几个大字。我平生第一次学着把图片发到微信朋友圈，没想到很快就收到数十人的点赞和留言。

龙井的水并不十分大，水流沿着走廊沟渠一路欢快前行，像默默远行的人。有谁知道，被誉为贵州母亲河的乌江，居然是从这里出发的呢？而且那么低调，那么柔顺，甚至连高声喧哗都没有。我趁着众人拍照欢呼的间隙，悄悄走到一边，折了一只小纸船，放进沟渠里，看着它缓缓向前漂去。我知道这只纸船它会一路沿着渣果河、春乐河、则姑河、赫哲后河、麻布河、六冲河、总溪河、三岔河、乌江渡……一直漂到我的故乡。

夜晚的赫章县城人影稀疏，车流稀松，似乎一切声音都躲到了暗处。美丽的城市就躺在高原怀抱里，像音符静静停止在琴键上，安静恬淡，素朴典雅，节奏舒缓，让人想起时光在墙头上的漫长身影。我独自一个人在街上溜达，就像我常常在沿河县城的防洪堤上溜达一样。我喜欢安静的夜晚，喜欢安静地一个人看河流缓缓穿过夜色，穿过城市的繁华与喧嚣。霓虹灯影下，两个卖核桃的妇女独自守着摊子，敲碎的核桃外壳被她们小心地装进塑料袋。我询问核桃多少钱一斤。她们争着说八块。还一叠声地说好吃着呢。赫章是中国核桃之乡，全县已种植核桃一百六十多万亩，年产值近十五亿元。我买了一斤，让她们用夹子给我夹碎。这样吃起来方便。赫章的核桃属于铁核桃，就是外壳有些厚，而且坚硬，需用锤子砸，不像市场上的泡核，只有薄薄的皮，用手一捏就露出核桃肉。但是这种核桃更入味，营养更好。

小时候我老家就有三棵大核桃树，也属铁核桃。每到秋天核桃成熟季节，祖父就会爬上树去用长竹竿子拍打那些果实，地上噼噼啪啪响声不断。祖母将核桃果全部集中到炕楼上熏烤，却不准我们轻易偷吃。我们只好去核桃树下寻找遗漏的果实，蒙蒙雨雾中，不时有光溜溜的核桃果从树枝上掉落，啪的一声，惊得三五颗小脑袋瞬间凑成一堆。

第三天，我们坐着大巴车离开赫章，车在螺旋似的高速匝道上兜着圈，绕线团一样往上盘旋，简直和沿河北站的匝道一模一样。这两地的山、两地的水，真是绝了。我对身边的仲景感叹。途中，我居然看见一个中年农人背着满满一背篓玉米棒子，手握打杵在路边歇息。可惜车速太快，我不知道他是否会喊着歇脚的号子。我故乡的农人在山间背负重物，总是要在打杵落地的瞬间，“耶嗨——”地吼喝一声。声音拖得又长又猛。

我抬起头，天空湛蓝。一只鹰在头顶盘旋。又一只鹰在远处盘旋。黑黑的影子仿佛简洁的文字。故乡，就在这样的仰望中真实而又明晰，遥远而又逼近。

（原载《山花》2018年第5期）

2018年

巫昌虎

家乡的味道

我的家乡四季分明，因此，每个季节都可以吃到与众不同的野味。在草长莺飞，春暖花开的时节，大山里到处可见一些叫得出名字或叫不出名字的野菜。

就拿一种叫香椿的野菜来说吧！春天一到，满山遍野的鹅黄，如果你不走近仔细观看，会傻傻分不清楚谁是香椿？谁是嫩条？香椿树，高的有两三丈高，矮的只有三五尺长，树干笔直，光滑，枝丫少，雌雄异株，叶呈偶数羽状复叶。香椿，除了芽可以食用外，皮可以药用，同时也是园林绿化的优选树种。说起香椿，它的药用功能特别多！开胃健脾，抗衰老、美容、外感风寒等。

香椿的吃法也特别多，在家乡，人们把香椿做成不同种类的菜。香椿可以腌着吃，可以炒肉吃，也可以和鸡蛋一起炒着吃。而这三种吃法中，和鸡蛋一起吃是最美味的了。在炒之前，得把香椿提前煮死，冷却洗干净滤干，打适量的鸡蛋在碗里搅拌均匀，再把香椿切成一厘米左右长短，放在鸡蛋里，充分搅拌。把食用油烧到冒烟，再把搅拌好的香椿倒在油锅里煎熟，这样，一碗香喷喷的香椿鸡蛋就炒好了。那种香味，可以说在十里以外也能闻到。

春天一到，家乡的菜馆里，香椿炒鸡蛋就成了这个季节的招牌菜，名扬十里八乡。

相对来说，家乡的野味在夏天和冬天比较少。出名的也不是很多，但还是可以拉出来炫耀的。夏天，有一种野果子，人们都叫它“羊咪咪”，样子长得酷似山羊的乳房，所以人们叫得乐此不疲。“羊咪咪”的种类很多，有的个头比较大，有的要小一些。酸甜也不一样，有的很甜，有的则很酸，像野杨梅一样。

而在冬天，故乡的野味少而精。有一种最喜欢寄生在被砍伐了的核桃树上的菌子。

因为长得繁多，个头非常小，所以人们亲切地叫它“鸡儿菌”。“鸡儿菌”特别好吃，营养也很丰富。记得小时候，每到冬天，父亲都要抽时间到山上去找“鸡儿菌”回来煮给我们几姊妹补身体。家乡还流行一句话：“吃了鸡儿菌，身体顶呱呱。”

那时候家里贫穷，一到冬天，油水就不充足，父亲为了我们几姊妹有一个好的身体，他经常翻山越岭寻找“鸡儿菌”。有一次，父亲在找“鸡儿菌”的途中把脚划了一道深深地口子，流了好多血，但父亲没有抱怨，他反倒说：“为了你们几个，让我做出多大的牺牲都不怕。”现在，不管吃什么菌子，我都会想起儿时吃“鸡儿菌”的情景，想起父亲翻山越岭时的那种艰辛跟苦难。

家乡的野味在秋天最多，秋天不冷也不算热，最适合山坡上的很多东西生长。

秋天，山上长有很多野生果子。有野生猕猴桃、八月瓜、蓝莓等等，应有尽有，不计其数。

小时候，一到秋天，就约上几个同伴，拿着蛇皮口袋，踏上了争夺猕猴桃的不归之路。家乡的秋天，天高气爽，有时候，一个月可以晴个二十几天，而这种天气最适合猕猴桃生长。猕猴桃大都是生长在比较高的山上，而且向阳的地方。去摘猕猴桃，如果你的运气不错，还可以观赏到云海，一览秋天的壮观。

只要有人找到猕猴桃树藤，我们都会一拥而上，比谁的手脚快。猕猴桃树藤没有刺，树藤也很牢固，调皮不怕高的伙伴就像猴子一样爬上去摘，而最大最甜的猕猴桃又往往是长在最上面的，所以大家都争先恐后地往树藤上爬。唯有我，怕高，不会爬树藤，所以，摘到的都是小个的，这让我很难过。

有一次，我看到小伙伴们摘的都比我的大，我也想拥有和他们一样大的猕猴桃。我想了想，怎么才能让他们心甘情愿把大的猕猴桃拿给我？说时慢那时快，我突然想到一个办法。我把大家都叫过来说：“我们来做一个我问你答的游戏，谁要是输了，就把最大的猕猴桃给赢的人，你们看行不行？”大家都不约而同地接受了，我真没想到他们这么快就上了我的圈套。我暗暗高兴，我出的主意，我一定要把他们赢个精光。我说：“这个游戏很简单，我来出题，谁能够把我出的题目答出来，我就把我最大的猕猴桃给他？”我知道他们的算术没有我的好，我暗自高兴。于是，游戏开始了，竞争非常激烈，刚开始的时候，我出的题目很简单，他们都赢了，我的猕猴桃也逐渐减少。正当他们得意忘形的时候，我把题目难度加大。他们就接二连三地输给我，不一会儿，我的猕猴桃大大超过了他们。我怕他们伤心，看到他们大个儿的猕猴桃没有我的多，我就金盆洗手了。好玩的是，游戏结束后，他们还是没有看出我的心思。等到夜幕降临，我们唱着老师教的和跟别人学来的歌曲，兴高采烈地走在回家的路上。

野生猕猴桃在树上一般不会熟透的，摘回来的猕猴桃要放在杂草里捂上几天，等熟透了再拿出来吃。

而现在，每当想起儿时的事情，总有一种说不出的感觉，这种感觉，也许就是家乡的味道。最近，为了生活奔波在外，离家越来越远，离乡愁却越来越近。想回家看看，都要选择恰当的时机，就连回家也成了一种旅游的借口。

（原载《散文选刊·原创版》2018年第7期）

安元奎

失落的书香

翻过大山，一条青碧的小河便梦幻般浮现于脚下。它深藏浅露，首尾都隐没于大山腹部，只低调地现出一湾碧水，温润如玉带。河岸散布着三五处坝子，参差几百户人家，良田美池，竹树丰茂，感觉就是一个现实版的世外桃源。

这里的山和水以缠绕姿势相依在一起，有点悱恻缠绵，有点含情脉脉的缱绻。山色似画，有富春山居图的韵味；水流如歌，近于诗经国风篇某些意境。这本是大自然无心插柳的结果，却暗合人类的审美规范。或许人类的美学，本来就是对大自然的模仿。

河名白泥河。仲秋时节的河洲之上，蒹葭苍苍。

站在河畔渡口眺望，对岸最近处是一个三面环水的细长半岛。弯弯的河水潺潺而来，绕过半岛又悠悠而去。卵石历历的沙洲，碧波荡漾的河水，水阴山阳，绕成一幅天然的太极图。自近而远，半岛与后面层层叠叠的群山脉象相连，是故曾有当地的阴阳先生，将此地形称为渴龙饮水。那最远处的群峰，是典型的喀斯特峰林，如同天造地设的金字塔，被灰蓝的秋雾淡染为薄薄的远景，状如飞鸟的巨大羽尾，整个山势形成一只振翅欲飞的凤凰。那所谓渴龙饮水的细长半岛，更像修长的凤头。古时说文解字里的鸾，乃赤神灵之精；民间所称的青鸾，即五种凤凰之一。刹那间我若有所悟，疑似浅浅触碰到了地名蕴含的深意：鸾塘。

渡口，光滑的石壁上簇生着大片灌木，晃眼看简直就是插在石壁上的立体画。它们是本地的原生树种，俗名水丝丫，学名中华蚊母，如今已成国家二级保护植物。树根嵌进仅有的一丝裂缝，从此生生不灭，不惧水火。露出的树根最大者仅如手臂，高不过一两米，却比我们的祖先还要古老。叶子在秋日里依然郁郁葱葱，充满生机。问其树龄，船上村民皆答不知。几十年？那不止呢。百把年？也不止。两三百年？那恐怕有呢。村民淡淡地说，反正年纪最大的老人，小时见到就有这么大。少年时代的古龙川，也曾有许多的水丝丫，后来电站蓄水后就基本绝迹了。如今在异乡邂逅，如遇失散多年的故人，好是亲切。

船靠对岸沙洲，我的脚步和目光却被洲上的卵石粘住了。这些卵石色呈五彩，形态图案也很丰富。它们应属乌江石系，或因赏石者足迹罕至，才依然保持着原生态，没被粗暴地破坏。稍加留意，便发现不少赏心悦目的卵石。心中忽起贪念，假若趁人未识之先，将此沙洲之石全部据为己有，岂不奇货可居富甲一方？

一念未灭，一念又起。不远处的奇花异卉美艳脱俗，撩人心弦，喜而趋之。那是大片野生的木芙蓉，浅淡的艳红，天生丽质。人工培植的花圃里，同类花朵往往因营养过剩而显得肥硕，或者免不了某种俗艳，绝对缺乏这种天然去雕饰的野性美感。美到让人又生一念，是不是该变一只蝴蝶。

红蓼也在开花。还有一种无名植物，开出的花朵上红下白，状如燃烧的蜡烛。大蓬大蓬的花丛，组成一盏盏华美的枝形吊灯。身处蓼屿荻花洲，想起张升的怀古之句，几多人生情怀与况味，一时有几分怅然。已是秋天了，花朵上还有几只蜜蜂在劳作，一只蝴蝶在流连。它们似乎忘记了季节，忘记了生命的周期。我也有些恍惚，那只蝴蝶是从庄周梦里飞来，还是一直停泊在这里。是它们滞留在时间深处，还是我穿越时空，溯洄到了前朝？时空似乎有点扭曲，我恍然似梦。

沙洲而上，就是鸾塘村寨了。环岛的外围，耸立着十几棵大古树，树身有几人合抱粗，枝丫还算茂盛，但树皮很是沧桑，枯槁皲裂，树根也盘曲如青筋，尽显苍老之态，肉眼判断树龄有几百上千年。树名水麻柳，有的说是乌杨。这些古树绕着小岛等距排列，村寨人家都在古树怀抱之中，显然是鸾塘古人着意培植的风水树。

村寨前面是大片开阔的菜地，靠山处二十来户人家，或砖楼或木房，有些杂乱地挤在一起。多数房屋关门闭户，寨子晃荡的只有几个人影，或老或少。并没有多少炊烟袅袅，也不闻鸡鸣犬吠。有些静谧，沉寂，甚至萧索。比起寨子外的自然山水，这里显然缺乏人文的诗意，甚至起码的生机。当然这样的空巢乡村而今比比皆是，并不让人意外。

鸾塘是个古寨。南宋时，贵州的第一所书院就曾诞生在这里。清道光年间编撰的思南府续志说："鸾塘胜院在沿河司，宋绍兴间建，今已废。"寥寥数语，再无多言。鸾塘胜院或称鸾塘书院，据此可知其始建于南宋绍兴年间，废止于清道光以前。绍兴是宋高宗赵构在位时使用的第二个也是最后一个年号，宋孝宗即位一年后废止，时间为1131年至1162年；道光是清宣宗道光皇帝爱新觉罗·旻宁在位时的年号，时间为1821年至1851年。从南宋至清道光，相距七百年左右，时间相距久远，加上资料缺失，府志记述的简略可以理解。但鸾塘胜院，一个业已陌生的名词，就这样被永远载入史册。那时贵州尚未建省，鸾塘所在的古思州属于田氏土司的势力范围，乌江两岸还是一片化外之地。是哪位先贤率先来此拓荒启蒙，在偏远之地开贵州书院教育之先河？我的心中，满怀景仰。

据说那时的鸾塘人烟稠密，繁华如街市。寨外围墙深锁，宅内亭台楼阁。遥想书院当年，风水树中传出丝竹之音，山水间荡漾着琅琅书声。峨冠博带的先生，垂髫稚音的童子，唐风宋韵，其乐也陶陶。

但时过境迁，盛景不再。据说寨子所在位置，就是鸾塘胜院的遗址所在。怀着朝圣的虔诚，我们一行踏上这向往已久的圣迹。带路的是个姓黎的寨中村民，此前长年在外打工，现在小有所成，打算回乡做点故地的保护与开发。为了感受历史的气息，他带着我们选择一条原有的小路进入寨子。但这条小路荒废多年，杂草齐膝。一大块冲积平地土壤肥沃，却被人家以碎石为界，分割成一些支离破碎的菜地。几块一米多高的耳状石碑倒伏在草丛中，没有文字，难辨年代，村民猜想可能是古时朝门石柱两边的附属物。据说还有一些质地坚硬的古青砖，我没有亲见。至于具体的书院遗址位置，带路人也有些茫然，说不上来。绕寨而过的河水当然知道，那些古老的风水树也可能知道，但它们都选择了沉默。历史，在这里隐藏了寻找的线索。

我们在一户人家的院坝小坐，主人端来茶水，言辞木讷，目光却极诚恳。木房有些老旧，房中一个古老的火铺，上面是砂锅鼎罐，做午饭的残火还没熄灭。火铺是乡村炭火盆的扩大版，四四方方，离地约二十厘米高，每边两米多长。面上四周是宽厚的木枋，中间堆积着柴灰，还在用鼎罐砂锅煮饭。古老的饮食起居方式，依然在这里延续。

寨中多是旧木房，也有几幢近年修建的砖房，颜色鲜艳得有些刺眼，夹杂在旧房中。这些木房历史并不很久远，大多未上百年。村人解释说，这里原来是个大寨子，但白泥河曾发过大水，河里来条龙，像棵大树干，大浪几下就把全部老房子冲走了。现在所见都是后来重修的，人家也比原来少了许多。

鸾塘如今的定居者是黎氏家族。他们认为鸾塘书院遗址就在此处，创办书院的应是他们的祖先。黎氏族谱中记载的先祖是北宋著名经学家黎錞。参照四川广安黎家坝的黎氏祠堂石碑记载，黎氏是书香巨族，明末天下大乱，黎錞后裔遭难，有的留守四川，更多的人远逃贵州等地。如此看来，鸾塘黎氏对其祖先的记载，当属可信。但从其使用的家族字辈看，在鸾塘定居不过七八辈人，时间只有两百年左右。鸾塘书院远在南宋，创办者显然另有其人。

鸾塘对岸有个寨子名官坝，定居的是朱氏家族。两寨隔河相对，却有点老死不相往来，结怨颇深。古时甚至有这样墨守的规矩：两寨人在河里打鱼，只能用网，不准放钓，因为不能越界，其中一个重要原因是书院遗址之争。朱姓家族认为鸾塘胜院的遗址应在官坝而不是对岸的鸾塘，并将其写进族谱。于是，我们从鸾塘来到官坝。

官坝与鸾塘仅仅一河之隔，岸边大片水麻柳，林后一片大坝，人家依山而居，如今比鸾塘的人烟更为稠密。迎候我们的有两三人，都是官坝的朱氏村民，其中一位是退休老师。

走上层层梯田，首先来到一处小山堡，居高临下的地势显得有点特别。朱老师说，这里叫学堂堡，就是原来的鸾塘书院。从开阔的地势和相沿已久的地名看，这里肯定曾经存在过一个书院。同行的另一位村民捧上他们新修的族谱。其中引用了前些年编撰的《沿河县志》两处文字："鸾塘胜院，院址在官坝，前临河畔，即朱可熹、孝廉读书处，今房楹倒塌，旧址犹存。""朱可熹，进士，清康熙癸酉（1693年）科中式十名；朱可颐，岁贡。"

族谱的引据似乎言之凿凿。因为皇族血统，又高于本土居民的文化素养，朱氏家族完全具备创办书院的条件和可能。后来朱老师还带我们察看了其祖父曾从学堂堡搬到寨中的几个石雕磉墩。种种迹象表明，学堂堡的确创办过书院。

但问题是，官坝学堂堡的书院就是鸾塘胜院吗？

朱氏族谱又载，官坝朱氏原本朱元璋后裔，因为宫廷内斗而远走避祸，辗转来到此地后从李氏家族手中购得田产，从此定居。这时已是明清时期，而鸾塘胜院的始建时间远在南宋。有史可查的朱氏兄弟乃清朝康熙年间人，与南宋绍兴年间相距五百年之久。也就是说，鸾塘书院建立几百年后，朱氏家族才迁徙而来。因此，从时间上推算，此书院非彼书院，朱氏家族也不是鸾塘书院的主人。

当然也有一种可能，即明清时期的官坝书院，是在鸾塘书院的旧址上修建的。但，明清时期的官坝书院，就一定是南宋时期的鸾塘书院吗？显然缺乏更有说服力的证据支撑。至于朱氏家族所说，官坝古称鸾塘，后来因为朱氏家族中吃官家饭的人多了，于是对朱家进行了册封，更名为官坝。但册封之事并不见于正史，应为民间约定俗成的叫法，也仅是一家之言。再者，鸾塘与官坝一河之隔，地名应该是共享的，而非某个家族所私有。

由此断定，朱黎二姓都是后来者，创办鸾塘书院的另有其人。究竟是何方神圣？令人神往，不免做些没有根据的猜想。根据朱氏族谱记载，朱姓所购田地曾经的主人是李姓。能拥有如此众多的田产，说明当时的李姓是个大姓望族，而且定居时间较长，只是后来渐渐衰落。他们来自何时，又来自何方？是否李家天子主政时的唐朝大姓，在唐宋改朝换代之际避乱来此？创办鸾塘胜院的会是他们吗？

比起官坝，对岸鸾塘有人类居住的历史可能更早。据传鸾塘曾无意间发现一座古墓，外表为普通土葬，墓中的遗骨多已风化，但内有一支金簪，一个银质面具。金簪或比较普遍，但银质面具葬却十分特别，在贵州也发现不多。

面具用于丧葬是一种世界性的古老文化现象。古人认为人的灵魂常以骨骸或头颅为藏身之处，遮住了死者面孔，才能防止亡灵出逃，骚扰人间，于是从西周到三国时期的贵族有了面具葬。西周时称为瞑目，汉代叫作覆面，后称面具或面罩。先秦时期，随葬面具多用漆、木、陶、丝等，最好的是玉；汉代发展到金、银、铜等，但后来盗墓严重，亡灵不宁，三国后就废止了。宋元时代，只有契丹等北方少数民族还有面具葬的习俗。因此，鸾塘发现的面具葬，年代久远，耐人寻味。

那么，在鸾塘这样一个偏远的地方，究竟是何朝何代，又是哪一位王公贵胄，竟然隐姓埋名藏身于此，是他或他的家族创办了贵州历史上第一个书院吗?

历史在这里变成了谜语。明明就在曾经的现场，距离谜底的揭开一步之遥，但真相却似乎越来越远了。

尽管未能如愿找到遗址，但鸾塘的隐秘让人难以忘怀。这里文脉悠悠，相承千载，一如缭绕在大山深处的白泥河，宁静，悠远。山水间似乎依然散逸着书香，萦绕着一种难以言说的古老气息，甚至有点神秘。

伫立在山环水绕的沙洲上，爽风撩人。四围的山水，似乎还有书院读书声的回响。好想让时光停下来，甚至溯洄到曾经的岁月，听一回书院的钟声，或者学子的吟唱。

在沙洲上捡到一块卵石，白纹青底，光滑如玉。一只白色凤鸟仪态雍容，羽翼丰满。凤头回望，深情款款；与之呼应的是，凤背上有只刚刚出壳的雏凤，嗷嗷待哺，令人动容，遂自命为玉鸾反哺图。同行人说，若鸾塘未来搞旅游开发，这块卵石图案可做景区标志。隐隐有些掠人之美的惴惴，最后还是将其带走了。

还邂逅了一位隐者。他信步于河洲，鹤发童颜，气韵高古，只是识者无多。其淡忘前世于江湖，已化身为鹭。

（原载《散文》2018年第8期）

2018年

王剑平

匆行万山

有一年，我驾车经万山，见公路旁山荒地旷，四野无人。在贵州高速路上驾车，此景常见，但这些大山与众不同，上上下下，都布排了密密麻麻、大小不一的洞穴。其洞形态各异，密若蜂巢，洞口有的为荒草遮掩，有的直接裸露于悬崖峭壁上。我是第一次见此景象，大为惊叹。

此为何处？

同行画家幺哥（陈启基）说，这是万山汞矿遗址，整座大山都被掏空了。汞矿枯竭，无矿可挖，工厂已整体迁出。这些矿洞，无人敢轻易出入。洞内巷道纵横，四通八达，一不小心就会迷路，根本出不来。我突然想起，20世纪90年代中期，那阵，我还在清镇工作。我的居所旁，原有一大片耕地，有一天，此处突然开展大规模基建。一问方知，征拨这片土地的就是万山汞矿。

我和幺哥因此有约，抽空来此看看，可这个约定一直未能兑现。再后来，听说万山搞旅游开发，现在我先于幺哥涉足万山。

进入万山，首知其有“朱砂王国”之誉。万山不是“汞都”吗，为何又产朱砂？陪行人员告诉我，朱砂是汞的化合物，汞又称水银，以朱砂熬炼而成。介绍人还说，万山炼汞有上千年历史，最早的记载始于秦汉。他说，矿上的“黑子洞”即是实证，就连秦皇陵里也有大量万山汞。秦始皇墓穴中储水银，诸多史料确有记载。司马迁在《史记》中言，秦皇墓“以水银为百川江河大海，机相灌输，上具天文，下具地理”。秦始皇墓中的水银，产自巴蜀，由一个叫清的寡妇敬奉，《史记》亦有记载。这是否与万山有关？我没查到相关资料，不知是真是假。古时，乌江至重庆，为贵州通往外界的主要通道，乌江由此区域流经。以交通情况推算，亦有可能。

史料中，我没查到万山汞，是否经乌江至重庆。但民国版《贵州通志·风土志》方物篇，首个条目，介绍的就是朱砂，次为水银。这个结果，我深感意外。

风土志方物篇里，记录了朱砂的原始开采法，以及不同洞穴的开采名称。其称：掘地而下叫“井”，平行而入叫“壄”，直而高的叫“天平”，坠而斜的叫“牛吸水”。当地人，在这些洞穴里开采朱砂，“夜以为旦，死生震压所不计也”。《通志》除对朱砂形状和提炼有所描述，另有一段载述，很有意思。其称形大质重朱砂为“砂宝”，并云：“庞而重者为砂宝，伏土中，响响作伏雌声；闻者勿得惊，惊则他走。凡砂之走，响如松风。”“砂宝”能发出母鸡（伏雌）的叫声，惊动了它还会“走砂”，如此神秘，不知做何解释。

万山雄而野，陡而险，各类矿洞遍布。游万山、看矿洞，步行山腰上的玻璃栈道，如履薄冰，身似坠渊。有游客不时发出惨叫，也有不叫的，拼命抓牢护栏，死活不放，可谓“此身未坠胆已落”。

我想，万山的刺激，不仅在于悬崖上的行走，更在于，偌大一座万山，竟然腹中空空，巷洞如织，实在不可思议。据说洞中出入标记，纷繁复杂，历代皆有，其以时空叠加的方式呈现过往。暴露在山野的矿渣，亦为历年所累，真就是历史的积攒形态。听说日本人曾出价购买这些矿渣，但万山人不卖。这是一堆看得见的历史，当然不能卖！作为难得的教材，万山的一草一木，皆值得今人反省。

贵州安顺、贞丰、普安、兴仁、务川、修文等地，都产朱砂，亦有提炼水银的文献记载，并非只万山才有。我翻阅嘉靖版《贵州通志》，史海钩稽，发现各地税赋中，有以朱砂、水银缴税者，可铜仁、万山都排名各县之后，不知何故？而乾隆《通志》，唯对万山朱砂独有评价，称“铜仁产者，有形如箭镞者，号箭头砂，最为可贵，产于万山厂。他砂皆产于土中，此砂独产于石夹缝中，取之最难。每块并无重至一两者。”

万山朱砂，是砂中上品，为争夺这份资源，历史上，此地曾发生过规模不小的战事。明永乐九年（1411年），思南宣慰使田宗鼎与思州宣慰使田琛，于此发生“砂坑之战”，争斗至百姓不宁，惊扰朝纲。战乱于永乐十一年（1413年）平息，明王朝随即废思南、思州两个宣慰司，改思南、思州为两个府，并设贵州布政司，立三司，辖八府、四州、十五卫。这个府州卫，在统计数量上史料记载各异，史家亦多有争议。甚至有人认为，贵州省的建立，是以万山为契机的，此结论可能有些牵强。可贵州省的建立，与万山“砂坑之战”，确实处在同一历史节点上。

面对如此大规模的矿洞，我很难想象当年的开采。有史可询，万山最早的建置，是元至六十四年（1277年），设大万山军民长官司。至建省，贵州一直是人口稀少地区。《贵州通志·前事志》云：“以思南三宣慰司地方改设六府，每府所属不过三四长官司，每长官司人民不过一二百户，官多民少。”

我在《贵州图经新志》上，曾读“万山岁贡”两首诗。

其一：献上人归尽，公庭事寂寥。朱砂应岁贡，人户逐年凋。

其二：驻节万山中，庭空彻夜风。凄凄声近耳，似为谈人穷。

这两首诗，意境清寂落寞，大概系收税小吏所为。是时，景象如斯，凿洞开矿之人又由何来？

但不可否认，万山汞开采冶炼，确为全国之最。网上官方数据公布，其时，万山朱砂与汞产量，分别占全国总量的百分之七十五和百分之五十。《贵州省志·有色金属工业志》说：“贵州历史上产汞最高的1960年，二千二百吨汞全是高炉所产，即出自万山。”为偿抗美援朝所欠苏联债务，此间，万山汞有突出贡献，周恩来誉之“爱国汞”，万山人皆以此为耀。

我编过万山子弟撰写的回忆文章，时间自1959年到矿山关闭，我深知其创业艰难。现矿藏采尽，时过境迁，万山人已全部撤出。留下红砖、青砖，共同组构的老式建筑群，尚有一个庞大的地下迷宫。这些遗留，无不融入千百个家庭和个体的离合悲欢。万山汞矿遗址，记录的，何止一个家庭、一个工厂、一个时代。作为工业遗产，万山汞矿遗址，系人类社会变革的最佳物证，其极有文献档案价值，且独具刺痛人心的力量。

万山汞矿，系20世纪六七十年代所建。那个年代，此类建于深山沟里的国有企业，生产区、办公区、家属区、商业区，一应俱全，包括职工子弟就读、就业，其自给自足，独成体系，是个发达，且完整的小社会。可一两万人工作生活的工矿，一夜间，人去楼空。走时，万山人是义无反顾，还是依依不舍？一两万人另谋生计，其选择又历经过怎样的危机？

置身万山，我仅匆匆一行，只觉时间静若止水，不知今夕何夕。

孤寂的大山、凋敝的工厂、空空荡荡的房屋，这类震撼人心的景象，令人无所适从，心生不安。贵州的深山丛中，尚有诸多“三线”工矿遗址，如此这般。万山工业遗址的保护开发，很值得借鉴推广。有个《下塔吉尔宪章》，是国际工业遗产保护委员会制定的，其对工业遗产有系统阐述，为世界发达国家推崇。在人类文明史中，于历史、科技、艺术、文化、经济、社会，工业遗产皆独具价值。这个价值的指向，尚有更深刻的一面。

在电影里，我见过矿产资源枯竭的场景。宇宙洪荒，天地玄黄，生态混乱，所有的现代化机具都变成了一堆废铁，人类重返野蛮时代，战乱、瘟疫遍起，所有的人类文明，皆为矿藏撕去了遮羞布。以万山为背景，此影像提供的视觉冲击，真不为过，这种刺激，远远胜过行走悬崖上的玻璃栈道。

“矿藏枯竭”，这个现象很惨痛，也很恐怖！每当于此，朱砂古镇更值一看。

（原载《中国作家·纪实》2018年第9期）

黄国跃

微风吹过喜马拉雅山（节选）

当飞机越过喜马拉雅山，从空中俯瞰，阳光照射下的尼泊尔王国看起来如传说中一样充满神秘感，一座座晶莹剔透的雪峰与满是翠绿的山峦层层叠叠，几乎看不见一块像样的平地，与我们贵州的地貌很相似。显然，这是个群山绵延的美丽国度。在山谷与山脊上，有一些反射的光点，当飞机开始下降，看得出那是一些像火柴盒一样的木结构建筑，不过建筑之间好像并没有什么道路串联起来，如同相互没有关联的孤岛。在这个互联网时代，你会不由自主地好奇于它们是怎样与外部世界连接，又是怎样才能生存？虽然这个想法看起来十分多余，但在接下来的日子里，对于探究尼泊尔人生活的世界，却是大有关联的。

加德满都的夜空

飞机在空中划了一个大大的半径，开始降低高度，广播里也开始播放有关的安全提示。这时机窗外的景观开始变得清晰而辽阔起来，晚霞在深蓝天空背景下，把雪峰照得金灿灿的，美得让人窒息。广播里用中英两种语言告诉我们，加德满都就在机翼的下方。

加德满都机场不大，连机场塔台都特别小，规模最多相当于我们国内任何一个老的支线机场。但近在咫尺的雪山环绕与晚霞映照下的美丽，却是国内任何一个机场都没有的，尼泊尔第一眼便让人有一种通透的美好感觉。

可眼前的美好的心情，很快就让接下来超乎想象的慢效率的入关过程粉碎得七零八落！其实入关的旅客并不是很多，并没有在国际机场常见的那种熙熙攘攘的场景，只是开放的入境通道很少，只有四个。其中对中国游客开放的只有一个。尼泊尔的海关人员办事效率特别低下，好像他们的英语水平也不高，加上浓郁的地方口音，在我们一帮中老年游客这里，几乎不能有效地沟通。最搞笑的是，在每一个入关的柜台上，放着两个用英文标注的牌子，一个是Closes，一个是Open。只见工作人员走马灯似的一会儿换一个，一会儿又换一个，两块牌子来回倒腾，看上去并不是交班，只是慢吞吞地办理着入关手续。在一次又一次魔术般的Open与Closes的转换中，我们一行二十多人终于在耗掉两个小时之后，才如释重负地走出机场，每个人都是一身急出的汗。

在机场门口迎接我们的是一位中年尼泊尔导游，看他用半生不熟的中文向我们一再抱歉的样子，我们也就不好再抱怨什么了。接我们的是一辆三十五座的印度生产的中型客车，看上去特别低端，放行李的入口位置是在车的尾部，整个车身的腹部用来放行李箱，每次搬运行李都需要一个人先钻到车腹，外边的人再往里传送，很不人性化。机场停车场灯光昏暗，团友拿出了摄影专用的照明灯，这时候，导游带来的助理导游，一个叫阿勒的小伙子迅速钻到车腹里，在驾驶员的帮助下，很快就完成了二十多人行李的装载，我们终于坐在一路有些颠簸的旅行车上，向酒店驶去。

导游是个英俊帅气的中年男子，叫凯仁（音），看上去非常友善，他给自己取了一个好听的中国名字叫“蓝天”，蓝天把一些注意事项和行程做了介绍，还特意介绍了他的两个助手，司机卡博和助理导游阿勒（就是那个钻到车腹行李箱里的小伙子），然后送我们每人一串漂亮的黄色花环，这种花叫曼陀罗，也是尼泊尔的国花，有祝福吉祥之意。虽然来尼泊尔之前做了一些旅游攻略，也知道尼泊尔是一个南亚不发达的邻国，但目睹夜幕下的尼泊尔首都脏乱差的景象，还是有些难以置信。这里没有什么所谓的机场路，狭窄的街道两边都是电线杆子，上面的电线像密密麻麻的蜘蛛网一样盘根错节，满街电动三轮车、摩托车嘶吼轰鸣着，在满是扬尘的马路上横冲直撞，沿街昏暗的灯光中有许多小商铺，看起来还是挺热闹的，就像20世纪70年代中国的地州市一样。

当旅行车路过一座桥时，可以隐约看见在河岸的一侧，一些好像是篝火一样的火光，不时还有一阵袅袅青烟升起，感觉有那么一点篝火晚会一样的“浪漫诗意”。这时，蓝天开口击碎了我们的想象——“这是在烧尸。”他介绍说，这是尼泊尔印度教徒特有的一种风俗习惯，人死了以后，必须将尸体烧掉，然后将骨灰撒在这一条有着“印度小恒河”之称的巴格马堤河（音）里，逝者才能走进天堂。然后人们从容地在河里沐浴，祈祷。洗去生命里的罪恶，祈祷逝者踏上通往天堂的路。由于尼泊尔的印度教教徒众多，这个坐落在世界文化遗产之一的帕苏帕提神庙旁边的火葬场（也叫烧尸庙），长年火光闪烁青烟不断。这里也是许多苦行僧聚集的修身之地，他们是以让身体受虐为主要修行方法的极端教徒，据说，有些人曾经身家不菲，一朝参悟，便散尽千金，到此成为一个在自虐中寻找快乐的苦行僧。尼泊尔有名的苦行僧几乎都要到这里来苦修，因为他们认为这里是离天堂最近的入口，在浓烈的枯焦气味中，缕缕青烟飘向天际，就是通往天堂的路。每一个灵魂都期盼着这一刻的到来。这就是加德满都鬼魅般的夜景。

听完这段惊心动魄的介绍，一时间大家纷纷惊愕不语，一车人完全没有了刚才的兴奋与“浪漫”，瞬间沉浸在一片惊恐不解的沉默之中。蓝天见状急忙换了话题，一切才又归于自然。

在一间巷道里的小餐厅，我们尝到了具有尼泊尔风味的第一顿晚餐。坦率地说，其实只不过是一些充满咖喱味道的土豆和西兰花菜，还有一些放了很多香料的浓汤，不过尼泊尔的餐具和米饭很有特点——餐具都是铜制品，沉甸甸的，放在普通的菜肴里面显得特别厚重，给人一种很正式的宴会感觉。米饭一粒粒的，形状如纺织用的梭子，做得特别干硬，像炒饭一样。席间有服务员换了服装轮流上一个小台子，表演一些民族舞蹈。尼泊尔人的朴实与热情让我们很快就忘记了在机场的不快和巴格马蒂河畔那鬼火青烟的阴影。

就这样，翻过喜马拉雅山，恍如翻过一个世界，尼泊尔的探秘之旅在不断的惊诧与好奇中开启。

灵魂停下来的地方

佛祖乔达摩·悉达多（释迦牟尼）的诞生地蓝毗尼，位于距加德满都三百六十公里，西南距印度二十多公里的鲁潘德希县境内。在梵文中，蓝毗尼是“可爱”的意思，这里是全世界最重要的宗教圣地之一，也是尼泊尔政府保护的文化遗址。

为了方便我们摄影，蓝天安排我们住在离释迦牟尼的诞生地蓝毗尼公园不远的一个小旅馆，旁边就是一个比较大的村落。

吃晚饭的时候，蓝天介绍说：“蓝毗尼是个很单纯的地方。这里民风淳朴，大部分地区是乡村，也是塔鲁族民族的聚居地。这里是气候炙热的南部平原，塔鲁族世代务农，生活环境艰苦，一天只能来两三个小时的电。但塔鲁族人大多生性乐观，随遇而安。他们会告诉你：这里一切都挺好的，只是电少了点。不是很好的生活环境中造就了他们善良开朗的民风。不过你们在拍照的时候，最好要给一些水果糖或是小费，以示一种回报和尊重。”

我们大伙听了都很兴奋，因为这样的环境，就是我们梦寐以求的人文摄影天堂了，大家早早回屋，整理摄影装备，期待着明天的到来。

第二天一大早，匆匆吃过早餐，我们一行便披挂整齐，跟随蓝天向我们驻地旁边的村落走去。

这个村落比较大，坐落在公路边上。我们三三两两分散开来，顺着一条进村的道路边走边拍，慢慢向村落的里面走去。这是一条比较宽的土路，清晨的阳光下，有一些拖拉机或者农村公共汽车不时经过，浮尘在阳光中飞扬。村道上各家各户纷纷打开家门，或是在洒水扫地，或是将一些拿来售卖的农产品摆放在自己家门口的石台上。有一些小孩在路边打“野毛球”（非正规场地的羽毛球），还有一些妇女穿着好看的服饰在家门口晒太阳。我们很快引起了村民的注意，他们停下手上的活，向我们好奇地张望。我们这一行摄影爱好者，纷纷端起手中相机就是一阵“狂扫”连拍。村民们看起来虽然并不习惯，但也没怎么排斥。我们按照蓝天事前交代的，大家都从兜里拿出一些水果糖或是零钱分发给被拍摄的对象。不过，我总感觉这样的采风形式还是缺少了一些对被拍摄者的尊重。有一些年轻人或是小孩会讲一点半生不熟的英语，当听说我们是来自中国的游客后，有的会伸出拇指说“CHINA！”作为中国人，我觉得有义务表现出一种文明的素质，不能让拍摄活动变成一种对被拍摄者尊严的伤害。

于是，我与一位摄友便循着另一条岔道，向村落的更深处走去。

我的选择对了。村落的深处，是一个充满了传统生活气息的原生态文明世界。村民们有干木匠活的，有翻晒稻谷的，有窃窃私语聊天晒太阳的，就像那种老电影里才有的场景。这里没有自来水龙头，每家每户门口都是一个人工机械汲水的老式水泵。有个几乎全裸的中年男子正在院子里冲凉，他一边往头上抹肥皂，一边用铜罐从铜盆里打水从头往下浇，然后再用水泵往铜盆里注水，如此循环。他身上黝黑的皮肤和头上白色的泡沫，还有那个吱吱呀呀的汲水泵，在阳光下看起来特别有画面感。“Please you once again！”因为我没有抓拍下最好的瞬间，只好试着用英语请他再重复一下刚才的冲凉过程。没有想到，这位大叔居然一下子为我重复了三次，不断问我是否“OK”，一直到我忙不迭地点头表示满意！就这样，我拍下了我此次最满意的一张人文照片。为了表达我的谢意，我把所有的水果糖拿出了给他，还给了一些小费，他手捧水果糖，很开心的样子，嘴里连着说：“CHINA！OK！OK！”

从村落的尽头走出去，就是著名的蓝毗尼公园了。

公园占地面积很大。它的核心建筑就是释迦牟尼诞生地的旧址和一棵有两千年树龄的菩提树，还有一个据说是释迦牟尼生下来的时候为他洗礼的池塘。在旧址外围，有很多各国信徒修建的寺庙环绕，主要是为各个国家的信徒在朝拜释迦牟尼时提供方便。中国政府也出资修建了规模比较大的寺院“中华寺”。

进入遗址参观是要买门票的。当蓝天安排好门票，不料却有差不多一半的人都不愿进去。原来，按照遗址管理部门的规定，凡要进去遗址参观的，一律必须脱了鞋才能进入，而不是通常只有参观某某进房间才脱鞋的那种。那么大的公园，差不多要走几里地的“实际距离”，这的确有些令人生畏。再加上如果你愿意脱鞋，还必须脱在旁边一个指定的大棚里，那里简直是一个令人窒息的地方，一大堆来自全世界的各式各样的鞋码了一地，散发着“全世界的味道”，简直是臭气熏天。同行的女士几乎是逃离而去。这样的场面让蓝天很是尴尬，不过还是有几个诚心诚意的信佛的团友毅然决然地脱了鞋，跟着他进了公园。我当然也选择了进去，只不过我悄悄地把鞋放在那些没有去的团友坐下休息的地方，从而避免了一个非此即彼的两难决定。

遗址的主要标志性文物，实际上是一个用玻璃罩起来的被称为“释迦牟尼脚印”的印记，参观朝拜的人们从世界各地来到这里，排了好长的队，就是为了看一眼这个看起来像“脚印”的符号，然后摸一摸旁边的“老墙”。完成这个最重要的仪式后，人们会去不远处的一棵巨大的菩提树下瞻仰，中间还要经过一个不大的水池，据说，菩提树下就是当时释迦牟尼的母亲摩耶夫人生下他的地方，水池子就是释迦牟尼的沐浴之处。树下有一些信众席地而坐，口中念念有词，十分诚恳的样子。还有人用纸包上一些树下的泥土，放在自己随身携带的小口袋里，准备带回家乡。

在这棵据说生长了两千多年的菩提树下，每天都有无数的朝拜者不远千里长途跋涉而来，献上各自的礼物，表达真挚的心意。不管你是不是佛教徒，面对佛祖诞生地，都会有一种感受，迎风飞舞的经幡，生活清苦的修行者，打坐冥想的朝圣者和历经世事沧桑、但依然苍翠挺立的菩提树所构出的强大气场，让人不得不庄严肃穆起来。这种感受异于世界上的任何地方，人们相信佛祖的母亲之所以选择了在蓝毗尼诞下释迦牟尼，是因为这里的宁静祥和，蓝毗尼代表着宁静和远离尘世的喧嚣，因为佛在这里。

雪峰之上的长城

又是一段漫长而艰苦的车程，第二天从蓝毗尼出发，在用了十三个小时，驱车二百八十公里以后，我们在离加德满都三十五公里的纳嘉阔特山顶的一个老式度假酒店住了下来。此行最经典也是最后的行程，就是站在纳嘉阔特清晨的山顶，目睹珠穆朗玛峰的风采。这里号称是“珠峰观景台”。听蓝天介绍说：“这是世界上唯一可以从海拔一千米的地方仰望珠峰的地方，在这里看珠峰的感觉是完全不同的。”

这家老式酒店所在的位置原来是旧时候尼泊尔贵族隐居地，是由一些散布在半坡上的独立房间组成的。我们在酒店用过简单的晚餐后已经是晚上十点，服务生把我们一个个七弯八拐地带到这些分散的房屋后，便消失在黑夜的小道尽头。我是一个人单住，在房间昏暗的灯光下，我打量着这间木结构的老房子，除了一张硕大无比的大床，墙角还有一对非常陈旧的沙发。古老的写字台上有一盏烛台，旁边的火柴盒里有几根火柴，看样子是停电时备用的。屋里有一股潮乎乎的空气，被子湿润得透着冰凉。我看着这个特别阴冷的房间，忽然有一种身处古堡的感觉。脑袋里居然一下子冒出了“呼啸山庄”四个字。

尽管旅途劳顿，我却丝毫没有一点睡意。我和衣而睡，躺在又冷又潮的大床上，身体蜷缩成一团，窗外的山风在树林里时而搅起一些动静，那些关于贵族的传说，在脑海里一部部上演。我从来没有感觉到夜是这么地漫长。好不容易挨到凌晨五点，几乎一夜没有合眼的我就起来收拾起器材，循着白天模糊记忆中的小道，向山顶的观景平台拾级而去。殊不知山顶平台上已经有几位同行的摄友在那里选机位了。看来昨晚度过不眠之夜的是大有人在啊！

不过，接下来的幸福感很快让一夜的不快烟消云散。

当东方渐渐露出鱼肚白，呈现在眼皮底下的是一层层缥缈不定的云海，远方天际线上的山峰，隐隐约约露出像锯齿一样的轮廓，而后慢慢明晰起来，山峰的顶部发出白色的亮光，往下是青色的山脊。不一会儿，光线也开始明亮起来，在我们的眼前，喜马拉雅山脉的二十多座六千米以上的高峰，包括珠穆朗玛峰、安普尔纳山峰、冈底斯圣山等世界著名雪峰，像一道宏伟的玉带横挂在天边，蓝天指着其中一个看起来似乎要高一点点的雪峰说，看，那就是珠峰！实际上，在眼前这一条“长城”般的玉带上，借助长焦镜头也只能隐隐约约地看见一点点雪峰的样子而已。不过，我们在场的大多数摄影者，还是宁愿相信自己看到了远方“自己认为的珠峰”。几乎是在一瞬间，阳光便从云里冲刺般喷薄而出。雪白的玉带变成了一根金色的腰带，把天际镶上了金边。这么多美丽的雪峰，如此博大壮阔，同时呈现在你的眼前，完全颠覆了我对风景照的概念。此前我们所看见的任何风景和照片，在这一刻都只能叫零碎的局部和片断了。

从纳嘉阔特的山顶上下来，我们便直接奔离加德满都仅仅十四公里的巴德岗而去。

巴德岗古城是尼泊尔加德满都最古老建筑群之一，在杜巴广场四周，全是形形色色的寺塔，包括马拉王朝的王宫及许多独具特色的神殿、庙宇、佛塔、雕像等等，有“露天博物馆”之称。

杜巴广场其实没有它的名字那样雄伟，最多也就是半个足球场大小，在广场北侧，有刷着金漆的大门和旧王宫的五十五扇黑漆檀香木雕花窗（即五十五窗宫），古旧精致。旁边有巴特萨拉女神庙，这座石构的印度教神庙造型优美、精工细雕，殿外悬挂着一口大铜钟。在广场东南边，有高达三十米的尼亚塔波拉庙（即五层塔），是广场上的标志性建筑，许多人爬上它陡峭的阶梯，在那里俯瞰整个广场。夕阳下，一些尼泊尔男人在散步、聊天、晒太阳，有一些妇女穿着鲜艳的民族服装在兜售纪念品，光影之下，构成了一幅具有古典韵味的人文景观。向南走去，是一条长长的小街，沿街有许多纪念品商店，也许是因为我们是中国人的缘故，小贩们都很友善，可以用卢比和人民币直接交易，摊位上摆放的多是具有尼泊尔特色的纪念品，像动物雕刻、提线木偶、小铜器等小玩意儿，我看中了一对铜制的手工尼泊尔风铃，拿在手上轻轻一摇，铃声悠扬悦耳，只花了人民币一百元就入手了。

去机场的路上，我们路过一处烟雾缭绕的嘈杂地段，空气中隐约散发出一种异样的味道。蓝天说：这就是你们刚来尼泊尔下飞机时，晚上路过的那个灯火闪烁的叫“烧尸庙”的地方，这会儿，可能又在进行丧葬活动吧！我没有想到尼泊尔给我们留下的最后一个画面竟是这样的，但这个教徒们通往天国的“海关”不就正好是尼泊尔最具象征意义，最有代表性的宗教之门吗？

机场很快就到了，未曾想到的是，这次从加德满都机场出关，居然超乎想象的快捷，我们的飞机很快就冲进了无垠的蓝天。

从飞机的舷窗向下俯瞰，夕阳下的雪山泛起金光，金色的霞光像一幅巨大的帐幔，把这个神秘的国度笼罩起来。在尼泊尔所经历和目睹的一切，让我的心情难以平静。我体会到了这个世界的丰富和多样性，也感受到一种陌生和原始的野性，这对于久居一地的人们来说，会挑动起每一根敏感的神经，然后可以重新定义我们的生活态度和价值观。当生活中的不如意与你迎面相遇之时，尼泊尔少女的微笑和蓝毗尼菩提树下的尘土，或许会让你莞尔一笑，徐徐释然的。虽然生活中不可能每天都是一朵花，但总有一个像花一样灿烂的时候。

（原载《山花》2018年第10期）

方洪羽

珍味“伞把菇”

每逢八九月份夏秋之交一场大雨过后，家乡的美味山珍——“伞把菇”就在众人的翘首以待中闪亮登场了。

“香菌好鸡枞，托根依芳草。有客异味尝，雅欲黔南老。”诗中的“鸡枞”说的就是伞把菇。家乡林地资源丰富，有着得天独厚的自然生态环境，崇山峻岭之中孕育了丰富的山珍野味。尤其是被称为“菌中之王”的伞把菇，味道鲜美，富含人体所必需的氨基酸等营养物质，但产量却很少，且至今无法人工栽培。

小时候，每到这个时节，一场大雨过后，大人就会为小孩子指点迷津，告诉他们哪里有伞把菇可寻。于是，迫不及待地，孩子们挎上竹篮或背上小背篓，直奔山间或地头那些“窝点”而去。运气不好时，即使寻遍整个山野，翻找了所有草丛瓜藤，也不见它们的踪迹。当然也有运气特别好的时候——只需拨开一丛茅草枯叶，就见一株株颜色灰白清香袭人的小生命呈现在眼前，内心一阵狂喜，简直不敢相信自己的眼睛。

不过，当看到那些含苞待放的弱小菌盖穷尽全身气力将散发着温润气息的泥土拱起时，即使是小孩子也不忍下手采摘，而是找来一些瓜藤树叶将其轻轻掩好，待几个时辰后它们完全拱出地面亭亭玉立之时，再或蹲着或跪着，用双手小心翼翼地刨土、取菌……

伞把菇带回家后，一家人便有了口福。将其洗净撕成小块，以备煮、炒、煎。没有肉不要紧，只需加上几颗蒜瓣，伞把菇那鲜香的气味便立即充盈整个房间，吃进嘴里香脆滑嫩，味道可与鸡肉媲美，堪称山珍一绝。“无骨乃有皮，无血乃有肉。鲜于锦雉膏，腴于锦雀腹。”难怪清代乾隆时期的大学问家赵翼吃了此菌后大为赞叹呢。

家乡曾有传说：伞把菇本是地下仙物，正如人有三种，分别住在天上、地上和地下——天上住的是竹竿人，地上住的是扁担人，地下住的是扫帚人。伞把菇就是地下的扫帚娃娃变的，极有灵性，会走路、躲藏、逃跑。每年时逢夏秋之交雨过天晴，扫帚娃娃就偷偷地跑到地面上玩耍……人们若在哪里寻得了，不能大声喧嚷，采摘时也不能连根挖走，而是弄些土将根盖住。待第二年，它们就好像跟人约定好了似的，可在原地再寻得。如果不这么做，它们就会躲藏起来或跑到别的地方去。难怪老人们说，伞把菇和人是讲缘分的——有缘，你遇见它；无缘，它躲开你，即使就在脚边，你也见不到它。

其实，伞把菇的根部下面往往居住着一个白蚁巢。白蚁在筑巢的同时也培养菌菇的菌丝体，彼此间形成一个共生的生态系统。如果采摘时动静太大或用力过重，白蚁就会失去安全感而举家搬迁；如果有人贪婪地将菌菇连根挖走，也会将泥土下的白蚁翻出，令其在强光下暴晒而死——无论是哪种情况，没有了白蚁，自然也就不会有共生体培育菌丝体了。

家乡的“伞把菇”是大自然的馈赠。眼下，又到了品尝这美味山珍的时节，心中哪能不期盼、不欢喜呢？

（原载《光明日报》2018年10月20日）

陈丹玲

灯　蛾（外一篇）

闪电，这把长柄的钥匙，“咔嚓”，已经打开天堂的大门，随后是沉闷的轰隆声，沿着天阶跌落，风中仿佛有腥浓的铁锈味。路灯的一圈光晕里，有被振动了的碎片和磷粉，飞散，飘零，邪邪的恶意——灯蛾密集，大雨就要来了。天，黑得像空屋里的夜晚，没底。

世上，什么东西能让人变轻？

世上，什东西的颜色最黑？

这是哲学课上白老师的提问。至今我也还能回忆起自己当时的恍惚和困惑。我的思维只能机械地翻着某一张日历，翻着白天、黑夜这两个概念，灯蛾像雪片一样也在意识里散落，那是阿婆灶屋里的灯影和烟火。我那一刻的眼睛，渐渐迷离，鼻子，一酸，再酸。白老师敲桌子让我回魂。

什么东西能让人变轻呢？世上就只有两样东西了：太阳下的影子，夜晚的梦。那些年的午后，阳光清亮，瘦瘦小小的我别在阿婆的裤腰上，上山下山、走亲赶集地别着我。小影子贴在大影子上了，一点也不费力一般。（我趴在阿婆背上，她一步一步上台阶，刀坝乡的场还有好远呢，在山顶。阿婆问，冬子，你在我背上费力不呢？我说，不呀。阿婆就气喘喘地笑。我看不见阿婆的脸，笑是映在两只松塌、疲惫的乳房上，我的手指触摸到了那份温软、乐悠、晃动和萎缩。这两只滋养生命的泉眼，干涸了，我苦难的阿婆，七个女儿的母亲。）我像一枚骄傲的徽章，别在胸前、腰间，干瘪的阿婆就能重新充盈和鲜活，母性的光芒依旧不减，她仿佛不知道累。好长时间，我都这么去理解。是一份孤独点亮了另一份孤独，也许阿公出门的日子，那些夜晚就要光亮一些。总该来给我闹闹眼呀，该来闹闹眼呢，阿婆喜欢这样唠叨我，又恨又爱地这样唠叨。从山谷到山顶，从香树坪这个地方到罗兰溪那个地方，从祖母的重男观念到阿婆的爱怜情怀，太阳在一点点地升高，我的笑脸已经印上阿婆肩膀的衣缝，凹凸的印痕，还有梦口水残留的酸味。

夜晚做梦。我小小的身子趴在阿婆肚子上睡，这样非常踏实。我到过最美的地方是在梦里，走过一片水晶树林，像被魔杖点化的灰姑娘，有一辆缓缓前行的马车，还有一双能引来王子的水晶鞋，我也许明白水晶鞋的魔咒是诱惑或者阴谋，可很是不愿醒来。我飞过，一生不能完成在的动作在梦里轻松完成，我知道身体在风中的轻盈、鸟的高度、神的视角。我在梦里体会少女肉身的转折和变化，那沉默不语的王子，上升到极致的爱欲欢愉。梦，是阿婆用胸脯最后的温热和柔软给我筑起一只暖巢。突破肉体的规定性和限制，梦引领人无往不至，它祛除灵魂一切杂质的重量……变轻，变轻，梦乡是那片一直探寻的桃花源。

多年以后，阿婆离去的事实随着日子一天天消逝越积越厚，会冰冻所有的情绪。最终，失眠。月亮，那盏挂在灰姑娘车前的古老马灯，给黑夜烧了一个大窟窿。窟窿边缘，灯蛾飞舞，邪邪地恶。瞌睡，醉酒的阿公一般，在天亮前，摇摇晃晃地来到了床边，没有催眠的童谣，他更说不清阿婆在哪里。

梦里的天堂，如果在，阿婆还会不会一把一把扯着身体里的骨头咳嗽？灯蛾密集，雨水降临，我将看不见坟墓里闪腾的磷火。村里的老人说，是鬼火呢。可我还暗自祈求，磷火能照见那张熟悉的脸。合上沉重的眼皮。

一段时间，经常失眠。僵硬地挺直在床上，从拉开的窗帘处，我可以仰望星空，谁透过那些密集的孔隙能看见世间的眼睛？或者，看看圣灯路上那些光柱下围圈飞舞的灯蛾，如何像稀疏的雪片盘旋散落。月亮打磨过的锋刃，收割满世界的光源和声响。稠浓的暗夜里，路灯光柱无精打采。远处，是极目的黑。

世界上什么东西的颜色最黑呢？煤炭，坟地还是脸颊上阎王爷打下的胎记？蝮蛇的眼睛，鲨鱼的口腔还是干涸的血迹？是那座空木屋，没有了阿婆的温热和气息空木屋。煤炭、坟地、胎记、蝮蛇的眼睛，它们的黑都印在表面，可以被注视和抚摸。但是，没有光亮的门洞，抽空了细节的记忆，黑得令人惊慌，它沉默着向你蔓延、渗透，慢慢吸附，直到把你也变成黑暗的一部分，融成时间的秘密。

黑夜里，灯蛾只有个几个小时的生命，是什么支撑它们带着赴死激情闪动翅膀，萦绕那点光源、爱欲、信仰和不能言明的迷惑起舞？假设，只是追寻火焰的一点温热。那么，它们是仅仅因为害怕失去，还是因为集体赴死可以抵消死亡冷冰冰的气息？

想起很多个冬夜，入睡前脱掉衣服，会闪出噼啪的蓝火花。内衣上也还沾着一层浅白的皮屑，那因为衰老和挣扎而脱落的磷粉……我怀疑自己，也曾是一只振翅的灯蛾。

向着希望的光源，向着内心的善，向着时间收藏的事实……

织物

舞台背后，一定有一些事情发生了。凡是舞台总能给出迷幻效果，我们甘愿在声响、光影和肢体，还有猜测与惊叹里深陷和沉迷。

眼下的表演场地是一个铺满石板的小院。已是冬天，石板泛着冷光，迎合着四周围拢过来的寒意。人们纷纷坐在长木凳上，距离缩短，彼此身体的暖意串联起来，形成面前挡风的屏障。位置刚好，我的目光只需擦过一两个后脑勺就能与下方的舞台形成恰到好处的呼应。

是的，呼应。

比如此刻，舞台中间的姑娘双手托举十八米长的布匹，款款地，蹚着音乐的水流而来。布匹青蓝，色泽里有着高山苍天般的饱满情感，令人莫名心动。表演开始，姑娘要将十八米长的布匹缠绕在头顶。她手臂轻举，布匹之前习惯性的下垂方式在瞬间得到改善，这场景，也允许观众在这个动作里想象飞翔、舒展等美好的词语。我动心于姑娘的那份静气和细致。她神情静默，手掌摊平，布匹婉转。就这样，平铺直叙的十八米的头巾被一双手改变了方向，开掘出循环迷惑的道路——布匹重叠，形成褶皱，一道，又一道，往返轮回得惊心动魄。现在看来，舞台中的那个姑娘不管是移步还是扭身，她的身姿都会有远山的邈远，也有天空般的倾覆感。

当然，我们表演，只是用来证明背后的遮蔽。

常常是从城内一户人家打开的木门里，我看见了真实。这是雨夜，夜色在巷道和角落里浇灌，也有风声，细雨还不至于打湿心绪，只是烘托出刚刚好的低沉格调。门口倾斜的灯光划破了靠左边的一块黑夜，细雨晶亮，斜斜地飞入光柱中，背景唯美。苗族老人就坐在背景深处，是一把有背靠的小木椅，她的头巾高耸。背着光线，我已看不清老人的脸，坐姿被光线深深剪裁，也被雨水浸染，孤岛一般轮廓清晰，仿佛她已在这里坐等了几个世纪。贸然闯入，加上山里人多禁忌，我们是不敢上前打扰的，更不敢过问太多，只是远远地看着。过了一阵，女人在雨幕和灯光中起身，自顾自地开始解头巾，一道，又一道，胳膊围着头顶画圈，手掌翻飞……皱褶，水一样的皱褶轰然泻地。布匹解完，瞬间发丝披散，银质轻盈，让我们看见了时间的尖锐和剔除，人生中这份被遮掩的明亮提醒——终究是老了。

我猜想，在每一个日常里，她都顶着这绵长的头巾过街串巷，还要翻山越岭地走亲戚、干农活、采野菌子。不管日子的丝线怎样编织，布匹遮掩下的冷却、松弛、消耗，她是最清楚的，就算成天顶着时间的锋刃，她已经习以为常。也许有那么一天，她抽下木梳齿缝间的一丝白发，放在孙孙的小手心里，她希望这个能被收藏，至少被一束目光收藏。这是另一男人和另一个女人的孩子，他们去了远方打工，老人只是守在生命的上游，独坐在木门口，看孙孙的小手似船，似帆，最好能载动关于时间遥远的讯息。当然，这是她一个人的想法。实际上，由于始终没开口，也始终没人倾听，这想法显得孤寂，显得来路不明。这么久以来，一个老女人把好多来自近处的，遥远的，额上的，心间的，还有眼底的时间讯息，都藏掖在高耸的头巾里，一层一层地折叠，成天顶着，再牵上孙孙的小手，下了木楼，过了田坎，进了树林……在日子的皱褶里被遮蔽。

皱褶，赋予事物的秘密，也赋予事件的完整，没有人在一切打开之前能擅自决定所有的结论，以及事物走向。我更愿意相信，苗族女人头顶层叠的头巾半遮半掩的形态，更容易带出心仪的期待和极致的浪漫，正如每一场绵密的爱情，每一段晕染的记忆，它们痴迷于皱褶，在静夜或者午后会一节一节地铺展和呈现。那么，苗族女人是痴迷爱情和记忆的。山寨里的人们这样说，花衣银装赛天仙，仿佛高处的美丽全部注入了一颗心脏，只够用来热爱这一季青春，这足以让人眩晕。他们还说苗族女人的一生是从一套裙子开始的。有人细数过，苗族姑娘的百褶裙有五百多个褶皱。那些褶皱有一种繁复的美，无可救药地繁复出现，层层推进、堆叠，水流一样蔓延到衣服上，重新划分了日子的单位，一分一秒地，使它变得无穷小，分散成无数气韵生动的细节，像冥想一样没有止境。这将是一个女人的嫁妆，是一个女人完全的托付和体贴。

听起来，爱情变得那么简单又别致，被一条百褶裙收藏，或者成为织物全部的光芒。正是因为有了这样的绵长和反复，万物才生成光泽，才发出吟唱——月亮光光，芝麻香香，香死毛大姐，气死满姑娘——寨子里的童谣沾了月亮的银粉，声声明亮，还带着绒绒的轻盈。事实上，在童谣之外，没有人关心那一棵树影下有人在忧伤，在爱意里变得无力和无措，哀愁无限。这情况往往是歌声会比棉麻更悠长，比裙子更多了说不清道不明的折痕——

阿哥那个哟，
想你多来心头难，
想你多来病来缠，
手拿镜子照一照，
脸色败去一半边。
阿妹那个哟，
想你多来心头烦，
半碗米饭难吃完，
吃饭好比吞沙子，
吃酒吃肉像吃盐。

阿妹（哥）那个哟，
哪时跟你一家坐，
冷水泡饭也香甜。

歌唱就这么发自肺腑，细琢磨了更像是一个人在自言自语，其实不需要旁人听见，吟唱就不必需要华美的装饰，反正好歹有一只耳朵能听出声音里的哀怨，也听出了日子的粗粝。这心情和场景，多像白天见着的百褶裙，棉麻质地，不光滑但无比真实，不妖艳但无比性感，更具有不可预期感，偶然中蕴含着真理。

细细回忆起来，我必须得承认，织物与女人一生有关，上面一直有她们的专注、沉静和忘我的神情。就像那道敞开着的木板排门里，一张白皙的脸，聚着微微的亮晕，整个午后，她都坐在古旧樟木打制的织布机前，低头，手中的两只梭在纱帘上穿来穿去。梭，被她的手摸得深黑发亮。阳光拉着明亮的刀刃，在板壁上一节一节切着时间，细细碎碎。很多时候，阳光跑到这里，也会不由自主地感染上她的耐性和沉静。有一会儿，阳光的刀刃都快切到巷子头的喇叭花上了，而她始终没抬头。看久了，我会突生莫名的感动，棉纱一样裹缠住内心，当然不会有她手下分明的经线和纬线，所以不会像很多人言传的那样，只要拉着纬线一抽，全部就散了。我不能，与母性有关的感动，让人久久不能自拔和撤离。

她慢慢织就一匹布。那么，我想，布应该是她最安静、最暖心的姊妹。在午后，在夜晚，布拖着长长的影子慢慢走来，脚步轻盈，带来野外阳光的香味，捎来泥土的温热，这是布给她的小小回报。随着梭子来往，布也会报以一个不出差错的微笑——妙曼的檐角、粗悍的石墙、富丽的隔断，还有某种表情、某种姿态甚至难解的乡音，这一切全都能织上去。在空寂的木屋里，布和她同时出现在每一个早晚，布和她享受这个空间里的一切，比如房梁的那张蜘蛛网，布和她时刻分担着蜘蛛会随时掉下来的恐怖。还有，在她的木屋里，布也有自己的小木床，可以躺在上面想白天的事，想那些像火热的阳光一样难忘的人。布喜欢最温存的怀抱和温热的身体，血液流淌的声音，心脏跳动的律动是布持续的听觉。布的质感可以遮掩肌肤的光泽，使她愈显神秘和性感。布让皱褶与身体的曲线形成呼应，悄悄地用一种暗语来传达她身体的魅惑。

她对布有不尽的耐心，仿佛所有的好性子都倾注到布上。布最懂她的心思，所以，布才这么懂得讨好她。当她静止下来，比如睡眠时，布，以及堆在老樟木下的布的皱褶会突然地陷入寂寞。

我忍不住，推开木门就喊她，外婆。

已经好久，无人应答。木屋依旧显得拙朴、古旧，一切看去那么素练静和。

时间的尖梭来往，青瓦、稻米、镰刀、木梯、屋檐、月光、梅雨、桃影、爱情，甚至朝代，形成宽大而磅礴的织物，皱褶肆意堆叠、起伏，某一个日子突然就变弯了、变深了，变得足以把一个人藏起来。这个人是木屋里的她，她是我忍不住喊出声的外婆，是所有母亲中的母亲，是我生命源头处的高地和深谷。

皱褶一层层堆叠出关于别离的坚硬事实。

这是织物的使命。

（原载《散文》2018年第12期）

2019年

安元奎

怀念歪屁股船

伫立岸边，水天一色的乌江，总有些船帆的影子渐行渐近，像低飞的白云。

那时候，这些船只总是摩肩接踵、结队而行的，竹编的船篷，长长的纤绳，裸体的纤夫。假使你是一位画家或女性中的天体主义者，对男性的裸体只是纯粹的审美而没有过多的性别敏感，不妨走上河滩，零距离地阅读那些走船汉子。那健美之躯与坦然的群裸造成的视觉冲击，一定令你为之晕眩。他们匍匐而行的身躯如此孔武有力，难怪好些江边女子愿意做他们人生停泊的港湾。

古老河道上，那些高张的船帆，人字形船篷，裸体的拉纤人，成为一道生动的景观。而江里那些形形色色的船，就像纤夫们放飞千年的风筝。

如今，钢体的机动船渐渐取代木船，高分贝的噪声更令人怀想那些雄浑苍凉、有情有韵的船号，追怀那些永远停泊在岁月深处的古老木船了。

据有关历史记载，乌江最古老的船，是位于乌江下游的土家族先民巴人所创的一种土舟。唐朝韦建的《黔州刺史薛舒神道碑》中说："黔中者……有廪君之土舟。"但土舟究竟为何物，没有更确切的表述。后人根据"土舟"望字生义，推测是一种陶船，但我对此有些困惑，这里的"土舟"或许应解读为"土人之舟"，即古代原住民巴人所制造的一种古船。土陶易碎，用来造船不合常理。造船的材料，应当而且似乎只能是树木。根据当时生产力发展水平，如果造船不用木料而用陶土，是舍易求难。再者，这种推论似乎也缺乏考古学的支持。

天气晴和、江水靛蓝的春天，是乌江造船的季节。沿江两岸的沙洲或草地上，打造的新船一字摆开，像些翻晒的大鱼。造船的木料多为耐水的椿木与坚韧的柏木。船板用抓钉、销钉等合缝固定，底板和侧板用咬钉等连接，刮成麻状的竹子（俗称竹麻）填进木板间的缝隙，敷上搅拌好的桐油石灰。最后，船体表面全部浸刷厚厚一层桐油。这时候，新船像个流光溢彩的新娘，等待其处女航了。

新船下水的仪式简朴慎重，气氛紧张神秘。打船师傅要进行正式“封赠”，即一帆风顺之类的祝福，以确保新船未来航程的平安。从言语到行为的禁忌都很严，像“沉”“翻”之类的话语连同其谐音，都被认为不祥而绝对禁忌。为防人多口杂，下水仪式往往在夜深人静、没有闲人时举行。

打船师傅是备受尊重的匠人，船家对他们有一种敬畏。作为牺牲品，祭祀的公鸡最终变为下酒菜。但带鸡冠的鸡头在锅中翻来覆去也没人敢动筷子，那是师傅独享的权利。所以，老到的师傅总是胸有成竹地先吃其他部位的鸡肉，最后才假意谦让，在船家与徒弟的再三推让下，舍我其谁地夹起那连颈的鸡头。

在下半夜残存的星辉或月光下，新船从人们的睡梦边缘滑向水里，进入吉凶未卜的航程。第二天早上，人们才会发现河里的新船。

现在所能见到的木船中，三板船是一种袖珍型小船，差不多就是三块木板拼接而成，是乌江里结构最简洁的船了。一般只容一人，最多也只三两人，而且必得分踞船头船尾，技巧性地乘坐。如果同时偏向一边，就会翻船。一般是河边人家自用，除了打鱼，还方便过渡。对个别农家而言，也是一种休闲。当其一篙一橹来往于烟波之间，自有一种旷达与潇洒。

还有一种打鱼船也是袖珍型的，结构也很紧凑，但船体稍宽，船尾略翘，中部覆盖着半圆形的竹船篷。小巧玲珑，造型优美。船尾挂着三脚鼎罐与砂锅，渴饮饥餐，可生火做饭。船舱底下是鱼，面上是铺，铺上是老婆，一个小小的渔人之家。在乌江这片没有栅栏的土地庄园，鱼儿就是他们四季鲜活的庄稼。朝晖夕阴之中，他们出没于风浪峡滩，捕捞着乌江的月光星斗、烟雨山岚。

中型木船中最常见的渡船，是乌江上流动的桥梁。大约根据其功用，方言叫它“过河船”，与上下行走的货船区别开来。为了便于载人，它一般平头阔肚，没有船篷。前以篙撑，后辅尾艄，两侧绑着桡片。除了义渡，一般渡口的过河船都是有偿性质的。如果红白喜事队伍过渡，还需一点香纸，个别更索要公鸡作祭船之用。但你不必为公鸡的性命担忧，祭船过后，它自会被艄公提回家中，并很快与艄公家的那群母鸡混熟，因祸得福。

需要过渡的基本为两岸人家，生客稀少，因此往往不收现金，而是收“打河粮”。“打河粮”有点像化缘。等到秋天的斗声停歇、新谷收割后，撑船人便担着箩篼或背了背篼，到两岸的一家一户去“打”谷子。根据过渡次数多少和主人肚子里的那杆公心秤，一升两升随意拿。还有些地方是义渡，不收钱粮，属于公益事业。

据说渡船的起源汇聚了几个行业工匠的智慧，于是几十年前有些渡口都还保留一种古风。比如篙竿最初用的是叫花子的打狗棒，盘绞纤绳的榫盘是借用弹花匠的棉盆；而吹唢呐的人一旦站在某块船板上，你就知道他们是熟谙典故的内行，不得再问船钱了。老人们说，这是“古规”，摆渡的人也都默认这些规则。这是乌江古老的专利保护吗？

最惹人注目的，还是那些上行下驶的大船。上水船满载远道而来的四川盐巴，白帆高张，匍匐的纤夫们吼着号子；下水船装着黔东北的桐油或其他土产，快行如风。

常见的麻雀船又叫斑鸠船。船头形如撮箕，船底平坦，尾部窄长并且上翘，整个船体状如麻雀或斑鸠，它们多行驶于潮砥以上水势相对平缓的乌江河道上。

比起渡船，麻雀船的结构更复杂，体态也庞大得多。船头为舵，船尾是艄，两侧有桨，亦称桡片。上水拉纤，下水划桨。篙竿是上下水都须臾不离的。篙竿分两种：撑竿与钩竿，各有各的功用。荆竹篙竿，竹编纤绳。十余人脚踏草鞋，其余一丝不挂，赤裸着七尺之身，在千里河道踏歌而行。

而我最为神往，在心中苦苦追寻的是另一种大船。虽然它业已消失于我们的视野，却固执地活跃于老驾长与纤夫们的记忆中，像一个古老的精灵。在方志的记载中，它叫厚板船。民国《涪州志》载：“舟用厚木板，左偏其尾。掌舵立于船顶，以巨桨作舵，长几等于船，取眺望远而转折灵便。其船谓之厚板船。”

而它最鲜明的特征，是极富个性和创意的独特造型。船尾两舷绝不平衡对称，而是畸形地歪扭着一侧屁股，高高上翘。不懂修辞的走船人，无师自通地将其拟人化，叫它“歪屁股船”。虽有粗俗之嫌，却生猛传神。这样的造型，在船类中显得十分另类。

作为中国内陆河三大独特船型之一，乌江歪屁股船曾经吸引过中外人们的眼球。抗日战争期间，英国随军记者欧文途经乌江，对这个中外造船史上都独一无二的奇特船型，产生了极大兴趣，专门将其绘制成图，介绍于《泰晤士报》。

根据记载，最大的歪屁股船载重三十吨左右。在狭窄的乌江航道上，算得上一个庞然大物。船长二十多米，满载吃水一米一左右。船深舷高，大浪不易打进。前后艄都很长，能灵活有效地拨动船头船尾，控制调整航向。它的船体材料不是一般的木板，而是厚实的木枋，厚度均在四厘米以上。木枋材质是坚韧的柏木，能承受深度撞击。这些特性似乎专为对付乌江的急流险滩，是人与自然的斗智，可谓鬼泣神惊！

透过其表层特征，我们也许还会有更多的发现。歪屁股船夸张变形的造型，其实正是神秘乌江文化的投影，折射着一种独特的乌江人文精神。它是对平庸的否决，是对激情的超越，是对一切成规、秩序，乃至美学的嘲弄。对那些游走于生死边缘的走船人来说，歪屁股船可能正是他们精神世界的外化与凸显，张扬着蔑视一切包括死亡的人生姿态，表达了他们的悲怆与对命运的反抗。

险恶的乌江滩峡，戏弄人神的歪屁股船。奇正相生，这是乌江人的生存哲学吗？

它是这条河某种精神的象征，张扬着一条河流的个性，炫示着诡异的魅力与神采。有了它，才有那些孟浪的驾长与水手，演绎精彩的人生传奇与江湖风流。

那九死一生的老驾长，平常神情颓靡，往往满嘴酒气地念叨着一句口头禅：“要死卵朝天，不死又过年。”而一旦驾驭歪屁股船，立刻如神灵附体。他像一条老蟒，盘踞于视野开阔的高架，屹立于歪翘高耸的船尾，满嘴脏话，声音像炸雷一样震耳，指挥全船穿越骇浪惊涛。在他脚下，也许曾无数次樯倾楫摧，波浪吞噬过几多只唱了半句的船号。穿越座座暗礁，冲开重重漩涡，他一边和江中那些狰狞恐怖的水鬼河神们打着招呼擦肩而过，一边举重若轻、熟视无睹地绕开他们设置的死亡陷阱。他颠簸于波峰浪谷却履险如夷，像一个弄潮戏水自得其乐的顽童。在咆哮的乱流长滩，被激怒的歪屁股船如烈马飞蹄扬鬃，他却像一个剽悍高超的骑手，悠闲自若地策马于荒原与平川。

耳畔，我听见惠特曼穿越时空的激情呼喊：船长啊，我的父亲。

千百年来，歪屁股船狂妄不羁的造型，游离在我们习以为常的审美与力学常规之外。而乌江人代代相承，从来不曾尝试哪怕小小的修改。一定有一种极为深刻和内在的理由，让他们对这种有悖常规的理念作如此执拗的坚守，这是一个秘密。

这一切，包括谜底和谜面都一起消失了。20世纪70年代，歪屁股船就退出了我们的视野，沉没于集体的遗忘，变成了另一个秘密。而今伫立江边，滩啸与烟波依旧，而乌江里却只有那些面目同化、缺乏个性的船只填充我们的视野了。

怀念歪屁股船，乌江因它而精彩。

（原载《民族文学》2019年第1期）

2019年

杨启刚

散板十五章

拒绝融化的冰

你就是有炽烈的光芒，也燃烧不透我内心坚固的外壳。我在自己的世界里已经沉睡很久，我的琥珀心已经不愿意沾上俗世的尘埃。

我冰清玉洁的内心，已经习惯于在零下的温度里享受自然的清新。

我的世界多好，没有疾病，没有喧嚣，没有嘲讽与讥笑。甚至，没有人间的烟火，没有尔虞我诈的心机，没有战争与流血。

晶莹剔透的外表，是我抵抗这个世界的武装。我的硬度是一枚抵御风声的鸟鸣。起风时刻，我就静静地躺在冰冷的土地上，我没有泪水需要流浪，我没有奢望让这个世界接受我的背叛与孤独。

我拒绝太阳。一个人的世界多好，干净，纯粹，晶莹，不动声色，独自冥想。就是小鸟站在我的身上歌唱，我也不会惊动它的抒情。就是它用小喙啄动我的心脏，我也会忍住淡淡的忧伤，不让一滴泪水，在这个冰冷的黄昏，流过那些岁月的梦想。

我的生命只有一个季节，我的使命只是在风中承受诋毁与打击。

即使在人间最冷酷的日子里，我也拒绝做一个投降者，永不叛逃自己的疆域，永不在自己的国土挂上那面醒目的白旗。

我拒绝与白昼同流合污，在高高的山上，让风，吹散一世的阴霾。

当阳光莅临，我会关闭所有的出口，只留一条通向人间的暗道，等候子夜时分的一枚雪花，再次把我轻轻唤醒。

即使最后化为一滩水，尸首全无，也要回到英雄的故乡。

从此以后

你进入庙堂，我回归乡野。

三月隆起的春风，没有腥潮的气息，空旷的乡村，再次闩上紧闭的门扉，最后一声鸟鸣，在空气中稀释重金属的摇滚，群山封锁了它们漆黑的耳膜。

而我此刻正在觥筹交错的酒桌上，品味城市五彩的虚幻，泡沫与冰冷。

摩天高楼上空，今夜的最后一次航班，正贴着黎明的翅膀飞翔。而翌日的机场里，一浪高过一浪的呼吸，让这座城市陷入春天的低谷。巨大的轰鸣声，是这座城市最后挣扎前的喘息与咆哮。

我更替着角色，在不同的时段和季节，交换着不同的思维。我的兄弟和姐妹，朋友与对手，让我在城市逼仄的钢筋水泥丛林里狼奔豕突，找不到乡间芬芳的呼唤；看不见百年老屋里的那缕炊烟，袅袅地究竟要飘向何方。一条瘦成绳索的小河，此刻，它结成圆圈，正在勒紧自己的脖子，做自戕前的演练。它已经丧失生存的河床，泥沙与水草，对这个世界充满敌意和爱恨。

你从此寻找不到山峦的松针。锋利的刀片，随时见血封喉。明晃晃的玻璃墙体上，光斑的污染，像一只上下攀爬的壁虎，寻找不到最后的归宿。黑夜永远破解不了白昼的谜语，正在深入每个人惶恐不安的内心。

你是进入庙堂呢，还是怀揣他乡，在城市与乡村的缝隙之间游荡？

车流不息的夕阳下，夜的面目狰狞可憎。

从此以后，谁也寻找不到指针飞奔的走向。

渐渐被遗忘的月光

蓝天褪下青衫，天空暗淡下来；漂泊多年的月光，却没有如期而归。

我奔跑在自己的花园里，碰落了一些玫瑰散落的香气。那些带刺的月季，用荆棘刺破了一条河流的梦想。

夜，渐渐转入岑寂，虫鸣不再。油菜花簇拥的村庄，早已被一群蜜蜂破门而入，它们嗡嗡的声音，是驱赶夜幕的利器。

多么漆黑的村庄啊。零零星星的灯盏，把忽明忽暗的窗棂修饰得更加苍凉。正月未去，年轻人早已远走他乡，城市的灯红酒绿，是另一个诱惑的人间天堂。老弱病残的乡亲们啊，只有你们挪不动早已疲惫的双眸，永远都离不开这片湿润的土地与村庄。

生长于斯，病老于斯，就是一把枯骨，也要沉睡在山岗之上。

就像那年出走的月光，清冷，孤独，凄凉，在漆黑的寒夜，闪烁着幽暗的微光。

一个人在黑夜里徘徊太久，他的心，就会变得冷漠，自私，毫无温暖的念想。就连空中的琼楼玉宇，也是那么惆怅空旷。

幼时的月光，此时，不知躲藏在哪株古老的大树旁。那群窃窃私语的萤火虫，也正避开夜的圈套，飞行在低矮的草丛中。

没有月光的子夜，一盏孤灯，寂寥地悬挂于古老的屋檐之上。

城市庞大的身影，已经丧失田园抒情的主题；一地破碎的月光，泼洒在城市嘈杂喧嚣的中央，早已没有乡村淳朴圆润的模样。

农历十六的苍穹啊，虽是一轮满月，却也不再那么皎洁明亮。

我只能低头悄悄叹息，举首啜泣张望。

村庄离我们越来越远，远得只有一个词的距离，远得中间只能夹着一弯孤月。远得只有伸长怀念，心里却近得一片荒芜。

月色苍白，村庄微凉，它们正在渐渐地被一代人慢慢遗忘，被另一个星空悄然埋葬。

弄

我只愿意在自己的田园，做自己的王，我没有一统天下的奢望。

我只守卫我的江山，我没有铁蹄，去践踏另一个王侯的疆域。

我每天上山狩猎，下海捕鱼。用一朵花，喂养我的箫笛；用一幅画，描绘我的内心。

起风时，就用一叶小舟驮回大海与岛礁。

此刻，美人鱼只用呜咽的哭泣，告诉我深海之处的黑潮与泥沙。

我的宫殿已经年久失修，朱红的大柱，被一群白蚁侵蚀。

我早就知道，终有一天，我的王朝会丧失在贼臣的掌心。他们唯唯诺诺、躲躲闪闪的眼神，让我窥视到了他们长褂里面隐藏的贪婪与凶险。

此刻，宫墙外的卫兵，正在春天的柳絮里，擦拭自己手中长满锈迹的长弓。

年老色衰的城池，怎能抵挡一把野火的焚烧?

那些虎狼出没的海岸线，一群草寇正持刀而来。他们的身后，骷髅旗闪烁着寒冷的凶光。一门长炮，瞄准的是，年代的江山。

我已经收拾好残破的江山，准备在一座古寺里陪伴青灯，度完一生。门前那株风中摇曳的寒梅，正在暴雪里一层层地褪下素白的花瓣。

一个小僧走过，悄然拾起一粒香火。他的身后，雪，一直在低低地下……

此刻，夜幕正在降临，我的王国，已经悄然退朝。

大殿外的门楣上，已经弄不清众卿苍白的脸色。

去年夏天的花

枯萎，当然是你不可抗拒的命运。

但是有阳光，你的生命就会延续，你的种子就会绽开胚芽，拱开坚硬的土层。去年夏天的花啊，正在沿着一条河流悄然而上；那些河畔的青草，是你儿时的伙伴，是你娇羞的低语，是你的伴娘!

起风时，我看见你的花骨朵在浅浅地笑，脚下的黑泥，油亮得可以明媚一个世界。

所有的花，都不会全部在夏天微笑着绽放。

夏天的花，其实也只是花的影子，和花的尸骸。

它们有着强烈的光照，是光斑下的紫红，是紫红里的香气，是香气里暗藏的小秘密。

去年夏天的花，比今年夏天的花更加鲜艳。饱满的阳光下，我牵着向日葵沿着湖边散步，百合与月季陪伴左右，紫薇和石榴是两位好姐妹，栀子花与凤仙花躲在一旁吃吃地嬉笑打闹。

就像我此刻的心情，整座城市都酣然沉睡了。只有我，伴着窗前的海棠与茉莉，在构思去年夏天丢失的花瓣。

在初夏的子夜，我窥视花的阴影；白昼里，我抒情花的娇媚与靓丽。

去年夏天的花啊，它是我的情人，更是我的一群好姊妹。

我要恳求阳光，不要灼伤她们单纯的眸子；我要让她们仅披一件婚纱，就能果断地嫁给这个季节。

其实是没有去年夏天的花的。

花，它只是字典里潜伏的一个名词，仅用一个“爱”字，就完全能够让我怜香惜玉。

照见

黄昏的一场微雨，落在暮春深处。

你们开始出行，游山，玩水，一掷千金，你们不再宠爱山珍海味。五谷杂粮，路边野菜，成为这个季节的首选，成为雨后不可倾诉的暗语。

海拔千米的高原上，山岚送来满坡的野杜鹃，一级级石阶上，颤抖着不可攀越的足音。

山下的停车场里，车们趴成一堆，作短暂的休眠。但它们最后的命运，树们心知肚明，心照不宣。

只有红樱桃，用亮晶晶的眼睛，向我诉说桑葚的乌黑与甜蜜。

我喜欢桑葚。它让我真实地遇上自己。它真的乌黑，紫黑，胡乱潦草地摆在小巷深处，也不会自惭形秽。

又像极了我的油黑的泥土，面色黝黑的父老乡亲。

他们在这个季节里，只会点瓜种豆，打田插秧，只会把腰弯得与土地一样低微。他们言语不多，就连蚂蟥使劲地扎进他们的血管，也只用一把秧苗，就轻描淡写地扫下瞬间的痛苦。

没有尖叫，没有惊呼，与你们的想象和夸张，隔着一张身披的蓑衣。

是啊，你们站在山巅，雀跃，欢呼，手执张扬的野花，摆成多么优美的造型，发布在微信朋友圈里，昭告天下。

夜幕降临之际，炊烟升腾。桑树已经抖落一身的雨滴。

你们携带着风的尘埃，回到钢筋水泥浇灌的城里，回到空气污浊的人群！

这个季节，多么地需要一粒饱满壮硕的桑葚，来滋阴养血。肝肾不足、血虚精亏的朋友圈啊，更加需要明目和补血……

此刻的村庄，正在等待黑豆与玉米，正在盼望桑葚的如期而至。

堂屋的神龛上，许多年了，祖先们仍然端坐着沉默不语。

清水

必须有一个词，来衬托你窈窕的身影；必须有一位含情脉脉的少年，温柔地捧起你如花的脸盘。

这个世界相生相克。沿着一条清水，我在山北，可以寻找到一株名叫雪莲的仙草；而在山南，一朵虫草正伏在干涸的沙砾上，艰难地吐露笑靥。

夏天悄然而至，我们不再龟缩在冰冷的巢穴里。当栀子花的清香飘满大街小巷，一朵小小的茉莉，也正抚摸着广玉兰光洁的额头，给它一个星形的五瓣初吻。

不论是有形的，还是无形的。一滴清水，或者一池清水，都是前世修来的馈赠。而城市庞大的面具下，可以称之为清水的，在水龙头生硬粗粝的阀门里，它已不再是纯粹的清水，它添加了太多修饰的名词，比如漂白粉，比如呛人的气味……在停水的季节里，它甚至还释放出锈迹斑斑的黄水，让空气跟着蒙羞。

正如清水不清，一种意象正在吞噬着健康的身体。一种无法抵御的疼痛与寒流，正在袭击大脑的中枢神经。

而在离群索居的远山深处，人迹罕至的丛林里，一条欢快的清水，正在轻轻地拍打着圆润的卵石，叮叮咚咚地流向前路未卜的远方！这里的清水已经不仅仅只称之为清水，它永远只是一幅轻描淡写的水粉，定格在画框之外的记忆深处。

它未被污染，也没有遭受人为的粉饰，更没有为了一次暗夜里的献媚，而改变它的本质与流向。

清者自清，浊者自浊。

横亘在我们面前的，只有硬骨，或者屈膝，投降于一次失败后的埋伏。

毅然跨过去，或者做最后的权衡，都会让一条清水河名声扫地，或者嵌入殿堂。

实际上，我此刻不是在抒情一条河流，也不是在赞美河流里的水清。

我是在想象一位女子，她拥有清水一样柔软的骨，拥有清水一样明亮的眸，更拥有清水一样纯洁的内心，拥有这个尘埃世界里所不具备的，那种久违的宁静！

在这个嘈杂的世界，我无法考证一条河流背后深藏的来路与清白。

我考证的结果，水清则无鱼，无鱼则至清。

我不能让一条浑水里的鱼，就毁坏了一条流水清澈的一生。

七月，闪电是冰冷的

我无法用冰冷这个词，来掩盖七月的酷暑。

就在这个七月的最后一个夜晚，我看到了闪电。看到了闪电中暗藏着的愤怒的火星，正在撕开夜幕的狰狞与丑恶。

疫苗与死亡，正在成为七月的主题。我已经用哭泣和经幡送走了几位亲人、朋友，与尘世。

崔健的声嘶力竭与田馥甄的柔情蜜意，聚光灯般扫射着我变形的面孔。我已经不会捧着鲜花赞美土地，我已经习惯于用麻木来抵抗这个世界的虚伪、俗气与浑浊。

就连闪电，也是冰冷的，它已经唤醒不了我的四肢。
在黑夜，我只能以一匹孤独的狼的方式，对着苍天哀嚎！
而河岸的对面，一座废弃的空城正在被密密麻麻的蒿草包围。
断裂的烂尾楼顶，几粒鸟鸣也显得稀稀拉拉，溃不成军。

一朵野花，顾影自怜地在风中；它紧紧地抱着自己干瘦的身体，瑟瑟发抖。
远方的篝火，没有温度，没有跳跃的火苗；更没有诗歌，与远方。

就连闪电，也是冰冷的。
它自己抽打自己瘦小的身子，用黑夜无语的河流，来掩饰自己蓄藏已久的泪水。

七月，没有来路。
在暴风雨来临之前，那就用一束惨白的闪电，来照耀这个凄苦的世界吧。哪怕只是冰冷的呼吸，瞬息之间的喘息，也决不轻易地向世俗妥协和投降。

我无法拯救整个人类，我只能拯救自己日渐衰老的灵魂。
在七月，也只有闪电，仍然还是冰冷的。

你听，这喧哗的水声

我已经在山中住了千年。
一间茅屋，一顶斗笠，半壶浊酒，几滴月光，静悄悄地陪伴着我。

我已经习惯于山里的清寂，习惯于与潺潺的溪水相拥。
那些喧哗的水声，不是我所需要的！
那是尘世遗留的谎言，用表象来掩盖它的虚伪与慌张。

在山中，我早就听不到喧哗的水声。
我双耳不闻凡尘的俗事，我已经不会与那些心怀鬼胎的人世对话。
那么多条肮脏的河流，它们的流向早已违背了最初的旨意。

你听，这喧哗的水声，把半山的鸟们惊飞；那河床下的暗流涌动，早已掏空一个人的操守。

盛夏的流水，已经成为哗哗的记忆。

秋天又到了，一切又归于沉寂。

但我总是听不惯山下的岁月，拥挤，嘈杂，倾轧。不像山中的日子，点一支檀香，泡一壶清茗，奏一曲古音，那些随手可摘的果子，就挂在树丫上叮当作响，众鸟觅食时，总会看到它们小小的脸庞上，写着满足的啼鸣。

我的那把名为“玄月”的古琴，此刻正惬意地躺在爬满青苔的小溪旁，酣然入睡，不留半点倦怠，不带走梦中的一声低吟。

那些喧哗的流水声，在一条条没有设防的深谷里，全无踪影。

没有回音的废墟

大地沉寂。我不能仅仅只用黑夜，轻描淡写地就来修饰天空的坠落。我更不能轻易地用世界末日，来证明我对这个词语的仇视。

此刻，比我的思想更冰冷的，还有现象。残垣，断壁，晚霞中的残肢，以及躲藏在沙砾里低低的抽泣，那只是表象，是一张白纸，画上尖耸的教堂，弥撒时刻到了，却没有一个信徒前来秉烛诵经。

一个人的虚空，完全被空旷所围剿。一匹瘸腿的狼王，夹紧秃尾，哑声于荒原的尽头。庞大的鸟群，只会迁徙于风中的呼啸。甚至于一朵云，它也急切地降落于草丛之上。

流浪的猫，仅仅盲从于一条干鱼的诱惑。夜路愈走愈黑，没有黎明前的一缕曙光，像往事一样呼唤。子夜的风，虽然只是一条轻飘的绳索，但它仍然轻而易举地勒死了每个出入山巅的灵魂。

经幡已经拯救不了低飞的虫鸣，时间的暗河从来就没有停止过它的侵蚀。横冲直撞，是它的本性；暗藏杀机，也是它的本能。

我们唯有选择逃离，但已经无路可走，无心可行。绝望中的空旷，直接绞杀了一个人内心的旅程。

洞窟是一只心酸的独眼，它只能眯起眸子，来眺望远方的狼烟；它也只能试探着伸一伸僵硬已久的躯壳，来一声长嘘与短叹。

只有大海阴沉的喘息，在悬崖之下若隐若现。就连浪花的头颅，也举不过呜咽的白帆。

荒原的地平线上，若隐若现的，是狗尾巴草孤独的阴影。

我此刻只能表态，呼吸，已经成为一种奢侈。

那些早已流尽的泪水，已经风干为一粒琥珀，隐身溶岩，不再发光。

九月在浆果的蜜汁中醒来

这个世界还有蜜汁吗？

众花凋零，一卉独秀。九月的风声，开始封锁穿过平原的鸟群。树叶已经褪下蝉鸣，蚂蚁的触须正在探寻松香的来路。

九月仍然还是去年的九月，只是山中的浆果不再酸涩。当然，甜蜜，或许本来就是它的旨意。只有剥开岁月的尘埃，才能看到内心的果核。浆果没有奢望，但它冷暖自知。它早就知道它的旅途与归宿，与一粒红尘相比，它庆幸山中没有荒废的阳光，让阴暗藏身于沼泽的淤泥。

醒来，或者睡去，都不是我们唯一的选择。我们最终所期盼的，无非就是一枚浆果挂在树梢，它没有被生活之重所剥离，它的甜与蜜，都是发自内心的亮堂，不被谎言所欺骗，不被所谓的道德底线所绑架。

九月，也仅仅只是另一个季节的开始。它无意于替代它的同胞，它只是顺着一条独径，走向它所需要的浆果，走向它的另一种甜蜜。

周而复始的，只是一个名词，只是回眸一笑。那些流水东去，也不过是一场庆典连着一次祭祀，在寒秋之外制造另一个梦魇。

九月，在浆果的蜜汁中醒来。它独自轻欢，独自酿蜜，用一罐秋风中的阳光，来制造一个季节特殊的韵味。它不愿意就此沉寂下去，山巅的野花烂漫，也诱惑不了它的心脏；一条闪着银光的溪流，是它的甘美之源。

只有群峰之上的悬崖，那株千年古树的枝头上，一只鸦雀，无声地一头栽进秋风之眼。

夕阳之外，一枚浆果，暗自抽泣。

秋意正浓，风声掠起，鸟鸣已经渐渐远去。

落叶用灵魂诠释秋天

再高耸的大树，残叶也要落回大地。

再金黄的落叶，最后的结局都是一抔泥土，都是一个季节之后落寞的尾声与告白。

每一片树叶，都是一个灵魂的舞蹈；当疲惫的休止符戛然停止，漂泊者一生辛酸的记忆里，只剩下随风而坠的惆怅与伤怀。

没有落叶而下的季节，不能称之为秋天。今夜，是游子归乡的季节！我孑然一身行走于低垂的黑幕，我眼里噙满的每一片落叶里，是否都蕴含一个四季的轮回？

我无法仅仅只用一片薄薄的落叶，就轻描淡写地诠释秋天；就像我无法只用一个苍白浅显的灵魂，就能够诠释浩瀚高远的天空。

秋风渐紧，鹤舞苍穹，漂泊已久的灵魂，已经寻找不到归乡的途径与出口。

日益衰老破落的村庄里，只有村口那株气喘吁吁的银杏，还在抖动一身金灿灿的落叶，铺满一地的金黄，期盼着远方的游子，前来祖先的神龛上，重新拾起故乡深处的灵魂。

落叶仍然还沿用灵魂诠释秋天，秋风却用岑寂回答沉默的土地。不卑不亢的是田野上的稻穗，一柄弯曲的镰刀，便割断了思乡的泪滴，还有那一堆堆翻晒的金黄，闪烁着秋后最后收藏的泪光。

当一枚落叶的灵魂被击碎，早已丢失于疾走的夜风中，那山峦深处隐藏着的，只能是秋天的低语，暗河里的一声叹息，还有天空之上寒鸦的几粒哭泣。

风吹来的时候

我不知道，风吹向哪个季节。是冷风，还是热风，抑或是，和风?

大风起兮，我只能选择一种方式与之抗衡!

风声鹤唳之时，我正疾走于夜色之中，目的地已被黑幕所包裹，我看不清前途的方向，更无法辨别最终将走向哪里。

风，正以迅雷不及掩耳的速度奔袭而来，我唯一能够做到的，只能是盘膝而坐，双掌合十，两眼微闭，口吐莲花，祈祷一个人的平安。

风起于青萍之末，暮光之城的每一株闪电，都是一种明亮的指向。立或不立，倒或不倒，都仅仅只是一种暗示。

行走于风中，谁能避开风的欺凌，谁又能逃避风的宰割?

风中有朵雨做的云，那也只是一则寓言而已。只能是一种意识，只能是，当你趔趄之时，还有一阵紧迫的风声，能够撵着你拖起疲惫的身躯向前奔跑，吹醒你即将倒下的肉体!

前路漫漫，迢遥无期。风月无边，只是一种稍纵即逝的幻影；唯有一缕清明之风，令你沉醉其中；而一阵妖风的咒语，则会使你魂飞魄散，溃不成军。

风吹来的时候，我独立于山巅，只有以无言来应答。它会吹向哪个方向，又吹向哪个季节，我都无法把控。唯一能够面对的，我只能静观其变，以不变应万变。

风，是一种状态；而我，则是另外一种状态。

风，愈吹愈远；山冈的尽头，几滴鸟鸣，忽明忽暗；直至一粒秋雨，以一种惆怅的方式，在暗夜里悄然潜行。

风，没有停止，没有多余的前戏，一切皆在它的掌控之中。

荷在霜降之时退出池塘

晚秋已经登堂入室，重阳之后的微雨已经哭泣了九个时日。我看不清铅灰的天空中，究竟有多少声鹤唳在悲哀地叫唤。

我知道，季节的凋零与更替，会扼杀多少人的泪水。池塘里的荷，已经是进入晚年的半老徐娘。它的容颜易逝，红颜褪尽，绿裙已经变成一堆蜡黄的皱纹。

唯有身材，还是骨感少女的情怀。

我不该在这个季节，前来目睹它的落魄；那些低垂不语的莲蓬，也掩藏不住岁月风霜的摧残。

而那些深藏于淤泥之下的身体，是怀孕之后的丰腴，是荷的生命的另一种延续。

水面的清澈，与水底的浑浊，这是两个决然不同的世界，就像阴与阳，黑与白，人与鬼。

做一枝荷吧，亭亭玉立如少女；没有半点心机，只存一份清纯。在百花纷纷隐匿的时节，悄然在炽热的酷夏现身。

花季只是稍纵即逝的一阵夏风，一缕荷香，成为夏日里的主题，成为池塘里浅浅的一帧风情。

我不说“残荷”，那会玷污了它的花蕊与初心。玷污了多年以来，它一直作为女神在我心中的那个位置。

荷在霜降之时选择退出池塘。藕，终于用泥土包裹的方式，粉墨登场。它与荷的短暂分离，只能以平静的一湖秋水来告终。

藕断丝连之后，是十指连心的分离。

荷向来没有逃跑的欲望，就是轻叹几声，垂头而去，那也是一种幸福之后的痛感与自白。

它的眼帘之下，一节莲藕的深呼吸，正在黑暗的幽冥中，保全着自己一生的清白！

见面如水

在白昼与黑夜的缝隙之间，君子之交淡如水，小人之交甘若醴。

沿着这条千年河床，走进暮秋深处的芦苇荡，没有喧哗，没有纷争，更没有无中生有的恶言相向。

一壶清茗，两杯薄酒，三两前尘旧梦，构成了今日的十年一晤。

江湖往事已经随风而逝，那些年少的轻狂，随着一把逍遥剑的折戟，那满山急促飘落的白雪，早早地就已经纷纷扬扬地掩盖了烽火岁月。

见一面，也就少一面。不见，也是另一种相见！

相忘于江湖，只是一句无奈的泪滴与托词。

人心之大，早已大过了一统江湖的野心。

后会有期，也可能是，遥遥无期。

大漠的狼烟四起时，我只能看到你孤独的身影在猎杀，只能看到漫天的风沙，偷袭了你腰间的佩剑。

从血迹中突围之后，你的疲惫消失在荒原的尽头。

江南的一叶扁舟之外，一介白衣书生伫立船头，只会用蘸满泪花的狼毫写下：见字如面，此去千里，生死未卜，兄当保重！

此时岸边的枯树，已经摇落了一地泼墨。

月亮升起来了，惨白得像我们的离愁。那些风中低垂的芦花，像三更里招魂的经幡。

有些人，一生根本就不需要见面。

而有些人，一别就会泪如雨下，一别就知道此行便是永生。

那身后的残缺之月，正随着簌簌的秋叶顺河而下。

一条水与另一条水的距离，早就已经注定了它最后的结局。

一个人与另一个人的江湖，是迥然不同的两个世界。

你走之后，我的江湖不复存在。

（原载《民族文学》2019年第2期）

杨秀廷

舌尖上的宽恕

有故乡的人，大都怀有一个相似的精神胎记，那就是印藏在心底对故乡的思念。因为那思念里连接着生命的青葱与蹉跎。

漂泊的路途中，我们常常在不设防的思念里遭遇味蕾上的乡愁。当简单的食物需求行为透过生活故事牵引出投向岁月深处的深情回望，那些日渐疏离淡远的乡间物事便又漫上心间，日子里就有了别样的滋味。

朴素的乡村，对于吃食从来都是一副谦卑的姿态，树叶草根，花藤瓜秧，都曾用心喂养和滋润过山里平常的时日。乡村的话语体系中，先把“吃了没有”作为见面问候之首，而留人小坐也常冠以“吃了再走”的缘由，这样的生活经验习惯，慢慢浸入人们的骨血中，成为族群文化血脉的物质和精神沉淀，其实是山地生存哲学的世俗化呈现。生存之艰，生命之轻，映衬出的是食物之重。无论时光如何改变乡村的面貌和山里人的容颜，却改变不了人们对食物的心怀敬畏，那种高贵的持守，丰饶的单纯，一直温暖着我的乡村记忆。

在湘黔桂交界地区的苗村侗寨，有这样一句俗谚：“鱼登四两各有主。”说的是对万物的取舍要有法度，大的吃食，来之不易的美食，不能独揽独占，须与人分享，才能消受自然施与的恩惠。这样的训示，经过成长岁月的浸润，已经深深植入我的心灵中，并默化为一种心念。

我上小学六年级那年，学校放秋收假的一天下午，我和哥哥干完农活回家，路过村寨附近的电站水库时，看到河岸边站着不少歇了担子的人，人们对河里指指点点。那种耕者忘其犁、锄者忘其锄的热闹场面，让我们也放下肩上的稻草担，站在路边，顺着众人的吆喝声和比划，往河里看。一会儿，河水荡起一圈圈涟漪，一条大鲤鱼浮出水面。只见它晕头转向般在水面上转来转去，划着不规则的圆圈。大伙知道那鱼是吃了“闹鱼”人撒下的“墨药”。

在一声惊呼中，河对岸一个汉子“扑通”跃入水中，手举镰刀向那条鱼游去，那道已被禾草磨钝了的月牙镰口，在午后秋阳的闷热中闪出一丝寒意。那鱼早已不知南北东西和正在逼近的险情，依旧在河中间茫然地“晕旋”着。

随着一道亮光闪过，河里激荡起一团水花，镰刀扎进了鱼肚子里。河两岸顿时响起了一阵欢呼声。那汉子于是一边手握镰刀木柄拖着那条大鱼，一边向岸边游去。到了岸边，只见汉子迫不及待地用力把钩着鱼的镰刀提出水面，受伤的鲤鱼忽然间离开了水体，拼命挣扎着，猛地又弹回水中，游走了。刚刚平复的波光，一下子又碎成了满河的鳞片。

岸上看的人又是一声惊呼，接着不断有人脱下衣服跳进水中，河面上顿时荡开了无数水花。

也许是受了旁边人的鼓动，我连身上的褂子都没脱就跃入河里。

河不宽，我一个猛子就到了河中间，正想浮出来换口气，水中有一团浑黄的影子朝我移动过来，待我猜可能是那条受了伤的鲤鱼时，它已经撞在我的身上。我在慌乱中把鱼抱在了胸前，双脚用力划着水，浮出水面换了一口气。那鱼一挣扎，我又跟着它沉入水中。我感觉那鱼的动静很大，担心鱼会挣脱逃走，于是用右手穿过鱼的腮帮从鱼嘴里穿出来，左手抓住右手的手腕。这样，我和鱼就连成了一体。

我刚浮出水面换了一口气，那鱼又拖着我沉入水中。我奋力浮出水面，鱼又带着我往水里沉。经过几次扑腾，我的体力消耗很大。我只能改用仰泳的姿势，双脚用力地在水里划动，估计拢岸了，我往江岸踩去，谁知还不到岸边，双脚踏空，于是连人带鱼又一次沉入水中。那鱼也拼上了命，又使劲地在我的胸前折腾，我被呛了几口河水。我心里不觉一惊，想把鱼放走，但右手已套在了鱼嘴里，挣了几下还是挣不脱。好在岸边不算深，我双脚使劲朝河底的岩石上一蹬，很快又浮出水面，岸边的人也许看到了我的狼狈相，七手八脚地把我连同那条鱼一道捞上岸来。

当我费力地把右手从鱼鳃中拔出来时，才发现我的右手臂上被鱼鳍划开了两道一寸多长的伤口。我本来就晕血，看到胸前的褂子上浸染着一大团鱼的血和我的血，恍惚间一道惊悸的闪电猝然向我袭来，加上体力透支，我忽然有了一种晕眩感。但那时那地，不知怎的，那种惊心的慌张却又在众人的赞叹中迅疾隐遁。

我一脸兴奋，两手提起鱼头用力往上举，鱼尾巴还是拖到路上的小石子上。一群人围着我和那条鱼，有人说，这鱼该有二十斤重吧，都快成精了，鱼长到这样大，不容易，被“闹”了，可惜。也有人说，这鱼跟老寨中间巷的“二小子”肯定有一点缘分，要不然那么多人急捞捞下水去，却偏偏让一个小学生捡到了便宜。面对人们的议论，我那少年的心里，一种莫名的虚荣袭上来，仿佛刚刚体验的生命历险从未发生过，甚至疑心有一种“成功”专为我等候着。

我和哥哥把鱼带回家，母亲一看到摆放在大木盆中却还有一大截头尾露出盆外的那条鱼和我身上的血迹，惊得张大了嘴。

母亲赶忙去采来草药，又火急火燎地捣碎了，把我从木盆边的人堆里拽出来，把草药敷在我的伤口上，然后用布条包扎起来。

我家那间小小的堂屋里很快挤满了人。大伯进来后就说：“百无禁忌！百无禁忌！感谢土地和河流给我们送来了口福！”

大人们低声商量着由谁去挑井水来洗鱼、破鱼，谁来煮鱼，请哪些人来吃，要送去给哪些人吃，哪些人不能吃……一长串的问题让我摸不着头脑，又觉得那鱼身上好像有着许多我不知道的秘密。

看了母亲的脸色和听大人们说的这样那样的规矩，我突然对那条鱼没了兴致。但当大伯要我把煮熟的鱼肉送到寨子里那些高寿的老人们的家里时，我又愉快地接受了。老人们已经听说我捉到了一条大鱼，直夸我精灵，我那有些落寞的心又有了一丝欣喜。

第二天，我和哥哥按照母亲的吩咐，带着用盐腌制的两块鱼肉，走了十多里山路，给外婆送去。外婆也夸了我，还特意给了我一个红包，嘱咐我们到家之前不要打开。

那条撞进我怀里来的鱼，母亲不让我吃。我心里自然不痛快，但慢慢地，我心里产生了一种恐惧。从外婆家回来，母亲就训诫我，叫我以后不要这样争强好胜，说有些事并不是小小年纪就可以“当得了”的。母亲还告诉我，外婆给我的红包里面包的是“金鸡尾”和茶叶，是给我“压惊”的。我有些许惶恐，开始觉得把那条鱼抱回家是一个错误。懵懂少年，第一次想从大人们迟疑的目光里，探究出点什么，然而我终究找寻不到明示的答案。

从那天起，母亲连续几天在天快黑时到我“捉鱼”的河岸给我“喊魂”，每当这个时候，我就得老老实实地坐在家门前等母亲带着我被“吓掉”的魂灵一起回家。暮色慢慢过滤掉山寨里的喧嚣，我的内心也蓄满了空落和孤独。这样一次经历，像一次重生，温暖与惊悸，倏忽间就挤压进我茫然的心里，慢慢地濯洗着我的心念。

我曾不止一次想过：那条奔我而来的鱼，也许是怀了求生的欲望，却不知道那是一个赴死的结局。

对于故乡，我由是多了一份抱愧和感伤。

记得1984年早春，我的家乡兴起了一股打猎的风气。正月里一个雪花飘飘的早晨，一头野猪闯进了我们村里，那是一个街巷错杂、木楼相连的古老苗寨，野猪被发现后很快陷入村民的围追堵截中。尽管野猪拼尽蛮力，夺命奔逃，最后还是躲不过乱棒之劫。

当年乡亲们种植于山野的黄豆、红薯、玉米、高粱、小米、穇子等作物，经常遭野猪祸害，人们早已对不请自来的野猪恨之入骨，面对自投罗网的野猪，自然磨刀霍霍，群起而攻之，以啖其肉、喝其汤方得解恨。经此一役，乡人便有了上山打猎的由头。一时间，野猪逃遁，狐兔遭殃。

那时我还在外县读师范，刚好放寒假待在家里，常有村人邀我去打猎，说不用我去“守卡”，只做个伴，就凭我捉过大鱼的名分，得了猎物，照样有份。每每有人提到那条鱼，我的心里就无法平静。我怕火药枪的响声和猎狗的叫声，揭开我记忆里的那层痂痂。我一次也没有去。

而今，我的家乡在实施新一轮退耕还林生态建设，禁猎已经成为乡亲们的共识。遗憾的是，家乡的那座水电站坝已经毁于二十年前的一场大水，那条丰盈了我无数念想的小河也已瘦成了一线浅滩。许多过往的人事正被时间的尘埃覆盖，而我右手臂上的那两道伤痕还在，那是一条鱼留给我的生命警示：真正的愚蠢并不是对自身的险恶境地一无所知，而是在经历过困苦和挣扎之后，仍然放纵自己的贪念。

对于吃，人类天生具有丰富的想象力和充沛的创造力。然而，对自然界中动物肉身的觊觎，也暴露了人类的短视和霸道。如果人们只图享受口腹之欲，而无视生态恶化的现实困境，甚至不惜冒犯自然去掠获，那么换取的代价，将是揽祸上身。

或许，舌尖上的宽恕，也是拯救灵魂的一种方式。

（原载《文艺报》2019年3月6日第8版）

陶应芬

我家的马垛子

我家老房子的一个空房间里，还放着三十年前父亲用的一副老旧、破烂的马垛子。马垛子是外公用竹林里最好的青竹篾编的，父亲一直舍不得扔。

1988年，我出生在贵州关岭岗乌镇上的一个小村庄里，照明还是父亲用墨水瓶改造的煤油灯，生火做饭全靠煤。我出生后，家里经济负担增大，石漠化严重的土地上，庄稼收成并不好，母亲每隔两三个月都得向外婆家借几斗苞谷。为了贴补家用，父亲卖掉了爷爷留下的屋基，买了一匹黄马，外公给父亲精心编制了一副马垛子后，父亲就开始了驮煤卖煤的营生。

天还未亮的时候，父亲已经起床，给马喂水和青草，绾好垛绳挂在马垛子上，母亲和父亲一人抬着一边，将马垛子架在马背的马鞍上。然后，母亲递给父亲一个用尼龙麻袋捆好的钵装“油炒饭”。“整好没有，整好就走了。”父亲对着隔壁大伯家院坝说。“好了，记得拿手电筒……”然后就听见路上一串嘈杂的马蹄声和讲话声。父亲、大伯和邻居的叔叔伯伯们说，在漆黑的路上行走，大声说话才不会害怕。要到达长冲、谷目、龙家院这些有煤洞的地方，需要走三个小时。到达目的地后，每个人都快速地用尼龙口袋将煤分装成重量相同的两袋，然后在同伴的帮助下，分别放在马垛子的两边，一同驮回村子卖掉。

父亲将煤卸下后，回到家里小心翼翼地放下马垛子，用毛刷一遍遍刷着黄马的毛，收拾完后又抬着马垛子到小河沟里刷洗。母亲总是说父亲洗马垛子比洗自己的衣服还要细心和干净，父亲总是说，那当然了，你不看这钱是怎么挣来的。

晾干马垛子后，父亲要牵马去草长得旺盛的地方吃草。我总是跟在父亲后头，捡路边的石子扔着玩。马吃饱后，父亲将割好的草放在马垛子上。我走不动了，他抱着我放进另一边的马垛子里，牵着马，踩着夕阳的余晖，回家了。

1995年，妹妹出生，也就是在这一年，村里通电了，好多人家做饭已经用上了电饭锅、钨丝炉，卖煤已经没有市场。这年，村民们大量种起了烤烟。在机耕道还没通的田间地角，马还起着重要的作用。父亲又整理好他的马垛子，再一次出发。烤烟叶的人家总是愿意将成色很好的烟叶给父亲驮运，说他的马垛子装得多又不容易损坏，能卖个好价钱。在马垛子的驮运下，父亲的辛苦劳作换来我们家越来越宽裕的生活，母亲再也不愁我上学的费用，就连弟弟妹妹每天都可以吃上大米饭了。

1998年，那匹黄马因病离开了我们，父亲难受了很长一段时间。马垛子积上了厚厚的灰尘，他也不愿去清理。为了让我们能有个好的学习环境，父母亲开始着手建我们家的新平房，看着别人家将马垛子换成了马板车，父亲几次有重新买匹好马的冲动。

2008年，村里组组通的路都打成了水泥地，就连机耕道都通到了田间，马和马垛子已经看不见踪影。父亲寻思一阵，用余钱买了一辆三轮车。后来，父母亲再也不愁我和弟弟妹妹的上学费用，三轮车除了农忙时拉点农作物，也只有赶集的时候才用得上。突然有一天，父亲走到那装着马垛子的老屋，拿出马垛子看了又看："老伙计，你看你老成什么样了，留着你，占地方，想一把火烧了你，又舍不得……"我知道，他是舍不得扔掉那些马垛子里的回忆。

家在国中，国是千万家，没有国就没有家。这蒸蒸日上的生活，是因为社会和谐，保障日益完善，国家不断进步。

我爱我的父亲，也爱我的国家。

（原载《人民日报》2019年4月3日第4版）

2019年

若 非

照亮岁月的灯盏

周末回乡下，在老家木屋楼上拾得一件沾满灰尘的物件，细细端详而不明，待吹开灰尘，看见锈迹斑斑的铁，方得认出来，那是一盏废弃的老旧油灯。一刹那，遥远的记忆便涌了上来。

20世纪80年代末，我出生在贵州省毕节市大方县和纳雍县交界处的一个小山村。记忆里，家里使用的，便是一盏一盏的油灯。家里的六七盏油灯，多是用墨水瓶、土豆片、棉线自制的。唯一的一盏铁制油灯，是父亲花钱从镇上买来的，大多时候舍不得用，逢年过节时，它才会在吃饭时亮起来。油灯晃悠悠的光芒，照亮一家人，也照亮我最初的记忆。在城镇上的孩子学会打酱油的时候，我也学会了打煤油——提着捡来的废旧输液瓶，颠着小脚丫跑去村外小学旁的小卖部，踮起脚，用还奶里奶气的嗓音喊："老板娘，来一斤煤油！"

这样跑着跑着，我跑进了小学。上学后，打煤油就成了上下学顺道的事儿，出门时提着空瓶去，上课时就把煤油瓶放在桌腿旁，下学后顺路打一瓶煤油回家。到了晚上，我们就着煤油灯写作业，微风一吹，煤油灯火焰晃动，我们的手也跟着晃动，落在纸上的字，便也歪歪斜斜，像那些窘迫的岁月。

那时候，父亲在低矮的矿井里挖煤，就是依靠煤油灯照明。听说挖煤通道很矮，挖煤的时候，父亲就把油灯放在一旁，偏着头，一下一下地凿。

当时，我们还不知道什么是电线杆，什么是电视机，什么是录音机，什么是电话机……只知道手电筒和电池。手电筒是那种装入两节电池使用的老电筒，但彼时对一个贫穷家庭而言，手电筒太金贵，就算狠心买下，谁舍得拿到脏兮兮的矿井里去?

上小学三年级的那个冬天，电线杆栽进了我们村，电线随之赶来，一只电灯泡挂在头顶，怎么看都像一个烧红的小葫芦，很是可爱有趣。

记得那一阵子，村里群情激昂，捣地挖坑、砍树立杆、拉线配表，像过年一样喜庆和热闹——世世代代生长于此的村民们，可算是等来了传说中那个叫“电”的东西。栽电线杆的时候，人们争着把电线杆栽在自家地里，好像那是一件非常光宗耀祖的事情。腊月二十八九，电终于赶在过年前到了我们村，通电那晚上，村民们欢呼雀跃，奔走相告，每一张朴实的面容都被照得清晰而饱满。

最初的电灯，泛着微微的黄光，但已然比晃悠悠的煤油灯明亮许多。对于彼时年幼的我们而言，小葫芦里发出的光，已经照见了小小的梦想——在遥远的地方，一定有更明亮的灯盏，等着我们去点亮。往往在我们幻想未来、无心做作业或因枯燥而昏昏欲睡时，小葫芦刷地灭了，此时只会有两种情况，要么钨丝烧坏了，要么停电了。那时候，这种情况时常发生，所以房前屋后的某个地方，总是堆着几只泛着乌色的坏灯泡，家里也得常备上煤油以备不时之需。

随着电灯来到我们家的，还有电瓶。电瓶一头是一个长方体，另一头是发光的灯头，中间由一根圆圆滚滚的电线连接，瓶身用绳子背在身上，灯头则用一个铁圈或者竹圈固定，套在头上。这样双手就解放出来了，对父亲来说，可是方便了很多很多。电瓶每天要充电，有时候还需要加“电水”（一种具有极强腐蚀性的液体），至今我尚记得不小心洒几滴“电水”在皮肤上的那种火辣辣的感觉。电瓶灯的光射得远，像一把长长的剑，常被我们拿来玩耍，不过这样总免不了被父母一顿大骂。

电灯，照亮了我后来成长的路。

后来我上了初中，到镇上租房生活，才知道镇上的灯比村里的亮，镇上也不像村里那样总是停电；后来我到县城读高中，已经对电失去了最初的好奇与兴趣；再后来我上了大学，然后又参加工作留在了城里，对电就真的没觉得有什么稀奇了。

这些年，我看过水声轰隆的水电站，也看过烟雾缭绕的火电厂，看过奇形怪状的灯盏，看过各类高端器械在电的带动下散发出巨大的能量，早就不觉得新鲜了，好像它们原本就是我生活的一部分。

如果不是突然拾得那一盏当年全家视为珍贵物品、不到过节舍不得点亮的油灯，我可能想不起这流年岁月的变迁——如今，节能灯早遍布村庄的家家户户，太阳能路灯也守护在道路两旁，家家用上了电视机、洗衣机、电话、手机。变化的不只是照明方式，更体现在居住、交通、饮食、医疗、教育等方方面面。

成长岁月中不断更替的灯盏，陪伴了我一路的成长，也印证了家乡一天天变得富裕和美好。

照亮岁月的灯盏，照亮了我们一家的过去与未来，也同样照亮了脚下这片土地的过去与未来。

（原载《人民日报》2019年4月9日）

杨秀廷

时间的玫瑰

北纬30° 慷慨的阳光和东南季风带来的充沛降水，把夏末秋初的徽州点染得天蓝水碧、烟云荡漾。怀着探访“水路三千里，木商六百年”古风遗韵的憧憬，我在这样的时节，从云贵高原的“古苗疆”清水江畔，走进画意里的徽州、文脉中的徽州。

有人说，沐过徽州有颜色的风，走过徽州有故事的寻常巷陌，心间自然生长出对徽州的惦念。

初到徽州，我对徽州“一府六县”的文化风物充满了好奇，我像一个开蒙顽童，掰着指头，“歙（Shè）县、黟（yī）县、绩溪、婺（wù）源、祁门、休宁”，一个个读过去，意念里，便有了识认“歙”“黟”“婺”这些字的愉悦，也慢慢体悟到，徽州的博大恢弘，需要心怀虔敬地凝视，更需要从多个视角加以仰视。

一

历史对徽州的青睐和深情，浸润在亦贾亦儒的徽商风骨中，雕刻在木石青砖的细节间，蕴藏在村落、街巷、民居古色古香的气韵里。

徽州以文化质量和精神重量，崛起为华夏古国的高地。如果说古徽州是古代无数仕宦、商贾、文人的流连之地，那么，而今的歙县，就是一个适宜现代人寄托文化情怀的地方。走进中国历史文化名城歙县的“徽州古城”，仿佛一脚迈进千年时空隧道：气势雄沉的古城墙，“缩小的故宫”古徽州府衙，“东方凯旋门”许国牌坊，集古民居、古街、古井、古牌坊于一体的斗山街，“徽商之源”渔梁坝，融“徽州古建三绝”之大成的徽园……这些陌生而新鲜的景致，展陈其间或繁复或简约的镶砌、榫接、镂雕、堆塑工艺，经由视听路径摄入我的心魂。一座徽州古城，就在一个夏日短暂的造访中，坐实了我对徽州的想象。那些雄浑沧桑的历史记忆，典雅温暖的人文光晕，扩展了我这个远客对古徽州建筑与历史、艺术与生活、创新与传统的缅想。

时空要阻隔一个人抵达历史现场太容易，但是要遮蔽一个自由的心灵寻找历史脉理、寻味文化符号的向往，却很难。

我们苗族、侗族的文化传统认为，万物皆有灵魂，有情感，人们取用自然资源应遵循法度，以敬惜为本。在徽州，我发现，木雕、石雕、砖雕，是有温度的，热烈地展示着流逝与永恒。许多前朝往事，寂寂无声，唯有时间的玫瑰，依旧盛放。

站在婺源博物馆一件件精雕细刻的木雕、石雕、砖雕面前，我除了惊讶就是赞叹，只觉得在这些被赋予了灵性和温度的建筑构件中，时光失去了行走的力量。在我的家乡，人们称赞心灵手巧的绣娘，不是说她的绣品多么生动传神、巧夺天工，而是说“绣娘看到了天上的路”。我相信，那些雕刻师是看到天上的路的。

在歙县，白墙青瓦的徽派建筑，宁静悠远的青山绿水，将人与自然的和谐表现得淋漓尽致。美不自美，因时而彰，因境而新。我尝试着把这里的时间和空间，在想象中重新进行镜头组接，不经意间，我的思绪触碰到了时空转换的开关，流淌成一条静谧的河流。

二

在徽州的日子里，我读到了一册有关徽州的诗词选集，其中有两首描写黟县的名作，都是用高远、空灵而又描绘现实的笔法，表达了对这片神奇土地风淳俗美的钦慕之情，给我留下深刻的印象。一首是南唐诗人许坚的《入黟吟》：“黟邑桃源小，烟霞百里宽；地多灵草木，人尚古衣冠。市向晡时散，山经夜后寒；吏闲民讼简，秋菊露漙漙。”另一位南宋诗人陶庚四是陶渊明三十代孙，步履先祖遗踪，出游遍览山水，至黟南淋沥山，爱其山水奇胜，风俗淳古，遂卜宅居之。其《卜宅》云：“卜宅南山下，依然气象新；地钟淋沥秀，俗爱古风淳。怀德多君子，论交有善人；故乡今不问，从此结茅邻。”有意味的是，两位诗人所推崇“吏闲民讼简”“怀德多君子”的境界，道出的都关乎文化尊严、文化追求和文化精神，这样的梦往神游美得如同时光的叹息。

我们在婺源县城寻访熹园时，意外地遇到一条“锦屏路”，作为一名锦屏人，特别是特意从锦屏到婺源寻访木商文化根脉的文化从业者，这个巧遇让我心里萌生出“他乡遇故知”的情愫。走过去看看，这条“锦屏路”不仅绿树成荫，景致宜人，而且一端靠近婺源县政府，一端与“才士大道”相交，并连通“朱熹大道”，繁华而雅致。我向婺源县委宣传部副部长詹荣钧请教，这“锦屏路”是否与明清时期婺源木商到“苗疆”锦屏贩木有关，他笑着说，保存在婺源博物馆的地方志和族谱有很多关于婺源木商“贩木苗疆”的记载，但不知道“锦屏路”是否有纪念徽商与锦屏县的关系，就算是巧合，也是历史与文化的巧合，是缘分。

徽商与大西南崇山峻岭中的锦屏县，确实有缘分。

徽州流传的一首民谣唱道：“前世不修，生在徽州。十三四岁，往外一丢。”徽州自古地少人众，据康熙《休宁县志》记载，“徽州介万山之中，地狭人稠，耕获三不赡一”。明清之际徽州民生实在艰难，“大抵徽俗，人十三在邑，十七在天下”。徽州男儿由是撒向天南地北，智慧谋生，艰辛经营，磨砺出一部部漂泊异乡的心灵史，也逼出了在中国经济发展史上浓墨重色书写的徽商。当锋锐的日子被生活磨钝，当苦欢与甜愁浸透怅望乡关的一个个日子，人们对故土家园的情感变得更丰厚，更深沉。这样的含泪歌唱，安抚了生活，抚慰了那些颠沛流离的生命际遇。

徽商的影响力，徽商精神的播迁，在锦屏县的苗村侗寨，早在三四百年前就有了回应。

清水江中下游锦屏县的古木坞“卦治”，侗语意为“订立契约的地方”。卦治老码头对岸河边有一錾刻于清嘉庆二年（1797年）石刻，名“奕世永遵”，为清水江古代木材贸易鼎盛时期势力最大的“三帮”会同上游“山客”与卦治“主家”合议而刊，而当时牵头订立这一“江规”的就是徽州木帮。碑文为：“徽（安徽）、临（江西临江）、西（陕西）三帮协同主家公议，此处界牌以上，永为山贩湾泊木植，下河买客不得停簰。谨为永遵，毋得紊占。嘉庆二年季春月穀旦立。”碑文刻在河边一块巨石上。这一“江规”，把一块石头、一个村庄与一条江紧紧拴在历史的某个层面上。此石壁“江规”，规定了“山客”与“水客”的经营范围，“上河”与“下河”权属以此为界，对解决清水江木材贸易争江纷争起到了强力规范作用，同时把徽州木商倡导的“诚信、生态、礼法、和谐”理念深深根植在苗疆大地。此后两百多年，这一“江规”，对清水江流域社会治理产生了深远的影响。在这里，不息的江水，依旧回荡着清水江木商文化的沉响。

人这一生会有无数条隐伏在自己生命中的经纬，一个族群、一方商帮也是如此。

三

一路走来，青山、绿水、村居、古树、古建筑、井泉、碑刻、楹联、名匾……婺源的美，平和中透出质朴以及原生的随性与天然，这些时光润物无声的流淌和呈现，本身就是岁月的一种竣成。

“古树高低屋，斜阳远近山。林梢烟似带，村外水如环。”前人倾赞徽州古村落的这首诗，是篁岭的写照，有宏村的魂魄，藏西递的灵气，闲适的吟咏，恬静的意境，直叫人疑心是生活在现实中，还是梦幻里？这种美的动能，已经在人与山水的对话中，在心灵与村魂寨胆的相逢里，实现了对生命与生存环境的超越。

三千繁华，弹指刹那。路过徽州，我在且行且醉中完成了对徽州的一次精神仰望，也是徽州时光对我人生旅途的一次拣选。

虽然我是第一次走进徽州，也走近了黄山，但我没有去登黄山。徽州之美，太多，太重，太浓，已经让我短短三天的行期无法承载。遥想四百多年前，倾尽一生才情写了《临川四梦》的明代剧作家汤显祖曾经慨叹：“一生痴绝处，无梦到徽州。”而今天，我一介匆匆行旅，在黄山脚下的一间茶肆，于氤氲茶香中，听到徐霞客当年夜宿黄山与长老霞光叙茶的故事。长老的茶自然有仙风道骨的禅味，徐霞客把盏相问茶名，长老说：“登山不忘山，品茶莫问茶。”徐霞客接道：“好茶莫问，莫问好茶。”由此成就了一番佳话。“双霞”悟茶，于我却是另一种暗示：来黄山不登山，进茶馆不喝茶，那些美的风物人事，它们的前世今生，我只能相忘于江湖了。

所幸我的徽州之行，在时光积淀、蕴涵的语词和物象包浆的破壳之处，在先贤打造的长长的历史文化链条的某一环，看到了时光盛放的玫瑰。

我离开徽州那天，恰逢立秋，婺源县篁岭古村又迎来一年一度的“晒秋”，红的、黄的、绿的，辣椒、玉米、瓜菜，被隆重地请上家家户户的“晒台”，有的还铺成各种写意图案，接受阳光、风和时间的赏阅。在飞驰的高铁上，看着窗外一帧一帧迅速向后收卷的画境，我仿佛又回到了徜徉在徽州忙碌而又安静、平和的日子，那种醉氧似的晕眩又袭上心头……

（原载《文艺报》2019年5月8日第8版）

2019年

黄松柏

那年我们去西藏（节选）

挥挥手，离别家乡。

金秋八月，晴空朗朗。十一位来自贵州六个地区、六所师专的应届毕业生，齐集贵阳八角岩宾馆。我们将离开生养我们的家园，代表贵州自愿去神奇的西藏高原当一名教师。那是大地复苏，阳光明丽，处处展露希望和生机的1980年。

20世纪80年代初，我们尽管只是师专毕业生，那也是时代骄子。我们考大学时，贵州录取率不到百分之三。教学好的中学也就能考上一两个。1978年我们田坪中学就考上我一个人。当时，谁家孩子考上了大中专学校，哪所中学有人考上大学，乡邻都很羡慕，极尽夸赞，学校也名震一方。我们毕业了，很多中学、单位都争着要我们。那时候各行各业都在发展，如春江千帆、百舸争流。缺人才，争人才也正是时候。当时学校动员毕业生去西藏工作，说西藏怎么缺人，年轻人应该有理想抱负，应该到祖国最需要的地方去。可报名的还是不多。原因是好多同学是结了婚才考上大学的，走不了。有的是有工作带着工资来上大学的，还是走不了。还有其他原因不能去的。所以爽爽朗朗能去的就那么几个人，而且去的人必须要道德品质好，身体好，学习好。我一看这些情况和条件，觉得自己很合适，应该去。自己是高中时的班长，大学的团支委，绝对的中长跑冠军，学习成绩也过得去，关键是平时最信奉“为祖国的崛起而读书”，所以报名了，所以去西藏成了定局，舍我其谁。

在八角岩宾馆，贵州日报、贵州人民广播电台采访我们为什么这样那样。我们每个人都说了心里话。记得我只说了两句：“国家每个月十九块五养我们，让我们读完大学，毕业了必须报效国家。爱国，就是要为国家做点事。”也有人说：“男子汉四海为家，生在这里，长在这里，死在这里，有什么意思，何况国家召唤，正逢其时。”还有人说：“趁年轻闯荡闯荡，男人总是要有点经历的，西藏海拔高，看星星一定比贵州大，比贵州亮。”

热热闹闹的一席话，没有豪言壮语，没有悲悲戚戚，没有任何离开家乡的痛苦，没有任何去远方追求什么的欲望。我们心中非常坦然，也非常淡然，对待去西藏似乎是平常而又平常的事，根本没有把进藏看成是关系到前途、命运、生死的抉择。一句话，国家需要，条件适合，必须去。

离开贵州的前几天，省教育厅领导带我们参观了黄果树瀑布等风景区，省领导设宴招待了我们。当时省长同志给我们敬了酒，与我们照了相，《贵州日报》以醒目的标题，配以赴藏人员的合影发了消息。八月初的一天，暮色已至，远近的村庄已经朦胧，我们上了火车，不约而同地伸出手，对生养我们的贵州大地挥手告别，突来的依恋之情，全部含在眼里，也尽在不言之中。从此，我们从云贵高原到青藏高原，踏上了伸向世界屋脊的路。

八千里路云和月。

我们在成都的西藏三所休整了几天，西藏昌都教育厅的同志来接我们了。客车驰过成都平原，过了雅安，山越来越多，川藏线的凶险逐步向我们招手。第二天我们开始翻越四川境内的二郎山，刚到山脚下，我们年轻的心开始激动，小时候我们就会唱“二呀嘛二郎山，高呀嘛高万丈”，今天我们要亲临其境，并且要把它踩在脚下了，我们当然心潮澎湃。因此，忍不住同声唱起《二郎山》来。满载歌声的客车在山腰盘绕着。车到了半山腰，司机甩了一句：“你们爱唱，到时候我看你们哭都哭不出来。”车到了一定高度，刀削般的万丈悬崖横在我们眼前，我们以为还得从其他地方绕路过去，哪知车就朝着那悬崖方向开去。我们眼睛瞪得大大的，看着前方。只见一条黑线在半崖间穿过，如一根横挂的绳子，飘在半山腰。我们明白了，那就是我们要通过的公路。心开始紧缩，手使劲地抓住牢靠的地方。车内半点声音也没有，似乎在等着死亡的临近。到了崖边的水帘洞，一挂水帘罩住了外面的视线，只听到水声哗哗飞泻至崖底，真叫人心惊。那一段路真像司机说的，别说唱，哭都不敢哭。它深不见底，高不见顶。路是从悬崖中凿出来的，远远地看那段悬崖，就像老虎张开的巨嘴，我们从老虎的嘴里穿过。到了山顶，我们四处一望，尽收雄奇与惊险。山坳里有密密匝匝的丛林，崖上倒挂着枯木古树，几丝白雾处，几株苍劲的松柏傲然而立，真有无限风光的韵味。看到这里，不由得想起了那些用生命和鲜血凿开二郎山的英雄们，对他们肃然起敬。

还未到山下，大渡河就开始以咆哮的涛声迎接我们，我们燃起新的激情奔向泸定。泸定其实是一个很小的古镇，它四面临山，整个开阔地沿河而下只不过五六里。当年叱咤风云的翼王石达开率部来到这里，遭清朝重兵包围，全军覆灭。毛泽东率军北上抗日，蒋介石梦想让毛泽东当第二个石达开。可梦毕竟是梦，我们的红军以绝地重生大无畏的英勇气势飞夺泸定桥，战胜了敌人，在我党我军的史册上、中国的军事史上都写下了惊天地泣鬼神的壮丽史诗。我们站在泸定桥上看着翻滚如雪的浪花，沉醉在金戈铁马、枪炮隆隆的历史遐思之中，无不赞叹红军的英勇。扶着铁链我们走过铁索桥，又在原红军机枪阵地照了相，心中滚过莫名的自豪感。

第三天，我们住在康定。康定那个小城真不错，民风古朴，小城典雅。服务员态度温和，尽管都是藏族，大都会讲汉语，而且语音很好听。特别是女性，讲起话来温柔、亲切。她们跟我们闲聊， 问我们是哪里人，为什么要进藏，女朋友同意进藏吗。还给洗了几件衣服，我们备受感动，觉得康定的女孩子好漂亮、好懂人情，因此，我们都情不自禁唱起那首百唱不厌的康定情歌。特别是唱到“李家溜溜的大姐人才溜溜的好哟”，那动情、那投入，无法形容。我们有些人还开起玩笑，说一定在康定找个女朋友。可惜时间太短，第二天下午，我们就离开了康定。后来谈起康定，还时时讲起那几个女服务员的美好以及康定的动情。

越走越荒凉了，车开几个小时见不到一个人，前面总是山等着我们，几天的颠簸跋涉，车里再没有了歌声，大家一脸菜色。车开始翻越雀儿山，开了几个小时还没有到顶，转了一座山峰又一座山峰，我们感到发凉，后来越来越冷，把所有的衣服都穿上了，还是冷。

车到山顶，海拔五千多米。我们个个脸色蜡黄，脑袋闷痛，耳朵嗡嗡响，喘不过气来。恨不得车快点往下开。也怪不得我们那么难受，我们贵州说是高原，可我们去西藏这几个同学，家乡住地海拔不超过六百米，我们玉屏才两百多米。司机在鼓励我们：“坚持住小伙子们，一个小时后就好了！”来接我们的西藏昌都教育局的老刘说：“这是高原反应，是缺氧造成的，大家不要紧张。”可我们心里实在没底，大家都不敢闭眼，怕不知不觉地永远睡去了。离开成都的第八天，我们终于到了接近昌都城的喇嘛山，此时夜幕已经降临，我们伸出头往下看，迫不及待地想一睹西藏第三大城市的风采。只见昌都点点灯火映在昂曲河和扎曲河里，两条河把昌都分割成几大块。昌都并不大，根本没有我们想象的那样宽阔和应有的规模。这是昂曲河和扎曲河带来的冲积平原，就像两条河在这儿奇遇后，生下的伟大的儿女。澜沧江汇流形成之后，从这里浩荡东去。看见了昌都心中有些怅然，也许是现实与想象的距离造成的落差。八天的路程，高山大河，雪野草地，披星戴月，日夜兼程，吃不好，睡不好，我们又大都是第一次出远门，心理上和物质上都准备不足，因此，身心疲惫不堪。不过终于顺利到达，心里也有一种踏实感和宽松感。

…………

（原载《民族文学》2019年第7期）